Het opstaan

Ander werk van Désanne van Brederode

Ave verum corpus/Gegroet waarlijk lichaam (roman, 1994)
Mensen met een hobby (roman, 2001)

Désanne van Brederode

Het opstaan

Amsterdam
Em. Querido's Uitgeverij BV
2004

'Op opstaan komt bijna álles aan.'

LODEWIJK VAN DEYSSEL

Omslag Brigitte Slangen
Omslagfoto Marion Lalich/Photonica/Image Store
Foto auteur Tessa Posthuma de Boer

ISBN 90 214 5287 1 / NUR 301
www.boekboek.nl

NEW DRESS

Sex jibe husband murders wife
Bomb blast victim fights for life
Girl Thirteen attacked with knife

Princess Di is wearing a new dress

Jet airliner shot from sky
Famine horror, millions die
Earthquake terror figures rise

Princess Di is wearing a new dress

You can't change the world
But you can change the facts
And when you change the facts
You change points of view
If you change points of view
You may change a vote
And when you change a vote
You may change the world.

In black townships fires blaze
Prospects better premier says
Within sight are golden days

Princess Di is wearing a new dress

MARTIN GORE, 1986

Een jongetje, ik schat een jaar of twee, drukt zijn mond tegen het raam van het kinderdagverblijf. Aan de andere kant van het glas doet zijn moeder hetzelfde. De lipstick die ze met haar kus achterlaat veegt ze niet weg. Ze zwaait. Haar zoontje kijkt al niet meer. Een leidster heeft haar hand op het nog dunbehaarde hoofdje gelegd en duwt het jongetje in de richting van het speellokaal. Op de hoek van de straat steekt de moeder een sigaret op, inhaleert diep en loopt dan kordaat verder. Ik volg. Ze draagt laarzen met stevige blokhakken die bij elke stap tegen de stenen knallen – een ijle elf met soldatenvoeten, waarschijnlijk op weg naar de bakker. Een moeder die haar kind net heeft weggebracht trakteert zichzelf op een verse tompouce. Voor straks, bij de koffie.

Wat deed mijn eigen moeder in de uren dat ik niet thuis was? Ze haalde het beddengoed af, propte het in zakken, sjouwde ermee naar mijn ooms wasserij. Deed op de terugweg alvast boodschappen. Boende de wc, haalde keukenkastjes leeg, waste de zondagse koffiekopjes, de koektrommel, de jenever- en sherryglazen af, lapte de planken, zette de schone spullen weer terug en vulde de kastruimte op met glazen en mokken voor dagelijks gebruik; wat we meteen nodig hadden stond vooraan. Na de lunch nam mijn moeder stof af in de woonkamer, dweilde de vloer, verpotte twee planten, naaide een zoom in een kapotte rok en schilde daarna de aardappels – volgens mij haalde ze de lakens pas een paar dagen later weer op.

Waar dacht mijn moeder aan? Aan mijn vader? De kinderen? Aan mij? Deed ze ook wel eens een dag niets?

Deze moeder heeft misschien een baan, maar niet een die haar verplicht op tijd te zijn. Het is kwart voor tien en haast lees ik niet af aan de manier waarop ze loopt. Op zoek naar een evenwicht tussen dansen en marcheren. Ze vangt de wind met haar smalle, holle rug en laat zich duwen door onzichtbare vingertoppen. Eén pas op de plaats, twee sprongetjes vooruit, een blik op de etalage van de parfumerie, weer een windvlaag. De panden van haar lichtgrijze winterjas waaien op terwijl ze een trek van haar sigaret neemt en dan zweeft ze weer even – de rook die ze uitblaast achterna.

Carrièremoeders brengen hun kinderen niet te voet. Die laden peuters uit de auto alsof het volgepakte koffers zijn. Ballast waarvan je je moet ontdoen om vaart te kunnen maken.

Het is zacht gaan regenen.

'Er is niets aan de hand,' heeft de dokter gezegd. 'Uw bloedbeeld is perfect. Geen ijzertekort, geen suikerziekte, geen hepatitis – ook geen leverkwaal zoals u geloof ik zelf dacht... Ik heb alles laten checken, maar er is niks gevonden. Zo'n prima uitslag had ik eerlijk gezegd ook verwacht. Gewoon wat extra vitamines nemen. En wat meer lichaamsbeweging. Nou ja, het wordt alweer gauw voorjaar, nog een maandje of twee en dan gaat een mens vanzelf weer wat meer de frisse lucht in. Aan het sporten krijg ik u toch niet, maar een wandeling of een fietstocht? De kust is dichterbij dan de meeste mensen denken. Even lekker een harinkje happen op Zandvoort.' Je kon horen dat hij er zelf veel zin in kreeg.

Mijn huisarts weet dat ik van mijn vierenveertigste tot mijn achtenveertigste bij een psychiater heb gelopen. Verlengingen van het verwijsbriefje rolden automatisch uit zijn printer – ik hoefde ze alleen maar af te halen bij de receptie en op te sturen naar de verzekeringsmaatschappij: er kwam geen medische controle aan te pas.

Een jaar geleden zette mijn psychiater de behandeling stop. Hij en ik kenden mijn karakter tot in elke uithoek. Mijn jeugd had geen geheimen meer. Wij hadden mijn ouders over de dood heen de hand gereikt, vergevingsgezind, en elkaar gezworen dat alle mensen om mij heen hun best hadden gedaan van me te houden, zij het op een wat stuurse, Noord-Hollandse manier; met klei onder hun nagels en een trotse dokwerkersblik in de grijze ogen.

Wel eens een hyacintenkweker horen uitvallen tegen zijn bollenpellers? Het eeuwige gelijk staat op springen in de brede kaken. Geestgrond fluistert hem in dat zijn ras niet alleen weet wat werken, maar ook wat waarheid is. En die waarheid gromt in zijn keel en barst tussen zijn tanden... Dan spuwt hij zijn oordelen als kiezels in het gezicht van om het even welke vreemdeling. 'Pellen lamlul! Emmers maken! Aan pleisters doen we hier niet! Achterlijke katholiek, waarom ga je niet terug naar Papenland, asperges steken? Een extra muntje voor de douche? Met koud water word je toch ook schoon? Alsof ik een badhuis run. Godallemachtig! Was dan in Mohammedanië gebleven. Allemaal ijdeltuiterij is het bij jullie, kwam er maar eens een lekkere oorlog...'

Mijn familie zat niet in de bollen, ook niet in de aardbeien. Turken, Brabanders, Tukkers en Polen kampeerden niet bij ons in de tuin. Dat maakte het gepreek er niet minder om.

God was al voor mijn komst afgeschaft. Nadrukkelijk rillend fietsten mijn ouders langs 'die smerige kerk' (welke dan ook), maar ieder feestje bij ons thuis was een kerkdienst. Mijn grootouders, mijn ooms en tantes, mijn broers en zus schreeuwden hun exegese van het socialisme de kamer in.

Marktkraamdominees. Standwerkers voor een product dat met een duur woord 'moraal' heette, maar rook naar bier, zweet, haat en vette jus. Kankeren op de buren, roddelen over de plaatselijke middenstand, schelden op de regering, hard lachen om avonturiers en artistiekelingen die na vele omzwervingen naar Alkmaar, Haarlem, Hillegom, Den Helder, Zaandam of Beverwijk waren teruggekeerd, vanzelfsprekend met hangende pootjes; het waren dé manieren om elkaar de polderwaarheid aan te smeren, die bijtend was als de wind rond de pier van IJmuiden.

In Noord-Holland drinkt men navelstrengbloed bij wijze van miswijn. Het is wai, wai, wai, maar dat woord wordt ingeslikt. 'Wai sain de kraun op de wirrold, daize plek heb ons tot auferwinnaurs gemâk,' is de boodschap die wordt uitgespaard door het luidruchtige gemor.

Ik mocht blij zijn dat ik bij 'wij' hoorde.

Een welterustenkus was dus niet meer nodig, een hand op een zere knie evenmin.

Ik was te fijnbesnaard, of niet fijnbesnaard genoeg, om in het 'Trap ze maar eens goed in de kloten!' een blijk van waardering te horen, en als mijn vader zei dat ik van al dat studeren een 'kop als een baklap' kreeg, vatte ik dat destijds niet op als bezorgdheid. Maar jezus, wat hebben mijn ouders alles goed bedoeld, en wat heb ik me moedig ontworsteld aan dat robuuste, rode milieu... Zonder certificaat, maar met een wezenloos gevoel van dankbaarheid jegens Het Bestaan in zeer algemene zin verliet ik de praktijk van de man die ik vier jaar lang Richard had mogen noemen.

En nu denkt mijn huisarts natuurlijk dat ik alsnog in een gat gevallen ben. Dat ik het voor de verandering eens over de somatische boeg heb gegooid. Hij sprak me daarnet toe alsof ik lijd aan hypochondrie en te veel folders over kanker heb gelezen. Zei nog net niet dat er, helaas voor mij, geen tumor was gevonden, maar het lag hem op de lippen. 'Er is niks aan de hand. Wat zou zich in úw lichaam nou in vredesnaam willen uitzaaien? Een beetje kwaadaardige cel woekert liever in het baarmoederhalsje van een fotomodel. Aan de maag van een manager is eer te behalen, de slokdarm van een voetballer is ook de moeite waard – ...maar u van binnenuit slopen? U gaat hooguit dood aan longembolie of een zwak hart. Nu niet, over dertig jaar. Het spijt me.'

Ik ben gezond. Geestelijk en lichamelijk. Ik kan en mag naar Zandvoort fietsen, maar ik heb een hekel aan de zee en vis lust ik niet.

Barbara pulkt aan de veters van haar schoenen. Als ze ze los heeft trapt ze de schoenen uit, schuift ze met één voet onder de bank, pakt het glas wijn aan dat ik voor haar heb ingeschonken.

'Die andere Chinees is beter.'

'Welke andere?'

'Die in dat kleine straatje. Tegenover die antiekzaak. Deze foeyonghai was met eipoeder gemaakt. En er zat vooral ketchup in de saus. Het was opgewarmde ketchup.'

'Ik heb er niet zo op gelet.'

'Nou, volgende keer fiets ik wel een eindje om. Maar ik wilde snel thuis zijn.' Ze kijkt naar me alsof ze een doodzonde opbiecht. Bang, zorgelijk, al haar hoop gevestigd op een mild oordeel van mij. Zeg niet dat die hoop vergeefs is, lief. Zeg me dat ik mijn leven kan beteren.

Al sinds ik Barbara ken kijkt ze me af en toe zo smekend aan. Het betekent niets, heb ik geleerd. Alleen in de eerste jaren dat we samenwoonden, en elkaar vaak genoeg zagen om weer geheimen voor elkaar te kunnen kweken, maakte deze blik van haar me achterdochtig.

Barbara bood haar excuses aan voor iets onnozels (het kwijtmaken van een reservesleutel, het niet doortrekken van de wc, het laten krimpen van een trui), peilde mijn reactie en als ze zich veilig wist zou ze op haar misplaatste spijtbetuiging een ernstiger bekentenis laten volgen – de minstens zo misplaatste dankbaarheidstranen voor mijn 'geeft toch niks' nog drijvend in haar ogen. In haar toon. Er zou een spel met me gespeeld gaan worden, daar was ik van overtuigd.

Maar Barbara is recht door zee. Ze is niet geboren in schuld, niet opgevoed met schuld, niet getekend door schuld – de aantrekkingskracht van schuld en de verslaving aan schuldgevoelens kent ze evenmin. Haar zeldzame blijken van berouw zijn gemeend, de hysterische grimas erbij is een foutje van de natuur. Geestelijke nood is Barbara vreemd, ze heeft hooguit te veel films met Meryl Streep gezien.

'Morgen kook ik zelf weer. Doe jij...?'

'Als je vanavond een lijstje maakt.'

'Ik weet nu toch nog niet wat ik morgenavond wil eten? Ik blijf die bami van daarnet proeven.'

'Dan bel je het lijstje morgen in je pauze door.'

Hoeveel van dit soort gesprekken voeren mensen in hun leven? Mijn vriendin pakt de krant, bekijkt een pagina, mompelt: 'Dit kan nog een beetje strakker, iets meer wit,' en legt hem weer op de grond.

Hoe vond ik de opmaak vandaag? Ik merkte het zeker wel, dat die stagiaire echt iemand met een visie is. Wat ze met die beripo doet, heel knap. Voor iemand die nog niet eens is afgestudeerd? Het kan niet anders of ze krijgt straks een vaste baan aangeboden, de hoofdredactie is ook al zo tevreden en het is nog een leuk meisje ook. We hebben gelachen! Nou, en zoveel werd er niet meer gelachen op de afdeling, dat weet je wel.

Dat weet ik wel.

Barbara staat op, loopt naar onze slaapkamer, ik hoor haar een kast openen, vloeken. Beripo is jargon voor 'berichtenpoot'. Ook dat weet ik. De pagina waar ze naar heeft gekeken is de volste pagina van het dagblad. Veel korte blokken tekst, weinig beeld. Dunne en dikkere zwarte lijnen omlijsten de nieuwsfeiten; polderland van taal verdeeld in kavels in soorten en maten, je wordt er doodmoe van. Meer wit, meer ademruimte – ik begrijp wat Barbara bedoelt. Ze komt terug met een paar sokken, in elkaar gerold tot een bolletje. 'Wist je dat jij ook nog tennissokken had? Ik vond de mijne achter het ondergoed. Koude voeten. Jij niet?'

'Nee.'

'Ik kan de jouwe ook wel even pakken. Is lekker hoor, twee paar over elkaar heen. Het is een soort badstof.'

Heb ik ooit zelf tennissokken gekocht? Waar? Waarom? Heeft zij ze een keer zomaar voor me meegebracht? Ze weet dat ik geen witte sokken draag.

Er is niets op de televisie. We hebben vorige week een nachtfilm opgenomen, iets met duistere erotiek en scheefgetrokken machtsverhoudingen tegen de achtergrond van een streng protestantse pioniersgemeenschap anno 1900, maar zo lang Bar er niet over begint houd ik mijn mond. De pocketeditie van *Misdaad en straf* ligt op een tafeltje naast de telefoon. Bovenop onze agenda's en het adresboek. De moeder en de zus van Raskolnikov zijn in Sint-Petersburg gearriveerd. Ik ben dus nog ver voor de helft in wat volgens mij nu al het boek der boeken is, op bladzijde 281 om precies te zijn, maar ik durf niet door te lezen in Barbara's bijzijn. Voor lezen heb ik de hele dag de tijd gehad. Die tijd heb ik niet genomen. Mijn eigen fout, daarvan mag zij niet de dupe worden.

'Hoe was het bij de dokter?' Ze ziet dat ik me verveel.

'Everything fine.'

'Zie je wel.'

'Ik heb een multivitaminen-en-mineralenkuur voor vijftigplussers gekocht bij die drogist in Zuid. Tweeënzeventig euro.'

'Dat advies betaal je ook. Die mensen hebben allerlei diploma's, vertelde Mariska me.'

'Aha.'

Niets over het woord vijftigplussers. Ook al ben ik nog negenenveertig.

'Nou moet je ze wel met regelmaat innemen. Die andere potjes kan ik steeds weer wegmieteren. Dan neem je vier keer zo'n pil en dan blijft die rommel staan tot de datum allang verstreken is.' Ze lacht. 'Wat zeur ik, ik ben je moeder niet.'

'Nee, maar je hebt gelijk.'

'Je moet het doen zoals ik dat doe met mijn Trinordiol. Gewoon, na het tandenpoetsen 's avonds. Of 's morgens, maar je moet het koppelen aan het tandenpoetsen – dat doe je tenslotte ook elke dag.' Elke dag een pil. Elke dag dé pil. Voor die ene keer in de maand dat we nog maar met elkaar naar bed gaan. Opeens voel ik een diep medelijden met ons. Alsof ik een ander ben die op deze twee mensen neerkijkt, van bovenaf.

Barbara en ik willen ongecompliceerd van elkaar houden. We willen ons niet schamen voor de truttigheid die er hoe dan ook bij het samenleven komt kijken, daar waren we het al bij aanvang over eens. Gesprekjes over de onbetrouwbare thermostaat in de ijskast en de schimmel tussen de douchetegels horen erbij; die vermijden geeft de omgang iets gekunstelds.

Inmiddels heeft het ongecompliceerde de overhand gekregen en lukt het ons niet meer de weg terug te vinden naar een vakkundige stilering van de momenten samen.

Vroeger schoor ik me nog een keer extra voordat Barbara thuis-kwam. Soms trok ik zelfs een schoon overhemd aan. De asbakken waren leeg, ik had een cd opgezet die ze nog niet kende, en geduren-de haar werkdag de weinige overpeinzingen onthouden die ikzelf als intiem had ervaren, zodat ik ze 's avonds zou kunnen prijsgeven – bovendien had ik de vragen die ik Barbara 'altijd al had willen stellen' een paar keer gerepeteerd. Verliefdheid, en niets dan de gek-makende verliefdheid gaf me in dat ik al deze dingen moest doen. Ik, wij, werkten geen programma af. (Hoewel ik de stappenplannen voor het behoud van een gelukkige relatie wel ken uit damesbla-den en talkshows, en weet dat ze allemaal de nadruk leggen op de aandacht voor details en het gesprek waarin zowel 'belangstellend wordt doorgevraagd' als 'onbevooroordeeld wordt geluisterd'.) Het programma werkte ons af.

Ook in het begin kwam er in een gesprek wel eens een sok voor, maar de sok viel destijds nog in het niet bij de andere onderwerpen. Welke onderwerpen? Ik herinner me alleen nog de bekende zinne-tjes, de beelden van geluk.

Is het niet gek wat ik zeg, nee, alles wat je zegt is leuk... En dan noemden we elkaar voorzichtig 'mijn beste vriend'. Dan legde Bar-bara haar benen op mijn schoot. Dan streelde ik haar voorhoofd op de plek waar haar haar begint, dan kuste ze mij en trok ik haar T-shirt uit haar broek om met mijn hand bij haar borsten te kun-nen. Dan maakte zij haar bh los, dan veegde ik de kruimels van een toastje van haar kin, dan wist ze precies hoe laat het was en liet me zwijgen zoals zij zweeg: gulzig. God ja. Alles bereikt zo zijn verzadi-gingspunt. We moeten hier niet over zeuren.

'Ik moet wandelen en fietsen.'

'Dat doe je toch al? Heb je niet gezegd dat je geen rijbewijs hebt en dus alles... Je beweegt toch genoeg? Hoe ben je naar die drogist gegaan?'

'Te voet, door het park. Terug met de tram.'

'Dat is toch meer dan een halfuur lopen en dat is genoeg. Een halfuur stevig wandelen per dag: dat beveelt de Hartstichting altijd aan.'

Barbara is erg nuchter. En erg praktisch. 'Kennelijk heb je daar toch behoefte aan,' zei Richard een keer, 'aan het houvast van thuis.' Houvast. Prachtig woord.

Nadat ik de *Max Havelaar* had gelezen, ik was zestien, zeventien, wist ik het zeker. Ik wilde arts worden. In Indonesië. Om een fractie van onze koloniale schuld in te lossen.

'Dacht dat je voor die studie goed moest wezen in exacte vakken,' zei mijn vader. 'En je mot ook bloed kenne zien.'

'Een mooi vak,' zei mijn moeder. 'Maar waarom zover weg? Zijn gewone Nederlandse mensen niet interessant genoeg?'

'Nee,' zei mijn zus. 'Wij zijn burgerlijk. Wij klagen over niks. Terwijl die lui daarzo nog glimlachen met twee afgezette benen. Lekker dramatisch, hè Ruudje?'

Voor scheikunde en biologie haalde ik achten. Wiskunde bleef een treurig zesje, het natuurkundeproefwerk moest ik in de zomervakantie nog eens overdoen. Ik leerde me gek terwijl mijn broers met een paar vrienden op de fiets naar Frankrijk gingen. Ze dronken al en hadden meisjes. Ik kwam niet verder dan de dik opgemaakte dochter van de drogist. Een beetje friemelen bij de friettent, natte kusjes in onze brandgang. We gingen wel eens naar een dancing in Uitgeest. Daar danste ze vooral met andere jongens. Als we over de donkere landweg terugreden naar ons dorp, ik mocht haar brommertje besturen, zij zat achterop, vertelde ze, dronken van een paar glazen cola-tic, met wie ze de komende week naar het strand ging. Nog werd ik niet jaloers. Alsof ik familie van haar was. Een oom die erop toezag dat ze niet van haar maagdelijkheid werd beroofd, niet met haar Puchje tegen een boom reed. Naïef was ik, en volgens haar 'te lief voor deze wereld'. Maar ik zag Java voor me. Sumbawa, Sumatra, Borneo.

Oosterse prinsessen, een tempelhuwelijk omwolkt door roze en gele bloemblaadjes, geur van ananas, kokos en smeulend sandelhout, warme mist. De daad op de klanken van de gamelan. Couperus had het gewonnen van Douwes Dekker. Achter elke zin die ik droomde drie puntjes. Zenuwen. Vrees. Stil protest tegen de taal waarmee mijn broers de geheimen platsloegen... Meisjeslijven werden deeg onder hun handen. Driemaal uitgerold, weer tot een bal gekneed, hup hier twee tieten en daarbeneden een gat, ze bekeken hun vinger, roken eraan, het rijzen werd niet afgewacht. Ze bakten verhalen als broodjes en waren alweer weg als de oven begon te roken. Jolanda, Winnie, Agnes, Trudy, Ineke en Valérie verkoolden samen met hun brieven, haarspeldjes, pasfoto's en snoepgoed. Zo moest het niet. Dan maar liever een watje.

Uit mijn eindexamenlijst bleek dat ik toch nog een echte bèta-man was geworden. Anderhalf jaar heb ik medicijnen gestudeerd.

Sara hield van lezen. In de pauzes, in de koffiekamer, verborg ze haar fijne, hysterische gezichtje achter veel te zware romans. *De Toverberg* van Thomas Mann. *Portret van de kunstenaar als jongeman* van James Joyce. Het sprak vanzelf dat we vrienden werden en dat we die vriendschap verkering noemden. Mijn makake. Doodshoofdaapje. Die zwarte ogen, die zwarte, ronde wenkbrauwen. Het haar altijd samengebonden in een strakke vlecht, waardoor de huid van voorhoofd en slapen ook strak kwam te staan. Een bleekglanzend, blauw dooraderd masker dat lichte verontwaardiging uitdrukte, soms kinderlijke verbazing. De Callas-neus. De streepdunne maar knalrode lipjes. Spookachtig mager was ze, maar heupen en billen had ze wel. Borsten als scherpgeslepen potlood-punten – je zag de jongens kijken, overal, maar nu waren de rollen omgedraaid. Sara wilde alleen mij.

Of ik verliefd was? We hadden twisten om niks. Sara smeet met de prullen die in haar vensterbank stonden, met boodschappen, syllabi, met de bos goedkope narcissen die ik had meegebracht toen ze naar een nieuwe kamer was verhuisd. 'Het is uit! Ik wil nog hele-maal geen vriend! Rot op!'

Ze vond dat ik haar gevangen hield, zoiets was het, en dan trok ik de deur maar weer achter me dicht, zacht, haar hospita... Liep de trappen af, sullig. Terug naar mijn eigen hok. Ging op de slaapbank liggen met mijn geïllustreerde boeken over het menselijk lichaam om me heen. Leerde de Latijnse namen van alle spieren uit het hoofd, viel in slaap, werd wakker, maakte een mok instantkoffie met water uit het fonteintje op de wc en de dompelaar die ik van mijn moeder had gekregen, at er een rol biscuitjes bij – om niet naar beneden te hoeven, waar mijn huisgenoten druk vergaderden over het wanbeleid van de universiteit en andere soosjaale teemaas. De drie oudste bewoners, communisten in hart en nieren, waren net terug uit Moskou en hadden met hun Russische kameraden het mausoleum van Lenin bezocht. 'Interessant,' had ik een van de eerste avonden gezegd, een beetje wankel van de wodka. 'Vooral hoe ze zo'n lijk goed houden. Met wat? Dat krijg je nog niet in je eerste jaar, maar ik zou het zo graag willen weten. Bloed eruit, glycerine erin. Maar dan? Stonk hij?'

'Man, als je het niet begrijpt moet je niet meteen met ons mee willen ouwehoeren. Natuurlijk stonk hij niet. Hoe kan zo iemand nou stinken?'

Het geschreeuw. Het Grote Gelijk. De tabaksrook die in mijn ogen prikte. Herkenning. De familie De Wolf was overal. Dan trok ik mijn jas aan en ging naar buiten, zogenaamd om de buurt te verkennen. Kocht een reep chocola, nam de tram, stapte op het Leidseplein over op een andere lijn, reed tot het eindpunt mee en weer terug tot het andere eindpunt, begreep langzaam hoe de wijken in elkaar stroomden. Ook de stad was een lichaam. Dat was geen originele gedachte, maar ik had hem nodig om mijn eigen plaats in het systeem te duiden: ik was een bacil, een indringer, en alle mensen die tegen mij opbotsten, of woedend naar me riepen 'Ken je het sien?' wanneer ik te lang had staan staren, alle inhalers en toeteraars, mijn medestudenten en de winkeliers in mijn straat waren witte bloedlichaampjes die zich razendsnel vermenigvuldigden, en elkaar in staat van paraatheid brachten zodra ik ergens mijn bleke kop vertoonde. Dacht toen nog dat het in Amsterdam altijd regende en zelfs: dat dat mijn schuld was.

Het onafgebroken ge-sorry hadden Sara en ik gemeen. We sloegen onze ogen neer wanneer een medestudent te laat de collegezaal binnenkwam. Arme prof. Het speet ons als een ander ons op de tenen trapte. Sara verontschuldigde zich voor een verkoudheid, ik putte me uit in excuses als de spijbelaar, die het van mijn aantekeningen moest hebben, mij 's avonds kwaad opbelde omdat hij mijn afkortingen niet begreep. In de ijssalon gaf Sara de toiletjuffrouw een gulden en wilde geen cent terug – ze had gezien dat twee andere meisjes zonder te betalen langs de onbezette kruk waren gelopen. Dat mens staat toch te dweilen, hadden ze gedacht. Sara dweilde zelf. Op haar hurken trof ik haar aan bij het buffet in de mensa, een emmer water naast zich. Grijze lap in de hand. Als iemand een kop soep van zijn dienblad laat vallen, moet dan zo'n Spanjaard dat gewoon maar weer in orde maken?

'O, ik doe ook alles fout,' een halfuur nadat ze haar eigen muur en tapijt had bekogeld met haar eigen vaasjes, poppenserviesje, oorbellen. We kwamen steeds weer bij elkaar terug, mea maxima culpa, gingen naar de bioscoop, aten taart in het Americain, duwden elkaar doodstille steegjes en doodstille antiquariaten in. Goedemiddag en we hopen dat we u niet storen, sorrysorry. Uit beleefdheid kochten we overal wat. Alles wat we niet alleen durfden, deden we samen. Behalve wat Sara schroomvallig 'dat ene' noemde en daar had ik begrip voor.

Nee. Ik was zeker niet op Sara verliefd. Het waren haar ouders. Voorzichtige mensen. Zilveren lachjes. Een platencollectie waar ik stil van werd. Mahler, de *Kindertotenlieder*. Schönberg. Haar vader, met die ogen van haar, even zwart maar milder – er lagen vertes in open, braakland, sneeuwlucht, smeulende woede in broze takken. Hij keek een vlucht ganzen na en zijn blik trok sporen over het plafond. Ik probeerde die lijnen te lezen, maakte ze blauw.

'Nu moet je opletten, wat Bruckner hier doet...'

Sara en haar moeder stonden op en liepen naar de keuken. Met allebei een glas vermout gingen ze 'aan het werk'. Ik hoorde ze praten en lachen en genoot van de man tegenover me.

Het plafond nam de kleur van zijn overhemd aan. Zachtturquoise, een zwembad op zijn kop. Verboden te duiken. Stoot je hoofd niet. Als Narcissus keek ik in het water hoog boven me en probeerde een glimp van mezelf op te vangen. Zoals hij wilde ik worden. Een vader! Hoogleraar klinische psychologie. Specialiteit: seksueel misbruik bij kinderen en de gevolgen daarvan op latere leeftijd. Hij was toen bezig aan een studie van de daders. Waren ze zelf ooit misbruikt? Soms. En soms, hij lachte, 'alleen maar' geestelijk vernederd. 'Wat vind jij, Rudolf? Moet de psychologie nou maar steeds in causaliteitshypothesen blijven steken? Het werkt, dat is waar. De truc gaat in het merendeel van de gevallen op. Maar als je dat te veel benadrukt kan het ook een self-fulfilling prophecy worden. Dat de gewone man gaat denken: kijk, d'r is dus toch geen vrije wil. Dan geeft hij zijn keuzemoment uit handen! Indonesië. Dat is nog eens wat anders dan die klungels die alleen bezig zijn met de hervormingen in eigen kring. Mijn studenten willen dat ik geen stropdas meer draag en nietsverhullend taalgebruik hanteer... Inspraak in de lesstof, meer gelegenheid tot zelfontplooiing. Verwende krengen. Bij wijsbegeerte loopt zo'n knakker die met zijn derdejaars gaat kamperen in de duinen en in zijn blootje de zee in rent om het daarna te hebben over "lichamelijkheid, arbeid, eros, en Martin Bubers transcendente Ander" en jij denkt aan Indonesië!'

Volgens Sara kende haar vader vreselijke driftbuien. Erger dan die van haar. Haar moeder ('Ja, dat zal ze nooit in het bijzijn van een ander zeggen') noemde hem een terrorist. 'Dacht je dat wij het zo leuk hadden, daar in de keuken? Dat spelen we maar. Mijn moeder jankt. Terwijl ze de bloemkool schoonmaakt. Echt waar. Ik kan toch ook met mijn vuile goed naar een wasserette? Maar ik ga voor háár, anders heeft ze helemaal niemand.' En toch, ik hield van die man. We schaakten. Lachten uitbundig. Zeker eens in de twee weken ging ik met Sara en haar wasgoed mee naar Leiden.

Na, wat was het, een klein jaar, kreeg ik een brief van Sara's vader. We hadden elkaar nog maar pas gezien, maar in de brief met universiteitswapen werd ik 'mijnheer De Wolf' genoemd en in die hoedanigheid ontboden op zijn kamer in het hoofdgebouw. Aan Sara vertelde ik niets. Ik ging naar mijn toekomstige schoonvader in mijn netste kleren, nerveus, alsof hij me zou vertellen dat ik vanaf die dag met zijn dochter naar bed zou mogen. Officieel goedgekeurde seks, bezegeld met een ritueel. Dat leek mij erg esthetisch en goed passen bij mijn psyche. Een hand op mijn hoofd en een gebed, een gedeelde maaltijd waarbij hij mij de beker zou aanreiken bij wijze van dochter. Neem haar en weet: ze is mijn melk. Ik klopte op de deur. Kreeg thee.

Professor Meijer had eens nagedacht. Hij had een aantal zaken gecombineerd. Mijn Indonesië-verhaal. Mijn moeite met mijn studie. 'Je hebt er toch een hekel aan dat er steeds over "De Mens" wordt gesproken? Over algemeenheden? Dat het allemaal zo technisch is?' Ja.

'Je kunt goed luisteren. Afwachten. Mijn dochter zegt dat ze jou zo bewondert om je geduld.' Dankuwel.

'Die muziek! Toen je net bij ons kwam wist je niks. Nu al heb je het over heel wezenlijke zaken. Wat Sjostakovich doet, dat hoor je exact. En je kunt het beschrijven ook.' Goh. Maar de termen heb ik van u geleerd. Dacht ik. Ik heb geen woord gezegd. Toen deed hij mij het voorstel.

'Je hebt het natuurlijk allang begrepen. Ik heb in het kamp gezeten. Bij de moffen. Is gebeurd, is vreselijk. Daar gaan we niet over praten. Niet nu. Maar er lopen meer mensen rond zoals ik. Mensen die niet hebben gestudeerd, zoals ik. Die hun aandacht niet hartstochtelijk op andere onderwerpen kunnen richten om iets te begrijpen. Of om te vluchten van hun nachtmerries. Ik probeer het al een paar jaar in kaart te brengen. De verhalen. Als psycholoog. En ik ben zo godvergeten kwaad op mezelf, want ik kan het niet. De vrijstelling van de universiteit heb ik, dat wel, maar ik kan die lui niet helpen. Herken zoveel. Kan het niet nalaten om, als iemand gaat snikken, een rotte grap te maken. En daarbij, omdat ze weten dat ik ook... Laten ze details weg. Snap je? Om mij te sparen! Joden, joden. We zijn me het zootje toneelspelers wel.'

Hij rolde zijn mouw op. Nog altijd zie ik die cijfers tussen dat zwarte haar. Het was pervers. En ik had Sara's vader altijd zo bewonderd om zijn gereserveerdheid. Dat on-intieme, on-openhartige dat ik zo meende te herkennen, alsof we genetisch juist zeer intiem bij elkaar hoorden en nu die tatoeage – baviaan die de opgezwollen rode billen toont. Hoe had ik moeten kijken? Maar de opdracht was mooi; amper twintig en ik mocht de slachtoffers interviewen, onder Meijers leiding een boek maken.

De namenlijst. De telefoontjes. Nee, mijnheer, ik zie niet op tegen uw komst. Meijer heeft zoveel goeds over u verteld. Bandrecorder mee. Westerbork. Mauthausen. Bergen-Belsen. Kapo. Bielsen. Pasfoto's. Briefjes op wc-papier. Greppels. Muziek. 'Weet jij dat, Rudi, heet zoiets een pick-up truck?' Opeens had ik dertig, veertig ouders en allemaal waren ze vriendelijker en zachtmoediger dan de mijne – ik kreeg cake bij de koffie, en borrels en sigaretten, en 's nachts, na het studeren, tikte ik de banden uit, maakte van de notities een verhaal. Dat viel nog niet mee. Al die gruwelijke pauzes. Dat vrolijk overstappen op een ander onderwerp: 'Zullen we het over Vietnam hebben, dat is toch ook erg...?' Het werd niks. Totdat ik zelf aan het fantaseren sloeg. Wat niet gezegd werd vulde ik op eigen gezag in. Verzon landschappen. Bedacht koppen bij de bewakers. Zijn puistige hoofd, zijn boerenhanden... Zocht naar een ritme in de zinnen en kwam vanzelf op lichtval, geluiden, smaken, geuren, wandaden waarvan nooit verslag was uitgebracht. Fictie, fictie.

De ondervraagden kregen mijn uitwerking van hun relaas en zeiden tegen Meijer dat er, hoe is het mogelijk, precies stond wat ze hadden gezegd, dat was in jouw versie wel even anders, die was clean en zat vol hiaten – en we wisten het beiden: het was niet waar. Meijers verslagen klopten, de mijne niet. De kraters in de door de holocaust aangevreten geheugens waren door mij gedicht. Verdicht. Maar iedereen was dankbaar voor die anonieme student die de waarheid eindelijk recht deed.

Meijer zette zijn naam op het boek en dat was meer dan terecht. Nederland schrok, en dat was nog meer dan meer dan terecht, en Sara en ik kregen ruzies die niet meer konden worden bijgelegd en we neukten allebei wild in het rond, terwijl haar vader in kranten, op radio en televisie zijn levenswerk toelichtte.

Compassie was de inzet geweest. Het schrijven bleek leuker. Alleen dat woord al: leuk. Maanden kon ik leven van het honorarium dat Meijer stilzwijgend naar mijn rekening had overgemaakt. Hij deed een goed woord voor me bij journalisten en redacteuren en terwijl ik hemzelf uit het oog verloor kwamen er steeds meer namen in mijn agenda bij. Opdrachtgevers. Opiniebladen, kranten, literaire tijdschriften. Ik werd wat je noemt een rijzende ster. Een ster aan het firmament van de essayistische, beschouwende achtergrondjournalistiek. Ons boek was al aan de vijfde druk toe toen Meijer me voor een feestelijke lunch uitnodigde.

We aten eendenborst, dat herinner ik me.

We dronken veel. Nadrukkelijk vergaten we de oorlog. Nog steeds durfde ik hem niet te vragen naar zijn eigen verleden, maar hij leek evenmin geïnteresseerd in hoe het mij was vergaan, met al die tergende ooggetuigenverslagen nog in de vingers. Het haastig uittikken van de dossiers – ik, literair ambtenaar, had achter mijn tweederangs machine monsters tot leven gewekt. Voor de goede zaak. Eichmann binnenstebuiten.

Tegenwoordig hoor je vaak, te vaak de term nazorg vallen. Dat schijnt een recht te zijn: het recht op nazorg. Maar Sara's vader, die ik toch zo aanbeden had, keek mij niet recht in het gezicht aan. Vroeg niet hoe ik... Zag niet... Nee, dat is flauw. Er was geen leed dat ik, als betrof het een griepje, had overgenomen.

Er was, uitsluitend bij mij, niet bij hem, die diepe minachting voor de mens die ik was geworden, en die meer van dat solitaire typen en verzinnen bleek te houden dan van lepralijders op afstand. In kroegen, op feestjes was ik de held. Zo jong, en dan al zulke stukken mogen schrijven, dat overkwam andere studenten niet. Die moesten nadenken over wat ze nou toch met hun studie wilden en konden doen, tentamens halen, afstuderen, solliciteren, terwijl ik van de ene opdracht in de andere rolde, geweldig. Ik vertelde Meijer dat ik ook graag toneel wilde schrijven. En poëzie, en romans, misschien. Hij waarschuwde me met dooddoeners als 'Loop niet te hard van stapel', en adviseerde me altijd veel te blijven lezen. Tenslotte kwamen we weer uit bij de muziek – tijdens de koffie mijmerde hij iets over luisterend lezen en lezend luisteren en we drukten elkaar de hand. Klaar, we waren klaar.

Hoe hij vervolgens naar zijn Saab liep.

Zijn autosleutels uit zijn zak viste.

Ging zitten, over de stoel van de bijrijder hing en het portier aan de andere kant voor mij openhield. Mijn stoel schoonveegde. Steeds die tederheid. Die ruime, machtige geest in dat kleine, bescheiden, kale hoofd. Vlindergebaren, adelaarsogen. Hij zong een Bachcantate. 'Wachet auf, ruft uns die Stimme'. De hoge stem die stopte na: 'Wenn kommst Du, mein Heil?' en ik durfde niet te antwoorden omdat alles mij al te symbolisch leek. Kitsch.

Vorm, en de onnadrukkelijkheid daarvan, daar kwam het op aan. Ja, ik had besloten de vormgever van rafels te worden. Dus zong ik niet dat ik kwam. Ik kwam niet. Nooit zou ik zijn deel zijn. Ik mocht roken in zijn auto. Voordat hij het parkeerterrein van het station op reed, zei Meijer dat hij trots op me was, veel trotser dan op die arme, labiele Sara. 'Jij weet tenminste waar het op aankomt. Hard werken. Rondkijken. Je mening uitstellen totdat... Ik mag jullie natuurlijk niet met elkaar vergelijken, het is geen wedstrijd... Maar mijn dochter is alleen maar met zichzelf bezig, dat zie jij ook. Jammer hoor. Zeker als ik aan jou mag merken dat het heel anders kan. Beter. Veel beter.'

Die opmerking, verdomme, is het zaad van de teleurstelling geweest. In die ene De Wolf waarin ik net zo'n beetje was gaan geloven.

Het regent vandaag nog steeds. Na het ontbijt trok Barbara een rubberen regenbroek over haar panty aan. Het korte rokje dat ze droeg schoof ze omhoog tot op haar billen, anders paste de broek er niet omheen, zou het kruis te laag blijven hangen.

'Hoe doe je dat ding straks nou weer uit?'

'Jij bent bang dat ze mijn kont zien.'

'Als het niet hoeft, hoeft het niet.'

'Gewoon op de dames-wc.'

Ik veinsde opluchting. Kuste Barbara enthousiast vaarwel, pakte het dikke pakket van achteren nog eens stevig beet, hoorde de rok knisperen in de waterdichte kussensloop, hield voor een seconde intens veel van de knalgele reuzenkabouter voor mijn neus.

'Nou moet ik echt gaan, schat. Jantien weet nog niet hoe het koffiezetapparaat werkt.'

De mensen van de afdeling Opmaak zetten zelf hun koffie, want vinden die uit de automaat niet te drinken.

Denk niet dat het er op de krant ruig aan toegaat. Terroristen blazen ergens ter wereld een Amerikaanse ambassade op, een twintigjarige jongen schiet het voltallige personeel van een faculteitsbibliotheek aan flarden alleen omdat ze het proefschrift van zijn oom niet kunnen leveren, een moeder verdrinkt haar aan leukemie lijdende dochtertje uit pure wanhoop in het bad en in een loods bij Dordrecht is driehonderd kilo weetikveelwat voor afschuwelijk landbouwgif gevonden, maar de redacteuren houden zich bezig met de kwaliteit van hun muismat, van de kroketten in de kantine, van de zoutjes die worden geserveerd tijdens de hangende receptie. Vorige week trakteerde Barbara haar collega's van de afdeling, en nog wat mensen met wie ze als coördinator veel contact heeft. De dag erop ontving ze een mailtje van de chef Binnenland, die haar feliciteerde met haar drieëndertigste verjaardag en vroeg waar ze zulke heerlijke bonbons had leren maken: hij wilde zijn vrouw met zo'n zelfde cursusje verrassen. Logisch dat ik geen enkel dagblad meer serieus kan nemen. Ik denk bij alles wat ik lees onmiddellijk aan bijvoorbeeld het geëmmer over de inrichting van de rokershoek – een thema dat de gemoederen van iedereen op Barbara's werk nu al maanden in de greep houdt.

Iedere trouwe abonnee zou het interne nieuwsblaadje eens moeten lezen. Dat lijkt niet alleen uiterlijk in niets op een krant (volgens mij wordt het gestencild ergens in de kelder, op een ratelende en piepende machine), inhoudelijk is het niet veel beter dan het parochieblaadje van een doorgesaneerde dorpskerk. Geneuzel van en voor de drie vrijwilligers die hun hart aan het instituut geschonken hebben. 'Even kennismaken met... Annette Bos (28), onze nieuwe kracht op Documentatie. Annette, wat zijn je hobby's?'

Eigenlijk wil ik ook naar buiten. Ik weet precies waarom. Om die moeder te zien, die verschijning. Stampvoetend en teder. Losgekomen van haar plicht, wat haar houding iets baldadigs geeft (een scholier die voor de zoveelste keer spijbelt), maar, anders dan die scholier, ook vervuld van heimwee naar de plicht. Naar de aanleiding, de bron van alle plicht: haar zoon. Ze heeft niet alleen een tompouce gehaald, gisteren, nee, ze heeft voor de Hema gewacht tot de deuren om tien uur opengingen, en is daar toen voor hem een pyjamaatje gaan kopen.

Het kind heeft natuurlijk genoeg pyjama's.

Maar het is eigen aan een minnende ziel om juist op de momenten waarop ze zich even bevrijd weet van het uitputtende samenzijn, op zoek te gaan naar iets dat het gevoel van verbondenheid kan verlengen.

De vrouwen van wie ik hield, heb ik vaak en razend de deur uit gekeken. 'Je had toch een afspraak? Waarom sta je daar dan nog? Hou dit jasje nou aan, het staat je geweldig en make-up heb je eigenlijk helemaal niet nodig, ga nou weg, straks kom je nog te laat...' Als de geliefde in kwestie eenmaal vertrokken was en ik oog in oog stond met de lang verbeide uren alleen, was het eerste wat ik deed toch iets dat me aan haar herinnerde. Ik luisterde naar de Lucaspassie van Penderecki, terwijl ik niet van disharmonisch hedendaags klassiek houd. Keek naar haar favoriete televisieprogramma. Brak een stukje van een chocoladereep af en maakte mezelf wijs dat het naar haar smaakte, waste haar delicate ondergoed en truitjes op de hand.

Meer nog dan de spullen van een vrouw 'van mij' te willen maken, leefde er het geloof dat ik een vriendin vollediger zou ontmoeten in haar dierbaarste gewoontes en bezittingen dan in haar lijfelijke aanwezigheid. Een ongevaarlijk geloof dat pas kwam opzetten nadat ik me een dag, of zelfs dagen had verheugd op luchtige, van alle goden losse eenzaamheid. Ik had ongestoord bier uit blik kunnen drinken, het avondeten overslaan, zappen – en wat ik deed was brevieren met haar lievelingspoëziebundel in de hand, wetend dat ik er de volgende dag, tot mijn weerzin, weer uit voorgelezen zou worden.

Als het jongetje vandaag weer naar het kinderdagverblijf moet, kan het best zo zijn dat zijn vader hem ditmaal brengt. Natuurlijk. Zijn vader brengt hem, zodat zijn moeder zich nog eens een keer lekker kan omdraaien in het warme nest. Ze moet een beetje verwend worden zo nu en dan, daar zijn haar man, haar kind en ik het over eens; alleen zo blijft ze het meisje dat verwachtingsvol aan elke nieuwe dag begint, dat niet ingehaald kan worden door slaapver-wekkende regelmaat.

Straks staat ze op, komt in haar ochtendjas de lege kamer binnen, vindt een cadeautje op haar ontbijtbord, denkt: laat het niet weer een boek of een cd zijn. Ze staat zich toe dat te denken, omdat ze al heeft gezien dat het geschenkpapier de vorm van een fles heeft. Lavendel badmelk. Er is geen bad. Net op tijd leest ze 'Ook geschikt voor gebruik onder de douche', maar voordat ze het spul gaat pro-beren rookt ze nog een sigaret, stel ik me zo voor. Is die op, uit, as, dan ga ikzelf ook onder de douche.

Voordat het regenpak is uitgedruppeld, voordat Barbara klaar is met het inventariseren van de toegezegde stukken en de proef-opmaak op het scherm (Palestijns vluchtelingenkamp nieuw Israëlisch doelwit – jongens, kan die kop niet bondiger?), moet ik aangekleed zijn en tenminste zelf denken dat ik werk.

Laat ik er niet geheimzinnig over doen. De jonge moeder in de grijze, alpaca mantel deed me denken aan C.

Ik heb haar gezicht gisteren niet gezien, maar de bewegingen en belijning van de wolk die voor me uit ging schonken me met een gul gebaar de enige vrouw terug die ik nooit bij Richard ter sprake heb gebracht.

'Vertel je hem wel eens wat over mij?' vroeg C. me eens, na mijn telefonisch verslag van de zoveelste sessie.

'Hoezo? Jij hoort toch niet in het verhaal?'

'Dank je.'

'Het is een compliment.'

'Dat begrijp ik wel – en ik beschouw het ook als een compliment. Jij wilt mij niet rekenen tot de vaste inventaris van je ziel of zoiets. Ik ben geen meubelstuk of vloerkleed dat je pas durft weg te doen nadat je de geschiedenis en betekenis ervan aan tenminste één an-dere persoon hebt toevertrouwd. In woorden moeten de spullen blijven bestaan, ook als ze rijp zijn voor de schroothoop: zo zit je in elkaar.'

'Zo zit ik in elkaar?'

'Weet je, ik heb een vriendin die altijd vreselijk schold op de in-richting van haar ouderlijk huis. Haar ouders hadden geen smaak, dat had ze al jong door en ze heeft me wel eens verteld dat ze sinds haar negende iedere dag met tegenzin van school ging, alleen omdat ze weer tussen al dat massieve eikenhout en die donkerbruine, fluwelen bloemen zou moeten rondlopen, met een gezicht alsof er niks ergs aan de hand was. Een vensterbank vol porseleinen olifanten, kunstchrysanten in Delftsblauwe vazen, geborduurde schilderijtjes aan de muur... Ik ben er wel eens op bezoek geweest en het was wat je je voorstelt bij de hel. Eén grote uitdragerij van logge en barokke nutteloziana. Likeurkaraffen in smeedijzeren houders, een koperen kolenkit, perkamenten lampenkappen met franjes aan de onderkant, pluchen katten – alles zo lelijk dat je vreesde er je handen aan te zullen branden. Je kon er je kont niet keren, in die kamer, en je ademde niets dan bedompte lucht in, zuurstof die nooit met zonlicht in aanraking was geweest. Maar toen ging haar moeder dood, een paar jaar geleden, en haar vader vond meteen een andere vrouw, nota bene iemand met smaak. Dus die haalde eens flink de bezem door die woning, sausde de muren wit, koos voor moderne, strakke meubels...'

'En toen was jouw vriendin woedend.'

'Precies. Ze had al die dingen heus niet willen bewaren, maar ze had er tenminste nog een paar foto's van willen nemen. Ze had ze nog even willen vasthouden, er wat stof willen afblazen. Ze had ze willen draaien en verschuiven tot ze zeker wist dat de prullen in het flitslicht tot hun recht zouden komen. Toen zei ik: "Maar er zijn toch genoeg foto's van jullie kamer?" en toen zei zij: "Dat zijn foto's gemaakt op verjaardagen, of met Kerstmis – en dus geen afscheidsportretten die ik zelf heb gemaakt, met het doel me de dingen op mijn manier te kunnen blijven herinneren. Ik wil geen plaatjes van het decor van mijn eindexamenfeestje bekijken, maar plaatjes zien waarin het decor het toneelstuk zelf is. Een bevroren scène: de bank, de bijzettafel en de koffiepot in de hoofdrol." Om een lang verhaal kort te maken, dat wil jij ook. Je zei dat ik niet in het verhaal hoor, maar wat je bedoelt is dit: ik hoor niet bij het decor, ik hoor niet in het toneelstuk. Ik ben werkelijkheid.'

'Werkelijkheid, ja. En als ik bij jou ben, ben ik ook, en misschien wel voor het eerst in mijn leven, werkelijkheid. De rest is inderdaad theater.'

'Goed. En de werkelijkheid hoort niet op de sofa bij de psych.'

'Zo is het.'

'Nogmaals, ik vind het erg mooi van je dat ik daar bij die Richard niet genoemd word. Dat is liefde.'

'Liefde – en eerbied.'

'Liefde en eerbied. Maar die Richard kan op deze manier niet zijn werk doen. Hij heeft een beroepsgeheim, en toch neem je hem niet in vertrouwen. Kijk, ik vind het niet gek als een getuige in een moordzaak informatie achterhoudt. Ik begrijp het als een keurige huisvader die een misdrijf heeft zien plegen terwijl er op dat moment een tippelaarster in zijn auto zat, dat laatste gegeven weglaat en een andere reden voor zijn verblijf op de Theemsweg opgeeft. Getuige word je niet altijd vrijwillig. Maar niemand heeft jou verplicht in therapie te gaan.'

'En toch maak ik me schuldig aan muiterij.'

'Jouw woorden. Je plaatst jezelf in elk geval boven het contract. Jij denkt te weten wat die man moet weten en wat niet, jij denkt te weten wat een probleem is en wat niet – volgens mij weet je ook al welke adviezen Richard je moet gaan geven, dus waarom ga je nog naar die vent?'

'Het ontspant me. Dat vrijuit kunnen praten geeft me zelfinzicht.'

'Je praat daar niet vrijuit.'

'Wel waar. Vrijuit. Associatief. Al pratend schieten me soms dingen te binnen waarvan ik denk: hoe heb ik dat kunnen vergeten? en vervolgens: waarom ben ik dit vergeten?, dus dat is interessant. En adviezen krijg ik niet, dat denk jij steeds maar. Het gaat om inzicht, inzicht, inzicht. Richard hoeft niet eens te weten welke inzichten ik opdoe, dat benadrukt hij elke keer.'

'En toch...'

'Ik doe ook inzichten op over ons, dat weet je. Jezus, wat klinkt dat stom. Sorry. Maar je begrijpt wat ik bedoel.'

'Als je vrijuit zou praten, zou je het ook over mij hebben.'

'Je bent jaloers.'

'Ik ben helaas jaloers, ja. Op iedereen die je daar wel ter sprake brengt. En op Richard zelf.'

'Ik vertel hem echt niet meer dan jou.'

'Daar twijfel ik ook niet aan.'

'Om het even aanstellerig te zeggen: jij peilt mijn ziel.'

'Heel leuk, maar de afspraak met Richard kom je bijvoorbeeld altijd na. Met mij kun je schuiven.'

'Daar gaan we weer.'

'Altijd dat gelul: ik wil met je trouwen, ik wil kinderen met je, je bent geen minnares, ik neem ons serieus, maar ik moet eerst klaar zijn bij Richard... Als Richard wist dat trouwen met mij echt het doel is, of dat gaandeweg is geworden... Als Richard wist dat ik, ja, dat ik überhaupt besta, dan zou ik jouw sessies bij hem nog wel kunnen begrijpen. Maar hij denkt dat je op een prettiger manier met Barbara en je werk en je leven verder wilt en jij laat hem in die illusie. Of je laat mij in een illusie. Dat laatste lijkt me dichter bij de waarheid.'

'Ik wil dag en nacht bij jou zijn. Met alles erop en eraan, met kinderen. Maar ik wil dat niet overhaast doen, met medeneming van mijn rotzooi.'

'Man, ik wil niet eens kinderen.' C. zuchtte en dan volgde de al snel zo vertrouwde klacht. 'Mij opzadelen met al je troep, en ik krijg er alleen maar vage romantische beloftes voor terug. Nee, dan is die psychiater beter af. Die krijgt het perfect geregisseerde theaterstuk en zegt: "O, o, Rudolf de Wolf, wat een lucide man ben je, wat stel je je kwetsbaar op, wat een talent heb je uit al die ellende gedestilleerd, het is toch pure alchemie" en hij krijgt zijn centen – terwijl ik hier zit te wachten als een derderangs slettebak, omdat ene Rudolf meent dat ik zijn ziel peil en om die reden de ware bruid ben. "Nog even wachten, schat..." Ik werk mee aan het belazeren van ene Barbara die ik niet eens ken en daar ben ik niet trots op. Wroeging stapelt zich op wroeging, ik durf niet eens aan seks met jou te denken... Al die scrupules, godverdorie, en ik ben pas vierentwintig, dat iemand aandoen is toch misdadig? En wie mag het slachtoffer spelen? Rudolf. Goedzak Rudolf, die nog nooit een slachtoffer heeft gemaakt.'

Op de dag dat we elkaar een jaar kenden maakte C. het uit. Veertien maanden later trouwde ze, in deze stad. Ze woont tegenwoordig nog geen zeven minuten fietsen bij me vandaan, zeven minuten rustig fietsen bij lichte tegenwind, ofwel: drie tramhaltes verderop. Van haar man mocht ze me blijven zien, dus zijn we een keer uiteten geweest. In hetzelfde restaurant waar we ooit zuchtend en koortsend ('koortsig' klinkt hier nog te bijvoeglijk; ons zijn en de koorts vielen samen) tegenover elkaar hadden gezeten.

C. nam de ruimte in zich op met gevoel voor nostalgie; als een mondaine, maar hoogbejaarde tante op pad met haar nieuwsgierige achterneefje. Hier was ik verliefd op ene Rudolf, morgen neem ik je mee naar het café waar ik voor het eerst cognac heb gedronken, in gezelschap van een steenrijke krantenmagnaat, daarna laat ik je de kerk zien waar de priester stond die ik... Ze babbelde over het schilderijtje achter me, de bloemen op tafel, over de kaart die gelukkig niet al te veel was gewijzigd en haar wimpers babbelden mee, knipperdeknip, wat een fijne sentimenten komen er weer boven en wat ken ik er toch veel.

Het restaurant en ik waren willekeurige monumenten op C.'s route geworden. Objecten om eens een momentje bij stil te staan, maar dit alleen omwille van die in zichzelf al zo heerlijke nostalgie, die hemelse toespijs.

Nostalgie is roomijs voor de onvermoeibaren van geest. Zelfs in Museum Auschwitz heb ik Israëlische schoolklassen zien likken (pal tegenover de barakken knabbelden de betraande nabestaanden de versnapering van hun stokjes – koude troost), maar C. likte met haar blik ook deze plek des onheils schoon. Ze liet daarbij niets voor mij over. Zo doodde ze iedere poging tot overgave aan het lichaam dat haast mechanisch reageerde op de geluiden, het gedempte licht, de geuren van smeltende paraffine en vers brood.

De repeatknop was vakkundig onklaar gemaakt: mijn hartslag bleef in de pas bij haar beschrijvingen van ons gezamenlijke verleden. Goddank voor haar man.

Ze heeft me nog eens gebeld, C. Om te zeggen dat ze was uitgerekend op, nou ja, niet op, nee, één dag voor mijn verjaardag, wat een bijna-toeval. Maar het kindje kwam later en ik heb het geboortekaartje weggegooid. Is Jonathan één? Twee? Bijna twee. In theorie zou hij het kussende jongetje van gisteren kunnen zijn. In de praktijk niet. C. is namelijk fel anti-roken.

Mijn column en een zes pagina's lang verhaal over Al Pacino zijn zondagavond verzonden. Eindelijk mag ik weer terug naar mijn toneelstuk. Wat ik al heb: een jonge dominee. Een streng gereformeerde gemeente, net buiten het centrum van Amsterdam. Een kledingverhuurbedrijf. De dominee past avondjurken. Is hij travestiet? Nee, ontdekt het winkelmeisje. En dan begint het verhaal.

'Hoe kom je hier nou weer op?' vroeg Barbara een paar weken geleden, nadat ik haar de ingrediënten voor mijn eenakter had overlegd, bij wijze van boodschappenlijstje.

Opdrachtgevers, een soort vrienden denken ze zelf, vragen het me ook altijd. Hoe verzin je het? Waarom nou uitgerekend een chirurg, pooier, uitgebluste leraar klassieke talen met uitgerekend dit of dat probleem, in uitgerekend deze setting, met uitgerekend deze tegenspelers – haal je het uit de krant, leg je je oor in wachtruimtes te luisteren? Ken je soms iemand die zus en zo heeft meegemaakt?

Waar ik 'iets vandaan haal' weet ik nooit. Volgens mij haal ik nergens iets. Ik heb wel eens geprobeerd een scenario te maken aan de hand van een anekdote die een van mijn ooms me ooit vertelde, ik meen op de borrel na mijn moeders begrafenis. In elke regel die ik had geschreven, las ik angstvallige trouw aan het verhaal zoals het me verteld was. Personages bleven oninleefbaar gewoon, hun tekst smaakte naar karton, er kwam geen melodie in hun handelingen. Terwijl ik toch geloof dat een goed stuk meer moet lijken op een choreografie dan op een gesprek. Zinnen, woorden, klanken moeten spelers en toeschouwers ten dans vragen. Druk de loop van een pistool tegen mijn slaap, vraag me wat ik doe en ik antwoord: 'Ik schrijf onderwaterballetten.'

Eindes blijven bij mij altijd open, thema's verzuipen halverwege en lossen op in droomtoestanden. Een boodschap schittert soms in een enkele uitspraak die niet in de dialoog thuishoort en zodoende door niemand wordt opgemerkt. Mijn commentaar op wereld of tijdgeest vervluchtigt en daalt in fijne druppels neer in de commentaren die ik mijn spelers in de mond leg. Commentaren op elkaar, op hun eigen rol, op het drama waarin ze gewichtsloos zijn weggedreven, omdat de grond onder hun voeten vloeibaar werd.

Uit de cadans ontstaat condens, uit ontmoetingen sla ik stromen, draaikolken, golven ('Het tranenmeer. Jouw eigen tranenmeer,' zei die dweil van een Richard nadat ik hem eens op een vrijkaartje had getrakteerd) en wat het publiek zich na afloop steevast herinnert is onbegrijpelijk mooie pianomuziek, die helemaal niet geklonken heeft. Idealiter. En ik heb dit overigens uit een recensie, dat zeg ik er eerlijk bij.

Als ik al een goede toneelschrijver ben, dan is dat omdat ik werkelijk niets te vertellen heb. Die ene keer dat me echt iets hoog zat, dat ik uit iets wat bestond iets tot bestaan wilde brengen – die ene keer staakten de nymfen. Ik vreesde kennelijk dat mijn oom naar het stuk zou komen kijken en me na afloop zou berispen: 'Je hep van die lui hele andere mense gemaok, wait je. Zo prate ze nie bij ons en zo denke ze auk nie. We waren arrebeiders, jouw ouwelui ook, en je moeder hep nooit an d'r ège gedach. Mar die vrouw in dat stuk van jau is een egoïstisch loeder en dat komp omda jai alleen weet wat egoïsme is, dat is je vak, en die mense mè wie je werruk auk, die roere natuluk auk de hille dag in d'r ège stront wait je wel en dan wordt zoiets toch een hil andere geskiedunnis, want je moeder hep dat niet met die mof... Omdâ ze oppum viel of zo, maar omdatter gevaar draigde, godverdomme!'

De dominee die avondjurken past was er gewoon. Op een kleurloze zaterdagochtend. Ik deed de afwas van de avond ervoor en Barbara schreeuwde vanonder de douche dat ik even geen heet water moest nemen. Hoefde ook niet, de teil was al vol.

Goed. De dominee heeft een zware taak. Hij moet een gemeente op het rechte pad houden in een stad waar Sodom bij verbleekt, maar dat vindt hij met een modern woord 'een uitdaging'.

Na het avondeten en de bijbellezing gaat hij op zijn fiets de gezinnen langs die behoefte hebben aan wat pedagogische peptalk, adviseert ze de televisie de deur uit te doen of een avondklok voor de puberende kinderen in te stellen, bidt met een stervende ouderling, bereidt twee jonge mensen voor op het echtelijke leven, maar is altijd voor half elf thuis. Om met zijn vrouw nog even de dag door te nemen en erop toe te zien dat zijn oudste dochter de ledigheid die na het huiswerk maken intreedt in juiste banen leidt – ik stel me zo voor dat het meisje boekenleggers moet borduren voor de jaarlijkse fancy fair.

Dan, op een dag, raakt de dominee in een geloofscrisis. Hoe dat helemaal in zijn werk gaat moet ik nog verzinnen, dus dat komt later, feit is dat hij zichzelf uiteindelijk van kant wil maken. Dat lijkt hem de enige oplossing. Blijft hij namelijk leven en kiest hij voor een ander beroep, dan zaait hij vanzelfsprekend ook twijfel bij zijn gemeenteleden en in zijn eigen gezin. Dat is immoreel, vindt hij. Je mag anderen hun geloof niet afpakken alleen omdat je zelf niet meer gelooft. Maar ook zijn zelfmoord mag nooit in verband worden gebracht met het verlies van het geloof. Om dezelfde reden. Dat is logisch. Nou heeft de man bedacht dat hij zich wél kan ombrengen als hij op dat moment een groteske avondjurk draagt. Vindt men een door zichzelf ten val gebrachte dragqueen, een lijk dat op weg leek naar een obscure party, dan zal men hooguit hem verdoemen en aan Gods existentie niet tornen.

Ik heb die dominee met zijn jurkenpasserij dus al enigszins uitgetekend. Hij heeft al behoorlijk wat tekst, maar er moet ook iets stevigs groeien uit dat winkelmeisje. Die blijft nog te veel een schim. Hoe heeft ze hem aan de praat gekregen?

Vertelt ze ook over zichzelf? Ze moet hem natuurlijk het idee geven dat ze hem begrijpt, ja, liefst nog dat ze op hem lijkt. Zelfs als dat niet zo is. Die man moet geloven dat hij het tegen zijn spiegel heeft. Maar het publiek moet merken dat het meisje de kunst beheerst haar alledaagse herinneringen en emoties zo te presenteren dat ze als vanzelf verwantschap gaan vertonen met die van haar gesprekspartner. Zo geraffineerd en discreet als ze de dominee in de kleren hijst, zijn lichaam nauwelijks aanrakend, zo verfijnd zal ze veinzen identiek aan hem te zijn; opwindend identiek, want alleen ten diepste, onder de taal nog, één met hem. Gaat ze hem tegenhouden? Doet dat ertoe?

Er is geen verwantschap.

Dat doet ertoe.

*

'En denk aan de eieren.'

'Dat ik ze bovenin de tas leg.'

'Dat wilde ik niet zeggen.'

'Wat bedoel je dan?'

'De vorige keer was je ze vergeten.'

'Ik dacht toen geloof ik dat we nog eieren in huis hadden. We hebben altijd wel een paar eieren in huis.'

'Maar voor dit recept heb ik er heel veel nodig. Ik moet dooier en wit namelijk splitsen, en als dat mislukt...'

'Reserve-eieren dus.'

'Haha.'

'Ik denk aan de eieren, dat beloof ik.'

'Dan ga ik nu ophangen, er is veel te doen. Peter is ziek.'

'Griep?'

'God lieverd, dat weet ik niet, hoor. Da-ag!'

'Tot straks.'

'Tot straks.'

We hangen op. Het winkelmeisje heeft al iets meer tekst gekregen, maar tevreden ben ik nog niet. C., toch echt allang niet meer dagelijks in mijn gedachten, wurmt zich in de zinnen die ik mijn personage in de mond leg. Het lijkt erop alsof C. per se in iets wil passen dat te klein voor haar is.

Mijn zus had die neiging ook. Was ze zonder mijn moeder de stad in geweest, kwam ze thuis met een jurk of een broek die haar naar eigen zeggen zou helpen bij het afvallen: 'Nu heb ik tenminste een doel, dan gaat het sneller.'

Dan begon mijn moeder over onze zware botten en over de schoonheid van stevige vrouwen met dijen, heupen, een kont en een boezem, vreemd, gezond en lekker gingen plotseling samen, en vroeg terloops of Patries het bonnetje nog had bewaard want in maat 44 zou je die vetplooien niet zien – ietsje te ruim kleedt af. Maar Patricia zwoor bij het krappere exemplaar, zoals C. nu zweert bij de monoloog van iemand tienmaal simpeler dan zij. Ze wil per se woorden als 'metafysica' en 'Fremdkörper' gebruiken, als 'totalitair universum' en 'poëtische archeologie' en die gebruikt mijn karakter niet. Ik wis C.'s zinnen van het scherm, scheldend.

Iemand als C. hoort niet in een winkel te staan. Niet in een antiekzaak, niet in een vito-therapeuticum annex drogisterij, niet in een kledingverhuurbedrijf. Dat voelt zelfs de meest oppervlakkige toeschouwer op zijn klompen aan. Hoe graag ze ook wil dat ik haar nu eens een keer tot een rol herschep, ik moet haar weghouden uit mijn stuk, desnoods met geweld, anders scheurt het weefsel van simpele oneliners waarin de tegenspeelster van de suïcidale dominee zich net een beetje op haar gemak begint te voelen.

Past C. in haar huwelijk? Past C. in het moederschap? Wil ik dat weten? Vaak laat ik mijn personages ongelukkig zijn op de wijze waarop iedereen in meer of mindere mate ongelukkig is: ze maken toespelingen op een droefheid die ze ergens in zichzelf vermoeden, trekken de toespeling weer terug, klagen over gezwollen enkels of een trillend ooglid, over een scheur in het behang of een verstopte afvoer, trekken de klachten weer in, maken hun eigen gemopper belachelijk en besluiten het vanaf nu over zinnige dingen te hebben – terwijl ik natuurlijk weet dat ook de zinnige dingen onzin zijn, uit taal geblazen verveling.

Een paar avonden geleden zei Ewald zomaar dat hij mij en Barbara bewonderde. We waren naar de film geweest en dronken nog een paar biertjes in het café tegenover de bioscoop. Zo doe ik dat al een paar jaar met oude vrienden; als ze bellen om iets af te spreken stel ik voor om naar een film, een tentoonstelling of een concert te gaan (geen theater! in mijn vrije tijd geen theater alstublieft) en daarna wat te gebruiken – dan hebben we alvast iets om over te praten. Dat is één ding. Het tweede voordeel is dat de ontmoeting kort kan blijven. Neem je iemand mee uiteten, dan moet je al voor negenen ingaan op de vraag: 'Wat bedoel je eigenlijk echt met het gaat goed?' Voor je het weet stel je je disgenoot dezelfde vraag, zo tussen voorgerecht en hoofdgerecht. Om vervolgens niets meer te kunnen proeven behalve draderige tevredenheid, gemarineerd in suikerwater en azijn.

'Neem nou die verjaardag van Barbara.' Ewald had een sigaret uit mijn pakje getrokken en gaf zichzelf vuur met mijn aansteker. 'Zo origineel. Dat ze op het idee komt om hartje winter een boot af te huren is al meesterlijk, maar dat jij het haar niet uit haar hoofd hebt gepraat...'

'Het was toch haar verjaardag?'

'De meeste stellen die ik ken beslissen dat soort dingen samen. En komen dan altijd uit bij een lauw compromis en dat is misschien niet erg, maar dat zie je terug. In de manier waarop ze elkaar aankijken of liever, net niet aankijken. Ze bespieden elkaar. "Verdomme, hij heeft het wél leuk, hij ziet niet dat ik al naar huis wil. Hij was tegen dit plan en moet je eens zien hoe dolgelukkig hij nu de complimenten in ontvangst neemt... Als iedereen eens wist hoeveel ruzies hieraan vooraf zijn gegaan." En zo'n vent staat naar zijn vriendin te loeren, en hoopt haar te kunnen betrappen tijdens een heftige kuspartij met haar baas of haar zwager of zo, alleen maar om even iets te voelen. Een steek van jaloezie.'

Ik zal hem wel begripvol hebben aangekeken, want hij ging door, zuchtend: 'Maar die vrouw doet zoiets niet. Die is braaf, zeker op haar eigen feest, en dan voelt hij zich weer somber en schuldig, want hij gaat zelf natuurlijk om de haverklap vreemd. Al die feesten, al die avonden bij mensen thuis, al die gezamenlijke etentjes – je ruikt steeds weer de verveling die er tussen die koppels hangt, die schroeilucht, alsof ze veel te dicht bij de open haard hebben gezeten. Ook bewust kinderloze stellen hebben dat. Ook ik heb dat, Rudolf, met Tanja.'

'Ik heb niks geroken. Ik was verkouden.'

'Misschien heb je er alleen maar oog voor als je er zelf in zit. In zo'n situatie.'

'Kan zijn.'

'Jij hebt je nooit voor relaties geïnteresseerd. Voor huwelijken. Stellen. Paren.'

'Nee.'

'Als ik weer eens verliefd was, of dacht dat te zijn, vond jij dat alleen maar leuk voor me. Je zei nooit iets over zo'n meisje of vrouw zelf. Wat je van haar vond, of je haar bij mij vond passen... Ook als het dan weer uitging: niets.'

'Klopt.'

'Maar bijvoorbeeld Ingrid, met die enorme borsten... Ze loensde een beetje en ze droeg altijd netkousen, zelfs onder een spijkerbroek, je weet wel, van Ingrid moet je toch gedacht hebben: wat een opdringerig, dom, gefrustreerd wijf? Iedereen vond het een belachelijke vrouw, die bijtende hoge stem en nog nooit een boek gelezen... Maar jij hebt Ingrid gewoon geduld, zonder lullige vragen, zonder grimas achter mijn rug om, en ook toen ik haar bij het grofvuil had gezet zei je alleen maar dat je dat jammer voor me vond, tenminste als ik het zelf jammer vond.'

'Dus?'

'Vind ik bijzonder. Barbara is ook een heel ander soort vrouw.'

'Dan?'

'Dan Tanja en wat ik daarvoor allemaal heb gehad. Dan de vrouwen van mijn vrienden en collega's. Dan Nouschka en Babet van de productie.'

Het barmeisje was naar ons tafeltje gelopen, met een vaatdoek in haar hand. Ze tilde de lege glazen op en nam het formica klam af. As, haren en kruimels van de vorige bezoekers kleefden aan de natte gele lap. Ewald had het meisje bestudeerd alsof zijn leven ervan afhing, en misschien was dat ook wel zo. Er stulpte een gebruinde rol buik over de heupbroek. De dikte van een juist opgepompte binnenband. Het strakke rode vestje verried tepels die mistroostig aan de bijgevulde borsten hingen. Aan beide handen droeg het meisje ringen, haar nagels waren witgelakt – dat alles zag Ewald. Hij zag geen gezicht. Ik zag dat evenmin. Ik keek met hem mee, me verbeeldend dat ik echt de goede vriend was waarvoor hij me kennelijk hield. Ewald bestelde nog twee bier.

'We hadden het over Bar,' zei ik.

'Ja.'

'Dat ze zo anders is, volgens jou.'

'Ja, anders. Barbara roddelt niet, zeurt niet, je ziet haar nooit verwikkeld in wat vrouwen "een intiem gesprek" noemen. Je begrijpt wel wat ik bedoel: zo'n gesprek dat onmiddellijk ophoudt als er een man bij komt staan. En dat ze je dan een beetje kwaad aankijken, zeker als je per ongeluk hebt gezien dat een van de dames op het punt van huilen staat... Volgens Tanja toont Barbara zich wel altijd belangstellend, maar nooit nieuwsgierig. Ze is niet openhartig, niet uit op de onthullingen van anderen, en toch is ze ook weer niet vervelend mysterieus. Ze is geen ijskast. Barbara is eerlijk.'

'Zoals je dat van een dressoir zegt: eerlijk eikenhout of eerlijk grenen.'

'Eerlijk volkorenbrood, gebakken in ambachtelijke steenoven, zonder additieven. Klinkt wel badinerend. Maar. Ja, eerlijk, puur, naturel. En ze is beeldschoon, natuurlijk.'

'Je wilt eigenlijk zeggen, met zo'n vrouw zou ik het ook wel uithouden. Nooit onenigheid, nooit last van gezeur over belachelijke, want niet te verwezenlijken ambities...'

'Nooit dat broeiende verwijt dat het allemaal aan jou ligt, dat ze door jou nóóit meer... Toen bij Tanja de eierstokken, sorry, toen ze die operatie had gehad, zei ze dat we niet zo'n stel mochten worden dat het woord kinderen mijdt. Dat we gewoon naar de verjaardagen van neefjes en nichtjes moesten blijven gaan, dat we Disney-films moesten blijven huren als we daar zin in hadden. Ze eiste dat we niet, zogenaamd om elkaar op te monteren, alleen nog maar over kinderen zouden praten alsof het een muskietenplaag betrof. Alsof het ongedierte was dat anderen leegzoog, terwijl wij, hahaha, van jeuk verschoond bleven. "We moeten het niet erger, maar ook niet mooier maken dan het is." Dat zei ze. Heb ik me keurig aan gehouden en wat hoor ik tegenwoordig? Dat ik haar nooit heb gesteund. Een halfjaar met een camper door Amerika. Haar droom, mijn idee. Heb ik allemaal geregeld, ze hoefde alleen maar koffers te pakken en wat lopende zaken aan een invalkracht over te dragen. Sinds kort heet ik een vluchter, iemand die, wanneer het hem te heet onder de voeten wordt, gauw een reisje boekt.'

'Het lijkt me ook niet makkelijk voor Tanja. Ze wilde zo graag moeder worden.'

'Zie je.'

'Wat?'

'Ze zegt wel eens dat jij haar beter snapt dan ik. Onafhankelijk van elkaar idealiseren wij jullie.'

'Dat is me duidelijk. Nou ja, dan doen jullie tenminste iets onafhankelijk van elkaar. Dat is dan al een begin.'

'Jullie zijn zo oprecht betrokken bij elkaar. En dat komt omdat jullie je wensen realistisch houden, en elkaar niet proberen te veranderen, en plezier hebben in je werk zonder ervan te verwachten dat het je leven zin geeft. Maar nu houd ik erover op. Voordat je mij een oud wijf vindt. Een kletskous.'

Ewald was naar de bar gelopen en had leverworst en een portie kaas besteld. Eten deed hem goed. Hij sprak over het Beethoven-project dat hem voor ogen stond. Beethovens levensverhaal, verteld in korte, poëtische fragmenten, die naadloos aansloten bij delen uit zijn pianosonates. Nee, geen *Ludwig, de musical* – het moest een ode worden aan Jupiter. Aan de Jupiter-mens, zoals Vestdijk die beschreven had. Dat trotse. Dat vorstelijke. Dat uitdijende, uitdijende denken. Ja, je hoorde Beethoven denken, als een mijnwerker soms, als een logicus soms, als een bioloog. Kende ik Goethes metamorfose-theorieën? Zijn plantkunde? De oerplant – zo moest er ook oermuziek zijn, dat hoorde je Beethoven denken en laten we eerlijk zijn, Beethoven is toch veel spannender dan Mozart en Bach en Schubert en Mahler bij elkaar? 'Kijk, je kunt God aanbidden. Je schrijft devote muziek, verklankt de schrift, je eert God met zijn eigen middelen. Dat doet Bach. Maar Beethoven onderzoekt God. Hij postuleert Hem niet, hij synthetiseert Hem. Dat is de mens in volle glorie: een wezen dat een God kan maken uit dat wat in de natuur en in zijn eigen geest voorhanden is. Als ik ooit nog eens tot geloof kom, dan geloof ik alleen aan de God die Beethoven onder zijn vingers heeft laten ontstaan. Van zo'n Vader kan ik de autoriteit nog accepteren, de bijbelse God mag wat mij betreft in zijn kist blijven rotten tot de eindtijd. En wat ik ook denk...' Met een cocktailprikkertje schoof Ewald de laatste plak leverworst naar mijn kant van de schaal. 'We onderschatten Lucifer.'

'Vondel?'

'De echte Lucifer. Die heeft ons dat vermogen gegeven. Om onszelf een God te scheppen. Beethoven stond heel dichtbij de kracht van Lucifer.'

'Daarom was 'ie zeker doof.'

'Je snapt het. Ja, hij was doof om geen vrome, christelijke waarschuwingen te hoeven horen – en geen gelul over nederigheid en afhankelijkheid. Een kunstenaar moet zich niet op de meningen van anderen verlaten, maar gehoor geven aan de Luciferische strevingen in zijn gemoed.'

'Noem het stuk *Ludwig en Lucifer*.'

'Forget it. Daarmee trek je geen volle zalen, hooguit een handvol macrobiotische zwevers. Ik ga Lucifer niet noemen, maar ik stel hem aanwezig. Roep hem op. Ik kwam erop door de *Faust*. In die nieuwe vertaling is het stuk prima te lezen.'

'Jij zit nu lekker in Goethe, ik ben net begonnen aan Dostojevski.'

'Beter laat dan nooit. Hoe Maria João Pires de *Mondscheinsonate* speelt, Rudolf. Alsof je dat stuk voor de eerste keer hoort. En dan hoop ik, als ik nog even mag, dat ik zo ook weer eens naar Tanja kan kijken. Alsof ze nieuw is. Een vreemde. Het doorgronden waard. Een God hoef ik me niet zo nodig te scheppen, maar een Tanja... Dat je stokdoof achter je vleugel kruipt en in een paar jaar tijd een ideale liefde bijeen hebt gemijmerd, geramd, gezongen.'

'Een Barbara-achtige Tanja.'

'Vergeet wat ik over je vrouw heb gezegd, ik bedoelde het niet zo. Het kwam denk ik door die film. Dat je denkt, het is ook allemaal zo afgrijselijk vergeefs wat we hier lopen te doen. En Barbara maakt er binnen de beperkingen tenminste nog iets leuks van...'

'En ik heb me al jong neergelegd bij de vergeefsheid...'

'Ik ga afrekenen. Volgende keer ben jij weer aan de beurt. Luister je? Doe die flap terug in je portemonnee, Ruud. De rekening delen is zo kinderachtig. Zo Hollands ook.' Hij had zich over me heen gebogen en gelispeld, aangeschoten en blij: 'Bovendien verdien ik tien keer meer dan jij.'

Als Lucifer de ziel verleidt tot grote hoogten op te stijgen, moet er ook een kwaadaardige genius zijn die mensen dag en nacht bezorgd houdt om de buitenkant, bedacht ik onderweg naar huis. Alles streeft naar evenwicht – die wet maakt leven al bij voorbaat saai.

De ouders van Barbara leven nog. En hoe. Innig gearmd kwamen ze op ons toegelopen, over de dijkweg waarin de keien glommen van de regen. 'Een dochter van drieëndertig!' riep Jaap.

'Je vader en ik hebben allebei drie truien aan!' riep Hanneke. 'En ik draag een wollen maillot onder mijn broek! Is dat de boot? Wat een joekel!'

Ze kusten hun dochter, ze kusten mij. Feliciteerden ons. Ik feliciteerde hen. We zeiden: 'Pas op, de treeplank is een beetje glad,' brachten hen aan boord, we droegen de tassen die ze in het gras hadden neergezet achter ze aan.

'Mama heeft zelfs een emmer lego en een paar boekjes en puzzels meegenomen, zie je dat?' zei Barbara tevreden. 'Voor de kleintjes. Wat lief.'

De kajuit had de omvang van een klein klaslokaal. Stoelen en bankjes stonden tegen de wanden, ervoor stonden tafels – kleine en grote tafels, rechte en ronde tafels, allemaal bedekt met kuikengele kleedjes. Op iedere tafel een suiker-en-melk-stel, een lantaarn met daarin een waxinelichtje, een vaasje met twee roze anjers en een takje sneeuwbessen.

De vrouw en de dochter van de schipper gingen rond met koffie en thee. Achter het buffet stond Barbara's zus de taarten die we hadden meegebracht in punten te snijden. De om een paar kruimels bedelende tweeling werd weggestuurd met de opdracht opa en oma een kusje te geven. In kleine groepjes kwamen de gasten binnen. Ik nam jassen aan, knikte als iemand me vertelde hoe hij had moeten zoeken naar dit haventje. Ja, je komt ook niet elke dag in Dronten. Parkeergeld, nee, daar doen ze in het laagseizoen niet aan. Jullie hebben de kinderen thuisgelaten, jammer, de zoon van Barbara's broer is ook net twaalf, wie weet hoe leuk ze samen hadden kunnen spelen. Wat zeg je, je moeder ligt op de intensive care, tuurlijk dat je er even tussenuit gaat, zou ik ook doen, leuk dat je toch gekomen bent. Heb ik niet gezien. Nee, heb ik niet gezien. Kreeg wel een goede recensie in de krant, ja, daar is Barbara, zie je, die staat met haar vriendinnen van de hardloopclub te praten, vrieskou, natte sneeuw, het maakt ze niks uit, ze trainen elke zaterdagmorgen... Zou ik ook niet volhouden, zeg, neem koffie en zo'n zelfgemaakte bonbon. Er komt ook appeltaart aan.

'Kunnen we?' vroeg de schipper om één uur aan Barbara. Ze keek op een lijst, glimlachte naar mij. Iedereen was er, we konden.

Zondag 5 januari. Een met liefde en vakmanschap gerestaureerde schoener voer over een loodgrijs IJsselmeer. Het was stil op het water. Stil aan de hemel. Geen meeuw.

Geerten, Thijs, Ewald en Tanja hadden al even op het dek gestaan, een minuut of vijf, om een sigaret te roken en 'even van het uitzicht te genieten'. De andere gasten hielden het bij wat staren door de patrijspoorten. Ja, nee, heus, ze gingen straks zeker ook een tijdje het dek op – je zit tenslotte niet voor niets op een boot, maar het is hierbinnen zo gezellig...

Ik was de trap naar het dek op gelopen, had de deur geopend, behoedzaam, en snel weer achter me dicht gedaan, zodat niemand mijn vertrek zou opmerken. Had ik ook maar een beetje koude lucht binnengelaten, dan hadden mijn schoonouders de windvlaag waarschijnlijk opgevat als een uitnodiging om met mij mee naar boven, naar buiten te gaan. 'Vermaak je je wel, Rudolf? Wat een voorbereidingen moeten hiervoor getroffen zijn!'

Barbara's moeder spreekt altijd in uitroeptekens, wind of geen wind. Feest of geen feest. 'Wanneer kunnen we het cadeau geven?' Haar vader, die zich ieder moment van de dag in iets verkneukelt: in een telefoontje van een kleindochter, een fietstocht naar een oude studievriend, het volgende hoofdstuk in de roman die hij bij de bibliotheek heeft geleend, een glas wijn, een politiek debat op televisie. Altijd die wanhopig gelukkige, fonkelende ogen, altijd dat lichte vibrato in zijn stem – alsof hij ooit het ei van een leeuwerik heeft leeggezogen en het vruchtje per ongeluk in zijn maag heeft uitgebroed. Lente, lente is het in het hoofd van Jaap van Kleef, tussen viooltjes en narcissen dartelen pasgeboren lammetjes rond. Was Jaap dertig jaar later geboren dan was hij geen graficus, maar kleuterleider geworden. 'Mijn moeder was een vader voor me, mijn vader was een moeder,' heeft Barbara wel eens gezegd. Jaap werkte in de schuur naast het huis en legde zijn tekenpen neer zodra hij de kinderen hoorde. Hanneke, die als uroloog in het Groot Ziekengasthuis werkte, kwam pas rond etenstijd thuis. 'Met verhalen over de mannen achter de zieke piemels.'

Ik houd van mijn schoonouders. Diep in hun hart, daar ben ik van overtuigd, vinden ze het eeuwig zonde dat Barbara en ik geen kinderen hebben, al zullen ze nooit opmerkingen maken in de trant van: 'Moet je eens kijken hoe goed ze dat met die tweeling doet, wat zou ze een geweldige moeder zijn geweest.' Ze kennen mijn verleden en denken over ons als moedige mensen. Ik keek uit over het water. Gaapte. Een reclame voor Schotse whisky, dacht ik. Rossige, ongeschoren man en bleke, zwartharige vrouw, beiden gekleed in kabeltrui, hangen over de reling van een zeilboot. Ze staren over precies hetzelfde strakke loden water als ik doe; het monster van Loch Ness wordt al niet meer verwacht. In de verte de ruïne van een

kasteel. Een handvol paarse heuvels, een door de bliksem getroffen
eik.

De man graaft in de blik van zijn groenogige schone en diept er
heimwee uit op. Mag ze alsjeblieft terug naar haar kinderbed met
spijlen? Naar haar hobbelpaard, barbiepoppen, de van mottenbal-
len stinkende verkleedkist?

No way. Ik zal je iets laten proeven, darling.

Hij schenkt haar een limonadeglas Johnnie Walker in en neemt
zelf de eerste slok. Boosaardig begripvol, vaderlijk geil. Als de
zoveelste versie van Heathcliff, of van mister Rochester. Met zijn
mouw veegt hij langs zijn lippen. Nu wil zijn vriendin ook wel een
nipje. Als ze drinkt klinkt er iets jazz-achtigs, iets met een gebarsten
trompet en een door rook aangevreten piano. Met een veelbetekenend lachje gooit ze haar horloge in het meer. Veelbetekenend?
Zowel het lachje als het gebaar betekenen alleen maar dat ze tijdloze
seks wil hebben. Desnoods met de truien aan.

Had Barbara dit soort reclames voor ogen toen ze dacht aan een
verjaardag op het water? Ze had het woord romantisch een paar
keer laten vallen. Als een tijdbom in eeuwig zwijgend, spiegelend
water. Demonteer hem, Rudolf. Maak mijn treurig clichématige da-
mesverlangen gauw onschadelijk. Hoe ze de woorden wegwuifde:
'Ik klets maar wat. Romantisch hoeft mijn verjaardag natuurlijk
niet te zijn. Bah. Wat is dat nou helemaal, romantisch? Ik wil alleen
niet dat alle feestjes op elkaar lijken. Gewoon een beetje frisse lucht.
Lekker.' Deze boot had geen enkele andere bedoeling dan een drijvend zaaltje te zijn. Een drijvend zaaltje bij Dronten.

Misschien had ikzelf reclames voor ogen gehad. Barbara voor
mij alleen. Barbara iets laten vergeten, alles laten vergeten. Haar
verlangen naar helderheid. Naar praktisch toepasbare, werkbare
klaarheid. Wat zou ik gezegd hebben? 'Dit is niet het IJsselmeer. Dit
is ook niet het door filmbeelden mythisch gemaakte zoete spook-
water dat in Schotland ligt te wachten om voor de miljoenste keer
door "dromers" ontdekt te worden. Vergeet de kreten van verkeers-
bureaus, de vakantieverhalen en foto's en video's van vrienden. Dit
is een van de wateren in Mazurië. Dondert niet of je weet waar dat
ligt, het bestaat en ik wil dat je je Mazurië voorstelt, godverdomme.
Alsof je leven ervan afhangt. Ze drinken er geen whisky maar wodka. Maar dat maakt niks uit!!! Ga nou niet ráden! Wil eens een keer
níet weten waar je aan toe bent.'

Ik gaapte en gaapte. Woedend gaapte ik. Ik gaapte: 'De Steenbok-vrouw is verstandig en laat zich niet gauw in de luren leggen door mooie, diepzinnige praatjes. Ze wil weten wat ze aan iemand heeft, voordat ze met hem in zee gaat. Pas dan zal ze zich veilig genoeg weten om ook haar weemoedige, zachtere aard te onthullen, die nauw met het verlies van dierbaren verweven is. Maar verwacht geen zinderend mysterieuze Scorpio-natuur achter haar zakelijke, aardse voorkomen. Ze is ook niet zo openhartig als de Sagittarius-vrouw, of zo poëtisch als het altijd jeugdige, altijd oude Pisces-meisje; Capricornus-dames lachen hun gevoelens weg, om tot de orde van de dag te kunnen overgaan. De man die een stevig fundament onder zijn ondernemingen verlangt, en steun door dik en dun, mag zich verheugen wanneer een Steenbok hem haar hart heeft willen schenken. Misschien begrijpt zij uw diepste zorgen niet, ze zal er wel voor u zijn. Wat wenst een man zich nog meer?'

Ik gaapte haar migraine uit mijn hoofd. Haar intelligentie. Haar opgeruimde humeur. Haar verantwoordelijkheidsgevoel. Wenste haar het verlies van een dierbare toe. Ik gaapte de kale populieren van de horizon, en de moderne, rietgedekte paardenfokkerij. Ben naar binnen gegaan. Zonder de hoop die dag ook maar een seconde samen met Barbara aan dek te kunnen zijn.

'Wij houden niet zo van kamperen,' hoorde ik haar zeggen. Tegen wie?

'Dat je het dan ligt te doen en dat iedereen dan de volgende morgen naar je kijkt met zo'n blik van: nou, jullie hebben effe lekker liggen krikken.'

Zoals gebruikelijk was de ander het met haar eens. Iedereen geeft Barbara altijd gelijk, er is zelfs niemand die valt over zo'n woord: krikken. Al zegt Barbara 'rampetampen' of 'schroeven' of 'fokken' – haar aanzien verspeelt ze nooit.

Wat had ik moeten zeggen? Doe niet zo stoer, we krikken nooit meer? Trek dat verleidelijke, diepuitgesneden truitje uit, want je lijkt daarmee wel jeugdig-luchtig in erotische zaken, maar die brandende hoofdpijn keer op keer, die aanvallen van bijtende duisternis en hersenkramp, dat zijn eigenlijk al die orgasmes die je nooit hebt gehad. Die je nooit hebt gehad omdat zelfs lust voor jou gedecodeerd moet worden – tot je de symboliek ervan snapt, of weet ik veel, de evolutionaire en biologische noodzaak. Als de dingen maar nuttig zijn. Bruikbaar. Je hebt je onderlichaam afgebroken en cel voor cel in je brein herbouwd; daar kom je klaar. Alleen daar. Op de feiten.

Echt, je haalt ze er zo uit, de migrainelijdsters. Overgave wordt bij hen: overgeven.

Ik zag Barbara weer haar eerste-kots-in-mijn-huis opdweilen. Opgewekt. Paracetamol? Hielp toch niet. Sterke vrouw.

Ik nam een bonbon en luisterde naar het lied dat haar collega's voor haar hadden gemaakt, op de wijs van 'Daar was laatst een meisje loos'. Barbara kreeg een matrozenpet op haar hoofd, gemaakt van kranten. Haar vader vond het schitterend. Haar zus zong met man en kinderen iets dat moest lijken op de hit 'I will survive' van Gloria Gaynour. In elk geval bewoog iedereen enthousiast, de handen gingen de lucht in.

Ik liet de namaakchampagne van Barbara's ouders knallen en bood haar ons gezamenlijke cadeau aan: een lang weekend Venetië voor twee personen. Dat ik die tweede persoon zou zijn had ik weggegaapt. De tweede persoon hing ergens buiten, te spartelen aan een wolk zo gerafeld, zo bleek, dat hij de naam wolk niet verdroeg.

'Je moet eens iets doen met videobeelden. Videobeelden als decor.' Madelief van Effen, een geflopte regisseuse die zich later 'uitermate senang' voelde als redactrice bij een slecht beluisterd want cultureel radio-magazine, deed me het ideetje aan de hand nadat ik in de uitzending had mogen praten over mijn stuk *Ether-Etter* – een 'geëngageerd' drama over de media als Quinta Essentia. Ik las in die tijd veel van en over Aristoteles, vandaar.

Ether-Etter beschouw ikzelf vooral als een hommage aan de letter e. Of nee, aan de e-klank. Dat opperde ik ook in het programma. Ik bestreed dat ik me hard had gemaakt voor het behoud van de stilte. Legde uit dat ether, het vijfde element, nog tot diep in de negentiende eeuw werd gezien als een soort onwaarneembare, dus immateriële 'materie' die alles in de levende natuur haar uiteindelijke vorm gaf. Omdat de wetenschap nog niet veel wist van celdelingen moest men een kracht van buitenaf aannemen die eenmaal gezaaid zaad deed uitgroeien tot plant; ether hielp potentie 'act' te worden. Ether werkte in op de bevruchte eicel en vormde, als een pottenbakker aan zijn draaischijf, uit het hompje ruw vlees een lichaam met ledematen, zintuigen, ingewanden. Ik geloof nog steeds in ether. Ether wervelt en wentelt, golft en glooit, past en plooit: je kunt dat goed zien op dat heel lichte zelfportret van Van Gogh, waarop zijn hoofd omspeeld wordt door witte en lichtblauwe krullen. Die levendige, watervallen en luchtstromen gelijkende achtergrond is zijn scheppingsdrift, is ieders scheppingsdrift, maar Vincents filters waren grof geweven, hij kon de vijfde materie niet weren – en uit die binnendringende, autonome, ja, anarchistische ether ontstaat zijn gezicht. Zo kijkt Van Gogh ons op dat portret ook aan. Als iemand die er ernstig verlegen mee is dat hijzelf uit zijn studie van ijle rookslierten, waterdampen en klimatologische depressies (jammer dat hij de satellietfoto's nog niet kende) tevoorschijn is gekomen. Zijn rode sik verzet zich tegen de macht van de azuren, groengrijze, zilverwitte en Mariablauwe melk, die toeschiet zonder dat hij erom gevraagd heeft. Zijn rode sik is een tepel in de bleke tiet van zijn gelaat, een tiet die niet wil wenen van minne en weent en weent en weent.

De meesten van ons zijn ondoorlaatbaar geworden, gelukkig maar. Maar ether bestaat.

Het is ether die geest in de materie blaast – wijkt de ether omdat haar taak volbracht is, het lichaam star en stokkig is geworden, dan vliegt ook de geest haar achterna; wat wij sterven noemen is simpelweg het vluchten van opgesoupeerde etherkrachten. Ik wilde nog doorpraten over de vraag of je het begrip pneuma mocht vertalen met ether (ja) en of de geest hetzelfde was als de ziel of het 'ik' (nee – alledrie verschillend), maar mijn etherverhaal interesseerde de interviewer geen moer. Het was hem evenmin opgevallen dat ik de e uit haar onderdanige positie had bevrijd. Nee, ik moest en zou praten over het vuil dat ons dagelijks overspoelde. En hoe ik ook beklemtoonde dat er een knop op radio, televisie en computer zit en dat niemand ons vraagt om alle kanalen af te zappen voor het slapengaan, dat niemand van ons eist dat wij al surfend onze hartstocht aan de glasvezelkabels in het binnenste der aarde afstaan, en aan chips die alles wat ons dierbaar is omzetten in enen en nullen en vervolgens weer heromzetten in een lettertype dat van onze hand geen weet heeft – hoe ik dat alles ook kort en bondig uitlegde om mijn eigen stuk van bedoelingen te vrijwaren, de bedoeling was duidelijk. Ik heette een van de laatste 'betrokken' toneelschrijvers te zijn.

Videobeelden. Mijn stukken varen wel bij een kale tafel, vier, vijf eenvoudige houten stoelen, een kamerpalm, een gebloemd tapijt, eventueel wat losse kussens. Soms hangt er een lamp boven de tafel. Vooral als er gerookt wordt heb je van een laaghangende lichtbron veel plezier; tussen de spelers groeit een lillende kwal van mist, die ritmisch uitdijt en ineenkrimpt op de wezenloze dialogen – een ademende maar doofstomme derde, een verweesde engel, een dolende ziel. Rook en lamplicht geven de doden als vanzelf een plaats op het toneel. Zo zie ik het tenminste. Voor anderen heet al dat gepaf 'een op zeer amateuristische, goedkope wijze verbeelde verveling... Gelukkig dat de taal van De Wolf deze visuele clichés altijd weer te boven weet te komen.' Ja, gelukkig maar.

Madelief gaf me het telefoonnummer van een pas afgestudeerde grafisch vormgeefster. Dat was dus Barbara. We spraken af om ergens een broodje te eten, maar een halfuur na het maken van die afspraak belde Barbara me terug. Was het niet handiger als ik eerst wat werk van haar zag? Dat praatte toch een stuk concreter. Zouden we wel zomaar plannen mogen smeden voor een eventuele samenwerking, dus zonder de regisseur en wie het allemaal nog meer voor het zeggen hadden, erin te kennen? 'Ik bedoel, het is, lijkt me, heel ongebruikelijk dat de scenarist en de screen-artist alvast gaan brainstormen...'

'Heet dat zo? Screen-artist?'

'Heb ik zelf bedacht en op mijn kaartjes laten drukken. Leuk, hè? Maar ik stuur u wel wat impressies van het Seventh Wave-festival in Dover. Daar heb ik de achtergronden bij een paar short plays van Beckett gedaan en de liquid colourwall bij de slotmanifestatie. Een vriendje van me heeft daar een mooie pr-compilatie van gemaakt. Toen u jong was hoefde dat nog niet, geloof ik, jezelf promoten. Nu moet je echt je eigen zaak runnen. Nou ja.'

Voortvarend en degelijk. En dat voor een meisje van zesentwintig. Haar stem was laag, maar niet fluwelig. Moddervette, loensende of lesbische vrouwen hebben vaak zo'n stem; onverschrokken vierkante klanken tuimelen de toonladder af en komen tot stilstand in het grazige groen dat het domein van de tenor is – daar veranderen de blokkenwoorden in tuinhuisjes, in vredige datsja's tussen zacht fluisterende berken. Hun deuren kunnen zonder sleutel geopend worden, wie luistert mag zijn intrek nemen in de zacht ruisende, herbergzame toon.

Een stem gemaakt om anderen welkom te heten. Lelijke vrouwen moeten overleven op zo'n stemgeluid. Het is hun gegeven als compensatie voor de onverdraaglijke terreur die hun aanblik op anderen uitoefent; maar de natuur weet dat wie eenmaal veilig opgeborgen is in een hutje walmend van Russische gastvrijheid, van tegelkachel, bontmantels en samovar, moeiteloos de ogen sluit voor oneindige onmooiheid. En droomt. En droomt.

Ik wist meteen dat Barbara niet dik, scheel of anderszins 'anders' was: een lichte neusverkoudheid gaf haar klank iets wankeligs. Het aandoenlijke van een jong poesje dat omvalt als het niest, weer opstaat, in de gordijnen klimt en na de tweede nies als een reusachtige bromvlieg op de vensterbank blijft liggen, mieuwtjes mieuwend, pootjes krabbelend in de lucht. Barbara nieste steeds net niet. Ze haalde haar neus in kleine, precies gedoceerde snuifjes op, zonder gereutel. Ik kon horen dat haar ogen traanden. Kon je tóch door de telefoonlijn een zakdoekje aanreiken, dacht ik. Straalde.

Ik vond het strelend dat ik met 'u' werd aangesproken.

Een week of drie later ontmoetten we elkaar in een café aan de gracht. 'Ik ben ermee gestopt,' was het eerste wat Barbara zei. 'Ja, ik ben al zesentwintig en ik heb genoeg van dat studentikoze leventje dat je als kunstenaar kennelijk moet leiden. Steeds maar wachten op opdrachten, overal leuren met je werk... En dan die mensen! Negen van de tien keer gaat het nergens over en maar zeuren.'

'En nu? Ik vond je werk erg... geheimzinnig.'

'Nou, dat was dan toeval. Ik ga naar een lifestyle-magazine, lekker tekenen en me tegen de opmaak aan bemoeien. Mijn vader is ook graficus en die vindt het zonde. Dat ik me zo dienstbaar opstel, zo van "u vraagt, wij draaien". Hij had gehoopt dat ik de kunstenaar zou worden die hij nooit geworden is. Maar heb je niet veel meer invloed op je omgeving als je zo'n blad, of liever nog, een krant, geleidelijk kunt omvormen tot iets wat indruk maakt, wat beklijft? Een mooie pagina, die gelezen en herlezen wordt... Dat is macht. Kijk, en ik hoef niet beroemd te worden. Aan mijzelf is weinig interessants te beleven. Nee, laat mij maar anoniem aanrotzooien en dan toch...'

'Dan toch?'

'Iets in al die duizenden bladerbreinen veranderen. Alsof een paar wazige videostills dat doen. Laat me niet lachen.'

Alle mannen op het winderige terras keken naar Barbara, die zichzelf 'al' zesentwintig had genoemd en anoniem wilde aanrotzooien. Zwarte paardenstaart die over blote, vlezige schouder veegde als een kwast over een strak gespannen geitenblaas; je hoorde een septembernacht van ver voor ze was geboren, een jamsessie in een achterafkelder, de tongen die, als haar solo voorbij was, langs haar gebit op zoek zouden gaan naar het doffe goud van haar passie.

Je hoorde en rook het indigoblauw van haar veel te ruime boothalstrui. Geurgeworden schopenhaueriaanse ascese, een imploderende vijandigheid jegens het overenthousiaste aanstormen van collega-talenten; haar oude blues en koude blauw absorbeerden al die hooggespannen levenswil – zoals de rotsige, brokkelige aarde rond rozemarijnstruikjes de paar druppels zilt regenwater na een kokend onweer. Kruidig aroma, iets tussen hoestdrank, Dampo en aftershave in... Alles tintelde bitterscherp wanneer de trui om haar rijpe lichaam draaide als de zwarte nacht om de poolster. En hoe ze lachte! Gretig als een kind dat zich voor de eerste maal opricht. Verlost als een opgebaarde in een kist. Dat olijfkleurige gezicht, die grote, donkere, negroïde ogen... Ze was zo aards, zo Arabisch vreemd en tanig, zo warm en huiselijk en monter. Ze zou een konijn hebben kunnen villen en vullen waar je bij stond: waar darmen zaten gehakte amandelen, honing, koriander, knoflook, peper, rijst en abrikozen, in de lege oogkassen halve dadels, en zonder dat ook maar een van de handelingen haar aan het griezelen zou brengen – want ze was al zesentwintig. Barbara.

Rare broek had ze aan, mode die ik allang niet meer begreep, maar de sandalen eronder waren de sandalen van Brigitte Bardot. Erg Franse hakken en linten, jubelend zuurstokroze teennagels die vloekten bij haar roestbruine lippenstift.

'En mijn werk? Vind je dat dan niet ook aanstellerij voor een elite?'

'Mag ik het eerlijk zeggen?'

'Ik bestel nog wat wijn en dan: ja graag.'

'Ik heb maar twee keer een stuk gezien en één wat korter dingetje op een band in het Theatermuseum en ik moet zeggen dat ik het allemaal een beetje te veel gedraai vond. Gedraai om de hete brij. Makkelijke dingen worden ontzettend moeilijk gemaakt. Weet je?' Ze had een slok van de zure caféwijn genomen en precies zo gesnoven als aan de telefoon. 'Weet je dat ik even bang ben geweest dat u, nee jij, zelf ook zo'n bloedserieuze tobber zou zijn?'

'Maar het valt dus mee.'

'Zeker. Ik was niet op een tweede poging tot afspreken ingegaan als die vissenkommen er niet waren geweest. Ik bedoel, ik wil toch stoppen met die decors dus voor mij heeft deze ontmoeting geen nut, maar die vissenkommen... Dat is natuurlijk meer dan humor.'

Het was tot dan toe nog niemand opgevallen, de vaste afspraak met de regisseurs. In ieder stuk van mij moet een vissenkom staan. Al is het op de grond, dichtbij de coulissen. Eén keer hing er een plastic zak gevuld met water, wier en een eenzame goudvis aan een touw tussen de gordijnen – hoewel de zak stevig aan het touw was vastgeknoopt, suggereerden een paar enorme wasknijpers dat het ding ieder moment kon vallen. Een waterbommetje. En dan: een om zuurstof spartelende vis die al klappend met de staart van het podium zou glijden, pal in de schoot van de *Parool*-critica. De belofte van hilariteit!

Nog werd er niet over mijn vissendwang geschreven.

'Hitchcock loopt in iedere film die hij heeft gemaakt een paar seconden door het beeld. Gewoon, als zichzelf. Met hoed op. Kieślowski is in zijn *Dekalog* ook altijd even figurant, net als de misdaadauteur Colin Dexter in *Inspector Morse*. Dat je als maker een soort vingerafdruk nalaat op een werkstuk dat verder niets met jezelf, of met persoonlijke hebbelijkheden of problemen te maken heeft, dat is goed.'

'En die vissen betekenen niks?'

'Helemaal niks.'

'Ja, dat is goed.' Ze grinnikte. 'Heel goed.'

'Het is niet mijn sterrenbeeld, Vissen. Ik hou niet van zwemmen en duiken en hengelen. Zou bij god niet weten of willen weten waar vissen het symbool voor zijn. Ja, de eerste christenen in de catacomben van Rome gebruikten de vis, Ichtus in het Latijn, als teken voor Christus, hoor je wel, zelfde klank, maar met die vis heb ik weinig op. Laat staan dat ik me identificeer met een vis in een kom. Hoe het ook zij, die vissen zitten erin, al sinds...'

'Sinds?'

De opengeritste zak in het mortuarium. Het opgezwollen lichaam. Mijn maag die protesteerde tegen identificatie. Hoe ik mijn neus dichtkneep om de eierzoete rioollucht buiten mijn luchtwegen te houden, en mijn ogen gericht hield op het doorweekte, roodzijden sjaaltje dat als een strop in de hals van de paddennek sneed. Zo rood als het sjaaltje bij aankoop was geweest, ja, zo vorstelijk zijderood bleken de uitpuilende ogen, die een laborante een voor een voor me had geopend, met rubberhandschoenen aan en misschien wel met een pincet. Tot twee keer toe knipoogde de verdronkene me toe: 'Ik ben het, ik ben het.' Maar wat ik zag was een door een ernstige schildklieraandoening misvormde onbekende, die het goed zou doen op een foto in een medische encyclopedie. Onder de letter J, bij Jodiumtekort.

Was u nog iets van plan met de sieraden? God, alsof je iets van plan kunt zijn wanneer je met je kop boven de drol hangt die dood en liefde samen in elkaar hebben gedraaid. Boven die zwavelgele vleesstront, parelend van bedorven feestlust, zwetend van moedeloosheid, gistend en dampend van schuld. Steek die juwelen in je eigen navel, trut.

Met dat zinnetje (dat ik destijds zeker niet heb uitgesproken) deinsde het tot-me-doorgedrongene achteruit en loste op achter de tanden die Barbara me toonde. Dat spleetje was magisch.

Ik herinnerde me dat ik als kleine jongen schatten bewaarde tussen twee bakstenen in de muur van de schuur. Daar waar het voegwerk uitgesleten of simpelweg vergeten was, legde ik papiertjes met spannende woorden neer, met explosieve of giftige woorden, met toverspreuken die buurmeisjesbroekjes onzichtbaar zouden maken. Een strassteentje, waarschijnlijk afkomstig uit een oorbel van mijn tante, een postzegel uit Luxemburg, een batterijtje uit de locomotief van mijn broer – de kloof tussen de rode rotsblokken bewaarde al mijn geheimen, tenminste, als hun doorsnede minder dan driekwart centimeter bedroeg. Een paar maal per dag aaide ik de schuurmuur. Om te voelen of mijn spullen droog waren gebleven. Niet aangevreten door insecten, niet verschoven door augustuswind die met een soort oudemannengeblaf uit de braamstruiken opstoof, plotseling, stofwolk.

De foto die ik uit de krant had geknipt kon er ook nog wel bij. Foto waarvan? Van wie? Een stad? Een sporter? Elvis? Nog altijd weet ik niet waarom ik zo nodig een foto moest uitknippen. En waarom hing ik hem niet op, met punaises tegen het prikbord dat mijn opa van een plaat kurk en een oude schilderijlijst had gemaakt? Waarom bewaarde ik hem niet in de lade met het sleuteltje, dan had ik hem gewoon kunnen pakken wanneer ik er zin in had. Het bureau stond zo dichtbij mijn bed dat ik er niet eens voor zou hebben hoeven opstaan...

Er was iets met die foto.

Er was helemaal niets met die foto. De schatkamer, die zou er pas iets bijzonders van maken. Al betrof het een advertentie voor Braun-scheerapparaten, dan nog zou de muur hem veranderen in een met magie geladen schild. Bijvoorbeeld tegen het oorverdovende wapengekletter tijdens de familiebarbecue: de foto drie dagen bewaren in mijn spelonk, op de laatste zondag van de vakantie onder mijn hemd – en het rumoer en de geur van geblakerde braadworst zouden afketsen tegen mijn papieren maliënkolder. Ik vouwde het krantenknipsel op en postte het als een brief. Dat had ik niet moeten doen. Alles wat ik met zoveel ijver gemaakt, gevonden, bewaard, bewaakt en verzorgd had, viel aan de andere kant van de muur naar beneden, alsof ik een volle stofdoek uitsloeg. De foto, die kon ik nog zien liggen, maar mijn vingers konden er niet meer bij. Ook een rechtgebogen paperclip hielp niet. Waar ik het metalen puntje in de smalle boord papier prikte, scheurde dat meteen. Tegen beter weten in ging ik de schuur binnen.

Zocht met mijn handen de klamme betonvloer onder mijn vaders werkbank af, vond tussen potgrond en zaagsel een afgebrande lucifer, een platgeslagen kroonkurk – geen geheimen.

Mijn muur had gewacht tot de mond vol was en toen geslikt. Geslikt? Nee, de kier had mijn verzameling ingeademd: tussen binnen- en buitenmuur zouden mijn kleine, onvoltooide fantasietjes, angsten en bezweringsformules rondwaaien, roder dan rood in het gedempte rode licht dat alleen voor een ongeoefend jongensoog zwart leek.

Het was alsof ik mijn bloed had geofferd. Alsof alle brand die ik kende nu weglekte in de tempel van vader en grootvader – de klustempel waaruit met regelmaat scheve stoofjes en bijzettafeltjes tevoorschijn kwamen, tot boekenkast verbouwde kinderstoelen en tot kruidenrekjes geminimaliseerde lattenbodems.

Niemand merkte iets. Niemand miste iets. Niemand miste iets aan mij.

Het spleetje tussen Barbara's tanden wist hoe de schuurmuur het hem had geflikt.

'Sinds zeven jaar,' antwoordde ik. 'Sinds zeven jaar moeten er vissenkommen in. Sinds ik durf toe te geven dat ik alleen maar voor mijn lol werk.'

'Heb jij eigenlijk een vrouw?' had Barbara gevraagd, nadat ze haar fiets op slot had gezet en met een zucht van voldoening over deze geleverde prestatie op me toeliep, dronken en klaar om zich te laten omhelzen.

'Woon je daar?'

'Ja, helemaal op zolder. Dat mag eigenlijk niet van de woning-bouwvereniging, maar de mensen bij wie ik huur hebben de ruimte zo netjes verbouwd dat ze het oogluikend toestaan. Dat er iemand woont.'

'Is het niet donker, met maar één raam?'

'Er zitten lichtkoepeltjes in het dak. Maar ik vroeg dus...'

'Ik vind je leuk.'

'Ik jou. Leuk en lief.'

'Ik ben weduwnaar.'

'Weduwnaar.' Ze had het woord herhaald, verrast. Alsof het de naam was van een zeer exclusief drankje, een likeur gestookt uit bijkans uitgestorven bergkruiden en zeldzame harsen, uit Zwarte Woud-aardbeitjes, Egyptisch gras en flinters twaalf jaar gedroogde engelwortel. Ja, ik bood haar een geheimzinnig zwaar digestief aan – er hoorde een sigaar bij en een schaaltje koffieboontjes, maar er hoorde vooral een sterk hart bij en dat had ze niet. Dacht ze even.

Ik was begonnen haar te kussen, in haar haren, op haar wangen. Ze hield zich vast aan de revers van mijn regenjas. Maakte een kin-derlijk sprongetje, keek me in mijn ogen, plofte terug op de grond, probeerde mijn lippen, voelde mijn tong, huiverde en zei: 'Nee-neenee.'

'Omdat ik weduwnaar ben?'

'Nee.'

'Heb jij soms een vriend?'

'Soms ja, nu niet.'

'Dan mag dit toch?'

'Tuurlijk, tuurlijk, leuke mijnheer. Maar waarom heb je het me niet eerder verteld?'

'We hebben het niet over de liefde gehad.'

'Kijk, ik denk opeens, je zit natuurlijk nog middenin je rouwpro-ces. Dan is dit geen oplossing. Ik bedoel: zoenen. Dat moet je dan niet doen. Hoe lang ben je al eh... weduwnaar?'

'Je denkt dat dat wat uitmaakt.'

'Ja. Ja, als er al drie jaar overheen zijn...'

'Of pás drie jaar. Voor mij als weduwnaar kan een periode van drie jaar heel erg kort zijn, vergis je niet.'

'God, sorry.'

'Ik plaag je. En ik zit niet in een rouwproces. Geloof ik. Anne is zeven jaar geleden overleden.'

'En al die tijd ben je al alleen?'

'Ja. Maar ik heb wel, ik heb wel ontzettend veel gerotzooid en dat soort dingen, met ontzettend veel meisjes en vrouwen. Zeker de eerste tijd.'

'Nou, dat hoef ik niet te weten.'

'Volgens mij wel.'

'Waarom?'

'Omdat je anders misschien denkt dat ik er nu niet met mijn aandacht bij zal zijn. Dat ik, terwijl ik je aanraak, ook nog communiceer met mijn overleden vrouw. Dat ik alles wat we doen meteen bij haar rechtpraat, of dat ik me door haar laat influisteren dat het met niemand meer wordt zoals het met haar was... Juist doordat ik me in het begin in zoveel onnozele affaires heb gestort, kan ik hier nu met jou kussen zonder me nadrukkelijk een weduwnaar te voelen. Ik voel me een schooljongen. Een verlegen, maar nieuwsgierige schooljongen.'

'Van tweeënveertig.'

'Ik ben altijd tweeënveertig geweest. Of vijftig, of zevenenzeventig. Ook als schooljongen.'

'De meeste mannen zeggen dat ze diep in hun hart altijd zestien zijn gebleven.'

'Dat hoef ik nou weer niet te weten.'

'Blijven we hier staan?'

'Zie je door die koepeltjes ook de sterren?'

'Het is matglas, of eigenlijk een soort plastic. Ga je dan naar huis? Ik heb trouwens alleen melk en dubbeldrank daarboven. Ga je dan liever naar je eigen huis?'

'Ik ga altijd liever naar mijn eigen huis. Maak je fiets maar weer los. Bij mij kun je ook cola en bier en wijn en wodka en whisky drinken, en jus d'orange. En yoghurt met vruchtjes uit blik en limonadesiroop. Dat maak ik altijd als mijn zoontje komt.'

'Ook nog vader.'

'Meer een soort oom. Bouwe woont bij Annes zus. Heel leuk, op een biologische boerderij in de buurt van Den Bosch. Hij is tien en hij weet nu al alles over koolsoorten en teeltwijzen, over kippen en geiten en aardappels – hij ruikt ook heel lekker, naar gras en wol en stront.'

'Bouwe. Friese naam? Kwam Anne uit Friesland? Gek hè, dat ik nu al meteen over Anne praat, alsof dat mag, je moet me wel even helpen met mijn slot, god, is het nou wel een goed idee, dat ik meega, ik kan je ook gewoon mijn nummer geven en dat je me dan een keer belt, dat we ergens gaan koffiedrinken of zo, dan zijn we ook nuchter, dat is beter.'

Barbara bleek te vermurwen. De roekeloosheid van een weduwnaar was wijze roekeloosheid, afgewogen, redelijke roekeloosheid, betrouwbare roekeloosheid – degelijke en diepdoorleefde roekeloosheid. Wist ze. De weduwnaar liet haar op zijn bagagedrager plaatsnemen. De weduwnaar trapte zich in het zweet, maar zijn fiets slingerde niet. De weduwnaar was licht en ontspannen in bed, hij had netjes gevraagd of ze iets moesten gebruiken en Barbara had ja gefluisterd, ze was opgestaan en naar de stoel gelopen waarover ze haar jas had gegooid, naakt en licht gekromd van schaamte en kou liep ze door zijn gang, zijn kamer, ze had een condoom uit haar zak gehaald en was teruggekomen bij het bed waarin de weduwnaar zich onder de dekens bevredigde, een beetje bevredigde om het lid meteen in het onding en daarna in zijn nieuwste vrouw te kunnen schuiven.

'Dossier zelfmoord in Nederland' staat er op de cover van het tijdschrift dat beneden op de deurmat ligt. Ik laat het blad in zijn hoesje van cellofaan en leg het op de trap. Scheur een enveloppe van de Postbank open, bekijk het giroafschrift, stop het papiertje in mijn jaszak. Lees op een ansichtkaart die voor Barbara bestemd is dat het geen aanrader is, Curaçao. John en Eva zijn tenminste eerlijk. De olijke speelgoedkade van Willemstad mag het woord zelfmoord afdekken. Als ik straks terugkom neem ik de post wel mee naar boven.

Over zelfmoord hoef je me niets te vragen. Mijn eerste vrouw heeft zelfmoord gepleegd. Ze was drieëndertig, ik twee jaar ouder, onze zoon was net drie. Bij de autopsie werd vastgesteld dat Anne vier maanden zwanger was. Getallen.

Met getallen houd je de wanhoop niet buiten de deur, je maakt haar dunner en scherper – in de abstractie toont zich de meester.

Als ik buiten ben, probeer ik of ik de inhoud van 'het dossier' kan raden. Er staat natuurlijk een stuk in dat wetenschappelijk onderbouwd is: wie plegen er zelfmoord, waarom wordt er zelfmoord gepleegd, wat kunnen signalen zijn, onder welke bevolkings- of beroepsgroep is er een stijging van het aantal gevallen te zien, waar is het percentage gedaald, kunnen we daar conclusies aan verbinden, valt zelfmoord te voorkomen? Dan volgt er een reportage over mensen die één of meer pogingen hebben overleefd. Een essay over zelfmoord en tolerantie, het wegvallen van de godsdienst, de individualisering in de maatschappij, en de aandacht voor de zogenaamde heroïsche zelfmoord in de media. Interview met een psychiater, een rouwverwerkingstherapeut en een schrijver die zich heeft opgeworpen als zelfmoorddeskundige en alles over het onderwerp heeft gelezen met het doel zijn roman 'indringend' te maken. Vier bladzijden, inzetjes waarin geanonimiseerde nabestaanden over de omgang met het nooit te bevatten verlies aan het woord worden gelaten. Het dossier sluit af met een rijk geïllustreerd artikel over zelfmoord in de kunst. De koppen boven de artikelen, interviews en het essay: 'En dan is het stil?', 'Moet kunnen' en 'De eenzaamheid voorbij'.

Bij de Turkse bakker koop ik een ringvormig, hard wit broodje, bestrooid met sesamzaad. In het zakje breek ik het in stukken – op weg naar de supermarkt graai ik in de zak en voer mij. Alsof ik een oude, zielige eend ben die alleen voor het beste van het beste uit zijn vijver komt. Zoet, vers, knapperig brood, vanbinnen zo zacht als watten.

Wat je in het dossier waarschijnlijk niet zult kunnen vinden is de mening dat zelfmoord voor sommige mensen echt de beste oplossing is. Dat bedoel ik niet hatelijk. Voor Anne was het een goede oplossing, voor mij ook. Om het bij getallen te houden: ze had drie zielen, ach, in haar borst. Drie met elkaar onverzoenlijke zielen die haar, ach, in grote problemen brachten.

Zo is het: de dominee moet met de pont over het IJ.

Op een zoele zomeravond. Ik zet de doos met eieren in de ijskast, schud de zak meel leeg in de plastic voorraadbus, hang een vieze vaatdoek aan de waslijn buiten. Kan de regen er alvast het ergste vuil uitspoelen. Ja, een zoele zomeravond.

En dan? In Amsterdam-Noord woont de familie Van Bemmel.

Drie kinderen, waarvan één met het syndroom van Down. Ik hoor de stem van 'mijn' dominee nu in mijn hoofd. Gauw opschrijven.

'...dus u begrijpt, die mensen hebben wel eens behoefte aan een avond samen lezen in de Schrift, aan gebed en een stichtend gesprek. Fijne, rustige mensen – wakkere mensen.'

Winkelmeisje: 'Wakkere mensen. Ik begrijp precies wat u bedoelt. De buren van mijn ouders...'

Dominee: 'Ik heb net een nieuwe fiets. Een Gazelle met trommelremmen, een dure fiets.'

Winkelmeisje: 'Mag toch als je geen auto rijdt?'

Dominee: 'Dat vindt u dus ook. Hang die roomkleurige jurk maar weer weg, daarin lijk ik meteen op een bruid.'

Ik steek een sigaret op. Eerst moet ik de tekst uitschrijven die ik daarnet, onderweg naar de supermarkt, heb bedacht. Flauwe tussengesprekjes voeg ik later wel in. Onthoud ik dat? Ik noteer: onzindialoogjes, beweging! En voort maar weer.

Winkelmeisje: 'Een Gazelle met trommelremmen.'

Dominee: 'Dat heb je onthouden. Ik kom aan bij die mensen, die wakkere mensen, in hun kleine maar lichte huisje ruikt het al lekker naar koffie, ik krijg een mooie leren draaistoel aangeboden, de kinderen komen mij in hun pyjama een hand geven, welterusten, tot zondag dominee, ze verdwijnen naar boven... We lezen Job vers 1 tot en met 18 en dan nog een tekst van Abraham Kuyper en een psalm en ik zie die mensen daar met gebogen hoofd en gesloten ogen zitten en er vaart heel plotseling een reusachtige woede in me. De avondzon glanst in dat fijne, fijne haar, die helm van fijn molzwart haar van die vrouw. En de nagels van haar man zijn me te schoon, te roze, te glad, en hun adem gaat zo kalm in en uit die eeuwigvriendelijke neusgaten, en hun wimpers liggen zo teder op de onderste oogleden, als donsveertjes... Die mensen. Ze dampen van vroomheid en om hen heen groeit een regenboog, even ijl als vertrouwenwekkend van kleur. Vertrouwenwekkend... Meisje, ik hoor ze denken: wees welkom, dominee, wij hebben niets te verbergen. Voel u veilig in ons midden, u die net zo hoort bij ons verbond als ons nageslacht... En precies die liefde, die gastvrijheid wordt me te veel. Ik begin heftig te transpireren. Koud zweet. Zo innig als ze daar zitten, in gesprek met het woord Gods, zo roofzuchtig zijn ze in werkelijkheid. Op hetzelfde ogenblik: ze stropen mijn waardigheid als een opperhuid van me af, graaien in mijn zenuwstelsel, zuigen mijn aderen leeg, delven mijn hart op uit de ribbenkast, knijpen erin als in een sappige vijg en als die openbarst en ze de vele pitten zien, trekken ze een zuur gezicht: onze gouden duivensnaveltjes willen alleen manna, melk en honing, beste dominee, en ze werpen mijn hart weg.

Perfecte gelovigen bestaan, meisje. En perfecte gelovigen zijn de meest vreeswekkende gieren die er bestaan; het geduld om te wachten op jouw kadaver bezitten ze niet, ze pikken hart en lever al uit je romp nog voor je bent verwekt, of goed dan, misschien pas in de moederschoot, ze proeven je nieren niet eens want ze weten hoe die smaken, ja ze nemen hooguit een piepklein nipje van je levenssappen en laten je dan minachtend aan de kant van de weg doodbloeden. De gourmands.

Hun liefde heet dédain. Hun vrede medelijden. Hun nederigheid pesterij.

Pesterij! Pesterij! Pesterij! En o zo begripvol bidden ze je krankzinnig en als ze hun ogen opslaan kijken ze glimlachend naar elkaar, verlegen en verliefd, en ze zeggen: "Wat we nog wilden zeggen over het Avondmaal... Zal ik het zeggen, Ruth?"

"Zeg jij het maar, Jacob, jij kunt dat zo goed..."

"Wij nemen daar liever niet aan deel. Wij achten ons het brood niet waardig. Wij bedoelen, hoe weten we zeker dat we in het diepst van onze ziel werkelijk betrokken zijn bij de viering? Als mijn denken per ongeluk is bij het verbouwen van de badkamer... Dan ben ik te zondig om deel te mogen uitmaken van de geloofsgemeenschap rond de tafel. De zwakste schakel. Het is dus uit respect en zelfwantrouwen..." Pesterij! De besten van de klas: "Vreemd, niet, dominee, dat anderen zich die vraag nooit stellen? Wij worstelen er dagelijks mee."'

Winkelmeisje: 'Een gruwel, dat soort types. Je had vroeger ook zulke meisjes op school. Mijn haar zit zo stom, ik ben te dik, deze broek staat me niet, niemand mag mijn tekening zien want die is lelijk...'

Ik druk op de delete-knop en wis weer wat zinnen. Bedenk dat de dominee heel terloops moet zeggen dat hij het met een pistool gaat doen, een pistool in zijn mond. En dan begint zij over een jadegroene jurk van ruwe zijde.

Winkelmeisje: 'Is geraffineerd, hoor. De vrouw van de ambassadeur van Engeland droeg hem anderhalf jaar geleden bij een bezoek van de dichter... De koningin was er ook, maar die had gewoon een paars Frans Molenaar-setje aan.'

Dominee: 'Je denkt: en dit is het dus. Nu is satan in mij gevaren. Of nee, hij woonde al in mij, en hij breekt nu uit, in deze genezende omgeving koortst en toortst hij zich naar buiten, zwavelend, bijtend, vlammend, geilend, dansend, kwijlend. Ik sta het toe. Heere, neemt deze zonde van mij weg. Ik kan geen brood van stenen maken en Jeruzalem...'

Winkelmeisje: 'Jeruzalem, je zal daar maar geboren zijn.'

Dominee: 'Ik heb het jenevertje dat speciaal voor mij en de ouderlingen koud staat afgeslagen. Ben zwijgend op de fiets gestapt...'

Winkelmeisje: 'De fonkelnagelnieuwe Gazelle.'

Dominee: 'Het hooglied: uw borsten zijn als gazellen.'

Winkelmeisje: 'Gezellig. Bambi in de bh. Wilt u even kijken? Die afwerking bij de naden, die belijning... Ik vind u een mooie man. Weet u dat? U hebt hele warme, jade-groene ogen...'

Dominee: 'En ik fiets me helemaal suf. Kom bij de pont aan, moet wachten, noodzakelijk kwaad... En ik zie de boot, hij meert aan, hij spuwt wat mensen uit, ik ga aan boord, we deinen op dat water en voor het eerst in mijn leven...'

Winkelmeisje: 'Geniet u.'

Natuurlijk, die Bambi-grap moet eruit. Ook die. Simplistisch zelfvermaak. Als jongen trok ik tijdens het maken van mijn huiswerk rare bekken in het zakspiegeltje dat ik op de al gelezen bladzijde van mijn opengeslagen boek had gelegd. Narcistisch? Nee, want ik maakte mezelf juist graag afzichtelijk. Tong uit mijn mond, neusgaten wijd, vingers onder de onderste oogleden, ze een beetje omlaag trekken, zodat ik de bloederige huid te zien kreeg. Lachen om mijn eigen spuugbellen. Gek dat je je nog wel herinnert wanneer je met zoiets begonnen bent, maar niet wanneer je ermee bent gestopt. Ik moet door en schrijf.

Dominee: 'Dat je dat begrijpt! Van zo'n simpel boottochtje! Ik zie een zalig licht over de golven sluipen, een vol en vruchtbaar zachtgroen licht, alsof er populieren uit het water oprijzen, en cipressen en lindebomen, grassen, palmen, venkel, dillegroen en tijm... de wind voert een geur mee, een geur van zee en dennennaalden en rozenblaadjes, van babyolie en de rook van karameltabak... en mij overvalt, ja, overvált een vrijheid, een vrijheid... zo weldadig verzadigd van erbarmen... Ik sta op in mijzelf. Fier overeind als de i in het woordje ik, ik word een streep tussen dek en vluchtige zomerwolkjes, mijn voeten schieten wortel in de bodem van het IJ, mijn vingertoppen willen de rode hemel aanraken, en dan treedt uit mijn lichaam een engel. Met een weegschaal en een vlammend zwaard. Hij komt uit mij tevoorschijn als Eva uit Adams rib en hij zegt...'

Winkelmeisje: 'Dat is het! U bent een engel!'

Dominee: 'Hij zegt: "Moed."'

Winkelmeisje: 'Moed, ja, dat is een beetje een onderbelichte kwaliteit. Er horen ook schoenen bij, bij deze japon, maar die past u waarschijnlijk niet. Maat 43, schat ik? Daarin hebben we alleen witte pumps, maar dat kan best. Witte kousen erbij, perfect. Moed?'

Dominee: 'Precies. Michaël zegt "moed" en niet "geloof". En hij slaat mijn duivelse geloof in stukken en weegt mijn preken, mijn zelfonderzoek, mijn dienstbaarheid en werpt die als glasscherven overboord...'

Ik klap de laptop dicht. In het boek Job vergelijkt de Heere Heere zichzelf met een krokodil en een nijlpaard, daar moet ik nog wat mee doen. Morgen ga ik nog eens stevig aan de tekst sleutelen. Morgen en overmorgen. Het loopt nog niet lekker, het kan absurder. Zouden er meer schrijvers zijn die zich door een wekker uit hun verbeelding laten wegrinkelen?

Barbara komt over een kwartier al thuis, ik moet de vloer nog vegen.

Prozac heb ik ook wel eens geprobeerd. Je slikt een pil, maar een paar uur later weet je zeker dat je een ander mens hebt ingenomen. Een opgewekte groenteboer die graag naar André van Duinshows kijkt en langharige schoothondjes fokt, een forse wijkverpleegster die tijdens het knippen van teennagels 'Er zaten zeven kikkertjes al in een boerensloot' zingt, verbeten. 'Ze kwekten niet, ze kwaakten niet, van honger en verdriet... Mijn dochter belde gisteravond, ze zit met haar vriend in de Algarve en weet u wie ze daar op zo'n strandje heeft gezien? Die jongste van prinses Margriet.' Zo iemand.

Ja, hadden mijn broers en zus me gezien met Prozac in mijn bloed, dan hadden ze me vast en zeker tot een van hen gerekend. Ik had klappen op mijn schouder gekregen en een welgemeende sneer: 'Hé intellectualo, nog lekker geshakespeared de afgelopen tijd?' en ik zou gelachen hebben, luid en duidelijk.

Barbara heeft nooit iets gemerkt van die korte kuur uitzinnige tevredenheid. Alleen C. had iets door.

'Het is net of ik je door een masker heen moet kussen. Je bent mooier dan ooit, maar je lijkt wel van plastic. Harde lippen. Het schuurt. Het doet pijn. Dat verbeeld ik me gewoon, hè? Ja, dat verbeeld ik me omdat ik niet durf te zeggen dat iets anders me pijn doet. Dat missen van jou. Ik heb zo mijn best gedaan om je te vergeten, iedere herinnering aan je mond, je adem, je tong, je speeksel, je tanden de kop ingedrukt en nu schrik ik dubbelhard van al die weerstand, verwachtte hooguit iets droomachtigs – maar dit is aards. Brokkelig. Oud.'

Van de geluksdrug word je inderdaad oud. Je gaat terug in de tijd en wordt je oppervlakkige ouders, je grinnikende ooms, je kwakende tantes, je ongeletterde, ongeschoeide, halfmongoloïde grootouders. Tenslotte word je de aap waarvan je afstamt.

Dat Darwin onze oorsprong heeft blootgelegd is al erg genoeg, helemaal rampzalig wordt het als je eigen trekken je die onverkwikkelijke episode doen herinneren alsof het gisteren was; ik werd een oerwoudmonster dat zich al bij het ontwaken op de borst roffelde. Door de dag heen produceerde het laatste restje geest in mij niet veel meer dan een dof grommen – een voortalige blijk van zelfgenoegzaamheid en laffe genotzucht. Ik wil best oud zijn, maar mijn ouderdom moet van mij zijn.

Geen achterwaartse, in de genen vastgelegde ouderdom begeer ik te kennen, maar voorwaartse, vrije ouderdom. Saturnale ouderdom. Rudimenten die bevestigen dat wij allen ooit primaten, en nog weer eerder koelbloedige visjes zijn geweest, hoeven wat mij betreft niet gereanimeerd te worden. Mag ik de illusie koesteren dat ik een rede bezit die mij boven het Pleistoceen uittilt? Dat ik begiftigd ben met geest? Niet om daarmee het stoffelijke te boven te komen, maar om het om te vormen tot iets wat voor mijn beleving toegankelijk is?

Dierlijk is het te weten dat je met de afstandsbediening de tv kunt aanzetten. Die handeling kan iemand zijn kat of hamster misschien zelfs wel leren voltrekken. Menselijk is het te vragen hoe het komt dat het attribuut werkt zoals het werkt. Magie mag geen magie blijven. Een mens demonteert. Hij demonteert speelgoedautootjes, wasmachines, het menselijk lichaam, de aarde, zijn geliefdes, zijn verleden, zichzelf. De een of andere spijtoptant heeft dat de onttovering van de wereld genoemd, dat geen genoegen nemen met magie. Fout, Herr Weber. Wat de mens vermag is natuurlijk omtovering van de wereld: het is de geest, en niets dan de menselijke geest die de raadsels wenst te vergroten, die zich niet neerlegt bij alleen de verschijning, en de voor het blote oog waarneembare werking van de dingen. In mijn visie is het tamelijk aapachtig om je bij Darwins ontdekking neer te leggen en te denken: oké, ik ben eigenlijk een gorilla, dus moet ik me van nu af aan ook dienovereenkomstig gedragen en al die hypocriete, metafysische rechtvaardigingen van mijn driften afleggen. Het is capituleren voor de feiten, in plaats van je de vraag te stellen: 'Maar wíl ik ook een aap zijn?' – een vraag die de aap zichzelf nou net niet kan stellen.

Als ik geen aap (meer) wil zijn, en ook geen exemplaar van een soort, wat wil ik dan? Ik wil dat iedere dag in mijn leven een experiment is met ieder denkbaar alternatief voor een dierlijk leven. Toegespitst op mijn concrete situatie betekent dit dat ik onafgebroken probeer mijn depressie met behulp van mijn eigen analytische en theorievormende vermogens en mijn eigen verbeeldingskracht op te heffen. Dat lukt niet. Tot mijn teleurstelling. Ik ben bezig met iets dat anderen gemakkelijk kunnen afdoen als 'zonde van je tijd'. Ik ben er niet trots op dat er zoveel energie gaat zitten in het wrede en bijwijlen lachwekkende spel met de steeds valer wordende schaduw die ik 'ik' heb genoemd – verspilling van krachten die ik net zo goed had kunnen aanwenden om iets in de wereld 'tot stand' te brengen. Zonde, inderdaad.

Ik troost me met de gedachte dat ik hoe dan ook waardig worstel. Humaan. Fantasievol. Tegen de klippen op gelovend dat ik het mechaniek van mijn lot kan ontleden. Of sterker, dat het mijn lot is dat ik met mijn lot in het reine moet komen – dat ik de simpele ervaringenmachine ooit zal kunnen herscheppen tot meer dan een handig wegwerpartikel. Nee, een kunstwerk hoeft mijn leven niet te worden. Zo romantisch ben ik nou ook weer niet. Wat ik wil, is uit mijn eigen onvervreemdbare puinhopen een man opdiepen met wie ik alsnog kan leven. Een personage van vlees en bloed dat beter dan ikzelf past in het verhaal, een karakter dat de pen opneemt en zelf de ontknoping schrijft. Ik wil een leefbaar ik. Geen leefbare stad, geen leefbaar vaderland, geen leefbare wereld, maar een leefbaar uitzicht daarop.

Wat zijn mijn maatstaven, wil ik mij en mijn blik leefbaar kunnen noemen? Al sla je me dood.

Ik weet alleen dat ik de hulp van chemicaliën niet kan appreciëren. Na een paar jaar bij Richard ging ik de woorden wantrouwen en heb hem toen een paar stripjes Prozac gevraagd, alleen om de stroom van wonderschone verdraaiingen en verfraaiingen even in te dammen. Een paar milligram boeren-helderheid, alstublieft. Zet me op een trampoline, laat me springen en fixeer me als ik in de lucht hang, met van enthousiasme gespreide armen en benen – als een levende letter X.

Daar hing ik dan, gekruisigd aan de grappen en grollen van mijn verwanten. Grof in de mond, de godverrrrdommes gretig rondrollend over de dikke tong, en gierig schraapte ik zogenaamd simpele genoegens bijeen; als de joodse tollenaar telde ik glimlachjes van caissières, nieuwe krokussen in het hart van de rotonde, en gezellige krantenberichtjes over geslaagde buurtinitiatieven bij elkaar op en hikte: 'Wat een gezegend man ben ik.' Een gruwelijk zinnetje van mijn vader, dat hoofdzakelijk werd uitgesproken op vaderdag en bij de geboorte van weer zo'n tot hedonisme en xenofobie gedoemd kleinkind, zo'n gepredestineerd zelfgenoegzaam no-nonsense typetje.

'Wat een gezegend mens ben ik,' kirde de baby die Prozac van me had gemaakt en voor het eerst sinds tijden kon ik ook weer huilen.

'Mooi,' zei Richard toen hij mijn krokodillentranen zag, 'misschien komt er nu ook een stukje oud zeer uit dat je dan straks, na de kuur, weer kunt aanvatten. Sta het jezelf maar toe.' Maar ik was verre van verdrietig – niet tijdens en niet voorafgaand aan de medicatie. Er was geen 'oud zeer'. Dat was nou juist de ellende.

Mensen die een depressie gelijkschakelen aan chronische droefheid zijn nooit depressief geweest. Pomp je opmonterende woorden of vrolijk makende vergiften rond in het systeem van een waarlijk depressief man, dan zal hij ze afstoten. Niet bij wijze van actieve verzetsdaad; zijn cellen herkennen de stoffen gewoonweg niet. Troost wordt als indringer beschouwd en omdat iedere poging tot verdelging ervan mislukt, keert de troost zich als kanker tegen het vijandige lichaam. Een goedbedoelde toevoeging wordt een alles uithollende parasiet.

Geef een depressief persoon niets. Steek geen vinger naar hem uit, waag het niet hem een leuk feestje of vakantietje in het vooruitzicht te stellen, stuur hem geen ansichtkaart met een opwekkende spreuk.

Het pietluttigste kruimeltje positive thinking kan de hele boel al ontregelen, één mosterdzaadje moed kan zijn vesting al ruïneren.

De depressieveling wil later, na zijn depressie, kunnen zeggen dat hij 'het helemaal zelf heeft gedaan'. Een herinnering aan hulp van buitenaf zal zijn triomf onmiddellijk ondergraven, dat weet hij bij voorbaat; de aan zijn eigen denken totaal niet verwante tip, het goedbedoelde advies dat hij zelf per ongeluk over het hoofd had gezien, plegen roofbouw op zijn toch al zo zwakke gestel.

Laat ons aan onszelf over, hoe weinig 'zelf' wij in vergelijking tot gezonde mensen ook hebben. Nu ik toch bezig ben; mag ik het ook eens omdraaien en erop wijzen dat wie zichzelf heeft stukgedacht tenminste heeft gedacht? Zijn wij depressievelingen niet het levende bewijs van wat de menselijke geest vermag? Het is dankzij de geest dat we geen geestkracht meer kunnen peuren uit dat gronderige woordje ik, die hap vochtige, wormstekige aarde.

Uw gezonde ik wil ik eigenlijk niet. Zo is het. Steek het maar in uw zak, met al uw wijze raad erbij. Wat er van mij resteert begeert de sterren. Saturnale ouderdom. Levenservaring, wijsheid, distantie, gezag. De wereld van een afstand koelte kunnen toewuiven en dat ze dan zeggen, de passanten: 'Waren wij maar zo onthecht. Konden wij maar zo kritisch naar ons geploeter kijken,' dat is het doel. Het probleem is dat ik het doel al veel te vroeg heb bereikt. Mijn doel en ik vallen al vanaf mijn derde jaar samen. Na wat men tegenwoordig 'de peuterpuberteit' noemt werd ik een stille grijsaard, die steeds voelde hoe skelet en schedel zich onder zijn huid ophielden als stokken in een nomadentent.

*

'Ingezakt,' zegt Barbara, terwijl ze de soufflé naar binnen draagt. 'Hij was prachtig – echt zo'n gouden dak bovenop de schaal, een koepeltje gevuld met warme lucht. Maar ja, het hoort erbij. Dat ze inzakken.'

'We geloven je wel.' Huib ruikt aan de punt die Barbara op zijn bord heeft gelegd. 'Goed veel oude kaas.'

Ik moet eraan wennen. Mijn zwager aan tafel, zonder mijn zus. Ze zouden getweeën komen eten, voor het eerst sinds jaren, maar Patricia wilde thuisblijven bij haar zieke dochter. 'Het is maar een griepje, en toch, ik vertrouw het niet. Dan zou ik maar met pijn in mijn maag bij jullie zitten. Dus Huib komt alleen. Die had er echt zin in.'

Bij binnenkomst gooide Huib zijn colbert over de leuning van de bank. 'Druk dagje,' zei hij. Barbara en ik keken elkaar aan. Dit was waarschijnlijk zijn vaste openingszin. Hoe vaak zou mijn zus het gehoord hebben? Druk dagje. 'Jullie?'

We riepen maar wat terug. Halve zinnen. Waar is de kurkentrekker, deadlines, we hebben ook olijven zonder knoflook, ga zitten, mijn stuk hoeft pas in september af te zijn, Barbara is erg blij met een leuke stagiaire, Rudolf doet net of hij niet hard werkt, let er maar niet op, hij schrijft zelfs in de weekends, nee, gelijk heb je, bloemen zijn zo afgezaagd en dit boek kennen we nog niet.

Barbara maakte een prop van het cadeaupapier en mikte die langs me heen in de prullenbak. De gebundelde columns van Mart Smeets. Mijn broer houdt van lezen, wist Patricia.

Mijn zwager was gaan zitten en de eerste stilte viel. Ik had een sigaret opgestoken. Buiten schreeuwden een paar kinderen. Er werd een raam opengeschoven, een Marokkaanse moeder schreeuwde iets terug. Ze was niet boos, we hoorden haar lachen met een hoge stem. Een fietsje kletterde tegen de grond.

Barbara veegde wat kruimels van het tafelkleed. De trui die ze draagt is nieuw. Rood. Draagt ze nooit, maar het staat haar goed. Huib is getrouwd met iemand die iedere dag wel iets nieuws voor zichzelf koopt. Elke keer weer hoopt Patricia met iets thuis te komen dat haar voor eens en voor altijd vrouwelijk zal maken, maar ze blijft die logge berin die ze altijd geweest is – ook in lamswol en zacht kalfsleer. Ze krijgt de onderkin die mijn oma had.

'Ik drink even een glas mee en dan ga ik de keuken in.'

'Je gaat er toch niet te veel werk van maken?'

'Neenee, ik heb al veel voorwerk gedaan.'

'Patries kookt eigenlijk nooit meer voor andere mensen. We doen het allemaal met de magnetron. Een paar zalmmoten van de markt, scheut witte wijn eroverheen, wat peterselie... Friet in het vet, twee zakjes kant-en-klare sla en een halve geschaafde komkommer... Vroeger kon ze het goed. Koken. Hè?'

'Heel goed.'

'Het komt door de kinderen. Die moeten dan weer naar een partijtje. Of een clubje. Zwemles. Het is altijd chaos rond etenstijd. En daarna zijn we kapot.'

Barbara verdween en ik zat tegenover een bitter man, die door het huwelijk met mijn zus nooit meer echt welkom was op clubborrels en reünies van studentencorps Minerva. Op een andere manier dan ik leed hij aan ons milieu. Hij vroeg me ooit, en er klonk verwijt door in zijn vraag, hoe het kwam dat ik accentloos ABN sprak, terwijl Patries... 'Dat is een keuze,' heb ik toen gezegd. 'Vinden ze haar ordinair?'

'Dat vinden ze mij.'

Iedereen vindt iedereen ordinair. Barbara vindt corpsballen ordinair, ik vind al die talkshowgasten die hun eigen leed uitventen ordinair, mijn familie vindt kunstenaars ordinair, kunstenaars vinden journalisten ordinair en journalisten vinden politici ordinair. Behalve wijlen Willem Drees en Marcus Bakker vonden alle politici families als de onze ordinair – daar waren mijn ouders en ooms en tantes het over eens. Zelfs Joop den Uyl hield niet echt van arbeiders, dat kon je horen. De eeuwige tweekamp wordt niet uitgevochten tussen bovenbouw en onderbouw, heer en knecht, grootgrondbezitter en loonslaaf: het zijn de ordinairen tegen de ordinairen.

Kortbenige, breedgebouwde Huib rolt zich in zijn flegma alsof het een plaid is. De gehandicapte. Goed, hij komt vooruit in het leven. Hij is toch maar mooi directeur van een commercieel marktonderzoeksbureau en zijn mobieltje kan ieder ogenblik toeteren, maar mwah, zucht hij, mwah-mwah, aan de dingen die echt leuk zijn kom je niet meer toe.

'Wat zou je dan willen?' Barbara schept nog wat limoenijs in zijn schaaltje.

'Weer eens jagen. Met van Domsburgen en Vleutmans, in de bossen van Hongarije. Niet om die dieren kapot te maken, maar om de sfeer. Rond vier uur 's nachts de koffer uit en dan dat sluipen door de schemer, of op paarden, god, op paarden door zo'n woud... Ssst, mannen, bek houden... Dat is natuur op z'n puurst: dat manke edelhert, die haas waarvan je alleen die lange lepeloren... En dan pfiew, beng, báf!' Hij knabbelt aan een blaadje melisse en gaat verder: 'Dan weer de onschuldige stilte, het ontwaken van de vinken en de roodborstjes, het gefluister van dennen, het natte, zuchtende, strelende gras en dat je je dan samen over zo'n lijkje buigt... met deernis. Toch wel. Zo'n geschoten stuk wild wordt een beetje je kindje. Je streelt het vachtje, stelpt het bloed... Legt het voorzichtig in een mand... En om je heen wordt het lichter en lichter, de honden

worden onstuimiger, staan die bewonderenswaardige doelgericht-
heid, die onmenselijk perfecte gehoorzaamheid af aan de wind die
opsteekt, ja, alles verwaait, ook dat begeerde gevoel van schuld en
de bezorgdheid daarna, en dan rijd of loop je trots naar je landhuis,
met volle vaart, kleine jongens die een wedstrijd houden... Je ontbijt, neemt rust, maakt 's middags een eerder geschoten dier klaar,
de wijnen worden uit de kelder gehaald om op temperatuur te komen, je schilt aardappels, kookt compote, snijdt kool en kneedt er
karwijzaad door, alles met je handen, alles met je handen... En dan,
dan 's avonds in pak aan je eigen kerstdiner. Knappend haardvuur,
half oktober, mist aan de grond en een treurig maantje dat door de
hoge ramen naar binnen schijnt, allemaal spelend dat je van adel
bent, soms met adellijk wild... Weten jullie wat dat is?'
   'Dat het vlees een paar dagen gehangen heeft en al een beetje rot
is, toch?'
   'Precies. Die smaak! Van grond, schimmels, roest, oude dennennaalden, bos, bloed...'
   'Een kameradensmaak.'
   'Rudolf, jij snapt het. Er is niets dat zo verbroedert als samen jagen of allebei met dezelfde vrouw... hè? Dat je die ervaring deelt, dat
je dezelfde tong in je mond hebt gehad en je ding zakmaarzegge in
hetzelfde...'
   'Gat hebt gestoken.' Ik heb met Barbara te doen. Huib provoceert
haar. Is het niet met woorden, dan wel met het even moeizame als
genoeglijke gekreun waarmee hij zijn tekst naar buiten stoot – alsof
hij lang niet geneukt en gepraat heeft, terwijl neuken en praten voor
hem identiek zijn.

Huib gaat naar de wc.
   We horen hem boeren, we horen hem hard aan de wc-rol draai-
en.
   Controleert hij of hij op de verjaardagskalender staat? Twee mei,
ja hoor. Al die arme Hongaarse konijnen en Poolse wilde zwijnen,
al die Veluwse patrijzen en Italiaanse lijsters die hun sporen aan zijn
cellen hebben afgestaan, die die botte papzak overeind houden, nog
jaren na dato... Hoeveel liever waren ze niet gewoon door een arend
uit het gras geplukt of van vermoeidheid gestorven?
   'Doen alsof je van adel bent' – Huib wist heel goed dat zijn maten
wél van adel waren. Hij schoot toch alleen maar om even iets van

die vorstelijke glans over zijn pokdalige tronie te voelen kriebelen, om 'erbij te horen'? Hij en mijn zus zijn kermisklanten, alles aan hen is bier en botsautootjes. Ze zijn verliefd geworden in de schiettent of nee, al tijdens wat in ons dorp liefkozend 'het eerste deuntje' wordt genoemd; de opening van de kermis. Onze Kennemer versie van carnaval, maar zonder praalwagens en Pipopakken.

'Dat hij zo poëtisch uit de hoek kan komen...'

'Dat is geen poëzie, Bar.'

'Wat is het dan?'

'Juristenkitsch.'

'Hij heeft toch economie gestudeerd?'

'Dan is het economenproza. Leidse symposium-lyriek. Ze zitten bij de vereniging en moeten om hun prestige te verhogen gauw nog even wat aan cultuur doen. Voordat ze een company indraaien voor tachtig uur per week. Ze organiseren een tweedaagse met dichters en denkers die kritisch kijken naar...'

'Naar...?'

'Mondiale ontwikkelingen. Ze lezen zich een beetje in, beetje Spinoza, Descartes, Montaigne, beetje Rutger Kopland en gaan na de lezingen en de workshops heel overdreven de gastsprekers nawauwelen, heerlijk vrijblijvend, maar god, wat staat het erudiet. En spiritueel. En zo laten ze zich door de oudere garde headhunten. Fijne jongen, prima gekleed, kent ook nog zijn klassieken. Langs deze sympathieke weg is mijnheer het bedrijfsleven ingerold en nu rekruteert hij zelf tijdens symposia.' Barbara kijkt me ongelovig aan. 'Hij vertelde het me toen jij in de keuken stond. De afzuigkap loeit.'

'Zal ik de koffie inschenken? Met wat erbij?'

'Huib moet nog naar Bloemendaal. Met de auto.'

'Gewoon koffie dus.'

'Zo. Daar ben ik weer. Ik hoorde iets van koffie... Lekker, en ik heb er alleen melk in. Toch geweldig, om jullie nou eens echt te leren kennen, maar wat ik me daarnet nou afvroeg, hè?'

'Nou?'

'Hoe houden jullie het in godsnaam in zo'n piepklein huisje uit? Wat zal het zijn, vijftig vierkante meter?'

'Drieënveertig.'

'Jezus.'

'We houden het hier prima uit.'

'Zal ook wel, zal ook wel, misschien dat het met kinderen iets anders is, ik bedoel maar, als Bouwe hier nog bij had gemoeten of jullie hadden ook nog... Door die ruimte alleen al begin je niet zo gauw aan kinderen, lijkt me.'

Huib denkt dat hij iets pijnlijks heeft aangeroerd. Barbara begint over kastruimte. Dat ze haar kleren en boeken en kookattributen zo moeilijk kwijt kan, maar dat een mens ook eigenlijk niet zoveel nodig heeft, daar komt ze steeds meer achter. 'We hebben in ieder geval vier kamertjes,' zeg ik.

'Weliswaar schrijft Ruud zijn stukken met nat wasgoed in zijn rug, maar hij kan wel in zijn eigen kamertje werken, achter zijn eigen computer. En als Bouwe komt logeren heeft hij hier zijn eigen plek – met een eigen tafel en een eigen kast. Nee, dan moet je in New York gaan kijken: een vriendin van mij woont daar op dertig vierkante meter mét vriend, mét peuter, mét hond.'

Ik krijg een doos sigaren onder mijn neus gedrukt. Knik nee. Barbara staat op en bukt zich over mij heen om er wél een uit te kiezen. Doe maar stoer. Als Huib en Barbara weer zitten, gonst en donst de hemelsblauwe rook op me toe – twee mensen die proberen mij uit te wissen. Ik voel me moe worden. Mijn schoenen beginnen te knellen.

'Weten jullie dat ik iemand ken in dit huizenblok?'

'Nee.'

'Ja. Een raar verhaal.'

'Nou, vertel op.'

'Ja. Afgelopen zomer. We huren dan altijd een huisje in een bungalowpark hier in Nederland, terwijl we natuurlijk best een tweede dingetje in Frankrijk of Portugal kunnen betalen... Maar ik vind het goed om voor mijn werk bereikbaar te blijven, hè? Dat als ze bellen, de jongens, dat ik dan ook binnen twee uur hier op de zaak kan zijn, dat is belangrijk, en 's avonds ben ik net zo makkelijk weer terug in Oisterwijk of Ommen, vindt Patricia wel zo gezellig. Nou goed, ik heb dus weer zo'n dag hier in Amsterdam achter de rug, 's avonds even wat gegeten met een van mijn klantjes, om negen uur zit ik in de wagen, om kwart voor elf ben ik in ons boshuis. Ik drink in de tuin een glas rosé met Patries, maar die is moe en gaat gauw naar bed. Het begint ook te regenen, dus ik ga naar binnen... Je weet wel, nog een beetje tv kijken, zo'n knullige erotische thriller bij RTL, een talkshowtje, ik weet het niet meer, maar je moet toch wat. Sigaar erbij, whisky'tje, relaxen. En nou komt het...' Huib schraapt zijn keel.

Barbara haalt de sigaar uit haar mond en verwijdert een draadje tabak van het zuigstuk.

'Er wordt aangebeld. Ik wist niet eens dat die huisjes een voordeurbel hadden, maar oké, ik doe open en voor mij staat een verregend, betraand vrouwtje. Eind dertig schat ik, vlekkerig maar knap gezichtje. Ze vraagt of ze binnen mag komen en ja, daar doe je als man natuurlijk niet moeilijk over. Kom erin. Pak een borrel. Is weer eens wat anders. Nou, dat vrouwtje gaat zitten en dan zegt ze iets van: "God, sorry dat ik u lastigval, maar ik zag alleen in dit huisje nog licht branden en wij zitten in nummer 22 bij die speelweide, met die vijver, maar ik heb zo'n ruzie, zo'n ruzie met mijn man, ik kon daar niet blijven, ik kon die kop niet meer zien, ik heb er helemaal keelpijn van, van dat je wilt schreeuwen en krijsen, en je houdt je in, maar verdomme, verdomme, echte wanhoop is het en sorry dat ik u daar nou mee lastigval, maar ik word al gek als ik..." Heel raar, want ze vertelde het tamelijk kalmpjes, ik dacht geen seconde, wat een hysterica of zo.'

Barbara en ik. Nooit ruzie. Bij een meningsverschil loopt Barbara de kamer uit en gaat de was opvouwen of flessen naar de glasbak brengen. Als ze terugkomt geeft ze me een kus, zegt: 'Het is toch zonde van onze tijd om over zoiets...' en dan zet ze een cd op die vooral ik erg leuk vind. Bruce Springsteen, *Nebraska*. Een oudje van Johnny Cash of The Rolling Stones.

'Gelukkig komt Patries naar beneden. Dat vrouwtje herhaalt haar verhaal, steekt een sigaretje op, neemt een slok water en zegt dat ze zo wel weer weggaat, ze wil ons niet ook nog eens uit de slaap houden. Patries zegt dat ze niks raar vindt, dat het goed is als ze even lekker alles eruit gooit, dat lucht op – nou, zoals dat gaat met vrouwen onder elkaar.'

Patricia vindt juist alles wat ze niet kent raar, wil ik zeggen. Ze vindt het al raar dat Barbara's moeder arts is, dat ik geen echte baan heb en geen rijbewijs, ze vond Anne raarder dan raar en volgens haar is er iets grondig mis aan Bouwe, de autist, want van computerspelletjes moet hij niks hebben. Waarom krijgt een jongen van veertien voor zijn verjaardag een boek over El Greco, dat is toch belachelijk? Omdat het op zijn verlanglijstje stond, beste zus, net als de kroontjespen en de Oost-Indische inkt die hij van Bars vader heeft gekregen en waarmee hij nu al uren zo enthousiast in de weer is. Kijk naar je eigen aan bliepjes en flitsjes verslaafde kinderen en vraag dan nog eens wie er autistisch is, jij met je onbeschofte Libellesofie, je potsierlijke oordeelskracht en die schreeuwende broche van mama op je boezem: vijf vergulde kinderkopjes, vijf voorletters: de S van Sander, de T van Thijs, de G van Gert-Jan, de R van Ruudje en de P van jezelf... Ja, mama dacht dat ze alles kon zeggen, ze had immers alles meegemaakt, haar hoefde je niks wijs te maken. Kijk maar naar dit sieraad; allemaal zelf op de wereld gezet, stuk voor stuk gevoederd, verschoond, vermaand, ontnuchterd, nou dan weet je wel wat er te koop is, halleluja. Net als mijn moeder begrijpt Patricia niks, van niemand, en daar is ze nog trots op ook. Ze is al drie jaar niet meer op Bouwes verjaardag geweest.

'Dus ons nachtelijke bezoek begint te vertellen en nou wordt het dus interessant, ze zegt, ze zegt: "Kijk, wij wonen dus in een piepklein woninkje, mijn man, ik, twee kinderen..." en ze noemt de straat hier om de hoek, daar delen jullie die binnentuin mee, die tuin die je nooit mag betreden, nietwaar? En ze zegt: "...en eigenlijk is die woning veel te klein. We kunnen 's avonds geen bezoek ontvangen want als er te hard gepraat wordt worden de kinderen wakker, als mijn man een boek leest kan ik niet telefoneren, je moet altijd sloffen aan vanwege de buren, de wc doortrekken geeft al te veel herrie, als de kinderen iets van lego bouwen staat de kamer vol, een kerstboom hebben we nooit. Als er geklust moet worden, moet ik de kinderen een dag lang mee op pad nemen, dan ligt alles overhoop. En het stof, het vuil... Een stapel stripboeken van de bieb, een kratje bier, een bosje bloemen of een paar nieuwe treinwagonnetjes, waar moet het staan? Je zou dus verwachten dat we een zwaar leven hebben, struikelend over de rommel, altijd fluisterend, altijd weer moeten zeggen: 'Jongens, je kunt die kastanjes niet bewaren, of die schelpen,' maar het gekke is: we leven in volstrekte harmonie. Ik ken geen creatievere, gezelligere kinderen dan die van mij. Zo dankbaar, zo netjes. Gaat er een glas limonade om dan dweilen ze het zelf op, is er een vriendje op bezoek dan verzinnen ze iets aardigs, gaan ze koekjes bakken of zoiets, zodat zo'n kind niet op het idee komt om uit pure verveling alle laden open te trekken. Nee, dat gaat geweldig. Kijk," zegt ze, "je voelt natuurlijk een bepaald medelijden in de lucht hangen. Je merkt, je wéét dat anderen met je te doen hebben, maar het is alsof juist dat medelijden een tegenkracht oproept. Trots, liefde, zorgzaamheid, innerlijke waardigheid – er wordt bij ons nooit gevloekt of gemopperd. Ja, dat klinkt bijna griezelig, maar zo is het wel. En dan zitten we ineens in zo'n reusachtig groot vakantiehuis...", moet je nagaan, Patricia en ik en de kinderen vinden zo'n huisje juist schattig klein, "...en dan gaat het mis. Ik loop even die diepe tuin in, omdat ik een eekhoorntje zie scharrelen en meteen roept mijn man woedend: 'Waar ben je nou? Ik kan de hagelslag niet vinden!' Of ik ben mijn man kwijt. Blijkt dat hij op het onopgemaakte logeerbed in de extra kamer is gaan liggen. Zomaar. Midden op de dag. Wat doet hij daar, denk ik dan? Vieze boekjes inkijken? Ja, waarom gaat hij anders op dat logeerbed liggen en niet in ons eigen bed? En de kinderen worden ook zo achterdochtig. Zit de ene onder de tafel te tekenen, voelt de ander zich verraden. O, ben je daar, we zouden toch boven spelen? Er komt bij ieder van ons een soort lang opgespaarde, eigenlijk heel onschuldige vrijheidsdrang boven, maar we zijn daar niet aan gewend. We gaan elkaar wantrouwen. Waarom heb jij dat kastje geconfisqueerd? Wat bewaar je daar zo angstvallig? Kon je niet even zeggen dat je in bad ging? Wanneer heb jij die koeken opgegeten, ik heb niks gemerkt... Het is te vreselijk voor woorden. Dat je elkaar door het ruimteverschil gaat haten...Wat hebben we dan in dat kleine huisje thuis onderdrukt?" Dat vroeg dat mens zich af en dat is toch een boeiende vraag. "God," zegt Patries, "maar dat van die vieze boekjes... Je man kan net zo goed in de lunchpauze van zijn werk naar een seksbioscoopje gaan, dat controleer je toch ook niet? En jij kunt ook dingen doen als je man en je kinderen niet thuis zijn, lekker roddelen met een vriendin, daar komt nooit iemand achter." Maar ik begreep wel wat dat mens bedoelde. Ze bedoelde dat je, als je zo dicht op elkaars lip zit, ook minder makkelijk je geheimen geheim houdt, je biecht misschien wel sneller je dingen op, hè? Omdat je steeds gezien wordt. Nou, dan kun je een pijnlijke ontdekking maar beter altijd een slag voor blijven en er zelf over beginnen. Of gewoon geen stiekeme dingen doen. Kan ook. Trouwens, ik doe bij mijn weten nooit iets stiekems. Jullie?'

Barbara en ik halen onze schouders op, ontkennend.

'Maar goed, die dame is weer teruggegaan naar nummer 22. We hebben ze nog een keer in het pannenkoekenrestaurant gezien, die mensen, zag er prima uit – en die vrouw lachte even naar ons, bood geloof ik een rondje aan, prima. Maar ik vond het fascinerend. Omdat je altijd alleen maar hoort dat mensen gek worden als je ze in een te krappe ruimte bij elkaar zet. Dat weten we van concentratie-kampen, dat die joden mekaar ook onderling naar het leven gingen staan, en je ziet dat bij *Big Brother* en soms wel eens toen Ma nog leefde, op die familiefeesten in dat huisje van de De Wolfjes – in een afgehuurd zaaltje was de sfeer altijd beter dan in dat kleine woon-kamertje, toch? Is trouwens niet gek. Iedere scheet ruik je, iedere ro-chel hoor je, je gaat op elk detail letten, zelfs al wil je dat niet. Maar dat een grotere ruimte dan je gewend bent óók zo zijn effecten heeft... tot wantrouwen en haat kan aanzetten... Dat iedereen bezig is zijn eigen vrijheid te realiseren, zal ik maar zeggen, en zich daarbij tegelijkertijd van alles in het hoofd haalt over wat de anderen met hun pas verworven vrijheid doen... Al die lelijke verdachtmakingen die natuurlijk vooral wat over jezelf zeggen, want reken maar dat dat vrouwtje met belangstelling naar een paar blote tieten op tv zat te kijken... Dat is wonderlijk. Dat dat zo werkt.'

'Ik kan me niet voorstellen dat Rudolf en ik...'

'Ik ook niet. Nee, ik heb geen minuut aan jullie gedacht bij dat verhaal.'

'Nee, we hebben wel eens in een chalet van vrienden van mijn ouders gezeten. Veertien dagen in een enorm houten geval in Zwit-serland, waarvan drie dagen samen met mijn ouders, maar zelfs toen ze weg waren ging dat goed en waarom niet? Ik zou best op honderd vierkante meter willen zitten. Jij toch ook, lief?'

Nu heeft Huib ons precies waar hij ons hebben wil. Het is al bijna half twaalf, maar ineens weet hij waarom hij hier zit. Dit was, o ja, een werkbezoek. Hij staat op, pakt zijn koffer van de gang, gaat weer zitten, tilt het onding onder luid gehoest op schoot, maar laat hem dicht. Leunt er met zijn ellebogen op alsof hij zijn papieren goed wil beschermen.

'Een groter huis...' zegt hij omineus. 'In Zuid?'

'Dat zou prachtig zijn. Maar nogmaals, we hebben het hier nog altijd naar onze zin.'

Huib vertelt over een nieuw project van zijn bureau. 'Buitenlan-ders,' zegt hij, 'zijn moeilijk te benaderen. Daar komen we nu pas achter. Een fabrikant van farmaceutische middelen wil een nieuw product voor zwangere moeders lanceren. Ik noem maar wat, een lekker drankje met foliumzuur en tal van vitamines en mineralen en visolie, dat in alle opzichten garant staat voor een optimale ont-wikkeling van de vrucht. We weten dat juist buitenlandse vrouwen baat hebben bij zo'n product, omdat ze vaak nogal eenzijdig eten en niet goed geïnformeerd zijn – zouden ze zo'n totaaldrank kopen dan hoeven ze zich nergens meer om te bekommeren. Het bedrijf huurt een reclamebureau in, er komen een aansprekende commercial en advertenties in tijdschriften voor de doelgroep – maar de Turkse en Marokkaanse vrouwen worden niet bereikt. We spreken hun taal niet, en dan bedoel ik niet hun landstaal, maar hun culturele taal. Voor welke beelden zijn deze vrouwen gevoelig, voor welke argumenten? Moet je het via de man spelen? Weten de reclamejongens niet. En de overheid zit met hetzelfde probleem. Hoe leven illegale Afghanen en Ghanezen? Hoe krijg je die lui aan het condoom? Hoe attendeer je ze op het bestaan van het consultatiebureau? Van het Jellinek? Aan wat voor dingen hebben de buitenlanders behoefte? Aan diepvriescouscous met halal lamsvlees, zo op te piepen in de magnetron? De gewone magnetronmaaltijden kopen ze niet, maar Iglo weet niet wat er gebeurt als... Kijk, je kunt lullen over integratie tot je een ons weegt, maar het blijft eenrichtingsverkeer. Willen die mensen echt oplossen in onze samenleving, dan moeten ze hier kunnen vinden wat ze nodig hebben – en wij moeten dat aanbieden. Als die hoofddoekjes voortaan dankzij hun magnetron in tien minuten een traditionele maaltijd op tafel kunnen zetten, houden ze tijd over om zich eens te emanciperen. Daarvoor hebben ze het nu nog gewoon te druk. Ik bedoel, zo eenvoudig kan het liggen. Niks onderdrukking, ze hebben nu alleen geen tijd om Nederlandse les te nemen omdat ze naar de bakker en de slager moeten, naar de groenteboer en de markt en dan staan ze uren in potten en pannen te roeren, wie weet wassen ze nog op de hand... We wéten het niet. En telefonisch enquêteren, werken met vragenlijsten en straatinterviews, dus dat wat we normaliter in opdracht van onze fabrikanten doen, dat helpt niet. Die mensen zeggen niks. Over hun maandverbandgebruik kom je echt geen donder te weten. Dus bedachten we het volgende: we zoeken naar hoogopgeleide Nederlanders die toevallig in zo'n minderhedenbuurtje wonen. We vragen die mensen om zich met zo'n vijf, zes etnische gezinnen in hun buurt bezig te houden. Een paar uur per week. Even op de koffie gaan, zo'n vrouwtje eens meenemen naar de huisarts, voor mijn part nodig je ze uit om bij je te komen eten... En van die ontmoetingen maak je verslagen. Je helpt die mensen, maar je bestudeert ze ook. En die gegevens gaan naar ons. Illegale praktijken zien we graag vermeld, we beloven dat we die mensen, objecten van studie, haha, niet zullen aangeven – daarvoor hebben we al een vrijstelling van justitie, die ziet het belang van zo'n onderzoek wel in. Om boeven pakken gaat het dus echt niet, je spioneert niet. Prima. Nou is het tamelijk arbeidsintensief, dit soort veldwerk. Wat is dan een passende beloning? Geld? Als die buitenlanders merken dat jij als hulpje en onderzoeker aan hen verdient, krijg je alleen maar jaloezie en nijd – grote kans dat ze het onderzoek gaan boycotten. We zeggen dus: je krijgt tijdens het onderzoek niks. Maar. Als je van zo'n minimaal vijf, zes families voldoende feiten, problemen, zorgen, behoeftes en wat niet al verzamelt, als je met vijf breed opgezette dossiers bij ons kunt binnenkomen, dan hebben we voor jou een compleet gerenoveerde, eventueel gestoffeerde etage in Amsterdam-Zuid klaarstaan. Hypotheekje al afbetaald. We hebben gewoon tien van die panden opgekocht, we laten ze lekker opknappen en dan zitten jullie misschien over een jaar, anderhalf jaar in een droomhuis. Met bad en balkon en kamer en suite. Of een tuin... Ja, zo'n huis kost tonnen – maar wat wij voor dit project van het bedrijfsleven krijgen... Dat wil je niet weten, zoveel.'

'En van de overheid, toch?'

'Die koopt de gegevens later per unit. Dus alleen de feiten die te maken hebben met, ik noem maar wat, Turkse mannen en verkeersveiligheid. Om de privacy te beschermen. Er hoeft maar één ambtenaar te zitten die jacht gaat maken op mijnheer Abdelkader Sharif en wij krijgen de schuld.'

Nu gaat de koffer open. Huib overhandigt Barbara een stapeltje papieren.

In de ijskast staat een nog onaangebroken fles Stolichnaya. Eerst de balkondeur open, frisse lucht. Ik tel de keukens waarin nog licht brandt. Zie een vrouwengestalte in de verte, ergens op tweehoog, schuin achter de Japanse kers in de binnentuin, leunend over de balustrade van haar balkonnetje, rokend. De ruzievrouw. Ik schenk wodka in en ga naar buiten. Ziet ze mij? In de linkerhoek van het huizenblok loopt ook iemand op het balkon. Op driehoog. Onze hoogte. Een man met een grijze paardenstaart, die zijn weedplanten water geeft met een poppengietertje. Aan de overkant van het blok, zeker dertig panden van mij verwijderd, slaat een hond aan. Hij krijgt een snauw terug, dan klinkt er gitaarspel, versterkt. In het tuintje rechts onder mij gaat de deur open. Een bejaarde Afrikaan stiefelt tussen kapotte fietsen, twee keukenstoelen en een gedemonteerde wasmachine door, op weg naar een mayonaise-emmer in de struiken. Hij trekt de emmer uit het gebladerte, stroopt zijn gebatikte nachthemd op en piest – het klettert tegen de plastic rand. Al bijna een vertrouwd geluid; steeds rond middernacht leegt hij zijn blaas. In de vrieskou, onder een handvol armetierige sterren. Op klamme, oranje nazomernachten, terwijl krolse katten hun libido in babygejammer omzetten en een Marokkaanse jongen zijn vrienden belt, zonder eerst de volumeknop van zijn gettoblaster te hebben teruggeschoven – altijd die rituele lozing, het gekoer en geneurie na afloop. Waarom niet meteen in de bosjes geplast? Of gewoon zoals wij, in de wc? Huib heeft gelijk. Al die dingen kun je onderzoeken.

*

'Hadden mama en jij wel eens ruzie?' Bouwe vraagt nooit naar zijn moeder, maar de laatste keer dat ik een dag bij hem op bezoek was, wilde hij opeens weten of en hoe we oorlog voerden. Het was half december, maar mijn zoon geeft de voorkeur aan gesprekken in de openlucht. Dus zaten we, ieder met een blikje bier, op een bankje in de Bossche Broek; een polder middenin de stad. De toren van de Sint-Janskathedraal leek lavendelblauw – in de heldere winterlucht dansten witte en zwarte vonkjes. De schapen die daarnet nog nieuwsgierig bij het prikkeldraad stonden, keerden ons langzaam de dikke, stronddraderige konten toe en sjokten door grauw grasland naar de tractor die over het zandpad op ze toe kwam. Waarschijnlijk rilde ik, want Bouwe leende mij zijn bodywarmer.

Ik zag Anne voor me. Slangenmeisje. Alles aan haar kronkelde, alsof haar lichaam een uitvergroting van een DNA-spiraal was. Als ze aandachtig zat te luisteren sloeg ze haar armen en benen niet over elkaar heen, nee, ze vlocht haar ledematen in elkaar. Als ze me begroette of uitzwaaide gooide ze haar handen wijd de lucht in en vanuit de verte leek het alsof iedere vinger rond zijn eigen as draaide. Ze heupwiegde, ze rolde met haar schouders, kantelde haar bekken naar voren en naar achteren en naar voren – alleen haar voeten stonden stevig op de grond en haar hoofd werd door haar hals gedragen alsof het een Griekse urn was; ze had een mooi ovaal

73

hoofd met gekrulde oren als handvatten. Eeuwig die beweging, die nooit iets neurotisch had. Eerder was ze meditatief: het aanrollen van golven, het krimpen en wassen van de maan, het sap in een boom dat zich, als de herfst aanbreekt, terugtrekt in de wortels en later weer aanzwelt, omhooggestuwd wordt – Anne bewoog zoals de muziek van Philip Glass klinkt: dynamisch in haar verstarring, star in haar minutieuze verandering, ergerlijk hypnotiserend. Net als haar steenkoude, Ra-warme, roestblauwe ogen. Sfinx. Woeste lynx.

'Waarom wil je dat weten?'

'Ik heb voor het eerst ruzie. Met iedereen.'

'Dat zou je moeder inderdaad ook hebben kunnen zeggen. Met iedereen. Overdrijf niet zo.'

Bouwe vertelde dat hij ging verhuizen. Hij zei het meer tegen het spiegelgroene, al bijna opgedroogde slootje voor ons, dan tegen mij. 'Ik ga naar Appelscha.'

Hij was in zijn vakantie op Texel verliefd geworden op een meisje uit Frankrijk, dat godverdomme nog Dieudonnée heette ook, en au pair was in een gezin uit Appelscha en Bouwe meende dat hij best in Friesland kon wonen, een kamer vond je daar zeker heel gauw en de havo kon je toch overal afmaken?

'We schrijven en bellen elkaar iedere dag.'

'Je bent zeventien, man.'

'Nou en?'

'Je bent zeker heel goed geworden in Frans.'

'Zit niet meer in mijn pakket, maar Dieu spreekt ook Engels.'

'Kijk. Ik vind het ondankbaar.'

'Dan is dat jouw probleem.'

'Je zit daar bij Paula en Diederik geweldig. Vanaf je vierde. Vanaf je vierde zorgen ze voor je alsof je een eigen kind bent.'

'Zo! Jij kijkt soaps! Ik heb daar toch niet om gevraagd?' Hij raapte een stokje op en begon in de aarde te tekenen. Rondjes. Een vijfpuntige ster. De mens volgens Da Vinci en later volgens uitzend-bureau Manpower – bestaan die nog of hebben ze een ander logo, vroeg ik me af.

'Ik heb Paula gebeten, Ruud.'

'Verdomme. Jezus christus, godverdomme.'

'Heb ik dat van Anne?'

'Zeiden ze dat?'

'Of course not.'

'Appelscha, een trutje uit Frankrijk, je pleegmoeder... bijten als je je zin niet krijgt, wat verwacht je van mij?'

'Niks. Ik wou het alleen even zeggen. Gewoon. Dat je het weet.'

Hoe hij me had begroet. Een opgestoken hand die amper loskwam van het stuur van zijn mountainbike. Vader! Zoontje! Stukje lopen door de stad? Patat, Bouwe? Liever een broodje gerookte makreel. Jij niks, vader? Hou op met dat vader. Geintje, vader. Het was marktdag. Rond de middeleeuwse waterput en het groen uitgeslagen standbeeld van Jeroen Bosch stonden de kraampjes opgesteld. 'Drie avocado's voor inne euro! Hèddege 'ne tas bij oe, of zak ze ekkes in 'ne builtje doen, nih, das gin preis wâr? En dun spruiten zin okkal zo lakker, moar veur dun errepels kende beter bij Tiny van den Biggelaar weze – bij ons in D'n Dungen war 't misoogst, da witte toch?'

Behalve de afscheidsgroet 'Houdoe' gebruikt Bouwe geen woord, geen klank uit het Brabantse taalaanbod. Hij loodste me tussen de tafels met paprika's en citroenen, met sokken en gordijnen door. We hielden de pas in voor boodschappentassen op wieltjes, kinderbuggy's en rollators en terwijl ik zo achter mijn leptosome zoon aanslungelde, bedacht ik een doel voor deze middag. Had Bouwe nieuwe sportschoenen nodig?

'Ik wil een pak. Het is uitverkoop bij die zaak daar.'

Hij wees in de richting van de Society Shop.

'Je hoeft niet alles te betalen, ik heb zelf genoeg bijverdiend.'

'Met wat?'

'De cd-winkel bij ons in Vlijmen, daar sta ik op koopavond en op zaterdag, ik vul wel eens een middag vakken bij de Edah, en voor de apotheek breng ik medicijnen rond op de fiets die je net zag. Ik word gek als ik niks doe.'

'En je werk op de boerderij?'

'Is geen werk.'

'Wat dan?'

'Ontspanning.'

'En je huiswerk? Je moet toch weer eens overgaan.'

'Wat doe jij met je gymnasium en je studie? Twee columpjes per week, in blaadjes die niemand leest, wat verhalen, een paar toneelstukken per jaar... Sorry, ik heb het tegen mijn vader. Je mag straks een das voor me uitzoeken.'

Bouwe was de winkel binnen gegaan. Hij hield de deur voor me open. Ik schaamde me voor mijn groezelige leren jack en mijn vormeloze, merkloze spijkerbroek. Niet dat mijn zoon er zo trendgevoelig bij liep, maar een man van bijna vijftig hoort beter te weten – zeker als hij een vriendin heeft die zestien jaar jonger is. Jeans is prima, mijnheer, maar draag dan een Levi's of een G-star. Sweater van Tommy Hilfiger erop, een cowboyjack van Marlboro, ja, die van de sigaretten, die hebben ook een casual kledinglijn...

Een volkomen gladgeschoren, al wat kalende jongen van een jaar of dertig bracht Bouwe en mij naar de kostuums. Hij rook zurig, naar drinkyoghurt en anti-muggenspray. Om een van de diepbruine vingers zat een zegelring.

'Het fijne krijtstreepje is het nu helemaal.'

'Nou, best...'

'Maar de jongere drager raad ik toch liever iets effens aan.'

Mijn zoon ging het pashokje in met een donkerblauw en een grijs pak, drie overhemden en een lila das met paisley-dessin. Ik keek naar mijn schoenen. Van Bommels, dat kon wel. Zwart. Pas gepoetst. De verkoper verschikte wat aan een stapel lamswollen truien.

'Voor wat voor een soort gelegenheden is het?' riep hij tegen het rood fluwelen gordijn waarachter Bouwe zich verkleedde.

'Voor feestelijke gelegenheden.'

Bouwes plechtige antwoord ontroerde me. Alleszeggend, nietszeggend. Chic.

Anne en Paula, Bouwes peetmoeder, kwamen uit een Amsterdams juweliersgeslacht. Ze waren opgevoed in een wereld waar mijn ouders ongezien al de pest aan hadden. Ik herinner me het gezicht van mijn moeder op bezoek bij mijn toenmalige schoonouders; ze had om zout gevraagd en een verzilverd schoteltje gekregen waarin een kanten kleedje lag, daarop een kristallen schaaltje gevuld met zout, zout waarin een zilveren zoutlepeltje stond, een soort juslepel op poppenhuisformaat. Moest ze daarmee...? Op haar rosbief...? Aanstellers. Nietsnutten. Ze meende roomse wierook en manegemest te ruiken en snoof en dacht waarschijnlijk aan haar eigen plastic Jozo-vaatje. Wat was daar mee mis? Op dat moment wist ik dat ze nog weken over het zoutschaaltje zou gaan kletsen, tegen vrienden, tegen mijn broers en mijn vatbare zus, zelfs tegen de buren over wie ze doorgaans net zo hard roddelde: 'Mijn zoon komt bij mensen... Allejezus! Die denken dat ze God zelf zijn, met hun versierde gevulde eitjes, druiventrosjes van kaviaar, selderieblaadje als wijnrank, poepelepoepelepoe, wat een verfijning en dat spul is niet te vreten, alsof je een hap uitgespuugde haring in je bakkes... En dan vraag je zout voor je plakkie rosbief en dan komt daar een of ander antiek kunststuk op tafel en dan moet je met een lepel... Is dat dan beschaving? Ga toch gauw een end weg! Is strooien uit een bussie niet deftig genoeg?'

Mevrouw De Wolf. Mijn vierkante moeder. De duizenden vetcellen gevuld met meningen, de bloedbanen verkleefd van opvoedkundige theorieën. De borsten zwaar, beangstigend pront, en bij voorbaat boos op alles wat haar aan het twijfelen zou kunnen brengen, een pantserboezem van jewelste... De blozende wangen bol van verontwaardiging en binnenin die karikatuur van reuzel en zaagsel, van behangerslijm en griesmeel werd een hartaanval voorbereid, fel als het socialisme zelf: ik kon niet wachten op de dag dat de moederschapsgoeroe als een te lang tentoongestelde sierkalebas uit elkaar zou spatten, waarbij haar laatste zinnen als rotte pulp van de muren zouden druipen: 'Het is toch godgeklaagd dat die types hun bloedeigen kroost...!' De vrouw die zich nooit, ook maar één uur, in mij verdiept heeft. De Domela Nieuwenhuis van de buurt, alleen zeepkist en baard ontbraken, maar de toehoorders rilden toch wel. Niemand die durfde te zeggen: 'Maar jij bent toch degene die het zogenaamd zo chique sherry-drinken bij ons heeft geïntroduceerd en je zoons allemaal naar het theater stuurt omdat dat zo goed is voor hun algemene ontwikkeling? Jongens van dertien, veertien, die naar Vondel en Sophocles moeten omdat jij denkt dat dat bij een gymnasiumopleiding hoort? Terwijl je zelf nooit verder bent gekomen dan een avondje Snip en Snap? Zeggen wij dan, zeggen wij dan, wat is er mis met onze Johnny Jordaan? Met Willy Alberti?' Nooit kreeg mevrouw De Wolf kritiek, ook niet van mijn vader.

Maar haar eerste avontuur in een 'gegoed' milieu, in het grachtenpand van de ouders van Anne en Paula, vatte ze op als een survivaltocht: het damasten tafelkleed en de gesteven servetten, de kunst aan de muur en de dichtbundels in de boekenkasten, de manieren en de belangstellende vragen van mijn schoonouders, het zoutschaaltje en dat lullige lepeltje waren eropuit haar ten val te brengen, dat wist ze zo zeker als wat. Wat zouden die mensen lachen als ze weg was! Eerst de zoon inpakken met mooie spullen en conversaties op niveau en hem dan natuurlijk opzetten tegen zijn eigen ongeletterde familie, ze had de truc begrepen! 'Zo zijn ze, hè, die hogere middenstanders. Alles wat lid is van de FNV beschouwen ze als ongedierte, als wormen: effe je vishaak erin en laat de forellen ze maar opvreten, dan vreten wij de forellen wel op.' Hoe ze toch op die forellen was gekomen, heb ik nooit begrepen. Mijn moeders beeldspraak overtrof haar parate kennis. Truite aux amandes bestelde ze nooit in 'haar' visrestaurant, want zo'n vis kwam niet van de afslag. Je moest kabeljauw nemen, paling of slibtongetjes, maar nu ineens was er dat verhaal over forellen en klonk er voor het eerst en het laatst een piezeltje Schubert in haar ressentiment.

Met een ruk had Bouwe het gordijn opengeschoven. Hij bekeek zichzelf zonder een spoor van verbazing. Een bevestigend hoofdknikje naar de verkoper. Twee passen op de plaats. Broeklengte? Zoom valt perfect op de wreef van de schoen, hoeft niets meer aan verspeld te worden. 'Die blauwe probeer ik niet. Lijk ik zo'n Engelse kostschooljongen. De das neem ik wel. En dit overhemd. En dat roze. Kan ik hier ook van de dingen...'
'Manchetknopen. In de vitrine bij de kassa, mijnheer.'
'Bretels bedoel ik.'
Hij bleef in de spiegel staren en het was zijn spiegelbeeld dat mij toesprak toen de verkoper wegliep met het donkerblauwe pak over zijn arm. 'Uit de zaak van opa. Uit de zaak van opa hebben we nog heel veel manchetknopen.'
'We?'
'Paula. Een doosje vol. Diederik doet er niks mee. Maansteen. Dat past toch goed bij wat ik net...'
Voor zevenhonderd euro kleding kopen, alleen om je manchetknopen een keer te kunnen dragen – maar mijn zoon trok zijn pinpas gedecideerd door het apparaat.

In werkelijkheid vonden Annes ouders de mijne heel aardig. Niet meer en niet minder dan dat. Van beledigingen achter mijn moeders rug om was geen sprake, laat staan van afkeer. En toch. Na Annes dood was mijn moeder vooral opgelucht dat ze zich niet meer tegen de stijlvolle schimmen hoefde te weren die ongewild haar leven waren binnen gefladderd.

Er was geen huwelijk meer. Ik was weer alleen en in mijn rouw en eenzaamheid zou ik nooit capituleren voor de familie van mijn vrouw, daar was ze van overtuigd. Een man met verdriet huilt helaas niet meer uit bij zijn moeder, maar zeker legt hij het moede hoofd niet in de schoot van 'vreemden'.

'Zo. Dat ging rap. Wat gaan we nu doen?' Mijn zoon sloeg me broederlijk op de schouder.

'Zeg jij het maar.'

'Ergens zitten.'

'Grote tas is het, hè?'

'Liever niet in zo'n café. Ik houd niet van die drukte.'

'Mag ik een stomme vraag stellen?'

'Stomme vraag. Nou?'

'Is dat pak voor het feest van Barbara?'

'Dat is op een boot, dat feest.'

'Kun je toch nog wel...'

'Ik weet niet eens of ik kan. 5 januari valt op een zondag. Werk ik altijd.'

'Bij jullie is toch alles dicht op zondag?'

'Pakken we de nieuwe cd's uit. Doosjes in de bakken, schijfjes in de kast. Alles coderen, en dan de computer updaten, bestellingen invoeren... Die baas is wel blij met mij.'

'Als het om het geld gaat, wil ik je die verloren dag wel vergoeden.'

Hij duwde me de Kerkstraat in. Versnelde zijn pas ter hoogte van de boekwinkel. Ik mocht niet in de etalage kijken en zeker niet naar binnen gaan. Pas bij het postkantoor begon hij weer te praten. 'Waarom moet Barbara uitgerekend haar drieëndertigste verjaardag zo uitbundig vieren? Op haar dertigste gingen jullie gewoon een weekend naar Londen.'

'We hebben nooit meer leuke feesten. Dus toen dacht ze, dan organiseer ik er zelf wel een. Zo is ze: niet klagen als je zelf iets aan de situatie kunt veranderen.'

'En mijn moeder dan? Die ging dood op precies dezelfde leeftijd. Hahaha, denkt Barbara, die Anne heb ik toch maar mooi overleefd.'

'Daar hebben we totaal niet aan gedacht.'

'Lekker stelletje. Niemand denkt eraan. Zelfs Paula viel het niet eens op. Haar eigen zus!'

Bouwe ging een snackbar binnen en kocht vier blikjes Hertog Jan en een zak chips. 'Als ik kom, naar die boot...' zei hij toen hij weer buiten stond, '...kom ik alleen maar omdat ze voor de rest best aardig is. En omdat ze niet bij jou zeurt om een kind. Want dat had ik echt een smerige rotstreek gevonden, als ze jou een nieuwe zoon of dochter had aangesmeerd. Wat dat betreft heeft ze goed nagedacht.'

Is er leven na een zelfmoord? Driekwart jaar had ik de perfecte vader geleken. Hield het huis schoon, kookte, fietste met zoontje achterop van kinderboerderij naar zandbak, naar zwembad, bracht hem naar de crèche, haalde hem weer op, zette hem onder de douche of samen met een piepende badeend in de vaalgele plastic wasteil, leerde hem zonder luier te leven, keek met hem naar *Sesamstraat*, speelde, als hij zijn pyjamaatje al aan had, op het bed van Anne en mij nog een kwartiertje voor monster, wolf of heks ('Ligt daar een jongetje onder het dekbed? Jaa... Ik ruik sappig jongensvlees...Whoeaaa!!!'), las hem *Jip en Janneke* voor, knuffelde hem en gaf hem tenslotte, net als Anne, met mijn duim een kruisje op zijn voorhoofd.

Tot morgen, welterusten, papa vond je weer ontzettend lief.

Dan sloot ik de deur van zijn piepkleine hokje, en maakte voor mezelf twee kopjes espresso, die ik achter elkaar opdronk tijdens het achtuurjournaal. Van negen tot twaalf schreef ik. Wat een ritme, wat een discipline – er was altijd wel weer iemand die mij feliciteerde met mijn verantwoordelijkheidsgevoel.

Tot het sinterklaasfeest geloofde ik hardnekkig in mijn eigen deugden. Maar op 7 of 8 december, de exacte datum weet ik niet meer, stak er een griep op als een storm.

De spieren in kuiten, onderrug, liezen en schouders krompen samen van de pijn. Alsof ik zonder training een marathon had gelopen – lichaamssappen waren gaan klonteren, van oude kaas geworden. De geuren van zweet en zoete winden lieten zich niet wegwassen en hoe vaak ik ook mijn tanden poetste, in mijn mond draaide een smaak rond van vetspek met de huid er nog aan, vermengd met die van veel te lang getrokken, lauwe thee. Looizuur. Doodssmaak. Pissig, vlezig, rot. Mijn tandvlees tintelde en kleurde wit. Bouwe had met me te doen. Hij speelde stil op de grond, met zijn playmobilduikboot en zijn pluchen uil. Af en toe vroeg hij om een beker appelsap of een stuk speculaas, ik hoefde alleen maar zijn billen af te vegen als hij naar de wc was geweest – daarna mocht ik weer op de bank gaan liggen. Hij trok mijn dekbed over me heen, legde de doos met daarin zijn nieuwe legpuzzel naast mijn hoofd op het kussen, bezwerend: 'Dan doen we die straks, als je weer beter bent.'

Ik werd niet beter. Huilend om niets sleepte ik me aan het eind van de middag naar de supermarkt. Mijn zoon zat in zijn buggy en zong met heldere sopraanstem de kinderliedjes die zijn moeder hem had geleerd en die overgingen in zelfbedachte versjes, in onsamenhangende, maar grappige verhalen waaruit langzaam de melodie verdween. 'Ik stond laatst voor een poppenkraam, o, o, o, daar zag ik een, een eh... koe en die at hagelslag, en toen kwamen er beren bij en die zeiden, zullen wij jou even doodmaken, dan kom je in de hemel en daar waai je lekker weg en daar was Roodkapje al en die was toch niet bang want ze stopte iedereen in de wasma-ha-ha-chi-ne...' Alsof hij in de schemer nijver naar woorden zocht voor mijn warrige dromen en angsten.

Een woedende blik, gegrom tegen de oude dames die hem complimenteerden met zijn zangkunst. In de winkel liet ik hem los. Bouwe holde voor me uit en gooide een pak diepvriesspinazie in het karretje. Een zak vlindermacaroni. Een leverworst. Hij vond dat ik weer eens wijn moest drinken. Die fles daar, met dat zwarte etiket, dat is wijn voor mannen. Voor zichzelf koos hij shampoo met een afbeelding van Mickey Mouse op de flacon. Als het aan hem had gelegen had hij tot in lengte van dagen voor me gezorgd. Zijn crècheleidster vertelde me dat hij zuster wilde worden en na de lunch had gevraagd of hij mij even had mogen bellen. 'Misschien vergeet papa anders zijn glas water en zijn pilletje,' had hij gezegd. En ik dacht: sufmuis, waarom heb je hem niet even de telefoon gegeven, zoek het uit met al die truttige regeltjes, 'Bouwe, andere kindjes mogen ook niet zomaar hun papa of mama bellen...' en ik hurkte en strikte zwijgend de schoenen van mijn verpleger en begreep ineens dat hij de oudste van ons tweeën was.

Veertien jaar later vraagt een jongen zijn vader of zijn moeder en hij wel eens ruzie hadden. Een jongen met een blikje bier in zijn hand, een smeulend shagje hangend aan zijn onderlip, en een brede, marineblauwe tas van de Society Shop tussen zijn benen. Zijn pleegmoeder heeft hij gebeten. Ruzie om een meisje. Ontspoord? Ongetwijfeld. Toch zou hij straks, als hij zijn vader op de roltrap naar de perrons had gezet, zijn fiets losmaken uit het rek en naar zijn huis rijden, langs de weilanden, door de met giergeur gepeperde vries-kou. Naar huis. Naar huis. Daar zouden ze hem vragen: 'Hoe was het met je vader?' en hij zou mompelen: 'Weet ik veel, ik geloof wel best,' terwijl hij zijn vork rechtop zette in de berg volkorenspaghetti op zijn bord.

Op datzelfde moment zat ik in de trein. Ik had een krant gekocht, maar las niets. De vlakverdeling, daar gaat het om.

Anne beet niet en bij ons in de familie werd ook nooit gebeten. Ik mepte, Anne krabde.

Waarom? We haatten de tijd. Al na een halfjaar had Anne het over 'vroeger'.

'Toen we net bij elkaar waren verraste je me. Weet je nog? Met dat parfum? Met die oorbelletjes die je bij een edelsmid... Kennelijk ben je nu al door je repertoire heen. Het is gewoon recht op en neer in bed en de standaardbroodjes na afloop. Bah. Ik houd niet eens van gebakken ei. We zouden emigreren. Naar Mongolië, naar weet ik veel waarheen. En een kinderboek schrijven en radioprogramma's maken, en boeddhist worden en zonder kleren rondrollen in de sneeuw en een politieke partij oprichten en een ezeltje kopen en waar kom je nu mee? Met een schoudertas! Gaf je vader je moeder ook schoudertassen? Geen wonder dat ze zo woedend is – op ieder-een! Vijf kinderen, geen opleiding, dan durf je geen tabee te zeggen tegen die zak die je een schoudertas geeft... En dan richt je je woede maar op argeloze passanten, maar die vrouw is gewoon net zo boos als ik nu, op zo'n slampamperige man die denkt: handig, een tas. Waar ben je gebleven?'

Waar was Anne gebleven? Al die verrassingen die ik haar droom-de, die ik haar toewenste, die ik niet had durven verwerkelijken uit angst dat ze het niet bij haar hooggestemde idealen zouden halen, ze dreven voorbij als lege flessen in een snelstromend beekje, stootten zich aan haar boekhouding, dobberden voort, sloegen tenslotte stuk tegen haar meedogenloze eerlijkheid en met een mond vol splinters somde ik op wat ze had kunnen verwachten als ze tenminste was gebleven wie ze was. 'Je vond alles leuk, Anne. Zelfs dat paasei!' Na-gekomen, doorweekt bericht – geen fles meer heel. 'Je had je gezicht moeten zien, een kleuter!' Letters uitgelopen. Dan zij weer:

'Je werkt een lijst clichés af. Eerst Napels zien en dan sterven! Na-pels, of all places, nee, dát heb je niet uit een folder! Braaf gespeeld dat ik genoten heb.'

De knoopjes van haar blouse stoven door de kamer. Ze lag op de grond, mekkerend van de pijn, ik brieste dat ze mij ook nooit verraste, saaie slet, jij hebt anders nooit gezegd dat je naar detectives keek, in je afgetrapte badjas, noem je dat origineel, en ze greep naar de schouder waarin de volgende dag mijn vingerafdrukken te zien zouden zijn. Purperen, voorgeboortelijke, verbleekte tatoeages.

'Ik keek ook nooit televisie, niet voordat ik jou leerde kennen. Maar die *Inspector Morse* op de BBC is tien keer opwindender dan jij ooit zult worden. Ik verveel me!!! Nou goed, dat paasei was ook leuk, maar het gáát me niet om cadeautjes. Ik ben geen luxepaardje dat dag in dag uit verwend moet worden, maar je bent niet intens!!! Je bent niet meer bang dat ik bij je wegga, je verslapt. Je aandacht verslapt. Je bent niet verliefd genoeg. Dat bepaal ik, ja. Iemand die echt verliefd is... Een tas! Voor mijn papieren zakdoekjes en mijn flesje eau de cologne en mijn zonnebril en mijn pepermuntjes en de buskaart, en mijn condooms. Ja, condooms. Die zaten niet in je moeders tas, hè? Maar ik ga zó met een ander mee, al is het nog zo'n opgeblazen pad.' En ze etste de wonden van Christus in mijn flanken – tussen mijn ribben vier strepen bloed. Het cadeau, met het bonnetje er nog aan: een achteloos weggeworpen getuige te midden van de kussens op het bed.

Slapen? Slapen? De volgende morgen raapten we de knopen als paaseitjes en kochten een nieuwe blouse die goed paste bij de tas en we begrepen dat we onze littekens hadden verdiend. Na ieder gevecht hoorden we dieper bij elkaar. Bondgenoten tegen elke vorm van erosie.

In Utrecht kwam er een man tegenover me zitten die een opgerolde *Bühne* uit zijn binnenzak haalde en daarin meteen mijn column zocht.

Tijdhaat. Zoiets leg je niet uit aan een zeventienjarige. Als je het wel doet zal hij je meewarig aanstaren – hij heeft alleen maar spijt van het bijten, onversneden spijt, terwijl jij, bijna vijftig, zegt heimwee te hebben naar tijdloze strijd.

We wilden wijn van ons bloed maken.

We wilden elkaar laven en spijzigen.

Maar Anne voerde me vis en dat blief ik niet, en ik voerde Anne zompige kaiserbrötchen terwijl ze geen honger meer had. We verrasten elkaar met de dingen waarmee we zelf verrast hadden willen worden – en hielden altijd plannen over, platoonse plannen die bedierven in onze hoofden. Graten en korsten.

Bij de railtender kocht de *Bühne*-lezer een Mars.

Barbara was met een vriendin naar het Turkse badhuis. Er zou een pizza voor me in de diepvries staan. Een briefje liggen op mijn stoel. 'Was het gezellig met Bouwe? Niet aan de videorecorder komen – ik neem een docu op over een foute Oostenrijkse krant. *Die Krone Zeitung*, zie de voorbesch. in de gids. Zo, nu even zweten.'

Niemand kon aan mij zien dat ik leed en te moe was om daaraan te lijden. In de spiegelende treinruit lichtte het wintersportbruine gezicht van mijn medereiziger op, een lamp van kaken. Blond stekelhaar. Frisgewassen, sneeuwwitte oogopslag.

Universiteitsmedewerker. Proefschrift in voorbereiding. Zijn fitheid was stuitend. Zo soepel als hij zijn benen over elkaar sloeg. Zo krachtig als hij de reep naar zijn mond bracht: Leni Riefenstahl zou hem meteen hebben gefilmd. Dan mijn eigen kop. Ik zag eruit als hoogopgeleide schnabbelaar, werkzaam in de culturele sector, serieel monogaam, geen trouwring, vader van één of meer pubers. Ik zag eruit als altijd en leek op al mijn soortgenoten. Ongevaarlijk creatief, licht-sceptisch op afroep – realiter een vergeetbaar bestaan. Railtender, candybar, badhuis; plotseling overal rijkgevulde levens, paradijzen.

En dan de weddenschap. Ik houd meer van jou dan jij van mij, bewijs dat dan, bewijs dat dan en we renden de klok rond. Vierentwintig uur lang, zeven dagen per week putten we ons uit in woorden, kussen, complimenten, in handelingen die symbolisch hadden kunnen worden. Als we geduld hadden gehad. Als we niet bang voor herhaling waren geweest. We celebreerden als dwazen onze hoogmis, haastig. Als revolutionairen die vreesden dat de gevestigde orde hen met geweld zou terugroepen, dat de macht van het goedgelovige getal, de meerderheid, hen zou vertrappen nog voor de reformatie... Hartstocht kan religie zijn, Bouwe. Denk aan Luther in het noodweer. Die roekeloze belofte aan de Heer. 'Als ik hier levend uitkom, zal ik...'

De trein passeerde het Chinese pagode-hotel in Breukelen. Schnitzels in champignon-roomsaus, scholfilet Picasso (vis met blikfruit), gevarieerd aardappelgarnituur, sla, div. soorten dagverse groenten. Van Pekingeend hebben ze er nog nooit gehoord, wist Barbara van een collega.

Waar was ik gebleven? Ja. We vertaalden onszelf tot op het bot, tot we leesbaar voor elkaar werden, verschillende woorden maar in dezelfde taal. Anne en ik. Je moeder en je vader. Even heilig als heidens. Even vrijdenkend als wettisch. Even zondig als zonnig. Even verlicht als gelovig.

Telden de handvol zilverlingen die ons resteerden na ons verraad. We deden steeds te weinig.

'Waar is de liefde? O, die rust wat onder de olijfbomen en maakt zich zorgen om niks. Grijp haar maar, ze loopt toch niet weg.' Lafheid. Rationele lafheid. In de bijbel staat dat de liefde lankmoedig is, maar dat heeft Paulus zelf verzonnen. Lankmoedig zijn alleen hoeren en dankbare Barbara's – vrouwen van wie we niets te vrezen hebben omdat ze niets van ons willen. Paula, de schat, die mij niets heeft verteld over de tanden in haar pols... Je zag er ontroerend sterk uit in die kleren, zoon. Helemaal klaar voor een romance in Appelscha. Wandeling langs het kanaal aldaar... Was ik nog maagd op jouw leeftijd? Van een eerste keer herinner ik me niks. Gewogen en te licht bevonden. Alle keren dat jij verwekt bent waren eerste keren. Gewoon recht op en neer, zonder enige intentie, sorry, maar met Anne. Kop houden, vader. Hou op met dat vader. De man tegenover me zette de *Bühne*, doorgebladerd, toen weer opgerold, rechtop in de prullenbak. De Bijlmerbajes flitste voorbij.

*

'Moet je je voorstellen,' Barbara rolt zich tegen me aan. 'Een huis in Zuid.' Met één hand masseert ze mijn nek.

'En ik vind het zo'n goed idee. Dit is nog eens wat anders dan die grote woorden over tolerantie en multiculturaliteit. Aan die loze kreten is links ten onder gegaan. Huib komt met daden. Wie had dat verwacht? Huib! Het blijft natuurlijk een griezel, alhoewel... Een tuin. Een bad.'

'Ik hoef geen bad.'

'Ik wel.'

'Als we in een hotelkamer zitten met een bad, lig je er altijd maar tien minuten in.'

'Nou en. Ik hoef ook niet weg te weken... Maar het is ontspannend. Het gaat me natuurlijk niet om dat bad.'

'Om wat dan?'

'Dat werk lijkt me leuk. Vroeger wilde ik culturele antropologie studeren. Maar op een open dag kwam ik erachter dat zoiets voor mij veel te theoretisch was. Ik dacht, leuk, veel reizen – maar je moest veel lezen. Pas in het laatste jaar...'

'Je kunt beginnen met de benedenburen.'

'Eigenlijk heb ik daar al een beginnetje mee gemaakt. Weet je nog, toen ik die bonbons had gekocht voor het suikerfeest?'

'Je vond onze Marokkaantjes ondankbaar. Met kerst deden ze niks terug.'

'Ik probeer het gewoon opnieuw. Niet een flauw presentje om mezelf lekker politiek correct te voelen, want dat zat er zeker achter en dat merkten de buren heus wel, nee, echt: hallo, daar ben ik, zin in een kop koffie?'

'Hier thuis? En dan moet ik ook leuk met ze converseren?'

'Als jij het niet interessant vindt, nodig ik ze niet uit. Ik verzin wel iets. Blijf jij maar bij je vooroordelen.'

'Ik wil hier gewoon kunnen werken, Bar. Niet steeds buren over de vloer. Dat heeft niks met vooroordelen te maken.'

Bouwe was niet met Paula en Diederik meegekomen naar de boot. Ze verontschuldigden zich. Hij had als cadeau wel een tekening gemaakt en de lijst had hij zelf gekocht. 'Moeilijk heeft hij het, ja. Daar hadden we het aan de telefoon al over. Het is niet die Dieudonnée, welnee. Dat denkt hij zelf. Hij denkt zelf dat hij daar in Appelscha... Maar het is in werkelijkheid de dood. Eerst opa Schaepman, een halfjaar later zijn oma erachteraan.' Paula zuchtte. 'Dat het mijn ouders zijn, dat ik verdriet heb, dat zegt hem niet zoveel. Sterker nog, ik mág ze niet missen. Het waren in de eerste plaats de ouders van Anne. En hij wil weten of ik net zo om Anne heb getreurd als om haar vader en moeder. Echt, hij zuigt. "Nou, je zus was je anders gauw vergeten, hè? En toen mijn andere oma, oma De Wolf doodging, was je zelfs blij dat je van die bemoeizucht verlost was." Dat soort opmerkingen. Hij gebruikt zijn geschiedenis om anderen te sarren. "Denk erom, wat ík heb meegemaakt... Dat is pas..." En we hebben hem natuurlijk nooit begrepen. We hebben altijd over zijn emoties heen gewalsd. De stelligheid waarmee hij dat verkondigt.'

Het was een vreemde tekening. Twee mannenhanden als kolenschoppen droegen een gehalveerde wereldbol. Atlas. Vond hij als jongetje al een fascinerende figuur. Als we op de Dam stonden, tus-

sen de duiven, keek hij altijd omhoog, naar het dak van het paleis.
Wilde naar de achterkant. Naar de naakte, lichtgroene reus die bijna
omviel onder het gewicht van de globe. Hij hoorde hem kreunen.
Knarsende trams, een jodelende doedelzak, auto-getoeter, tjilpende
toeristen – Bouwe hoorde de drager van de aarde huilen van pijn,
en wilde de man opvangen. Voor hem was het beeld net zo levend
als de standbeelden van Rembrandt, de duivel, de ridder en de
harlekijn op het plein; vermomde en volkomen glad geschminkte
mensen die met stilstaan op een sokkel muntgeld verdienden. Met
stilstaan afgewisseld door onvoorspelbare, robotachtige bewegingen die het schrikgrage publiek inderdaad lieten schrikken. Wanneer gooide Atlas zijn massieve voetbal op de grond? Mijn zoon
stond in het doel en het doel was vrij, maar de globe werd er niet
met een boogje ingekopt, laat staan dat de gewichtheffer zichzelf in
de geopende kinderarmpjes stortte.
   De verticaal doorgesneden aardbol op de pentekening was hol.
Tegen de binnenwand stond of lag, net hoe je het bekeek, een jongeman. De armen gestrekt. Een corpus zonder kruis. Nergens kwam
het lichaam los van de wand: rug, benen, armen en hoofd volgden
de concave lijnen en het was daarbij niet duidelijk of de figuur zich
eigenlijk wilde oprichten, maar door de wand in zijn kromming
werd gehouden – of dat het juist zijn houding was die de wand verplichtte elastisch met hem mee te buigen. Een embryo dat al in de
baarmoeder het postuur van een volwassene heeft aangenomen en
het betreurt dat hij in die spier niet rechtop kan staan? Een messias
die nooit is opgestaan uit het dodenrijk, maar bij wijze van liefde is
afgedaald tot in het binnenste van alle binnenkamers om daar de
instortende muren met polskracht, hielkracht, bilspieren en achterhoofd te stutten? Gewoon een oefening in dieptewerking. Wat je
niet allemaal kunt suggereren in zwart-wit.
   'Geniaal!' zei de vader van Barbara die bij ons was komen staan.
'Escher en Michelangelo in één jongen verenigd. En dat cartoo-
neske in gelaatsuitdrukkingen, dat leert hij later wel weer af.' Het
clownsgezicht was me nog niet opgevallen. Schuine wenkbrauwen,
ogen met wallen, afhangende mondhoeken. Een kwaadaardige Bu-
ziau. Horror.
   Niet het korte gesprekje over Bouwes afwezigheid had Barbara
gestoord. Ze had het best begrepen. Pubers zijn egocentrisch. Naar
voor jullie, maar niets nieuws. Kop op en geniet vandaag. Ze vond

dat woord van haar vader overdreven. Geniaal. Zegt hij dat ook tegen die bejaarden op de Volkshogeschool?

Ze wil een nieuw huis om een bad te hebben. Een eigen bad.

Ze wil in Huibs project meedraaien om haar bezorgdheid en haar belangstelling voor 'andere mensen' eindelijk eens 'in iets concreets om te zetten'.

Ze valt in slaap en weet niet dat het zachte lichaam dat ze naast me achterlaat zijn eigen geheimen koestert. Terwijl haar bewustzijn stroomopwaarts drijft om te joggen tussen de planeten, rolt het lijf zich rond het ei in haar buik. De lege dooier wiegt op haar kalme ademhaling. 'Kinderen? Dat is meer iets voor andere mensen. Jij hebt Bouwe toch al?' Ze weet heel zeker dat ze niets mist – maar de snorrende kachel naast me is nog lang niet aan die wetenschap gewend.

Op de eerste dag van de eerste kerstvakantie na Annes dood namen een hoogzwangere Paula, haar man Diederik en Inez, hun dochter van vijf, mijn zoon mee naar hun boerderij in Vlijmen. Voor een korte, feestelijke logeerpartij.

Op Nieuwjaarsdag zou ik Bouwe daar weer ophalen. De griep was inmiddels over, maar mijn ogen bleven lekken. In mijn geest was geen beweging te krijgen. De simpelste huishoudelijke wetten had ik me tijdens Bouwes afwezigheid te binnen moeten brengen. Om het gas aan te steken heb je lucifers nodig, doe het nooit met een aansteker. Lakens moeten op zestig graden gewassen worden. De plank die je gebruikt om kipfilet op te snijden, mag je niet gebruiken voor de sperziebonen. Salmonella was het woord. Het doekje waarmee je de wc-vloer boent moet je niet op het aanrecht laten liggen, de koekenpan met anti-aanbakbodem niet schrobben met een schuurspons. Ik deed alles, alles fout. Mannen kunnen niets. Mannen zijn geen vrouwen.

Ik zou Bouwe nog eens vergiftigen, met bacillen infecteren of electrocuteren en dan was mijn schuld compleet. Het waren feestdagen van niks geweest. Had voor het eerst sinds jaren weer eens uitvoerig gemasturbeerd. Zonder aanleiding. Zonder fantasie. Gewoon in mijn leesstoel, om drie uur 's middags, de gordijnen waren toch nog dicht. Het zaad begroet dat vreugdeloos uit mijn eikel was gesprongen. Tweederangs kaarsvet, dropzoute tranenvla op harig bovenbeen en zeil. Ik had mijn vinger afgelikt en Annes weerzin geproefd ('Er zit te veel nicotine in en veel te weinig fruit'), maar Anne was dol op die weerzin geweest, deed haar erotische scheikundeproefjes in heerlijke angst, de zelfkwelster – verliefd op mijn bitterste vruchtbaarheid.

'Bouwe en Inez, twee handen op een buik. En wat verheugen ze zich op de baby. Moet je kijken.' Paula had de wasco-tekeningen voor de ongeborene in een map gedaan. 'En hoe gaat het met jou?'

Toen de kinderen met een schaal oliebollen naar de bijkeuken waren vertrokken, vertelde ik mijn schoonzus en haar man hoezeer ik aan mezelf was gaan twijfelen. Koorts en routine waren in het niets opgelost, er was een haast fobische verlamming voor in de plaats gekomen. Ik voelde me zo smerig dat ik Bouwe niet eens had durven kussen.

'Je bent kapot,' zei Paula.

'En terecht,' voegde Diederik eraan toe. 'Het is nog steeds bewonderenswaardig hoe jij je erdoorheen hebt geslagen. Ik zie het mezelf nog niet doen. En Bouwe is trots op je.'

'Heel trots.'

Ze boden me een sigaret aan, ik kreeg een flesje Trappistenbier. Ik rookte en dronk en werd bekeken, nee, bestudeerd. Ik staarde naar het dwergsneeuwpopje in de tuin, de winterwortelneus stak scheef in het gezicht. Wilde vragen of Inez en Bouwe die helemaal zelf – wist het antwoord al, hoorde hoe Paula zuchtte. Het was tijd om hun plan aan mij te presenteren.

'Kijk, jullie hebben ons destijds tot voogd benoemd en nu dachten wij...'

Ik heb op alles ja gezegd. Ja, doen jullie het maar. Ja, regelen jullie het maar, ja, schrijf maar naar de instanties en zeg me maar wat ik moet doen. Wat jullie van mij verwachten. Tuurlijk, in een week heb ik alles wel ingepakt, zoveel spullen heeft hij niet, ik zeg ja met pijn in mijn hart, ja het is voor hem het beste, hier kan hij ja, zichzelf zijn. Ja. Het is niet anders, ja, ik heb het geprobeerd.

Na het avondeten zwaaide Bouwe mij uit, grondig. Hij had er niet eens op gerekend dat ik hem mee terug naar Amsterdam zou nemen. In het donker, in de sneeuw, heb ik precies vijftig minuten op de streekbus staan wachten. Blazend in mijn vuisten, rokend, snotterend, blaffend. De bus van drie voor half acht had ik net gemist, maar teruggaan wilde ik niet meer. Dat zou voor niemand goed zijn. Leek me. En ik telde de huizenprijzen onder de foto's die bij de makelaar in de etalage hingen bij elkaar op. Hoofdrekenen kon ik dus nog.

Mijn moeder vond het een goed idee. Bouwe in een normaal gezin, heel gezond. Hoewel haar kleinzoon zou opgroeien in Annes sfeer en zij zijn andere grootouders en tante en oom misschien nog wel vaker moest ontmoeten dan ervoor, was haar rol nu tenminste duidelijk. Zij werd adviseur op afstand. 'Alles wat jullie niet kunnen oplossen, niet kunnen verklaren – mijn hulp heb je. Want Bouwe is natuurlijk een echte De Wolf. En een echte De Ruijter, dat vergeten de mensen wel eens, maar hij lijkt ook veel op de familie van mijn kant. Op mijn moeder. Dat koppige, dat wilskrachtige, dat warmbloedige... En geen onrecht kenne verdragen, hè? Mijn vader tilde de eerste de beste kruimeldief zo over zijn schouder en droeg hem rustig naar het bureau, zelfs als hij daarbij een bloedneus opliep en zo waren die van mij, op Ruudje na, ook. Bouwe hep de aigendunk van mijn oudste, en dat stevige van Patries. Jullie kroppen alles veel meer op, hè? Nou, zo sain wai niet.' Na de dood van mijn vader werd haar verweesde kleinzoon in Brabant haar project. Ze belde Bouwe tweemaal per week, stuurde hem ansichtkaarten, bemoeide zich met zijn hobby's. Wat haar bij mij nooit gelukt was, lukte haar bij Bouwe volkomen. Ik had geen verweer. Ze liet hem bij haar logeren opdat ik, al uitgespeeld na een halve dag, mijn hoofd niet hoefde te breken over de vraag wat nu weer met hem te ondernemen? Ze nam me toch werk uit handen? Met lede ogen zag ik Bouwe vergroven. Stollen. Verhoornen.

Pianoles werd karate. Lezen werd spitten en schoffelen. Ja, Diederik had een goede hulp aan hem en Bouwe bleef tekenen, dat gelukkig wel, hij ging ook graag met zijn tante naar musea, maar in alles zou hij zijn pleegouders laten merken dat hij niet van hen of van Annc was, niet eens een kind van zijn eigen vader; hij was een De Wolf en die prakken hun aardappels, breken glazen, spotten met brekebenen, prikken in tederheden, kwatten op muizenissen, blazen als katten, en veroordelen lachend nuances.

Als Bouwe op school wekenlang een meisje had getreiterd en eindelijk gepakt werd voor zijn misselijke grappen, liet hij zijn oma naar het schoolhoofd bellen. Ze woonde meer dan honderd kilometer van de speelplaats verwijderd, maar kon precies zeggen wat er aan het slachtoffertje van haar kleinzoon scheelde. Dat het kind en haar ouders geen gevoel voor humor hadden, dat je van zo'n geintje en wat beurse plekken alleen maar sterk werd: 'Mijn vlechten hebben wel eens in een inktpot gehangen, daar deed je dan ook niet moeilijk over, die griet moet zorgen dat ze bang worden voor háár, sorry mijnheer, maar mijn Bouwe is een grote schat, hij stuurt mij brieven met droogbloemen erin, en ja, hij is ook een echte kwajongen, dat hoort zo, daar gooi je dan toch niet meteen een klássenproject tegenaan? Moderne flauwekul! Wat willen jullie daarmee? Een, een, ach, laat ik het ook maar zeggen, een homo van hem maken?!'

Geen hartaanval, zoals ik had vermoed, maar uitgezaaide endeldarmtumoren. In tranen was Bouwe toen mijn moeder stierf. Hij was acht en had nog nooit om zijn eigen moeder gehuild. Dat had ik hem niet kwalijk genomen. Maar dit misbaar. Om zo'n verkankerde clan-hen. Een nest ja, maar kuikens waren we niet, zoals mijn moeder geen vogel was. Ze deed alsof. Exact een halfjaar voor of na mij jarig, net hoe je het bekijkt, augustus, Leeuw dus, nee Leeuwin, mijn vader was de Leeuw en waarschijnlijk daardoor zijn wij nooit, nooit als kinderen behandeld, maar altijd als welpen. Nooit op de arm gedragen, altijd meegesleurd in een muil. Onze huid rekte op, een ruime zak waarin we ronddeinden en ons schuilhielden, terwijl mijn moeder de wereld haar bezit, maar vooral haar scherpe tanden toonde... Bouwe huilde. Om deze primitieve, kreeftgeworden genentrots zonder één gram zelfkennis? Stel je niet aan, dacht ik. Dacht mijn moeder in mij, met die klokkende, broedse, nee, brullende kropstem van haar.

*

De beste zin in de wereldliteratuur is een vraag en Goethe stelde hem. Ik vertaal: 'Ken je het land waar de citroenen bloeien?' Van zo'n vraag kan ik gelukkig worden. Er wordt niet gevraagd of je wel eens in Italië bent geweest, of om precies te zijn, op Sicilië – het gaat om die bloeiende citroenen.

Al tijdens het citeren van dat regeltje, in het Duits, wordt het zalig geel in mijn hoofd en dat gele licht straalt tot ver buiten mijn blikveld. Even maar.

Over de grachten fiets ik. Op weg naar de uitgeverij die mijn verzamelde stukken wil publiceren. Drie banden in een cassette.

'Meteen reageren,' zei Barbara toen ik haar op haar werk belde om de brief met het verzoek voor te lezen. 'Dat staat niet gretig, echt niet. Ze moeten merken dat je je eigen werk serieus neemt. God, wat geweldig voor je! Bellen! Afspraak maken!'

Ik fiets over woestijnzand. Door blinkende plassen. Onder bloesemende wolken. Een rinse zon wordt uitgeknepen over de daken, de huizen lijken bepleisterd met oker. Nee, ze lijken zojuist getimmerd, muren van vers gezaagde planken: speelhutten in de takken van het leidingenstelsel. Ik vang opgewonden telefoongesprekken op, flarden van radioprogramma's, ik zie in lantarens dat Pippi Langkous op televisie is, verliefde e-mails lees ik in de lucht. Transparante plantenwereld, elfenrijk, knisperende, fluisterende, babbelende stad, mercuriaal Amsterdam! Belletjes in de oleanderstruiken, linten in de amandelbomen, draaiorgel, orgie, organisch verbonden door mij: uw Oberon van citrusland!

De redactrice laat mij voorgaan op de trap. Op de overloop kijk ik haar vragend aan. Ze opent een deur en zegt dat ik mag gaan zitten. Waar? Er is een zitje (bankstel, draaifauteuil, een salontafel waarop een lege asbak, drie kranten en een vaas met lauriertakken) en een bureau waarachter zij kan plaatsnemen, terwijl de auteur tegenover haar zit in een met kunstleer beklede kantoorstoel – net als bij de huisarts.

Ik wil de stoel al naar achteren trekken, maar het meisje dirigeert me naar de kolossale witte feestfauteuil. Ze overhandigt me het plastic bekertje met de koffie die ze beneden in de hal voor me heeft getapt. Neemt zelf, staand nog, een teug van haar waterige automaat-chocola en blaast een wolk vanilline uit. Met cacao is dit brouwsel nooit in contact geweest. Laat dat niet iets zeggen over het beleid van deze uitgeverij. De redactrice wil me een plan voorlezen. Ze zet een bril op die niet alleen haar gezicht, maar haar hele lichaam verandert. Ze wordt molliger dan ze al is, en in haar waart opeens een slaperigheid die haar op een uil laat lijken; een zuil van veren op een stok, waarvan de kop slechts draait als een schreeuw hem uit zijn geconcentreerde niet-zijn haalt. Maar ik schreeuw niet. En natuurlijk, Bettina slaapt niet. Ze spreekt over mijn essays, mijn columns, mijn toneelstukken. Haar wenkbrauwen dansen achter haar montuur. 'U mag roken, mijnheer De Wolf.'

'Rudolf.'

'Het is allemaal nogal verspreid. Uw werk. Hier: acht jaar geleden in *Maatstaf* een essay over geluid als beeldversterker of -verzwakker. Over de soundtrack van *Schindler's List* en de muziekopvattingen van de cineast Tarkovski. *Maatstaf* bestaat al niet meer. In *De Revisor* een nooit opgevoerde dialoog. *Bühne* doet u nu twaalf jaar. In sommige stukjes gaat u zozeer op de actualiteit in dat ze nu geen waarde meer hebben, maar er zijn toch zo'n dertig meesterwerkjes bij. Er is in de hele literaire, journalistieke en kunstenaarswereld niemand die aan het belang van uw werk twijfelt, maar omdat de boel niet bij elkaar staat, niet eenvoudig vindbaar en dus te herlezen is...'

'Vind ik juist wel prettig.'

'Een correspondentie met een paar leerlingen van de toneel-school.'

'Nee, toch? Niet die brieven.'

'We hebben er ook alle brieven aan twee filmregisseurs in opgenomen. Toen u ze schreef zaten ze nog op de academie, maar nu zijn ze beroemd en ze erkennen dat u van grote invloed...'

'Zei je nou "in opgenomen"?'

Bettina knikt. 'In het plan. Kunt u alles wat u aan materiaal hebt, bijvoorbeeld in uw computer, zo snel mogelijk op floppy's zetten?'

Alles staat al op floppy, wil ik zeggen. Mijn vriendin ziet erop toe dat ik van de laatste, eventueel ingekorte en gecorrigeerde versie van een stuk of artikel onmiddellijk een back-up maak. Pas dan stuurt zij het door, want ik heb niet eens een modem.

'Hoeveel tijd heb je nodig?'

'Een week, een dag of tien?'

'Fijn, want we willen de cassette over drie weken uitbrengen.'

Het is donker geworden. Tegen het kleine, vierkante raam slaan druppels. De laurier in de vaas ruikt muf. Ik vind Bettina een naar meisje. Iemand die dit werk alleen maar doet om grote auteurs bij hun voornaam te kunnen noemen. In hun bijzijn zal ze hen, als ze hen al aanspreekt, keurig vousvoyeren – maar tegen haar vriendin-netjes spreekt ze over de schrijvers alsof het intimi zijn. 'Weet je met wie ik op het Boekenbal...?'

Status, niets dan status telt voor haar: ze ziet er moegevoosd uit in dat zwarte, lange vest, maar straks gaat ze nog even naar de presen-tatie van weer een nieuwe dichtbundel. Eens kijken welke prijsbeker ze nu weer naar haar snaveltje mag tillen. Er is een wereldje, maar ik ken het wereldje niet. Wat ik wel weet is dat het niet kan: mijn boek over drie weken op de planken. Alles wat er bij een uitgeverij verschijnt, wordt al maanden tevoren aangekondigd in een catalogus. Tenzij het een gelegenheidswerkje of een potentiële bestseller betreft, vergt de productie van een boek toch algauw drie maanden.

Ik rijd langs de etage van C. en haar gezin. Kijk even omhoog, maar er staat niemand voor het raam. Wat zou ze zeggen als ik nu bij haar aanbelde? Kom maar boven?

Wat zou ik zeggen? Ik mis je. Ik mis je verschrikkelijk. Pak je koffers, we gaan naar het door jou zo geliefde Polen. We gaan naar Gdańsk en Zakopane, naar Łódź en Radom, naar Krakau en Wrocław, naar Warschau en Kalvaria Zebrzydowska, dat bedevaartsoord waar je die pauwblauwe boerderij hebt gezien, in het dal, dat droomhuis met een waterput, geiten en ganzen in de tuin... We gaan Źubrowka drinken uit de fles met de grasspriet erin, en pierogi z mięsem eten, ravioli's gevuld met gekruid vlees en gebakken uitjes, en je mag de hele dag 'Dzień dobry' zeggen, goedendag, en ik koop zo'n oerlelijk folklorekostuum voor je, een bonte, van vloekende stroken stof aan elkaar gepatchworkte, wijd uitstaande rok, een witte blouse met pofmouwen, een strak, zwartfluwelen vetergiletje geborduurd met overdreven bloeiende rode, roze, gele en paarse bloemen, afgezet met pailletjes, en je mag zelfs een krans van plastic rozen en fresia's op je kopje zetten – ik zal je mooi noemen en je bevestigen. 'Ja, je hebt werkelijk een Pools gezichtje en Poolse manieren en een Poolse aard' en je mag dansen op mazurka's tot je rode schoentjes pijn doen aan je teentjes en ik zal je op een hotelbed leggen en kussen tot je weer weet wie ik ben. Je brengt het je langzaam te binnen, terwijl ik toekijk. Mijn naam, mijn blik, mijn stem, mijn ziel, mijn moed, mijn geloof... Je Poolse alter ego ziet mij voor de eerste keer en wil mij voor altijd. Opnieuw voor altijd.

Het is wonderlijk dat ik me de dagen voorafgaand aan mijn eerste ontmoeting met C. nog herinner alsof ik ze in een dagboek heb vastgelegd. Barbara en ik waren net terug van een korte vakantie in New York. We hadden allebei veel energie. Werden elke morgen wakker in elkaars armen. Vreemd grinnikend, alsof we net een joint hadden gerookt. Barbara vroeg of ik de stem van Ron Brandsteder nog eens wilde imiteren, of die van de mediëvist die de laatste tijd in bijna elke actualiteitenrubriek opdook om voetbalrellen en koningshuisverering te duiden met behulp van zijn genealogische kennis. Ik speelde al haar verzoeknummers, om half zeven 's morgens, tot Barbara het niet meer hield van het lachen en met haar handen tussen haar benen naar de wc rende. Ze kwam terug met twee glazen jus d'orange en kroop weer tegen me aan. Nadat we ons sap hadden gedronken begon ze me te strelen. Korte, luidruchtige lacherupties die overgingen in geneurie. 'Mmm' en 'oooh' als ze merkte dat ik niet ongevoelig was gebleven voor haar kneepjes. Ze kneedde mijn pik en haar borsten, haar bruine tepels staken vrolijk boven het dekbed uit. Yes?

Ze spreidde haar benen en ik bereed haar: het ritme, de herhaling maakte ernstig en in de grote ogen die mijn zwoegende kop in hun blik gevangen hielden, las ik al het mededogen waaraan Barbara haar bestaansrecht ontleende. Haar handen omklemden het stalen hoofdeinde van het bed. Barbara acteerde dat ze zich schrap zette, dat ze zich teweer moest stellen om niet onder mij te bezwijken, maar de gratie waarmee ze dat deed verried dat ze niet werkelijk huiverde. Ik mocht mijn worm in haar uitlaten. Mijn wonderlijke huisdier. Ze genoot van mijn genot en ik, braaf, braaf, apporteerde haar opruiende kreten en kwam klaar in een tevredenheid die me even licht argwanend maakte. Onmiddellijk daarna was ik blij dat Barbara niet echt had geleden.

Geen traan. Geen post-coïtale melancholie. Geen evaluatiegesprek. Niet de vraag: 'En ik dan?' Ik mocht me van haar wegdraaien en op adem komen, zonder me om haar orgasme te hoeven bekommeren. Dat was niet onbeleefd – ze had me al in de eerste week verteld dat ze niet zo makkelijk... of eigenlijk nog nooit echt... tenminste, dat dacht ze en of ik alsjeblieft ook niks wilde proberen: 'Als het een keer gebeurt, gebeurt het, maar al dat gefrunnik om me iets te geven wat ik toch niet mis, nou, daar moet ik niet aan denken. Dan ga ik nog geloven dat ik iets moet presteren, dat er iets niet in orde is met mij, je leest dat ook in damesbladen, van die vrouwen die helemaal gefrustreerd... en hun mannen ook... En daar is seks toch niet voor?'

We pasten die eerste twee jaar nog samen in de douchecel. Zeepten elkaar in, droogden elkaar af. Ontbeten op de grond, in kleermakerszit of op onze knieën, gebogen over dezelfde krantenpagina. Barbara ging naar haar werk en belde me onderweg al, vanuit een telefooncel, om me te vertellen hoeveel ze van me hield. Hoe lekker ik was geweest daarnet, hoe gek ik was. Wat je gisteravond weer allemaal vertelde!

Ik bekeek de foto's van ons in Manhattan. Geschoten door een Spaanse toerist, die wij in ruil voor zijn diensten met zijn eigen camera fotografeerden. Nog mee geluncht in een deli op Broadway. Stilleven van opengescheurde, bruinpapieren zak met bagels en groene appels. Het uitzicht vanaf het dak van het World Trade Centre. Skaters in Central Park. De simpele hotelkamer. De schoolvriendin van Barbara, met hond.

Ik speelde alle in New York gekochte cd's door elkaar en zette me zingend achter mijn computer, in afwachting van Barbara's tweede telefoontje. Zullen we om half zes afspreken bij dat nieuwe kroegje bij die brug?

Er is een theorie die zegt dat mensen die verliefd worden op een ander dan hun eigen partner, iets tekortkomen in de bestaande relatie. Ze missen een bepaalde spanning. De geliefde heeft negenennegentig geweldige eigenschappen, maar waar is die honderdste waarnaar net deze ziel zo hunkert? Een onzichtbare haarscheur wordt een barst, er breekt een stukje uit het onverwoestbare porselein en er hoeft maar dát (geluid van knippende vingers) te gebeuren of de inhoud stroomt uit het kopje in het schoteltje – waarbij, in mijn geval, Barbara dan het kopje zou zijn en C. het schoteltje.

Hoe is zo'n verhaal te rijmen met mijn eigen geschiedenis?

Ik was vervuld van Barbara toen ik C. leerde kennen. Compleet. De schoonheid van mijn vriendin ratelde om me heen bij elke stap die ik zette, alsof er draden waaraan lege conservenblikjes bungelden rond mijn enkels waren vastgeknoopt. Vrouwen zag ik meer dan genoeg. Maar het waren normale mensen geworden, met wie ik alles behalve hun vormen gemeen had en de vormen zeiden me evenveel als de nummers achter tot de verbeelding sprekende namen in het telefoonboek; borstomvang, heupbreedte, broekmaat werden codes, ik zag kwantitatieve verschillen, maar zodra de visuele informatie mijn tastzin in staat van paraatheid bracht, grepen de innerlijke lamellen naadloos in elkaar. Op het lichtdichte scherm van luxaflex schitterde de afbeelding van Barbara en er was geen kier in de dia waardoor ik naar buiten wilde loeren – de voyeur in mij hoopte niets, verwachtte niets.

Er zijn twee soorten verliefdheden. Verliefdheden die beginnen rond Pasen, zo ergens in maart, begin april, en verliefdheden die komen opzetten als een najaarsstorm. Ze worden voorafgegaan door dagen die zwaar van zonnewarmte zijn. Laag, koperkleurig licht leunt op het asfalt. Het park smeult. Tussen de bomen een kathedraal aroma van wierook en vergankelijkheid. Als dikke druppels vallen de kastanjes van hun takken.

Zowel Petrarca als Dante werden op Goede Vrijdag verliefd op hun dames. Dat beweerden ze in elk geval zelf. Toen nog mocht een autobiografie verdichtsels bevatten die de symboliek ten goede kwamen. Laura en Beatrice. Verschijningen uit een andere, goddelijke wereld, die zich aan hun dichters manifesteerden op het uur van collectieve, katholieke rouw en onmiddellijk weer ten hemel voeren, waarschijnlijk om op tijd thuis te zijn voor de terugkeer van de allerhoogste, drieëndertig jaar verloren gewaande Zoon. Zie, hun aanstekelijke schoonheid glimpte door de wolken, opdat de dichters het hoofd naar boven zouden blijven richten. Zo was het.

Geen Freud. Geen onderbewustzijn dat in taal werd gesublimeerd; in die dagen hadden poëten een bovenbewustzijn. Een transcendent, egoloos universum bevolkt door serafijnen en cherubijnen, aartsengelen en allerheiligen en hun eigen muze, die emmers vol mystiek verlangen in de taal uitstortte. IJverig klommen de dames de ladder op, ijverig daalden de dames de ladder af – in zenachtige comtemplatie: nijvere Martha en haar leergierige zus Maria verenigd in één lelie, niet te plukken door de dichtershand. Daarom bleef die hand schrijven. Om verlost te worden. Om de taal ooit te mogen verzaken en dan, misschien, de waarheid te aanschouwen. Van aangezicht tot aangezicht. Verliefdheid als highway to heaven.

Is het iemand wel eens opgevallen dat alle namen voor de oorden die beloofd of verhoopt zijn, voor godenrijken, wemelen van de a's? Kanaän. Nirvana. Walhalla. Paradijs. Kalevala. Arcadia. Shambala. De Aaah van verbazing. Aanbidding. Afhankelijkheid. De a in Barbara. In Anne (doopnaam Anna). Onbereikbare, ideale voorjaarsliefdes, nopend tot devotie.

Nee, dan C. Die deed alle Grote Liefdes die ik tot dan toe had gekend teniet. 29 september, ruim vijf jaar geleden. Ik stond in de Bijenkorf in een rij bij de kassa. Kocht drie paar degelijke, zwarte herensokken voor vijftien gulden. Ze zaten in een koker, alsof het tennisballen waren. Voor me stond een verveeld echtpaar, de vrouw met een boxershort in de hand. Ze bestudeerde het prijskaartje aandachtig en keek waar het wasmerkje zat. Achter me stond een jongen die me deed denken aan Bouwe, maar dan ouder. Er voegde zich een meisje bij hem.

'Dit hemd krijg je van mij,' hoorde ik haar zeggen. 'Als je de kleur niet leuk vindt... Ze hebben ze ook in groen, met een streepje. Ik kan hem nu nog pakken, dan hang ik deze terug.'

'Nee, hij is goed. Reken hem maar vast af, ik kijk nog even bij de jassen.'

Ik draaide me om en keek naar het meisje.

Ze lachte. Ik lachte terug en richtte mijn aandacht weer op de ruggen voor me. Mensen die onverschillig veel van elkaar hielden. Er werd op mijn schouder getikt.

'Je begrijpt *Stalker* niet.' Mijn favoriete Tarkovski-film.

'Hoe bedoel je?'

'Die inleiding... in het filmhuis. Je weet heel goed wat de regisseur bedoeld heeft, beter dan iedereen, daarom wilde ik je ook horen spreken, en wat doe je? Je komt met een theorie. Je mag het best weten, ik was woedend. Altijd die gespeelde openhartigheid over je jeugd, je somberheid, je wanhoop, maar wat je echt dwarszit zeg je niet.'

'Wat zit me dan dwars?'

'Dat je schuldig bent.'

'Schuldig?'

'Je dweept met de Zone, de plek waar je diepste wensen uitkomen, én waar je ook het gevaar loopt dat niet je bewuste, maar je onbewuste, veel vreselijker wensen worden verhoord – maar je durft er niet eens in. Dan zijn de schrijver en de wetenschapper die met die kwetsbare, hulpvaardige Stalker meegaan in dat vreemde gebied oneindig dapperder, ook al haken ze op de drempel van de wensplek af. En ja, ik weet al wat je gaat zeggen, je gaat zeggen: dat erken ik toch ook?' Het meisje zuchtte. Ze keek om zich heen, zag dat haar vriend een T-shirt van een plank nam en sloom uitvouwde. Hij wachtte discreet. Ze vervolgde: 'Dat je vrouw zich van kant heeft gemaakt, dat verzwijg je. Maar ik heb alles van je gelezen, wel twintig keer of zo, en dan begrijp je dat er zoiets is gebeurd. Nou goed, je broer kan ook, maar er is een zelfmoord. Daar heb jij vast geen schuld aan, maar je bent schuldig tegenover de dode. Een zelfmoordenaar heeft er net als elke andere overledene recht op dat jij het juiste verhaal over hem of haar vertelt en zeker niet de laatste dagen en uren mystificeert. Zo iemand wil na zijn dood ook verder. Ik bedoel maar.'

Alaska. Een poolvlakte middenin het warenhuis. Er daalde sneeuw op me neer. Eerst waren de vlokken nog klein als fruitvliegjes. Ze prikten in mijn ogen, waaiden mijn mond en neusgaten binnen. Toen werden ze dikker, en bleven als ijskoude wratten op mijn huid staan – ja, de sneeuw kwam uit mijn poriën naar buiten als een ziekte. Vlokken vlindergroot. Het tl-licht werd witter dan wit, klanten en personeel doken onder ijsschotsen, gleden in wakken, verdwenen in donker, kristalliserend water en ik stond alleen tegenover de vreemdelinge. Alaska? Siberië.

Het meisje ragdun als een berkenboompje. Sluik blond haar, Aziatische ogen, voor de verandering uitgevoerd in grijsgroen, een smalle jongensmond, hoge jukbeenderen in een blank, bijna doorzichtig gezichtje. Perzikblosjes.

Ik rekende mijn sokken af. Zij betaalde het hemd voor haar vriend. 'Je hebt helemaal gelijk,' zei ik.

'Ja,' zei ze, 'maar dat ik het allemaal begrijp is eigenlijk ook weer geen verdienste. Jezelf herken je vaak beter in iemand anders...'

'Dan in jezelf.'

'Tuurlijk. Je moet door met de persoon die je bent geworden. Dus vertel je leugentjes waar je in gaat geloven. Je wijst daders aan. Je maakt jezelf wijs dat de slachtoffers niet te redden waren. Je zegt: ik was alleen maar toeschouwer. Ongewild. Ik was ter plekke, maar ik mocht niets doen. Dat zou een aantasting van de vrijheid van de anderen zijn geweest, als ik hen mijn waarheid had opgedrongen. Mijn verontwaardiging, mijn medelijden.'

De vriend was bij ons komen staan. Hij luisterde beleefd naar ons gesprek. Na een kwartier, twintig minuten was hij het die voorstelde om met zijn drieën iets te gaan drinken, boven, in het restaurant. De jongen heette Evert en studeerde economie en Engels. Zijn scriptie ging over de receptie van het werk van Salinger in Nederland. Het meisje had filosofie gestudeerd, maar was daarmee gestopt omdat ze had gevonden dat ze Nietzsche serieus moest nemen. 'Als hij zegt dat denkers de waarheid moeten dansen, waarom doet niemand dat dan? Komen ze aanzetten met dat slappe excuus van "Ja, dat bedoelde hij in metaforische zin..." Niks metafoor! Ik doe een opleiding om aerobicslerares te worden. En moderne dans,

Afrikaanse dans, klassiek ballet en flamenco doe ik er allemaal nog naast. Is twintig uur beweging in de week en daarbij probeer ik tot een eigen dansopvatting te komen. De gedichten van Lucebert in gebaren laten klinken, zonder dat het doventaal wordt, het moet dans worden, bewogen beeldspraak... Zoiets. Dat moet toch mogelijk zijn?' Ze haalde een papiertje uit haar zak en schoof het me toe. 'Een gedicht van Poesjkin. Lees thuis maar. Waar het me om gaat is dat je dat kunt uitdrukken in gebaren en houdingen, in loopjes en mimiek. Je kunt de taal zichtbaar maken.'

C. had me haar telefoonnummer gegeven. Evert had zich niet bedreigd gevoeld toen ik haar erom vroeg. Hij dacht waarschijnlijk dat ik belangstelling had voor haar vondst. Dat dacht ik zelf ook.

'Nacht hult de heuvels van Georgië in zwart
Luid hoor ik de Aragvi stromen
Ik voel mij droef, en los,
een licht is in mijn smart,
in al mijn smart kwam jij te wonen.
Ja, jij, alleen maar jij...
Mijn weemoeds vage rouw wordt niet gekweld,
wil niets verwachten
en het hart gloeit wederom en mint
het is zo gauw tot niet beminnen niet bij machte.'

...las ik 's avonds, toen Barbara al naar bed was. Ik trilde. Al in New York was ik op C. verliefd geweest. In al mijn verhoudingen had ik C. gezocht. In de bandeloze, geile, jaloerse, fatale herfstaffaires én in apollinische lenteromances had ik C. gezocht. C. was in mijn liefde voor Anne geweest, en ze was woonachtig geweest in mijn vage rouw – C. zat al sinds mijn conceptie in mijn systeem. In mijn zenuwen, mijn zaad, mijn ziel.

Die gedachte verwierp ik meteen. Wat mij in haar bekoorde was doodgewoon mijn eigen spiegelbeeld. Ik speelde met de twee vodjes papier in mijn handen. Een telefoonnummer en een belachelijk zwaar gedicht dat 'bewogen kon worden'. Alsof ik niet al genoeg bewoog. Zelden heb ik zo'n woede in me voelen koken. 'Je bent schuldig.' Wat verbeeldde die griet zich wel? Dan nog liever de onuitgesproken verwijten van mijn moeder. Ik stak een sigaret op. Keek naar de aspunt die oranje oplichtte wanneer ik aan het filter trok. Het beangstigde me dat iemand me had gelezen. Mijn werk, waarvan ik dacht dat het... Barbara had ook wel eens een verband gelegd: 'Hé, die verpleegster lijkt een beetje op Sara, op wat je me over haar verteld hebt,' maar hier was bovennatuurlijke fantasie aan het werk geweest – iemand had mijn woorden gedanst en alleen daardoor hadden ze mij onthuld, verraden. Walging sloeg om in een schaamteloze bezitterigheid die ik van mezelf nog niet kende.

Lief lief. Ik moet nu bij je zijn. Weg met die Evert, hoe aardig hij ook is. Laten we morgen trouwen. En tien kinderen krijgen. En jaar na jaar Kerstmis vieren om een grote houten tafel die vol staat met cadeaus, kaarsen, dennentakken en traditionele gerechten. Plum-pudding en cranberries, kalkoen en gepofte kastanjes... Een echte stal, met een kribbe waarin op kerstnacht een houten babybeeldje werd gelegd... De slotscène van de Capra-film *It's a Wonderful Life*; aangemoedigd door zijn bejaarde, bebaarde beschermengel keert de depressieve James Stewart toch maar naar huis. Met Kerstmis maak je er geen einde aan, je moet naar huis! Naar huis!

Ik moest spugen. Veegde de wc-bril met een zakdoek schoon. Trok door. Keek op mijn horloge. Om half één 's nachts behoor je niet meer te bellen. Alleen in noodgevallen. Ik ging met mijn noodgeval naar bed en Barbara, die wakker was geworden van mijn geluiden, vroeg of ik nog één keer die nieuwe nieuwslezer wilde imiteren. Ik baste wat, ik raffelde in elke zin de laatste woorden af. Naast me werd daverend gelachen. Aan mijn nieuwslezer was niet te merken dat ik een ander was.

*

Bij de sigarenwinkel koop ik een televisiegids. Ik ben opeens een auteur met een echte uitgever. Mijn stukken worden 'verkrijgbaar'; nooit meer die gekopieerde printjes met een slappe kaft eromheen, uitsluitend bedoeld voor de acteurs, de recensenten en een enkele student theaterwetenschappen.

Bij de drogist koop ik een tube tandpasta. Bij de kaasboer een pond oude nagelkaas. Naar huis durf ik niet. Ik wil vluchten. Het liefst in een verliefdheid, maar naar C. teruggaan is onmogelijk. Onethisch ook. Stel, in het mooiste geval, dat ze meegaat naar

Polen, wat moet dat zoontje dan later van me denken? 'Nog voor mijn derde jaar verliet mijn moeder me voor een onnozelaar van vijftig.' Dan is Bouwe nog beter af. Die gelooft dat zijn moeder, hoe tragisch, een te vroege, maar natuurlijke dood is gestorven – iedereen gelooft dat. Zelfs Barbara weet niet beter, alleen C. Ja, C... alleen maar C... C. is bovendien dol op haar man. Daar ben ik van overtuigd.

Ik zet mijn fiets in het rek voor ons huis, open de benedendeur, leg mijn boodschappen op de trap, doe de deur weer dicht. Weer op straat bedenk ik dat ik een mobieltje bij me draag. Voor noodgevallen die er nooit zijn. 'Ik heb je wel tien keer op je nul-zes geprobeerd,' kan Barbara zeggen, 'maar je hebt dat ding niet eens aan staan en je luistert de voicemail ook nooit af. Ouwe man! Je weet echt niet hoe dat ding werkt, hè? Nou ja, ik belde toch alleen maar voor de gezelligheid.'

Ik toets het nummer van Boris in. Niet thuis.

Het nummer van Lisa, mijn vriendin bij *Bühne*. Niet op haar werk. Ewald en Tanja. Tanja neemt op.

'Wil je een borrel met me drinken?' Dat wil ze wel. 'Ik moet je iets leuks vertellen.'

Als ik thuiskom is Barbara er al. Ze ligt op de bank met de gids die ik heb gekocht. 'Ik ben bij Huib geweest. Op zijn kantoor. Ik heb ja gezegd. Maar dit wordt jouw avond, schat. Vertel, hoe was het bij de uitgeverij? Er staan punten quiche in de ijskast, en salades, en een fles chardonnay. Van de traiteur.'

De oven moet tien minuten voorverwarmen. Ik loop heen en weer en doe verslag van het gesprek dat geen gesprek was, maar een monoloog. Leg placemats neer, bestek, papieren servetten. 'En het kan niet, Bar. Ze willen het boek al over drie weken klaar hebben!'

Barbara lacht. 'Weet je wie er tegenwoordig bij die uitgeverij werkt?' Ze noemt de naam van een van haar hardloopvriendinnen. Gewezen kunstcritica bij Barbara's krant. Moeder geworden, dus stabielere baan gekozen.

'Ik heb niemand in dat gebouw gezien.'

'Dat snap ik. Maar je vraagt je af hoe dat boek, zo snel...'

'Alles hebben ze. Ook mijn brieven.'

'En wanneer hadden ze die presentatie ook alweer gepland?'

'Dat zeg ik toch: half februari. Over drie weken.'

'En precies over drie weken word je vijftig.' Ze trekt het elastiek-je uit haar vlecht en kamt haar haar met haar vingers. 'Het is mijn cadeau aan jou, Ruud.'

'Nee.'

'Wel! Ik heb het een jaar, anderhalf jaar geleden eens geopperd bij Mariska. Haar wat laten lezen enzo. Al die kleine dingetjes, in-terviewtjes, artikeltjes waarin aan jouw werk wordt gerefereerd. Je bent belangrijker dan je zelf denkt. Invloedrijker.'

'Zei die Bettina ook. Ik dacht nog, waar heeft ze het over? Ze maakte niet de indruk dat ze zelf in de ban was van mijn werk...'

'Zo'n redactiegriet heeft ook weinig met de inhoud te maken. In de kast op Bouwes kamertje ligt alles. Wat niet op flop staat, heb ik mee naar mijn werk genomen. Je bijdragen in literaire tijdschriften, een paar essays en wat losse gedichten... Stapeltje na stapeltje, zodat je niet gauw wat zou missen. Alles van jouw hand heb ik daar, op de krant, in mijn pauzes overgetikt. Dan kon alles in één, twee, drie documenten rechtstreeks naar de uitgeverij verzonden worden. Daar hebben ze nog weer een selectie gemaakt, de boel gezet – de drukproeven heb ik over mijn collega's verdeeld. Iedereen een pak-ketje papier mee naar huis, na het weekend gecorrigeerd terug. Al onze vrienden gemaild. Het verzameld werk van Rudolf komt in een aanbiedingsfolder, als je dat ding onder ogen krijgt, ga dan niet enthousiast bellen om hem te feliciteren, houd het stil. Zelfs de boekhandelaar in de Kinkerstraat heb ik op het hart gedrukt...'

'Iedereen weet het al?'

'Mijn ouders. En je zoon. Hij heeft alles al thuis liggen, om zich goed te kunnen voorbereiden op zijn speech bij de presentatie.'

Tijdens het eten vertelt Barbara over Huib. Hoe anders hij is in zijn eigen kantoor. Hartelijk, enthousiast... Helemaal niet dat slome dat hij in het bijzijn van mijn zus heeft. Hij heeft haar geld gegeven om de koran te kopen en gezegd dat het een goede binnenkomer is, als je wat van het boek weet. Morgen gaat ze de benedenburen aanspreken. Terwijl ze dat zegt horen we het vrijdagavondgebed uit het plafond van de buren omhoogkomen. Spraak geworden nevel trekt over het zeil. Allah akhbar!

Degenen die geen zelfmoord plegen worden vermoord. Er zijn geen moordenaars. Er zijn liefhebbende naasten die je betrappen in een aanval van bronchitis en weken later zeggen: 'Je hebt astma, je piept nog steeds...' en ze zeggen het zo vaak, en zo zacht, en zo lijdend aan jouw benauwdheid dat je, om hen een plezier te doen, astma ontwikkelt. Eén keer naar lucht happen, met een drammerige rasp in je keel, en ze staan naast je, de militante verplegers, om je te laten bijten in een scheidsrechtersfluitje gevuld met celverwijdende dampen en ze verslaven je, verslaven je aan die middelen tot je niet meer op eigen kracht frisse lucht in je longen kunt zuigen. Duw je ze weg, eindelijk, omdat je inziet dat juist zij de oorzaak van je verstikking zijn, dan stik je – en het is je eigen schuld. Alles smorende, moordende, bezorgde naasten zijn er 'voor je eigen bestwil' en ze pompen de dood in je strot...

Waarom is euthanasie nog steeds een probleem voor ethici? Het zijn juist die godvergeten ethische mensen die al euthanasie op je plegen nog voordat je met ziek zijn een aanvang hebt genomen. Hebt kunnen nemen. Je mag niet meer ziek zijn in deze wereld, de riolen mogen niet open, zelfs op die heilzame zelfhaat, die een beetje vriend zijn vrienden toch toewenst, heb je in dit ontzielde klimaat geen recht.

Ik ga beroemd worden en er zijn ook al televisieoptredens voor mij geregeld. Red me!

Toch laat ik C. met rust en koester ook niet de wens om Anne achterna te gaan. Het bij Barbara uithouden, met humor en gedeelde opinies over alles wat niet raakt aan onze holle liefde, dat is een opdracht. Na de mediagolf trekken wij ons in Venetië terug, spelend dat we van verliefdheid over water lopen... We roeren in onze cappuccino op een terras aan het San Marco-plein, het is avond, afterdinner, we luisteren naar de walsjes die Stehgeigers en orkestjes spelen, vlechten de vingers in elkaar en zullen zeggen: 'Wat een bijzonder jaar hebben we achter de rug. Dankjewel. Nee, jij dankjewel. Kijk, daar staat de maan. Net als op onze eerste avond, eerste kwartier, heerlijk dat geklots de hele dag, die brugjes en die stenen trappetjes...' Dan de cliché-vraag: 'Wie zouden daar allemaal gelopen hebben, het is net alsof al die echo's, van al die voetstappen...' Barbara, fluisterend: haar ouders... zijzelf, in de maak onder haar moeders hart... Ze zal weer denken dat ze openhartig is en ik zal dat weer geloven. God, die fantasieloosheid, die onwil of onkunde om zichzelf open te scheuren en te schrikken... En natuurlijk trekken we op de kamer 'furnished with beautiful antique' en prachtige stoffen nog een flesje prosecco open, 'Italian sparkling wine' uit een in mahoniehout verstopte minibar – om de wolf in mij wakker te maken. Maar eerst gaat mevrouw nog in bad.

*

Drie dagen, hooguit, en ik ben gewend aan een idee. Nu ook. Er komt een boek, so what? Ingrijpend zal ik er niet door veranderen – en het tegenhouden kost te veel energie. Laat maar.

Een gezonde wandeling bracht me vandaag naar het Marnixbad. Ik had aan de dame achter de kassa een foldertje kunnen vragen met de openingstijden voor het recreatief zwemmen. Dan had mijn tocht een doel gehad. Maar wat moet ik op mijn leeftijd nog in een zwembroek? Baantjes trekken. Tussen mollige, geblondeerde Jordaanvrouwen met gouden ringen in hun oren. Cellulitis-dijen en bovenarmen die meetrillen op zangerige berichten uit patiëntenland. Een leeftijdsgenoot in wit poloshirt, witte bermuda en met donkerblauwe slippers aan de voeten die onze verrichtingen gadeslaat, de armen over elkaar geslagen, pompompomperdepom monkelt hij binnensmonds... Ik zie het voor me. Nu al schaamte.

Ben in de warme, naar chloor ruikende hal blijven staan. Hoog boven mijn hoofd het bad waarin ik op zondagmiddag wel eens met mijn peuter speelde. Ik waadde door het lichtblauwe water en duwde hem voort. Stevig bloot kereltje, vorst van het bad, gezeten op opblaasdolfijn of latex draak – ogen die vuur spuwden. Honderd keer trapje op, glijbaantje af, tot onze magen gromden. Dan ving ik hem in onze rulste handdoek en droeg hem als een trofee naar de kleedhokjes. Een weerbarstige trofee. Onbeheersbaar elastisch. Bouwe schreeuwde, spartelde tegen. Tranen gleden over zijn lipstickroze, bolle wangen. Nog in zijn fietszitje riep hij: 'Terug! Terug!' Zijn voetjes had hij losgemaakt uit hun steuntjes en hij trapte mijn spaken bijna aan gort, maar de woede die ik daarbij voelde kreeg niet de overhand. Liever iemand die boos het water verlaat, dan iemand die zich er kalm door laat opvreten.

Bij de Febo bestelde ik een grote zak friet met 'mannonesse', zoals mijn zoon het noemde, en op de barkruk naast me kwam het lawaaibeest weer tot rust. Een gehaktbal? Wilde hij ook wel, en een glas melk, en terwijl ik hem hielp met zijn servet, zijn neus snoot, deed alsof ik nog wat extra zout op zijn frietjes strooide, rook ik aan de natte krulletjes.

105

Toen nog steeds dat romige vruchtwateraroma. Alpenkruiden, klaverhoning, cakedeeg. Cherubijnenschedeltje dat door het hoofdhaar schemerde – hoe dat kopje uit Anne was gekomen, zo massief van karakter al, glimmende kastanje omspeeld door Marsrode vonkjes; bepaald niet iemand die terug wilde.

O, hoe dat bekje nog geen halfuur later Annes tepel vond, blindelings... Een en al Lust for Life, wereldliefde, vijf vingertjes die zich om mijn pink sloegen, bezwerend, biddend voor mijn heil. De concentratie klopte in zijn slapen, in zijn voorhoofd ging een derde oog open en het keek mij aan, paars en oud, het wachtte tot ik jankte van eerbied en dat deed ik. Ik bekeerde mij voor even tot een Heer.

Ik bekeerde me vaker. In de snackbar. We vergaten de drumsolo, mijn verbogen velgen. Drie kussen, glibberig van frituurvet, bijtend van het zout – dan gingen we naar huis en kropen voor een uurtje onder de dekens.

Ik kan mij levens herinneren. Mijn schooljaren, mijn studietijd, de boeken die ik heb gelezen. Met de meest onbenullige 'Gouwe ouwe'-hits kan ik meezingen. Zeker tien vrouwen noemen mij hun ex, maar het zijn er zoveel meer die er door mijn handen zijn gegaan. Sprekend speelgoed.

Ik herinner mij alles. Maar in de film van mijn geheugen is de hoofdpersoon onherkenbaar gemaakt. Een bevende gestalte bestaande uit blokjes zwart, grijs en wit duikt op waar ik had moeten lopen, zitten, liggen. Soms gaat er even wat mis en herken ik in een per abuis niet tot vlekken teruggebracht lichaamsdeel mijn eigen hand. De persoon heeft geen stem. Er beweegt af en toe een donkere rechthoek in zijn bleke hoofd. Geluid van dichtschroeiend vlees, soms van een in de storm klapperend venster. Niet ondertiteld.

'Zoekt u wat?' vroeg de kassajuffrouw.

'Ik kijk of er op het prikbord...'

'Er is tegenwoordig ook een herenuurtje. Voor degenen die er echt effe serieus tegenaan willen.'

Ik knikte. Bedankte haar, verliet de hal.

Bij vreemden naar binnen gluren doe ik al jaren niet meer. Het is toch allemaal hetzelfde. Zithoek, eettafel, televisie, videorecorder, stereotoren, leeslamp, hanglamp, plant, poster in wissellijst. Huisdier op kussen, in mand of kooitje. Fruitschaal, asbak, kandelaar, vaas met bloemen. Niemand die de vloer bedekt met kunstgras waarin plastic madeliefjes bloeien, dineert onder een inpandige pergola begroeid met rode klimop, en daarna uitrust in een hangmat, onder door een parasol gefilterd hoogtezonlicht – tenzij er een televisieploeg op bezoek is gekomen met in het kielzog een 'lekker gekke' binnenhuisarchitect en een volstrekt a-kunstzinnige trompe-l'oeil-schilderes. Wat zag ik nou laatst?

Een rijtjeshuis in Almere werd in één weekend veranderd in een Egyptische grafkamer. De blankhouten bijzettafeltjes van Ikea gingen naar de buren, ervoor in de plaats kwam een multifunctionele sarcofaag waarin je, handig, ook nog jaargangen tijdschriften kon bewaren. *Donald Duck* in Toetanchamons lijkdoos. Hiëroglyfen op de muur, waxinelichtjes in stenen potten gevuld met amber en mirre, een gemummificeerd katje op de cd-speler. Piramidevormige geluidsboxen, zijden kussens op de roodlemen vloer. De vrouw des huizes kreeg zelfs geborduurde muiltjes aan haar voeten – mijnheer liet zich in een djellaba hijsen. De boorden van zijn spijkerbroek kwamen eronderuit. Wat waren die mensen blij in hun huize Luxor! Drie blikjes bier werden geledigd in een koperen kan met een enorme, rietdunne tuit, toen uitgeschonken. 'Het kommetje er netjes onder houden!' riep de vrouw tegen de dorstige presentator. Alsof ze in geen jaren meer een normaal drinkglas had gezien.

Ik loop en kijk naar mijn voeten. Luister. Naar de trams die voorbijrijden, de auto's. Stadsmuziek. Kan een dialoog zo klinken dat je er de stad doorheen hoort? Toeterende zinnen. Banden die door plassen snijden, opspattend water – in taal?

Als de *Marche funèbre* van Chopin die naam niet had gehad zou je je er zeker een stad bij voorstellen. Deze treurige Marnixstraat. Zelfs hartje zomer nog zo ongeschakeld donkerbruin als een beukenlaan in november, kil, klam, en tussen de rijen bouwvallige panden het dwarrelende doorgaande verkeer. De man met één hand aan het fietsstuur, de andere hand vechtend met zijn omklappende paraplu... De trippelende hoge hakken, de hondenpoten, de house die opvliegt uit een cabrio, de piepsignalen van een achteruitrijdende vrachtwagen, de bedrijvigheid en verlatenheid. Mijn eigen spook dat iedereen op de hielen zit en te langzaam gaat om van duivelse bedoelingen verdacht te worden.

Ja, hier, naast het rumoer, schrijdt keizer slapeloosheid. Trager dan men kan verdragen, in het soort mineur dat het stadsoor niet meer kan vernemen en het neemt de dansende lichamen en hun dansende voertuigen in zich op. Spons die de zinloosheid absorbeert en zo graag een piano... Maar wat ik werkelijk te melden heb, waarheid in magere akkoorden, klampt zich vast aan de ivoorgele toetsen, niet van zins het instrument langs de snaren te verlaten. In de Westertoren beieren de klokken. Dat moet allemaal in mijn nieuwe stuk. Haast.

Het beste aan mijn moeder was haar hutspot. Zonder klapstuk of metworst: ze roerde dobbelsteentjes cornedbeef door de dikke puree. Een gezegende combinatie, bedacht op zomaar een dinsdagmiddag, toen ze de voorraadkast opruimde en de blikjes met de lachende runderen uit Chicago had zien staan. We moesten het steeds weer horen, het verhaal achter die niet te overtreffen hutspot, en de slager kreeg het recept: om huisvrouwen die niet wisten wat ze nu weer eens op tafel moesten zetten namens mevrouw De Wolf een eindje op weg te helpen.

Recept! Een kleine wijziging, bedoelde ze. Een tip. Maar ik volg de tip al sinds ik zelf kook steevast op en ook nu weer zit er cornedbeef in mijn tas. Een goede Rioja ernaast maakt van de goedkope proletenpot een waar feest!

Had ik nog maar eens echt trek. Liep het water me nog maar eens in de mond. Als Barbara er niet was geweest zou ik waarschijnlijk altijd alleen brood hebben gegeten. Met ei of kroket. Een kopje drinkbouillon ernaast. De troostrijke illusie dat er in de 'verse tuinkruiden' nog vitaminen zitten.

'Gebrek aan eetlust?' vroeg de dokter pas nog.

Heb mijn schouders opgehaald. 'Valt mee. Ik stop van alles in mijn mond. Grapefruit bij mijn ontbijt, voor het slapengaan een schaaltje yoghurt en daartussen eet ik braaf door. Volkorenproducten, koudgeperste oliën, fruit, groenten, noten, vleeswaar, kaas. Ben nog precies op mijn gewicht.'

Hoe had ik moeten uitleggen dat alles op mijn tong verandert in hetzelfde? In bietenpulp, wee en grauw en slikkerig? Dat ik vooral eet omdat het een plicht is? Weet hoe ik in een restaurant moet reageren op een mooie combinatie van seizoensmaken – waardoor mijn vriendin gelooft dat ik geniet? Ja, ik ken de schijf van vijf en houd me er keurig aan, maar als het nu oorlog was, hongerwinter, dan zou ik nog geen pijnboompit missen. Watersoep met rotte aardappel en tulpenbol: ik eet het elke dag. Alsof de leegte mijn dieet bepaalt, dokter. Een overdadig maar huilerig rantsoen van schoenzolen en bitter paardebloemblad. Gelukkig is er nog alcohol. 'Alleen tijdens de Prozac-episode smaakten de dingen me weer.'

'Maar u wilt geen Prozac meer. Of Zoloft...'

'Nooit meer.'

In elke hand een oranje supermarkttas vol levensmiddelen. Ik steek de straat over en net als ik de zijstraat in loop naar ons huis, klinkt er een oorverdovende klap. Draai me om, zie hoe een taxi en een kleine personenwagen midden op de weg stilstaan, meer in elkaar dan tegen elkaar. Blik penetreert blik – het portier van de groene Toyota krult zich genoeglijk om de neus van de zilvergrijze Mercedes. Kreukels, barstend glas. De bestuurders komen uit hun wrakken. De taxichauffeur houdt zijn kaak vast, tussen zijn vingers loopt bloed.

De mannen kijken elkaar aan. Er wordt niet gescholden. De bestuurder van de Toyota inspecteert eerst de wond van zijn lotgenoot, zwijgend, dan pas zijn auto. Rent de Hema tegenover mij in en komt terug met een EHBO-doos. Omstanders houden het verkeer tegen. Een Surinamer trekt het doosje uit de handen van de Toyota-man en begint de wond van de taxichauffeur te verzorgen. Jodium. Watten. Gaasje. Leukoplast.

Een jong meisje belt op verzoek de politie, met een roze GSM. Nog geen vijf minuten later is er een takelwagen ter plaatse, twee politie-auto's, agenten die met roodwitte linten het kruispunt afzetten – ik vraag me af hoe dat kan. De dingen verlopen zo vlekkeloos, zo vriendelijk. De eigenaar van de bloemenkiosk klapt twee viskrukjes uit en leidt de slachtoffers erheen. Ze krijgen koffie uit een thermoskan, papier, allebei een ballpoint. Noteren elkaars gegevens, telefoonnummers. De Toyota-man slaat een arm om de trillende chauffeur. Een agent voegt zich bij hen, hurkt, maakt kennelijk een grap; ik hoor ze voorzichtig lachen. Twintig, dertig bezorgde mensen lopen door elkaar heen, geschrokken, ontfermen zich over een klein jongetje dat tegen de broekspijpen van zijn vader staat te snikken. Aaien over zijn baseballpetje. Een bejaarde mevrouw deelt zomaar snoepjes uit. Spekkies. Iedereen graait in de puntzak, dankbaar, we horen opeens allemaal heel erg bij elkaar.

De auto's worden op de wagen getild.

Ik heb mijn tassen tussen mijn benen gezet en kijk met bewondering naar dat staaltje technisch vernuft. Die mannen! Als de ta-

kelwagen wegrijdt zie ik het publiek aan de overkant van de straat.
'Fik,' hoor ik iemand zeggen.
'Alleen wat rook.'
'Twee emmers water... meer dan genoeg.'
'Ja, maar als er iemand op de achterbank...'
'Maak het nou niet erger dan het is, man.'
Het voetgangerslicht gaat op groen. Nergens voor nodig, de weg is nog steeds afgezet. Een agent is met stoepkrijt in de weer. Rondjes om olievlekken, om sporen die alleen hij ziet. Statig loopt een vrouw in grijze jas op me toe. Zij. Zoekt mij. Het kan niet, maar ze klampt me aan.
'En dat is nou vier, vijf keer per week. Zo'n ongeval.'
'Is dat zo?'
'Nou, soms wordt er alleen maar een fietser van de sokken gereden, die krabbelt dan gewoon weer overeind, maar het is een levensgevaarlijk kruispunt.'
'Heb ik nooit zo gemerkt.'
Ze haalt een sigaret uit haar jaszak en steekt hem aan. Weet niet hoe vertrouwd mij die handeling is.
'Zeker een nieuwkomer in deze buurt.'
Al vijfentwintig jaar een nieuwkomer, wil ik zeggen. Flauw.
'Het valt je misschien pas op als je kinderen hebt. Ik heb een jongetje van tweeënhalf en dan denk je bij elke vloek die je hoort, dan denk je, verdomme mensen, kan het niet een keertje veilig? Mag een kind alsjeblieft in zijn eigen omgeving leren lopen? Toch? Je moet altijd met hem naar het park en dat is zo'n ramp natuurlijk niet, maar straks? Als hij zelf gaat fietsen?'
Wat moet ik doen? Over mijn eigen zoon beginnen? Haar bezorgdheid ontkrachten? Ook gaan roken? Mezelf voorstellen? Ik wil de grijze jas vertellen dat ik verliefd sta te worden. Dat het zo heeft moeten zijn, dat het mij al jaren niet meer om neuken gaat, dat het eigenlijk niet eens om haar en mij gaat, maar dat ik Iets Moet. Met mezelf, met mijn leven – veel te grote begrippen. Ik moet iets voelen. Maagpijn, angst, een hart dat in de keel klopt, knikkende knieën, flauwte, doodsbenauwdheid. Ik moet eindelijk weer eens lijden onder mijn slapeloosheid en gebrek aan eetlust, in plaats van ze te beschouwen als mijn compagnons in tekstverwekken.
Nou goed, dan een multiplechoicevraag. Moeder in grijze jas, wil je:

a) door mij versierd worden
b) mij versieren
c) alles bepraten en daarna kussen, of
d) eerst kussen en dan alles bepraten?

Zeg niet a of b. Zeg niet c of d. Kus me. Kus me. Met je grijze, gesprongen nicotine-lippen. Je hebt zulke tanden. Zulke lichtgevende tanden, mooi vierkant. Een droomtong die het niet moet hebben van zinnen over verkeersveiligheid en kinderen die leren lopen – verspilde beweging. Leg je jeugd in mijn mond, bestudeer mijn verhemelte, ontdoe je in die donkere kamer van alles, wees atletisch, tref mij aan in een smaak. Kauw mij, troost mij. Vernietig mij en door je jas heen zie ik het al, je kleine, wollige borsten passen precies in de kom van mijn handen, kan ik niet de vader van je kind zijn, geef me dorst.

Namen hebben we niet, God, maar toe, met uw wrede gevoel voor humor, uw blasfemische liefde voor mensenliefde, u die ons alwetend en koelbloedig haat als wij zeggen naar één ondeelbaar moment van saamhorigheid te verlangen, u die ons gif ziet, ons nazisme, onze zalvende, voze show voor democratie en gerechtigheid, ons verraad, onze vuile grijns nadat wij elkaar verkracht en bespuwd, vereerd en uitgejouwd hebben, geef ons grijnzend dorst. Onoprechte dorst, wat kan het schelen.

Hemelse smeerlap, vals geweten in mij, krank paradijs, doortrapt visioen – manipuleer dit gebed, geef ons dorst.

'Misschien moeten we maar buiten de stad gaan wonen,' zegt ze.

'Als je veiligheid wilt…'

'Ja, nou ja, daar heb je weer andere dingen. Asielzoekerscentra. Mensen die denken: op deze landweg rijdt toch geen kip, ik ga even stoer over de honderd.'

'Ja.'

'Nou ja.'

'Je bent gewoon erg geschrokken. Aan jullie kant was ook rook te zien?'

'Een beetje rook, ja. Nou.'

'Twee emmers, hoorde ik. Zoiets.'

'Toen was het uit. Ik ga maar eens even bij die bloemen kijken. Of ze er al een beetje overheen zijn.' Ze gooit haar sigaret op de grond en trapt hem met de hak van haar laars uit. Ik heb mijn tassen opgepakt, we lopen weer. Niet omkijken, denk ik. Ze wil buiten de stad wonen en ze heeft heel gewone ogen. Zou zo gauw geen plaat weten die ik grijs kan draaien met haar in gedachten. Toch wil ik weten of ik het nog kan. Iemand naderen, voor iemand wijken. Boven ligt nog een cd-bon. Straks iets uit de bakken trekken, betalen en dan luisteren, luisteren, luisteren. Thuis. En geloven. De simpelste trucjes, de grootste transformaties, komen op oren en geloof aan.

*

Dan opeens hangt er een grote sjaal over de rugleuning van een stoel. Zwart. Een rand van bescheiden rode roosjes. Ragfijn zilverdraad. Het is Barbara gelukt. Ze heeft met de benedenbuurvrouw de gezamenlijke zolder geboend, is met haar naar de woningbouwvereniging geweest, heeft een verdieping onder mij dadelkoekjes leren bakken, ik hoorde de twee lachen alsof ze elkaar al jaren kenden, en nu moest ze ook een hoofddoek.

Anders zouden Aïsha's man en zoon, schoonzoon, neef, broer en wat daar niet allemaal gastvrij onthaald wordt maar aanstoot aan haar nemen. 'Het gaat lekker,' zegt ze als ze opkijkt van haar schrift. Tien dagen is ze nu bezig, en ik bewonder haar verbetenheid.

'Ben je niet moe?' Ze haalt haar schouders op. Wijst op het boek dat ik in mijn handen heb. 'Lees je nog lang?'

'Hoezo?'

'Ik wil mijn vader eigenlijk even bellen. Hij staat op het antwoordapparaat.'

'Is er iets met hem?'

'Mama is niet thuis. Die is met een paar vriendinnen van vroeger naar de Veluwe. Gastronomisch wandelarrangementje. Zo lang alleen, daar wordt hij gewoon een beetje zenuwachtig van.'

Ik sta op uit de leesstoel. Barbara ploft in het warme leer. Streelt mijn been, legt haar hoofd tegen mijn knie. Het licht van de halogeenlamp legt een tere sluier over haar krullen. Ze is wel moe, merk ik. Mooi-moe en witjes. Misschien blijf ik bij haar om haar gezicht, haar lichaam. Het wordt jonger en jonger. Het babyvet keert terug. Koontjes in plaats van kraaienpootjes. Veerkrachtig, glad vlees om de gespierde ledematen – alsof ze is bijgewerkt met marsepein. De donkerharige, donkerogige versie van Mathilde Willink. Suikerbeestje in kapotgeslagen godenstad, manhaftig wakker tussen afgebroken pilaren en verkruimelde paleismuren. Borsten en buik gevallen kunstmanen die hun boterzachte licht niet afstaan aan de rokende, vlokkende, schiftende schemer.

De echte Mathilde leek op een etalagepop en was bovendien niet goed snik. Haar schilder moest middenin de nacht zijn bed uit om, wat was het, havermout of griesmeel voor haar te koken en als ze haar zin niet kreeg zette ze het op een krijsen. Dat zie ik Barbara zelfs als ze Alzheimer heeft nog niet doen.

Ik verhuis met Dostojevski naar de bank.

Barbara toetst het nummer in en lacht naar me.

We weten allebei dat ik alles zal horen.

Vanmiddag, op de markt, heeft ze met een aardige man gesproken. Hij woont een paar huizen verderop en komt inderdaad uit Tibet. Heeft Engels gestudeerd in Utrecht, die universiteit heeft zo'n fonds voor politieke vluchtelingen ja, en hij werkt nu voor Amnesty International.

'Tuurlijk,' zegt Barbara, 'dat is zeker leuk om te weten en het is ook grappig dat mijn vermoeden klopte. Dat komt, ik dacht het al een tijdje, steeds als ik hem zag dacht ik, hé, die heeft een beetje zo'n kop als die van die monnik in die leuke film die laatst op televisie was... Ja. Ja. Dat die monnik toch een meisje leert kennen...' Ze zucht. 'Wel waar, pap. We hebben het ook nog over die natuurbeelden gehad. Maar het is ook weer niet leuk. Ik bedoel, die man is volledig geïntegreerd. Kan ik wel een dossiertje over aanleggen, maar dat levert niks op. En die Roemenen van hiernaast? Die vent gaf les op het conservatorium, is ontslagen wegens dronkenschap, maar zeker zes van zijn leerlingen komen nu bij hem thuis voor extra lessen, die willen hem niet kwijt. Laatst kwamen ze hem zelfs een bankstel en een tweedehands wasmachine brengen. Dat soort dingen. Van zijn vrouw wist ik al dat hij kanker heeft. Ja. Maar wat ik wil zeggen... Mm-mm.'

Ze steekt een sigaret op. Met mijn voet schuif ik de asbak haar kant op. Ze zwaait naar me. Ik zwaai terug. Semjon. Goeie naam, maar wie was het ook alweer. Terugbladeren.

'...lijken me ook redelijk normale mensen en al zijn ze misschien niet zo eh... verfijnd als die Tibetaan, ik vraag me af wat ik daar moet doen? Die mensen hebben nu wel wat anders aan hun hoofd. Al die bestralingen.'

Nu is haar vader aan de beurt.

Ik probeer te lezen. Sint-Petersburg. Sint-Petersburg.

De benedenburen zijn niet thuis, daarom kan Barbara vrijuit over het project praten. Heeft ze niet door hoe vol het huis wordt? Alsof ze een zak buurtgenoten leegschudt over de vloer en kijk, hun anonieme, verregende koppen krijgen pootjes en ze rennen rond de tafelpoten, knagen aan oude kranten, likken het stof van de plinten, slepen met kruimels, bijten de snoeren stuk, jagen achter elkaar aan. Ik hoor ze gemeen piepen in de gordijnen en achter de boeken in de kast en ik denk maar één ding: hoe kom ik zo gauw mogelijk op Nevski Prospekt? Hitte, damp, koorts, dronkenschap – ik ben zoveel liever de paranoïde, moraalwaanzinnige moordenaar nu, dan de man van deze bloedmooie spionne, deze Mata Hari van het multiculturele visioen... Ze luistert zo gedreven naar haar wijze vader. Zo lief en dankbaar. Huib, het lot, wie of wat dan ook heeft haar bij haar bestemming gebracht en niets zal haar meer deren. Nee, ze hoort het piepen en knagen niet.

'Pap, wat een idee!'

Ik mag mensen niet met ratten of muizen vergelijken, dat weet ik, maar vannacht zullen ze onder het dekbed glippen, ik voel hun priemende snuiten al in mijn natte oksels en liezen, de klauwtjes, de ijzeren snorharen en de pijlsnelle, koude, kronkelende staarten over mijn buik, de plaag, de plaag, en ik denk aan de martelscène in Orwells *1984*.

'Een rommelmarkt in het schooltje. Dat ik daar... Het is ontzettend oubollig, maar je hebt gelijk. Zoiets. Ja, nee, ik snap het. Maar pas in laatste instantie. Dat denk ik wel. Als ik me nu al ga opwerpen als buurt-agoog of hoe dat heet, dan zou dat ook wel eens te veel afstand kunnen scheppen. En dan nóg is het maar de vraag of die Ghanezen komen.'

Het is een kunst om gelukkig te zijn met het geluk van een ander. Dat is drieëndertig maal moeilijker dan treuren om het verdriet van een ander. En daarom het proberen waard.

'Zo,' zegt Barbara. 'Het duurde een beetje langer dan ik me had voorgenomen.' Ze komt naast me zitten. De afstandsbediening in haar handen. We kijken naar een actualiteitenrubriek. Drie Marokkaanse jongens zijn opgepakt nadat er bij een huiszoeking lectuur en materiaal is gevonden dat eventueel duidt op een eventueel lid-

maatschap van een terorristische moslimorganisatie. Van eventua-
liteiten wordt tegenwoordig ook al nieuws gemaakt.

'We zijn lang genoeg politiek correct geweest. We hebben die
mensen altijd de hand boven het hoofd gehouden. O, zoveel begrip.
Maar ze maken grif misbruik van onze houding. Dat ze zich niet
willen voegen naar de democratische beginselen is al erg genoeg,
maar dat ze zulke aanvallen op de democratie openen...' De kersverse minister glundert.

'Is er ook iets bekend over doelen die ze hadden willen treffen?'
De term slapende cellen valt. Mooi.

We zien een straat die in treurigheid veel op de onze lijkt. Vuile
ramen. Verveloze kozijnen in brokkelig, grauw baksteen. Dezelfde
donkergroene deuren. Een vrouw in een rode legging en een gebloemd jack laat haar bulterriër uit, een man van mijn leeftijd ligt
met een verstelsleutel in de hand naast zijn brommer. Hij neemt
een slok uit een blikje Heineken. Drie Surinaamse meisjes komen
de hoek om en wuiven giechelend naar de camera.

Dit is Rotterdam. 'Is u ooit iets aan die jongens opgevallen? Twee
van hen woonden hier, de andere jongen een paar straten verderop.'

Niemand heeft iets gemerkt. 'Maar ik vind het wel een veilig idee
dat ze nu zijn opgerot,' zegt een jonge, zwaar opgemaakte vrouw
die erbij is komen staan. Beelden van de vorige avond. De huiszoeking. De laatste arrestatie. Een tot aan haar ogen gesluierde vrouw
met een baby op de arm stapt lijdzaam in de politiebus: haar man
en haar zwager zijn al opgepakt, begrijpen we. Spannende muziek
– de soundtrack van Twin Peaks? Ik herken de deuntjes die onder
dit soort sfeerreportages worden gemonteerd meestal wel, kan ze
zo mee zoemen, maar dan weet ik weer niet waarvan ik ze ken. De
instrumentale versie van 'The unforgettable fire' van U2?

Barbara staat op, loopt naar de keuken, komt terug met een
schaaltje noten. Ze zet de televisie op een andere zender. Een stand-
up comedian staat zich in het zweet te grappen. Veel mooie, jonge
mensen in het publiek – gecast om hun welluidende lach. 'Biertje?'
vraagt Barbara.

Ze gaat weer de keuken in. De potsenbakker neemt zijn eigen
homoseksualiteit op de hak. Hij haalt een dildo tevoorschijn. Ik
zap de *late night*-luim weg. Op Nederland 1 buigt een vrouwelijke
rechercheur zich met veel pathos over een lijk. Op de commerciëlen
zijn bezig: een talkshow, een reportage over parenclubs, een oor-

logsfilm onderbroken door reclame. België herhaalt een aflevering van *Fawlty Towers.*

'Moet je kijken wat ik hier op mijn trui vind! Een paar lange rode haren! Damesbezoek gehad?' Ik krijg een flesje, een opener en een nat glas. Barbara kijkt me spottend aan. Lacht, met haar rug naar het toestel, om een opgewonden scheldkanonnade van Cleese.

'Inderdaad.'

'Wie? Je hebt niks gezegd.'

'De vriendin van Bouwe.'

'Jaja. Helemaal uit... wat is het, Friesland? En dan onaangekondigd op de stoep staan. Kijk niet zo bedrukt, ik geloof je heus wel. Maar het is raar.'

'Vond ik ook.'

Altijd als we een herhaling van *Fawlty Towers* zien, is het die aflevering met die Duitsers. 'Don't mention the war!' We kijken zwijgend.

Als het programma afgelopen is, zet Barbara de televisie uit.

'Wat moest ze van je?'

'Wie?'

'Nou, die Dieudonnée natuurlijk.'

'De map.'

'Annes map? Die map zou Bouwe toch pas krijgen als hij twintig werd? Hij is zeventien!'

'Ik heb ooit twintig gezegd als een soort... Om maar een moment vast te leggen. Toen hij drie, vier jaar was kon ik toch ook nog niet weten hoe hij nu zou zijn.'

'Hoe hij nu is? Je wilt toch niet zeggen dat je hem al volwassen vindt? Stabiel, uitgebalanceerd: ik neem aan dat zoiets je voor ogen stond. Kom op, schat! Hij is nu nog veel te veel met zichzelf bezig. En dat zeg ik echt niet omdat hij niet op mijn verjaardag was.'

In de map zitten dagboeken en tekeningen van Anne. Barbara weet niet beter of ik heb die map voor mijn zoon samengesteld. In werkelijkheid heeft Anne dat gedaan, in de weken voorafgaand aan haar dood. We hoopten destijds allebei dat het werken aan de nalatenschap haar nog op andere gedachten zou kunnen brengen. Het tegendeel was het geval. Soms leek het alsof Anne zich zelfs begon te verheugen op haar einde. Ze herlas haar beschouwingen aandachtig, nam de schetsen met dezelfde precisie waarmee ze ze gemaakt had in zich op, en trof in alles die ene boodschap, gekalligrafeerd in geheimschrift: het is af, klaar, mooi geweest.

De map ging in een doos, de doos ging met bruin verhuizers-plakband dicht. Anne heeft hem nog zelf naar zolder gedragen. Ik moest haar helpen met het hangslot aan de deur van onze berging.

'Denk jij dat Bouwe eruit gaat citeren in zijn speech? Uit die notities en verhalen van Anne? Ik bedoel, hij heeft nog niet zo langgeleden de drukproeven van jouw boek gekregen, wie weet heeft dat hem in een loyaliteitsconflict gebracht. Dat hij denkt: mijn moeder moet ook genoemd. Verdomme, had ik hem maar nooit betrokken in de voorbereidingen voor de presentatie.'

'Dat doet hij niet. Hij wil gewoon met Dieudonnée over zijn moeder kunnen praten.'

'Kunnen die kinderen niet iets beters verzinnen? Lekker uitgaan, zuipen, dansen?'

'Heb ik ook gezegd.'

Ik weet niet of Anne in haar map onthult dat ze zelfmoord gaat plegen, of beter: heeft gepleegd. Het zit me dwars. Moet iemand die schoorvoetend aan het leven begint al weten dat uitgerekend degene die hem het leven heeft geschonken er niet mee overweg kon? Zal hij zijn moeder gaan haten? Denken dat het allemaal zijn schuld is, bijvoorbeeld omdat hij zo'n druk jongetje was? Goethe moest het publiek excuses aanbieden nadat een paar fanatiekelingen zijn Werther tot in de dood waren gevolgd – maar volgens het tijdschrift dat laatst die suïcide-special had, is de geschiedenis in de loop der tijd erg opgeblazen. De Duitsers waren alleen maar erg bang dat behalve Werthers gekke blauw-gele apenpakjes en diens snotterige, hopeloos verliefde lijden, ook dat geknuffel met een pistool in de mode zou komen. Ja, angst had de hetze ontketend, van een 'zelf-moordgolf' schijnt nooit sprake geweest te zijn.

'Was het een leuk meisje?'

'Ja. Ze belde aan en ik dacht dat het de postbode was. Ik schuif het raam open en zie dus een meisje met lange rode krullen...'

'Laat maar, ik geloof je wel. En het is misschien wel heel goed geweest om het te geven. Als het hem troost...' Barbara slaat een arm om me heen. 'En zij kan hem troosten. Sprak ze eigenlijk al een beetje Nederlands?'

De vriendin van mijn zoon zat op de bank. Haar jas hield ze aan. Ze sprak Engels met een zwaar Frans accent. Dat mooie dikke, roestrode haar was een ongelukje van de natuur: Bretonse, rossige moeder, Algerijnse vader, dan krijg je dit. Om het ijs te breken had ik gezegd dat ze me deed denken aan een Noord-Ierse politiek activiste van jaren geleden, voornaam Bernadette. Levin? Devlin? Aantrekkelijke meid – ik was wel een beetje verliefd op die rode verschijning. Zo iemand die je de opruiing tot geweld en wanstaltige bloedbaden met gemak vergeeft. En nu had mijn zoon dus een vriendin met...

Ze glimlachte verlegen. Wilde wel een kop koffie.

Haar au pair-vriendinnen zaten bij Burger King op het Leidseplein. Ze hadden vanmorgen het Rijksmuseum bezocht, straks zouden ze gaan winkelen.

'Lekkere koeken zijn dat toch,' zei ze, 'strooooeeepwafels.'

Was opgestaan, had haar jack opengeritst. 'Maar waar ik voor kwam.'

Volgens Bouwe zou hij 'de map' krijgen op de dag dat hij op zichzelf ging wonen. En dat was nu het geval. Ze hadden een grote kamer in Appelscha gevonden. De jongste dochter van de huisarts was net gaan studeren in Groningen en die mensen vonden het jammer dat ze nu nog maar zelden 'jeugdige geluiden' hoorden – dat had Dieudonnée opgevangen in een gesprek tussen de ouders van de kinderen voor wie ze zorgde. Bouwe was meteen gaan kijken. En Bouwe was al bij de rector van de plaatselijke havo op gesprek geweest. Na de paasvakantie mocht hij komen, hij had het gisteren aan Paula en Diederik verteld.

'Wat vonden ze ervan?'

'Iedereen ziet toch dat het niet goed gaat met uw zoon.'

'En jij bent zijn Florence Nightingale.' Ik kon zo gauw geen andere naam verzinnen. Dieudonnée had haar rode wenkbrauwen opgetrokken. 'Zijn therapeut. Je praat over hem alsof hij...'

'Non, non, it's not what you think it is.'

Er volgde een kokette verhandeling over vrijheid. Massieve abstracties. De blik strak gericht op het huis aan de overkant, alsof daar alle kwaad vandaan kwam. Van haar verlegenheid was weinig meer over. Het was dat ze niet over het laatste oordeel sprak en geen verfrummelde *Wachttoren* uit haar zak haalde, anders had ik zeker geloofd dat ik een Jehovah's getuige had binnengehaald. Ze rook prettig. Daardoor bleef ik haar aardig vinden. Geur van arnica-massageolie, voor soepele spieren en gewrichten. Warm. Sportief.

'Waarom zouden we naar de disco moeten? Naar party's? Omdat u dat soort jongeren de hele tijd in de media ziet, dronken, stijf van de speed en de pillen en denkt dat dat erbij hoort? Dat wij niet normaal zijn omdat wij er toevallig geen behoefte aan hebben? Bij Bouwe thuis zeuren ze ook al zo.'

Ik nam het voor mijn schoonfamilie op. Vroeg me hardop af of ik niet had moeten bemiddelen. De schoft! Zomaar je koffers pakken, alsof de jaren bij hen niets hadden betekend. Je vriendin naar je vader sturen om van hem iets gedaan te krijgen, dat hij anders nooit... Laf. Kinderachtig ook.

Dieudonnée hoorde het gelaten aan. Toen ik was uitgesproken pakte ze mijn hand en zei: 'Dacht u dat wij ons dat niet allemaal hadden gerealiseerd? Hoeveel pijn we die mensen ermee doen? En natuurlijk is Bouwe gek op zijn pleegouders. Ze hebben hem zo geweldig verzorgd. Maar wat Bouwe soms wel eens denkt, is dat ze te veel van hem houden.'

Ze was gaan staan. Draaide zich van me af om iets uit haar tas te pakken. Wat een enorm achterwerk. Even krachtig en bol als haar wangen. In iedere bil paste met gemak haar hele hoofd. Ook nog een klus om daarvoor de juiste broek te vinden! Ik vond het merkwaardig dat Dieudonnée verder nergens dik was. Wat vond mijn zoon van dit lichaam? Hij ging met haar naar bed.

Haar en kont waren hoe vaak niet al door hem gestreeld. Een even ontroerend als onsmakelijk idee. Mijn zoon. Seks.

'Ze houden te veel van hem.'

'Zegt hij, ja.' Ze had een pakje papieren zakdoekjes gepakt en snoot haar neus. 'Attend,' zei ze, zachter. 'Bouwe heeft steeds sterker het gevoel dat hij er niet tegenop kan. Dat hij ze niet genoeg bedankt. Dat gevoel heeft hij al heel lang, alleen kon hij er niet eerder de woorden voor vinden. En nu denkt u, u denkt, dat vriendinnetje heeft hem dit natuurlijk ingefluisterd, maar dat is echt niet waar. Hij kwam er zelf mee.' Ze veegde nog eens met het zakdoekje onder haar neus en maakte er daarna een prop van. 'Toen we elkaar net kenden belde hij me een keer middenin de nacht op. Hij had Paula en Diederik en zijn zus en zijn broertje meegenomen naar een heel duur restaurant, om te vieren dat Paula en Diederik vierentwintig jaar getrouwd waren. Bouwe had lang gespaard, hij betaalde alles. Aan tafel was Vincent kwaad geworden. Inez bleek de woede te delen. Ze vonden het shit dat hij aan de datum had gedacht, een verrassing had voorbereid, zoveel geld... zonder hen erin te betrekken. En het waren toch hun ouders, niet de zijne? Paula heeft de boel toen gesust, maar of ze dat nou zo goed heeft gedaan weet ik niet.'

'Hoezo?'

'Ze heeft gezegd dat er voor haar geen verschillen zijn tussen Bouwe en haar echte kinderen. Dat Bouwe meer geld verdient omdat hij toevallig die bijbaantjes heeft, meer geld verdient en dus grootser kan uitpakken, betekende nog niet dat ze haar andere kinderen, die dus niks hadden gedaan, niet dankbaar was.'

'Heel democratisch.'

'Of course, of course.' Ze was weer gaan zitten. Plof. 'Maar daardoor voelde Bouwe zich nog ellendiger. Had hij het perfect willen regelen, moest hij van zijn ouders horen dat hij er echt niet meer door werd dan Inez en Vincent. Hoe moest hij dán laten merken dat hij het niet vanzelfsprekend vond dat hij zo...'

'Zo goed, zo hartelijk...'

'Ja. Het ging hem niet om een dankjewel terug, niet om de andere kinderen eens in te wrijven hoe gul en attent hij is vergeleken bij hen. Maar hij wil steeds iets laten blijken van zijn waardering, zijn dank, en dan wordt die dank niet aanvaard!'

Ik had haar nog een kop koffie ingeschonken. Ze had op haar horloge gekeken. Moest ze weer terug naar haar vriendinnen? Ze had nee geschud. Eigenlijk hield ze niet zo van winkelen.

Paula had me nooit over Bouwes traktatie verteld. Ook Bouwe had niets gezegd. Niet over het restaurant, niet over de ruzie. Toch geloofde ik Dieudonnée op haar woord. Ik begreep opeens ook veel beter waarom Bouwe daar weg moest. Inderdaad, dit had alles met vrijheid te maken. Een meisje van zeventien moet je een potsierlijke monoloog vergeven. Bovendien was het ook erg Frans om er meteen filosofie bij te halen. Ze roepen daar wel het hardst dat de Grote Verhalen passé zijn, maar zelfs het kleinste incident verpakken ze nog in sartriaanse krachttermen. Dat is hun taal, hun esthetiek. En in het Engels worden die existentialistische begrippen, die krullen en frutsels, ook nog eens loodzwaar. C. had me ooit een in het Engels vertaald werkje van Derrida uitgeleend. *The Gift of Death*.

We waren stil. Dieudonnée keek naar de poster boven de tafel. Een affiche voor het toneelstuk *Een bruid in de morgen* van Hugo Claus. Uiteindelijk nooit gebruikt, het ontwerp was door het management van de toneelgroep afgekeurd. Te donker. Te Vlaams. Een dorpsaanzicht in de regen, op de voorgrond een oorlogsbegraafplaats, maar ik vond het erg mooi en kreeg het meteen mee, ingelijst en wel. Op de schouw boven de gaskachel een paar miniatuurmodellen van Annes meubels. Een foto van Bouwe, gemaakt toen hij tien was. Een paar lippenstiften van Barbara, een oogpotlood, een mascararoller.

Hoe vaak hadden Dieudonnée en Bouwe elkaar gezien? Eén weekend om de drie, vier weken. Hooguit een keer of tien dus. Ik kreeg de indruk dat ze elkaar elke dag belden, dat wel, maar was tien keer twee dagen en nachten samen, onder het toeziend oog van volwassenen bovendien, niet een beetje weinig om zeker te weten dat ze daar in die negorij ook verliefd zouden blijven? Kon Bouwe terug naar Vlijmen als het hem tegenviel? Als hij, of zij, het uitmaakte?

'Toch begrijp ik die Vincent ook wel,' had Dieudonnée opeens gezegd. Ik knikte. Ik ook. 'Hij is veertien, yes, ik weet nog wel hoe ik zelf was op die leeftijd. Ik wilde niet voor niets zo gauw mogelijk naar het buitenland. En dan altijd zo'n neef boven je, met zo'n zielig verleden. En die mensen, die mensen begrijp ik ook. Ze willen hem een positief gevoel geven, maar hun eigen kinderen mogen daar niet onder lijden. U had heel erg gelijk met dat "democratisch" van u.'

'Ze hebben allemaal gelijk.'

'Ze hebben allemaal gelijk, dat is het probleem.'

'Daarom moet 'ie weg.'

'God!' riep ze. 'U begrijpt het echt.'

Ik was naar boven gegaan. De trap was schoner dan ooit.

Had de houten balk die voor de deur geklemd zat (tegen indringers die vanaf het dakraam het pand in wilden, ideetje van een vorige bewoner) uit zijn haken gelicht. De sleutel in het slot gestoken, de deur geopend. De zolder rook niet bedompt. Een ruimte even groot als onze etage, door lage plankenwandjes verdeeld in drie afdelingen. Als je een sprong maakte kon je over de schuttingen heen kijken. En toch. De buren op één hoog wisten tot voor kort nog zeker dat 'onze buitenlanders' in hun berging hennep teelden – kijk maar, vochtplekken in het houtwerk, een weeë lucht, en het is er veel warmer dan anders. Stennis om niets.

Het was de zomer geweest. Niets dan een zompige zomer, met veel zoele nachten, die de zolder in een broeikas had veranderd. Geen van de bewoners had eraan gedacht om de boel eens te luchten, terwijl er behalve het dakraam nog twee ramen zijn, in de pui, waardoor geen boef ongezien naar binnen kan kruipen. Ik maakte het hangslot los. Zelfs dat was door Barbara gepoetst. Bekeek de troep van jaren. De doos waarin mijn laatste laptop had gezeten lag bovenop een zak oude dekens. Mijn eerste gaskachel stond in een hoek. Daarnaast: de stapels boeken die wegens gebrek aan plankruimte in de kast beneden naar dit mottige oord waren verbannen. Een lelijke plastic wasmand gevuld met babyspullen van mijn zoon. Zijn box, ingeklapt. Ervoor stonden drie identieke koffers, slordig op elkaar gestapeld. Barbara's zomergoed. Ik zag lege wissellijsten in soorten en maten tegen de wand staan. Ze werden bespied door een volstrekt onhippe leeslamp, zijn bruine kop was naar hen toegedraaid, maar bevatte geen peertje meer. Een gloednieuw rolgordijn kwam tevoorschijn toen ik een vuilniszak optilde. De prijs stond nog in guldens vermeld. In de vuilniszak zaten oude schoenen die Barbara een keer had willen meegeven aan iemand van het Leger de Heils. Rommel, maar wel frisse rommel. Ik herkende de geur van ons schoonmaakmiddel. Synthetische ylang ylang. Dankjewel Aïsha, dankjewel Bar, goed idee. Toen pakte ik de doos met Annes map. Het licht dat van buiten kwam doofde.

Gekerm. Annes stem, maar honderdstemmig. Vals vioolspel, een strijkstok die traag heen en weer bewoog om nog meer martelende tonen uit de kattendarm te trekken. Aansuizende treinen, heipalen die op een ijzeren ritme de bodem in werden gedreven. Woorden. Iemand die gedichten voordroeg in een taal die ik niet verstond en me haatte, haatte omdat ik het niet verstond. Onverdraaglijk schor klonk de stem.

Daarna doofde ikzelf. Ik doofde onder blinkende messen, een reusachtige naald zoog bloed uit mijn hals, de volgende trein reed over mij heen, ik voelde hoe de wielen mijn kop verbrijzelden. De pijn ging aan en uit als het galgroene licht dat het onderstel van de trein over mij heen spoot, een hand roerde door mijn hersenen alsof het modder was. Behalve Anne waren er al die andere zelfmoordenaars. De miljoenen onbekenden. Fassbinder. Kurt Cobain. Jan Arends. Vincent van Gogh. Adriaan Ditvoorst. De broer van een vriend van een vriend. Yukio Mishima. Goebbels. Menno ter Braak,

Sylvia Plath, Herman Brood. Massa's jonge Palestijnen, Mohammed Atta, weet ik veel – maar ik zag meer gezichten dan een mens ooit in één oogopslag kan vangen, een stadion uitzinnigen uitvergroot; ze waren allemaal levend en allemaal werkelijk en allemaal moesten ze mij hebben – gillende fans die een kleedkamer bestormen en de enige vluchtweg is dat raam in die pui. Waarachter het hel is geworden, vlek, gat, zwart uitgebeten door zoutzure tranen. Wit opstuivende, ongebluste kalk. Ik trilde. Slappe benen. Een breed elastiek om mijn hoofd, mijn polsen. Bloedvaten werden afgekneld. Ze wilden mijn handtekening. Mijn naam over hun naakte lichaam en ze reikten mij merkstiften als wapens aan, een idioot riep om Christus, een ander schreeuwde: 'Meer licht!', iemand vroeg om een rode draad. 'Waar heb jij die rode draad gelaten, bastard!' en ik begreep het niet. Zo'n droge keel. Ik weet het nog steeds niet.

Hoe lang ik daar met die doos in mijn handen heb gestaan? Zo angstig, doorweekt en toch ijskoud. Bij elke ademhaling werd ik holler en in mijn van honger jankende maag tolden vuurvliegjes en rafelige nachtvlinders te snel rond. Vlekken en lichten rondom mij en in mij, flauwte. Wanhoop.

Er was nog iemand. Achter mij. Heel langzaam, bijna teder, streek iemand mijn rug aan. Ik voelde hoe er achter mij een veel sterkere wereld openging, als een bloem. Terwijl ik overeind bleef, vielen de angstbeelden door mij heen en verdwenen in dat zachte achterrijk. Alsof ik staande in bad lag, ja, vreemder kan het niet, en de spoken wegdreven op de ether van betere geesten.

Voor mij de aanvallers, achter mij de beschermers. Ik ervoer wat ik altijd had vermoed: dat het hiernamaals, als het bestaat, niet boven ons is, maar om ons heen. Zoals je wind in de rug kunt hebben, kun je ook doden in de rug hebben. Ik heb dat bij het schrijven zo vaak bespeurd, op de momenten dat er adem kwam in de woorden en ik iets van mededogen voelde, niet van mij met de personages, maar mededogen van de personages met mij – maar het idee weer verworpen. Het is belachelijk. Hoe zou ik de andere beelden moeten duiden? De groep zelfmoordenaars beschouwen als één grote angstaanjagende tegenstorm? Ondemocratisch. Onethisch. Wat maakt dat zij niet tot het alwetende achterrijk mogen toetreden, maar gedoemd zijn tot een knekeldans pal voor onze neus? Zouden zij het zijn die mijn toekomst onder mijn ogen wegkapen – heb ik mijn cynisme, mijn lethargie, mijn lafheid, mijn slapeloosheid aan hun vampirisme te danken?

Een paniekaanval. Het hoort bij een depressie, ook al had ik het tot dan toe altijd kunnen vermijden.

Kalm heb ik onze afdeling, toen de zolder afgesloten. Ben met de doos onder mijn arm naar beneden gelopen. Dieudonnée zat nog steeds op de bank. Ze draaide vlechtjes in de franje van haar das.

'Ik zie hem straks,' zei ze. 'Hij komt ook naar Amsterdam, na zijn laatste lesuur, en dan eten we met z'n allen wat bij zo'n Chinees op de Zeedijk en daarna gaan we terug naar boven, naar mij. Dus hij krijgt de map vanavond laat.' Ze liet de doos in de tas van de Society Shop glijden. Bouwes tas. Die had al die tijd opgerold in haar rugzak gezeten. Meneer en mevrouw waren wel erg zeker van hun zaak geweest. Ze stond op, ritste haar jas dicht.

'Naar het Noorden, bedoel je.'

'Ja.'

Bouwe in Amsterdam, en hij kwam niet eens naar zijn vader. Spraken ze hier vaker af? Ik wilde het niet weten. Ze had me een week handje gegeven en nog voordat ik haar de benedendeur hoorde openen en weer dichtslaan was ik aan het werk.

Pas toen Barbara thuis was en in de keuken stond, durfde ik over het voorval na te denken. De vertrouwde geluiden van sissende boter, peterseliehakkertje en staafmixer.

Hoe moet de treinmachinist zich voelen die gedurende zijn loopbaan zo'n negen, tien mensen... De politieman die Anne uit de Kostverlorenvaart heeft opgevist?

Was ik maar godsdienstig. Bijbeltaal is altijd een inspiratiebron geweest, al is de boodschap flauwekul. Maar met de doos in mijn handen dacht ik het iedere seconde opnieuw: was ik maar gelovig, kon ik maar woedend zijn op al die godvergeten zelfdoders, kreeg ik dat ene zinnetje maar uit mijn strot – dat zelfmoord een zonde is en niet zonder straf blijft. Een gelovige kan zijn zelfmoordenaars verdoemen, vergeven of desnoods voor ze bidden, het dondert niet, want hij weet heel zeker dat God de zelfmoordenaar al zijn verdiende loon geeft, dat alleen Hij daarover gaat en daar ook heel duidelijk over is geweest, maar ik kan niets. Ik, humanist, vind het immoreel om een onderscheid, een rangorde aan te brengen tussen mensen die een natuurlijke dood zijn gestorven en mensen die met touwen, pillen, spuiten, auto-uitlaten, gasovens en revolvers het einde bespoedigd hebben, zoals dat zo fijntjes heet.

Het is prettig dat mijn vriendin het liefst kookboeken leest en zich nu stort op een boeiend maatschappelijk probleem, dacht ik toen ik de tafel dekte. Die hoofddoek stond haar vast heel goed.

*

De interviewer is een wat zweterige, kalende man. Zijn beige ribfluwelen jasje zit krap – de armen beweegt hij moeilijk. Hij drukt de opnameknop van zijn dictafoon in. Eind dertig schat ik hem, begin veertig. Getrouwd, twee of drie kinderen. Hij legt het apparaat op het door gemorste dranken hard geworden tafelpersje.

'Zo. Als het goed is doet hij het nu.'

Ik steek een sigaret op.

'U hebt ooit arts willen worden.'

'Ja. Maar tutoyeer me alsjeblieft.'

'Je hebt ooit arts willen worden.'

Ik roer in mijn cappuccino. Tot mijn verbazing praat ik. Houterig. Ik hoor mezelf. Lees mijn antwoorden in de lucht, alsof het al quotes in drukletters zijn. De cafégeluiden vermengen zich met het gestamp van rondwentelende inktrollen. Verdomme, wat ben ik moe. Zwaar en moe. Hoe vind ik het dat mijn verzameld werk binnenkort uitkomt? Wel aardig.

Bouwe heeft de map nu een weekend lang kunnen inkijken. Nog steeds heb ik niets van hem gehoord. Ik ben bang. Bang en zwaar en oud.

Zaterdagavond wilde Barbara met me naar bed. Haar aanrakingen verdroeg ik niet. Soms heb ik last van mijn eigen rook. Ademnood, maagzuur. Maar ik rook door tot ik misselijk word. Dan heb ik een goed excuus om seks, en alle inspanningen die daarbij komen kijken, te weigeren.

Ik wil helemaal niets meer, mijnheer de interviewer. In een indigo stilte verberg ik me. Achter purperen cipressen. Mag ik weg?

Terwijl ik praat tel ik fietsers. Bij de zevende haak ik alweer af. Laat ik ingaan op die vraag over Noam Chomsky. Heb ik veel van gelezen, inderdaad. 'Wat niet wil zeggen dat ik alles van zijn taaltheorieën begrijp, ik heb geen wetenschappelijke achtergrond, maar zijn meningen... Zo scherp.'

Een ober legt op een tafel rechts van ons papieren placemats

125

neer. Bovenop eenzelfde vieze pers. Hij verplaatst een flesje Spa. Het wankelt. Het blijft staan. Er wordt een peper-en-zoutstel gehaald. Een mand witte broodjes, een schoteltje met boter. Ik geloof dat de ober grappen maakt. De twee oude joodse dames die straks gaan eten gieren het uit. Bestek. In een servet gerold.

'Als je ook wilt lunchen... Dan kunnen we wel even de kaart vragen.'

'Straks.' Ook dit wordt opgenomen, realiseer ik me. Opeens weet ik hoe ik de vrouw in de grijze jas moet versieren.

'Mijn smaak, mijn smaak...'

'Nou ja, ik bedoel, je houdt van klassieke muziek, maar ook van popmuziek. Van Hindemith en Arno Hintjens. Van Tarkovski en Tarantino. Wat is op dit moment je lievelings-cd? Boek? Film? Beetje flauwe vragen misschien, maar je wilt op het autobiografische gedeelte van mijn vragen niet ingaan, en dat is prima, alleen willen lezers toch ook wel iets persoonlijks...'

'Ik draai momenteel de laatste van Springsteen en de E Street Band. *The Rising*.'

'Vanwege 11 september.'

'Omdat het een mooie plaat is. Simpel. Robuust. Hij biedt...'

'Houvast?'

'Dat is weer zo'n dooddoener. Hij biedt warmte. Maar dat moet je allemaal niet opschrijven. Verzin zelf maar wat, als het maar niet klef klinkt. Of diepzinnig. Als het niet goed is rommel ik wel wat in je tekst. Ik krijg je stuk toch nog te lezen?'

Het kan niet anders of de grijze jas heeft, net als C., iets met Polen. Ik koop de nieuwe bundel van Adam Zagajewski en laat hem, zodra ik haar weer ergens zie, uit mijn tas vallen. Kijken wat er gebeurt. Of ik gelijk heb. Kun je aan een rug, de vorm van een gelaat, een loopje, niet alleen een paar karaktertrekken, maar zelfs zo'n zeldzame aandoening als Polofilie afleiden? Ik wel. Ik heb datum noch geboortetijd nodig om van iemand die me fascineert de horoscoop te kunnen tekenen – vooral in welk sterrenbeeld iemands Mars staat heb ik zo door. En al betwijfel ik of die hemellichamen werkelijk van invloed zijn op het stugge weefsel dat hier in het ondermaanse gevormd wordt, uit bitter zaad en een dood ei, ja, al betwijfel ik of er een wezenskern ademt in die breekbare ribbenkast die mens heet, het feit dat ik in de wijze waarop iemand mij de hand schudt, aankijkt, ontwijkt en provoceert de gang terugvind van die afschuwelijk oorlogszuchtige planeet, de gang door de dierenriem, bewijst toch dat er kennis mogelijk is die uitreikt boven... Boven wat? Er is mijn fenomenologie en dat is literaire fenomenologie. Alle mensen die ik verzin treden met hun woorden, langs lijnen der geleidelijkheid, buiten de oevers van de psychologie en scheuren uit de hokjes die ik, met al mijn moderne kennis, om hen heen teken. Ze zijn nooit alleen het product van hun ouders, ze vallen niet samen met de krassen die hun zijn toegebracht, hun IQ en EQ zeggen mij geen donder. Al schrijvend verlies ik mijn oordeel, mijn sympathie en antipathie, mijn gevoel voor tijd. Zielen ontsluiten zich als sterren in een ijsnacht en worden hun hemelse dynamiek; het zou me niet verbazen als mensenzielen de gang van de planeten bepalen, in plaats van omgekeerd. Of dat er dan tenminste sprake is van gelijktijdigheid.

Polofilie.

Of ik verliefd ben weet ik nog steeds niet. Er is één nummer van *The Rising* dat ik wel tien keer per dag wil horen. Dat is 'Countin' on a miracle'. Reken ik op een wonder? Altijd. Nooit. God, als Bouwe maar niet... Na de huzarensalade onder rabbinaal toezicht en het informele flauwekulgesprek over de loopbaan van de interviewer moet ik hem bellen. Ik heb gehoord dat Appelscha doorgaat. Aardig meisje. Schijnt bij jullie de zon? Nee hoor, zomaar.

'Eenzaamheid,' oppert de interviewer.

'Ja?'

'Dat is het thema. Denk ik zo. Als ik het lees.'

Doe je dit bij alle schrijvers zo, wil ik vragen. Ik moet niet vergeten Barbara's jurk bij de stomerij te halen. Het bonnetje zit in mijn binnenzak. Het gesprek gaat alle kanten op.

Geen voorbijganger ziet ons achter de halve vitrages zitten.

Dit is mijn leven, wil ik zeggen. In eenvoud overtreft het de levens van leeftijdgenoten. Maar ik moet uitleggen waarom ik me verwant voel met de Estlandse componist Arvo Pärt.

Heb ik dat geschreven?

'Hier, in '96.'

Ik lach beleefd. Pärt. Geconfisqueerd door de new-agebeweging. Zal ik me van mijn uitspraak distantiëren? Het 'Te Deum' draai ik nooit meer. Ik kan zeggen dat schrijven een ironisch spel is. Met mijn eigen identiteit. Altijd op de vlucht, dat staat interessant. En dat ik van Pärt hield, dat paste gewoon lekker in dat essay.

'Het is stille, uiterst werkbare muziek.'

'Werkbaar?'

'Ja. Het gaat vlot, met Pärt in de cd-speler. Je wordt een vacuüm ingezogen.'

'En omgekeerd maak jij muziek van taal.'

'Hoop ik.' We zijn de weg kwijt. De interviewer bladert in zijn aantekeningen, trekt zijn jasje uit. Wrijft met de rug van zijn hand langs zijn voorhoofd. Ik hoor de lezers in zijn brein knerpen, als sprinkhanen onder schoenzolen. We slenteren door de Sahel. Het water is op. De interviewer, net gestopt met roken zegt hij, bietst een sigaret uit mijn pakje. Ik had dit nooit moeten doen. We bestellen allebei een biertje.

'De zegeningen van het internet zijn aan mij voorbijgegaan.'

'Goh,' zegt de interviewer. 'Dat had ik nooit achter je gezocht.'

De salade is erg vers. Knapperige aardappelblokjes, doperwtjes en stukjes wortel in een frisse mosterdmayonaise. Ik proef het rundvlees duidelijk. Augurk, ui, een verkruimeld hardgekookt eitje, schilfertjes appel; misschien moet ik voortaan over eten schrijven. Mijn chronische gebrek aan appetijt houdt me immers objectief.

De interviewer smeert zijn krabsalade dik uit over een driehoekje geroosterd brood. Hij likt een fliebertje wit visvlees van zijn duim.

'De dingen die ik wil weten laten zich toch niet opzoeken. Ook niet in boeken.'

Er komt een rumoerig gezelschap binnen. Mannenstemmen. De interviewer kan hen zien, de mannen. Ik draai mijn hoofd. Zonder uitzondering lange mannen. In lange jassen. Hoekige kinnen. Windbestendige stoppelwangen. Mooie, zwartblauwe schaduwen onder hun ogen – als een groepje paarden staan ze bijeen naast de kapstok, snuivend, briesend, ze werpen hun ruimbemeten sjaals van zich af, schrapen hun hoeven, gooien hun hoofd in de nek, kijken trots op zichzelf en elkaar naar de toeschietende ober. Van vreugde zwaaien de onzichtbare, maar gloeiende zwarte staarten elkaar achter ieders rug om toe. Weer komt er iemand binnen. De mond van de interviewer valt even open. Een tong in een schuimbad van roze cocktailsaus. Weer draai ik mijn hoofd. Een jonge asblonde vrouw rent naar de hengsten. Het verloren veulen. Ze is een popje, zo precies opgemaakt. Haar wimpers krullen dankbaar rond de blauwe knikkerogen. Oudroze lipstick, waarover een laagje cacaoboter. Iedere porie in haar gezicht is gevuld met zijde. Zo van de cocon naar het kwetsbare vlinderhuidje. Lange, goed gemanicuurde glanzende nagels. Een van de mannen neemt haar jas aan. Veterschoentjes met bescheiden hakken, een dunne zwarte panty, korte zwarte rok, braaf roze coltruitje, maar strak. Zilver in oren, rond polsen, vingers. Niet mijn type en als ik hem ernaar zou vragen zou de interviewer dat ook zeggen, dat zij niet zijn type is, zo'n secretaresse die wat bijklust met fotomodellenwerk. 'Wat ze in d'r truitje heeft, heeft ze niet in haar hoofd.' Dat had hij kunnen opmerken, op lollige toon, tenminste, als ik gedurende ons gesprek zijn vriend was geworden. Mannen. En hij staart maar en staart en propt met zijn vingers een blaadje sla in zijn mond.

Het gezelschap gaat zitten aan de lange leestafel in de nis. Opeens zie ik een arm de lucht ingaan. 'Ruud!'

Ik wil opstaan, maar de man die mijn naam heeft geroepen is me voor. De man is mijn broer Thijs. Hij komt naar ons tafeltje toe en zegt wat hij hoort te zeggen: 'Ik dacht dat jij nooit buiten kwam. Jij moet toch schrijven?'

De interviewer grinnikt.

'Ik ben zijn broer,' zegt mijn broer.

'Thijs de Wolf,' zeg ik.

De interviewer geeft hem een hand en noemt zijn naam, zijn functie en de reden waarom wij hier zitten.

'Dag,' zegt Thijs. 'Thijs de Wolf, aangenaam. We hebben dit niet afgesproken, hoor. Ik kom nooit in Amsterdam. Maar eens in de zoveel tijd wil je toch met eigen ogen zien of de boel wel lekker draait in alle filialen. Aan alleen jaarverslagen, aan alleen omzetcijfers heb je niks.'

'Filialen van...?'

'We zijn een keten. De parfumerieketen Lilywhite.' De vertrouwde, dikke l-en. LLLillliewait.

'Wat leuk, daar heb ik pas nog...'

'Weet u dat ik de laatste tijd zelden meer iemand tegenkom die nog nooit bij Lilywhite is geweest? In economisch wat rottiger tijden willen mensen weer wat luxe, hè? Een beetje een droomwereld om zich heen. Je laat ze een paar testjes doen over hun karakter, hun hobby's, ze moeten wat vragen invullen over hun uiterlijk, je geeft ze een paar monsters mee, na een halfuur komen ze terug en besnuffelen hun eigen volgespoten polsen, kijken verrukt op, en dan zeggen ze dat ze het weten en wijzen natuurlijk de duurste rommel aan. Kijk, je verkoopt ze een mooi verhaal, een juweel van een flessie, maar in wezen... In wezen is parfum vooral alcohol. Zo weer weg. Goed, de houttonen blijven wel hangen, soms nog dagen, en het is fijn om lekker te ruiken, dat geeft energie en zelfvertrouwen, maar het succes van de zaak drijft niet op het spul zelf. Het is de aandacht die onze mensen de klanten geven. Dat gevoel dat ze er echt toe doen. Dat er iets speciaals van ze is te maken met alleen maar een vleugje Opium of Chanel. Paar verzorgingsproducten uit dezelfde geurlijn... En mannen, hè? Zo van jouw leeftijd. Die beginnen nu ook te begrijpen dat je geen nicht hoeft te zijn om iets aan een verouderende huid te doen. Ik niet, hoor. Ik ben toevallig in deze branche gerold. Zat hiervoor bij het sportzakengebeuren, totdat die boel werd geannexeerd door de Vendex-groep. In zo'n concern is er geen lol meer aan.'

De interviewer knikt verbluft. Ieder antwoord moest hij uit mij trekken en nu staat mijn broer hier ongevraagd een verhaal te houden dat uitgeschreven toch al zo'n driehonderd woorden moet zijn. Werkte hij maar voor het economiekatern. 'En dat zijn je collega's?' vraag ik.

Thijs kijkt om naar de tafel waaraan de mannen nu druk met menukaarten in de weer zijn.

'Yep. Het hoofd marketing en promotie, het hoofd personeelszaken, twee kerels van future-vision, dat meisje is de creative director. Van dus eh... de aankleding van de zaak, de etalages, de sfeer rond thema's als bijvoorbeeld de kerst enzo. Sophie!' Terwijl hij uitbundig wenkt, nemen de interviewer en ik beschaamd een slok bier. Sophie wurmt zich uit de dicht tegen de tafel aangeschoven, zware eikenhouten stoel en huppelt in de open armen van Thijs.

'Dit is mijn broertje Rudolf en dat is iemand van een tijdschrift of een krant die hem interviewt, toch? Want mijn broertje z'n schrijfsels worden gebundeld. Een echt boek. Knap hè?'

Sophie geeft een flets handje. Dan kijkt ze weer omhoog, naar lange Thijs, die haar opnieuw tegen zich aan trekt. Weet Corine dit? Nee, want mijn broer legt in zijn tweede monoloog uit dat ze hier 'lekker een hotelletje pikken'. Hij knipoogt naar zijn meisje. 'Kijk,' zegt hij. 'We gaan na de lunch even wat locatietjes kijken, in shopping area's die booming zijn, dat is het jargon, hè, en dan met de hele club ergens een borrel pakken en dan laten wij de mannen alleen. Ik moet Sophie zogenaamd thuisbrengen want die durft natuurlijk niet met haar autootje de grote stad in, dus die rijdt al de hele dag met mij mee, dat klinkt allemaal heel logisch, maar dan gaan we ei-gen-lijk even heftig smullen en dan naar een prima tent in de Jan Luijkenstraat. Zo doen we dat al een tijdje.'

'Nou,' zegt de interviewer. 'Leuk.'

Thijs is zesenvijftig. Negenentwintig jaar getrouwd. Vier dochters. Opa van een tweeling van, wat zal het zijn, anderhalf?

'Kom je op de boekpresentatie?'

'Dat is op je verjaardag. Doordeweeks. Een donderdag, toch?'

'Ja.'

'Nee. Nee, helaas.'

'En Corine?'

'Corine is een poosje bij me weg. Die zit in Adelaide, bij haar zus en d'r man. Even een time-out, zullen we maar zeggen. Nadat het nest was uitgevlogen ging mevrouw piekeren en toen kreeg ik natuurlijk overal de schuld van. Heeft zo iemand niks meer om handen, wordt de familie De Wolf nog eens doorgelicht. Want reken maar dat onze opvoeding ons tot zulke gevoelsarme klootzakken heeft gemaakt. Vrouwenpsychologie.'

En tegen de interviewer: 'Maar dat geldt uiteraard niet voor mijn jongste broertje.'

Tegen mij: 'Daarom heb jij altijd perfecte vrouwen gehad.'

Sophie peilt me. Ze begrijpt niet dat er sowieso iemand op mij verliefd kan worden. Ik ben geen man. Aan de interviewer legt Thijs uit dat er ook nog een zus is, Patricia, en dat zij de boel een beetje bij elkaar houdt, anders zouden we elkaar niet eens meer herkend hebben. Ruud en ik. Met Sander en Gert-Jan is het andere koek, die mailen en bellen uit zichzelf wel, maar deze hier...

'En nu doet Bar iets met Huib, heb ik begrepen.'

Ik knik.

'Pas maar op.'

Sophie glimlacht meewarig. Loopt terug naar de tafel, roept 'Garnalenkroketjes!' in het wilde weg, Thijs steekt zijn hand naar ons op en gaat haar achterna. Toegegeven, ik heb hem nooit zo aanhankelijk gezien. Geen paard, maar een lobbes van een hond. Hij likt Sophie nog net niet de make-up van haar gezichtje.

'Wonderlijk.' De interviewer kijkt op de klok.

'Ja.'

'Wat een verschil.'

'Ja.'

'Ik zal het niet gebruiken. Maar het blijft wonderlijk.'

'Ja,' zeg ik. Ik zeg dat ik me wat ongemakkelijk voelde. Dat opzichtige gedoe met zo'n jongere vriendin.

'Dat wist je nog niet.'

'Nee.'

'Nou ja, ik weet ook niet wat mijn broer uitvoert. Wie wel.'

De interviewer rekent af. Tilt onze jassen van de kapstok. Reikt me de mijne aan, hijst zich in zijn eigen jack. We nemen afscheid, ik zwaai bij de deur nog even naar de groep in de nis. Ging mijn vader ook vreemd? denk ik buiten, als de interviewer is weggefietst naar de school waar hij zijn dochtertje moet ophalen. Of mijn moeder? Hebben Gert-Jan en Sander ook een tweede liefde, en Patries? Ik loop langs twee modezaken en kijk dan bij Lilywhite naar binnen. Op een zuil bekleed met donkerroze glanspapier staan twee bochtige flessen, die naadloos in elkaar grijpen. Hobbel om bobbel, bobbel om hobbel, een slangendans. De ene fles is gevuld met amberkleurige vloeistof, de andere met parfum doorzichtig als water. Prophecy He, Prophecy She. Nog vol van het brutale lef van mijn broer ga ik naar binnen. Daar staan dezelfde flessen op een display. Een verkoopster die op Sophie lijkt, maar nu uitgevoerd in Surinaams bruin, wil uit elke flacon wel wat op een kartonnetje spuiten. Ze wappert met de natte stukjes papier door de lucht en geeft ze dan aan mij.

Een verhaal, al voorspeld, over de bloemige, jeugdige, avontuurlijke damesgeur en de geheimzinnige, prikkelende, noordelijke mannengeur, en hoe beide geuren elkaar aanvullen, verheffen; ze wrijft de kartonnetjes tegen elkaar en dat gebaar is bijna obsceen. Laat maar, Sabrina.

Ik koop de doos, ja die luxe geschenkbox, met allebei de flessen. Heus, ik begrijp dat ik ze niet allebei hoef te nemen, maar het is juist zo aardig dat ze... Natuurlijk is het een cadeautje.

Voor Barbara en mij, denk ik in de winkel.

Voor C. en mij, denk ik bij de tramhalte.

Voor de onbekende in de grijze jas (als blijkt dat ze inderdaad van Polen en van Zagajewski houdt) en mij, denk ik in de tram, maar ik vind die gedachte als gedachte al smerig: ik ben niet verliefd en geloof dat ook nooit meer te worden.

Een romance aangaan alleen om mijn depressie te tarten, wanstaltig, en dan moet je ook nog met zo'n vrouw naar bed... Tranen springen in mijn ogen. Net als alle mannen denk ik misschien wel tachtig keer op een dag aan seks. Heel vroom en vaag, zonder erectie, met kramp in mijn strot – maar het moet met iemand zijn die ik intens bemin, die mij doorziet, die zegt, heel zacht: 'Lief, wat ben je moe. Engel, engel, wat ben je moe. Wat moeten jouw ogen pijn doen.' Met iemand die net zo oud is als ik ben, en net zo stuk. Zulke iemanden zijn er niet meer.

Als ik uitstap weet ik de bestemming voor de flessen.

Ze zijn voor Bouwe en Dieudonnée.

Anne spreekt

De dag waarop ik ertussenuit stapte, was neutraal – in alle opzichten. Waterige hemel, geen regen. Een witte zon, koud en aan de maan gelijk, nam zo nu en dan een slok van de deinende oranje daken, bette de mond met een prop grauwe watten, keek in de spiegelende ruiten naar zichzelf en vergat zichzelf al kijkend. Ach, die godsonmogelijke grote gloeilamp brandde die dag op de kleurstof van pas gespoten autodaken en van rottend blad in de goten, onttrok flauw licht aan de neonbuizen die achter de namen van snackbars, souvenir- en sexshops trilden, leefde op een dieet van stadsschemer en ongepoetste schoenen. Het was een graad of elf, twaalf.

Er was niemand jarig. En er zou niemand verjaren in de week na mijn gekozen dood. Ik bezoedelde ook geen sterfdatum met die van mij – dat had ik tevoren uitgezocht. Het was misschien aardig geweest als ik letterkundige almanakken, muziekencyclopedieën en weet ik wat voor naslagwerken had doorgeplozen met het doel mijn doodsuur aan die van een groot kunstenaar of denker te verbinden, maar te leuk moest het ook weer niet worden; was ik mijn eigen nabestaande geweest dan had ik mij een te frivole omgang met suïcide eeuwig kwalijk genomen.

Drie dagen voorafgaand aan mijn einde kocht ik in een opwelling een rood sjaaltje, ik meen bij de Wereldwinkel. Ja, op het ingenaaide etiket stond 'Fair Trade – handmade in India'. Een nieuwe jurk leek me, alweer, wat overdreven. Maar een nieuw sjaaltje en een nieuwe lipstick (Bodyshop, niet op dieren getest) had ik nodig om, hoe zal ik het zeggen, mijn besluit iets meer cachet te geven. Karmijn, dat droeg ik zelden en het stond me goed. Rudolf had Bouwe 's morgens naar de crèche gebracht. Van daaruit ging hij met de tram naar het station. Hij had een afspraak in Dordrecht met iemand die zijn beste toneelstuk wilde verfilmen. Een onnozelaar die niet eens wist hoe hij fondsen en subsidies moest regelen om het hele project te financieren. Rudolf wist dat het gesprek op niets zou uitdraaien, maar hij wist ook dat hij elke kans om ver buiten mijn bereik te zijn met beide handen moest aangrijpen; met hem in de buurt zou ik nog geen naald in mijn vinger durven steken.

Om half tien nam ik de overdosis, mijn jas met de bakstenen in de zakken had ik al aan. Duizelig liep ik de trap af. Bij de voordeur voelde ik een misselijkheid komen opzetten die katers overtrof – het zuur pompte zich in mijn keel omhoog, ik had het gevoel alsof er een papieren zak in mijn mond werd opgeblazen die zelfs door het laten van een diep uit de ingewanden komende boer niet zou knappen. Ik transpireerde. Angst nestelt zich onder de voetzolen. Of ik nu op televisie iemand een berg zag beklimmen of bovenop het keukenladdertje stond om schone gordijnen aan hun roede op te hangen, hoogtevrees (correcter: dieptevrees) begint met wanhopige voeten, waaruit het denken wil ontsnappen, versnipperd, als een wolk zoemende wespen. Koude, ijskoude natte zolen, in mijn schoenen brommend en briesend en sissend vuurwater. Het idee van onderaf te smelten, niet als kaarsenwas, maar als ijzer.

Toen dacht ik dat woord. IJzer. En ik kreeg trek in roest – in haarspeldjes, sleutelbossen, fietsbellen, brugleuningen, lantarenpalen. Een hap puur ijzer had me nog kunnen redden. Ik wilde niet gered worden. Het was maar drie minuten lopen naar de Kostverlorenvaart en die minuten waren opgehouden tijd te zijn; ik rukte ze met geklauwde handen uit mijn horloge en maakte er barensweeën van, krampen die mijn bekken openscheurden en weer tot moes knepen. Iemand, nee, mijn eigen hart, trapte me in de liezen. Paardenhoeven, galop.

Alles aan mij ging in een niet te stuiten storm kapot. Kristallnacht in de slapende straat die ik werd. Rondspetterend glas in de onbegaanbare blik. De vernielzucht van bijeengeschraapte vergiften, het geluid waarmee ik binnenin mijn steeds dikker wordende, steeds strakker spannende huid versplinterde; krijsende, krakende wervels, openbarstende vaten en venen, neuronen die vergeefs hun berichten afvuurden naar de hersenmoes in mijn neus en knieholtes. Ja, mijn neusgaten en knieën, die bleven het langst van mij. Daar wilde nog teruggevochten worden en ik snoof de geur van rozenolie op, aroma dat uit de straatstenen opwelde, een onverdraaglijk zoet tapijt van dat zomerse, devote parfum werd voor mij uitgerold. Daarover gleden mijn knieën geheel autonoom, en vanzelfsprekend geknield, het water in – ikzelf was toen al dood.

Je zou het een dubbele zelfmoord kunnen noemen. Én vergif én het water in. Maar ik wilde geen enkel risico lopen. Stel dat ik van een overdosis alleen maar in coma zou raken? Dan moest de vaart maar de rest doen – alles liever dan een arts die bijtijds mijn maag zou leegpompen. Of wat als ik jaren als een plant... Mocht ik dat Rudolf en Bouwe aandoen? Was het ethisch geweest om een bed op de intensive care zo lang bezet te houden?

Rudolf heeft zich keurig van zijn taak gekweten. Mijn en zijn familie en vrienden weten niet beter of ik ben aan trombose overleden. We hebben samen in het medisch gezinshandboek naar een dodelijke ziekte gezocht die snel toeslaat en bovendien kan optreden bij vrouwen van de leeftijd die ik toen had. Alles klopte. Ik rookte, had sinds de zwangerschap van Bouwe last van spataderen, we konden het zelfs nog gooien op de anticonceptiepil; al gebruikte ik die al jaren niet meer, wie wist dat nou? Ik had zogenaamd een week met griep op bed gelegen en toen ik weer in beweging was gekomen, schoot een bloedprop in mijn kuit richting hart of longen en was het met me gedaan... Prima verhaal, geen speld tussen te krijgen. In mijn studietijd had ik al een verklaring laten opstellen waarin stond dat mijn stoffelijk overschot ter beschikking van de wetenschap gesteld moest worden en nu kwam ook dat goed uit. Niemand zou vragen of er nog afscheid van mij genomen kon worden. Ik zou verdwijnen en veel later gecremeerd worden, door het academisch ziekenhuis zelf. Wat Rudolf en de rest met de as wilden doen stond hen natuurlijk vrij, maar ik wist tenminste zeker dat as nooit zou verraden hoe afschuwelijk mijn dood mij had toegetakeld, hoe harddrugs en vuil slootwater me hadden vetgemest, verkracht en besmeurd.

Had ik verwacht in de hemel te komen? Me een voorstelling van een hiernamaals voor de geest gehouden? Nee. Ik was alleen maar moe, moe van mezelf. Met afgunst kon ik de vrouwen aanhoren die beweerden dat een gewaagde haarkleur, een paar kilo gewichtsverlies, een zonnebankkuurtje en een totaal nieuwe garderobe 'een ander mens' van ze hadden gemaakt. Na de geboorte van Bouwe liet ik mijn vlecht afknippen, maar een ander werd ik niet. Ik bleef Anne – met bril, zonder bril, met krullen, zonder krullen. Steeds erger Anne.

Voordat ik Rudolf leerde kennen, was ik er een ster in. In het leiden van meer levens tegelijk. Ik woonde op drie verschillende adressen.

Bij mijn ouders had ik nog mijn eigen kamer en ik logeerde er op afroep. Had mijn vader mij nodig in de zaak, dan vonden we het beiden heel gewoon dat ik mijn eigen werk voor een paar dagen onderbrak. Eigen werk? Het waren opdrachten voor de academie en je kreeg er belachelijk veel tijd voor.

Ik hield van de klanten. Mensen die voor zichzelf of hun geliefde een sieraad zoeken geven veel prijs. Je opent schatkistjes voor ze, vol ringen of hangers, en ze openen zichzelf. Beginnen te praten. Over hun kleding, interieur, hun beroep, de mensen met wie ze omgaan, hun jeugd. Maar vooral: over wie ze eigenlijk zijn – in hun fantasie. Mijn klanten lieten hun blik gaan over het zwarte of donkerblauwe fluweel, streelden een amethist of een moderne vierkante, ruwzilveren ring waardoorheen een nauwelijks zichtbaar adertje roodgoud liep, ze vroegen of dat ene robijntje in het collier wel paste bij hun strasoorbellen, ze spreidden de vingers en dachten hardop na over de voor- en nadelen van een gevlochten trouwring, bicolor, van geel en witgoud (hoe wonderbaarlijk, dat zijn wij...) en ik, de verkoopster, keek en dacht mee net zo lang tot ik de mensen iets verkocht had dat paste bij hun langetermijnillusies. 'Nu lijkt een ring met aquamarijntjes, rozenkwartsjes en briljantjes heel leuk, heel meisjesachtig, en het past ook prachtig bij uw lichte huid en blonde haar, maar als ik eerlijk ben... Het is een beetje een Barbie-ring. Die zoete pastelkleurtjes.' Ik opende een andere koffer en liet een smalle zilveren ring zien met daarin één ovalen, facetgeslepen hematiet. Zwart? Wit? Het lamplicht weerkaatste in de steenkoolgrijze steen, hij blonk als een spiegel. Bloedsteen. Als je hem bewerkte kleurde het slijpsel een pluk watten donkerrood. Echt waar? Echt waar. En dan zag ik de klant denken: zo ben ik ook. Deze steen gaat over mij. Ernstig en koel aan de buitenkant, maar als je mij iets aandoet... De hematiet als potentieel gewond dier. Als loodzwart, hard, glasachtig hazenoog.

Mijn ouders vonden het jammer dat ik niet de opleidingen volgde die nodig waren om de zaak te kunnen overnemen. Maar vol bravoure legde ik ze uit dat je meubels, lampen, kamerschermen, plantenbakken, kasten en plafondornamenten net zo goed als sieraden kon beschouwen. Liet ze mijn schetsen zien. We dronken vintage port en vergeleken de kunstopvattingen die ik op de academie te horen kreeg met opvattingen die in de juwelierspraktijk waren ontstaan. 'Een ring, een kruisje, een parelsnoer, een armband van zeven strengen bloedkoraal... Juwelen zijn altijd al abstract geweest,' zei mijn vader. Hij liet me een foto zien van een rechthoekige hanger opgevuld met vierkanten stenen. Asymmetrisch motief. Van de Romanovs. Uit de kluizen van de Hermitage. 'Zie je,' zei hij. 'Mondriaan. Mondriaan bestond al voordat Mondriaan zichzelf uitvond. Met zijn wereldschokkende kleurvlakken!'

In mijn oude hoogslaper dacht ik aan het geïmproviseerde, nog nooit verschoonde tweepersoonsbed in de boerderij bij Weesp. Met Theo deelde ik aanvankelijk alleen de lege stallen. Atelierruimte die nog steeds stonk naar koeienpies. Theo was al jaren afgestudeerd en bracht de dag vooral lezend door, ergens in een hoek, een thermoskan koffie naast zich, omdat hij vond dat je pas aan een beeld mocht beginnen als je een IDEE had. Mijn generatie had volgens hem geen ideeën, we leverden slechts commentaar op commentaar op commentaar. 'Je moet teruggaan naar die gedachten die nergens een commentaar bij zijn,' riep hij terwijl ik stond te schaven of te zagen, en dan las hij me een fragment Augustinus voor, of een verhaal uit de Edda. Gratis bijles. Theo las zoveel dat hij er verhit door raakte, wat ik op zich genomen wel een prestatie vond. Hij zweette zelfs hartje winter en zijn geur wond me altijd op. Lezerszweet. In de hooigele okselharen. Tussen blauwdooraderd lid en ballen. Ik hield van dat altijd klamme lijf en mijn neus nog meer, en ik hield van de grauwe, bedorven lakens. Van de stofdraden en de sigaren- en haardas in de kamer; al die kleurloze deeltjes vonden elkaar in grote pluiswolken, weefden hun iriserende web rondom vazen, drankflessen, potjes zonder inhoud... Ja, ik neukte graag met mijn ateliergenoot juist omdat al dat dode vuil niet tot neuken nodigde. Het had allemaal iets vrijblijvends. Met mijn pyjamabroek dekte ik, voordat ik me helemaal had uitgekleed, de ingelijste foto van Rudolf Steiner af. Dat het een held van Theo was, prima, maar hij hoefde me niet naakt te zien, met die borende zwarte ogen van hem.

Vlakbij de academie had ik mijn eigen zolderetage. Ook daar was ik regelmatig. Ontving er docenten en medestudenten. Iedereen was dol op de citroenschuimtaart die ik wekelijks bakte in mijn simpele Blokker-oventje. Ik had verschillende geliefden. Dat gaf niet, ik had tenslotte bij niemand het woord trouw laten vallen. Gedoe met dubbele agenda's? Nee. Het was zoals het was. De zakenman uit Londen en de slome, duistere videojongen uit de eindexamenklas; ze lieten zich door mij trakteren en vroegen weinig, en ik dacht werkelijk dat alle meisjes van mijn leeftijd hetzelfde meemaakten. Allemaal lagen ze in laag februarilicht op een plaid aan de rand van de fonkelende, onberoeide Bosbaan, samen met een grijze mijnheer die hardop droomde over een eigen fotomuseum in Oezbekistan, allemaal gingen ze 's avonds uiteten met de immer jongensachtige, zichzelf om zijn kinderschare bekreunende filosoof Arend Voortman, ze lieten zich allemaal door hem kussen voor hun ongelakte voordeur en allemaal waren ze dat de volgende dag niet vergeten, nee, ze hevelden een schalks, schaamheuvel likkend libido over naar hun volgende ontmoeting, rond koffietijd, met een williger jongen zonder gezin. Mijn Key lime pie ging altijd op aan mannen, en de mannen kropen in mijn ontwerpen – als ik ze door mijn wimperharen eindelijk behaaglijk zag opkrullen in het gedecoupeerzaagde, met paars lamavilt omwerkte en met gouden pentagrammen bezaaide dressoir, was het object goed. Niets meer aan doen.

Totdat het uitging. Iemand 'maakte het uit'. Ik meen Gerard. Veel herinner ik me niet van hem, noch van onze liefde, maar ik hoor nog wel wat hij zei. Hij zei zacht, geërgerd: 'Blijf van me af. Blijf van me af, Anne, je maakt het veel te moeilijk, voor iedereen. Ik ben verliefd geworden, op iemand anders. Het maakt niet uit of je haar kent, het maakt ook niet uit of zij weet van ons, maar ik wil het gewoon niet meer. Met jou rommelen, terwijl ik... Ik wil haar een eerlijke kans geven. Nee, niet haar. Ons. Ik wil haar en mij een eerlijke kans geven en echt, het was leuk met jou, we hebben geweldige gesprekken gehad, je gaat zo diep, zo diep en je taart was perfect en wat je maakt is perfect, je redt het absoluut, je redt het in dit wereldje beter dan wie ook, je krijgt een perfect leven dus mij kun je missen als kiespijn want nodig heb jij niemand, maar ik doe het gewoon niet meer. Ik heb jou niks te bieden en haar wel en op haar ben ik bovendien verliefd en ik wist het ook niet van mezelf, maar ik blijk opeens heel monogaam te zijn.'

Nog nooit had iemand 'Blijf van me af' gezegd. Ik zie me een deur dichtdoen. Alle deuren dichtdoen.

Drie blikjes gecondenseerde melk, merk Fries Meisje, bedoeld voor de pie, stonden op de vloer onder mijn tekentafel, ontredderd. Onnodig. In niets vertoonden de gewaterverfde, nostalgische klederdrachtmeisjes op het etiket nog langer gelijkenis met het portret van mijn oma, gemaakt tijdens de juwelenbeurs in Franeker waar ze mijn opa, bij wie ze aanvankelijk alleen huishoudster was, bij wijze van levende paspop vergezelde. Had zij nog blij gelachen onder haar kanten kapje, gespeeld onkundig van haar toekomst met de coming star van de firma Schaepman & Citroen, de melkmeisjes grijnsden zuur naar mijn voeten die in allerlei schoenen hadden gestaan, in allerlei sporen hadden gelopen, maar het nu zonder houvast moesten stellen.

Omdat het met mij was uitgemaakt, maakte ik het uit met de rest. Theo, Willem, John, Arend, Ludo en Tommy, waarom moest ik me nog langer al die affaires laten aanleunen? Ik zei dag en had liefdesverdriet. Om iedereen. Wist niet waar ik moest beginnen met rouwen. Dus begon ik nergens en werkte zoals het hoorde, van zeven uur 's morgens tot vijf uur 's middags, met de transistorradio aan, zodat Theo me geen alinea meer kon voorlezen. Om half zes reed ik, ambtenaar, op mijn vouwfiets naar het station en nam de trein terug naar Amsterdam. Ja, zelfs nadat ik bij mijn vader had gewerkt ging ik toch terug naar mijn eigen zolder. Ik sloeg mijn moeders soupers en haar chocolademousse bruusk af, alles met de bedoeling meer dan zeven verhoudingen te krijgen tot en met mijzelf. Ook de portable televisie en de portable oven gingen de deur uit.

Ik was droevig. Droevig in een stinkende schipperstrui en een veel te ruime jeans.

De academie. We zaten in de klas. De stoelen stonden tegen de muur. Gesloten gordijnen. Een gastdocente uit Californië liet ons dia's zien die we al kenden. De serie *De verbeelding van het menselijk geraamte door de eeuwen heen*. De volgende dag zou ze een lezing houden over haar eigen werk en waarom het volgens haar zo goed verkocht. We hadden een map gekregen met essays van kunstfilosofen en besprekingen van critici; kopieën van artikelen waarin haar naam voorkwam, al was het maar in een voetnoot. Ik bladerde hem door en vond een catalogustekst die een bevriend dichter bij een expositie van haar werk had geschreven. Warrig gelul over de mummificatie van de Egyptenaren, Eros & Thanatos, Keltische, Germaanse en paganistische dodenrituelen, de verchristelijking ervan, de viering van Allerheiligen, Allerzielen (zwaartepunt: Mexico, de optochten en suikeren doodshoofdjes) en van Halloween in de v s, de holocaust, vampirisme versus zombiecultuur in de naoorlogse cinema, anorexia als dwepen met de dood, de iconografie van de Hells Angels, de lijkwade van Turijn – alleen een fragment uit een gedicht van Dylan Thomas trof me. (Dead man naked, they shall be one/ with the man in the wind and the west moon/ when the bones are picked clean and the clean bones gone/ they shall have stars at elbow and foot.) Toch eens opzoeken.

Een beschrijving van het geheel met menselijke overblijfselen gedecoreerde kerkje bij Praag volgde. Zelfs de kroonluchters waren er gemaakt van botten van belangrijke lieden, die grif voor deze vereeuwiging hadden betaald. De schrijver bracht het kerkje in verband met Kafka's graatmagere proza, en de zelfverbranding als protest van Jan Palach. Via hindoeïsme en Multatuli's pleidooi voor crematie kwam hij bij de chemische analyse van de kalkstructuur in het bot. Bij Escher, John Cage, Anselm Kiefer en Jim Morrison van The Doors.

Geen woord interesseerde me, maar ik las door, met toegeknepen ogen in het halfduister – om maar niet naar de dikke vrouw naast de projector te hoeven kijken. Haar Afrikaanse schelpenkettingen rammelden. Haar Japanse kimono, maat Sumo-worstelaar, ruiste. Het is allemaal M T V, dacht ik. Niets betekent meer iets. Wat maakte deze Jane nou helemaal? Ze trok de bekleding van poppenwagens, stak die in de fik en legde de verkoolde lappen op de met een bunsenbrander bewerkte, hardboard matrasbodem. Daartussen: beschilderde sleutelbeentjes, vingerkootjes, delen van een gebit. *Death and the maiden no.1, lightblue. Death and the maiden no.2, deeppurple. Death and the maiden no.3, sunny orange.* Serieproductie.

En dan maar hopen dat de steenrijke kunstliefhebbers die zo'n ding kochten contact met elkaar bleven houden, zodat ze onderling het gedoe rond de bruikleen konden regelen, want stel dat *Death and the Maiden no. 12, ebony and ivory*, opeens zoek was...

'Yea-eah!' gilde Jane, 'controle your buyers! There's no galery in the whole fokkin' world that takes it for granted when your collection isn't complete at all!'

Precies op dat moment stond Rudolf in het lokaal. Hij zei sorry. 'Sorry, ik dacht dat het college al was afgelopen. Dit is toch de eindexamengroep? Sorry, ik ben journalist. Ik schrijf stukken voor het opinieblad *LaagLand* en zoek studenten die met me willen praten over hun toekomstverwachtingen. Joël Paardenburg?'

'Zit in Alma Ata!' riep iemand.

'O. Ze zeiden dat hij alweer terug was.'

'Strafkamp!' riep iemand anders. 'Heeft zich expres laten pakken! Toch? Alles voor de kunst!' Verveeld gegrinnik. Jane pakte Rudolf bij zijn schouder en duwde hem uit de lichtbundel. 'I'll speak to you later.'

Ze bleef nog twintig minuten doorpraten bij die ene dia van haar eigen werk. Ze praatte alle artikelen die we in de map hadden na. Gepapegaai over deconstructivisme en massamedia. Toen schoof ze met een pathetisch gebaar de gordijnen terug. Ze bleef voor het raam staan, rug naar ons toe, handen in de lucht. Haar gewaad viel open. 'Aaaahhh, springtime!!!' Madame Butterfly, La Doodshoofd- vlinder. Ik keek naar Rudolf. Rudolf keek naar mij. Eén opgetrok- ken wenkbrauw.

Sabine ging met hem mee. Jobbejan. Joost en Iemkje; de studenten van wie veel werd verwacht. Mijn naam kwam niet voor op de lijst die Rudolf van de staf had gekregen en het verbaasde me niet. Ik ontwierp en maakte functionele dingen. Soms in opdracht van een bedrijf, een hotel. Ik heette 'ambachtelijk ingesteld' en door op- vliegende leraren werd ik zelfs beschuldigd van hoererij. 'Iedereen heeft zich uitgeleefd op het thema Vloeibaar, Vast, Gasvormig. Je hebt de strandvideo *Duinkerken goes nude* van Henrik gezien en de installatie *Bloody Sundae* met softijsmachines en ketels pruttelende aardbeienjam van Evelina, en toegegeven, dat is nog niet concep- tueel genoeg, het is nog te verhalend, het verwijst nog te zeer, zeker als dat strand een dialoog met die installatie aangaat, dan ligt het contrast oorlog versus hedonisme er veel en veel te dik bovenop, maar waarom moet jij nu weer met een sauna-interieur komen? Zitten zweten in plexiglas druppels, jezelf koud afdouchen onder blokvormige stralenbundels – we snappen wat je bedoelt en je volgt de anatomische vormen heel... subtiel, heel teder, maar het blijft... brúíkbaar. Het is te mooi, bovendien. Je kunt er morgen de markt mee op.'

Ze gedoogden mij. Het pragmatische, rijke juweliersdochtertje uit de grachtengordel.

Rudolf stotterde leuk. Ook zijn oogleden stotterden. Hij keek me niet aan, hij keek naar alles om me heen. Alsof hij een roedel Annes zag. Hij keek naar mijn gespleten haarpunten en de pluisjes op mijn trui. Telde mijn wimpers, zag mijn vingers dansen. Ik moest denken aan die foto's die je wel eens ziet: panorama's van drukke snelwegen, viaducten, geschoten bij duisternis. De voertuigen zijn stilgezet en dun geworden, gouddraad, soms verbonden met, en soms los van andere gouden draden. Het sieraad dat al die haastige, autonome automobilisten met elkaar weven kent geen beginpunt, geen einde. Het flonkert van mogelijkheden.

Ik had de indruk dat Rudolf alle levens om mij heen kon lezen. Hij spon een middernachtelijk klaverblad om me heen, een aura waarin ik transformeerde en transformeerde tot ik een zonsopkomst werd, gebundelde, beloftevolle bloedgloed, een sinaasappelkleurig hemellichaam gevuld met dromen.

'Ga gewoon mee,' zei Iemkje. 'Wat kan jou dat lijstje schelen.'

'Ja, ga mee,' zei Rudolf, maar ik keek op mijn horloge en beloofde later te komen, in de kroeg waar het gesprek geheid zou eindigen. Rond tien uur 's avonds schoof ik aan. Nog steeds in de schipperstrui en de te ruime spijkerbroek. Geen lipstick. 'Je was ongenaakbaar,' zou Ruud later zeggen. 'Alleen die grap over de Blue Diamonds... Hoe vaak ik die niet heb gehoord. Dat iemand in mijn bijzijn ineens vraagt: waar is je broertje Riem? Of zegt: je ziet er van dichtbij niet eens zo Indisch uit. Of zoals jij Ramona gaat zingen... Origineel.'

Op een middag in mei stond ik in de wasserette. Vouwde mijn lakens, mijn T-shirts, sloeg de kreukels uit een zomerjurkje. Aan de andere kant van het raam stond Rudolf. Hoe lang had hij al naar mijn nijvere arbeid gekeken? Ik had een rode kop, de drogers verspreidden een hitte die muf en ondraaglijk was.

'Ben je afgestudeerd?!' riep hij.

Hij kwam binnen. Rolde ongevraagd mijn witte tennissokken op. 'Dat doe je goed,' zei ik, 'het was een goed stuk ook, in *LaagLand* en jawel, ik ben afgestudeerd.'

'Mooi, dan kunnen we trouwen,' zei hij en hij betaalde mijn rekening en liep met een vuilniszak gevuld met schoon goed voor me uit, de hele weg door het park, naar zijn eigen huis in dat lelijke Amsterdam-West.

'Ik ben dood,' zei ik tegen niemand in het bijzonder. Ik kon zowel boven als onder water kijken. Boven zag ik de meeuwen hun rondjes draaien en duiken op afval dat op het grijsgroene water dreef.

Onder het water zag ik iemand deinen met mijn handen. Met mijn trouwring om de rechterringvinger. Met mijn bleke, haast doorzichtige voorhoofd, met mijn wangen en lippen en kin, met mijn nieuwe sjaaltje om een nek die op de mijne leek. 'Kom eruit,' zei ik. 'Het is vies water. En koud. Als je per se wilt zwemmen moet je wel bewegen. Op deze manier verdrink je nog.'

De zwemster luisterde niet.

Ik ben dood, dacht ik. Maar ik was niet dood.

Eerst probeerde ik net als de meeuwen te worden. Tegen welk object weet ik niet, maar ik zette me af en sprong in de lucht. Sloeg de gazen vleugels uit en nadat ik eenmaal vertrouwen had gekregen in mijn gewichtloosheid, draaide ik spiralen op een zuchtje wind. Alsof ik van een wenteltrap afdaalde. Mijn prooi hield ik nauwlettend in de gaten. Tenslotte viel ik erbovenop. Dat was niet de bedoeling. Ik ondernam een tweede en derde poging met de intentie niet bovenop het lijk terecht te komen, maar erin. Terug tot het vlees. Via de schoenzolen in de panty, via de panty in de huid, via de voeten in de benen enzovoorts – tot ik de aanstelster die daar stoer haar adem lag in te houden weer zou bewonen: als jij niet gaat zwemmen dan zwem ik wel namens jou. Ik pikte in enkels en handpalmen. In de navel onder jas, jurk, pantybroekje, onderbroekje.

Zoals de meeuwen dwars door plastic en karton, door plakband en door aluminium zakjes de weg wisten naar een snavel vol paprikachips, zo zou ik een gaatje vinden in dat natte lichaam. Ik zou verdwijnen in mijn vertrouwde zenuwbanen, de weg naar mijn hersens weer weten en die dode dame eigenmachtig naar de kant laten krabbelen.

Talitha koemi, dat is Aramees en het betekent 'Meisje, sta op'.

Talitha koemi.

Talitha koemi.

Toen ben ik zelf maar opgestaan.

Ik zweefde als adem boven de bekende routes. Naar de supermarkt. De crèche. Mijn werkruimte in een voormalige tramremise. Van daaruit naar de zaak van papa. Naar mijn ouderlijk huis. Ik ging naar binnen, de deur bleef dicht. De werkster was net geweest. Het parket glom. Een paar druppels in de kozijnen verrieden dat de ramen zojuist waren gelapt. Ik zou het anders niet hebben opgemerkt; bij mijn ouders is het glas altijd streeploos schoon. Spreeuwen, mezen en duiven weten dat inmiddels en vliegen zich niet meer tegen de onzichtbare ruiten te pletter.

Mijn moeder zat in de achterkamer. Ze keek televisie. Ze at een kaaskoekje van banketbakkerij Neefjes, zo uit het pak. Op het tafeltje naast haar stond een glas tomatensap waarin ijsblokjes dreven. De schat, ze had goed voor zichzelf gezorgd. Ik wist niet dat ze haar middagen op deze manier doorbracht. Ontspannen. Gezellig alleen.

Ik ging bij haar zitten. Zacht, om het programma niet te onderbreken. Na de reclame begon er een Engelstalige serie. Mijn moeder pakte haar bril en las de ondertitels hardop.

'Mammie,' zei ik. 'Laat nou maar. Ik kan het zelf ook wel lezen. Bovendien heb ik geen vertaling nodig. Anders zou ik toch ook niet naar de BBC kunnen kijken?'

Pogingen om mijn moeder aan *Inspector Morse* te verslaven waren steeds mislukt. Het had haar een 'enige' serie geleken en ze vond de acteur John Thaw inderdaad een buitengemeen aantrekkelijke man, een soort Rudolf over een jaar of twintig, je hebt gelijk Anne, maar om een bijna twee uur durende aflevering te kunnen volgen moest ze toch echt wachten tot een Nederlandse omroep de uitzendrechten kocht. De dialogen gingen haar allemaal veel te snel.

Ik keek naar de bloeiende viooltjes in de vensterbank. Naar de met Chinese strijders gedecoreerde, antieke vaas die in grootvaders tijd als voet van een schemerlamp had gediend. Op een laag boekenkastje tegen de muur stonden, ingelijst, foto's van mij en Paula, van Diederik en Paula, van Rudolf en mij, van Inez en Bouwe, van de twee kleinkinderen bij elkaar in de box. De post voor mijn vader lag onder een aangebroken fles Macôn – straks, als hij thuiskwam, zou hij de kurk met daarop een in zilver gevatte, grote brok malagiet uit de fles trekken, zichzelf een glas wijn inschenken en nog staande de brieven en rekeningen openen. Dat was het ritueel.

Ik keek naar de pauwenveren die als een waaier aan de wand waren gespijkerd. Naar het blauwe tapijt onder de eettafel. Al was de vlek jaren geleden weggepoetst, ik wist nog precies waar ik mijn kerstavond-chocolademelk had gemorst. Een paar witte driehoekjes tussen de rode en okeren driehoekjes in het motief aan de rand waren groezeliger dan de rest.

'Dit is nu al de zoveelste rotstreek, Angela!' riep mijn moeder tegen niemand in het bijzonder. 'Je snapt mijn bedoelingen niet. Ik heb altijd begrepen dat jij en Wayne elkaar wel eens wat langer wilden spreken. Ergens... waar je ongestoord samen kunt zijn. Zonder dat Ted of de kinderen...' Ze pauzeerde even. 'Mooi is dat! Heb ik er ooit bij gezegd dat jij dat voor me moest arrangeren? In het een of andere luxehotel voor pasgetrouwde koppels? Wayne en ik? Het is zo smakeloos. En wat moet die man nu van me denken? Dat ik een overjarige... een overjarige slet ben?!!'

Slet. Dat woord gebruikte ze nooit. Ik zei: 'Mammie.' Mammie mammie mammie. Ze haalde een dunne, pearl tipped Davidoffsigaret uit haar verzilverde doosje. Stak hem aan met een knalrode wegwerpaansteker van de Edah. Stijlbreuk. Daar hielden we van. Alleen mensen die wisten hoe het hoorde konden zich dat permitteren. Tenminste, als er niemand keek.

Niemand keek.

Mijn moeder zag mij niet. De telefoon ging.

'Het spijt me dat je het zo hebt opgevat, liefje. Ik gunde je een tweede kans.' De actrice snikte. Tranen. Haar mascara bleef zitten waar die zat. 'Ach, nog praatjes ook! Een tweede kans. Als jij werkelijk denkt dat ik een verlepte, in- en ingefrustreerde huisvrouw ben, dan is dat alleen maar omdat jij wílt dat ik gefrustreerd ben.' De telefoon bleef doremifasollen. Met de afstandsbediening zette mijn moeder het geluid eerst veel harder, toen zachter, toen uit. Ze tuurde naar het scherm terwijl ze opstond en zijwaarts naar het toestel liep.

'Mevrouw Schaepman.'

Zo stelde ze zich voor, aan iedereen. Als mevrouw Schaepman. Aan haar toon te horen was ze verrast. Ze werd nooit zomaar door haar schoonzoon gebeld.

'Dag Rudolf! Hallo!... Welnee joh. Hoe gaat het met jullie? O. Niet zo goed? Je werkt hard, hè? Via via krijg ik al die stukken die je schrijft in handen of tenminste een heleboel en dan denk ik: potverdorie, dat bedenkt hij toch allemaal maar. Wat een productie. Je weet, ik ben het niet altijd met je eens... Hè? Nee, dat hoeft ook niet. Willen jullie er weer eens even lekker uit? Dat wij Bouwe nemen? Je zegt het maar. Er zit nu zo'n heerlijke nieuwe tent in de Spuistraat, zalig. Ik dacht meteen aan Anne en jou.'

Nu pas kan hij het vertellen. Zijn stem.

'Wat zeg je?'

'Anne is dood.'

'Nee, nee.'

'Ja.'

'Nee.'

Net als de televisie ging de kamer op zwart. Ik waaide door een zwart landschap. Als een stofdoek die bij het uitslaan uit de hand van de werkster is geglipt. Als een stuk van een kapotgescheurde vuilniszak. Er waren stemmen, maar ze gingen te snel voor mij. Ik holde ze achterna als mijn moeder de Morse-dialogen, maar steeds wanneer ik een opmerking meende te begrijpen werd me alweer iets anders verteld. Ik holde en holde en ik holde volstrekt geestelijk, dus zonder ademnood, zonder steken in mijn zij – nog zwarter dan de omgeving werd ikzelf, en dunner. Ik slonk als een berg spinazie in kokend water. Tenslotte vond ik de weg terug naar mijn organen en ik wilde mijn lever, mijn longen, nieren en hart leegschrapen om de vier zo van elkaar verschillende geheugens die zich in die plaatsen genesteld hadden terug te krijgen.

Waar heb ik met oprechte interesse aan gedacht, vroeg ik de inmiddels koude, geelbruine lever. Mijn sponsachtige zuiveringsinstallatie. Het draagbare huisdier in zijn kooi van ribben, dat me geheel gratis warm had gehouden, overal, altijd, vanaf het eerste uur.

Heb ik me verdiept in het stille leven van de planten? Bij het eten van een appel aan de boom gedacht? Herinner ik me het zand aan een winterpeen? De kleurenpracht en het lijnenspel van een doorgesneden rodekool? De koperen vlieg op de aardbei? De wortelschietende hyacint in de glazen bolvaas? De uitlopende aardappels en uien, de wormen in de grond? Opkrullend tuinkers op een in water gedrenkt watje? Hoe en waarom heb ik de aarde begroet, vermeden, ontdekt, te simpel gevonden, bedankt?

Stond ik stil bij levensprocessen? Heb ik ooit een goudvis verzorgd? Een veulen geboren zien worden? Een spreekbeurt over knaagdieren gehouden? Het in een lege jampot gestorven lieveheersbeestje begraven tussen de stoeptegels?

Ik wendde me tot mijn longen, die aan mijn luchtpijp bungelden als twee vlezige, maar verschrompelde bladeren aan een vetplant. Op hun vel kleine spatjes teer, als inktvlekken op een zondig rooms zieltje – ze geurden naar verse, bittere nicotine. Het waren tot voor kort mijn partners in ritme. Mijn zaakwaarnemers. Was ik afwezig: zij bewaakten de grens tussen binnen en buiten. Was ik onmatig: zij sloegen de maat. Bliezen me weg, floten me terug.

Ben ik nieuwsgierig geweest, vroeg ik ze. Naar getallen? Heb ik een koude blik aangedurfd? Abstracties? Ben ik logisch geweest? Wanneer? Wanneer niet? Kon ik een gedachtegang volgen zonder er onmiddellijk een mening over te hebben? Heb ik ideeën gehad? Kennis gezocht? Die niet direct toepasbaar was? De waarheid om de waarheid – heb ik ernaar gehunkerd, me ervan afgewend, de beslissing tot filosoferen uitgesteld, objectiviteit een onmogelijke positie genoemd? Met welke reden? Moesten theorieën bewezen kunnen worden? Vond ik denken leuk?

Keek ik neer op mensen die wisten hoe een ijskast werkte, of een stoomstrijkijzer? Hoe kernenergie werd opgewekt? Onthield ik telefoonnummers? Kon ik heel precies een ander mens, mijn zoon gadeslaan, zonder zijn gedrag te interpreteren? Geen antwoord. Ook mijn smeuïge, hapklare nieren, die al mijn ingesleten gewoontes gevormd hadden en nog bewaarden, zwegen gebroederlijk.

In mijn borst dreef een hart. Nu: een scherf terracotta. Glad en vlijmscherp.

Van wie hield ik? Hoe motiveerde ik mijn sympathie en antipathie? Heb ik ook hartstochtelijk NIET van mensen gehouden? Hebben anderen mij mogen en kunnen troosten? Adviseren? Ben ik gehecht geraakt aan geschenken die ik aanvankelijk lelijk vond, of niet passend bij mijn persoon? Welke geschenken waren dat? Heb ik wakker gelegen om de problemen van een vriendin? Als ik die problemen niet zelf kende? Beriep ik me op dingen die ik had nagelaten, had geofferd, ten gunste van een ander? Hoe? Vond ik het gerecht dat iemand anders voor me had gekookt werkelijk lekker? Onvoorwaardelijk lekker? Dus zonder te denken: zelf zou ik er nog wat dille aan hebben toegevoegd? Droeg ik mijn trouwring graag? De trui die mijn tante voor me had gebreid? Voelde ik me na één nacht logeren al thuis in een ander bed? Ben ik een goede gast geweest? En gastvrij? Onthield ik de voorkeuren van mijn vrienden? Hun gewoontes? De namen van hun familieleden? Data die voor hen belangrijk waren? Deed ik iets met die kennis? Waarom wel? Waarom niet?

Mijn organen gaven nog niets prijs. Ze bleven potdicht. Ze vertelden me niet wie ik was geweest. Dat was ik ook nog niet: geweest.

Eén ding ziet de zelfmoordenaar over het hoofd, voorafgaand, tijdens en na zijn dood. Dat is de ziel. Die laat zich niet wijsmaken dat dit leven al over is. Die laat zich niet met argumenten ompraten, niet met krankzinnige emoties bestoken – de ziel is wat dat betreft heel autistisch. Is het nog geen tijd, dan is het nog geen tijd. Klaar uit.

Ik sliep bij het dode lichaam dat verderop uit de Kostverlorenvaart was geschept, en na een rit met een ziekenauto terecht was gekomen op een tafel in het mortuarium van het v u Ziekenhuis. Ik sliep rusteloos. Als iemand die te veel alcohol heeft gedronken. De maag van de dode werd leeggepompt. Door een plastic slang zag ik de pulp gaan: waterige, bruisende broodpap waarin ik de zemelen nog kon herkennen. Het gebruikelijke ontbijtje. Geen spoor van dodelijke chemicaliën. Bloedonderzoek. Met een lampje keek iemand in de blinde ogen. Rudolf kwam binnen.

'Ja, dat is ze.' Verrader.

'Als u met me meegaat kunnen we de formaliteiten tekenen. Het is altijd weer een verschrikkelijk moment, om een naaste met... met zoiets te confronteren.'

'Dat begrijp ik.'

'U mag natuurlijk ook nog even alleen met haar zijn. Dat vergat ik nog te zeggen.'

'Dankuwel. Ik heb genoeg gezien.'

Stop! Stop! Lief! Neem me alsjeblieft mee terug naar huis.

Ik holde weer en kwam bij een duizend hectare grote kermis, of wat was het, een pretpark zonder begrenzingen. Muziek schalde door luidsprekers die als dikke wolken door de massa's heen dreven. Van ieder lied, van ieder stuk waar ik van gehouden had hoorde ik een fragment; David Bowie en Schumann, U2, Rachmaninov, Bartók en Japan sloegen stuk op Griegs stampende ellendelap 'In het hol van de Bergkoning' uit *Peer Gynt*. Ik wilde 'Wild is the wind' horen en 'China girl' en 'Heroes', de *Kinderszenen* en 'October', de *Vespers*, de *Metamorfosen* en de bijna valse Hongaarse volksliedjes, ik wilde 'Nightporter' horen met die ernstige, eenzame piano die verlegen naderde en verlegen week om een huilerige David Sylvian aan het woord te laten over niets noemenswaardigs in middernachtelijk Londen, maar de 'Bergkoning' moest er vet overheen en ik zag een kleuter in alleen maar een hemdje rond de tafel rennen: die kleuter dat was ik, koortsig van Noorse pathetiek.

'U moet wel in de rij blijven.'

'Welke rij?'

'De achtbaan. In de achtbaan wilt u.'

'Ik wil niks.'

'Ik ook niet. Maar we staan in de rij voor de achtbaan.'

'Daar komt de champagne al.' Ik zweeg en luisterde naar het gesprek tussen de wachtenden voor mij.

'Niet nog meer. Ik wil gewoon water.'

'Het is champagne of helemaal niks.'

'Wat zegt u?'

'Dat ik ook. Als kind...'

'Grieg is een gevaarlijke componist geweest. Met zijn "Solveigs lied" en "Aases dood" heeft hij al heel wat mensen knettergek gemaakt.'

'Dat komt er dan pas twintig, dertig jaar later uit.'

'God, nou. En niemand ziet de verbanden.'

'Er zijn ook veel te veel verbanden.'

'Er zijn veel te veel verbanden.'

'En altijd weer brood en vis.'

'Zo is het.'

'En er zijn nog steeds...'

'Twaalf manden over.'

Pal naast de rij begon de grond te trillen. Puffende hoopjes modder. Luchtbellen verpakt in grauwbruine vliezen. Dik, stoffig milkshakeschuim. Wie nog doelloos rondliep tussen de wachtenden, niet wetend waar hij zich moest aansluiten, viel op de bubbelende grond en sloeg de nagels uit. Pantermensen. Ze klauwden in de drab, ze scheurden de pruttelende pap open als een roofdier de darmen van een buffel. Ze groeven munten op en vochtig papiergeld, ze wierpen hun vondsten in de lucht of drukten ze aan hun kruis, kort, en met een van genot verkrampt gezicht riepen ze 'Auw!' – alsof het gloeiende stempels waren waarmee ze zichzelf een even geil als pijnlijk brandmerk toebrachten. Weer stortten ze zich op de bewegende aarde. Ze krabden in wat leek op met koolzuur gevuld, dansend, rijzend en dalend pannenkoekenbeslag en likten de smurrie van hun vingers. Maar waar hun handen hun mond raakten bleef het beslag zitten. Aan hun lippen hingen klodders, daarna ook aan de punt van hun neus, ze plakten klodders op hun wangen en wreven er hun wenkbrauwen mee in; zo zwart als iedereen hier was, zo wit werden de schatgravers. Hun ogen lagen diep in hun kassen, of bolden er juist uit. Sommige ogen hadden geen irissen meer, andere ogen reflecteerden de kleurige lampjes die in slingers boven ons brandden, maar toch geen licht gaven. Hun ondergebit groeide. Kiezen en tanden werden zo lang dat ze de mond eromheen oprekten, tot de lippen als een gapende nul rond de vesting van kalk stonden – vuile, ongeglazuurde apenbekken grijnsden me toe.

Ik hoefde dat woord maar te denken.

Apenbek.

De tandpastablanke zombies zonken terug in het pad naast de rij. Ze groeven niet meer, maar begroeven zichzelf nu. Ze trokken marmeren platen over zich heen alsof het dekbedden waren en plotseling liep er een aap over de grafstenen. Zijn armen hingen voor zijn dikke buik. De onbehaarde knokkels van zijn handen sleepten voor zijn platte voeten uit en zijn blik volgde de voeten. De kogelronde, oranje kop viel daarbij steeds opnieuw tegen de borst. Vergeefs dacht de aap aan een nek, want hij had geen nek en had hij die wel gehad, dan zou hij niet hebben geweten wat ermee aan te vangen.

'Dat is Bubbles,' zei een stem achter mij.

Er waren inderdaad te veel verbanden.

Ze hadden er een mooie herdenkingsplechtigheid van gemaakt, waaruit ik leerde dat ik rusteloos was geweest en vol grote plannen. Dat ik veelbelovend was geweest en een hartelijke echtgenote en moeder. Dankjewel.

Geen woord over zelfdoding. Het werd verloochend. Dat had ik zelf gewild, maar aan die wetenschap had ik nu geen donder meer.

Ik pendelde op en neer tussen 'mijn' Amsterdam en het rijk van de voor-hun-tijd-gestorvenen. Waar de pas-geëuthanaseerden rondtolden, sommigen nog stoned van de morfine, en de ter dood veroordeelden nog steeds als adders sidderden onder de hen toegediende elektroshocks. Waar de onschuldig omgebrachten een voorkeursbehandeling genoten en de intelligente zelfmoordenaars een nakeursbehandeling. Waar de geesteszieken al feestend gezond konden worden.

Vagevuur dat niet had hoeven bestaan als er op aarde fatsoenlijke randvoorwaarden waren geschapen voor het behoud van de natuurlijke dood. Geen reanimatie of doorbehandeling van uitzichtloze gevallen, geen wapenvergunningen meer, geen oorlog, geen terrorisme, geen doodstraf, dat ten eerste.

Ten tweede: afschaffing van de plicht om normaal en dus redelijk te zijn, en vooral van de plicht om redelijk normaal gelukkig te zijn. Niet iedereen kan dat, vergis je niet. De schizofreen die 'stemmen hoort' krijgt in Europa medicatie en desnoods levenslange opsluiting, in Afrika is hij een uitverkorene en schopt het tot medicijnman. Ik bedoel maar. Met een beetje meer fantasie...

Soms stond ik in onze woonkamer. In mijn versleten ochtendjas. Ik liep naar het raam en zwaaide Bouwe uit, die in zijn kinderzitje zat. Mooie Rudolf, die het kettingslot van zijn fiets losmaakte. Dag schatten.

Vervolgens kroop ik terug in het echtelijke bed, op de warme plek die naar mijn man rook. Ik had hem zo nodig. Hij moest mij voelen. Als hij terugkwam van de crèche en in zijn leesstoel de ochtendkrant las, lispelde ik hitsige woordjes in zijn oor. Neem me, neem me. Ik zoog het merg uit zijn ruggengraat – brandstof om weer terug te keren tot de kermis waartoe ik mezelf had veroordeeld. Ja, hij werd somberder door mijn schuld. Ja, hij werd zieker. Door mijn schuld. Door mijn schuld. Door mijn grote schuld.

Was het een schemergebied? Een no-go-area? Een strafkamp? Het was Nooitland. Eén ding hadden de tijdelijke bewoners van dat land gemeen; ze vonden allemaal dat ze recht hadden op een terugkeer naar dat lichaam dat nu niet meer van hen was, dat door anderen of henzelf was ontzield – nota bene op een moment dat niet door de ziel zelf was gekozen.

Zelfs degenen die een minuut voor hun inslapen nog vreselijke pijnen hadden geleden, die te uitgeput waren geweest om zich nog te schamen voor hun spasmes en gerochel, voor het vollopen van hun stoma, voor hun in kwijl gedrenkte zwijgen, eisten de uren op waarop ze officieel nog van die doodzieke behuizing gebruik hadden mogen maken. Officieel, volgens het reglement van hun eigen ziel. Ze hadden geen spijt van het 'verlossende' spuitje, Tanathos' Mentos was hen goed bekomen, ze verweten zichzelf hun beslissing niet; het was alleen die rotziel die nu de macht had overgenomen en koppig weigerde afscheid te nemen van een object waarvoor ze nog een paar prutserige plannetjes in petto had gehad. Een enorme misrekening dat men nu alleen nog die rotziel was, die overbodige, eigenwijze, eenzame thrillseeker waarvan men tijdens het aardse leven met zoveel elan was weggevlucht – ziel, en niets meer dan dat.

De vermoorden ventten hun zelfmedelijden uit, op een enkeling na die de omineuze, paradoxale uitspraak deed: 'Het was niet volgens mijn plan, en dat was precies mijn plan,' maar zo iemand mocht Nooitland onmiddellijk verlaten. De hebberigen bleven. Nooitland was het domein van de hebberigen.

Van de zielen die, toen ze nog ondeelbaar verkronkeld waren met het door hen verkozen menselijke DNA, en brein en ledematen even bescheiden als glansrijk vulden, ook al ongevoelig waren voor hun eigen, sobere taakstelling. Op zulke zielen kon de verbeelding makkelijk parasiteren. Eerst daar, nu hier.

Ik herinner me dat ik meer dan dankbaar was met Rudolfs huwelijksaanzoek. Nee, huwelijksverklaring. Met de mond beleed ik Rudolfs meesterschap, zijn superioriteit; ik bewonderde de manier waarop hij mij aan zich had gebonden. Zonder een imponerende levensgeschiedenis op te voeren, zonder zweverige, romantische praat over het noodlot dat ons voor elkaar had bestemd, zonder kinderachtige knipperlichtspelletjes die mij eerst gek en dan murw moesten maken. Ik bewonderde zijn duidelijkheid en het gemak waarmee hij had durven veranderen – van een even onafhankelijke als cynische vrijgezel in een trouwlustige, aan het samenzijn verslaafde symbioticus.

Bewondering is nog een te dartel, fladderig, schuldeloos, te helderzonnig begrip. Ik benijdde Rudolfs gebrek aan interesse in zichzelf. In mijn 'Ja' zong leergierigheid mee.

Aanvankelijk hadden mijn ouders zich afgevraagd of ik niet te hard van stapel liep. Vriendinnen adviseerden me mijn kamer aan te houden. En echt, ik probeerde voorzichtig te doen. Kalm aan. Met zekere onderdanigheid vroeg ik Rudolf 's morgens na het ontbijt of hij niet weer eens een dag alleen wilde zijn, of twee dagen, of een week. Misschien wilde hij zijn artikelen in stilte schrijven? Weer eens op pad gaan met een vriend, en dan zonder de wetenschap dat er thuis iemand op hem wachtte? Hij had me toch verteld dat hij een loner was, een Einzelgänger, die er niet van hield steeds rekenschap te moeten afleggen van zijn stemmingen, zijn gedrag – die een plotselinge ingeving wilde kunnen volgen zonder biechtenderwijs te moeten uitzoeken waar die ingeving vandaan kwam? Geen antwoord. Heel wijs, of heel sluw, stelde hij me dezelfde vragen. Wilde ik soms zelf even met rust gelaten worden?

Neeneenee.

'Nou dan. Een mens kan toch veranderen?' Hij onderbrak zijn werk, sloot het document waaraan hij bezig was middenin een zin af, duwde me in de richting van de slaapkamer.

Het maakte me afgunstig. Die onverstoorbaarheid. Ik kon goed alleen zijn, maar niet op Rudolfs manier. Als ik in mijn atelier aan het werk was, op mijn kamer een boek lag te lezen, naar muziek luisterde of zomaar wat zat te roken, was ik altijd in gezelschap. Een keuze was het nooit geweest, maar ik dreef een innerlijk hotel en het was er altijd vol. Met mensen, dead or alive, die iets van mij vroegen. Ik kon razende monologen afsteken tegen mijn gasten, met ze naar bed gaan, ze kleden en een stevig ontbijt bezorgen – ze konden bezopen over me heen vallen, me een sterk verhaal vertellen of de kassa leegroven; het had geen invloed op de duur van hun verblijf.

Voor mij gold wat doorgaans alleen geldt voor mensen die in de tropen werken: ieder jaar van mijn leven telde voor twee. Om te beweren dat ik dus eigenlijk zesenzestig ben geworden gaat wat ver, wel was het zo dat simpele kennismakingen, knus voortkab- belende vriendschappen, kortstondige ervaringen van schoonheid, herkenning, verbazing of walging geen genoegen met mij namen. En omgekeerd. Aan alles kwam een einde, maar in mij gingen de gebeurtenissen heftiger door. Ook alledaagse winkel- en tramhalte- conversaties wilden maar geen geschiedenis worden. Ik liet indruk- ken niet slapen en in hun slaap oplossen, nee, ik moest het vreemde element dat zich op de divan had uitgestrekt wakker porren. 'Heb- ben we elkaar niet nog meer te bieden?'

Voordat ik met Rudolf trouwde was ik al honderdmaal getrouwd geweest, met mannen en andere ingrijpende evenementen. Rudolfs stellige aanzoek ontbond die relaties. Hij sloot de herberg, sleurde mijn bijgeloof aan zoiets kinderlijk vrooms als naastenliefde uit de stal ernaast – net als die Gerard werd ik van de ene op de andere dag monogaam. Dat was al winst.

Maar het kon nog monogamer. Ik kon weliswaar naar waarheid zeggen dat ik nooit meer aan andere mannen dacht, Rudolf ging een stap verder en beweerde dat hij nooit andere vrouwen zag. Wat deed ik verkeerd? Hoe moest ik nog eenzelviger worden? Moest ik echt alles overboord zetten om net zo vrij te worden als hij – alles tot en met mijn zintuigen? En zou ik mezelf de ogen uitsteken, wat dan? Dan zou ik inderdaad geen anderen meer zien en ook mijn eigen, mysterieus kringelende spiegelbeelden niet meer. Jaja, heel wenselijk, geen ogen meer, maar ik zou ook Rudolf niet meer zien en wellicht was dat wat hij wilde. Dat ik zover ging in mijn offerbereidheid dat ik hem niet meer zou kunnen volgen. Hij kon evengoed een doortrapte bedrieger zijn.

Zo kwamen dan samen in mijn minnen: bewondering, afgunst, zelfhaat, aarzeling, achterdocht, angst en als laatste: ressentiment. Want hoe nobel het ook leek, Rudolfs distantie tot zijn verleden, zijn familie, tot iedereen, tot zichzelf, hoe knap ik het ook vond dat Rudolf niemand zijn visie wilde opdringen en ook innerlijk niet vocht met vreemde indringers maar ze, zelfs in zijn werk, vreemd kon laten, de uiterste consequentie van die onthechtheid was dat ook ik hem nooit, vergeef me het germanisme, zou kunnen be-indrukken. In onze gesprekken viel dat niet op. Rudolf luisterde graag naar me en sprak veel over zichzelf. Hij deed zich nooit beter voor dan hij was. Zijn kleinzielige reactie op pijntjes, zijn overdreven sombere getob en geklaag voorafgaand aan een verplicht avondje uit met vrienden, zijn eerdere liefdesgestuntel... Er was geen trekje waarover hij niet wilde praten, desnoods lachen. Ik kende al zijn pietluttige ergernissen en zijn fantastische verklaringen daarvoor. Maar nooit ergerde hij zich aan mij. Pas als ik hem iets verweet had hij verwijten terug. Was de ruzie bijgelegd en informeerde ik naar 'de kern van waarheid' in zijn geschreeuw, dan keek hij me verwonderd aan en zei: 'Wat een onnozel, modern axioma te geloven dat mensen in een ruzie zouden onthullen wat ze ten diepste over de ander denken. Heb je het al op je eigen klachten toegepast?'

Rudolf wilde niets van me. Ik hoefde mezelf niet te veranderen. Hij stond erop dat ik me niet naar zijn dagritme voegde, naar zijn gewoontes. Ik was getrouwd met een moreel zo hoogstaand persoon dat ik niets liever wilde dan mezelf veranderen. Om op hem te lijken voegde ik me naar zijn ritme, wende me aan zijn gewoontes. Tot zover bleef ik trouw aan het voorgeboortelijke plan van mijn ziel.

Steeds fluisterde iemand me in het oor: 'En hij?'

Ik negeerde de vraag.

'En hij? Verandert hij door jou? Is het niet een beetje misplaatst om dankbaar te zijn voor zoiets simpels als het "afsluiten van een innerlijk hotel"? Wie zegt dat dat goed is? Misschien had jij hem kunnen leren hoe zo'n gelegenheid te openen... Hij is onverschillig. Eigenlijk. Wat jij een zuivere, objectieve blik noemt: onverschilligheid. Als Rudolf er in interviews, essays en toneelstukken en in zijn vaderschap blijk van geeft diep met willekeurig wie begaan te zijn, voorkomt hij daarmee dat anderen met hem begaan kunnen raken. Het is een truc. Je kunt veel over zijn ouders zeggen, conflicten hadden ze nooit. Beweert hij. Geen wonder. Met vijf kinderen en altijd ooms en tantes over de vloer heb je het nog te druk om elkaar een keer fatsoenlijk te spreken. Ook een truc, en die heeft hij heel goed afgekeken en opgetild naar een meer academisch, artistiek niveau. Niemand kan de De Wolfjes iets vertellen wat ze nog niet weten. Maar juist wie meent dat hij geen blinde vlek heeft, is zelf een blinde vlek.'

Ik wilde meer, meer, meer.

Rudolfs huis werd Blauwbaards burcht en er moest een kamer zijn, een kast, een la, waarin hij, niet zoals in het sprookje, door hem omgebrachte vrouwen bewaarde... Nee, in de geheime ruimte zou ik andere Rudolfs aantreffen. Twee op zijn minst, liever nog negen, tien, elf.

Ik wantrouwde mijn mans tevredenheid en wist zeker dat er meer was. Meer woede, meer ambitie, meer vuur. Dus doorzocht ik hem zelf. Geen sleutel paste.

Toch: ik had er recht op! Ik had er recht op!

De heerser over Nooitland droeg een naam die we niet mochten uitspreken. Regelmatig bezocht hij, vergezeld door zijn aap en twee, drie gemaskerde of gesluierde kinderen, zijn terrein. Hij telde. Hij zong en telde, terwijl hij langs de rijen liep. Met vreemde pasjes. Hij gebruikte zijn hielen om zich af te zetten en gleed dan een stukje vooruit en een korter stukje terug, alsof hij over ijs ging. Alsof hij op de maan wandelde, gewichtloos, en zijn hakken in de planeet moest duwen om niet weg te zweven. Schichtige, hoekige armgebaren. Alsof hij met messen de lucht aan flarden hakte.

Soms verscheen de heerser aan ons als kind onder de kinderen. Op zijn bruine armen gloeiden blauwe plekken als sterren in de mist. Op zijn poedelige, bruine rug glansden strepen opgedroogd bloed, alsof hij met een broekriem was geslagen. Zijn cakekorst-bruine gezichtje was bol en gaaf en er lag een zachte dot zwart kroeshaar om zijn hoofd – hij leek wat op een wandelende micro-foon. We mochten erin praten, we mochten hem aaien. Onder onze handen draaide de heerser kirrend rondjes.

Op andere dagen fladderde hij om onze gestaltes als een twee-dimensionaal stripfiguurtje. Ieder lichaamsdeel, ieder kledingstuk ingekaderd door klare, donkere viltstiftlijnen. De heerser droeg een groen of rood hoofddeksel dat het midden hield tussen een jacht-hoedje en een kaboutermutsje, zijn truitje en broekje twinkelden als beukenlover, aan de puntige pantoffeltjes hingen belletjes die rinkelden als hij vloog. Waar hij was geweest lichtte de duisternis klapkauwgumroze op, of goudgespikkeld, of korenbloemblauw ge-bloemd. Zwart omrande Disney-dauwdruppels knipoogden naar ons, en naar de attracties die ons even in een mateloze regenboog-gloed werden getoond. Het briesje zomerlicht verspreidde een geur van aardbeien en banaan. Onverdraaglijk. Uit de geopende graven warrelden wezens die geen enkele gelijkenis vertoonden met de monsters die erin waren gekropen. Doorschijnende, tandeloze, pastelkleurige vijfmaands-embryo's, sabbelend op hun duim die slap en mollig was als het piemeltje van een putti. Ze stegen op als ballonnen, maar kwamen niet heel hoog. Aan hun navelstrengen hield de heerser ze vast en hij wierp een ingelukkige blik op de tros. Op het boeket wuivend, geestloos leven boven zijn hoofd.

Van pure ontroering hief Bubbles dan een lied aan. 'Heal the world'. Tranen mengden zich door zijn falset. Hij knielde, de altijd gebogen kop viel nu op zijn navel. De aap pulkte er met gekrulde lippen een kleine platina crucifix uit en probeerde het platina Mes-siasje van het kruisje te knabbelen alsof het de laatste harde kruimel snoepgoed aan een lollystokje was. Zoveel vertederends kan een mens, excuseer, een ziel niet verdragen. Iedereen en alles kleefde aan elkaar. Nog even en we stonden hier voor eeuwig. Versteend. Een machtige rots van zwarte kandij. Van mierzoete, eetbare hematiet.

'Pan, Pan,' smeekten enkelen de heerser. 'Dit hebben we nooit gezocht. We verdienen dit niet! Laat ons vrij!'

De heerser legde zijn toverstaf op onze tong. Hij kietelde ermee in wat er resteerde van onze anus. Onze ziel werd een tong. Onze ziel werd een anus. We zijn onze zwakke plekken. Onze zwakke plekken zijn één.

'O jawel, jawel...' zei de heerser lachend. 'Als iemand het verdient, ben jij het wel. Iedereen heeft er recht op, op de dingen die ik bezit en nog ga bezitten. Jullie zijn mijn knuffels, ik ben jullie knuffel, we zijn elkaars zwarte en witte speelgoedschaapjes en we worden nooit groot, we blijven altijd lekker in de hand liggen, onze wollen krulletjes blijven schoon en zacht... Popjes, popjes. We zijn de zwarte en de witte zwanen die naar het land van de Engelen varen. Maar: Engelland is gesloten, de sleutel is gebroken en er is geen ene smid in 't land...'

'...die de sleutel maken kan!' antwoordden wij.

Het stripgodje knikte traag het hoofd, met devoot gesloten ogen, en onderging opnieuw een gedaanteverwisseling. Peter Pan werd een balletdanseres. Rank, roomblank en borstloos. De zwarte lijnen werden het natte, shampooschone ravenhaar van de ballerina. Ook rond de inmiddels melancholieke, dweepzieke hertenogen bleven ze hangen. Volle Sophia Loren-wimpers. Daarboven: perfect geëpileerde wenkbrauwbogen. De verbaasde uitdrukking van Audrey Hepburn. In het benige gezicht stond een neus zo dun dat hij gemakkelijk als briefopener had kunnen dienen. De glimmende punt wees omhoog, we konden vrijelijk in de enorme neusgaten kijken. Geen ongerechtigheidje te bekennen. Op de maagdelijke lipjes: kersenrode verf die goed paste bij haar leren jasje. Wat een mooie moeder hadden de kinderen van Nooitland. En wat had ze een lieve stem. Een teder, aandoenlijk, licht beschuldigend geluid. Een toon waarbij we altijd in het krijt zouden staan.

'Wat kan het ons schelen dat we er niet in komen! Jullie zochten, als iedereen, meer dan er voor jullie inzat. Zo gaan die dingen. Op een dag geeft de werkelijkheid je onverwachts een geschenk. Je ontdekt een talent waar je het niet had vermoed. Je vindt een geliefde. Een scholingsweg met de zachtmoedige didactiek van een zelfgekozen hobby. Een goeroe die een antwoord heeft op al je diepste vragen. Het onvervreemdbare verlangen waarmee jouw ziel ter wereld is gekomen, je eigen masterplan, wordt nog beter bevredigd dan je voor mogelijk had gehouden. Karma, karma... een woord dat je alleen nog maar met genot kunt fluisteren, dronken en verliefd.... "Karma, karma... Het is volbracht..." De mantra die jouw stralende geluk omvat als een monstrans een hostie. Maar is de roes uitgewerkt, dan blijkt die eerst zo gulle werkelijkheid een straf. Twee oude, lege handen die je alleen hun rimpels kunnen bieden. En wil je vluchten uit dat dorre, gebarsten landschap, dan slaan de handen zich om je heen en wringen je uit tot de laatste druppel. Zo is het. De werkelijkheid laaft zich aan jullie dorst. Jullie begeerte is haar wijn. Ach duifjes, ach druifjes...' Ze neuriede zacht en hervatte toen haar betoog. 'De spirituele roes, de artistieke roes, de roes van de roem, de roes van de middelen, de beursroes en de spullenroes, de ziekte-en-treurroes, de wetenschappelijke roes, de filosofische roes, de moderoes en de geslachtelijke roes, de kinderroes, de happy family-roes en de stuntersroes; gaven van een Godheid die jullie wil opzetten tegen Zijn schepping, tegen jullie eigen, zogenaamd vrije zielen en uiteindelijk tegen Zichzelf. Ik begrijp alles. Iedere nieuwe dag folterde jullie. De zon verveelde jullie. De seizoenen werden eender en akelig grauw. Ontmoetingen waren niets meer dan het uitwisselen van slechte adem. Film en televisie maakten ontroostbaar. Is er na de vervulling nog meer vervulling? Vervuld, vervulder, vervuldst? Ach popjes, ach lammetjes, ach opwindmuisjes en trommelende konijntjes van me, ach bleekneusjes van me...' Ze barstte in snikken uit. 'Vervuldst bestaat niet! En met de dood houdt de ontevredenheid niet op. De desillusies blijven plagen. De afgunst blijft steken. In Ruimerland, waar mijn compagnon en concurrent Lucifer heerst, jammeren de zelfverklaarde geniale zielen dat ze zich nergens, ook daar niet, tot boven de engelenhiërarchieën uit kunnen denken – dat ze nooit grotere, wijzere kunstenaars zullen worden dan hun maker. Lucifer begrijpt ze wel, zoals ik jullie begrijp. Ik begrijp Lucifer niet, hij mij niet – maar we verzetten ons als broeders tegen die naarling van een Michaël. Die zogenaamde engel, met zijn middeleeuwse wapenrusting en zijn roestige degens! "Het kwaad wegen en dan overwinnen"... Bekt lekker, maar hij vergist zich. Metaalmoeheid! Ouderdom! Bakerpraatjes! Alsof wíj het kwaad zijn! Wij! Zal ik jullie eens een geheimpje verklappen? Mijn echte naam is Ahriman. De aarde en haar schatten zijn van mij. En jullie, schatten, mogen in mijn rijkdom delen. Nooitland zal Eeuwigland heten. Of Jeugdland. En staat de naam Michaël mij niet net zo goed? Ben ik niet ook een engel? Ja! Jullie hebben nog steeds recht op het lichaam dat je hebt achtergelaten! Het is toch van jou? Moet een menselijke misrekening zo wreed worden afgestraft? Met "verboden toegang"?! Die rechtlijnigheid! Stof tot stof: welke idioot handhaaft zijn wetten op zo'n rigide manier? Dat kan alleen maar iemand zijn die zijn schepselen liever kwijt dan rijk is. Maar ik behartig jullie consumentenbelangen. Ik ben jullie bovenmaanse ombudsman. Hoe meer ik er van jullie verzameld heb, hoe sterker we staan. De werkelijkheid moet van ons worden. Zouden we zelfmoord plegen in een werkelijkheid die van ons was? Zouden we zijn omgelegd in een werkelijkheid die van ons was? Zouden we nog langer uitzichtloos lijden? Als stuiterballen heen en weer knallen tussen roes en kater, tussen ziekmakende afkickverschijnselen en steeds korter durende, flauwe, verwassen extases? Wacht hier. Blijf wachten tot we compleet zijn. Dan pakken we alles wat van ons is, was, en zou moeten zijn terug. Jullie hebben er recht op! Ik heb er recht op! Pas als de werkelijkheid van mij is, pas dan ís de werkelijkheid de roes. Een onvergankelijke roes. Van mij mogen jullie je aan alle bezittingen verslaven. Jullie hebben recht op verslaving. Iedereen heeft recht op verslaving. Ik zal jullie roesjes toedienen in steeds hogere doses, en precies op tijd! Zodat de weemoed jullie niet meer te pakken kan krijgen. De kou niet. De eenzaamheid niet. De teleurstelling niet. Vervuldst bestaat niet? Niet in de taal van de afdeling hierboven, nee. Daar is zelfs de Mensenzoon, de Elementenkoning, het Zonnewezen of hoe die jood zich ook laat noemen nog nooit helemaal opgestaan. Die blijft maar doorgaan met opstaan! En een hulp dat 'ie daarbij nodig heeft! Arme onverloste verlosser... Je moet er maar zin in hebben.'

De aap had het kruisje nu maar in zijn geheel doorgeslikt. Hij richtte zich even op en keek ons aan met intrieste ogen. Een nek had hij nog steeds niet, maar zijn ruggengraat kon nu een kunstje volbrengen dat hem in plaats van vrolijk, nog somberder maakte dan hij al leek. Onmiddellijk zakte hij weer terug in de vertrouwde houding. Zo zouden we worden als we hier bleven, trouw aan de heerser die op eigen kracht van een stevig bruin kereltje was veranderd in een magisch, kitscherig demoontje en vervolgens in een struisvogelachtige nimf, die beloofde eerst zijn snavel en dan zijn kop in de aarde te boren – tot ook die van pool tot pool zijn bezit was. De heerser zou van vreugde schudden met zijn kont en het zou veren sneeuwen, veren sneeuwen. Verstikkend veel veren sneeuwen. En wij, de laatste apen, zouden onszelf ermee kietelen tot we erbij neervielen.

Geloofde men op aarde nog dat de onnutte attributen in het menselijk lichaam niets meer waren dan souvenirs uit het aaptijd-perk, kijkend naar Bubbles wist ik zeker dat deze ornamenten niet duidden op een verleden, maar dreigend vooruitwezen naar een toekomst. Eerst is er de mens, dan pas zal er de aap zijn. De Ahrimanische aap – door en door materie. Zelfs aan hoop, lust, vrijheid, liefde, religie, kunst, natuur en stilte zal hij een prijskaartje hangen. Niet dat het wat betekent, het gaat om het idee. Iets wat je hebt aangeschaft kun je, als het je niet bevalt, te allen tijde ruilen voor iets beters.

Ik had drie levens die ik niet met elkaar kon verenigen. Ik leefde voor de kunst. Voor de liefde. Voor mijn zoon. Ik hield van alledrie in gelijke mate. Toen Bouwe nog in een maxicosi paste en mijn borst hem genoeg was, kon ik werken en moeder zijn – zwaar van nostalgie naar de nachtloze dagen met Rudolf, die vol waren geweest van complementaire innigheid, van ironie en melancholie, dat wel, maar als de baby sliep brachten wijn en poëzie ons weer terug naar die verliefdheid. Niets aan de hand. Het werd pas erg toen mijn zoon kon lopen.

Met hem ontdekte ik het gras en de verfrummelde madeliefjes ertussen, de afgekloven ijsstokjes en brokken fossiel geworden hondenpoep en ik ging zo op in dat mollige marsmannetje dat ik vergat hoe ik heette, hoe ik heel exact de genese van een idee moest volgen, hoe ik bloosde in de gebenedijde secondes waarin Rudolf en ik tegelijk opstegen en afdaalden in een orgasme, als parachutespringers die willoos dansten op de termiek.

Ik bestond niet meer en vond dat onaanvaardbaar. Iedere ontdekking die ik had gedaan wilde een vorm krijgen, kunst worden. Naast mijn kinderlijke, maar overbewuste ontvankelijkheid waste een tegenkracht. Ik wilde werken, werken, werken.

'Lekker dingetjes maken' had ik mijn succesvolle gepruts tot dan toe altijd genoemd – eufemismes als verzetsdaad. Maar terwijl ik met zandbakzand, zeefjes en schepjes in de weer was, met teiltjes water en bekertjes appelsap, zag ik een wereld voor me die van a tot z door mij was geschapen en ik werd misselijk van de gedachte dat die wereld niet af zou zijn voordat ikzelf af was. Wat was een vrouw als ze zin ontleende aan het doorgeven van wat dubbele helixen, en meer niet? Rudolf begreep mijn overwegingen goed en nam geen opdrachten aan in de weken waarin ik wilde werken. Toch slaagde ik er niet in de rust te bereiken die me voor ogen stond. Ik was getrouwd en gaf het huwelijk op deze manier geen enkele kans.

We hadden nog nooit samen door Rusland gereisd.

Geslapen en gevreeën in de Transsiberië-expres.

We hadden ons kunnen bekeren tot de orthodoxie.

Een icoon van de heilige Drie-eenheid kunnen kussen.

We hadden nog niet samen een spelletjesboek geschreven.

We hadden kunnen picknicken bij het noorderlicht in Lapland.

We moesten nog slaaplozer worden.

We moesten nog dieper samen slapen.

We moesten nog onze wol spinnen.

Ons nog snijden aan de spoel.

We hadden al veel eerder in de put kunnen vallen.

Het gare brood uit de oven kunnen halen.

De rijpe appels uit de boom kunnen schudden.

Vrouw Holle met de grote tanden kunnen dienen.

Haar beddengoed kunnen uitschudden, opdat het op aarde zou sneeuwen.

We moesten nog samen de poort door.

We wisten nog niet of het goud of pek werd.

We waren getrouwd, maar het huwelijk begon al zo snel te lijken op brood en appels en beddengoed – het was een dingmatig, door en door bruikbaar product dat ons ter beschikking stond als we moe waren en in elke kus halfslachtig. Ook dat kon ik niet verdragen. Mijn drie levens leken alledrie te veel op drie miljard andere levens. En die leken weer op de resterende drie miljard.

'Kwamen ze hier tegelijk?' Ik stond weer in een andere rij. Steeds als ik even terug naar mijn huis was gegaan, moest ik die zonde betalen met het wachten in een andere rij. Achteraan aansluiten alstublieft en de rijen leken telkens langer.

'Sommigen. Sommigen. Er waren lieden die spijt hadden toen ze al die slachtoffers bij elkaar zagen. Ze deden elkaar en dus zichzelf processen aan. Daar, in de botsauto's. Ze ramden het geweten beurs.'

'Ze zeggen: Adolf ook.'

'Adolf ook. Hij is van zijn schuld doordrongen geraakt met hulp uit het ondermaanse, nog niet zo langgeleden. Van ene Cécile. Een twaalfjarige. Transparante, onbevooroordeelde geest. Ze praatte hem over de lichtlijn heen, nachtenlang. Tot ze hem kon uitleveren aan de Elementenkoning. Bij Joseph lukte het niet. Die brandt nog liever dan zijn geloof op te geven...'

'Geloof.'

'Een smerig goedje.' Altijd weer hetzelfde gemijmer over de oorlog. Levend of dood, het moest je kennelijk onafgebroken worden ingepeperd. Je was geen volwaardig persoon als je geen verhouding zocht tot de grote aanstichters van de ellende – en hier gebeurde dat in een zouteloze, religieuze taal waarin ik soms verhaspelingen meende te horen. Golgho-caust. Holo-ta.

'Joseph is nu in het spiegelpaleis.'

'De marteling!'

'Eigen keus. De joden mochten meteen door.'

'Geen wonder.'

'De meesten zijn alweer terug.'

Lichtlijn. Zon. Maan. Saturnus. Elementenkoning. Etherwereld. Ze hadden het over een etherwereld. Adolf was daar en hij scheen uur na uur kleiner te worden, te smelten, tot er niets dan een traan van hem overbleef. In de borst van de Koning woonde hij, Hem na aan het stralende hart, en ik begreep dat niets zo ontluisterend en onterend was dan daar te zijn en omspoeld te worden door onversneden vergiffenis. Vloeibaar diamant was dat vergif van liefde, reine, bijtende scheppingskracht – uit ogen bestond het levenssap van de Opgestane en de ogen, zei men, zogen de schuld uit de schuldenaar tot hij zich naakter dan naakt wist en nog maar één ding kon verlangen: een nieuw brandschoon lichaam, een nieuwe geboorte op aarde. Wiedergutmachung – het bestond.

Goebbels in het spiegelpaleis. Kon er een verschil tussen misdadigers bestaan? Had ik me dat niet al eerder afgevraagd?

Ja. In de kerk. Er hingen twee mannen naast de gekruisigde. Waarom had Christus dan maar tegen één man gezegd: 'Heden zult gij met mij zijn in het paradijs?' Omdat die ene man spijt had. Wat is dat, spijt? Hoe meet je dat? Ik had me alles al eerder afgevraagd. Ik, klein, naïef katholiekje, leerde dat 'wij' geloofden in een Heer die zonder uitzondering in ieder mens het goede zag en IEDEREEN vergaf. Ooit. Geen naam zou Hij wassen van zijn volgeschreven handpalm. Zelfs over de man van dertig zilverlingen, Judas, met wie ik nu tenminste de zelfdoding gemeen had, werd door onze hippe pastoor gesproken met het klamme inlevingsvermogen sociaalbewogen lieden eigen.

Alleen wat de nazi's hadden aangericht heette onvergeeflijk. Dat leek me inconsequent.

Op 4 mei werd er in onze kerk een dienst gehouden. Rondom de twee minuten stilte stapelde men verwensing op verwensing. Niet alleen aan het adres van Hitler en de zijnen, maar ook aan dat van Videla, Marcos en Pinochet. Al die dictators die met of zonder snor de rechten van de mens schonden werden verketterd – dat ging in één moeite door en in vurige tongen briesten de sprekers het uit: Auschwitz is niet dood, het LEEFT!!! Over de hoofden van joodse nabestaanden heen, welja. 'Kijk ons eens, hoe goed we jullie geschiedenis begrijpen. En niet alleen die van jullie, we zien overal de tekenen. Zes miljoen, dat is slechts het topje van de ijsberg.' Het klonk bijna alsof de linkse gelovigen er verheugd over waren. De offerdood, de verrijzenis, dat was een stuk moeilijker te aanvaarden dan het eeuwige leven van haat en genocide. Nee, dit was hiephiephoera, er is werk aan de winkel, we gaan met zijn allen even recht doen aan de zieligerds die de mond worden gesnoerd, die worden gemarteld... En ik vond het onbegrijpelijk. Omdat het allemaal zo onpersoonlijk was. Alle nazi's en dictators leken op elkaar, alle slachtoffers van alle malafide regimes konden over één kam worden geschoren. De rotzakken bij de rotzakken, de onschuldigen bij de onschuldigen – zonder aanzien des persoons. Dat leek mij nu precies de zonde waarmee Christus had gebroken. Er zat geen systeem in zijn liefde. Ze was verwikkelend ondemocratisch.

'U wilt ook over de lijn.'

'Het ontroert me. Wat u elkaar vertelt.'

'Dat is dan al een begin.'

'Halen ze ons?'

'Als we het hier echt niet meer uithouden.'

'En zien we dan ook...'

'Kent u uzelf?'

'...'

'We krijgen te zien wat we...'

'Niet verklappen! Niet verklappen!' Ik hield het weer niet uit in de rij. Maakte me eruit los, nam een bord aan waarop een stuk rode zalm lag. Het oogde sappig, blozend van versheid, maar wat ik proefde was datzelfde, bittere Kostverlorenwater dat ik in de laatste seconden in mond en neusgaten had voelen stromen. Gratengruis. Schelfzand. Wat ik in me opnam viel er onverteerd weer uit. Ik werd mijn heimwee.

Toen ik heimwee werd, groeide de ruimte rondom. Nog steeds was het niet stil, maar het leek erop alsof iemand het volume een handvol decibellen zachter had gezet – de muziek, de opgewonden stemmen, het machinale geratel en geknars van de wentelende attracties, het ronken van de motoren. 'Jij hier,' zei iemand en ik merkte aan de toon dat hij of zij blij was me te zien. Een oud-studiegenoot? Een neef? Een van de vele 'beste' vriendinnen of vrienden? Ik kon hem evengoed niet kennen, de eigenaar van deze stem. Het maakte voor mijn vreugde weinig uit. Er was hier iemand die me bejegende als was ik een Oude Bekende en we deelden een snee van dat stugge, oudbakken stokbrood dat ze hier serveren. Gezelligheid is een te groot woord. De stem vroeg aan mij wat ik hier deed.

Alsof ik dat wist.

Wachten.

Kon ik maar wachten. Ik had geen geduld. Ik wees op de rij waaruit ik zojuist was ontsnapt. Maar waar ik toch werkelijk gestaltes had gezien en bizarre, wel erg esoterische conversaties gehoord, stond nu niemand meer. Wat ik had aangezien voor een groep mensen, of tenminste voor het residu van wat in het alledaagse leven een groep mensen genoemd zou worden, bleek een groep bomen te zijn. Ik zag de magnolia die in de tuin van ons grachtenpand stond. Een treurig struikje dat ons gezin maar hoogst zelden vergastte op haar bleekgele, vochtigroze eierlotussen, omdat de zon haar meestal over het hoofd zag.

De lindebomen op het schoolplein, die jaar na jaar met omzagen werden bedreigd. Ze zouden de leerlingen in de zomer het zicht op het schoolbord ontnemen, iets dat nadat ze waren omgezaagd niet eens waar bleek; het schoolbord spiegelde juist vanaf het moment waarop het daglicht ongefilterd de lokalen binnenviel. Ik zag de populieren rondom het vakantiehuisje in Normandië, al onze kerstsparren en de takken van de toverhazelaar, in een met tule omwikkelde vaas, waarin ik voor Bouwe uitgeblazen en beschilderde paaseitjes had gehangen – magnoliakleurige, massieve waterverfdruppels.

De bloeiende acacia's in de Hasebroekstraat, hoger dan de lantarenpalen en geurend naar thee en vanille, waaronder Rudolf en ik elkaar zo vaak hadden aangeraakt, gewoon, op weg naar de markt. En alle bomen die ik had liefgehad op de gedachteloze manier passanten eigen, veranderden in alle paarden die ik had geroskamd. Op de manege tussen Vondelstraat en Overtoom, tijdens kampweken in Overijssel en in Brabant. De paarden werden kerken, de kerken werden heuvels en bergen, de bergen edelstenen en halfedelstenen, de stenen alle juwelen die mijn vader ooit in zijn collectie had gehad, de juwelen werden de gedichten die hij declameerde, en Vondel werden ze, de *Gysbreght* en *Adam in Ballingschap* – alles werd taal en voor het eerst zag ik ook van alle kunst die ik had gemaakt de sprekende equivalent. De inrichting van het Nederlandse paviljoen op de Biënnale van Venetië; ik zag de glas-in-loodpanelen terug die ik een halfjaar na mijn bruiloft had gemaakt en ze zongen in hun stralende blauw het 'Magnificat'. Omdat ze eerder dan ik hadden geweten dat ik zwanger was.

Noem het Het Feest Der Herkenning – maar het was een twijfelachtig feest. Ik wilde onmiddellijk weer terug naar mijn verwanten en ging ook weer terug.

'Het zou nooit gebeurd zijn,' zei ma De Wolf terwijl ze een restje koudgeworden koffie door de gootsteen spoelde, 'als ze zich had beperkt. Dat ben je toch met me eens? Ik snap best dat het een hoop geld en bekendheid binnenbrengt, zo'n opdracht in Italië. Maar een fatsoenlijk huis hebben jullie nog steeds niet kunnen kopen, want zo hoog was die som nou ook weer niet. Dus. Je begint aan een kind en dan kies je voor een kind. Zo hebben we dat allemaal altijd gedaan en goed, Patries doet ook veel buiten de deur, maar die weet wel: furst zings furst. Die neemt af en toe een lekker daggie vrij om te sporten, dat vond ik eerst ook flauwekul, maar dan kan ze er weer effe helemaal tegenaan. In het belang van... Bovendien, ze ontziet Huib.'

Rudolf knikte. Nog nooit had hij zijn moeder tegengesproken – en mijn dood bracht daar geen verandering in.

'Ik mocht haar graag, hoor. Dat is het niet. Ik was dol op dat meissie en ze hield van aanpakken, dat kon je zo zien, ze was helemaal niet zoals die tûhtemetûh-familie met die fijne maniertjes, maar het had niet hoeven gebeuren. Als ze wat vaker een sinaasappeltje had gegeten of weetikveel... Bijtijds naar bed was gegaan. Jij bent toch de kostwinner?'

'Ja?' Rudolf leunde tegen het aanrecht. Zijn moeder lapte onze keukenkastjes uit. In de emmer water had ze een scheut van het schoonmaakmiddel gedaan dat ze zelf had meegebracht. Dan maar niet milieuvriendelijk, met Andy werden de dingen tenminste schoon.

'Waarom moest je dan een week in de regen met dat kind op Texel gaan zitten? Omdat mevrouw, nee Anne, over de doden niets dan goeds, zo nodig dag en nacht moest fröbelen? De vrouwen van je broers zouden dat ook wel willen! Met hun breimachine of hun ministeck lekker aanklooien! Ongestoord! Ik had ook wel willen leren bridgen. Maar heb ik jullie vader daarvoor op pad gestuurd met jullie? Het zou wat wezen.'

'Het was mijn voorstel.'

'Dan nog. Zij hep gretig toegehapt. En toen ik vroeg, toen ik aan de telefoon vroeg: "Over een uurtje komen ze thuis, hè meid, je heb ze zeker wel gemist?", zei ze met dat dunne stemmetje van haar: "Wilt u een eerlijk antwoord of een zo-hoort-het antwoord, want het eerlijke antwoord is: nee, als ik iets aan het maken ben, heb ik geen emoties." En dan zeggen jij en haar vader op de uitvaart, of hoe dat heet als het lijk er niet bij is, dat Anne zo'n warme moeder was. Maak dat de kat wijs! Ach, je komt nog wel eens iemand tegen die weet waar het in het leven echt om draait.'

Dolende zielen bestaan. En ik ben tot voor kort een dolende ziel geweest. Een stalker. Ik stond aan het bedje van Bouwe en zei zijn lievelingsversje op.

'Als ik 's avonds slapen ga, volgen veertien engelen me na.

Twee aan mijn hoofdeind, twee aan mijn voeteneind.

Twee aan mijn linkerzij, twee aan mijn rechterzij.

Twee die me dekken, twee die me wekken,

Twee die me wijzen... naar 's hemels paradijze.'

Ik zette zijn autootjes recht en raapte een sok van de vloer. Ik gooide zijn hemd in de wasmand. Van de papieren luiers in zijn commode maakte ik weer een keurig stapeltje, en trof daarbij tussen de voorraad Zwitsal-flesjes een zakdoek die sinds mijn tiende van mij was geweest. Met grote kruissteken had mijn zus er een A op geborduurd – cadeautje van een sint waar we niet meer in geloofden. Ik veegde wat spuug uit de mondhoek van mijn zoon en wilde de zakdoek naast hem op het matras leggen, maar dat zou verraden dat ik nog voortleefde als indringer. Teruggooien tussen de rommel.

Ik vond op de grond nog wat haren van mij.

Opperhuidcellen tussen zand en huisstof.

De contactlens die ik een paar weken voor mijn vertrek was verloren lag bovenop een boek dat *Mijn eerste jaar* heette. Een dom invul-logboek ('Ik weeg nu ... pond en ik ben al ... centimeter. Op ... 19.. heb ik mijn eerste vaste voeding, namelijk ... gegeten'), waar je ook foto's in kon steken. Kwam uit het Prénatal geboorte-verrassingspakket. 'Gefeliciteerd, mevrouw en mijnheer De Wolf-Schaepman, u gaat vanaf nu schitterende maanden tegemoet, waarin uw baby elke dag groeit en leert. Maar omdat alles nog zo nieuw is, kunt u vast een beetje hulp gebruiken. Maak kennis met de hoogwaardige producten die uw zorg zullen vergemakkelijken, zodat u echt tijd heeft om ongestoord en intens van alle mooie ontwikkelingen te genieten...' De woorden intens en genieten verdroegen elkaar niet. Wie intens waarneemt, ziet overal Magere Hein.

Ik blies tegen het windorgeltje dat onder de lamp hing.

Bouwe hoorde het niet. Hij hoorde het. Hij schoot in de lach, Rudolf kwam, ons kind kuste zijn vader met mijn mond.

Ik stalkte wildvreemden die gedreven mediteerden.

'Help me,' vroeg ik, in alle bescheidenheid overigens, maar ik merkte dat ze nerveus werden, en mijn zuigende aanwezigheid niet verdroegen. Ze wierpen hun oefenboek samen met hun goeroe in de hoek – doodsbang, en woedend op zichzelf. Niemand die hun had verteld hoe gevaarlijk het is om jezelf uit de feitelijke wereld weg te ademen, zeker als je daarbij te snel 'resultaat' wilt; je komt in ons limbo, waar de geestelijke wezens huiveringwekkend grijs zijn en even doortrapt als gewone mensen... Waar de geestelijke armoede zo mogelijk nog groter is dan bij de levende zielen die zich luidruchtig 'spiritueel' noemen en daarin wedstrijden organiseren.

Paragnosten en genezers, exorcisten en Meesters, niemand kon mij aan. Iedere 'zoeker' wilde mij en de mijnen overslaan, als waren we een krakende, rotte traptrede op weg naar de Verlichting. Glaasjedraaiers, theosofen en new-agers, ze zweefden onbarmhartig hooghartig aan mij voorbij alsof ik niets noemenswaardigs was, ze lieten me liggen als een besmettelijke zieke, als door ratten aangevreten afval, ze waren bang voor mijn gezicht en mijn naam.

Wie mijn naam wel kende en uitsprak, met vaag sentiment, stalkte ik ook, maar even vruchteloos – want mijn kennissen en verwanten waren op die andere, modernere manier verlicht en wisten dus zeker dat er na de dood niets meer was, omdat je dat niet kon bewijzen.

'Er is toch nooit iemand met verhalen teruggekeerd?'

Volgens mij is iedereen met verhalen teruggekeerd, ik keerde zelf terug, steeds weer, seizoen na seizoen, jaar na jaar, niet in een nieuw lichaam, dat helaas niet, maar toch... Ik had mijn verhalen maar ik kreeg ze niet in een taal gehesen en wie ik met een visite had aangedaan schoof gauw een cd in de speler, of nam een ijskoude jenever om de zenuwen te verdoven.

Begrijp me goed, waar ik aan leed... Niet aan het moderne damesprobleem: hoe combineer ik werk, moederschap en liefde? Dat kon ik nog wel met een vriendin bespreken en anders waren er wel tijdschriften die zich opwierpen als vriendin.

Ik was te zwaar en te groot voor mijn leven.

Op het ziekelijke af ontroerd.

Naar Bouwes lichtblauwe suède schoentjes kon ik niet kijken zonder pijn. De neuzen werden grijs van het zand. Daar waar ik de knopen in de veters legde, rafelden de draden. In het witte binnenleer stonden zijn zwarte teenafdrukken. Even nog maar, dan moesten de schoentjes weg. Een groter paar, en deze zouden vergeten worden. En het volgende paar zou vergeten worden. En het vergeten zou steeds sneller gaan, en het vergeten zou tenslotte de alledaagse alledag opeten, en er zou een uur komen waarop wij niet meer zouden weten wat voor schoenen Bouwe op dat moment aan had en we zouden onder tafel moeten kijken om ons ervan te vergewissen... Ja, ook Bouwe zelf zou naar zijn voeten moeten kijken om zich te binnen te brengen bij welk paar hij die ochtend achteloos was ingestapt.

Soms kwamen er mensen bij mijn vader die het eerste schoentje van hun kind lieten verzilveren. 'Wij van de zaak' vonden dat kitsch, zo'n klompje dood, snel bruin uitslaand metaal in de boekenkast, maar klanten zijn klanten.

Ik verzilverde alles. Ik legde mijn tranen om rompertjes en om de wastabletten die de rompertjes mochten reinigen. Ik verzilverde kruimels op de borden, en de bodempjes overgebleven melk in de bekers. Ik vergulde de mand met aardbeien die Rudolf en Bouwe me op moederdag gaven. Ik at de vruchten met mijn neus en ogen.

Ik snoof hun hartslag op, reeg kettingen van de grasgroene pitjes, maar liet de huid om het sap intact.

Nergens kon ik gaan zonder mijn geraaktheid. Geen regenbui was eender. Ik zong 'Into temptation' van Crowded House en 'It's hard to be tender' van Carly Simon, bevende, want aarzelende liedjes, en de melodie hechtte zich aan het grijze hemelwater, aan het grijze, Amsterdamse, zilte zilverwater, en ik voelde alle inbittere liederen van de wereld in mijn haar, druppels werden stemmen, en de stof van mijn jas werd zwaar van gemis. Maar mijn haar zou drogen, en mijn jas zou drogen.

Niemand zou zich ooit deze plaatselijke bui herinneren, ik evenmin. Kon toch alles bewaard blijven.

Ik was het lichaam dat geen schaduw voorttrok.

Een wandelend, ademend dartbord.

Roze en donkergroene Hema-bh'tjes, hun cupjes perfect bol en glimmend, die aan hun plastic hanger droomden van borsten die nog moesten worden uitgevonden – hun aanblik kneep me de keel af. In gedachten was ik alle meisjes die al die bustehouders kochten en ik was in alle gedachten van al die meisjes, en ik dacht daar aan vriendjes die zouden stuntelen met het losmaken van de haakjes, en ik dacht aan vriendjes die het nieuwe stuk ondergoed niet zouden opmerken, en ik dacht aan de spiegels van de meisjes, blije spiegels die genoten van het strikje met het plastic briljantje tussen de cups, en aan de hemden en truien die zich gedurende de dag zouden schuren aan de nieuw gestoffeerde tepels, tot iedere vezel vertrouwd zou zijn met de onopzichtige, tweede Hema-huid.

Pijl na pijl na pijl.

Licht op licht.

De dingen hunkerden naar mij als Hadewijch naar God.

Ze vroegen in mij om verzoening.

Met hun beperkte mate van bestaan, met hun gepredestineerde onopgemerktheid – ik was hun wenende museum, hun tempelbouwer, ik moest hen een liturgie in schrijven waarin ze een menselijk lichaam hadden en door lichamen bemind konden worden. Ik kon het niet.

'Wil je dit nog bewaren?'
    'Ik weet het niet.'
    'Droeg ze hem vaak?'

'Ze was bang dat er vlekken op zouden komen. Hij was voor feestjes. Maar ze ging al een tijd niet meer naar feestjes.'

'Ook niet met jou? Dat jullie een oppas...? Papa en mama namen Bouwe toch wel eens?' Paula hield een lang, paars overhemd omhoog. Ruw linnen. Een opstaand boordje. Rudolf noemde de naam van de ontwerper.

'Toe maar,' zei Paula.

'Neem hem maar mee,' zei Rudolf.

Hij ging zitten op ons bed. Nam de pumps die ik alleen in Venetië aan had gehad nog eenmaal in zijn handen, sloot de riempjes.

'Ik weet niet of ik het allemaal ga dragen. Het is toch van mijn zusje. Vroeger leenden we elkaars T-shirts en bijoux. Maar geen broeken, geen rokjes, geen schoenen. Weet je?'

'Nee?'

'Ze was altijd bang dat haar kleren mij beter stonden. Ze had het gewoon niet door. Dat er altijd naar haar gekeken werd. Ik had het lichaam, zij had de ogen. Iedereen bleef aan die ogen haken. Hoe afstandelijker haar blik... Toen we borstjes kregen... Het viel haar zo ontzettend tegen. "Het zijn net van die volle koffiefilters," zei ze. "Ze lijken wel van crêpepapier. En jij hebt mama's ballonnetjes."'

Rudolf keek naar de borsten van mijn zus. Mijn zus snoot haar neus. Ze stopte het papieren zakdoekje in haar zak en nam een stapel truien van de bovenste plank.

'Gewoon de hele zooi naar Humanitas, Ruud?'

'Kijk even of er geen mot in zit.'

'Had ze er moeite mee om Bouwe naar het kinderdagverblijf te laten gaan? Hij is toch anderhalf jaar thuis geweest?'

'Nee.'

'Maar je zei in die toespraak dat ze altijd bang was dat jullie... eerder...' Paula hield de truien een voor een tegen het licht.

'Ze was altijd bang. Of Bouwe nu thuis was of op de crèche, of bij je ouders op de Keizersgracht... Op de dood heb je toch geen invloed.'

Wel waar, zei ik. Ik had invloed op mijn dood. Zeg het dan. Zeg het.

Mijn man pakte een gedrukte brief die op mijn nachtkastje lag. Een huis-aan-huis bezorgde brief van de gemeente Amsterdam, dienst Infrastructuur Verkeer en Vervoer. 'Aan hen die wonen en werken rond de Kinkerbrug'.

'Luister,' zei Rudolf. 'Dit komt uit een brief die we vorig jaar mei ontvingen. Anne vond het ondraaglijk mooi.'

Paula ging op mijn kussen zitten. Rudolf zocht de passage waar ik zoveel van had gehouden. Zoveel.

'Hier: "Nachtwerk Kinkerbrug. In de nacht van 7 op 8 juli aanstaande wordt het nieuwe brugdek geplaatst. Dat kan niet overdag in verband met de scheepvaart. U kunt dan de motoren horen van de kranen die de brug inhijsen, geluid van metaal op metaal en de stemmen van de bouwvakkers die aan het werk zijn."'

'Dat was het?'

'Ja.'

'Rare trut. "Metaal op metaal". '

'"...en de stemmen van de bouwvakkers die aan het werk zijn."'

'We missen haar, hè?'

'Laat ik maar ja zeggen. Volgens mij staat ze hier in de kamer.' Mijn zus lachte. Ik wist zeker dat ze mijn man wilde zoenen, maar ze beheerste zich. Ze was voor de tweede keer zwanger en durfde het niet te vertellen. 'Draai jij David Sylvian nog wel eens?'

'"Nightporter"?'

'Ja? Haar liedje? Het stond bij ons thuis soms urenlang op repeat.'

'In haar werkruimte ook. Draai jij het nog wel eens?'

'Ik durf het niet. Jij?'

'Ik durf alles.' Hoezo geen echte De Wolf? Durf haar te vertellen hoe ik ben gestorven, zei ik, en durf haar te vertellen waarom, maar de lafaard stak een sigaret op en zette onze brandschone slaapkamer in een groene, stinkende walm. Die mij verjoeg.

Ik zag het weer terug. Zomaar een dinsdagavond. Ik lag in bed met Rudolf en we vreeën traag. Piano, piano, op de wijze van vermoeide ouders.

Ik bestudeerde zijn mond, bijtend in de mijne. Zijn handen op mijn buik. Zijn zo koele, strakke voorhoofd tussen de kleine, witte borsten die ik had. Ik greep in zijn haar en kamde het met mijn vingers, ik trok aan zijn krullen en duwde erin tot ik zijn schedel voelde, ik perste het hoofd naar beneden alsof het een bal was die ik onder water wilde houden, die niet mocht opstuiteren om mij aan te kijken... Ik zag de tong die heel precies en zacht rond het in mijn schaamlippen verborgen besje ging, tot het zwol en de kleur van

172

een hart aannam. De middelvinger die mij molk in omgekeerde richting. Ik zag hem mij proeven en openen en dan zag ik hoe hij zijn grote, roze, rechte, kloppende geslacht in mij uitzond, dat tweede lichaam aan zijn lichaam – als een verkenner met wie hij zich niet volkomen had geïdentificeerd. Hij stootte hard en zocht in mijn blik naar Annes die hij nog niet kende. Die kon ik hem geven. Ik moest er snel mee zijn, want soms kon zijn lid zomaar verslappen, dus diepte ik tot mijn eigen verbazing altijd weer gelaatsuitdrukkingen op die een minuut later al niet meer bij me hoorden. Het hoogtepunt bereikte mijn man pas als ik hem dankbaarheid schonk.

Wie na zijn dood terugkijkt op zijn leven, krijgt van alle seks de ongekuiste versie te zien. Met 'ongekuist' bedoel ik dat niet alleen de lichamelijke handelingen, die er van bovenaf toch tamelijk onzinnig uitzien, in detail in beeld worden gebracht, maar ook, en voor het eerst, de intenties van de twee parenden. Dat is schokkend. Alsof iemand het smetteloze laken van 'gezonde' lust en drift genadeloos van de naakte lichamen wegrukt. De gelieven liggen rillend in het schelle, koude licht en verantwoorden zich.

Zo zag ik mezelf niet werkelijk genieten. Ik zag een angstig meisje dat na ieder orgasme heftiger schrok van haar eigen overgave. De tranen die ik destijds toedichtte aan geluk, bleken tranen van een verliezer.

Niet dat ik dat destijds wist. Ik wist maar één ding: ik kan ooit weduwe worden. Op zomaar die dinsdagavond trad de fobie in.

's Morgens opstaan werd het eerste probleem. Met wakker worden, het bed verlaten, douchen, aankleden en ontbijten haalde je de dood binnen. Zeker, Rudolf kon ook in zijn slaap sterven. Bevriezen in lepelhouding, dicht tegen mijn rug, billen, benen aan, maar dan was ik er in elk geval bij. Misschien bevror ik dan zelf ook; sterven leek me in de nacht besmettelijker dan overdag. Ook Bouwe kon in zijn slaap sterven. Nee. Voor wiegendood was hij al te oud.

Ik zag voor me hoe hij uitgleed over de granieten douchevloer. Hoe zijn schedeltje tegen de vuile tegels sloeg. We moesten maar geen zeep of shampoo meer gebruiken waar hij bij was – zijn kleine glibberlijfje werd er nog glibberiger van.

Geen brood met zonnepitten meer. Of sesamzaad. Of maanzaad.

Rudolf kreeg van mij een elektrisch scheerapparaat, dan konden de mesjes de deur uit. Plastic tasjes bewaarde ik bovenin de klerenkast. Voor het geval Bouwe er een over zijn hoofd zou trekken. Al tijdens de zwangerschap hadden Rudolf en ik de nodige maatregelen genomen. Video-slot, klemmetjes op de keukenkastjes, afdekplaatjes in ongebruikte stopcontacten. Het gele valhelmpje dat Bouwe moest dragen als hij achterop de fiets zat, was geen succes. Hij begon al te krijsen als hij het ding zag en krijsen kon ook moordend zijn.

Voor mijn eigen dood was ik bang geweest zoals iedereen met grootse plannen daar bang voor is. De schrijver denkt: ik moet niet al voor hoofdstuk 30 een hersenbloeding krijgen, want tot daar weet de lezer nog niet waar ik heen wil. Na hoofdstuk 30 is ook erg, maar mijn geliefde en mijn redacteur weten wat mij bij de slotscène voor ogen staat. Met die informatie kunnen ze een ghostwriter de boel laten afronden. De bergbeklimmer wil niet met de top van de Wukimaki wachten tot na zijn bruiloft over een halfjaar. De parachutespringer kan onmogelijk rekening houden met het moment waarop zijn vrouw moet bevallen, bovendien is het dan geen springseizoen meer en moet de spectaculaire groepsduik tot volgend jaar worden uitgesteld. Stel dat hij net in dat jaar kanker krijgt... De angst voor mijn eigen dood was hanteerbaar, en dus eigenlijk geen angst. Ik kon in brand vliegen en dat was geen lollige gedachte, de collectie was nog niet compleet, maar mijn werk kon ook in brand vliegen en dan was de collectie evenmin compleet. Was ik in een slaapzakje voor het Van Abbemuseum in Eindhoven gaan liggen toen mijn lampen daar werden geëxposeerd? Dacht ik tijdens een onweer wel eens aan de onvoltooide stoelen in mijn werkruimte? Je kon jezelf niet bewaken en de dingen die je gemaakt had niet. Daar lag ik niet van wakker, het gaf me hooguit energie.

Maar van de angst dat mijn liefsten eerder dan ik zouden sterven, werd ik slap.

Zoals die keer... Om half twee 's nachts zat ik in de kamer. Ik rookte. Ik wilde een borrel, maar ik mocht niet drinken want als de politie aanbelde en ze al meteen roken dat ik een slok op had... Wat zouden ze dan denken: we stellen het bericht nog even uit?

Rudolfs trapper zat een beetje los. Het hoosde van de regen. Als hij uit was geweest reed hij slingerend naar huis. Voor rood licht stopte hij niet, zogenaamd omdat hij graag zo snel mogelijk bij mij wilde zijn. Alsof die drie minuten iets uitmaakten – hij had de biertjes waar hij eigenlijk geen trek meer in had toch ook niet afgeslagen omdat hij me miste? Hij bleef altijd tot sluitingstijd zitten, want iedereen bleef tot sluitingstijd zitten.

Om zijn tintelende nek en schouders maakte ik me ook zorgen. Van de nieuwe computer? Was het kramp van de nieuwe computer, zoals Rudolf zelf zei? Zijn vader was twee keer gedotterd. Het had niets uitgemaakt.

Mijnheer De Wolf was nu driekwart jaar dood en zijn vrouw belde iedere dag met haar kinderen om te zeggen dat het te vroeg was, zijn overlijden. Wij zeiden wel eens tegen elkaar: 'Hoe weet ze dat nou weer? Te vroeg volgens wie?', want het was een natuurlijke dood geweest en die komt altijd precies op tijd.

Mijn schoonmoeder kon niet alleen zijn, dat had ze nooit geoefend. Ze was vanuit haar ouderlijk huis getrouwd en daar had het jonge stel de eerste jaren de zolder bewoond. Ze konden beneden mee-eten, makkelijk en gezellig. Toen ik na die mededeling had gehuiverd en zij die huivering had opgemerkt volgde het bekende, verwijtende zinnetje.

'Dat was toen zo, je had niet al die keuzes.'

Mijn moeder was even oud als mijn schoonmoeder, maar toch echt tot haar dertigste alleenstaand gebleven. Ze stuurde haar lievelingshospita nog altijd verjaardagskaarten.

Op televisie was ook al niets. Er waren nu al drie ambulances voorbijgekomen. Rudolf kon ook bij een ander in bed liggen. Dat kon ook. En dan morgenvroeg thuiskomen, opeens zijn koffers inpakken en weggaan. Naar die leukere. Was ik dan ook weduwe? Nee. Dan moesten we nog praten over de scheiding, en over een omgangsregeling voor Bouwe. Ik werd bozer en bozer. Er hing toch een telefoontoestel in die kroeg? Zelfs als hij een ander was tegengekomen had hij me even kunnen bellen, met een smoes, maar dan wist ik ten minste dat ik nog geen weduwe was. Ik pakte de krant. Er was nog één bladzijde die ik niet gelezen had. Boekrecensies.

Iemand had een mooie novelle geschreven over het verlies van een baby. 'Onsentimenteel, zoekend, filosofisch, prachtige korte, poëtische zinnen. Misschien geen aanrader voor mensen met kinderen,' schreef de critica, 'maar wie het toch aandurft te denken over iets waar je eigenlijk nooit aan zou moeten denken, wordt beloond met ontroerende passages die eens te meer bewijzen wat Lucebert al wist: dat alles van waarde weerloos is. Dat geldt voor mensen, maar zeker ook voor dit schitterende, pure kleinood in het oeuvre van de meestal nogal hoogdravende, sarcastische H.G. de Munnik – met *Luchtspiegel* heeft hij zijn meesterschap bewezen.' Geen aanrader voor mensen met kinderen. Dan moest je op de flap van *Turks fruit* ook zetten 'Geen aanrader voor verliefden'. In zowat iedere roman ging iemand dood, en dan was het de vraag hoe de auteur het sterven en de rouw in taal had opgeroepen. Of het autobiografisch was behoorde er in de waardering niet toe te doen, dat de beroepslezer iets dergelijks zelf had meegemaakt of vreesde nog te gaan meemaken mocht het oordeel niet in de weg staan, en het was helemaal cru om lezers tegen een pijnlijke inhoud in bescherming te nemen. Oneerbiedig tegenover de auteur, oneerbiedig tegenover de lezer. De dood van een kind was kennelijk wel een argument om een boek te ontraden. Een buiten-literair argument, dat ten eerste. Ten tweede: wat was ouderliefde als je nooit aan de sterfelijkheid van je eigen kind zou moeten hoeven denken? 'Jou wil ik helemaal. Ik houd van al je leuke en minder leuke trekjes, van je moedervlekjes en je krullen en je poep en je kots, maar je sterfelijkheid, nee, die moet ik niet.'

Animistisch bijgeloof. Als ik aan een ongeluk denk, gebeurt het ook en dan is het mijn schuld. Ouderschapsnarcisme.

Mevrouw De Wolf had het alleenzijn ook later nooit willen oefenen, je ging jezelf toch niet moedwillig kwellen?

'Met vijf kinderen was er altijd wel iemand over de vloer. Die te klein was voor de kleuterschool, of ziek, of lesuitval had en anders liep er wel een loodgieter rond. Of mijn zus met haar tweeling. Geen stilte.' Ook een reden om je voort te planten.

Ik stak de tiende sigaret op. De tiende nadat ik mijn laatste had gerookt. Zelf ging ik nog maar met moeite de deur uit. Ik deed het wel, maar mijn gedachten waren bij de uitvaarten van Bouwe en Rudolf. Een hoofd vol toespraken.

Zou ik, als ik weduwe werd, in hetzelfde huis blijven wonen? Was dat goed voor Bouwe, of juist niet?

En als we onze zoon verloren?

Wat voor mensen zouden we worden? Bittere mensen? Zou ik nog wel eens aan seks denken, het willen doen? En Rudolf? Kregen we vaker ruzie of juist minder vaak? Hoe gingen we om met meelevende vrienden en kennissen? Als ik weduwe werd moest ik emigreren om zo gauw mogelijk van mijn schoonfamilie verlost te zijn. Ik zou geen verweer meer hebben tegen de leugen 'Wij kennen hem zoals 'ie echt is'.

Ik werd razend. Ik had nooit van Rudolf moeten gaan houden. En van dat kind. Bij de elfde sigaret hoorde ik de sleutels in de benedendeur. Het licht op de gang ging aan. Voetstappen op de trap. Ik draaide alvast het slot van onze voordeur open.

'Lig je nog niet in bed?' Zijn eerste vraag.

Rudolf liep langs me heen naar de wc. Een harde straal kletterde tegen het porselein.

'Was tocht gaan slapen.'

'Wie was de uitverkorene?'

'Hoe bedoel je?'

'Laat maar. Maar voor iemand die niet dol is op drukke gezelschappen, heb je het er toch lang uitgehouden. Dan moet er wel iemand bijzonders bij zijn geweest.'

'Boris hield me aan de praat. Ging het goed met Bouwe? Je kunt ook opendoen en vragen of ik een leuke avond heb gehad. Dat kan ook. Nu zijn we morgen alle twee bekaf. En het was geen leuke avond, maar ik kon wat mensen spreken over mijn werk voor de komende maanden, en ja, ik heb je gemist, en verdomme, je weet dat je niet jaloers hoeft te zijn en als er andere vrouwen waren dan heb ik ze niet eens gezien. Altijd die woede.' Ik schaamde me.

'Ik ben vooral bang dat je doodgaat.'

'Iedereen gaat een keer dood.'

'Ik ben bang voor het gemis. Jij niet?'

'Vast. Maar als ik jou nooit was tegengekomen dan had ik dat weer gemist.'

'Dat had je dan niet geweten.'

'Nee. Maar als jij doodgaat weet ik wel wat ik niet gemist heb. Dat ik het belangrijkste niet gemist heb. Daar heb ik al het verdriet daarna wel voor over.'

Hij wist niet wat hij zei.

Er zou een nieuw cultureel centrum komen, in een grachtenpand niet ver van mijn ouderlijk huis. Voor debatten, lezingen, performances, congressen, disco-avonden en dichtwedstrijden.

De Biënnale had niet veel opgebracht, behalve naamsbekendheid. Mijn moeder had een goed woordje voor me gedaan. Ik werd aangezocht, kreeg een rondleiding door het gebouw, en speelde dat ik meteen wist waar de hoge witte ruimte zoals dat heette 'om vroeg'. Toch zei ik de directeur van de nieuwe stichting dat het me eerlijker leek als er ook nog andere gegadigden werden gezocht. Een Schaepman hoorde onafhankelijk te blijven. Dat had mijn moeder, die een gedrevener Schaepman was dan de geboren Schaepman, me zelf geleerd. Uit het niets doken vier andere gegadigden op. We dienden onze plannen in. Ik was ervan overtuigd dat ik zou afvallen, daar had ik zelfs mijn best voor gedaan. Geen rechte lijnen, veel verwijzingen naar de natuur. Aarde, water, lucht, vuur. Lief, braaf, symbolisch. Bijna een Dela-uitvaartkapel. Een onafhankelijke commissie koos blind voor mijn ontwerp.

Rudolf ging met Bouwe naar Texel. Het was een week voor mijn verjaardag. Eind oktober dus, nat en guur, maar god, wat een lieve verrassing. Honderd keer zei ik het, ik zei: 'Blijf nou thuis, straks vatten jullie nog kou...' Rudolf stond erop dat ik rustig kon nadenken, kon tekenen, materialen kon kopen, zonder me te hoeven bekommeren om het huishouden, het gezin.

Een uur nadat ze waren vertrokken stond ik al in mijn atelier. Van dik metaaldraad vormde ik staketsels voor de lichtzuilen. Ik belde met de leverancier van origineel Japans rijstpapier en gaf de maten door. Daarna tekende ik op zijde de contouren van vogels en vogelachtige wolken. Als ik de zijden figuren had uitgeknipt zou ik ze op het papier lijmen, dwars door elkaar heen, over elkaar heen, en wanneer de lampen in de zuilen zouden branden zou je een gelaagde, vlekkerige hemel zien, transparant en toch indringend – een landschap met vleugels, dierlijk en eeuwig. Ook in het plafond zouden lampjes komen, doodgewone, dimbare halogeenspotjes, maar ze zouden hangende fonteinen beschijnen, roodglazen, driehoekige, omgekeerde vulkaantjes, gebedslampjes, waarbinnen het water constant opborrelde; zodat de mensen die eronder zaten het idee zouden hebben dat het boven hun hoofden zachtjes regende. Warme, vruchtbare, vurige regen. Het spreekgestoelte had ik uitbesteed. Ik wilde een zwaar, rotsachtig podium van onbewerkt graniet, afgedekt met antieke spoorwegbielzen. Daartussen wilde ik schimmels kweken, en korstmossen.

De hoge ramen werden bespannen met linnen. Kleine, voor het oog verborgen diaprojectors zouden op de stof een close-upfoto van gras projecteren, van blauwe gasvlammetjes, van ijskristallen,

van gele boterbloemen. Van bloedrode klaprozen: de angstaanjagend dunne crêpehuid, met daarop dauw. Om de tien minuten
zouden de dia's op zwart gaan, en vervolgens een stukje van een
gemetselde stenen muur tonen, vijf minuten, dan weer de eerste afbeelding. Door de hele ruimte heen zou ik kronkelpaden aanleggen,
waarin rulle potaarde en schelpen werden gestrooid. Om schoenen
schoon te houden moest ik de paden afdekken met zwartgeverfd
jute. In de lounge banken gevuld met water, in de vorm van een aanrollende vloedgolf. Tafels van eikentakken en strak wit matglas. Aan
het plafond: rode namaak amaryllissen en witte lelies, hangende
aan hun steeltjes, hier en daar een gele narcis, in een Escher-achtig
patroon, op de kalkstenen muren iconen getekend met houtskool:
portretten van zomaar mensen, gekopieerd van krantenfoto's... Ik
zag de ruimte voor me, ik wilde dat de bezoekers 'Ahhh...' zouden
zuchten en zich onmiddellijk daarna ongemakkelijk zouden voelen, omdat er tussen al die tere, antroposofische natuursfeertjes
kleine, gemene proppen schuurpapier verstopt zaten – niet door
mij aangebracht, maar door hun eigen blik. Was dit niet de schoonheid die ze hadden gezocht? Een lafhartig mengsel van chlorofiel
en buitensteeds daglicht, van simplistisch, betekenisloos gekabbel
en tot niets verplichtende transformaties: vorm, as, vorm, as? Kon
ik de ruimte zo mooi maken, mooi volgens de maatstaven van de
gebruikers van de ruimte, dat ze last kregen van hun eigen esthetica,
van hun zintuigen die altijd maar weer op koopjesjacht waren? Veel
van mijn collega's waren de mening toegedaan dat je moest 'spelen'
met mensen door ze middenin een zacht en teder beeld onverhoeds
te confronteren met wreedheid, oorlog, ziekte, lijden en dood. Een
klein bleek meisje in een doorschijnend roze zomerjurkje houdt een
plastic pop zonder hoofd en een kapotgeschoten zwaan omhoog.
Een softpornofragment gaat over in een sadomasochistische scène
tussen Goelagbewaker en dissident. Alsof iemand daarvan zou op-
schrikken! De schrik werd juist verwacht. Hoe vaak het bijvoeglijk
naamwoord 'ontwrichtend' niet in een recensie voorkwam – wat
een devaluatie.

Op mijn manier was ik een aanhanger van Jeff Koons.

Het geluk tonen, in al zijn gelikte perfectie, uitvergroot, gegla-
zuurd met commercieel succes, heilig infantiel, tot niets verplich-
tend, dat was inderdaad de opdracht. 'Toon onze hunkering naar
valse liefde. Pas als we er oog in oog mee staan kunnen we er einde-

lijk mee breken.' Dat onvergetelijke doek, een airbrush van een foto, waarop de meester Koons als een tevreden, mooie, lieve leraar op zijn bureau zit en praat met een klas kinderen... Achter hem, op het schoolbord, staat zo'n quasi-diepzinnigge Amerikaanse slogan, die hij zijn leerlingetjes kennelijk uitlegt...

De afbeelding is alleen maar lief, alleen maar zoet, alleen maar roerend, niets wijst erop dat er dingen niet kloppen, het schilderij is zo eenduidig als een foto in een damesblad en de kunstenaar ziet er ook zo doorsnee, zo bescheiden en ontspannen uit...

Ja, Theo, dacht ik, dat is de kunst die jouw Steiner bedoeld heeft, afkerig als hij was van volgzaamheid. Als Christus inderdaad 'de Mensheidsrepresentant' is, de voorbeeld-mens, dan is Koons Zijn wegbereider. Onschuld zonder meer is pas onmenselijk.

De telefoon ging. Ik nam aan dat het de rijstpapier-importeur was, met nog een vraag over de bezorgdatum, of het adres.

Ik noemde mijn naam.

Het bleef stil aan de andere kant van de lijn. Ik zei hallo. 'Hallo.'

'Het stormt.'

'Ja. Met wie spreek ik?'

'Het is windkracht tien. In het noorden van het land waaien dakpannen van de huizen. Bomen breken. De vissers varen al niet meer uit.'

'Ben jij het, Iemkje?'

'Kun je dat niet horen?'

'Doe niet zo flauw.'

'Heb je ze gewoon laten gaan?'

'God. Begin jij nu ook al.' Het zweet brak me uit. Ik had het koud. Ik spande mijn spieren zo strak aan, dat ik kramp in mijn kuiten kreeg. Een mes tussen de schouderbladen. Mijn darmen begonnen te dansen. Ze draaiden om elkaar heen, steeds strakker, en werden uitgewrongen als een natte handdoek. Ik liep vol met angstwater. Kon ik dan ten minste naar de wc – maar openingen had ik nergens meer. Oren, neusgaten, mond, poriën: alles was dichtgegroeid. Ik zat opgesloten in een geluid, een dof zoemen, ik zat vastgeklonken in een cel van marmer en kromp en kromp tot ik alleen nog maar skelet was, gebeente dat oploste in het bijtende zuur van de allerinwendigste transpiratie. Hou me vast, dacht ik. Rudolf kan me vasthouden. Hij moet me vasthouden. Wat als Rudolf me nooit meer kan vasthouden? Rudolf kan me nooit meer vasthouden.

'Anne? Gaat het?'

'Jawel.'

'Ben je bezig?'

'Met knippen.'

'Gezellig. Zal ik bij je komen lunchen? Neem ik sushi mee. Ik dacht, je bent toch een week alleen, dus dan kunnen we weer eens ouderwets...'

Ik beet op mijn kiezen, maar ik kon het huilen niet tegenhouden. Belachelijk hard begon ik te snikken, als een klein kind op een hete zomeravond, doodmoe van zijn eigen traagheid, bekaf van het dragen van de zondoorstoofde, opgezwollen ledematen – en nog wilde de slaap niet komen. Ik dacht aan Bouwe die zich de hele maand augustus had laten rondsjouwen met een gezicht waar de teleurstelling haar eerste lijnen in had gezet. Een hard, ziekelijk rood masker. Bouwe liep en speelde zomin mogelijk, reageerde niet op onze stemmen, at lijdzaam twee happen en goot zijn beker water leeg over zijn broek en trui, misschien omdat de huid die om de een of andere reden niet ontbloot mocht worden, meer dorst had dan hij. Zijn luiers bleven leeg. Constipatie als protest.

Twee jaar en nu al een zomerdepressie. Alleen 's nachts weken de zware gordijnen, waaide de woede even op en zagen we het jongetje weer zoals hij was; dan kroop hij nieuwsgierig over ons heen, ontdekte ons, trok aan een teen, kneep in een knie, duwde een ooglid omhoog en gaf elke plek in de landschappen die zijn ouders waren een naam. Elleboog klonk als een dorp in een koel bergdal, een lustoord aan een helderwit riviertje. Bouwes nagel werd een denkbeeldig bootje op mijn onderarm, hij gleed over slagaders de kom van mijn hand in. Een streep grijs, stoffig licht zette zijn pyjama in lichterlaaie, even maar, dan werd hij weer gitzwart – een silhouet geknipt uit sitspapier. Was dit wel de echte Bouwe? Kon het niet omgekeerd zijn? Had het tropische, klamme weer ons wellicht voor het eerst getoond dat ons kind geen kind was, maar een logge oerschildpad, het kleine hoofd vol van mistroostige, boze filosofieën, het lichaam verborgen in een eeltige steen – een asceet zonder hoop, voor wie de van honing dampende ochtendmist te geel was, te zoet, te oppervlakkig?

'Bouwe, lief, ga slapen, het is kwart voor drie.'

'Liezen' vond hij een mooi woord. Donker niemandsland, waarbinnen aardschokken werden voorbereid. 'Niet doen, schat, dat kietelt.' De neus die nog gauw wat schaamhaar doorwoelde, als een korenwolf stro. We konden aan het nieuwe ritme wennen. Maar de huilbuien... de huilbuien... Ik moest meehuilen, zo aangrijpend was het gekrijs, iedere avond tussen acht en elf. Rudolf zette Bouwe onder de douche en dat hielp even, maar al na een paar dagen had Bouwe door dat de verkoeling een leugen was, dat het buiten de douchecel nog steeds dertig graden bleef.

Met de hoorn in mijn hand huilde ik. En schaamde me. En duwde de hoorn dichter tegen mijn oor aan, en wilde de kop van de hoorn in mijn oorschelp persen en ik zei tegen de geschrokken Iemkje dat het niet haar schuld was, maar dat ik al weken die angsten had, vrees voor de sterfelijkheid van alles en iedereen, van mijn mannen in het bijzonder – dat ik er een dagtaak aan had de angst te bestrijden, dat ik daarom deze opdracht had aangenomen, ik moest wel, en zo moe was, zo moe...

Ze was er al na een uur. Met een tas van de sushibar, een thermoskan warme sake en een theorie. Het kwam natuurlijk allemaal doordat ik te snel getrouwd was. Te snel zwanger was geraakt. Mijn voorbarige rouw was een gewiekste omkering van mijn onderbewustzijn; in werkelijkheid treurde ik om de vrijheid, de rijkdom aan mogelijkheden waarvan ik mezelf had afgesneden.

'Je neemt je nieuwe leven volgens mij veel te serieus.'

'Ik ben altijd serieus geweest.'

'Kom op, zeg. Jij! Al die kerels.'

'Kunnen we het niet over iets anders hebben?'

'Jullie trouwdag. Je zag er mooier dan mooi uit in die jurk van zilverbrokaat, en dat gedicht dat Rudolf voorlas, van die Zweed, prachtig... De muziek was goed, en het eten voortreffelijk, een Russisch buffet, blini's, hoe kom je erop, met Oekraïense champagne... In de kleine zaal van de Beurs van Berlage, tussen de Tooropjes, dansen op Russische volksmuziek, die accordeon, die violist... Al die lichtjes in gekleurde borrelglaasjes... Ja. Dat jullie in twee, drie maanden tijd zo'n sprookjesfeest hebben kunnen regelen... Nou goed, je bent ook een juweliersdochtertje. Wat jij aan glimmers om had, god, wat een verfijning. Dat netje over je opgerolde vlecht, met die diamanten, het was zo stijlvol, je hoefde er de sneeuw maar bij te denken en je was een tsarina geweest, in zo'n buitenpaleis... Chipolataart met echte gesuikerde roosjes en bosviooltjes...'

'Wat wil je nou zeggen?'

'Mij viel iets op.'

'Tranströmer. Tomas Tranströmer heet die dichter. Zou dat traanstromer betekenen?'

'Ik bedoel, ik ken Rudolf amper, maar zoals hij daar stond en bewoog, en de mensen toesprak...'

'"C-majeur" is de titel van het gedicht. Hij was het tegengekomen een dag nadat ik bij hem was ingetrokken. Hij heeft het meteen overgeschreven, een paar keer. Eén papiertje voor in zijn agenda, één in zijn portemonnee, eentje hangt boven zijn bureau...'

'Op mij kwam het over alsof Rudolf met dit feest zijn leven afsloot. Zo van: alles gezien, alles meegemaakt, vanaf nu hoef ik niets meer.'

'Zijn werk wordt steeds beter.'

'Daar heb ik het niet over. Er viel een soort onzekerheid van hem af. Kijk, ik ben binnen. Papa, mama, familie, vrienden en collega's, ik heb niemand meer nodig. Ik verlang niets meer. Dus misschien is dat het wel, wat je benauwt. Dat het gezinsleven voor hem een bestemming is, iets dat hem helemaal past, als een jas. Waarin hij zich kan verbergen. Terwijl jij...'

'Terwijl ik?'

'Je energie kan nergens meer heen. De adrenaline waaraan je verslaafd was...'

'Het zal allemaal wel. Hard werken, dan gaat het vanzelf wel over. Denk ik.'

'Of je trekt je het verdriet van je schoonmoeder te veel aan. Alle dingen die zij niet kan uiten... Dat jij die namens haar...'

Toen Iemkje om vijf uur vertrok en ik haar nakeek in het donker (dunne, wankele vrouw met spartelende fiets aan de hand), de wind voelde onder mijn kleren, een geel kastanjeblad dat opspatte tegen mijn benen, toen ik weer alleen was en nog niets van de Texelgangers had vernomen, besloot ik dat er een oplossing was.

Hopen dat je eerder dood mocht dan de rest was nog een te passieve houding, die de angst voor een minuut kon verzachten, meer niet. Hoop was voor kinderen. Nee, er zelf voor zorgen dat je eerder dood zou gaan dan de rest, dat was een volwassen reactie op de fobie. Ik zou Rudolf niet meer met mijn lichtgeraaktheid en ontroeringen terroriseren, en mijn vreemde schildpadzoon niet infecteren met de pijn om alles wat vergankelijk is. Hoe eerder ik er een einde aan zou maken, hoe minder hij zou hebben om zich te herinneren en dus om te missen. Ik, die altijd al te horen had gekregen dat ik anderen dicht, te dicht op de huid kwam, kon dit jongetje maar beter tegen mezelf in bescherming nemen. Voordat hij ook om zijn kopje een steen als een helm zou laten groeien en niets meer zou zien dan zijn eigen, donkere gedachten.

Met de Oude Bekende aan mijn zijde lukte het me om in Nooitland in de rij te blijven staan. We sliepen rechtop, schouder aan schouder, en werden elke ochtend wakker met weer minder zielen voor ons, of bomen, of paarden, of bergen.

We spraken niet veel, maar wisselden films uit, bewegende lichtbeelden, zuilen, waterkolommen van gedroomde ervaringen en ervaren dromen. Ik verscheen aan mijn Bekende als alle mensen die ik gedurende mijn leven had ontmoet en in hun lichaam voelde ik wat een ontmoeting met mij bij met hen teweeg had gebracht. Dat mijn schoonmoeder zo intens veel van mij en van Rudolf had gehouden, had ik nooit kunnen bedenken. Ze schaamde zich dat ze er geen woorden voor had, geen intonatie bij wist. Ik schaamde me.

Wat ik had aangericht.

Wat ik had verzuimd terug te schenken.

Aan degenen die met zoveel innigheid aan mij hadden gedacht.

Goede bedoelingen die ik nooit had willen opmerken.

Hoe overrompelend ik was geweest.

De vriendschappen steeds één stap voor.

Gewild had wat er niet was.

Wat er was niet op waarde had geschat.

Ik werd op tientallen manieren verliefd op mezelf.

Ik kreeg op tientallen manieren genoeg van mezelf.

Ik was razend op mij, en wist niet hoe mij te kwetsen, dus ondernam ik niets.

Ik wachtte nog steeds op een brief van mij, een telefoontje om weer eens een afspraak te maken.

De Oude Bekende en ik schreden vooruit, onze film spoelde achteruit. Op het moment dat ik mijn moeder en mijn vader werd en de kleine Anne uit de keizersnede gepeld zag worden als een reusachtige gehaktbal uit tomatensoep, vielen de geluiden om ons heen stil. De synthetische snoepgoedgeuren waren uitgewerkt en ik rook een fel doorbloede huid en Britse hotellakens. Orange juice en scrambled eggs. Zeewind, de rottende steigers van de pier, de door verliefden, mislukkelingen en rijke bejaarden bevingerde fiches van de roulette. Gebakken vis in ranzig vet, slap bier, aardappels met azijn. Mannenhanden. Hotelzeep met de geur van dikke Britse theerozen. Regen, regen en nog lauwwarm sperma. Brighton. De minuut waarin ik verwekt was.

'Als je hier blijft kun je over een tijdje weer opnieuw beginnen,' zei de heerser van Nooitland, 'als de Anne die je daar ziet. Nog even en ze kunnen alle lijken klonen. Eén klein kruimpje uit de urn, daar heeft de wetenschap over een tiental jaren voldoende aan. Gewoon weer dezelfde omhulling, maar mooier en jonger. Dezelfde liefde, maar dan perfect. Hetzelfde beroep maar met nog meer succes... En tot die tijd maken wij het je hier naar de zin. Als je niet van pretparken houdt, ik heb ook een kunstcollectie waar je u tegen zegt. Jouw geliefde Koons heeft mij al vereeuwigd in porselein.'

'En mij,' zong de aap. De gemaskerde kinderen van de heerser trokken aan de duizend armen die ik had. Door hun maskers heen gaven ze me kleine kusjes. Ze renden om me heen in hun hemdjes, en ik hoorde mijn Grieg zoals ik hem nog nooit gehoord had, ik werd een levensgroot oor, een slakkenhuis waarbinnen een aambeeld – nee, een levensgrote keel waarin ritmisch werd gebeiteld en gehakt; de zeven dwergen die in de berg hun schatten uit steen sloegen.

'Blijf. Bam. Hier. Boem. Wacht. Pang. Bij. Peng. Mij. Tsjak. Waak. Beng. Hier. Paf.'

De worg-engelen. Ze worgden van binnenuit, met de botte bijl. Dit was nog eens wat anders dan een sjaal om mijn nek. Maar ik kon weerstand bieden. Dat had ik al eerder gedaan.

De arts had geknikt alsof hij dagelijks mensen over de vloer kreeg die fobisch waren voor de sterfelijkheid van anderen. En welbeschouwd was het ook gewoon een aandoening te midden van andere aandoeningen. Je had mensen die bij alles wat ze aanraakten aan bacteriën dachten, die met de vaatdoek in hun handen waren getrouwd, en zelfs hun nakomelingen niet meer op schoot wilden nemen omdat kinderen buiten speelden, met hun eten knoeiden en hun jassen aan vreemde kapstokken hingen, hun neus met hun mouw afveegden of met hun nagels in hun aars krabden, juist als je even niet keek... Je had mensen die bij voortduring haren uit hun hoofd moesten trekken tot ze uiteindelijk kaal waren, dat had ik wel eens in een documentaire gezien, het was een erkend ziektebeeld, en je had mensen die alles dubbel moesten doen. Die twee keer hun tanden moesten poetsen, en twee keer een pot pindakaas moesten kopen, en twee keer op bezoek gingen bij hun ouders om twee keer koekjes te eten en twee keer dezelfde conversatie te voeren. (Dat leek me een inconsequente stoornis, want je kon bijvoorbeeld niet twee keer op precies dezelfde manier niezen, klaarkomen of ontroerd zijn, laat staan dat je twee keer in slaap kon vallen en twee keer hetzelfde kon dromen.) Een vriendinnetje dat ik in Normandië had leren kennen, was ooit bijna in het vliesje van een pinda gestikt en had een jaar later een slikfobie ontwikkeld. Uit solidariteit of nieuwsgierigheid heb ik haar nog een tijdje nagebootst; ik at geen kruimelige koekjes meer en hield aan de kust mijn lippen stijf op elkaar uit angst voor binnenwaaiende zandkorrels, maar eenmaal thuis gedroeg ik me weer normaal. Geen aanleg voor dwanghandelingen. Dacht ik.

Maar nu. Ik controleerde de hele dag door of het gas uit was, en de sigaretten, of Rudolf en Bouwe hun vitaminen hadden genomen, en ik luisterde naar hun hart. Ook ik was inconsequent, want als ik mijn man en zoon niet zag kon ik de neurose omzetten in verdriet en overdreven werklust – alsof ze al dood waren.

'We kunnen de stemmingen dempen,' had de arts gezegd. 'Met een cocktail die de toevoer van serotonine naar de hersenen op peil houdt. Zoiets. Dat u rustiger wordt. Dat de scherpe kantjes ervanaf gaan.'

'Maar dan ben ik dit niet meer.'

'U kunt uw werk juist veel beter doen. En wat u net zelf ook al aangaf, uw zoon zal niet meer zo gehinderd worden door uw angsten. Een overbeschermende moeder, of zelfs een depressieve moeder kan op den duur een diep trauma slaan.'

'En als mijn zoon mij nou gewild heeft zoals ik echt ben? Dus met die intense angsten? En hij krijgt alleen maar een slap aftreksel van de moeder die hij gekozen heeft?'

'Dat is metafysica, mevrouw.'

'Ik vind dat mijn zoon beter geen moeder kan hebben, om dan later te horen en te lezen wie ik tijdens mijn leven was, zodat hij alsnog... Dat vind ik beter dan hem op te schepen met een harmonieus karikatuur. Het is een onschuldige persoon existentieel voorliegen, het gebruik van medicijnen. En dan blijkt hij, ik noem maar wat, later ook zo bang te zijn, en dan moet hij het wiel weer opnieuw uitvinden, terwijl het hem misschien ontzettend zou kunnen helpen te weten dat zijn moeder ook bang was. Dat hij er niet alleen last van heeft.'

'Wilt u nou dat de klachten verminderen, of niet?'

'Ik wil dat de klachten verminderen zonder dat ik verminder.'

'Denkt u er nog eens rustig over na. Gesprekstherapie is eveneens een mogelijkheid.'

'Mijn vriendin gelooft ook dat het oorzaken heeft. Wat een onzin! Ik bén dit. Ik ben mijn behoudzucht, mijn overgevoeligheid, mijn tranen en mijn angst. Ik kan dat allemaal dragen, maar ik kan mezelf niet meer dragen. Alsof er een reus op mijn schouders zit. Noem het een Christophoruscomplex. Schrijf maar op. Het is uitputtend om mij te zijn, al klinkt dat pathetisch. Ik houd het niet vol.'

'En een kuurtje van een paar weken? Als het nou aanslaat? U moet het zelf weten, maar ik vind dat u onverantwoordelijk bezig bent.'

'Ik vind dit het toppunt van verantwoordelijkheid. Dat ik nee zeg tegen uw biologische, chemische ingrepen. Dat ik ervoor kies om tot in mijn laatste uren mij te zijn en geen vervalsing. Zodat ik dan ten minste herinnerd kan worden zoals ik was.'

'Of wilde zijn.'

'Of wilde zijn.'

'Denkt u goed na?'

'Zeker. Dit gesprek heeft me erg geholpen.'

Ik heb weerstand geboden. Ik ben consequent geweest. En wie zegt dat dat niet de voornaamste roeping was waarmee ik ben geboren? Zelfmoord praat ik niet goed, integendeel, en ik zeg niet dat het per se moreel is om medicatie te weigeren of in algemenere zin weerstand te bieden, maar voor mij was dit de enige en laatste daad die ik moest voltrekken.

Alsof ik eindelijk over mijn aard was heen gesprongen.

De heerser kuste de grond en vertrok.

Bubbles sloeg zijn harige armen om mijn nek en trok de worgdwergen als teken uit mijn vel dat geen vel meer was.

Mijn Oude Bekende werd een lange strook witte stof en zwachtelde zich om mij heen. Mijn ziel werd lang, en rank, een vrouwengestalte... Ja, zo ingebakerd nam ze mijn vormen weer aan. Er was geen Nooitland meer.

Het vlot meerde aan. Onder het vlot steeg het water, de aarde werd loodzwart als water, het water baarde een vlot, het water meerde aan. Of ik, eindelijk.

Het water spiegelde het vlot, het vlot spiegelde de aarde, ik was zo licht dat alles spiegelde, ik hoefde mezelf niet meer te zien. Ik was van top tot teen ik, tot aan de horizon was ik ik.

Vier handen (van Bouwe en Rudolf? Mijn ouders?) tilden me op de houten planken. Samen met een bruidskist dreef ik af. Ik hield mezelf goed vast.

Boven het eiland ging de zon op of onder. De rotsen hadden een huis gebouwd waarbinnen cipressen als lampen stonden, purperzwarte, groengevlekte lantarens – en ze droegen het dak van sterrenzatte schemer. Het waaide bescheiden. Van vogels die ik niet kende bemerkte ik alleen het slaan en trillen, van nachtdieren alleen de ogen die als druppels kwik langs de lage takken schoten. Achter het gesteente kraaide een haan, driemaal, en het werd dag.

In de gloed van de zon beefde mijn karakter.

Een kring van vlammen.

Oplaaiend Johannesvuur, koperen midzomerlust.

Erboven deinden kleine zwarte vliegen, en motten dun als as. Ik zag de ogen die ik had gehad in het vuur. Mijn gebaren.

Mijn priemende achterdocht die ik altijd nieuwsgierigheid had genoemd en die zich manifesteerde zodra mijn onbetrouwbare, onvrouwelijke begeerte de kop opstak. Ik zag mijn dodelijke humor en mijn dodelijke enthousiasme. Al die mateloze bewegingen; de niet waar te maken, alverterende wil tot weten die als een gespleten slangentong in en uit mijn vriendschappen ging. Ik proefde de geheimzinnige smaak van vlierbloesemsiroop en de stoffige, naar onweer geurende bloemschermen die mijn Duitse oma door het beslag haalde en frituurde op 24 juni. Poedersuiker zalfde mijn lippen. Ik plukte hertshooi en drukte de donkergele bloemen en hun stralende meeldraadjes fijn tussen wijsvinger en duim en likte de rode Johannesolie, het bloed van de doper, van mijn handpalm. Extase.

In de kring van vuur stond een schorpioen.

Zijn pantser groeide en glom zoals mijn pupillen hadden geglommen, het bruin en het blauw uit mijn irissen hadden verdrongen op de dag waarop Rudolf...

Ik ademde zijn gif in.

Het beest was bang.

Voor de lichtende, grommende cirkel.

Hij hief de pijlstaart op en voerde daarmee een tango uit. Ze draaiden achten om elkaar heen, staart en dier, dier en staart, en juist toen de lemniscaat perfect in zijn rondingen was, stak het dier de punt van zijn verhoornde achterlijf in zijn eigen voorlijf, dat nu doorzichtig werd, van glas. Ik zag hoe het zwavelige sap de levensbenzine verdreef, herkende alles, de noodzaak – maar het offer was smalhartig en het vuur versmalde en werd violet en toen de Dood 'Bin Freund...' zong, als in het lied van Schubert, begreep ik de maand die ik had gekozen voor mijn geboorte, en de dag, Allerzielen, en het uur waarop de zon nogmaals in Scorpio had gestaan.

De maan verdreef de zon.

Mijn bruidskist werd geopend door stralen nat van hun zilverbad. Ik liep in de blik van mijn man alsof het een wereld was. Mijn voetstappen galmden. Ik trok alle kleren die ik ooit had gedragen van me af en hing ze aan de webben die in de nok van de blik waren geweven – muzikale webben, waarin druppels natrilden in een mineur die boven alle troost verheven was. De ruimte werd nauwer. Voor me lagen twee tunnels, koud, botwit en dun als sigaretten. Alleen door mezelf in tweeën te delen kon ik de kruipruimtes begaan. Ik brak als een regenworm die door een schoffel doormidden wordt gesneden, en gleed gelijktijdig met mezelf het geraamte in. Engtevrees. Om me heen spoelde wormachtig merg, een bedrijvige brij waarin minuscule coconnen opensprongen. Kraakverse bloedcellen (babyroze, kersenbloesemroze, roze champagneroze, abrikozenroze) gingen als vlinders voor me uit. Als zeepbellen. Ik dook amorele dromen op, en woorden van koraal. Het brakke mergvocht en ik sloten elkaar in, we wuifden rond elkaar, treurig en eenzaam, we hapten naar stilte als zeeanemonen.

Ik kwam uit bij de voetbeentjes, de knie- of ellebooggewrichten. De kop van elk bot een universum, donker en oud.

'Wist je dat je vier maanden in verwachting was, toen je...' vroeg Rudolf. Had ik dat geweten! Ik dacht dat het de angst was waardoor ik niet meer... De angst had verhinderd nieuw bloed aan te maken...

Maar nu was ik godzijdank weer twee levenden en we zweefden pas de deux, op het 'Te Deum' van Pärt door een crypte die volliep met grondwater, een kosmos zonder fundering, en ik was in Rudolf zoals Bouwe in mij was geweest, en Rudolf was in zichzelf zoals hij, noch ik, noch onze kinderen, noch zijn rouw, ooit in hem waren geweest.

Ik vormde heupen en borsten uit plankton en dreef eetbaar, voedzaam, naar de magere vis die verveeld de schubben en kieuwen poetste, ik poetste de vis, de vis zwom van me vandaan en dankbaar, dankbaar keek ik hem na met de blik van een geliefde.

Jij hebt mij heel gelaten.

Jij bent hoog en diep en onbereikbaar gebleven en hebt je niet aan mijn vrees aangepast.

Alles duizelde me en je liet me duizelen.

Zonder die duizeling had ik nooit ook maar één zaal ingericht. En Rudolf zei voor de zoveelste keer het gedicht op dat ik nooit had durven begrijpen:

C-majeur

Toen hij na het samenzijn op straat kwam
wervelde er sneeuw door de lucht.
Terwijl zij met elkaar sliepen
was de winter ingetreden.
De nacht glansde wit.
Van blijdschap liep hij snel.
De hele stad helde.
Passerende lachjes –
allen glimlachten vanachter opgestoken kragen.
Vrij!
En alle vraagtekens begonnen over Gods bestaan te zingen.
Zo dacht hij.

Ecn muziek maakte zich los
en schreed met grote stappen
door de jagende sneeuw.
Alles op weg naar de C.

Een trillend kompas gericht op de C.
Een tijdstip boven kwellingen verheven.
Simpel!
Allen glimlachten vanachter opgestoken kragen.

Een troep adelaars glimpte vanachter een opgestoken kraag van wolken: engelen en profeten met gezichten van melkblanke veren en gips, biddend aan het firmament. Ik kon hun religie verdragen.

Ik werd zo wijd als zij.

In mij pasten de stenen en de sterren, mijn eigen ster, de weidsheid van het land en de wijsheid van één man – er was genoeg. Ik en het magerste leven waren me genoeg. Nu wist ik zeker dat ik niet meer terug zou gaan.

De maan ging onder en Saturnus verscheen. Inktblauw, indigo, als de ogen van mijn zoon vlak na zijn geboorte. In dat rijke, ernstige duister een gouden bliksemflits, als een krijtstreepje in een maatpak. Ik haalde de hoge en de lage C.

En werd C.

Ik zag de schrijver die mij verzonnen had schrijven en was het volkomen met haar eens. Ik hoopte daarom zo dat ze de drieëndertig zou halen en vooral: het einde van het boek.

Ik kon het haar laten halen.

Taken. Plichten.

Ik zag Rudolf met Barbara vrijen.

Hoe hij zocht en zoekt en nog zal zoeken naar hetzelfde dat ik in hem had gezocht.

Maar niet krijgt.

Barbara vindt Rudolf leuk en ze vindt seks met hem leuk. Ontspannend. Zoiets als Triviant spelen of naar de sauna gaan, met het verschil dat je niet zomaar met iedereen naar bed gaat. Het is een exclusief spelletje en je hebt het nodig om je fit te voelen en mooi en het hoort erbij. Barbara heeft geen intenties – zo kunnen die van hem ook niet vermengd raken, dat weet hij, dat gaat hij nog weten.

Hij is bij C.

Het maakt me niet wantrouwend, niet jaloers.

Alles is bedoeld en niets van het bedoelde is anders dan in deze gloed, deze heldere toon ontstaan. Hier.

Bouwe wiegde als een verdronkene boven ons bed en zag ons vurig ploeteren. Hij wilde erbij zijn. Bij ons. Hij wilde tussen ons in liggen. Hij wilde meemaken dat we elkaar in het donker zouden wakker stoten om samen te controleren of hij nog ademde. Hij kan ons ook al veel eerder hebben ontdekt, tussen duizenden anderen, en ons bijeengedreven hebben – dat kan ook. Ik weet niet alles. Misschien waren onze levens uitvindingen van Bouwe. Schreef hij onze biografieën in de wetenschap dat ze ooit, in een wasserette, met elkaar verknoopt zouden raken. Of althans, dat ze in elkaar gerold zouden kunnen worden als twee sokken tot een bolletje.

Vragen, gesteld zonder weemoed:

Schreef C. mij? Schreef ze Barbara? Zichzelf?

Schreef Rudolf zijn drie vrouwen?

Schreef zijn zoon zijn vader met drie vrouwen?

Is er een schrijver?

Schreef ik?

Saturnus schreef.

Juweliersletters op nachtblauw fluweel.

Ze richtten zich op.

Woorden werden namen, metaforen, meteoren, werden lichamen, hun onbeholpen liefdes, dansmomenten, werden de broze ochtendglans. Saturnus schreef ook wat ik nu doe.

De haan kraait een vierde maal. Het waait oogverblindend, even. Ik leg mijn windselen af, zie iemand die druk doende is zijn windselen af te leggen en daarbij hulp nodig heeft. Ik ken ons.

'Volg mij,' zegt de man in de wind en ik herinner me dat ik een deel van hem ben. Hoe hebben we het kunnen vergeten.

We staan op met ons bed, onze kist en ons eiland en wandelen over water het lichte, warme, ware water tegemoet.

Het is een stille dag. De regen die vannacht gevallen is, is opgedroogd. Op straat geen auto, geen mens, geen hond. Geen duiven in de bomen. Er is dood in dit huis. De achterwereld (sinds ik dat woord gevonden heb, in het klokhuis van de giftige appel die paniek heet), de achterwereld is in mijn kamer, wit als sneeuw, zwaar als Russische koorwerken. En in mij klinkt mijn verveelde stem als een basso profundo, adem gevuld met aarde: laat mij het mysterie ontvangen, verhef mij. Om mijn lichaam staat een kast van glas. Ik beweeg tussen de dingen en herken mijn zwijgzaamheid in de onuitgepakte bossen bloemen die we in emmers op de vloer hebben gezet, in mijn boeken, mijn cd's, de lege koffiekopjes, het bord met de croissantkruimels, de antieke spiegel. Gisteren vijftig geworden. Vijftig, en erkend schrijver bovendien.

Barbara zit beneden, bij de buren, ik hoor haar regelmatig lachen. Schel. En vragen stellen. Maar het blijft stil hier en ik denk aan mijn feest op de uitgeverij en later in een zaaltje boven een restaurant; alsof ik op mijn eigen uitvaart ben geweest. Geest te midden van dikbuikige en rondborstige dwergen. Iedereen was opeens verkouden en nieste in archaïsch grote, katoenen zakdoeken. Men bestelde wodka-jus en oude jenever, ik werd op de schouders geslagen alsof ik toch niets voelde en iedereen snotterde in mijn gezicht hoe bijzonder ik was, en ben, en zal blijven. Schaaltjes met pinda's. Toastjes met zalm, geitenkaas en paté. Het verzoek om mijn boeken te signeren.

Vriend. Nog nooit ben ik zo vaak op een dag een vriend genoemd, dronkemanstranen in de ogen, liefdesverklaringen rechtstreeks afkomstig uit de lever en iedereen hield ook zielsveel van Barbara, die eerst met Mariska en later met Huib de grootste pret had. Mijn zus was er, mijn broers waren er. Zelfs Thijs. Ik heb hem nog even gevraagd waarom hij in een hotel...? Als Corine toch niet thuis was? En hij zei, wat ik ook wel weer sterk vond, roerend, dat je bedden nooit in verlegenheid mocht brengen, het beddengoed verschonen alleen was niet genoeg, ook al zouden de beslapers ervan niets merken, het matras... Toen zag ik weer even hoe wij bij elkaar hoorden. De simpelste broer die ik heb en aan wiens grimassen ik duidelijk kon aflezen wat hij van dit elitaire gezelschap vond – ik was gisteren blij dat hij er was en liet mij bier brengen en water, terwijl vrouwen mij in het oor fluisterden dat ze nooit, en daarom eigenlijk altijd, hadden geweten dat ik Waterman ben.

In de dagen voorafgaand aan het feest heb ik mijn toneelstuk over de dominee en het winkelmeisje voltooid. Uiteindelijk laat ik in het midden of hij zelfmoord gaat plegen of niet. Michaël kán niet de engel van de moed tot zelfdoding zijn. Dat heb ik op de presentatie natuurlijk niet gezegd. Wel heb ik de pont-passage voorgelezen. Alleen maar om te tonen dat ik nog steeds bezig ben – en ik kreeg applaus toen ik zei dat het inzicht of de openbaring dat er geen God is, net zo goed een mystieke ervaring kan zijn. Het publiek vond het een vondst en joelde verlicht, terwijl ik in weerwil van mezelf alleen maar kon denken: en zo gaat het verraad door, van dag tot dag.

Maar ik ben ook een verrader, dus wat heeft het voor zin langer bij die dingen stil te staan. Ik miste C. Had ik haar niet gemist, was dat verraad geweest. Nu ik haar miste was dat ook verraad. Mijn ziel is te krap. Er past bijzonder veel in, maar geen macht die verzoent.

Wat plaagde ik de feesteling die ik moest vertolken. Mag ik kanker? Ik kreeg een fles cognac. Mag ik tuberculose? Ik kreeg een briefopener in de vorm van een reigerkop, de snavel moest voortaan door gesloten enveloppen gaan. Een hartstilstand, of hersenvliesontsteking? Ik kreeg een leeslampje voor in bed, met een clipje vast te klemmen aan de bladzijde. Mag ik hier weg, en spijbelen van mezelf? Een dinercheque ter waarde van vijftig euro. Mag dit jasje uit? Mag ik alsjeblieft weer alleen wonen en als dat me blijkt te lukken ook zonder nationaliteit zijn? Iemand kroop achter de vleugel en begon een medley. The Beatles, The Doors, Frank Sinatra. Dolle boel. In de verte hoorde ik mensen tegen elkaar zeggen dat het vroeger veel erger was om vijftig te zijn dan tegenwoordig. Barbara's ouders stonden met een regisseur en de uitgever te praten en ze zeiden precies hetzelfde, alle vier, waarbij het getal vijftig was vervangen door zestig. Grijs haar was soms hennarood, soms kastanjebruin, kalende mannen hadden werk van hun bakkebaarden gemaakt of zich een lichter brilmontuur aangeschaft. Mag ik ergens anders, in een andere tijd... Mag ik dit boekwerk niet geschreven hebben, mag ik überhaupt nergens aan begonnen zijn en dan BEGINNEN?

Niemand hoort dat soort vragen. Ze branden in de huid van je voorhoofd, je voelt de rimpels in aantal en diepte toenemen, iemand krast met een naald een naaldboom van angsten boven je ogen, en je straalt van ellende als een plastic etalage-kerstboom, kunstlichtjes aan en uit... Ecce homo, Rendier Rudolf, van knuffelbaar imitatiebont, draagt Santa Claus op zijn rug door de wolken... Dit ben ik niet. ik ben dit niet. Niet het zachte beest, niet de gulle gever die hij vervoert, niet de allesbegrijper en allesvergever waarvoor ik al mijn leven lang word uitgemaakt, ik ben niet de God die jullie nu met Bijbel en al ten grave dragen.

Ewald, met zijn theorieën over Beethoven en Lucifer, stond Tanja te kussen en wierp mij een verzaligde blik toe alsof ik zijn relatie had gered, terwijl ik een gewoon gesprekje, een echt gesprek, een behoorlijke ontmoeting... ontbeerde. Zo'n feest – ik had daarvan moeten genieten, 'het in dankbaarheid moeten aanvaarden' en ik stond daar maar, koud, onaangedaan en leugenachtig, ik liet mensen mij omhelzen en drukte hun hoofden nog wat dichter tegen mijn borst, maar ik wilde dat ik mezelf net zoveel troost kon geven als anderen van mij krijgen. Godallemachtig, dat was ook zo'n veelvoorkomend woord in de verhalen: troost. Rudolf die troostende stukken schrijft – te gespannen was ik, om daartegen in opstand te komen.

Het is een stille dag. Mijn nieuwe schoenen kraken. Het leer, de zolen. Ik klap mijn laptop open, maak een nieuw document, probeer zomaar iets te schrijven: een dichtregel. Uit het niets.
'Er is een eik die zich gelukkig prijst.'
Te vrolijk.
'Waarom de jeugd, de tuin, de namen...'
Nog een keer. Een variant.
'Waarom de jeugd, het geluid, de namen...'
Welk geluid?
C. kon het als het moest. Een gedicht schrijven. Na een dag lang dansen deed alles pijn. Dat vond ze niet erg. Er was ook geen vriendje meer dat klaagde dat ze dankzij haar chronisch stramme kuiten en geknakte nek zo weinig avontuurlijks meer ondernamen; C. had Evert nog eerder dan ik het wist meegedeeld dat ze verliefd was geworden. Op een ander. Op mij. En Evert had, begripvol, hun liefde omgezet in vriendschap. Hij had al snel iemand anders en

C. vond het heerlijk om weer alleen te zijn. Alleen en verliefd op mij. Op haar kamer in een monumentaal pand in Haarlem dronk ze wijn met mij in gedachten, at ze haar gezonde groenteschotels met mij voor ogen, luisterde ze naar muziek met een fantoom-mij, vooral veel Chopin – ze had de televisie de deur uit gedaan en schreef 's avonds poëzie voor mij. Poëzie die zogenaamd moest van mij en van de verrekte spieren die geen uitgaansleven meer toeston-den. Als ik haar belde, meestal op maandag, kort nadat Barbara het huis had verlaten, las ze me voor. Wat er uit een week intensief trainen was ontstaan: onbegrijpelijk oorlogszuchtige taal, helder, geestig, volgestroomd met donker, ijzerrijk bloed. Ze wilde gedich-ten bewegen, C. Maar het omgekeerde gebeurde: de bewegingen bleken te schrijven. De pirouette en de spagaat, de plié, de sprong, de gebogen armen, de gestrekte tenen, de loopjes, de buigingen, de warming-up en het vogelnestje, de stamp, de handklap, de zwaai-ende heupen en het geheven been hadden hun eigen woorden uit de ruimte geplukt en adem had alles aan elkaar geregen tot een ketting van Oost-Europese, warme, lichaamsverwante lyriek. Geen doodsangst, geen doodsverachting klonk er in die gedichten, maar een voor zo'n klein meisjeslijf veel te zwaar besef van opstanding.

'Daarom wil ik er ook niet mee naar een uitgever.'

'Waarom niet?'

'Steeds maar dat gezeur over leven na de dood – het is psycholo-gisch zo simpel te verklaren. Ik wil dat het echt goed komt tussen ons. Niet die geheime bezoekjes van jou, die beloftes... En in over-dreven vorm krijg je dan wat jij noemt opstandingsgeloof, tralala, zelfs de dood krijgt Rudolf en mij er niet onder.... Studentenhyste-rie.'

Op een dinsdag, een woensdag of een donderdag probeerde ik bij haar te zijn; andere dagen waren ons niet gegeven. We wandelden langs het Spaarne, dronken ergens koffie, gingen naar haar kamer. Ze had taartjes, of belegde broodjes, of allebei. We aten en kusten. Praatten en kusten. Rond een uur of vier worstelde ze met de kur-kentrekker en een fles Chileense chardonnay en altijd weer moest ik de klus afmaken. Zelfs een blik Frankfurters kreeg ze niet zonder hulp open. Het borreluurtje werkten we staande af. Bij haar raam, dat uitkeek op een oude kloostertuin. Er scharrelden kippen rond een scheve kastanje. Er was een piepkleine vijver waarop plompen-bladeren dreven – een waterlelie zag ik nooit. Ik mocht roken van C.

Ze zette een schoteltje voor mijn as in de vensterbank. Een van ons tweeën behoorde dit zinnetje uit te spreken: 'Hier staan wij dan, op onze eigen receptie.' De running gag. We deden alsof de kamer gevuld was met belangstellenden voor een ons onbekende jubilaris of een exposerende kunstenaar, alsof wij elkaar in die menigte hadden ontdekt en ons nu afzonderden. We deden alsof we geroezemoes hoorden, serveersters zagen, de bitterballen en mini-loempia's afsloegen. Een leuk toneelstukje, waarin we steeds bedrevener raakten. Maar allebei wisten we dat dit receptie-sketchje, tussen de gebloemde gordijnen die C. van de vorige bewoonster had overgenomen, vooral bedoeld was om te verdoven. Ik zou weer naar huis gaan. Naar Barbara. Alsof ik mijn peuken in mijn eigen maag uitdrukte. En dan de blik van C. Zo voldragen, lief, kwaadaardig en mistroostig. En voorzichtig keken we naar haar bankstel, dat uitgeklapt een tweepersoonsbed was dat ze iedere avond alleen voor zichzelf opmaakte, en dat mijn gewicht kon dragen – dat wisten we. Dat was al geprobeerd.

'Je moet gaan. Anders mis je je trein.'
'Ik heb nog een kwartier, twintig minuten.'
'Nou, er is nog wijn.'
'U, mevrouw?'
'Mejuffrouw.'
'Excuseer, mejuffrouw.'
'Dat zou heerlijk zijn.'
'Dionysius de Areopagiet...'
'Negatieve theologie. Ja, dat is een mooi onderwerp.'
'Maar dan moet ik even blijven.'
'Uiteraard, mijnheer De Wolf. En dat kan niet.'
'Dat we het niet doen, lief...'

Het stak me dat C. en ik wel vreeën, dat ze hem wel in haar mond nam, maar meer niet. Nooit. Geen daad. Ik deed haar tekort, nee, misgunde ons allebei... meteen nadat ik dat gezegd had, werd ik bang van haar tranen, ook al slikte ze ze moedig in. Ik was nog banger om in haar weg te stromen, op te lossen, mezelf kwijt te raken. Te worden opgegeten.

'Jij eet mij op. Jij pikt alles van me af.'
'Zie je wel. Ruzie.'
'Erg hoor. Man, ik ben er minstens zo bang voor. Dat ik nooit meer van iemand anders kan houden.'

'Je mag ook niet van iemand anders houden.'

'En jij wel?'

Ik schudde mijn hoofd zoals koeien dat doen. Een bek vol gras. Ik herkauwde mijn liefdesverklaringen aan Barbara, proefde dat ze oprecht waren, groen, fris, onbespoten – en toch waste er een bitter vocht tot aan mijn verhemelte, dat ik niet wegkreeg door te slikken. Barbara was nooit jaloers. Ze begreep niet dat ik het wel was. Soms. Vaak. Als ik haar zag lachen om een woordspeling van de gevatte zoon van de slager en hij, met een plastic opscheplepel gevuld met filet Americain in de hand even naar haar knipoogde vanachter de koelvitrine, kon ik krimpen van angst. Ik zag de jongen lebberen aan haar hals. Zijn rode handen gingen onder haar truitje. Hij nam haar, in ons bed, van achteren en dan zag ik Bar een orgasme krijgen. Ik zag haar Ewald versieren, het geslacht strelen van mijn broer Sander. Op afterparties na premières van mijn stukken hield ik haar in de gaten als een verlegen jongetje zijn moeder, en ik vreesde de normloze acteurs die zomaar een vrouw konden tongkussen, in het openbaar, bij wijze van groet, alsof het niets was. Ken jij dat niet, jaloezie? Bar?

'Jawel,' zei Barbara, 'maar bij jou heb ik er nooit meer last van. Je biecht me zelfs dingen op waar ik geen belangstelling voor heb. Echt, ik weet het zeker, áls jij eens een scheve schaats rijdt kun je dat nog geen minuut voor je houden, je praat zoveel. Over jezelf.'

Te veel? Dat niet. Maar ze vond me wel erg openhartig, zeker voor een man.

Misschien ga je in aanwezigheid van iemand die nooit geplaagd wordt door nieuwsgierigheid inderdaad wel veel praten. In de hoop dat er één zin bij zal zitten waaraan de ander dan toch eindelijk eens aanstoot neemt, één zin waarover gepiekerd gaat worden, een etmaal lang, en dan de volgende avond die van achterdocht zinderende vraag: wat bedoelde je gisteren met...? Ik bedroog Barbara en Barbara wist dat ik haar niet kon bedriegen. Ze gunde mij de vriendschap met C. Legde het voor zichzelf uit als een soort meester-leerlingverhouding. Begreep dat C. nog wat chaotisch was in het vormgeven van haar talenten en daarom iemand nodig had die structuur in haar gedachten aanbracht. Iemand die haar leerde hoofd- en bijzaken van elkaar te scheiden. Voor Barbara was ik C.'s mental coach. 'Fijn ook voor je, dat je eindelijk eens met iemand over filosofie, godsdienst, muziek en literatuur kunt praten.'

Ze begreep dat we boeken uitwisselden. Ze begreep niet dat ik ook veel van C. leerde, laat staan dat we vooral kussen uitwisselden. Dromen. Spiegels. Blikken. Zielen. Ik liet mij bij C. achter en nam haar mee naar Amsterdam. En een week lang groeven en hakten we in elkaar, boorden we, zaagden we, fileerden we. We spaarden elkaar niet. 'Wat ik nu weer heb ontdekt...'

Het laatste gedicht dat C. me gaf, ligt in een la die met een sleuteltje kan worden afgesloten. Dat doe ik nooit. Voor je het weet raak je zo'n poppensleuteltje kwijt en bovendien: wat is er geheim aan de inhoud van de la? Ik bewaar er twee dunne fotoalbums die mijn vader voor mij heeft volgeplakt. Niets bijzonders, ook de onderschriften niet. 'Rudolf vijf jaar, met pet en step.' Alsof ik niet zelf kan zien dat ik een pet draag en het stuur van een stepje omklem, stevig, altijd beducht voor een broer die mijn speelgoed confisqueert en het pas weer teruggeeft als het vies of beschadigd is.
'Rudolf en Gert-Jan bij Sinterklaas op schoot.'
'Rudolf, Thijs, Sander en Gert-Jan bewonderen hun zusje.'
Vier jongetjes turen plichtmatig in een wiegje. Onze moeder staat er naast: een hooibaal in een roze nachtjapon. Op geen enkele foto in het album is mijn vader te zien. Hij lijkt weggeretoucheerd. Zijn eigen schuld: hij was zo trots op zijn dure camera dat niemand anders hem mocht gebruiken en de zelfontspanner deed het nooit, dus ontbreekt hij in de beeldgeschiedenissen die hij voor ieder van ons heeft gemaakt. Mijn vader leeft voort in pijnkreten. De ene keer viel zijn boormachine op zijn voet, de andere keer sneed hij met de kaasschaaf een plakje van zijn duim. Hij kreeg de punt van een keukenkastdeurtje in zijn oog en als die wond weer genezen was scheurde hij tijdens het voetballen zijn meniscus – de immer bezige man had altijd wel ergens een kneuzing, een snee, een bloeduitstorting. Als om zijn gezin te tonen dat hij zelfs in zijn vrije tijd een ambachtsman bleef, wat vreemd was, omdat hij tijdens zijn werk als metselaar nooit enige schade opliep. Anderen vielen van steigers. Hij niet. Anderen reten hun hand open aan roestige spijkers en bleven drie weken thuis met een bloedvergiftiging – hij niet. Mijn vader bewaarde zijn macho-masochisme voor thuis en sloeg brandzalf, pleisters en in koud water gedrenkte washandjes zo lang mogelijk af. Dat zou onze eerbied stalen. En inderdaad, wij doken ineen als we hem weer hoorden schreeuwen en jammeren en wan-

neer die helse geluiden waren verstomd, gingen we op onze tenen naar het slachtoffer dat fier als een hengst in zijn aureool van wee rechtop zat, met manen waar spot in blonk. 'Is er wat, mannen?'

'Nee, pa. Niks.' We keken naar de schaafwond op zijn elleboog. De zwelling bij zijn slaap. De bebloede zakdoek in zijn handen. 'Jullie kenne wel een pilsie voor me pakken. Van werken krijg je dorst.'

Ik zet de computer weer uit. Ik moet vandaag niet schrijven. Ik moet lezen. Tien, twintig keer hetzelfde gedicht. C.'s gedicht. Tot ik er grote delen van uit mijn hoofd ken, of, zoals de Engelsen zeggen, by heart. Eenmaal in mijn borst wordt ze een draagbare geliefde en kan ik haar voortaan overal mee naartoe nemen. Zelfs naar mijn eigen feesten. Ik vouw het papier open, ruik eraan, ruik niets, zie dat de printletters al wat lichter zijn geworden. Niet zwart meer, maar grijs. 'Maar ik wil helemaal geen feesten meer,' zeg ik hardop, nog moe van de alcohol en ik lees wat ik eigenlijk allang ken.

*

Met een ovenschaal vol Berberse lekkernijen staat Barbara voor de deur. 'Nog telefoon gehad?' is het eerste wat ze vraagt.

'Kon je dat daar beneden niet horen?'

'Natuurlijk niet. Ik hoorde je alleen lopen. Af en toe een paar stappen. En een keer doortrekken. Maar ik dacht dat er wel mensen zouden bellen om te zeggen dat ze het gisteren zo leuk hadden gevonden. Na die boot deden ze dat ook.' Ze zet de schaal op het aanrecht. Raakt me aan. Ik streel haar schouders. 'Je bent er ook nog even uit geweest. Tussen vier en zes. Ik hoorde je op de trap.'

'Er staan een paar berichten op het antwoordapparaat. Huib wil de komende week met je lunchen. In dat nieuwe hotel, dat dure.'

'Heb je al gegeten?'

'Een paar boterhammen.'

'Ik heb van alles. Aan deze kant zitten de hartige dingen, aan de andere kant de zoete.'

Nadat ik het gedicht had gelezen, niet eens tien keer, was ik naar het park gewandeld. Bij snackbar Tamara kocht ik een pakje sigaretten en een aansteker. Pas in het park mocht ik roken. Het was er druk. Kinderen leerden hun ouders rolschaatsen. Een groep toeristen op gehuurde gele fietsen had problemen met een dronken man die over het pad heen en weer zwalkte. Een mooi, blond meisje liet haar even blonde labrador uit. Meteen na de eerste sigaret nam ik een tweede. De acteur die naar alle waarschijnlijkheid de suïcidale dominee gaat spelen, liep zonder te groeten aan mij voorbij. Handen in zijn zakken, hoofd verscholen in de bontkraag. Achter hem zijn vrouw. Ze trok twee kleuters in een bolderkar voort. Ik wist zeker dat ik nog iemand zou tegenkomen die gisteren op mijn feest was geweest en meteen zag ik Boris bij het hek voor het theehuis zijn fiets losmaken. Hij stak zijn hand op. Ik liep naar hem toe.

'Goed was het gisteren,' zei hij. 'Ik heb er nog een kater van. Jij?'

'Gaat. Ik heb ook veel water gedronken.'

'Slim plan. Niets is zo kut als op je eigen feest bezopen raken. Waar ga jij heen? Heb je Barbara bij die zwager van je achtergelaten? Nee, geintje. Barbara is wel te vertrouwen. Maar ik vond die Huub of Huib of hoe die man ook heette wel iets eh... groezeligs hebben.'

'Ik denk dat hij het moeilijk vond. Om zich op een normale manier te handhaven...'

'Tussen ons soort mensen. Heeft mijn familie ook. Allemaal omhooggevallen autodealers en dan zien ze op mijn verjaardag ineens dat hele journalistenzooitje bij elkaar. Gaan ze schuine moppen vertellen, rechtse dingen roepen, en als ze 'em echt flink om hebben aan de meisjes zitten. Want ze denken: die zijn wel assertief genoeg om er iets van te zeggen.'

'Ik ben gewoon aan het wandelen. Een rondje.'

'Wandel ik met je mee.'

Met zijn fiets aan de hand liep hij naast me. Boris. Ooit een collega, nu een van mijn opdrachtgevers. Chef Kunst bij *LaagLand*. Een paar keer per jaar belt hij me voor een essay. We gaan dan wat eten bij een tent bij hem op de gracht, zogenaamd om het over 'mijn invalshoek' te hebben. Later die week stuurt hij me een paar boeken over het door hem gekozen onderwerp toe, hij belt me nog een keer met de vraag of ik alles ontvangen heb en al lekker op dreef ben, en nog weer later, als ik hem mijn verhaal heb toegestuurd, laat hij mij per brief weten hoe mooi en geestig hij het allemaal weer vond.

Toen Anne anderhalf jaar dood was, zijn we getweeën naar de Frankfurter Buchmesse geweest. De impressie daarvan schreven we samen. Op zijn laptop, op zijn hotelkamer. Boris en ik dronken whisky en aten gerookte amandelen uit blik. 'Een vrouw zou nu meteen gaan klagen dat het toetsenbord vet wordt, o, o, en zoutkorreltjes!!!' riep Boris, klaarblijkelijk bevrijd van alles wat hem in Amsterdam dwarszat. Ik keek naar de Tageschau op televisie, me hardop afvragend waarom Duitse vrouwen er tot op hoge leeftijd zo strak en stijlvol uit blijven zien.

'Je sokken stinken, Rudolf.'

'En jij moet een andere bril kopen.'

Rond middernacht belden we roomservice en bestelden een salade en een omelet – onze vermoeidheid was omgeslagen in euforie. Boris viel tijdens het eten een paar keer achterover op zijn bed, tranen van het lachen biggelden over zijn ongeschoren wangen. Pas om een uur of vier, half vijf 's morgens ging ik naar mijn eigen kamer om in een lauw bad bij te slapen. Al mijn spieren waren stijf van het opzitten en loltrappen, mijn kaken stonden in brand. Terug in Nederland lachten we nooit meer zo enerverend. Over Frankfurt zwegen we. Al met al was het een banaal uitstapje geweest, een soort vrijgezellenfeestje uitgesmeerd over een paar etmalen, met dat verschil dat ik allang gehuwd was (gehuwd met een dode) en vader van een zoon op afstand. Boris was de enige die daar niet meewarig over deed. Waarschijnlijk dacht hij er niet eens aan. Een verademing. Soms is botheid, of tenminste een gebrek aan inlevingsvermogen, een enorme deugd. 'En wanneer gij bedroefd zijt, hoedt u dan voor de troosters en troosteressen onder u, maar ga tot den armen van geest. Vergeet uw lijden zoals zij uw lijden hebben vergeten en begin aan den nieuwe dag zoals zij aan een nieuwe dag beginnen: schuldeloos en blijmoedig als een kind.' Het zou zo in de Bergrede hebben gekund.

Vandaag keek Boris ernstig. Zijn fiets ratelde. De dynamo zat los en tikte tegen de spaken. 'We moeten weer re-stylen,' zei hij. 'We verliezen abonnees en de losse verkoop gaat nog minder goed. Dus dan heb je godskolere op zondag een brunch daarzo. Om te brainstormen! Allemaal gelul. Gelul. Nog meer heftige, arti-farti foto's in het blad. Kortere stukkies. Thémanummers. En die vrouwen!' Hij zuchtte. 'Die willen er een soort highbrow *Viva* van maken. Veel trends, veel emoties. Persoonlijke verhalen. Zie je het voor je? Dan staat er opeens in een filmrecensie: omdat mijn vader net te horen heeft gekregen dat hij darmkanker heeft, was het wel een beetje moeilijk om naar een stervende Robert de Niro te kijken. Godskolere. En dan zijn ze ook nog de hele dag op zoek naar hun eigen en andermans identiteit.'

Ik knikte, bood hem een sigaret aan.

'Het is overal hetzelfde,' zei ik. 'Al die bladen, al die kranten. Ze moeten allemaal verjongen.'

'Eerst krijg je jaren te horen: in de dertig? Dan ben je nog niet toe aan een verantwoordelijke functie. Nu ben ik halverwege de veertig, jij bent gisteren vijftig geworden... en dan krijg je het omgekeerde verhaal. Ervaring telt niet meer. Status? Gezag? We moeten ook zachter worden, kwetsbaarder...'

Er volgde een lang verhaal over ene Jacqueline, over Manon, Ineke en twee Petra's – Boris ging ervan uit dat ik iedereen op de redactie kende. Ik onderbrak hem niet. Vond het wel prettig te wandelen met het gereutel en geratel naast me. Soms is luisteren net zo weldadig als slapen. Een siësta in andermans zinnen; ik dreef op de meisjesnamen weg, zag de kale struiken, de kale bomen als in een droom, het asfalt smolt onder mijn zolen. Door de kou beleefde ik alles heel helder. Mijn onaanwezigheid, mijn onmededeelzaamheid. Plotseling bleef Boris staan.

'Ik heb het in de vergadering van daarnet nog niet geopperd.'

'Wat niet?'

'Die toespraak van jouw zoon.'

Boris hurkte naast zijn fiets en rukte de kapotte dynamo van de vork. De losse draadjes liet hij zitten. Hij stopte het ding in zijn zak, haalde het er weer uit, bekeek het geërgerd, gooide het toen in de sloot.

'Die toespraak was geweldig. En ik weet al wat je gaat zeggen, je gaat zeggen: die kun je niet zomaar afdrukken, er staan veel te veel gelegenheidsdingetjes in. Complimenten aan jou, aan je eerste vrouw... Dat is gênant. Voor je zoon, voor jou, maar ook voor de lezer. Absoluut waar. Maar Bouwe kan dat stuk wel bewerken. Dat het een commentaar wordt op de actualiteit. Ik bedoel, ik heb nog nauwelijks kritische geluiden gehoord over die allochtonenstad. Gehoord trouwens wel. In de wandelgangen maakt iedereen er wel eens een geintje over, maar in de media zelf is het lof, lof, lof. Inderdaad, omdat de buitenlandse pers het plan bejubelt. Als Engeland, Frankrijk en de vs hard roepen dat we hier in Nederland goed bezig zijn, dan vindt Nederland dat zelf ook. Dat zag je ook toen Clinton de oude Kok complimenteerde met het poldermodel. Jezus! Toen waren we ineens trots op onszelf! Nederland: het behaagzieke, volstrekt afhankelijke vrouwtje van de grote naties. "Wat heb jij een leuke jurk aan!" Kijk, mijn man vindt het een leuke jurk, dus dan is het ook een leuke jurk.' Om de laatste woorden kracht bij te zetten, wiegde Boris koket met zijn heupen. Zijn minachting voor vrouwen wond vrouwen ontzettend op. Er boden zich altijd leuke, mooie dames aan die hem wel eens wilden laten zien dat er ook andere vrouwen waren dan de zeurderige 'zie mij mezelf eens opofferen'-types en de warmbloedige 'ik zal jou eens veranderen'-hysterica's die hij imiteerde, op wie hij om de paar zinnen kankerde. De vriendinnen gaven 'het beste van zichzelf' en dropen na een paar weken teleurgesteld af omdat Boris niets te bieden had, geen gespreksstof, plannen, cadeautjes, sfeer, omdat hij niet op een afspraak kwam opdagen, zijn e-mail niet beantwoordde of hen bedroog. In de slotruzie werden ze tot hun eigen ontsteltenis inderdaad het monstrueuze cliché dat Boris van hun sekse had gemaakt. Hij was al vaak geschopt, gebeten, geslagen en gestalkt en nooit was dat zijn schuld. Vrouwen werden gewoon gek als ze hun zin niet kregen, dat was het probleem.

'Dus je wilt een artikel van Bouwe in je blad?'

'Daar komt het op neer. Ja. We plaatsen dat essay van jou waaraan hij in zijn speech refereert lekker groot. Is mooie reclame voor je boek. Rudolf de Wolf zag twintig jaar geleden al waar het 'em in Holland wringt. We hebben zijn zoon bereid gevonden om aan de hand van de huidige ontwikkelingen te reageren... Nou? Dat is lekker persoonlijk: zoon reageert op pa, en het blijft toch maatschappelijk. Politiek.'

Ik liet in het midden wat ik van zijn voorstel vond. Nam afscheid bij de poort aan de Amstelveenseweg en liep over de Overtoom terug naar huis.

Om zes uur zond het kunstkanaal een videoreportage uit over mijn boekpresentatie, afgewisseld met beelden uit mijn toneelstukken. Vrienden lieten zich interviewen over mijn werk. Het zag er allemaal heel amateuristisch uit. Schokkerige beelden. Vervloeiende kleuren, alles net iets te blauw. Ik zag mezelf het glas heffen onder luid applaus, ik zag mezelf drinken. Wie zagen dit nog meer? Kende ik mensen die naar het lokale kunstkanaal keken? Wat zouden die ervan vinden? Plotseling hield de camera halt. Ewald keek recht de kamer in. Er werd een microfoon onder zijn neus geduwd. Wat is uw mening over uw collega? Tanja kwam naast hem staan. 'Wij bewonderen zijn gebrek aan ijdelheid,' zei ze.

'Ja,' zei Ewald. 'Dat hij maakt wat hij zelf mooi vindt en niet wil scoren door op trends te varen. Dat is mooi. Dat is goed. Dat dat nog bestaat.' Op de achtergrond zag ik Dieudonnée. Ze gaf me een kus die ik me nooit herinnerd zou hebben als die niet door de ploeg van Salto was vastgelegd. Een lieve meisjeskus. Een dochterskus. Dat dikke handje op mijn schouder, het ontroerde me. Kon ik die scène maar terugspoelen, dacht ik. Had ik het programma nu toch maar opgenomen. Iets in haar gebaren verried dat ze me nodig had. Iemand wilde afhankelijk van mij zijn – een beetje maar. Maar ik wist me even wat minder overbodig, alsof die kus voor een seconde mijn vertrouwde grondstemming doorlichtte. Een verdwaalde bliksemflits boven een stad bij nacht; ik zag de ruwe contouren van daken, van stenen, van gebouwen die op gestaltes leken, van gestaltes die rotsvast in mijn donkere geheugen stonden, van onbewoonde gestaltes waarin de lampen vanzelf waren uitgegaan. Ik zag mijn eigen handen, mijn eigen mond, bereid om iets goeds te doen, te zeggen – toen verdween het rode haar uit beeld en Ewald riep nog dat ik best eens wat meer in zelfpromotie mocht investeren. We namen gelijktijdig een slok uit onze glazen.

'Die zoon. Achmed. Die zoon heelt fietsen. Dure racefietsen. En mountainbikes.' Barbara praat zacht. Ze zit met haar voeten in een teiltje gevuld met heet water. De bruistablet is uitgebruist. 'Dus vandaar elke keer een nieuwe fiets op de overloop.' Met haar tenen slaat ze schuim in het water. Lenige tenen. Wie weet kan ze er ook piano mee spelen, of schilderijen mee maken.

'Dat hij jou dat zomaar vertelt.'

'Ze vertrouwen me.'

'En wat vind je ervan?' Ik bijt in een nattig worstje van filodeeg. Proef honing, sinaasappel en fijngehakte pistachenootjes. Waarom begint de benedenbuurvrouw niet gewoon een restaurant? Ze kan ook kookcursussen gaan geven. Voor rijke, maar verveelde yuppen die een beetje moe van de Toscaanse keuken zijn en het met hun pastamachine nu wel hebben gehad.

'Het is niet netjes. Dat heb ik ook gezegd. Maar begrijpelijk is het wel.' Het bekende verhaal. Achmed wil wel werken, hij vindt ook wel eens een baantje, in een doe-het-zelf-winkel, bij een snackbar, als bezorger van de leesmap, maar er hoeft maar iets mis te gaan en de baas in kwestie beschuldigt hem ervan en ja, dan staat hij weer op straat.

'Kijk,' zegt Barbara, 'tegenwoordig moeten mensen wel allochtoon personeel aannemen. Doen ze dat niet, dan hebben ze zo een hele juridische toestand aan hun broek. Er wordt scherp op gelet, ook door Nederlandse werknemers. Die hebben dan wel geen belang bij een Turk of een Surinamer in hun team, die zijn misschien net zo xenofoob als hun chef, maar je weet hoe dat gaat, het is altijd leuk om je meerdere op een fout te kunnen betrappen. Om hem aan te geven. Dat is een menselijk spelletje. Toch? Even de macht laten struikelen. "Onze manager discrimineert, dat wilden we even kwijt." Daar gaat je imago. Dus. Dus voor de vorm mag Achmed komen werken. Totdat er een paar keer iets niet klopt met de kassa, of het frituurvet is niet op tijd ververst... Dan is iedereen blij dat er een laagopgeleide Marokkaan rondloopt die de schuld kan krijgen. En het is met zijn neven precies hetzelfde verhaal. Alleen zijn broer, die heeft een eigen slagerij in Leiden. Die doet goede zaken.'

'Ga je het rapporteren?'

'Natuurlijk.'

'Hoe komen ze aan die fietsen?'

'Van een zwager in Eindhoven. Die werkt bij een rijwielgroothandel en rommelt af en toe in de bestellingen. Het is een knap systeem, dat moet ik erbij zeggen. Die vent kan zo goed met getallen en gegevens knoeien dat het de boekhoudkundig manager nog steeds niet is opgevallen. Het komt erop neer dat ze overal van die dorpse fietsenhandeltjes bedriegen. Die hebben dan om dertien mountainbikes gevraagd en dan voeren ze er in de computer vijftien in. Ze laten de handelaar ook vijftien fietsen betalen en als zo'n man schrikt van het bedrag dan hebben ze een lijst gemaakt waarop staat welke extra's er op deze partij fietsen zitten en dat er aan die extra's natuurlijk wel een prijskaartje hangt. Kan de winkelier gewoon aan zijn klanten doorberekenen. Zoiets is het. Vervolgens houden ze die twee fietsen waarvoor wel betaald is maar die niet geleverd zijn, gewoon achter. De ene gaat naar een garage in Haarlem, de andere naar een stalling in Utrecht en als er dan een flinke partij bij elkaar is gespaard, gaat de hele zaak naar Amsterdam. Daar worden ze verstopt in een busje dat op een industrieterrein staat, en steeds haalt Achmed daar een fiets weg die hij doorverkoopt aan een particulier.'

'Dat ga je allemaal opschrijven?'

'Heb ik al gedaan. Toen jij achter je computer zat.'

Ze tilt haar voeten uit het water en vouwt er een handdoek omheen. Als ze droog zijn knipt ze haar nagels. 'Je vindt het niet kloppen, hè?'

'Ik heb er geen mening over.'

'Dat heb je wel.'

'Wat zou mijn mening dan zijn?'

'Weet ik veel. Ik had meer verontwaardiging moeten laten blijken. Moeten dreigen met de politie of zo. Of zeggen: sorry, maar als je hiermee doorgaat wil ik niks meer met je te maken hebben. Of ik moet het accepteren, maar dan ook loyaal zijn en niet alle informatie doorsluizen naar Huib. Alleen...' ze zucht, 'ik weet dat het bij Huib ook veilig is. Dat heeft hij zelf gezegd. Ze willen een volledig en eerlijk plaatje van die mensen, maar dat betekent niet dat ze iets doen met informatie over criminele activiteiten. Dat heb ik zwart op wit. Ik heb er trouwens weer een paar mensen bij. Twee huizen verder wonen drie Turkse vrienden, en om de hoek zitten Nigerianen. Weet je hoe ik het heb gedaan?'

'Nee.'

'Nou, de belastingformulieren moeten toch over ruim een maand zijn ingevuld? Jij houdt dat nooit zo bij, maar ik wel en ik dacht, ik maak gewoon een briefje waarin ik mezelf presenteer als vertaal- en rekenhulp en dat gooi ik daar waar ik buitenlanders vermoed in de bus. Toch weer twee reacties. Ga ik donderdag even langs, ik neem wel een vrije dag op.'

Het is waar. Barbara is ontzettend goed in het op orde brengen van administraties. Ze verliest haar geduld zelfs niet als ik naar ontbrekende giroafschriften moet zoeken of bedragen verkeerd onder elkaar heb gezet. Tot tien keer toe legt ze me uit in welke rubriek ik ingehouden loonheffing moet onderbrengen, waar ik het staatje kan vinden dat me zegt hoeveel procent ik van de ouderbijdrage mag aftrekken en ze rekent voor me uit wat ik het komende jaar aan WAZ-premie moet betalen – zonder een spoor van minachting.

'Je had deze kans veel eerder moeten krijgen,' zeg ik. Ik klink enthousiast.

'Ja. Dat dacht ik vandaag ook een keer. Het was daarbeneden zo gezellig. Anders gezellig. Leerzaam. Ja. Leuk leerzaam. Alsof je een reiziger bent in eigen land. Die gastvrijheid ook. Echt bijzonder.'

In een plastic hoesje op tafel ligt de speech die Bouwe heeft gehouden. Zoon komt vader te boven. Ik steek een sigaret op en zet de leesbril op mijn neus.

Beste aanwezigen, lieve papa,

Omdat ik niet door jou ben opgevoed, maar door mijn oom en tante van mama's kant en, op een afstand, door jouw moeder, is het misschien begrijpelijk dat ik nooit echt belangstelling voor jouw werk heb getoond. Van jouw toneelstukken heb ik nooit veel begrepen en dat andere literaire gepunnik, leuk voor jou, maar het kwam op mij soms wat zielig over. Ik bedoel, zo'n vaag beroep, dat is niet iets waarmee je je vrienden op school kunt imponeren. Zeker in Brabant niet. In mijn klas zitten kinderen van varkensboeren, kinderen van managers van mengvoederbedrijven, de zoon van de directeur van snoepfabriek Mars in Veghel, die deelt altijd uit en staat dus in hoog aanzien, kinderen van winkeliers en kroegbazen, twee vaders werken in Eindhoven bij Philips. (Speciaal voor dit toespraakje heb ik dat bij mijn medeleerlingen nagevraagd.)

Maar toen Barbara me in haar plannetje betrok, leek een toespraakje me heel leuk. Eigenlijk wilde ik best eens zien wat je nou al die jaren hebt zitten maken. Dus daar ga ik het even over hebben.

Helemaal in het begin van je boeken staat een artikel, of een essay zoals dat heet, dat je nog voor mijn geboorte hebt geschreven. Je was zevenentwintig. Het artikel gaat over vaderlandsliefde. Je schrijft dat je je nooit een Nederlander hebt gevoeld. Dat je je als kind in Noord-Holland altijd heel bewust was van de Noord-Hollanderigheid van andere mensen, vooral van je familie. Dat je liever een Fries, Zeeuw of Limburger was geweest die per ongeluk in Noord-Holland terecht was gekomen. Iemand die zich met reden mocht opwinden over de blijmoedige hardvochtigheid van de Noord-Hollander, omdat hij wist hoe het ook anders kon. Hoe je anders met mensen kon omgaan, hoe je anders met mensen kon spreken dan op die wedijverende toon van 'wie het het grofste zegt, heeft gelijk'. En nog liever was je een Spaanse gastarbeider met heimwee geweest, of een jood die dagelijks droomde over en zich verbonden wist met de staat Israël. Die mensen konden in gedachten ergens naar terugkeren, voor jou was er geen terugkeer mogelijk want je was al thuis. Dan wordt het moeilijker. Je schrijft: 'Misschien is het typisch Noord-Hollands om je geen Noord-Hollander te voelen, en beconcurreren Noord-Hollanders elkaar zo sterk in mening en gebaar om onderling uit te maken wie in het gezelschap het minst Noord-Hollands is. En in dat spel ontstaat dan toch weer een typisch Noord-Hollands "wij"-gevoel.' Kennelijk heb je even een Brabants vriendinnetje gehad, want je zet het Noord-Hollandse gedrag tegenover het door jou meegemaakte Brabantse sociale gedrag. Daar in Brabant, en ik kan het beamen, is het wij-gevoel er eerst. Op een feestje moet elk meningsverschil juist bedekt worden, 'want laten we het vooral gezellig houden'. De Brabander vindt de Noord-Hollander arrogant en bot, de Noord-Hollander vindt de Brabander primitief en dom en laf en soft. Zo oordelen alle provincies en steden over elkaar en dat is niet raar, want dat gebeurt in ieder land – in Amerika lacht de ene staat ook om de gekke dingen van de andere staat. Wat je wel raar vindt, is dat Nederland zélf het formaat van een provincie heeft. Een provincie opgedeeld in miniatuurprovincies: een Duitser, Fransman of Amerikaan heeft echt niet door waar bijvoorbeeld Amsterdam ophoudt en Haarlem begint of waar Noord-Holland overgaat in Zuid-Holland. Maar hoe postzegelachtig klein ons land ook is, er is die koppige weigering te erkennen dát we maar één provincie zijn – ook alle niet-Noord-Hollanders kijken naar zichzelf op een Noord-Hollandse manier, dus met die blik van 'eigenlijk ben ik anders dan de rest'.

De Brabander verklaart onder mede-Brabanders dat hij zijn Brabanderschap liefheeft en hij gedraagt zich Brabants, want dat is beter dan Twents, of Gronings of Noord-Hollands, maar tegenover een Noord-Hollander zal hij weer roepen dat hij zich in het bijzijn van Brabanders heel eenzaam voelt omdat hij de codes doorheeft en ze hem benauwen. Ik weet niet of ik het goed uitleg, maar eigenlijk gaat dat artikel erover dat Nederlanders geen Nederlanders willen zijn en Nederland daarom hebben opgedeeld in streken die allemaal claimen niet zo Nederlands te zijn als alle andere streken. Maar dat binnen die regio's iedereen weer niet bij die regio wil horen en aan 'de anderen' wil bewijzen dat hij zijn regio dóórheeft. Daar tussendoor noem je allemaal voorbeelden uit de literatuur waarin mijnheer X afrekent met zijn jeugd in Enschede, en mijnheer Y verklaart dat hij nog altijd een minderwaardigheidsgevoel heeft omdat hij uit Limburg komt en dan zijn er de kunstenaars en schrijvers die zijn doorgebroken in het buitenland en wat valt je op? Dat ze daar in interviews meteen roepen dat hun werk heeft kunnen doorbreken omdat het zo on-Nederlands is.

En dan komt jouw statement: zo lang je je als kunstenaar inspant om on-Nederlands werk te maken, on-Nederlandse hoogten te bereiken, ben je ontzettend Nederlands bezig. Nou, dat is dus een heel persoonlijk verhaal van jou en ik moest er erg om lachen, vooral om wat je over Jan Cremer schrijft, maar het is ook een ontzettend actueel verhaal.

Jij hebt dat essay geschreven voor het Holland-nummer van een literair tijdschrift en ik zat het te lezen terwijl er net op televisie en in de kranten zoveel opwinding is over die nieuwe stad. Iedereen weet waar ik het over heb: het Almere voor allochtonen, te bouwen ergens tussen Assen, Haren en Hoogeveen. Nederland voortrekkersland. BBC en CNN rukken uit om de bedenkers van het plan te filmen, we zien de maquettes, horen beleidsmakers uitleggen waarom dit zo'n geniaal alternatief is voor van bovenaf opgelegde integratie of een strenger uitzettingsbeleid en geef toe, het is ook een geweldig plan. De Marrokanen hun eigen kashba's, hun eigen overdekte markt, hun eigen moskee, de Turken idem, de Antillianen en Surinamers hun eigen Willemstad en Paramaribo, hun eigen dans- en muziekfestivals, hun eigen wintipraktijk om de hoek, Afrikanen hun eigen kookplaats in de openlucht, er komen tropische kassen... Bosniërs en Serven en Kroaten hun eigen wijken, buurthuizen, regels, feesten, en natuurlijk een gemeenteraad waarin iedere afdeling zitting heeft... De stad krijgt een eigen station van waaruit onze allochtonen naar hun werk elders in het land kunnen reizen, tegen gereduceerd tarief, tot ze werk in de buurt hebben gevonden (want reken maar dat zich daar in het gebied veel fabrieken zullen vestigen) en voor heel West-Europa is er een attractie bij, makkelijk per spoor te bereiken. Binnen een dag kun je een Turkse bruiloft, een Surinaamse begrafenis, een Afrikaanse genezingssessie en een Bosnisch drinkgelag bijwonen, in elke wijk kun je souvenirs kopen of iets proeven uit de lokale keuken en behalve dat je iets opsteekt van alle verschillende culturen, besef je ook dat Nederland meer dan welk buurland ook begrijpt wat je buitenlanders moet bieden wil er rust en vrede in de tent zijn. En dat voorzag jij al. De Nederlander heeft heimwee naar wortels die niet bestaan, alles om zich maar geen Nederlander te voelen, en wat doen we met de mensen hier die wél heimwee hebben? Die bieden we een enorme stad aan, zonder ook maar één Nederlands element behalve het klimaat, maar wel met kunstmatige heuvels en palmbomen en oosterse pleintjes en steegjes en dat verkopen we aan het buitenland als iets waar we nou eindelijk eens met zijn allen trots op zijn. Het was gek, papa, om iets over jouzelf te lezen, iets wat je alleen maar persoonlijk bedoeld hebt, waarin je uitlegt waarom jij per se niet bezig wilt zijn met de vraag of je Nederlandse of on-Nederlandse dingen maakt, met de vraag of je typisch Nederlandse verschijnselen moet betrappen of juist niet... En dan te zien dat juist dat heel persoonlijke nu een vraag van iedereen lijkt.

Maar er is nog iets. Mijn moeder, Anne, is hier nu niet. Ze was op het hoogtepunt van haar succes als ontwerpster toen ze doodging. Pas kortgeleden kreeg ik inzage in de map die jij voor me hebt gemaakt – de map met haar tekeningen en dagboekjes. Daarin zag ik een bank die ze voor een tentoonstelling had moeten ontwerpen. Een grote, blauwe, aanrollende golf met een feestelijk glimmende schuimkop erbovenop. Mensen die op die bank gaan zitten, zitten dus in een golf, en het voelt ook als een golf, want de zitting is van dat materiaal waar waterbedden van zijn gemaakt – je deint dus een beetje tussen al dat schitterende groen en blauw. (Ik geloof dat hij na haar dood is verkocht aan een particulier verzamelaar in Triëst en ik zou er graag een keer met jou op zitten.) Mijn moeder schreef over die bank: 'Ik wilde een zitmeubel maken dat iemand weer het gevoel terugschenkt dat je als klein kind kunt hebben tijdens een dagje aan zee. Je rent ver de branding in en wacht tot zo'n hoge golf je beetpakt, optilt en weer naar het vasteland draagt en terwijl je ouders je toeroepen: "Kijk uit voor verdachte stromingen!", vertrouw je totaal op dat water en je hebt je nog nooit zo sterk en veilig gevoeld. Tot mijn verbazing ontdekte ik dat het werken aan mijn "golf-bank" mij terugbracht, niet naar mijn eigen jeugd, maar naar de tijd waarin de Gotische bouwkunst ontstond. Mijn golf werd gotisch. Een kerkbank. De schilfers zilver en indigo en azuur, die ik met de hand, stuk voor stuk, op de blauwfluwelen ondergrond naaide, knipte ik in gotische puntbogen. De krul die de rugleuning van de bank vormt werd gotisch. Ik had de ervaring alsof ik mede het inwendige van een kathedraal vormgaf, een biechtstoel – mijn handwerk werd, over de eeuwen heen, een soort bidden.' Waarschijnlijk was dat een proeftekstje voor in de catalogus, maar in potlood heeft ze eronder gezet: 'Ik loop altijd maar vol met indrukken die onmogelijk allemaal van mij kunnen zijn. Alsof ik tijdens het tekenen, zagen, timmeren, naaien en decoreren bezeten raak van geesten uit andere tijden, andere landen en werkelijk niet meer weet wie ik daarin zelf nog ben.'

Dat vonden mijn vriendin en ik frappant. Ik heb een vader die nergens bij wil horen, en een moeder die overal bijhoorde, zelfs bij verloren eeuwen. Zou dat niet hetzelfde zijn? Ik weet het niet. Ik weet alleen dat mijn ouders, zonder dat het een keuze was, op een rare manier buiten de tijd stonden (of staan) en hoewel dat ook wel kritiek opriep, is het precies die natuurlijke onverschilligheid ten opzichte van de actualiteit, de mode, trends, die maakt dat hun werk nergens gedateerd aandoet. Sterker nog, het is alsof alles wat mijn moeder heeft gemaakt en alles wat mijn vader heeft geschreven bedoeld is voor dit jaar: 2003. De meubels van mijn moeder, allemaal zo zacht en droomachtig, komen tegemoet aan de hedonistische lichaamscultuur waarin we ons na de zoveelste oorlog of terroristische dreiging terugtrekken met Lancôme-smeerseltjes en androgyne Calvin Klein-luchtjes, met saunabezoekjes en Dode Zeebaden, met sapkuren en massages – een schijnwereld waarin iedereen slank en zongebruind en lenig is, waarin sensuele engelen te moe zijn voor de liefde maar in dimlicht hun ondubbelzinnige signalen naar elkaar zenden, een luxueuze, nepspirituele wereld zonder wanklank, onpersoonlijk want overdreven exhibitionistisch, waarin dj's beroemder zijn dan de artiesten op de platen die ze draaien... Mijn moeders werk komt tegemoet aan deze tijd, maar schrikt ook af, omdat het alleen maar mooi is, zonder bijbedoelingen. En wij zijn, volgens mijn vader, verslaafd aan bijbedoelingen. 'Bijbedoelingen houden ons lekker bezig. Ze voorkomen dat we ons met de zaken zelf moeten bezighouden', schreef mijn vader in 1993 al en hij doelde daarbij op de bewerkingen van klassieke toneelstukken, waarin van het verhaal niets overblijft dan de psychologische, freudiaanse drijfveren die zogenaamd achter de personages zouden schuilgaan.
(even stilte laten vallen)

'Ik wil echt contact!!!' hoorde ik laatst een cabaretière op televisie schreeuwen. 'Ik wil echte kwetsbaarheid zien! Dat we elkaar kunnen aanraken!!! Hier in mijn show hoef je jezelf niet in die strakke carrièreplooi te houden, laat er maar bagger zijn, en heb het leven en de shit die erbij hoort onvoorwaardelijk lief!!!' Zelden zoveel intimiderend geweld gezien, alsof ze door het tv-venster de kamer binnen kwam met haar grote, betekenisloze eisen, en ze zat ook de hele tijd vrijpostig aan haar borsten en vertelde drie keer in een en dezelfde show dat cup DD geen pretje is en zong met Noord-Hollandse, luid fluisterende kleinkunststem een zogenaamd gevoelig lied over de stille trauma's van blauwhelmen die zijn teruggekeerd uit Srebrenica, en later nog een

*over haar bewuste maar daarom niet minder verdrietig stemmende
keuze om geen kinderen te krijgen... En ik dacht, het is zo namaak,
dat nadrukkelijke 'Kijk eens, wat ik maak gáát ergens over'. Toen was
ik opeens heel blij dat ik de drukproeven van mijn vaders boek moest
lezen, ook al zal lezen nooit mijn favoriete vrijetijdsbesteding worden.
Zijn essays en toneelstukken – het zijn allemaal verzinsels, gedachte-
spelletjes, je weet nooit of hij iets meent of verdraaid heeft om het in
zijn verhaal te laten kloppen, mijn vader doet alsof ook hij persoonlijk
is, maar hoogte krijg je niet van hem. Zijn werk gaat nergens over en
daarom gaat het over* NU*. Over u en mij en misschien over vanavond
en alle dagen die nog zullen volgen. Ik hoop dat u er veel van opsteekt.
Dank voor uw aandacht. Tijd voor een biertje!*

Vier volgetypte A4'tjes. Bouwe is bijna twintig minuten aan het
woord geweest. Hij jaste de tekst erdoorheen, keek de kring van
genodigden rondom hem nauwelijks aan, maar hij sprak zo duidelijk, zonder te blozen, zonder gestotter, dat hij de aandacht toch
tot het einde toe vasthield. 'Tijd voor een biertje!'; ook die zin las
hij van het papier, met dezelfde on-spontaniteit waarmee ikzelf wel
eens toespraken had gehouden. Daarna schoof hij de bladen in het
plastic hoesje, en nam het flesje en het glas aan dat Bettina van de
uitgeverij al een tijdje in haar handen had. Ze vond hem leuk. Ik
kon haar geen ongelijk geven. Mijn zoon had eruitgezien alsof hij
dit pak iedere dag droeg, en de zijden das met de mooie knoop
erin ontnam de tekst de warrigheid die ze op papier toch heeft.
Publicatie lijkt me geen goed idee. Een bewerking van de speech,
zoals Boris suggereerde? Dan moet dat hele laatste deel over de verwantschap tussen Anne en mij eruit, en houd je dan nog wat over?
Ik vermoed dat Boris alleen de eerste helft heeft gehoord en toen
weer heeft staan loeren naar aantrekkelijke, bovendien levende
vrouwen.
    Wie ga ik eerst bellen?
    Bouwe of Boris?
    Het lijkt me niet netjes als ik namens mijn zoon een beslissing
neem over zijn product, over de plannen ermee – ook al komt hij er
waarschijnlijk nooit achter dat de redacteur van *LaagLand*...
    Het is één uur in de middag en ik zet de televisie aan. Kiespijn
heb ik. Al een paar dagen. Als ik flos bloedt mijn tandvlees. Ik weet
zeker dat er een kroon is afgebroken, maar Barbara zegt dat ik zo'n

hard stukje wel gevoeld zou hebben. Ze heeft in mijn mond gekeken en niets gezien.

'Stinkt mijn adem ook niet?'

'Nee. Je ruikt normaal. Altijd een beetje naar rook, maar daar ben
ik aan gewend.'

'Het is natuurlijk omdat ik net vijftig ben. Eerst houdt je gebit ermee op, over een tijdje zijn dit geen inhammen meer maar ben ik zo
kaal als een biljartbal, en ondertussen krijg ik reuma of Parkinson,
en suikerziekte, en dan een stoma en die kan ik dan niet zelf verwisselen omdat ik te veel tril dus dan moet ik jou vragen of je die zakjes
dunne poep wilt afkoppelen en dan zeg je nog: "Nou ja, het is niet
wat ik me ervan had voorgesteld maar we praten en lachen nog en
voor de seks neem ik wel een minnaar," en dat mag ook wel van mij,
als hij maar intelligent is en meer van literatuur en muziek dan van
geld houdt...'

'Hou op, schat. Ik wil hier helemaal niet aan denken.' Barbara
grinnikte. 'Je kletst uit je nek. Uit je lekker zielige, oude nek.'

Ik had zin om door te gaan. '...maar dan krijg ik Alzheimer en ga
ik met een bezem de deur barricaderen omdat ik zeker weet dat er
steeds indringers in huis komen die koffiezetten of eieren leegslur-
pen, en dan zeg jij: "Nee schat, je hebt zelf koffiegezet en een omelet
gebakken, ik was er nota bene bij, je hebt de helft niet opgegeten."
Dan word ik boos op jou omdat jij doet alsof ik seniel geworden
ben, en dan kieper ik een literpak vanillevla over je heen en ik
bedreig je met een mes en dan steek ik mezelf natuurlijk in mijn
ribben omdat ik zo'n last heb van die Parkinson en wat ze bij prins
Claus hebben ontdekt... Parkinson wordt meestal voorafgegaan
door een depressie. Dus is het hele zaakje rond. Ik ben nu al ziek,
maar niemand weet het nog. Het begint altijd in het hoofd.'

'Je hebt geen depressie. Je maakt jezelf depressief. Iemand die er
echt slecht aan toe is, heeft geen humor meer. Terwijl jij... Als je last
blijft houden van die kies moet je naar de tandarts.'

Naar de tandarts. Met die woorden is ze vanmorgen vertrokken
en ze heeft nog steeds niet gebeld om te vragen of ik al een afspraak
heb gemaakt. Paracetamol helpt niet. Ik kijk naar een videoclip op
TMF. Aangekondigd door alweer zo'n wezenloos wicht, net als Bettina, net als de vriendin van Thijs, en laten we eerlijk wezen, net als
the lady in the grey coat, in wie ik me zijdelings heb verliefd – met
dank aan Bruce Springsteen en de E Street Band. Zou ik in reïncar-

natie geloven, dan zou ik nu hebben gedacht, die presentatrice is nog aan haar eerste leventje bezig.

Ze moeten ze afschieten, die lauwe kneutertrutten met hun voorgevormde cupjes in hun te strakke bloesjes, met die rammelende oorringen en die lieslaarzen die eindigen waar hun rokje begint. Ze zijn me te zelfverzekerd. Als ze nou nog Sanskriet in Oxford hadden gestudeerd, of onderzoek hadden gedaan naar de herkomst van de blauwpigmenten in het werk van Vermeer...

Afschieten: een term van mijn moeder. Ik, de pacifist van de familie, mag nooit zeggen, laat staan denken, dat mensen die me niet sympathiek lijken afgeschoten moeten worden. Bovendien lijkt de vrouw met de grijze jas me nog steeds heel sympathiek; ons gesprekje na dat auto-ongeluk kan een misser zijn geweest. Het is de zeurende pijn die me wreed maakt. Het meisje zegt dat we weer vet gaan chillen bij een clip van Bløf.

Een paar jongens in de woestijn. Cactussen. Oranje zand. Beelden van snelstromend water, afgekeken bij Tarkovski, maar de kinderen die deze clip leuk vinden weten niet wie dat was, ze weten niet eens meer wie Anton Corbijn is – terwijl die man nog springlevend is.

Na over zon en zand en een rustige rivier gemijmerd te hebben zet de jongen met het sikje zijn puber-schmerz wat vetter aan:

'Er is niets waar ik op wacht
Morgen blijft het nacht
Ik overdacht mijn zorgen en de wereld
En alle keren dat ik wakker lag
Ik besloot
Wat een mooie dag
Wat een mooie dag.'

Dat refreintje wordt nog een paar keer herhaald, steeds ernstiger en godzijdank hoor ik weer eens prettig ABN, niet dat liefdeloze poldergeknauw van Borsato of Acda en de Munnik, waar Barbara zo van houdt. Goed, ook dit nummer blijft een draak, maar dan komt er toch iets waardoor ik de jongens tenenkrommende zinnen als 'De hemel en de aarde, de weidsheid van het land en de wijsheid van één man, dat is genoeg' of erger 'De tijd is hier de ruimte, de diepte hier is wild' moet vergeven: na de laatste keer 'Wat een mooie dag...' zingzegt de zanger erachteraan, '...voor de dood.'

Einde liedje. Geen pathos.

Vindt Bouwe ze goed? Heeft hij die cd, *Blauwe ruis*?

Zet zo'n liedje niet aan tot zelfdoding? Meten ze dat bij TMF? Ik schakel over naar de herhaling van *Nova*.

'Het is onbegrijpelijk,' zegt de staatssecretaris van Ruimtelijke Ordening. Hij staat met zijn voeten in een omgeploegd grasveld, kluiten vochtige aarde liggen in rijen tot aan de einder. Ver achter hem rijdt een graafmachine in slakkengang, een andere graafmachine neemt happen uit de oever van het meer dat de kijker schuin achter de rechterschouder van de staatssecretaris toeglinstert.

'We zijn echt zeer tevreden met de positieve houding van de burger. Geen protesten, ook niet vanuit de milieuhoek, over de teloorgang van het landschap... Misschien durven die ook niet meer nadat iemand uit hun gelederen...'

'U doelt op de moord.'

'Vanzelfsprekend. Maar ook omwonenden gaan unaniem akkoord. We kunnen al over veertien dagen de eerste palen heien.' De staatssecretaris verschikt zijn shawl. Zijn neus en kin zijn paarsgevlekt van de kou. Ik gun hem een slok whisky uit een zakflacon.

'En wanneer kunnen de eerste woningen betrokken worden?'

'Een halfjaar. Over een halfjaar kunnen de Bosniërs er terecht. Dat heb ik zwart op wit.'

'Waarom krijgen de mensen uit Bosnië voorrang?'

'Ten eerste: dat zijn politieke vluchtelingen, destijds door Van den Broek hierheen gehaald. En we hopen aan hen toch nog wat van de eerdere foutjes goed te maken, u weet wel.'

'Dus overste Karremans legt de eerste steen, begrijp ik. Of Joris Voorhoeve, de toenmalige minister van Defensie.'

'Dat ligt erg gevoelig. Ten tweede: de wooneisen van de Bosnische gemeenschap, zowel van de geseculariseerde Bosniërs als van de moslims, zijn tamelijk regulier. Voormalig Joegoslavië was toch een Europees land. Wel is er gevraagd om ruimte voor eigen moestuintjes. De wijk voor Noord-Afrikanen vraagt nog wat meer onderzoek, ik denk dan bijvoorbeeld aan de vraag: moeten er grote gebouwen komen voor wat onder antropologen genoemd wordt een extended family, met compartimenten voor de afzonderlijke gezinnen, maar met interne toegangsdeuren naar de grootouders, de ooms en tantes... Of zijn die mensen al zo gewend aan onze ma-

nier van wonen, aan privacy, dat ze in een groepskashba niet meer
aarden?'

'En de verschillende zwarte gemeenschappen?'

'U bedoelt Afrikanen, Surinamers en Antillianen?'

'Inderdaad.'

'We zijn in gesprek met hun kerkleiders. Bij de evangelische
genootschappen als de Pinkstergemeente en Victory Outreach
bijvoorbeeld gaan zowel Antillianen als West-Afrikanen ter
kerke, daar zien we een opening voor vermenging. Waarbij onze
Antillianen de nog niet ingeburgerde Afrikanen misschien ook
wegwijs in ons systeem kunnen maken, als een soort religieuze
broederdienst... De Surinaamse gemeenschap daarentegen is niet
langs klerikale weg te bereiken omdat ze uiteenvalt in Winti-aan-
hangers, hindoes, en zelfs katholieken. Geloof ik. Het is nog een
heel gepuzzel, en enquêtes hebben weinig zin omdat veel mensen
ofwel niet kunnen lezen of sociaal gewenste antwoorden geven.
Om op de Bosniërs terug te komen; we hebben hier ook Kroaten
en Serven en die hebben evengoed recht op een plek in de nieuwe
stad...'

'Maar voorkomen moet worden dat een slachtoffer van de
wandaden eind jaren negentig oog in oog komt te staan met zijn
beul...'

'Nou, zo'n vaart zal het niet lopen: de Serven die hier zijn, zijn
uitvoerig gescreend voordat ze de status vluchteling mochten dragen, daar gaat het niet om, maar een andere tongval kan al kwaad
bloed zetten, dus er moet tussen de wijken zoiets komen als, ja,
als... Wij noemen het "politieke ademruimte". Op den duur kunnen we misschien natuurgebied Fochtloërveen er nog bij betrekken, als satellietgemeente, dan creëert de afstand vanzelf al dat
soort ruimte. Overigens, ook zonder dat er recent een oorlog is
geweest zijn er tussen allochtonen conflicten. Veel Turken lijden er
zeer onder dat ze met Marokkanen over één kam worden geschoren. De woordvoerder van Milli Görus distantieert zich van imams
als El Moumni, die zich fel hebben uitgesproken tegen homoseksualiteit, en die de westerse, geseculariseerde maatschappij ronduit
abject vinden.'

'Met andere woorden: het blijft puzzelen en tobben.'

'Absoluut mee oneens.'

'Want?'

'Inmiddels zijn de migranten er allemaal van doordrongen dat ze zoveel terugkrijgen... Ruimte om hun eigen culturele waarden door te geven, het eigen geloof te belijden... Om het populair te zeggen: ze kunnen straks eindelijk weer zichzelf zijn. Tot nu toe zijn het alleen een handvol hoogopgeleide Turken, Iraniërs en Afghanen die niet van het aanbod gebruik willen maken, net als Zuid-Amerikanen, de Hongaren, de Polen en de Russen, die rommelen liever een beetje door en dat mag, dat mag mits geregistreerd, maar de Kaapverdianen willen juist weer wel weg uit Rotterdam, ik bedoel maar, het verlangen onder al die mensen is zo groot... Die passen zich liever aan die paar regels die deze nieuwe stad stelt aan, dan zich te moeten aanpassen aan Nederland in haar geheel.'

'U heeft er alle vertrouwen in.' Nu ontspant de man zich. Hij wrijft zijn handen tegen elkaar en blaast een ademwolkje tegen de microfoon.

'Nou en of. Dit is het liberale gedachtegoed ten voeten uit. En ik moet erbij zeggen: het nieuwe, menselijke gezicht van de christendemocraten. Over een dik jaar wonen en werken, leren en leven hier naar schatting zo'n zeshonderd duizend mensen. Dat is nu nog niet voor te stellen, maar veel van hen gaan zelf meebouwen, daar staan prachtige premies tegenover, we komen sneller klaar dan destijds met Lelystad en Almere. Veel sneller.'

'Nu alleen de naam nog.'

'Leuk dat u daarover begint. Morgenmiddag om drie uur wordt er in het Nederlands Architectuur Instituut een persconferentie gehouden waarin de naam van de stad zal worden onthuld. Dat is rechtstreeks te volgen op radio en televisie, of maak ik nu reclame?'

'U mag dit zeggen. En ik zeg namens *Nova*: dankuwel voor dit gesprek.' De afkondiging, de eindtune. Drie uur morgenmiddag is drie uur vandaag. Ik bel de tandarts en zeg tegen ene Jolande dat het spoed heeft, dat ik gek word van de pijn, en ik weet dat ik lieg. Iemand die echt pijn heeft kan ook geen televisie meer kijken. Ik word doorverbonden.

De assistente vraagt hoe laat ik bij de praktijk kan zijn.

Over vijf minuten.

Perfect mijnheer.

Wat een fijne servicemaatschappij krijgen we toch. Geen wachtlijsten. Je hoort geen mens meer over wachtlijsten. Van den Bergakker wil zijn lunchpauze wel wat eerder beëindigen voor mij. Als ik mijn jas aanheb steek ik de Duitse vertaling van Zagajewski, *Mystik für Anfänger*, in mijn zak. Iemand als ik, die niets verwacht, weet maar nooit.

'D'r uit, zou ik zeggen. Hij moet eruit. Dat is nóg laat, voor een verstandskies. Een prestatie mag ik wel zeggen. U heeft ze nog alle vier. Een vervolgafspraak doen? Of gewoon maar meteen? Ja, het klinkt een beetje dom, zo'n vraag, maar het is routine geworden, zo'n vraag stellen, want sommige mensen willen zich eerst nog even mentaal voorbereiden. Wel of geen verdoving, dat soort keuzes.'

'Doet u het nu maar.'

'Met?'

'Ja, dat is goed.'

De assistente maakt een spuitje klaar.

Eindelijk heb ik weer eens wat.

'Heeft u ook al eens over een tandarts geschreven?' vraagt Van den Bergakker.

Met de tampons tussen kaak en tong kan ik niet veel zeggen.

'Een toneelstuk? Over een tandarts? Ja, nu gaat u zeggen: koop dat boek dan, zoek het zelf even op, je hebt toch geld zat om zo'n verzameld werkje te kopen en dat is ook wel zo, haha, maar ik zie liever toneel dan dat ik het lees. Behalve Beckett en Pinter, dat lees ik dan weer liever dan dat ik het zie. Kan 'ie, Marleen?'

De gerubberde vingers trekken mijn onderlip naar beneden. Marleen geeft haar baas de spuit, de naald wordt in mijn tandvlees gezet, ik knijp in de stoelleuning, en denk: Beckett, Pinter, Beckett, Pinter – tiktak, tiktak, tiktak, al vijf dagen neem ik, tiktak, steeds als ik naar buiten ga, tiktak, de bundel van Zagajewski mee, tiktak, het wordt al een reflex. De Nederlandse editie, tiktak, de uitgave daarvan was vertraagd, tiktak, maar de Duitse is ook best, die heb ik, tik, zelf ook, tak. En ik ga haar ermee versieren, tiktak, ik ga haar er niet mee versieren, tiktak, ik ga empirisch onderzoek doen.

Tiktak. *Is zij zo Pools als ze zich voordoet.* Tik...

Nee, *Is zij zo Polen-minded als ik aan haar meen te kunnen aflezen*, het magistrale romandebuut van Rudolf de Wolf, zelden vertoonde hij zich zo consequent van zijn aardshumoristische zijde. Tak.

En daar komt de tang.

'Ik vond trouwens dat u het leuk deed in die talkshow.'

'Mwah.'

'Heb jij het gezien, Marleen? Onze cliënt hier, afgelopen donderdag of wat was het, vrijdag, bij *Fons voor de nacht*?'

Gewrik. De tang wil niet om de zieke kies passen en schiet tegen mijn verhemelte aan.

'Maar die andere gasten lieten u niet uitpraten. Die zak die Berend Botje ging zingen toen het over dat project ging... Alleen omdat het aan het Zuidlaarder Meer gebouwd wordt, die... Kom op rotding, geef nou eens mee... Sorry! Nou, het is een taaie jongen, een Cruijff onder de kiezen zal ik maar zeggen... Maar wat ik dus bedoelde, is die stad voor onze etnische medemens. Marleen?'

'Ik lag al in bed.'

'Zozo. Blijvertje?'

'Ik lag alleen in bed.'

'Dat hoeft mijnheer toch niet te weten. Ja, u ziet het, één keer met je kop op de buis en ze gaan op je azen. Als Jan Mulder gewoon schoolmeester of voor mijn part tandarts was geweest, waren de meiden doodsbang voor die lelijke kop geweest. Lelijke bek heeft 'ie ook. Maar nu...! Mijn vrouw is helemaal gek van Jan Mulder. Dus kijken we om en om talkshows, ik op maandag dus dat programma waar u in te gast was, dan zij op dinsdag *Barend en Van Dorp*... en de andere week draaien we het om. De uwe? Is de uwe ook zo dol op Jan Mulder? Of heeft u geen vrouw?'

'Ahwe.'

Nu zwijgen we alledrie. We denken aan de tanden van Jan Mulder, en aan zijn hangende mondhoeken, en aan de tong die je kunt zien rollen als hij praat en aan de vrouwen en meisjes die hem zouden hebben gehaat, gesteld dat hij hun aardrijkskundeleraar was geweest. Kwal. Niemand gebruikt het scheldwoord kwal meer. De tandarts vraagt zich af of mijn vrouw ook in zijn bestand zit. Anne ging nog steeds naar de tandarts van haar familie, op de Vijzelgracht, maar Barbara was hier een maand geleden nog voor de halfjaarlijkse controle. Peilt hij bij vrouwelijke patiënten ook hoe het met de waardering voor Mulder zit? Een tandarts die Beckett en Pinter leest, windt dat Barbara op? Heeft zijn hand wel eens op haar bovenarm gelegen zoals hij nu op de mijne rust?

Ook mijn jaloezie is verdoofd. In één moeite door.

'Yes! Hebbes! Met alle wortels eraan, dus dat scheelt spitwerk en een paar spuitjes extra. Nu ga ik u iets geks vertellen...'

Marleen geeft me een glas water. Een slok durf ik niet te nemen.

De tandarts gaat me iets geks vertellen.

'U had tijdens de uitzending nog geen last van uw kies. Dat zie je op televisie beter dan in het echt. Of mensen pijntjes hebben. Maar er is nog iets. Dat boek is net verschenen en ineens, hup, pijn. Weet u dat dat heel vaak gebeurt? Bij artistieke types? Ze hebben nooit wat, en dan is iets af, het ligt in de winkel, het is opgevoerd, het hangt in een museum of weet ik wat, en dan kost dat ze meteen daarna een kies. Net als na zwangerschappen, die kosten sommige vrouwen ook een kies en dat is nog begrijpelijk, zo'n baby onttrekt kalk aan het gastlichaam, maar zonder nou te roepen dat het allemaal psychisch is... Ik denk vaker en vaker dat iets maken, iets moois maken, iets schéppen, dat dat ook kalk, of iets anders...'

'Mijn boek was al af.'

'Dan kosten de optredens u veel energie. Of hebt u net een stuk afgerond?'

'Ja, een tijdje geleden.'

'Tada!'

Ik gorgel met het water en spuug het uit in het wasbakje. Bloed en speeksel draaien langs de zilveren wand, ik kan mijn vuil nog even in volle vaart zien, derby van vochten – dan tollen ze in een zwart gat.

'Maar ik rond zo vaak dingen af...' Nog een keer spoelen. Hij moet niet zo kijken.

'En een depressie?'

'Niet dat ik weet.'

'Het is een beetje een impertinente vraag. En toch. Ik maak graag studie van...'

Marleen heeft een briefje uitgeschreven.

Ik sta op van de stoel, neem het papiertje aan, hoor dat ik het naar de verzekeringsmaatschappij moet opsturen, geef de assistente een hand.

'Na mijn eigen depressie, die zo'n drie en een kwart jaar heeft geduurd, waren het wortelkanaalbehandelingen wat de klok sloeg. En gaatjes, gaatjes.' Ik sta al bij de deur. Voor het eerst durf ik Van den Bergakker aan te kijken. Deze keer kan ik bewijzen dat ik me niet aanstel. Nooit. En geen hypochonder ben.

Kun je van een man houden, vraag ik me af.

Als gewone, op lichamelijk vlak niet bijster veeleisende heteroseksuele man?

Dat kan. Ik houd van zijn ogen zoals het meisje van het kleding-verhuurbedrijf van de ogen van de dominee houdt. Ja, dit zou een nieuwe eenakter kunnen worden. Ware het niet dat de tandarts zijn beurt al voorbij heeft gepraat; personages die vragen worden overgeslagen. Dat is hard, maar als er een tweede verstandskies gaat opspelen, acuut, wil ik niet naar een tandarts hoeven die tussen het trekken door over mijn liefde voor hem begint, alleen omdat hij toevallig weer eens naar het theater is geweest.

*

De auto van Paula staat achter het station van Den Bosch. Het is een piepklein, hoog wagentje op hoge wielen – uitgevoerd in ko-baltblauw metallic. Waarom de fabrikant het model 'Avila' heeft genoemd is onduidelijk; volgens mij kom je er op kokende Spaanse bergwegen niet ver mee en bovendien detoneert zo'n gezellige futu-ristische dwerg in oeroud, rotsachtig landschap en in stoffige, paars-geblakerde middeleeuwse vestingsteden. Zou de mystica Teresa van Avila, gesteld dat ze nu leefde, ook voor dit model gekozen hebben om er haar kloostertrips in te ondernemen? En haar soulmate Juan de la Cruz? Een ezelachtig snuitwerk heeft het ding wel.

Onderaan de roltrap wacht mijn schoonzus. Ze gaat steeds meer op haar moeder lijken. Dezelfde hamsterwangzakjes, dezelfde groef in haar kin.

We kussen elkaar. Paula houdt het portier open. Ik stap in. Als ze zelf zit zegt ze: 'Zo. De grote dag.'

Ze draait het contactsleuteltje om en start de motor. Aan haar rechterhand heeft ze drie ringen die eigenlijk te mooi zijn om bij een spijkerbroek en een kabeltrui te dragen. Show? Nee. Trouw aan de eigen afkomst. Anne had dat ook, met de spullen uit haar vaders zaak – ze droeg ze zelfs tijdens de bevalling. Oud, extra-large flanel-len pyjamahemd, dat zich volzoog met zweet en later met bloed, maar wel: pareltjes in haar oren, een dun witgouden kettinkje met vijf pareltjes om haar hals. En aan haar rechtermiddelvinger, naast onze trouwring, een ring met een gouden ruitje ingelegd met pa-reltjes en robijntjes. Die ring had haar vader teruggekregen na de dood van Duitse omi. Duitse omi. Zo werd de moeder van me-vrouw Schaepman genoemd, terwijl ze al vanaf 1936 in Nederland woonde. Ik heb haar maar een keer of vier ontmoet. Genoeg om het verdriet van mijn schoonfamilie te begrijpen.

'Zie je ertegen op? Dat hij weggaat?' vraag ik.

'Niet meer. We hebben de laatste weken goed met elkaar gesproken en eigenlijk, eigenlijk was ik er ook wel een beetje op voorbereid. Ze zijn alledrie in de puberteit, ze zetten zich, ieder op hun eigen manier, tegen Diederik en mij af... Leuk is dat niet, maar toch: ik merk dat ze zich daarin door elkaar gehinderd voelen.'

Ik kijk naar buiten. Drie verdwaalde bungalows in een weiland. Een oud, grijs paard graast onder een kale eik. Een wijkje van lage flats, met verlaten speelveldjes ertussen. Een zandbak. Een wipkip. Drie in hoogte verschillende ijzeren rekken waar meisjes in de zomer overheen duikelen. ''s-Hertogenbosch-west, De Kruiskamp' lees ik op een bord dat naar rechts wijst. Het Willem-Alexanderziekenhuis zijn we al gepasseerd.

Inez en Vincent zijn er geboren. Bouwes keel- en neusamandelen zijn er geknipt, ik was er niet bij, maar heb hem twee dagen later in Vlijmen opgezocht. Van alle kanten werd me ingewreven dat hij zo flink was geweest. Ik mocht me eens schuldig gaan voelen.

'Jij houdt wel van Brabant, hè?' zegt Paula.

'Ja, die rust. Het is bijna absurd, zoveel rust. Moet je die vrouw nou zien, op die fiets. Twee preien die uit die tas steken, dat plastic zakje met daarin een banketbakkersdoos, hoe dat aan het stuur bungelt... Niemand die schreeuwt: "Schiet eens op, trut," nee, dat mens ploegt en zwabbert kalmpjes voort.'

'Na jouw feest had ik opeens heimwee naar Amsterdam.'

'O ja?'

'Al die leuke mensen. Zo open ook. Geïnteresseerd. Hier horen we er nog steeds niet bij, precies zoals Bouwe in zijn speech zegt, naar aanleiding van dat essay van jou. Ze dulden ons. De Vlijmenaren. Maar ook de Bosschenaren laten je weten dat je er niet een van hen bent. Zelfs degenen die in Amsterdam, Rotterdam of Utrecht hebben gestudeerd gedragen zich op eigen bodem toch weer xenofoob. Diederik zat in een adviescommissie van het literair café en hij heeft wat gedaan bij theater Bis en het Kruithuis...'

'Heb jij Bouwe geholpen bij het schrijven?'

'We hebben wat woordjes verbeterd. Maar het is zijn verhaal. Was je trots? Wij waren trots.'

'Ik wist niet dat hij dat kon. Schrijven.'

De eerste plompe kerktoren van Vlijmen. Als we straks de bocht nemen, zien we ook de punttoren van de neogotische katholieke kerk, die oprijst uit een wolk van grauwe, rafelige takken.

'Jij deed het trouwens ook goed, vorige week in die talkshow.'

Het afgelopen weekend stond de telefoon roodgloeiend. Iedereen had een mening over mijn optreden. Na het feest geen enkele reactie, nu kreeg ik twaalf recensies waar ik niet om had gevraagd.

Als het om televisiekijken gaat acht iedereen zichzelf deskundig. Zo begreep ik dat ik heel erg mezelf was geweest, ik stotterde niet eens, maar dat het jammer was van die paar sigaretten die ik had opgestoken, want ja, je geeft daarmee toch een signaal af... Ewald vond dat het roken juist bij het mezelf-zijn hoorde, Tanja had zich gestoord aan de karrenvracht mokkabruin plamuur op mijn gezicht, Patricia vond het lullig voor mij dat dat kale meisje met die theatershow over haar eigen leukemie vijf minuten langer spreektijd had gekregen, zo'n onderwerp was toch meer iets voor het medische programma *Vinger aan de Pols*, en mijn redactrice Bettina vertelde me dat ze de redactie van het programma bijna een woedende e-mail had gestuurd omdat mijn boeken niet duidelijk in beeld waren geweest; de presentatoren hadden er per ongeluk wat dag- en weekbladen overheen gelegd.

We rijden het dorp binnen. Langs de feestzaal waarvoor nu een paar zwarte uitvaart-Mercedessen worden geparkeerd. Een groepje jonge mensen in spijkerkleding staat onder de lichtbak met reclame voor Dommelsch-bier te roken, samen met een leeftijdgenoot in kraaienkostuum. Drager is een mooi beroep. Zijn hoge hoed en zijn witte handschoenen houdt hij tussen de knieën geklemd.

De bocht. Geelbeige aanleunwoningen met schone vitrage voor de ramen en bakken met lila herfstasters aan de vensterbanken buiten. Een gekrompen echtpaartje op gekrompen fietsjes stapt speciaal voor ons af en wacht in de berm tot we gepasseerd zijn. Witte, Amerikaanse nieuwbouwvilla's met erkers, daktorentjes, bordesjes – zelfontworpen woontaarten. Daartussen de monumentale, hoge Brabantse ambtswoningen, verscholen achter lindebomen en van karmijn verzadigde, bijna zwarte beuken. Langgerekte ramen ingelijst door witte, geornamenteerde kozijnen. Klimop die zich kameleontisch aan de kleur van het baksteen heeft aangepast.

Voor de kerk een Heilig Hartbeeld dat klopt als een bus. De grauwe, zandstenen Jezus is slank en zijn haar is sluik en lang en valt mooi bol om zijn ovalen, ingetogen gezicht waar de baard als water uit wegstroomt. In zijn stenen ogen een blik die kan duiden op uit-putting of tristesse; de morning-afterblik van adolescenten die zo-juist hebben ontdekt hoe ellendig seks kan zijn als je halverwege de daad verliefd wordt op het object van begeerte en na de zaadlozing bij de strot wordt gegrepen door vrees voor het afscheid.

De beste seks is de hel. Toen ik nog studeerde en daarnaast van-zelfsprekend Sartre las, wist ik meteen: die zak heeft nooit echt lief-gehad tijdens het neuken. 'De hel, dat zijn de anderen.' Kom op! De hel is precies daar waar je voor een paar seconden ophoudt jezelf te zijn en in een ander overgaat, de moleculen van de ander wordt, juist tot er geen ander meer is... Dát is de afgrond. Dat er geen ander meer is.

Het Jezusbeeld wijst niet op zijn hart, maar heeft de armen ge-spreid – de panden van zijn gewaad wijken als toneelgordijnen en daarachter staat een hart als een tweedimensionaal decorstuk, een bloedeloos geval, de Heer kan het ook niet helpen dat iemand dit kartonnen orgaan in zijn borst heeft geschoven. Het zal niet de eer-ste keer zijn dat de wonderwerken niet begrepen werden; het blijft toch pletten wat er te pletten valt. Paula remt voor een kat die over de weg een paar krielkippen opjaagt. Op het plein voor de kleuter-school staat een reusachtige Disney-Sneeuwwitje van gelakt papier-maché.

'Nog over van de praalwagen,' zegt Paula.

We rijden de oprit van de boerderij op.

Bouwe komt uit de garage met onder zijn arm een doos waarop een pannenset is afgebeeld. Hij zet hem bovenop een toren van vier kleine verhuisboxen en gaat het woonhuis binnen, met de rug naar ons toe. Alsof hij niet wordt waargenomen. Alsof hij mij niet in de glimmende Avila weet.

Na de koffie gaan we naar boven. Bouwes kamer is al bijna ont-ruimd. 'Krijg jij hem?' vraag ik aan Inez, die met haar armen over elkaar geslagen tegen de deurpost leunt.

'Nee. Mijn moeder wil hem gebruiken als schilderkamer. Hier is veel licht.'

'Ze schildert weer?'

'Als hij weg is gaat ze er weer mee beginnen.'

Het klinkt verwijtend. Alsof Paula niet kon of durfde te werken met mijn zoon in de buurt. Was hij te kritisch? Werd ze zenuwachtig van zijn talent? Bouwe is wel goed, maar zo goed nou ook weer niet. Hij zit op de grond en plakt de doos met zijn stereo-installatie met breed verhuizerstape dicht.

In de vergeelde grenen Ikea-hoogslaper ligt geen matras meer.

Bij haar ouders had Anne ook een hoogslaper.

Ik heb nog nooit in een hoogslaper gelegen. Of in een stapelbed. Niet boven, niet beneden. In vakantiehuisjes lag ik liever op een luchtbed op de vloer. Een schijterd vonden mijn broers mij. Claustrofobie en hoogtevrees behoorden in mijn familie niet voor te komen.

Gestamp op de trap. Uit de kamer naast ons klinkt opeens rapmuziek.

'Shit!' zegt Inez. 'Vin moet ook weer laten horen dat hij thuis is. Hij heeft nog niet eens hallo tegen je gezegd. Wacht maar, ik sleep hem wel uit dat stinkhol van hem, kan hij zijn oom een handje geven.' Ze zucht. 'Jongens! Je moet ze ook alles zeggen!' Mijn nichtje lijkt op haar vader. Witblonde krullen, een altijd gebruinde huid, duidelijk zichtbare spieren in benen en armen. Een voorliefde voor sportkleding die strak om hun lichaam spant. Ze houden allebei van surfen en zeilen. Over vriendjes heb ik Inez nog nooit gehoord. Flauwe gedachte: de dochter van mijn schoonzus sjort liever aan scheepstouw dan aan... Nog twee jaar en dan staat ze te dansen op de female gay studentsnight (20-25 jr) van het COC, en ze flirt met dj Dorith die zo lekker R&B mixt – ik kan me bij krantenadvertenties voor dit soort avondjes altijd veel voorstellen, misschien ben ik zelf eigenlijk ook wel lesbisch. Anne hield van dat liedje van Prince 'If I was your girlfriend', waarin hij op hoge toon bezingt hoe hij zijn meisje kleertjes laat passen. Prachtig. Gedetailleerd gefrunnik op de vierkante centimeter, gekwebbel over de miniemste plus- en minpunten aan het figuur en hoe je de pluspunten perfect kunt laten uitkomen en de minpunten camoufleren: 'Mag ik even aan je schouder iets verschikken, je bh-bandje piept eruit en je slip kruipt in je bilnaad, misschien moet je qua broek een maatje groter nemen.' Intiem zoals alleen vrouwen intiem met elkaar kunnen zijn.

Ik glimlach onhandig naar mijn zoon. 'Je bed laat je hier?'

'Ja. Ik neem twee matrassen mee. Die leg ik op elkaar als ik alleen ben, en naast elkaar als er iemand komt logeren. Jij blijft toch bij me slapen vannacht?'

'Dat wil je nog steeds? Wil je niet liever met Dieudonnée...? Om de nieuwe plek in te wijden, of zo.'

'Nee.'

'Kan ik nog wat doen?'

'Die koffers met kleren moeten in het busje. En, als ik ze heb dichtgeplakt, de kastjes met cd's.'

'Die poster, moet die nog van de muur?'

'Mogen ze houden.'

'Arnold Böcklin, *Die Toteninsel*, 1883. Hoe kom je daar aan?'

'Gewoon. Gekocht. In Berlijn. In zo'n museumwinkel. In het echt is het veel mooier, maar ja, dat snap jij ook wel. Het is een enorm doek, dus die gestalte zie je beter. En het is in het echt ook lichter, wat blauwiger van kleur.'

'Wanneer ben jij in Berlijn geweest?'

'Wat doet dat er nou toe. In de laatste week van de zomervakantie. Drie dagen. Met Paula.'

'Alleen met Paula?'

'Ja. Dat hebben we je ook nog wel verteld. Wij mochten op school voor geschiedenis een film kijken over hoe dat was gegaan met de beslissing van de Duitsers over die gaskamers enzo, onze leraar had een video daarvan met zo'n Shakespeare-acteur, die was dan Heydrich, en als je die film keek en daarover een verslagje schreef, hoefde je het proefwerk over de Tweede Wereldoorlog niet meer te maken. Kenneth huppeldepup, zo heet die acteur. En die film heet *Conspiracy*. Ik moest nog aan jou denken, dat jij dat ook een goeie film zou vinden.'

De cd-kastjes zijn hermetisch vergrendeld. Bouwe trekt een metalen prullenbak naar zich toe en steekt een eerder gefabriceerd shagje aan. Ik neem een sigaret uit mijn eigen pakje en laat me vuur geven. We zeggen allebei niets plechtigs over de laatste peuk in deze kamer, kijken de eerste rookslierten niet met een sentimentele blik na.

Nu de kamer leeg is zie ik dat hij in omvang, hoogte en lichtval verwant is aan de studentenkamer van C. De binnenkomende geluiden worden op dezelfde manier vervormd en gedempt, de akoestiek maakt dat onze verplaatsingen, onze ademhaling, het geritsel van kleding tegen kleding, het aftikken van de as, precies zo klinken als het geruis dat C. en ik produceerden.

'Dus jij dacht: ik kijk lekker die video, dat scheelt weer leerwerk.'

'Het was echt goed. Bijna alleen maar gesprekken, er gebeurde

227

haast niks. Precies zoals het is gegaan. Ook met Eichmann, die was er ook. Dat vind jij toch het leukste boek van Harry Mulisch?'

'Nou, het leukste... Dat jij dat trouwens weet.'

'Daar schrijf je over in je eigen boek. Maar goed. Je wilt toch weten...'

'Ja?'

'Ik weet ook niet hoe het komt, maar ik wilde ineens heel graag naar dat huis. Het Haus der Wannseekonferenz. Zo heet de bushalte daar trouwens ook. Gewoon. Dat je eens op die plek staat. Waar het 20 januari 1942 allemaal besloten is. Nou, en van Paula mocht ik niet alleen. Bovendien wilde zij die dingen zien waar omi het altijd over had gehad. Van die straatjes en pleintjes...'

'Omi kwam uit de buurt van Hamburg.'

'En die was op haar vijftiende een keer in Berlijn geweest en daar vertelde ze heel vaak over. Dat kan toch?'

'Hoe was het?'

'Berlijn?'

'Ja?'

'Gaat wel. Maar ik vond dit zo'n mooi schilderij. Jij drinkt toch bier en wodka, hè?'

'Waarom?'

'Dieudonnée belde me voordat jij kwam, om te vragen wat ze daar in mijn ijskast moest zetten. Zal ik die koffers zelf maar even nemen?'

We zwaaien Paula, Inez en Vincent uit.

'Mooie tijd.' Diederik kijkt op zijn horloge. 'Als het loopt zoals ik denk dat het loopt zijn we rond kwart voor vier, vier uur daar. Muziek?'

Het busje klimt de snelweg op. Diederik zet de radio aan en weer uit. Geen muziek. 'De groente-abonnementen lopen goed,' zegt hij. Ik knik. 'Eindelijk zijn het niet meer alleen randstedelingen die overschakelen op biodynamisch. Wat eieren betreft worden de mensen ook kieskeuriger. Terwijl wij al zo lang roepen: je moet die snavels niet afbranden. En niet al die medicamenten door dat voer. Dat verzwakt onze beesten. Maar nee, eerst moeten er echt wat ziektes overheen, en dan gaat de consument denken, verdomd, die ouderwetse kleinschalige gemengde bedrijven, daar zat toch wat in. Nou ja, beter laat dan nooit. Ik heb nu twee extra jongens op het land, die met behoud van uitkering...'

Vlijmen-Appelscha is nog een hele rit.

Ik krijg het benauwd, zo opgepropt tussen mijn zwager en mijn zoon. Het busje stinkt naar uien, zand en verlepte boerenkool. Had ik een paar uur geleden nog met veel plezier naar de bejuweelde handen van Paula gekeken, nu zie ik nagels met rouwranden, links van mij, rechts van mij. Mest. Compost. Maden-eitjes, voor het oog niet waarneembaar. De herinnering aan aarsjeuk, kinderkwaaltje, schaamte. Mijn broers: 'Moet je maar niet op je duim zuigen, kleuter!' Roken is duimzuigen voor gevorderden, bedenk ik.

Ik vertel dat Barbara op bezoek is in een huis dat door drie Turkse mannen wordt bewoond. Zogenaamd om hen te helpen met het belastingformulier.

Bang dat ik de kat op het spek bind, zoals Diederik dat noemt, ben ik niet. Al bij haar eerste bezoekje had Barbara ontdekt dat de mannen alledrie homo zijn, twee van hen zijn ooit zelfs een stel geweest. Ze wonen samen omdat de drie families dan geen argwaan krijgen.

'Kijk, de nabije gezinsleden weten meestal wel hoe het zit en doen daar niet eens zo moeilijk over. Turken zijn geen Marokkanen of Afrikanen. Maar de familie dáár weer omheen... Het is toch gezichtsverlies voor die mensen. Terwijl ze nu kunnen zeggen: "Tarkan? Nee, die woont met die keurige jurist van de Kelebekjes en die ober van Levant in huis." Dan lijkt het er dus voor de buitenwacht op alsof die jongens elkaar in de gaten houden, dat er geen gekke dingen gebeuren. De families staan bij elkaar in hoog aanzien, het is allemaal prestige en status en ondertussen... Die jongens dekken elkaar. Die nemen rustig hun vriendjes mee naar huis, geen hond die ze controleert. Het zijn net gereformeerden.'

Eigenlijk wil ik slapen. Zoals schaapjes tellen jarenlang de remedie heette tegen een lichte vorm van insomnia, zo heb ik de afgelopen nachten de verzoeken van de media geteld. In de hoop dat ik er kalm en gelukkig van werd.

(1) Een radiogesprek van een uur, te voeren met de immer grinnikende Martin Simek, uit te zenden rond middernacht.

(2) Een fotoreportage in het zaterdagse magazine van NRC *Handelsblad*, met bijvoorbeeld als thema 'een dag uit het leven van de toneelschrijver' of 'terug naar de dierbare plekken uit de jeugd van auteur Rudolf de Wolf'.

(3) Een veertig minuten durende hereniging tussen 'mijn' professor Meijer en mij, in een theekoepel aan de Vecht, gepresenteerd door Rik Felderhof. ('Waarschijnlijk kent u hem wel van illustere programma's als *De Stoel*, *Villa Felderhof* en *Felderhof ontmoet...* Maar Rik bedenkt thans in samenwerking met de NCRV een nieuw format waarin ook vergeten namen opnieuw onder de aandacht gebracht kunnen worden. In dit specifieke geval willen we dr. Meijers moedige "bevrijding" van het joodse trauma en uw medewerking daaraan...') enz. enz.

(4) Een avond mijn favoriete plaatjes draaien (d.w.z. clipjes en fragmenten van concertregistraties tonen) bij Harry de Winter in het RTL-programma *Wintertijd* – waarbij aan de hand van de muziekfragmenten mijn levensverhaal verteld zou kunnen worden.

(5, 6, 7, 8, 9, 10) Een lezing over 'wancommunicatie als inspiratiebron' op een congres voor beleidsmakers in het onderwijs, een interview met een tijdschrift voor amateur-acteurs, een interview met een blad voor leden van leesclubs, op radio 4 mijn lievelingsmuziek laten horen en toelichten, een wekelijkse column in een hip vrouwentijdschrift, en de *Nieuwe Dichterskrant* wil mij in de redactie omdat men vermoedt dat ik zulke originele poëzie-analyses kan maken...

Ik tel en tel nu al avonden en zie dan Barbara's stralende lach voor me. Ze glundert, telkens als ze me weer een door haar uitgeprinte e-mail overhandigt met een verzoek dat bij de uitgeverij is binnengekomen.

Ze heeft recht op die lach. Jaren is ze verliefd geweest op een fantoom dat slechts bestond als zij er haar hartelijke armen omheen sloeg. Van mijn somberheid en lusteloosheid had ze meer begrepen dan ik: ik leed aan mijn miskendheid, dat wist ze, ik was de kunstenaar die in een dichte mist van kleinzielige pijntjes en onverwoordbare, narcistische verdrietjes ronddoolde, niet uit vrije wil maar omdat mijn muze mij die kant op dwong. Voor een partner was dat weliswaar niet zo leuk (zoals Paula de opstandigheid van haar kinderen en die van mij 'niet leuk' noemde), maar om de pareltjes die in die psychische zwijnenstal werden opgedoken dééd je het, als vrouw-van. Niet op het geklaag ingaan, je schouders ophalen bij die intolerante, troetel-allergische piekergrimas, niet roeren, niet wroeten, niet de moeder willen zijn die het allemaal oplost en daarmee de melancholie en het zelfbeklag juist versterkt, want kunstenaars zwelgen in hun eigen gelijk en o wee als ze begrepen of bemoedigd worden – dat dus niet, dat niet, maar dienend aanwezig zijn, als een medestandster, een engelbewaarder, een goddelijke toekomst is denkbaar, is denkbaar, en dankbaar zijn met iedere onbegrijpelijke, gewis hoog-artistieke pennenvrucht... En god, kijk! Kijk! Het is niet vergeefs geweest! Barbara had het altijd al geweten! Er valt nu licht op mij, ja, haar man staat badend in het licht, ligt badend in het licht, het is zo licht om mij heen dat ik me in Sint-Petersburg kan weten op welk moment ik maar wil, al die Witte Nachten...

Ik voel me bestolen van mijn geheimen. En ik heb nooit geheimen gehad. Afgelopen nacht: van vreugde ligt Barbara in bed te woelen, en ik woel naast haar en ga eruit, zogenaamd om naar de wc te gaan. Ik ga naar de wc, steek daarna een sigaret op en luister naar het gezang van een bezopen fietser die zich voor zijn thuistocht kennelijk een gang door onze straat heeft gekozen. Bij de gestoorde Afghaan aan de overkant flakkert de televisie als de blauwe gasvlam in een geiser. Ik poets mijn tanden op het balkon en zie dat de Afrikaan die altijd in een emmer plast nu een skai-lederen bankstel in zijn tuintje heeft gezet, ergens huilt een pasgeborene, ik krijg het koud, de kou bereikt mijn blaas en ik ga weer naar de wc en vraag me af of mijn urine nu ook wat waard is, een flesje donkere, okeren nachtpis voor het Letterkundig Museum... Steeds is er dat idee dat iedere gedachte die ik nu, gedurende mijn Witte Nachten heb, wordt gezien, gekeurd en al dan niet uitzendfähig wordt bevonden.

Ik ben een ster. Een kleine ster. Een satellietje.

Omroepmensen weten de weg naar mij. Ik word gewenst. Als gast.

Ik ben NU AL een beetje in de mode. 'Het publiek weet het inmiddels wel, met...' – namen van mensen die te kampen hebben met over-exposure. Of ik ook iets kan zeggen over... Kwesties genoeg. Ik stel mezelf interviewvragen en geef mezelf interviewantwoorden. Ik vind mezelf beurtelings goed en slecht gedocumenteerd.

Bij een pompstation in de buurt van Zwolle koopt Diederik drie gevulde koeken. We hebben het al over onze plannen voor de zomer gehad, en over het broeikaseffect. Over de ontwikkelingen op dvd-gebied en over het Zeldzame Westeuropese Vlindersoorten-reddingsplan, dat Diederik het afgelopen najaar met wat oude vrienden uit Wageningen heeft opgezet, we hebben over de zaaikalender van Maria Thun gesproken, over kite-surfen, waarbij de plank wordt voortgetrokken door een grote vlieger die veel wind vangt, over de extra stunts die je daardoor kunt verrichten, en over het zelf brouwen van kloosterbier. Als we eindelijk het vermaledijde Appelscha binnen rijden kan ik alleen nog maar denken: de straf voor elke langdurige liefdesrelatie is dat je bedeeld wordt met zwagers. Met broers die dat nooit zullen worden en zich daarom misschien meer voor je inspannen dan je werkelijke broers. Godzijdank voor Bouwe is Dieudonnée ook enig kind.

De dokter en zijn vrouw, de nieuwe hospes en hospita van Bouwe, hebben thee voor ons gezet.

'Zeg maar Joep.'

'Zeg maar Martha. Iedereen noemt ons bij de voornaam, ook toen dat nog geen usance was zeiden de vriendjes en vriendinnetjes van onze kinderen Joep en Martha. Als ze hier kwamen spelen.'

'Precies. Als ze middenoorontsteking hadden of buikgriep...'

'Jaha, dan was het dokter Joep.'

Ze vragen of we een prettige reis hebben gehad. Ken ik Friesland goed? Het echtpaar overhoort me. 'Nee, Bouwe is geen Friese naam, maar een Groningse. U, je, bent in de war met Douwe.'

Diederik en mijn zoon tillen de dozen met twee tegelijk de trap op. Ik ontferm me over de kwetsbare dingen. De schildersezel, de computer, de keramieken schaal met het bonsaidennetje dat Bouwe zelf heeft opgekweekt.

'Maak jij ze zo even op, de lakens en dekens zitten in die vuilniszak daar.' Bouwe gooit een matras op de lattenbodem die zijn nieuwe huisbaas naar boven heeft gebracht, Diederik legt er een andere matras schuin naast. Hij blaast. Met zijn mouw veegt hij het zweet van zijn voorhoofd.

'En de moltons. Paula staat op het gebruik van moltons.'

'At your service,' zeg ik en salueer.

'Ik hoor het al, jij had ook weinig fiducie in die kerel. Vreselijk dat zo'n rabiate, autistische, linkse veganist die oproerkraaier heeft omgelegd, dat hoort in een ontwikkeld land als het onze niet te kunnen, maarrrr...'

Maar? De dokter haalt zijn schouders op. 'Laat maar. Het is niet interessant. Wat je er ook over zegt, het blijft toch speculatie. Ik denk dus dit: óf we zouden nu in een heel akelig, Oostenrijks klimaat leven, brandschone stoepjes maar abjecte meningen over migranten, zoiets. Óf die man zou als eerste in het politieke bedrijf op zijn eigen, elkaar tegensprekende oplossingen zijn stukgelopen, en dan was het geheid suïcide geworden. Want mijnheer was te ijdel om een verlies te kunnen dragen. Dat denk ik. Er is altijd wel iemand die een man van dat formaat bij zijn euthanasie wil helpen, en bovendien kende mijnheer genoeg juristen die zo'n arts zouden willen beschermen tegen vervolging. Misschien zou er bij een politiek verlies sprake zijn geweest van ondraaglijk geestelijk lijden. Ha.' Hij helpt me met de moltons, helpt me onderlakens over de matrassen te spannen.

Hoe hij de elastieken boorden straktrekt; alsof hij verpleger is in plaats van huisarts. 'Je wilt niet weten met welke dubbele maten het medisch tuchtcollege meet. Als de een of andere bekendheid een griepje heeft, of nou goed, een dubbele longontsteking of een volkomen stabiele hepatitis en om een spuitje of pilletje vraagt, dan kan dat.' Hij keert een overtrek binnenstebuiten, graaft zijn handen erin en grijpt met de hoekpunten het donzen dekbed vast – dan schudt hij, waarbij de overtrek soepel en weer met de print aan de buitenkant over de vulling valt. Niet één keer raakt de enorme lap de vloer. 'Niet zonder slag of stoot, maar het kan. Ik overdrijf om iets duidelijk te maken. Mag ik dat kussen, alstublieft?'

In plaats van hem het kussen te geven, doe ik er zelf een sloop omheen.

'En als een arts een, zoals dat heet, "wilsonbekwame" maar totaal doorgelegen mevrouw, zwaar dement, met inwendig overal ongeneeslijke ontstekingen wil helpen... Kristenenziele! Er worden hier geen discussies gevoerd. Ook niet bij u daar, in Amsterdam. Het is tolerantie onder het motto: leven en laten leven. Als je mensen vraagt: "Ben je voor of tegen euthanasie?" weten ze het niet, ze beslissen het wel op het moment zelf. Over ethiek praten vinden ze gevaarlijk. Stel dat je een mening hebt... En stel dat die mening zo sterk, zo weldoordacht is dat je anderen ervan wilt overtuigen... Nee, dan lig je eruit! Dan ben je een zendeling. Een betweter. Een moraalridder!!! Dat wil niemand zijn. Of ze zeggen, ze zeggen: "Erover nadenken heeft geen zin. Als ik straks verga van de pijn dan weet ik nog zo net niet wat ik zal kiezen." Tuurlijk moet je je mening relativeren, denk ik dan, absoluut mee eens, maar zorg dat je wel een mening hebt. Pas dan kun je er ook van afwijken. Wat je nu ziet... Zo'n moedertje dat zich al haar leven lang voor anderen heeft opgeofferd. Ligt thuis in bed met kanker overal, de kinderen houden het per toerbeurt waken al na een paar weken niet meer vol. En dat vrouwtje voelt dat, die voelt zich een blok aan het been van haar drukbezette kinderen en vraagt opeens om euthanasie. Heel gek, maar die kinderen blijken daar totaal niet vijandig tegenover te staan. Kun je hen niet kwalijk nemen. Moet je eigenlijk die moeder zelf kwalijk nemen. Dat er, toen dat nog kon, nooit een gesprek over ziekte en dood is gevoerd. Want zo iemand vraagt niet om de dood omdat ze zo lijdt, maar omdat ze anderen een plezier wil doen. En daarvoor is de euthanasiewet niet bedoeld.' Hij onderbreekt zijn betoog om te niezen. Met de punt van een roodbonte zakdoek friemelt hij in zijn reusachtige, behaarde neusgaten. 'Zijn we zo'n hoogopgeleid land, en niemand die ad infinitum wil doordenken... Bijvoorbeeld hoe het geweten na jaren opeens kan wakker schrikken, omdat er ooit overhaast en vertroebeld door emotie in de euthanasie van een naaste is toegestemd... Het is ook de schuld van de godsdienst. Die heeft die tweespalt veroorzaakt; tegen is tegen, voor is voor, en wie gelooft is tegen. Veel mensen die misschien diep in hun hart tegen zijn, maar daarbij ook overtuigd atheïstisch, draaien die redenering om en zijn bang dat ze, door tegen te zijn, automatisch met andere geloofswaarheden instemmen, of tenminste... Dat de buitenwereld hen daarvan zal verdenken. Ach, we kennen elkaar nog maar net, ik zal u niet met mijn frustraties lastigvallen. Waar het mij om gaat...'

Bouwe komt binnen en schuift zijn bureau voor het raam, zet zijn stoel erbij, inspecteert het kleine ijskastje en krabt met zijn nagel de fluorescerende groene prijssticker van zijn elektrische tweepitsfornuis. Heeft hij allemaal met Dieudonnée gekocht. Diederik sluit de apparatuur aan en houdt zijn oor tegen de geluidsboxen. Ruis. Dokter Joep vouwt een lege vuilniszak op.

'Waar het mij om gaat is dat vrijheid als een verworvenheid moet worden beschouwd, waar iedereen gewetensvol mee om moet gaan. Niet dat consumentisme. Werkelijk intelligente burgers... die kunnen argumenteren en aan de hand van voorbeelden subtiel willen onderzoeken, blunderend, vallend en opstaand, maar zonder die angst voor tuthola te worden uitgemaakt... Dat soort burgers mis ik. Al die ethische commissies en aan kerken of politieke partijen gelieerde instanties die namens de burger – en nota bene ook nog betaald!, filosoferen over dit soort zaken, ik noem dat verborgen

werkloosheid. Terwijl de eerste de beste academicus aan het sterfbed van zijn vrouw nog moeilijk staat te doen over de procedure.
"Kan het niet morgen al? Waarom moet er nóg een arts bij zijn? U
ziet toch zo wel dat ze crepeert?" Zeg niet dat wij niet soepel, niet
humaan zijn... Het leven is op dit soort ogenblikken gewoon niet
humaan. Staat er ergens dat het leven humaan is? Nou dan.'

Met een triomfantelijke blik kijkt de arts naar Bouwe, naar mij,
dan naar Diederik.

De pannen die Bouwe van Paula heeft gekregen staan op de plank
boven het goedkope aanrechtje. De gootsteenkastjes lijken nog leeg;
de paar borden en kopjes die Bouwe heeft, vullen de planken niet.
Bussen waarop staat RIJST, PASTA, SUIKER, MEEL, KOFFIE. Een
fles afwasmiddel, een teiltje, een vaatdoek en een spons. Mijn zoon
gaat een huishouden voeren.

In de ingebouwde wandkast liggen stapeltjes shirts, truien en
spijkerbroeken. Het kostuum hangt in zijn mottenzak aan een
roede. Om bij zijn kleren te kunnen moet Bouwe voortaan wel een
staande halogeenlamp verschuiven. 'Een verlengsnoer kopen kan
ook.' Ik hoor het Diederik zeggen.

Twee opgemaakte bedden liggen naast elkaar op het wijnrode tapijt. In de hoek tegen de muur een nachtkastje op wieltjes, bestaande
uit drie op elkaar gestapelde manden. Sokkenmand, brievenmand,
mand met toiletartikelen. Een messing wandlampje erboven. Tegenover het slaapgedeelte de muziek. De rolluikkastjes met cd's
staan aan weerszijden van de boxen. Schoolschriften, multomappen
en boeken worden neergezet in de zwarte, open kast die de dochter
van de arts heeft laten staan. In de nis van de schouw geen kachel,
maar een sinaasappelkistje dat door Bouwe rood is gelakt; daarop
een kaars, een koperen wierookhouder, de schaal met het boompje,
een dofzwarte Japanse theepot met rieten handvat. Een tv en een
makkelijke stoel had Bouwe niet gewild. Barbara had een lijstje met
hem doorgenomen, aan de telefoon. 'Ook niks voor aan de muur?'

'Ik vind kaal het mooiste.'

Barbara en ik hadden het nog even over een fruitschaal gehad, al
compleet, dat wil zeggen: gevuld met sinaasappels, appels, kiwi's,
bananen, een ananas, druiven. Dat was een leuk cadeau. Tot ik
bedacht dat het ook bemoeizuchtig kon lijken: denk je wel aan de
vitamines?

'Goed van jou,' had Bar gezegd. 'Ik zou dat op die leeftijd inderdaad ook niet hebben gepikt. Maar wat dan? Hij is ook al bijna jarig. Geld?'

Dat ik bij een filiaal van Thijs' parfumerieketen voor meer dan negentig euro eau de toilette voor het stel had gekocht – ik was het vergeten of durfde het niet te zeggen, maar vanavond na het eten ga ik ze het Lilywhite-tasje overhandigen. Als de arts en zijn vrouw beneden televisiekijken en Diederik weer op de terugweg is, in een lege stinkbus. Terug naar zijn eigen, nu van indringers verloste gezin.

De ezel en de verfkoffer mogen op de overloop blijven staan, naast de kast met de stofzuiger en het wasrek, en naast Bouwes eigen wc annex douchecel. Twintig vierkante meter heeft hij, denk ik, op zeventienjarige leeftijd. Mijn eerste kamer was twee bij drie.

*

Omdat het terrein waarop de Nederlandse overheid binnenkort met de bouw van de allochtonenstad hoopt te beginnen tevens het zes hectare grote veen-natuurgebied Appèlbergen (thans als oefenbasis eigendom van het ministerie van Defensie) zal insluiten, is er gekozen voor de naam Appèlbergen voor de gehele nieuwe woonlocatie. In haar rapport licht de naamgevingscommissie de keuze voor de naam als volgt toe:

'Ofschoon er een door Provinciale Staten georganiseerde wedstrijd was verbonden aan de naamkeuze, en de commissie verheugd was over de enorme respons alsmede over de creativiteit en originaliteit van de inzenders, is er uit de vele suggesties toch geen winnende naam naar voren gekomen.

Dit had bijvoorbeeld te maken met het feit dat in veel van de suggesties expliciet verwezen werd naar de doelstelling c.q. de aard van de nog te bouwen stad. (Ethno-city, De Gastonge, Regenbogerveld etc.) De commissie is van mening dat een dergelijke naam sterk benadrukt dat het hier gaat om een conceptstad. Terwijl de intentie is dat zeker de volgende generaties de nieuwe stad accepteren als een reguliere Nederlandse woonplaats te midden van andere woonplaatsen, met een eigen geschiedenis en een eigen dynamiek. "Als een stad die," zoals voorzitter Prof. Dr. J. van Werkenbroeck het even paradoxaal als treffend verwoordt, "op dezelfde wijze van andere steden verschilt als Groningen, Maastricht, Lelystad en Utrecht van elkaar verschillen en dus niet als een goed geoutilleerd permanent opvangcentrum beschouwd dient te worden."

Tevens werd uit de inzendingen duidelijk dat er nog veel misverstanden over zowel het project als over de doelgroep(en) bestaan. In veel suggesties gingen verwijzingen naar de islam schuil, of naar de twee landen van herkomst van de vermeende bewoners: Turkije en Marokko. De commissie wil er bij dezen dan ook nog eens uitdrukkelijk op wijzen dat het percentage moslims onder de bevolking van de stad zo'n vijfenveertig procent bedraagt en dat ook burgers uit Oost-Europa, Zuid-Amerika, Azië en Afrika hun eigen wijk in de veelkleurige stad zullen krijgen.

Vanzelfsprekend trof de commissie ook zeer poëtische namen aan. Opvallend daarbij waren de vele verwijzingen naar (passages uit) de Max Havelaar van Multatuli (Multamultidorp, Adindaveen). Ook hierbij bleef echter de nadrukkelijke ongewoonheid problematisch.

Dat uiteindelijk voor de reeds bestaande naam Appèlbergen is gekozen, is te danken aan een zeer recente ontdekking. Al een aantal jaren beijvert een kleine groep nabestaanden van in de Tweede Wereldoorlog geliquideerde, Groningse demonstranten tegen de Duitse tewerkstelling (Arbeitseinsatz) zich voor opsporing van de stoffelijke overschotten van hun familieleden. Er bestond het vermoeden dat de lijken van de jonge mannen, afkomstig uit de gemeente Haren e.o. destijds door Duitse militairen zijn "gestort" in het veen van wat thans oefenterrein Appèlbergen is, maar zekerheid daaromtrent was moeilijk te verkrijgen. Zowel de uitgestrektheid van het gebied, de frequentie waarmee het door militairen van de Kon. Ned. Landmacht is benut, de bodemsoort en de begroeiing maakten het (kostbare) sporenonderzoek tot voor kort vrijwel onmogelijk. Met de komst van een geavanceerde, echoscopische detector die tot wel een paar meter diep onder de grond kan "horen" en de geluidstonen daarna onmiddellijk omzet in digitale beelden is men erin geslaagd eindelijk de juistheid van de vermoedens te bevestigen. Plaatsing van een monument met daarop de namen en geboortedata van de slachtoffers zal volgen.

Zoals het standbeeld van de Dokwerker in Amsterdam en de jaarlijkse herdenking van de Februaristaking aldaar ook de naoorlogse generaties Nederlanders er steeds weer van willen doordringen hoe belangrijk ook het kleinste verzet van kleine, gewone burgers in een klein land kan zijn, zo kan het kleine monument in wat de beeldend kunstenaar en schrijver Armando "schuldig landschap" zou noemen, naast het levendig houden van de geschiedenis ook nog een andere, meer toekomstgerichte, positieve functie vervullen.

De nieuwe stad die ons voor ogen staat, wordt niet uit economische motieven gebouwd. Natuurlijk zal met de stad ook bijzonder veel werkgelegenheid worden gecreëerd, juist voor diegenen die wegens taal- of culturele problemen misschien niet altijd even makkelijk in het reguliere arbeidsproces konden instappen, of voor wie het huidige aanbod op de banenmarkt niet verenigbaar is met de eisen van een specifieke, niet-Nederlandse levensstijl. Maar vooralsnog wil de overheid economische bloei slechts als bijproduct van het kerndoel opvatten. Voornaamste intentie van de stad is vrijheid. Waar het om gaat, is mensen van allochtone afkomst het gevoel te kunnen (terug)geven dat ze zich niet verplicht hoeven aan te passen, maar dat mogen doen in hun eigen tempo en tot zover ideeën over hun eigen identiteit dat toelaten. De stad is uitdrukkelijk geen van hogerhand bedachte oplossing voor problemen van raciale aard en niet bedoeld om met name het randstedelijk gebied te ontheffen van sluimerende conflictsituaties, overbelasting van sociale voorzieningen, onderwijs en politie, verloedering van de openbare ruimte en criminaliteit. Integendeel. Wat gewenst wordt is dat de nieuwe burgers van Appèlbergen opnieuw kunnen beleven wat het is om zichzelf te zijn, zonder voortdurend commentaar op hun gedragingen, en speculaties over hun intenties om Nederland als tweede vaderland te kiezen. Waren de demonstranten wier lichamen in de grond van Appèlbergen zijn vergaan moedige Nederlanders die niet bij het Grote Duitse Rijk ingelijfd wilden worden, en deze moed met hun dood moesten bekopen, de leden van de commissie hopen dat de stad die dezelfde naam zal dragen als deze schuldige bodem, een stad zal zijn waarin geen enkele allochtoon zich meer nadrukkelijk allochtoon zal weten, maar een moedig, met vitaliteit en vruchtbare initiatieven bedeeld individu – dat zich binnen de eigen gemeenschap kan ontplooien en zijn talenten kan inzetten voor het welzijn van zijn naasten, zonder daarin tegengewerkt te worden door te strenge Nederlandse regelgeving en een dominante Nederlandse cultuur en moraal.

Behalve deze, naar de commissie hoopt, subtiele symboliek valt er nog een tweede opmerking over de naam te maken. Is het al aardig dat het woord bergen in de naam meeklinkt (en verwijst naar de heuvels die rondom het oostelijke deel zullen worden opgespoten), het woord appèl heeft een nieuwe betekenis gekregen dankzij het werk van de joods-Franse filosoof Emmanuel Levinas. Kerngedachte in zijn oeuvre is het gelaat van De Ander, dat een appèl op zijn medemens doet. Dat voorafgaand aan iedere vorm van communicatie of het uitblijven daarvan al impliciet lijkt te zeggen: doodt mij niet. Het appèl is een roep om bescherming van de menselijke waardigheid en het appèl wordt gedaan wanneer de ene persoon de andere aanziet. Hoe vluchtig ook.

De commissie hoopt van harte dat Appèlbergen, de stad in haar geheel, een gelaat zal worden, opgebouwd uit meerdere pigmenten, meerdere dimensies, een gelaat dat op iedere inwoner van Nederland, op iedere wereldburger een beroep zal doen. Het levende bewijs dat mensen met elkaar een vrijplaats kunnen vormgeven en onderhouden die tot tolerantie en verbroedering uitnodigt. Tot groei, enthousiasme, interesse, uitwisseling en humaniteit. "Breng mijn eigen identiteit niet om, beschouw mij als integer en aan jou gelijk." Als Appèlbergen deze gedachte in haar praktijk van alledag zou kunnen uitdragen, zou ze misschien een kleine pijl op de routekaart naar wereldvrede kunnen zijn.

De commissie hoopt met deze adstructie niet de verdenking van megalomanie op zich te laden, maar integendeel, de Nederlandse burger inzicht te geven in haar keuze voor de naam en te vragen haar te respecteren, ook al moest ze helaas in een te laat stadium erkennen dat een wedstrijd niet het geëigende voertuig was om tot een duurzame, neutrale plaatsnaamgeving te komen. Bij deze wil ze alle 1800 inzenders nogmaals hartelijk danken voor hun bijdrage en betrokkenheid. Een kleine attentie in de vorm van een vaantje met het gemeentewapen van de nieuwe stad (een berg groene appels tegen een hemelsblauwe achtergrond – ontwerp Janneke Wisselink, Utrecht 1970) zal hen zo spoedig mogelijk worden toegestuurd.'

Deze rede werd op 11 maart jl. uitgesproken door mevr. drs. M. G. Bornwelle-Haringsma, als wetenschappelijk onderzoeker verbonden aan het Europees Historisch Instituut, sectie Migratie en Integratie en tevens lid van de commissie Naamgeving Project Stad, onder het voorzitterschap van Prof. Dr. J. van Werkenbroeck, hoogleraar Cultuurmanagement aan de Universiteit van Groningen. De bekendmaking vond plaats in het Nederlands Architectuur Instituut, in aanwezigheid van de minister-president en H.K.H. Prinses Máxima, die het paneel met daarop het nieuwe wapen mocht onthullen ten overstaan van de landelijke en internationale pers. Voor meer informatie over Appèlbergen kunnen belangstellenden vanaf vandaag, 12 maart, terecht op de nieuwe site van de overheid: http//www.appelbergenkomt.nl.

Gelezen, vanochtend. In de trein van Amsterdam naar Den Bosch. Er was een hele krantenpagina uitgetrokken voor dit bericht. Opgemaakt door Barbara, maar dat wisten alleen de redactie en ik. Gisteren. Mijn verdoving was nog niet uitgewerkt toen ik de televisie aanzette om iets van de live uitgezonden bekendmaking te zien. Een voorbeschouwing van een halfuur door de directeur van het Architectuur Instituut, de heer Solomon Silberstein, waarin maquettes van de verschillende wijken werden getoond, en driedimensionale computeranimaties van Marokkaanse en Afrikaanse huizen. De kijker kreeg een rondleiding door kamers die nog niet bestonden. Mocht, zonder zijn schoenen te hoeven uittrekken, wandelen over kostbare kelims. Geen deuren maar ui-vormige poorten waarin gordijnen wapperden. Ze werden door een onzichtbare hand opengeschoven. Slaapmatten in donkere nissen. Buiten, in de tuin, een keuken opgetrokken uit geel zandsteen. Een koelcel van steen, een vuurplaats van steen, een vijzel zo groot als een put – van steen. Een stamper van graniet ernaast, een uit leem gevormde, ronde kast waarin bruinrode, aardewerken waterkruiken, veelkleurige, gedecoreerde schalen en tajines stonden. Slingers van gedroogde rode pepers hingen boven de kookplaats, van hoek tot hoek onder de nok van de witte nomadententvormige overkapping. Die, zo werd uitgelegd, niet van zeildoek gemaakt was, maar van een dik plastic dat in de vliegtuigbouw wordt gebruikt als vensterglas.

Foto's van een overdekte bazaar. Van houten kioskjes die op iedere straathoek neergezet zouden worden en waarin tot 's avonds laat de wat simpeler kruidenierswaren verkrijgbaar zouden zijn, zoals suiker, thee en verse munt. Een wijk verderop: design-branders in de openlucht, waarop na zonsondergang cashewnoten, pinda's, pompoen- en zonnebloempitten geroosterd konden worden. In West-Afrika, vertelde Silberstein, gebeurde dit roosteren op lege, roestige olievaten, dat was natuurlijk erg onveilig, 'maar de stalletjes met etenswaar en gember- en hibiscuslimonade vervullen voor de op straat levende Afrikaan een sociale functie waaraan vooralsnog niet tegemoet werd gekomen door Nederlandse snackbars die sfeer ontberen sfeer die daarom in huiskamers in bijvoorbeeld flats in de Bijlmermeer werd nagebootst met alle risico's vandien.'

In het uitspreken van lange, kommaloze zinnen was Silberstein een kei. Een dunne, meisjesachtige stem had hij, een fluwelen timbre dat trilde van ingehouden empathie. Een n die precisie verried.

We zagen een school vanbinnen, het schoolplein dat van gras was, het gemengde veebedrijf dat daar weer aan grensde – zodat de kinderen de kippen en koeien konden horen terwijl ze leerden spellen en rekenen. De wasserij, het badhuis, het naaiatelier, het abattoir, de moskee.

Er werd overgeschakeld naar de zaal die langzaam volstroomde met persmensen en hoogwaardigheidsbekleders. Mijn wang begon te tintelen. Jeuk binnenin de huid. De tong die als een droge, dikke spons in mijn mond lag, werd wakker. Ik proefde een beetje bloed. Halverwege de rede van mevrouw Bornwelle was de verdoving uitgewerkt. Een explosie van pijn – niet op de plek waar de kies had gezeten, maar in mijn hoofd, ergens tussen slaap en wenkbrauw. Alsof iemand een schroef in mijn schedel draaide, vaster en vaster, tot in het botbeen kleine scheurtjes sprongen die onmiddelijk volliepen met kokend, rokend water. Een kleine binnenbrand, zeer plaatselijke oververhitting. Misschien had ik niet meteen na de behandeling een sigaret moeten opsteken.

Ik dacht: ik kan nu doodgaan.

Zonder iemand in de buurt.

Over een uur, anderhalf uur zou Barbara thuiskomen en mijn lichaam vinden. In een rare kronkel op de grond. Reuzewokkel. Of slordig opgerold als een logge kokosmat. Of: als een marionet waarvan het kruis met de touwtjes het had begeven – ik, pop, kapotte pop, met ledematen als boa's, kunstzinnig gedrapeerd over bank en vloer. Ik. Warm nog, en met nog geopende, gebroken ogen. Op televisie zou allang een ander programma bezig zijn. Zou ze gillen?

Ik was en ben niet bang om dood te gaan.

Van mij mag het, de dood.

Ik zeg het Dylan Thomas echt niet na, dat zinnetje: 'And Death shall have no dominion.' Wat is dat nou voor onzin? Alsof een mens inspraak kan hebben. Hoogmoed is het. Hovaardig is het. Dat dacht ik gisteren en ik probeerde of ik nog kon staan. Ik hoopte op een valpartij. Ik wankelde even, maar viel niet. Verdroeg de kramp in het bot en de kortgeknipte, stevig opgeverfde vrouw achter de microfoon.

Toen Barbara thuiskwam dronk ik alweer Bardolino en las bij Zagajewski:

'Ik liep door een middeleeuwse stad
's avonds of met de dageraad,
was heel jong of tamelijk oud.
Ik had geen horloge bij me,
geen kalender, alleen mijn bloed
mat koppig de eeuwige afstand.
Ik kon opnieuw met mijn
of andermans leven beginnen,
alles leek makkelijk te zijn,
de ramen van de huizen waren niet
helemaal dicht
ik kon in vreemde levens kijken.
Het was voorjaar of het begin van de zomer,
warme muren,
de lucht zo zacht als sinaasappelschil;
ik was heel jong of tamelijk oud,
ik kon kiezen, kon leven.'

Van Pools was Duits gemaakt, ik maakte van Duits weer Nederlands. Als de dichter van een afstand in mijn hoofd zou kunnen kijken, zou hij daar zeker een ander gedicht aantreffen dan het oorspronkelijke, dat hij uit zijn eigen herinneringen, dromen en vocabulaire bijeengeschraapt had. Wat voor hem op een zeker moment af was, begon in mijn hoofd, in mijn taal net zo'n beetje te ontkiemen. Een begin van begrip, van herkenning. En op een dag zou mijn vertaling-van-de-vertaling zelfstandig zijn en zich hechten aan mijn herinneringen, dromen, schriftuur, zonder dat iemand, laat staan Adam Zagajewski, daar weet van had. Als ik morgen ergens schrijf 'lucht zo zacht als sinaasappelschil', dacht ik, heet dat een typische Rudolf de Wolf-vergelijking en dat is het ook; ik moest de metafoor alleen bij een ander ontdekken. Bij een vreemde die zich misschien nu al niet meer herinnert hoe, waar en wanneer hij de regel bedacht, verwierp, nog eens terugfloot, weer schrapte. Die, toen hij sap perste voor zijn vriendin en het afval wilde weggooien, toch weer getroffen werd door de textuur van de schillen. De vingertoppen waarop hij een voorjaarslucht naar de vuilnisemmer droeg... Die vervolgens vastberaden naar de schrijftafel liep en het nu zeker wist: de vergelijking mag blijven. Moet blijven.
    Lijkt mijn sinaasappelschil op zijn Poolse sinaasappelschil?

Lijkt mijn lucht op Zagajewski's lucht?

Lijkt mijn zachtheid...?

Als de dichter in mijn hoofd zou kunnen kijken, zou hij een vreemde zin zien, een wezensvreemde zin, die hij mooi zou kunnen noemen omdat hij aan niets aflas dat ze was geworteld in zijn vondst. Ik begin steeds meer te voelen voor vriendschappen met uitheemse dichters, dacht ik. Verwantschap die niet geconsumeerd hoeft te worden. Nooit meer een kroeg, een avond naar de film. Nooit meer praten. Dat.

'Heeft Appèlbergen eigenlijk iets te maken met dat project van Huib?' vroeg ik Barbara gisteren, en ik schoof met mijn vork rijst en vlees naar de rand van mijn bord, omdat het gat in mijn mond alleen de vloeibare Thaise groene curry verdroeg.

'Ja, ik geloof het wel. Leuk toch?'

'Dat is wel leuk.'

'Ja, dat je meteen resultaat ziet. Vind jij het eten lekker?'

'Jij niet?'

'Die basilicum overheerst. Of het citroengras. Ik vind het naar zeep smaken. De saus.'

'Het smaakt als altijd. Maar het kan zijn dat ik het niet goed proef. Door die kies.'

'Ik ben misselijk of zo. Van die wijn hoef ik ook niet meer. En dan moet ik straks bij de buren nog van alles proeven.'

'Ga je alweer?'

'Achmed wil zich aanmelden voor een schriftelijke cursus. Bloemist lijkt hem een leuk vak. Of banketbakker. We hebben een kennismakingsvideo opgevraagd, waarop mentoren van de detailhandelopleidingen zichzelf en hun vak introduceren. En dan gaan we met de hele familie kiezen. Zijn nichtjes heb ik ook laten uitnodigen. Als hij nou samen met een van die meisjes aan zo'n avondstudie begint, stimuleert hem dat wel. En dat meisje vergroot haar kans op werk dan ook weer. Eentje heeft haar school al afgerond en heeft nu een baan bij de thuiszorg.'

'En jij leert weer wat over Marokkaanse meisjes.'

'Ook dat.' Barbara was van tafel opgestaan, met haar bord in haar handen. Als ze vijf happen had genomen was het veel. Ze liep naar de wc. Ik hoorde hoe ze met haar lepel rijst en curry van het porselein afschoof. Hoe de dikke brij met een plons in de pot viel. Het bleef plonsen. Ik hoorde Barbara droog hoesten. Plons. Ze haalde een paar keer diep haar neus op. Een vochtige, korrelige kreet. Toen: 'Oioioi!' en weer volgde, op een luide boer, het geluid van een klodder rijkgevulde saus die op steen valt, gelijktijdig met het geluid van het opspattende water. Ze trok door. Snoot haar neus. Trok nog een keer door. Met tranen in haar ogen kwam ze weer binnen.

'Dat heb ik niet vaak meer,' zei ze zacht. 'En jij bent nog bezig. Het spijt me. Ik denk dat ik weer eens een aanval ga krijgen.' Ze liet zich op de bank vallen waarop ik een paar uur eerder een hersenattaque had gevreesd. Ze huilde nu echt.

'Moet ik beneden waarschuwen? Dat het niet doorgaat?'

'En toch lijkt dit niet op migraine.'

'Bar?'

'Ik heb deze keer niet van die flitsen. Ik word niet duizelig van je stem, of van het licht. Toevallig keek ik vandaag eens in mijn agenda hoe langgeleden... En weet je? Ik heb dit hele jaar nog geen aanval gehad. Dat zei ik nog tegen Huib.'

Ik wilde vragen of ze Huib tegenwoordig iedere dag sprak, maar dat leek me op dit moment een bemoeizieke, niet ter zake doende vraag. Ze gaf zichzelf nog een uur en als het dan niet over was, moest ik inderdaad maar naar beneden gaan.

Op haar verzoek trok ik haar schoenen en kousen uit en masseerde haar warme voeten. Ik kneep in elk mollig teenkussentje tot ze 'Au!' riep en benijdde de eeltloze huid.

'Jij hoeft nooit te kotsen,' zei Barbara. Op een toon alsof ik gezegend was met een groot talent. 'Ook niet als je veel hebt gezopen. Heerlijk.'

'Vroeger wel.'

'Voordat je mij kende.'

'Ik heb ook wel eens moeten braken van verliefdheid. Dat was nog vroeger dan vroeger.'

'Van de emoties of zo.'

'Dat zal wel. Jij?'

'Nee zeg! Je gaat toch niet kotsen als je iemand leuk vindt? Juist niet.'

'Dat wilde ik ook niet, ik schaamde me rot. Het gebeurde.'

'Niet te veel bij mijn hiel, dat doet pijn. Misschien waren die rare harde erwten niet goed. Die smaakten echt bedorven.'

'Die vind je nooit lekker.'

244

Ik bedekte de voeten met een kussen. Er lag een prinses op de bank. Ik raakte haar borsten aan, die groter leken dan anders. De tepels verstijfden niet, maar bleven zacht.

'Kus me maar niet. Ik stink. Naar karnemelk met sambal. Waarom ga jij niet gewoon in mijn plaats? Ze zijn hartstikke benieuwd naar jou.' Kon ik maar nee zeggen. Ik zette een fles Spa blauw bij Barbara neer, draaide de kachel wat hoger, waste af – klokslag half negen stond ik precies onder de zieke Barbara, op de vale, machinaal geknoopte nep-kelim van de buren.

Tegen de muur waaraan onze eetkamertafel staat hadden zij een bankstel neergezet zo groot en log dat er van de ruimte weinig meer overbleef. Een slagschip van lichtblauwe, gebloemde velours. Naast elkaar op die bank zaten Aïsha en haar man. Hij in beige C&A-confectie, zij in haar gifgroene jasjurk met puntcapuchon. Ze droegen plastic teenslippers.

Achmed was in het zwart. Een zwart Nike-shirt, een glimmende zwarte trainingsbroek, zwarte sokken. Zijn haar had hij met wetlookgel achterovergekamd, zodat het leek alsof hij net onder de douche vandaan kwam. Hij rook naar supermarktdeodorant met veel te veel muskus. Aïsha lachte naar mij en stak toen een preek af tegen haar zoon. De inmiddels vertrouwde, onbegrijpelijk hoge opera-uithalen – alsof haar stem in het voorgeboortelijke distributiecentrum op het schap had gelegen naast de stemmen van Christina Deutekom, Hedy d'Ancona en Marjan Berk.

'Mijn moeder zegt dat ik moet vragen of u koffie wilt.'

Ik vergat mijn kies en knikte.

Achmed pakte de lege mok van zijn vader van de grond, spoelde die in de keuken om. Ik zag hem drie lepeltjes oploskoffie in de mok strooien, hij deed er een handvol suikerklontjes bij, en kwam met de mok weer de kamer in. Bovenop het televisietoestel stond een plastic heetwaterkan. Felle Blokker-zonnebloemen. Achmed hield de mok eronder en drukte een paar keer op het pompje. Pufpufprrt. Ik kreeg geen lepeltje bij het slappe, modderige warme water.

Nadat ik een slok genomen had, begon Aïsha aan haar volgende woedende of grappige aria.

'U moet dezzze stoel nemen. Ja joh. En mijn moeder wil weten wat Barbara heeft, weet je wel. Dat zzze het snapt. Hier is ook een asbak, joh.'

Ik kreeg een keukenstoel met chromen poten en een ronde, formica zitting en rugleuning. Roze. De eerste keukenstoelen van mijn ouders. Een groene glazen asbak met Heineken-logo. Mijnheer Ali bracht mij een Camel zonder filter. Hij gaf mij vuur met dezelfde nietszeggende blik die hij ook had als ik hem op de trap of op straat groette. Toen plofte hij weer naast zijn vrouw op de bank. Ik nam een trekje, legde de sigaret in de asbak, wees op mijn buik en maakte met een soepele polsbeweging een draai in de richting van mijn mond. In dit gebaar ziet braken er nog tamelijk elegant uit, bedacht ik.

'De maag,' zei Aïsha. 'Last van de maag. Nanana! Rottig. Rottig voor mijne vriendien. Veel niet eten en dan slapen maakt het goed voor...' Ze schakelde weer over op Berbers. Achmed en zijn vader glimlachten. Waar bleven die nichtjes nou? Aïsha wees naar het plafond. Ja, goed begrepen. Daar ligt ze, dat klopt. En daarom ben ik hier. Zo lollig is dat niet.

'Het ies... Het weer. In de lucht. Het weer, neenee, niet het weer. In de lucht. De man. Het is van de man.'

Tuurlijk. Geef de man maar weer lekker de schuld. Zo had ze van haar eigen echtgenoot ook een wandelend lijk gemaakt. Geen wonder dat sommige van die kerels hun vrouwen sloegen.

'Mijn moeder bedoelt de maan.'

'De man. Jajahihihi.'

'In Marokko waren het ook nog wel eens de sterren, de stand van de sterren. Dan kon ze op het dak staan weet je, en dan kijken, kijken... Djiezus man. Maar hier zzziet ze alleen de maan. Dus hep de maan het altijd gedaan. Of 'ie nou vol is, of zo'n dingetje weet je, of roze, of zo geel als kaas...' Er werd vanaf de tribune nu ook van alles over Allah de kamer in gejengeld, maar dat vertaalde Achmed niet.

'Ben jij de enige?' vroeg ik. 'Ik dacht dat alle oudste zonen...'

'Mohammed moesten heten. Ik heb ook nog een broer.'

'Maar die woont hier niet.'

'Die is in de oorlog.'

Welke oorlog? Irak? Was er in Afghanistan nog iets aan de gang? Je las niets meer over de toestand in Kabul sinds die mooie president daar rondwandelde, in zijn mooie, folkloristische kledij. Grijsblauwe pyjama met kuitlang hemd, daarover een donkerblauw gilet, daarover een schitterende zijden, immer opwaaiende mantel, groen met donkerblauw gestreept. Dat keurige muisgrijze mutsje, die goed getrimde weekendbaard, Sean Connery maar intelligenter... Toen ik die man voor het eerst op televisie zag, dacht ik, daar wil ik wel op lijken. Als een puber dacht ik dat, dweperig, terwijl ik als puber juist op niemand wilde lijken. Niet op een sporter, niet op een popster. Voor aanslagen was mijn held niet bevreesd. Kogels floten, dat deden vogels ook al eeuwen. Moedig noemden de Amerikanen hem. Vooral nadat lijfwachten rond zijn auto bij bosjes waren neergevallen in hun eigen paarse bloed.

'Wij hebben dat jouw vrouw niet verteld. Zzzij heeft geen kinderen. U wel, toch? Een zoon?'

'Van mijn eerste vrouw. Die is dood.'

'Ja. Mohammed is in Pakistan. Niet echt oorlog, maar vlakbij weer wel. Moet je voor trainen. Hij e-mailt wel eens naar mijn zwager. Dat het oké is. Over oorlog moet je niet met vrouwen praten. Barbara weet dit niet.'

Geronseld in een moskee, door handlangers van Al-Qaida? Ik wilde het weten en niet weten. Als ik wist hoe het zat moest ik het aan Barbara vertellen, dat moest van mijn eigen geweten, en dan moest ik misschien de recherche inschakelen, of de binnenlandse inlichtingendienst... Ik werd al moe bij de gedachte. Mijn zoon is al jaren in oorlog, wilde ik zeggen, ik weet niet exact wie de vijand is. Maar iedere keer verbaas ik me er weer over hoe gevormd hij is, af, ondoorgrondelijk gegriefd en misschien daardoor niet te deren, alsof zijn wieg al een loopgraaf was.

Plotseling ging er een deur open. Drie behoofddoekte meisjes van een jaar of zestien, zeventien kwamen giechelend de kamer binnen.

'Geef hém effe een handje, Fatima.'

Fatima deed wat haar neef haar opdroeg. Ze gaf me een hand, en sloeg haar ogen neer. Op zaterdag zat ditzelfde meisje bij de Hema achter de kassa, ik wist het zeker. Dan gooide ze met een brutale blik een pak koekjes, waxinelichtjes, theedoeken en een fles wijn in een draagtas – om daarna met een vriendin aan de tweede kassa de plannen voor het weekend te bespreken, hun bijoux, hun muziek, de grappige Marokkaanse rastaboy van de taartafdeling. Alles in plat, maar vooral klantminachtend Amsterdams.

Precies zo had Patries vroeger haar zakgeld aangevuld. Roddelend, zeurend en lachend. Iedere zaterdag en in schoolvakanties. Achter de toonbank van Viscenter Volendam. Mijn broers zeiden dat ze nog jaren later naar paling zou stinken, naar uitjes. Mijn ouders waren blij met ieder pondje gratis kibbeling.

Ik kreeg een hand van Aïsha junior en van Rachida, die, op een zweem van snor na, mooier was dan de rest en een string droeg waarvan de rand boven haar spijkerbroek uitpiepte. Een stukje okeren, behaarde rug. Achmed pakte een sigaret uit het pakje van zijn vader. Eindelijk beelden bij de dagelijkse geluiden. Ik hoorde de buren wel eens bidden, zingen of met een groep tot diep in de nacht discussiëren. 's Avonds tegen elven zette Achmed altijd een muziekje op repeat, iets tussen raï en house in. Ik hoorde het wanneer de kleinkinderen, peuters van de zussen van Achmed, op bezoek waren, en ik had ook wel eens een dag en avond lang gehamer gehoord. Onheilspellend a-ritmisch. De dag daarna trof ik bruine bloedvlekken op de muur van benedenhal en trappenhuis. Ze hadden een geit of lam uitgebeend, dat was het geweest, dat doffe gebonk, ze hadden het dier uitgebeend voor het Offerfeest, ik rook de vleesjus. Net als Jahweh had ook Allah de oude Abraham, op het moment dat hij zijn zoon Izaak wilde ombrengen, een bokje geschonken. Zoiets moest gevierd.

Als zijn ouders niet thuis waren had Achmed wel eens vrienden op bezoek die luid spraken over weed en party's. Er was zelfs wel eens een meisje blijven slapen, we konden hem in bed met haar horen fluisteren.

'Videotime,' zei Achmed en de meisjes gingen gedwee op het kleed zitten, nog altijd pratend. Over leraren en wat er van die leraren niet mocht, belachelijk, over Gucci en Armani en de beste schoudertassen. Weer gehallala van moeder Aïsha. Achmed liep met de afstandsbediening in de hand naar de kamer die bij ons mijn werkkamer is, ik hoorde hem een tas openritsen. Hij kwam met een puntzak Jamin-paaseitjes terug, gooide de zak leeg op een bord, zette de televisie aan en startte de video.

Ik keek naar opgepoetste saaie mensen die de modebranch aanprezen, de boekhandel, de bloemisterij, de sportzaak, de parfumerie, het slijterijgebeuren. Koddig pianogepingel. Beelden van volwassenen die op hun buik op de grond lagen met een lesboek voor zich en een koptelefoon op hun hoofd. 'Vier uur studietijd per week, praktijklessen op een locatie bij u in de buurt. '

Er werden eitjes gegeten alsof het borrelnootjes waren. Er ging een anderhalve literfles merkloze cola rond. Halverwege de film vroeg ik of ik naar de wc mocht. Nee, je hoeft hem niet op Pauze te zetten en ik weet de weg. Meteen nadat ik de deur op slot had gedraaid begonnen de meisjes weer te kakelen. Boven mijn hoofd hoorde ik Barbara de ijskast openen. Voordat ik de woonkamer weer in ging, gluurde ik bij de paaseitjeskamer naar binnen. Op de grond lagen de kussens van een paar luxe plastic tuinstoelen die opgeklapt tegen de muur stonden. Erop en ernaast: onderdelen van waterkranen, vier douchekoppen, plastic slangen en leertjes, een grote zak schuursponsjes. Twee aluminium aanrechtbladen met ingebouwde gootsteenbak. Dat ging de komende zomer allemaal mee in het busje, of het werd bovenop de imperiaal gehesen, met dik touw vastgeknoopt en bedekt onder een zeil dat ieder jaar weer te klein scheen.

Ik had vaak naar het gepuzzel van mijnheer Ali en zijn vrienden gekeken. Dat de mannen elkaar niet verrot scholden, zoals ik van thuis gewend ben, maar elkaar hoffelijk en op fluistertoon hun oplossingen presenteerden, het verbaasde me.

Ik zag de wit met blauw geblokte, vierkante tassen, geweven van kunstraffia en gevuld met bulkverpakkingen westerse lekkernijen-die-je-je-visite-presenteert. Barbara had me erover verteld. Wat overbleef van de kerstkransjes, paaseitjes, roomboterkano's, mergpijpjes en repen die zelf ook weer waren overgebleven in het een of andere magazijn, ging via de moskee naar de armen. Daarom zat alles alvast in een tas.

Achter de aanrechten en de tassen stond een leeg wasrek. Daarachter zag ik laptops staan. Geen twee of drie. Tegen de hele achterwand stonden laptops, in stapels tot aan het plafond. Ze leken me gloednieuw.

Nog geen week geleden had ik zelf een nieuwe gekocht. Voor op de tafel in de woonkamer. Werk in opdracht zou ik alleen nog maar maken op het oude geval, in het kamertje waar mijn boeken nu al in dubbele rijen moesten staan. Eigen dingen (essays waar niet om is gevraagd, opzetjes voor toneelstukken, brieven, gedichten en wie weet wel een roman?), mocht ik voortaan in de grotere ruimte schrijven, op een geavanceerder apparaat – met allerlei uitgangen waarin accessoires pasten die ik nooit zou aanschaffen. Ik doe alles nog steeds in w p 5.1, dus veel kon de verkoper niet aan me kwijt, ik wilde gewoon een aparte laptop voor persoonlijk gebruik.

Concertpianisten hebben ook een oefenvleugel en een performance-vleugel, heb ik me een keer laten vertellen. De kersverse Compaq met Intell Inside heb ik, hoe flauw, hoe muzikaal, Der

Unvollendete genoemd, omdat ik ook wel weet hoe het afloopt of juist niet afloopt met de documenten die daarin opgeslagen zullen worden. Soms hoop ik dat ik mezelf al schrijvend kan uitvinden, maar het is vergeefse hoop. Ik ben een jongetje dat na een paar psychologische rekensommen, na het uitzetten van een verhaallijn, toch weer gaat spelen met alliteraties en ritmetjes. Mijn personages zijn niet meer dan tinnen soldaatjes, die ik uit het blauwe scherm bij mij laat binnenwandelen – zoals de geallieerden op D-day druipend uit de golven stapten, gehelmde zeemeermannen, en op de kust van Normandië hun staart verloren, hun jeugd, en hun dromen terugvonden in de 'Barrel of a gun'. Barrel of a gun. Depeche Mode gaat maar door, ik weet niet of C. de cd met daarop het nummer 'Barrel of a gun' nog heeft aangeschaft, ik kwam hem tegen toen ik Springsteen kocht, ik wilde hem kopen, ik wil al haar mechanische Depeche Mode-rommel weer eens horen, vooral dat nummer waar ze bij zwoor: 'A question of lust'. En van dat tapeje dat ze in Polen had gekocht 'I feel you'. Dat bevatte de regel 'This is the dawning of our love', dat heb ik destijds zelf in het tekstboekje gelezen, maar C. zong zonder blikken of blozen 'This is the dawning of Allah...' Profetisch foutje.

Waarom had Bar me niet verteld dat ik hier voor een paar euro een gloednieuwe laptop kon kopen? Ik deed of ik niets gezien had – doe ik dat niet altijd, dacht ik nog, en ging weer zitten op de rechte stoel. Aan het woord was een hondentrimster. Achmed zette de televisie uit.

'Marokkanen houden geen huisdieren.'

'Komt er niet nog iets?'

'We weten het al. Mijn moeder warmt soep op. Wilt u soep?'

Ik kreeg een kommetje linzensoep van Aïsha junior en at. Gematerialiseerde geur die zo vaak in het trappenhuis had gehangen. Er zijn mensen die beweren dat soep troost schenkt – deze soep schonk me de smaak terug van alle soepen die ooit door mijn keelgat waren gestroomd; de soepen en bouillons waarvan de bedoeling was dat ze versterkend, verwarmend, soms helend op mijn gestel en geest zouden inwerken, sprongen samen met maagzuur in mijn mond. Alsof er een bron was aangeboord waarin alle valse vrouwenliefde in de loop der jaren was verzameld, alsof ik de loop van een waterpistool had ingeslikt en achter mijn adamsappel voelde afgaan... soep, soep, kruidenbuiltje, been met merg, sliertjes prei, een scheutje room en laffe noedels, alles kwam terug, peperig, weeïg, ik kon soep als symbool niet meer verdragen en dacht aan Jacob en Ezau, dat broedergekwezel, verraad waarbij Kaïns moord op die slijmjurk van een Abel nog dapper afstak...

'Bloemist. Het blijft bloemist. Tulpen zijn trouwens helemaal niet Nederlands, die zijn Arabisch. Hebben wij ooit gezzzegd, blijf met je poten van onze tulpen af, loop daarmee niet zo te showen, joh...? Nee. Zo zijn wij niet, weet je. Maar daar doe ik het niet om, hoor. Het lijkt mij gewoon een cool vak. Dat je zo lekker voor de files uit naar de veiling rijdt en dan al die mooie kleurtjes en dingen... Van die bloemen, toch, dat is zzzooo mooi.'

'En jullie?' vroeg ik de meisjes. Ze hadden hun schouders opgehaald.

'Ook bloemist?'

'Zij, zzzij zzzijn bang voor hun handjes. Doorntjes, viezzze blaadjes enzzzo, snijwerk.'

Ik vroeg me af of ik Thijs kon inschakelen. Drie lieve meisjes, heb jij daar plaats voor bij Lilywhite? Nu we toch weer wat contact hadden was het niet zo moeilijk om hem te bellen. Maar wilde ik er goede sier mee maken bij Barbara? Wilde ik er mijn verdenkingen mee sussen?

Toen ik bovenkwam was Barbara beter. Ze had zich opgemaakt alsof ze een avond uitging en droeg een uitbundige zomerjurk.

'Ik heb de koffer met de dikste truien weer naar zolder gebracht,' was het eerste wat ze zei. 'Alles even rustig gesorteerd, daar had ik nu mooi de tijd voor. Het wordt alweer lente. Dan is het toch fijn dat je dit soort dingen bij de hand hebt. En toen vond ik deze en ik dacht, god, dat ik die ook heb, die heb ik vorig jaar september in de uitverkoop gekocht en nooit gedragen, wat een mooi gevalletje, als Ruud thuiskomt zie ik er weer leuk uit. En ik heb ook nog even in die bundel gelezen die je op tafel had gelegd. Vond ik ook leuk. Wil je nog een glaasje?'

Ze luisterde veel te aandachtig naar mijn verslag. Straalde en bloosde afwisselend en bekeek me alsof ook ik een kleurrijke, op de huid gesneden, met ruches en glimmertjes gegarneerde verrassing was die uit de koffer tevoorschijn was gekomen.

Wat goed van je. Wat mooi vertel je dat. Wat leuk gezegd, ja.

Ik schaamde me voor mijn menslievendheid.

Borrelglaasjes ontbreken nog aan de uitzet. Ik drink mijn wodka uit een waterglas. Bouwe heeft zijn cijferlijst met me doorgenomen en beweert dat hij zijn eindexamen met gemak zal halen. Daarna kan hij volgens de conrector uit Vlijmen en de decaan van zijn nieuwe school in één moeite door naar 5 vwo.

We hebben met zijn allen bij de enige Italiaan in het dorp gegeten. De huisarts en zijn vrouw, Diederik, Dieudonnée en de vader van haar gastgezin, Bouwe, ik. Over roken ging het gesprek. 'Dunne sigaartjes, dat moeten jullie ook eens proberen,' zei Martha en ze plantte een Pantertje tussen de lippen van haar echtgenoot. Zijn langwerpige gezicht friste ervan op. Bij iedere teug die hij nam, leken zijn wallen meer te krimpen en na nog eens zes van zijn eigen sigaretten zag hij er jaren jonger uit. Zijn stem was ook zachter geworden. Hij had Bouwe op de rug geklopt.

'En ik eis van jou dat je je thuisvoelt, man. Drink zoveel je wilt, paf zoveel je wilt, doe maar met je meisje wat je niet laten kunt. Nu kan het nog. Straks op de universiteit moet je zo hard werken dat je voor uitspattingen geen puf meer over hebt, dat zie ik goed bij die van mij. Aan een nacht fatsoenlijk doorhalen komen ze tegenwoordig niet meer toe.'

Universiteit? Wilde Bouwe studeren?

De vader van het gastgezin en Martha, die haar onopvallende broek en trui speciaal voor dit etentje had verruild voor een uitbundig gebloemd mantelpak, flirtten met elkaar. Niemand leek er last van te hebben.

Dit leek me echt zo'n gehucht waar nog fanatiek aan groepsseks werd gedaan. Gezonde rode wangen. Op ribfluwelen bankstellen in jaren-zeventig zitkuilen; gezonde jaren-zeventig standjes. Af en toe even spieken in een beduimelde *Sekstant*... Het was alsof ik de alomtegenwoordigheid van de NVSH kon ruiken. Karameltabak, kamillethee en gebruikte condooms. Gezelligheid die ik nooit begrepen heb. Diederik bestelde voor zichzelf een kop koffie, de rest dronk de tweede fles chianti leeg.

Om half tien was het feestje afgelopen. Dieudonnée ging nog even mee naar Bouwes nieuwe kamer, om te zien hoe het er ingericht uitzag.

'Dat hebben jullie snel gedaan.' Ze had de lampen aan en uit en weer aan geknipt. Het dennetje in zijn witte grindperkje bewonderd. Het stond hier mooi, vond ik ook niet? Beter dan daar. Ze was blij geweest met haar geurtje. Had het rode haar opgetild en er een beetje van onder haar oren gespoten – ik mocht bij wijze van afscheidskus aan de geparfumeerde hals snuffelen. Vettige, jonge meisjeshuid. Een zweem van geranium en verse sardientjes. De hormonale densiteit van iemand die vandaag of morgen haar maandstonde heeft. Vruchtbaar luchtje, waarmee een druppel van mijn presentje een chemisch, magisch huwelijk was aangegaan. O, mannenlokdoos.

Ze ging toch niet alleen door het donker? Naar die tot negentiende-eeuws landhuis verbouwde stal aan de rand van het bos? Mijn zoon leek zich niet om de veiligheid van zijn vriendin te bekommeren. 'Ze heeft haar mobieltje aanstaan,' zei hij nadat hij haar naar beneden had gebracht. 'En trouwens, als het hier echt gevaarlijk zou zijn, zou ik dat allang hebben gehoord.'

'Ken jij Bløf? De popgroep?' Ik moet toch íéts vragen.

'Vlissingen ademt zwaar en moedeloos vannacht.'

'Wat zeg je?'

'Ik zeg: "Vlissingen ademt zwaar en moedeloos vannacht." Dat is uit de hit waarmee ze zijn doorgebroken.' Bouwe begint te zingen. Geen baard, maar een egel in zijn keel.

'Hier aan de kust, de Zeeuwse kust, waar de mensen onbewust... zin in mosselfeesten krijgen. Pappadapa, pada... zwíjgen, tot men zat is en voldáán!!!...'

'Dat liedje bedoel ik niet. Ik bedoel iets met "mooie dag" erin.'

'Is ook de titel. "Mooie dag". Ja, dat gaat over die drummer van ze. Chris Götte. Die is bij een motorongeluk om het leven gekomen. Dat hele album gaat daarover.'

'Heb jij die cd?'

'Nee. Wel aan Inez gegeven. Met kerst of zo. Ik kreeg bij die zaak vijftien procent korting. Dat zal ik nu wel gaan missen. Wil je dat ik iets opzet? Iets rustigs? Coldplay vind jij denk ik wel leuk. Een soort ingetogen U2, dat kan geen kwaad. Er staat ook een song op over Amsterdam.'

Ik denk aan Jacques Brel. Dans le port d'Amsterdam, y a des marins qui mangent – het wordt tijd dat ik Bouwe eens met Brel laat kennismaken. Goed voor zijn algemene ontwikkeling. En dan

Bowie, met zijn eigen versie van het Brellied. Die is nog mooier. Iedere choleriek is eruit weggesneden. Bowies beschaafde, tussen de tanden sissende Engels brengt dood aan in de woorden. Dood alsof het een kleur is, de kleur van lood en vissenschubben. Hij kauwt op de graten die Brel heeft laten liggen. Optrekkende kruitdamp. In zijn Brits-Amsterdamse haven wordt ook gezopen en gevoosd, maar sappen vloeien er niet, de avondwolken zijn er niet gedrenkt in wijn en schuimend bier – de bejaarde zeemannen van Bowie kijken van een afstand naar de dwaze Vlaamse en Waalse vakbroeders en dan, vervuld van plaatsvervangende schaamte, weer naar de grond, of in de gracht. Daaronder: rottende lichamen. Memento mori. Overal horen en zien de Engelsen lijken en geesten. Shakespeare, de zusjes Brontë en Agatha Christie, de war poets Siegfried Sassoon, Edmund Blunden en Wilfred Owen... Zoveel waarachtiger dan onze literatuur. Misschien moet ik stoppen met schrijven en Engels gaan studeren. Ik denk aan A. E. Housman, wiens gedicht 'The remorseful day' me dierbaar is omdat de laatste aflevering van *Inspector Morse* ermee eindigt. Anne heeft de dood van haar held ontlopen en ook zijn tweede dood; die van de acteur die Morse gestalte gaf. Maar namens haar heb ik alles gevolgd, met vier ogen, en in mijn keel even die hoop voelen blazen en zwellen, als de krop van een pad, om dan uiteen te spatten als een zeepbel – de hoop dat Morse en zij elkaar nu ergens zullen treffen. In de lommerrijke tuin van een Oxfordse pub, uitkijkend over een traagstromende Theems. In de koele, goudgele gangen van het All Souls College. Ergens.

Op zoek naar songteksten blader ik het boekje door dat bij de Coldplay-cd hoort. Zwartwitfoto's van een repeterende band.

'Vind je het goed?' vraagt Bouwe.

'Die stem, die vind ik zeurderig. Maar de gitaren zijn lekker. Helder. Om hard te draaien op een zomeravond, de ramen tegen elkaar open. Dat buiten binnen komt en omgekeerd. Ik denk altijd dat dat de kamer zuivert. Geen teksten. Ze maken alleen propaganda voor Fair Trade.'

'Hoezo?'

'Nou, achterin dit boekje. Worden de fans nog een beetje opgevoed. Dat ze Oké-bananen en Max Havelaarkoffie moeten kopen, omdat arme landen het anders niet redden.'

'Dat staat er niet. Van die koffie en bananen.'

'Niet met zoveel woorden. Er staan adressen van websites in die je kunnen informeren over wat je als consument kunt doen.'

Het sjaaltje dat Anne droeg. Het merkje daarin. Fair Trade. Ik weet niet of Bouwe inmiddels heeft begrepen hoe zijn moeder...

'Jij doet er cynisch over, pap.'

'Waarover?'

'Over die informatie. Het kan je niks schelen.'

'Hoe weet jij dat nou?'

'Ik weet dat gewoon en ik vraag me af: hoort dat nou ook bij een depressie? Dat je zo schamper... Kijk, ik vind zo'n bladzijde over een goed doel ook altijd een beetje goedkoop...'

'Dan ben jij ook cynisch. Dan zijn we allebei cynisch. Grieks voor hondachtig. Of dat bij een depressie hoort is maar de vraag.'

'Wat ik ook wil weten...'

'Ga je gang.'

'Je zegt dus wel eens dat je depressief bent, maar ik dacht dat mensen met een depressie altijd alleen maar somber waren. Ze willen niks, ze zitten maar in hun stoel, ze vinden dat ze van alles hebben fout gedaan, ze eten niks, ze kunnen nergens om lachen... En dan zie ik jou op de televisie, of op zo'n feest, en daarnet nog bij die pizzeria... Dan zie ik toch echt geen lusteloze, bange, verdrietige vader.'

'Je denkt dat ik me aanstel.'

'Nee, dat niet. Zo ben je niet. Geen man die kickt op grote woorden als jeugdtrauma en Oedipuscomplex enzo. Ik vraag me af wat het is, een depressie. Wat voel je dan? Ja, dat klinkt zeikerig, dat weet ik ook wel. Maar ik wil het begrijpen. Of wil je naar bed?'

'Nee. Nog wat drinken. Geen wodka meer. Een glas water.'

Bouwe staat op en loopt naar de kraan. Water in theemokken. Het slotlied van de cd van Coldplay, 'Amsterdam', is afgelopen. Een prima nummer, maar met de hoofdstad van Nederland heeft het niets te maken.

'Wat ik voel. Dat is precies de kern van het verhaal. Ik voel zelden wat. Zeker niet in het bijzijn van anderen.'

'Ook niet voor Barbara?'

'Wil je een eerlijk antwoord? Nee.'

'Maar iedereen vindt jullie altijd zo leuk met elkaar. Paula en Diederik vinden dat, en Dieudonnée zei het pasgeleden ook nog.'

'Ik neem beslissingen over gevoelens. Heel zakelijk. Dus ik denk: ik weet dat ik op dit en dat moment geroerd moet zijn. Hoe gedraagt een geroerd man zich? Hoe spreekt hij? Dat weet ik ook. Dat is tenslotte mijn werk. En dat speel ik dan. Ik imiteer een Rudolf die nooit bestaan heeft, of misschien heel langgeleden, en die wél emoties heeft. Zeg dat het een tweede exemplaar van mij is. Ruud de tweede. Ik kan hem activeren als een robot, ik programmeer er wenselijke emoties in, hij gaat voor me uit, ik bestudeer de levendige uitdrukkingen op zijn gezicht, ik bestudeer zijn grappen, zijn schrik, zijn trots, zijn gebaren, en boots die een paar seconden later na. Feilloos, al zeg ik het zelf.'

'Dus hoe je tegen mij deed na mijn toespraak bij de uitgeverij, wat je zei, dat is allemaal gelogen?'

'Nee.'

'Dat zeg je net. Je speelt. Omdat je aardig gevonden wilt worden zeker.'

'Nee. Wat ik natuurlijk hoop is dat, door na te spelen wat ik volgens mezelf zou moeten voelen, het gevoel een keer in mij terugspringt. Van de tweede persoon in de eerste persoon. Van mijn tweede natuur terug naar mijn eerste natuur.'

'Je schrok vanmiddag wel. Ik heb je zien schrikken.'

'Waarvan?'

'Van die preek van eh... Joep. Over euthanasie. Je verstijfde.'

'Dat is een fysieke reactie. Ik kan niet tegen mensen met harde stemmen. Die praten zonder adempauzes. Die, als ze zich kwaad maken over de een of andere misstand, of over het wangedrag van een kennis, uit het oog verliezen dat degene die hen aanhoort niets met de bron van hun woede te maken heeft. Dan krijg ik last van die oude neiging om sorry te zeggen, ook voor dingen die ik niet gedaan heb. Dat had ik als kind al. Ik vind die woede van zo'n man zo ruw. Zo weinig doordacht. Hij ziet en hoort zichzelf niet meer als hij tekeergaat.'

'Een fysieke reactie op de vorm waarin...'

'Ja.'

'Het had ook over dierenmishandeling kunnen gaan, zijn woede. Over winkeldiefstal.'

'Ja. Ja.'

'De inhoud doet er niet toe.'

'Die doet er wel toe, maar niet op dat moment. Ik weet meestal pas een paar dagen later wat ik had willen zeggen. Als iemand zo duidelijk met opinies komt, van ratatata, dan ben ik te verbluft...'

We kunnen het ook over iets anders hebben. Over sport. Vaders en zonen horen over voetbal te praten, of over wielrennen. Waarom is hij met karate gestopt? Mijn moeder vond Bouwe prachtig in zijn vechttenue. Een foto van haar kleinzoon in actie hing in de hal. Het muurtje was ooit door mijn vader beplakt met zogenaamd knusse, mosterdgele baksteenstrips, waardoor bezoekers van Huize De Wolf meteen begrepen met een metselaarsgezin van doen te hebben. Instant-authenticiteit, leverbaar van de rol, de stenen waren net even dikker dan een vloerplavuis en aan het voegwerk was troggel noch zelfgedraaide mortel te pas gekomen, maar toch.

Alles beter dan het Rauhfaserbehang van de buren en wat jammer dat Bouwe op de foto een triplex plankje doormidden sloeg: had hij met de zijkant van zijn hand een baksteen doorkliefd, dan hadden wandbekleding en portret nog inniger bij elkaar gehoord. Alsof het muurtje het resultaat van Bouwes karateoefeningen was geweest. Eén reuzebaksteen, als een ontbijtkoek in plakjes gehakt en daar weer een collage van geplakt.

'Noem jij mama's doodsoorzaak zelfmoord of euthanasie?'

Trombose, wil ik antwoorden. We noemen het van nu af aan trombose.

'Dus je hebt het gelezen, haar brief aan jou. En ze heeft in die brief niet gelogen.'

'Ze schrijft dat jij weet dát, en wát ze zal schrijven.'

'Klopt, maar ik heb haar brief aan jou nooit willen lezen. Leek me te intiem. Ook toen ik de map aan Dieudonnée meegaf heb ik niet de aanvechting gevoeld...'

'Als je toch niks voelt is dat niet zo moeilijk.'

Ik probeer te lachen. Was het een angststoornis die Anne had? Of het Borderline-syndroom? Iets met een serotoninetekort? Ik heb destijds ook het woord lithium horen vallen. Wat voor gezin zouden we zijn geworden als ze geen therapie en medicatie had geweigerd? Zouden we elkaar voor de voeten hebben gelopen? Van die nare discussies hebben gehad over het gebruik van de televisie, de geluidssterkte en keuze van de muziek, over vakantiebestemmingen en rondslingerende sokken? Was ons tweede kind een jongen of een meisje geworden? Ik wil het Anne vragen, maar Anne wist waarschijnlijk niet eens dat ze in verwachting was. Ze menstrueerde wel vaker een paar maanden niet. Wanneer ze gespannen was, of verliefd op een idee dat ergens in de holte van haar slordige gedachten sluimerde, als een donker ei dat om broedtijd vroeg. Wanneer ze ieder vezeltje buitenwereld plukte en uitploos, druk doende was een sfeer te herhalen en te herhalen tot ze die kon terugbrengen tot nestgeur, wanneer haar hele lichaam een denkende handpalm was en haar handpalmen nat waren van kostbaar geestelijk zweet, wanneer ze uit haar eigen stigmata dronk, gulzig... Dan was er geen tijd voor ovulatie, innesteling en afstoting, dan stopte de biologische vruchtbaarheid om plaats te maken voor een andere vruchtbaarheid: die van de kunstenaar.

Toen Anne Bouwe droeg had ik steeds diezelfde fantasie. Hoe wij op een dag onze spullen zouden verkopen, onze etage onderverhuren en (in de fantasie had ik een rijbewijs) met een Renault-stationwagon op reis gingen. Wij. Anne. Ik. En het kind. Noorwegen of Canada. Rusland of de binnenlanden van Japan. Dennen en water.

Hoog licht en sneeuw. Huizen van hout. Ik zag ons zitten om een vuur dat ik zelf had aangestoken en verzorgde, zoals andere vaders in nieuwbouwwijken die drift in de zomermaanden konden bevredigen door het opporren van de barbecue, het grillen van worsten en hamburgers, het wegwuiven van een wolk roet. Voor mij geen sauzen van Calvé, noch een met aluminium gevoerd schort als een maliënkolder voor de buik. Geen show zoals ik die van mijn familie kende, ook geen open haard in een gehuurde vakantiebungalow, maar een stil vuur onder een afgrijselijk hoge, stille hemel en een paardendeken om vrouw en zoon. Of dochter. Dat we gedrieën de wolven hoorden huilen en dat ik kon zeggen dat er geen wolven waren.

Dat avondwind door het hoge, roze gras gleed als een spookwrak door de vloedlijn, dat we bij iedere voetstap van de schemer meer vreemde kruiden roken, dat uit zwermende en zagende en knagende insecten tenslotte één geluid opwolkte: dat van een bladzijde die omgeslagen wordt.

Maar ik was en ben wat men noemt 'geen natuurmens' en Anne zou de leegte niet hebben verdragen, de starheid niet, ze verdroeg de stank van een geconstipeerde Kalverstraat niet eens, alleen Bouwe... We wisten toen nog niet dat Bouwe Bouwe was en nog veel meer Bouwe zou worden.

Heel soms passeert me de schim van de gefantaseerde reis nog wel eens. Als ik Springsteens cd *The Ghost of Tom Joad* draai, is het alsof die muziek er al was in de tijd van Annes elegante planetente-pels. Alsof ik hem heb beluisterd met mijn oor dichtbij twee harten en twee ruzie zoekende stenen voeten in een buik als een reusach-tige abrikoos.

Even maar. Een schim die geen pijn doet. Niets doet pijn. Or-pheus is geen thema. Niet omzien gaat mij eenvoudig af. Ik herin-ner me een nooit gemaakte trektocht op dezelfde manier als ik me een nooit ontstaan gezin herinner, geboren uit een nooit geboren vrouw. Anne kwam uit een keizersnede, wat is dat nou helemaal?

De inrichting van het cultureel centrum – die opdracht werd zonder omhaal van woorden door haar teruggegeven. Op de dag dat ze besloot liever als zichzelf dood te gaan dan te moeten doorle-ven op een dieet van nivellerende vergiften.

Ze verkocht de stukken die ze al af had en bezwoer me haar plannen voor een solariumtempel te verbranden. Een opdracht die ik maar ten dele heb uitgevoerd: verscheuren leek me minder omslachtig en dramatisch. Het was me niet gelukt om, als de vrouw van Osip Mandelstam, het oeuvre van mijn geliefde uit het hoofd te leren, maar nu zie ik de Romaanse koepels van buislampen weer voor me, en haar schets van een vloer bezaaid met korenaren en kraaienveren – een postmodern altaar voor Van Gogh.

Ja. Misschien was dat het. Had die zonnebankkuur haar geen goed gedaan. Was ze gek geworden onder de lampen met uv-stra-len. Wie had haar die tip gegeven? Haar kapster? Een moeder van de crèche? Achter het beschermende plastic brilletje had ze nieuwe plannen gemaakt, ze had zich ingesmeerd met romige aftersun en haar koperen huid bewonderd, terwijl in één moeite door haar zon-nehuisproject ontstond, het leek zo mooi. Maar direct licht kan een mens te veel zijn. De een snijdt zijn oor af, de ander regendanst als een indiaan het water in... Ik geloof opeens dat zonlicht artificieel nabootsen de hoogste daad van blasfemie is en dat blootstelling aan de straling sommigen, weinigen, precies zo krankjorum kan maken als gebedsgenezers hun publiek met de naam Jezus Christus.

Bouwe trekt zijn trui uit en strekt zich uit op zijn bed. Ik kijk op mijn horloge. Wil hij al slapen? Hoe ziet hij eruit als hij slaapt? Kijkt zijn vriendin wel eens naar hem, in het donker? Als hij bij ons logeerde ging Barbara wel eens bij hem kijken, voordat we zelf naar bed gingen. Ik niet. De deur van zijn kamertje kraakt erbarmelijk. Het gekerm van een kat die op de staart wordt getrapt. En hoewel het mijn huis is, ben ik er zelf nooit in geslaagd de kreten van verzakt hout, rammelende klinken en piepende scharnieren te pareren met omzichtigheid. Stel dat onze logé wakker werd van mijn luidruchtige binnenkomst... Ik liet me vertellen dat mijn zoon mooi sliep, heel mooi, met belletjes spuug tussen de lippen. Schattig. Over zijn gesloten oogleden en wimpers kon Bar me niets melden.

Ik hoor het doktersechtpaar met elkaar praten. Als ik het goed heb staan ze nu in de bijkeuken. De boel afsluiten, dan naar bed. Voetstappen op de trap. Badkamergeluiden. Ik verbeeld me dat Joep zijn tanden poetst terwijl Martha nog even gezellig een kleine avondkeutel in de pot legt en dat hij, nog met het schuim in zijn mond, het kleinood mag bewonderen. Er wordt inderdaad doorgetrokken nu. De kraan loopt, de tandenborstel wordt teruggezet in de plastic beker. Ik trek mijn jasje uit en hang hem over de stoel. Ook ik ga liggen, bovenop mijn opgemaakte veldbed, naast mijn zoon.

'God, Bouwe. Wat dacht je toen je het las? Was je niet boos op mij, dat ik dit al die tijd voor jou verborgen had gehouden? Ik zou mijn vader een lul vinden, een complete lul. Als je me nu haat heb je gelijk. Maar ik mocht het niet vertellen, dat was mijn afspraak met Anne, en die wilde ik niet schenden. Zo'n laatste belofte, die schend je niet.'

'Ik wist het al veel eerder.'

'Dat kan niet. Niemand weet het. Hoe het is gegaan. Heeft Paula het je verteld? Paula kan het ook niet weten. Niemand weet íets. Behalve...'

'Ja?'

'Eén keer heb ik het toegegeven. Nee, niet toegegeven, dat klinkt alsof ik haar heb vermoord.'

'Barbara.'

'Nee, Barbara niet. Het doet er niet toe. Ik zie die persoon toch nooit meer. Sinds wanneer weet je het?'

'Mijn dertiende. Veertiende kan ook. Ik heb het niet opgeschreven, de datum. Het was simpel detectivewerk.'

'Hoe dan?'

'Ken je die film van Frans Weisz, *Charlotte*? Paula had die gezien in het Filmhuis in Den Bosch. En omdat het over een jong meisje gaat dat ook schildert, dacht ze dat het wat voor mij was en dus is ze er nog een tweede keer heen gegaan. Met mij. Ik vond die film niet zo goed. Die ging echt over van die vrouwendingen. Dat meisje is

dan vijftien en verliefd op de veel oudere zangleraar van haar stiefmoeder, en die leraar is verliefd op de stiefmoeder, dus is ze ook
heel jaloers... Allemaal heel klef, maar dan breekt de oorlog uit en
moet ze vluchten want ze is joods, en dan gaat ze naar haar grootouders in Zuid-Frankrijk en daar schildert ze, eigenlijk voor die
man op wie ze zo verliefd is geweest, haar hele leven. Alsof het een
toneelstuk is, in drie bedrijven. Blauw, rood, geel. Juist als het bijna
af is leert ze natuurlijk een andere gozer kennen, en daar trouwt
ze mee en uiteindelijk komen de nazi's ook daarzo in de Provence
en dan vluchten ze niet nog een keer, maar ze laten zich oppakken,
dus je snapt het al: enkele reis Auschwitz. Alleen is die Charlotte
wel zo slim geweest dat goucheboek in een koffertje te stoppen en
aan iemand in beheer te geven, anders was ze nu ook niet beroemd
geweest. Na die film ben ik ook nog een keer in het Joods Historisch
Museum in Amsterdam geweest, toen haar schilderijen daar werden geëxposeerd. Ja! Ik weet nog dat ik daarna bij jou en Barbara
heb gelogeerd. In een herfstvakantie, weet je nog? En Paula had het
boek van Charlotte Salomon voor mijn verjaardag gekocht, maar
dat wist ik toen nog niet. Ken jij het? Dat werk?'

'Een beetje. En die film is pas nog op televisie geweest. Voor de
tiende keer denk ik. Ik heb er een halfuur naar gekeken. Op z'n
hoogst.' Bouwe knikt. Triomfantelijk. Hij gaat me nu iets uitleggen
wat ik nog niet weet.

'In Zuid-Frankrijk heeft Charlottes oma zware depressies en ze
pleegt uiteindelijk zelfmoord, maar niet voordat ze haar kleindochter heeft verteld dat Charlottes moeder, tante en andere familieleden dat ook hebben gedaan. Opeens begrijpt dat meisje alles veel
beter, maar vooral; ze snapt zichzelf ook veel beter. Dat zelfmoor-
derige zit ook in haar, en het schilderen is misschien wel een manier
om daartegen te vechten, om het leven of de liefde of weet ik wat te
blijven eren. Hoewel ik nog steeds niet begrijp dat ze zich laat oppakken door de Duitsers, terwijl ze had kunnen wegkomen. Ze had
naar Amerika gekund! Maar dat doet er nu niet toe. Ik dacht aan
omi.'

'Aan omi? Je hebt dat mens amper gekend.'

'Omi heeft zichzelf laten doodgaan. Ze was ziek, dat is waar, maar
helemaal niet zo erg. Omi was verliefd geworden. Het is ook eigenlijk om te lachen. Omi was verliefd geworden op zo'n opaatje in het
bejaardentehuis en dat vond ze vreselijk. Omdat ze altijd zo verliefd

was geweest op haar man, zelfs na zijn dood nog. Ze moest en zou hem trouw blijven, dat wilde ze zelf, maar nu was ze na ruim tien jaar ineens... En het ergste was, dat mannetje vond haar ook leuk. Die liet haar bloemen bezorgen of kwam op haar kamer een biertje drinken, onaangekondigd. Toen kwam omi in gewetensnood. Van Paula weet ik dat oma Schaepman nog heeft gezegd: "Mama, wees blij dat je dit nog mag meemaken, dat is een genade, geniet er nou van." Maar omi wilde zo gauw mogelijk dood. Die wilde zichzelf straffen voor al die gevoelens. Het was niet afgesproken. Ze had er nooit mee gerekend dat er nog eens een tweede man zou komen voor wie ze... En toen heeft ze heel koppig zorg en medicijnen geweigerd, en eten en drinken, en ze heeft staan springen en dansen en wat niet al om haar hart kapot te krijgen... Dat jij dat verhaal niet kent!'

Ik ga weer rechtop zitten. Nog één sigaret. Ik ken de anekdote wel, Anne en ik hebben er zelfs om gelachen. Met vertedering. Een verband tussen de dood van Duitse omi en die van haar kleindochter, anderhalf jaar later, heb ik nooit gelegd en ook nu zie ik het niet.

'Jij dacht: misschien is mijn moeder ook wel verliefd geworden op een ander...'

'Nee. Dat heb ik nooit gedacht en dat is ook niet zo, volgens mij. Dat er een ander is geweest. Fuck, pap, ik weet ook niet precies waarom ik vond dat het klopte, maar het klopte. Dat kan toch? Dat je ineens zeker weet: ze was helemaal niet ziek, ze heeft het zelf gedaan. Misschien was er niet eens een aanleiding. Je kunt je ook afvragen of dat ouwe ventje de aanleiding voor omi was om ermee te stoppen. Of gewoon haar heftigheid in het algemeen. Dat ze haar eigen heftigheid niet meer aankon.'

'In het algemeen.' Hoe hij dat uitspreekt. Alsof hij allang geen jongen meer is. Oubollig. Soms kijkt, beweegt en praat Bouwe oubollig. Alsof de een of andere Apeldoornse ambtenaar, Middelburgse bibliothecaris of Zwolse schoolmeester bezit van hem neemt. Kleurloos wordt hij dan. En tegenspraak duldt hij niet, maar niet zoals de De Wolfjes geen tegenspraak dulden – zijn verzet tegen mijn twijfels, mijn suggesties bestaat uit een stoïcijnse blik, een monotone voortzetting van de eigen koers. Een autist die mij drie bladzijden uit het telefoonboek voordraagt, zonder zich af te vragen of ik op die informatie zit te wachten.

'En toen ik dat dus had bedacht, het is zelfmoord, toen ben ik me weer eens in mijn Charlotte-boek gaan verdiepen. Wat zo raar is: op het einde van dat boek zie je dat Charlotte heel snel is gaan werken. Geen plaatjes meer, maar met verf geschreven teksten, rats, rats, wat je ook wel ziet bij iemand die voor Nederlands een opstel moet schrijven. Dan krijg je als opdracht: het mag maximaal vijf kantjes zijn, en dan beginnen de meesten heel gedetailleerd aan hun inleiding, nou ja, de meesten... De leerlingen die het leuk vinden dan... en dan loopt zo'n verhaal ineens heel raar af omdat ze bij de vierde bladzijde denken, o, god, ik heb nu nog maar weinig ruimte. Bij mijn speech had ik dat ook. Toen heb ik nog gauw dat stuk over die lichaamscultuur erin gegooid, zodat het niet zo opviel, en dat had ik een beetje gejat uit de *Marie Claire* van Dieu, dat zag je zeker wel. En in van die dagboekerige brieven hebben we dat ook. Dat je begint met "Ik heb vandaag dit en dat gedaan", en dan wil je alles heel precies opschrijven, hoe je bent opgestaan, waar je aan dacht, dat soort dingen, en dan ineens denk je, kut, ik word hartstikke moe van mezelf, wie wil dit nou lezen, en dan raffel je het ook maar af met I love you's en van die zinnetjes over hoe je elkaar mist... Maar over die laatste bladzijden in *Leven? of Theater?*, zo heet dat werk van Charlotte dus, daarover zegt iedereen; ja, ze voelde dat de Duitsers haar op de hielen zaten enzo.'

'Iedereen?'

'Nee, die mensen van het Joods Historisch Museum. En ik geloof ook Judith Herzberg.'

'Er zijn denk ik niet zoveel mensen van jouw leeftijd die weten wie Judith Herzberg is.'

'Wie is dat dan?'

'De dichteres. De toneelschrijfster.'

'O. Ik heb die naam gewoon uit mijn hoofd geleerd voor mijn spreekbeurt. Sorry. Maar wat ik dus ineens zelf dacht, ik dacht: ze was toen ook net zwanger. En ik heb wel eens in van die gesprekjes van Paula met haar vriendinnen gehoord dat vrouwen in die eerste maanden soms heel raar doen en denken dat hun leven ophoudt als zo'n baby er is. Dat ze dan alleen nog maar aan dat kind gaan denken en niks meer willen, daar zijn ze dan bang voor. Dus toen dacht ik: hé, dat kan die Charlotte natuurlijk ook hebben gehad. Dat die zwangerschapshormonen... Dat het dus helemaal geen angst voor de nazi's was, maar een gewone vrouwenangst.'

'En nu ga je zeggen: ik heb altijd de aanwezigheid van een broertje of zusje om me heen gevoeld.'

'Nee. Hoezo?'

'Nou, je hebt toch ook ontdekt dat Anne zwanger was toen ze...'

'Nee. Nee. Dat zeg ik helemaal niet. Ik had het nu over Charlotte. Niet over mama. Anders had mama het toch wel gedaan toen ze in verwachting was van mij?'

De ijzeren logica van iemand die nog niets heeft meegemaakt. Bouwe merkt dat ik het niet met hem eens ben. Niet met hem eens wíl zijn; hij is gewenst, door ons allebei. We roken. Vermijden elkaars blik. Dan ineens die vermoeid uitgesproken vraag. 'Hoe heeft ze het gedaan?'

Alsof het omschakelen van Charlotte Salomon naar zijn eigen moeder met een enorme krachtsinspanning gepaard ging. Zacht zeg ik: 'Ze is met een overdosis in het water gelopen,' en ik weet niet welke gezichtsuitdrukking daarbij past. Klem mijn lippen op elkaar, net als hij.

'O.'

'Wil je niet weten waarom ik haar niet heb tegengehouden?'

'Dat staat in haar brief. Ze vindt het bewonderenswaardig van jou dat jij haar zo goed begrijpt. Dat je zoveel om haar geeft dat je je over je eigen verdriet hebt heengezet, om haar de vrijheid... Ze is je heel dankbaar. Of dat waar is weet niemand natuurlijk. Misschien hoopte ze stiekem toch dat jij... Als ik op haar lijk zou ik dat wel hebben. Bij jou. Dat je eens een keer... Nee. Laat maar.'

'Dat ik een keer?'

'Met iets over de brug komt. Dat je merkt, eh... Dat ik merk... Gewoon. Dat ik merk: ik kan hem echt wat schelen. Je bemoeit je nergens mee. Wat ik ook doe, het lijkt of je alles wel best vindt. En Diederik en Paula zeiden ook wel bij veel dingen: "Ervaar het zelf maar," maar die konden verschrikkelijk op ons letten. Of kwaad worden. Jij bent nooit kwaad.'

Gelooft hij dat hij me nu treft? Ik bevind me in een toneelstuk dat ik nog niet geschreven heb. Dat ik ook nooit zou willen schrijven. Deze dialoog mist iedere absurditeit. Als ik nu doe alsof hij mij gekwetst heeft tot in het diepst van mijn ziel, een uitbarsting veins zoals vriendinnen van Barbara orgasmes faken, bijt hij mij dan ook in de vinger die ik naar hem uitsteek? Zoals hij dat bij zijn tante heeft gedaan? Dat zou al wat zijn. Een beetje pijn lust ik nu wel. Dat hij mijn bloed proeft. Een paar druppels. En dan moet zoeken naar pleisters, die hij natuurlijk niet heeft. Ieder ander zou blij zijn met een vader die nooit kwaad is.

'Nou, jij weet dus alles al. Gefeliciteerd,' zeg ik.

Ik voel niets, maar hij voelt net zo goed geen donder. Verwart zijn moeder met een meisje dat Charlotte heette, en met die naam als code kraakt hij een mysterie. En passant lost 'ie ook nog even een joods misverstandje op, knap hoor.

'Maar was ze zwanger?'

'Ja.'

'En wist jij dat?'

'Nee.'

'En wist ze dat zelf ook niet, denk je?'

'Nee.'

'Dus toen waren er eigenlijk twee dood.'

'Een zelfmoord en een abortus. Om het even dramatisch...'

'Dat had ik echt niet zelf kunnen bedenken. Ik dacht: ze is gewoon heel erg in de war geweest. En ik dacht ook wel eens dat ik daar de schuld van was. Dat mama het te veel vond. Werk en een kind. Ook omdat ik zoveel huilde. Ik huilde toch veel?'

'Je was driftig.'

We zijn opgestaan en trekken af en toe iets uit. Onze sokken, onze overhemden. Een on-sensuele striptease. De kale witte muren kijken naar ons. Bouwe knoopt als eerste zijn gulp los. Laat, terwijl hij praat, zijn broek zakken en stapt uit de pijpen. Een geruite boxershort. Net als ik. Slaapt hij met zijn T-shirt aan? Hij loopt naar het aanrecht en poetst zijn tanden. Als hij naar de wc is doe ik hetzelfde, met de reisborstel die Barbara in de binnenzak van mijn jas heeft gestopt. Ze moet de dichtbundel gevoeld hebben. Twee exemplaren van dezelfde bundel, ieder ander zou er vragen over stellen, maar Barbara vraagt zelfs niets over twintig, dertig eendere laptops.

Ik draai de verwarming naar stand 2 en open het kiepraam. Sluit de witte gordijnen die spoedig geel zullen zijn. Bouwe komt terug en doet de lampen uit, op het spotje boven zijn bed na. Hij kruipt onder zijn dekbed en kijkt vergenoegd zijn kamer rond, gaat weer uit bed, haalt de cd uit de installatie en doet die terug in het doosje dat nog op de grond ligt, vraagt hoe laat ik op wil staan, hij kan de wekkerfunctie van de radio instellen, en zet, als ik heb geantwoord dat het me niets uitmaakt, de standby-knop uit. Voor de tweede keer stapt hij in zijn oude nieuwe bed. Nu ga ik naar de wc.

In plaats van staand te plassen, doe ik de bril omlaag en ga erop zitten. Ik heb heimwee. In geen jaren heb ik meer bij iemand gelogeerd. Geen enkel reisje is zonder Barbara ondernomen, behalve, ik moet zachtjes lachen, mijn retourtje Auschwitz. Toen heb ik twee nachten in Krakau doorgebracht, in een hotel – dat is toch wat anders dan voor je plezier of het plezier van een ander ergens gaan logeren. Ik wil nog iets lezen, of iets schrijven. Op mijn balkon staan. De televisie aan- en weer uitzetten. Nog één sigaret alleen. En een bodempje wijn.

Ik wil Barbara bellen om te horen wat ik iedere avond hoor; wat verhaaltjes over haar werk, haar collega's, desnoods iets over Huib of ijdele Nigerianen. Dat je bij je eigen zoon zo on-thuis kunt zijn. Komt het door de steriele, amper een halve dag ingerichte kamer? Door dat gejengel van Coldplay? Dat lullige matrasje op de grond? Morgen ben ik alweer thuis. Morgenmiddag. Nog voordat het donker wordt, dus wat zeur ik? Ik heb heimwee omdat ik me erin geluisd voel. O nee, ik voelde niets.

Ik ben erin geluisd door Bouwe. Bij die hele verhuizing heeft hij niets aan me gehad. En dat wist hij van tevoren. Ik ben geen sjouwer. Geen klusser. Geen adequate in- en uitpakker van dozen. Hij wilde me er alleen bij hebben om me vol te plempen met zijn puberale ideetjes over de oorlog, over dood en leven om dan, als ik moe was, met verwijten te komen. Op dezelfde manier heeft hij eerst zijn pleegouders, die nu worden opgehemeld, het bloed onder de nagels... Nu ben ik aan de beurt. Mij heel subtiel nog even inwrijven dat hij zichzelf als zondebok heeft beschouwd, nadat hij had ontdekt hoe het zat met de dood van zijn moeder. 'Ik huilde toch zo veel?'

Terwijl IK natuurlijk de ware schuldige ben, jaja. Manipulator. Ik trek door en ga terug naar de kamer.

'Ik vind je geen lul,' zegt Bouwe.

'Hoe bedoel je?'

'Je zei toch dat je het begreep als ik je een complete lul zou vinden. Maar dat vind ik je dus niet.'

'Dankjewel.' Ik sla het dekbed terug, ga liggen, dek mezelf toe. Het kussen ruikt naar een wasmiddel dat ik niet ken. Ziekenhuisachtig zuiver, bijna zuur. Naar witte wijnazijn. Ik vind mijn zoon evenmin een complete watdanook. Hij knipt het messing lampje uit en meteen daarna probeer ik zijn laatste gezicht voor de geest te halen. De witte, onbehaarde arm die zich uitstrekte naar het knopje. Ik vind hem raar zoals Anne hem raar vond. Ik vind hem heel erg lief zoals je een mensje van vier lief vindt; zo iemand die al helemaal af is, loopt, spreekt, denkt, maar toch nog niet op zichzelf kan wonen omdat het in het verkeer, in winkels en in huis onherroepelijk mis zou gaan. Ik heb heimwee omdat we morgenochtend niet samen zullen douchen, maar na elkaar. Zo hoort het niet. We zijn sinds jaren weer met zijn tweeën en poetsen los van elkaar onze tanden, gaan om de beurt naar de wc – het zou zo leuk zijn om elkaar weer in te zepen. Gewoon daar doorgaan waar we gebleven waren, samen zwemmen.

'Welterusten, Ruudje.'

'Welterusten.'

'Ik heb croissants voor het ontbijt, en appelflappen. Ik kan ook een ei koken. Drink je 's morgens koffie of thee?'

'Liever koffie.'

'Heb ik. Slaap lekker.'

We draaien ons om en om en liggen met de ruggen naar elkaar toe. Als het volgens jou een erfelijke kwestie is, wil ik vragen, als er een gen voor heftigheid is, voor heftigheid die het op een gegeven ogenblik niet meer uithoudt bij zichzelf, heb jij dan zelf ook wel eens overwogen om ertussenuit te stappen? Het antwoord weet ik al. Ja. Mijn zoon overweegt sinds zijn geboorte dagelijks de mogelijkheid zijn verwekking ongedaan te maken. Hij kent het onderaardse, het onderondermaanse als zijn broekzak. De hel slaapt tussen ons in als zijn vriend. Als onafscheidelijk konijn, als afgekloven dekentje.

*

Wanneer is een droom een repeterende droom? Als je hem iedere dag droomt, minstens een week lang? Is een repeterende droom een droom die jarenlang wekelijks, misschien maandelijks terugkeert? Of alleen in stressvolle periodes? Noem je een droom die pas voor de tweede keer gedroomd wordt al repeterend? Moet hij tot in detail lijken op de originele droom, of gaat het eenvoudigweg om bepaalde, steeds terugkerende elementen?

Vannacht droomde ik dat ik in een kleedkamer was. Geen lichte, huiselijke ruimte, zoals de kleedkamer van een schouwburg; mijn kleedkamer bevond zich in de kelderachtige, grauwe, smalle gangen van een sporthal. De wanden van mijn cel had ik laten bekleden met draperieën van donkerblauw fluweel en afkerig van tl-licht had ik mijn manager, trainer, coach, team of bandleden kandelaars laten brengen met daarin lange witte kaarsen. Op een houten bank die aan de muur bevestigd was stond een plexiglas slakom gevuld met mini-Bounty's en kersenbonbons. Naast die kom zat ik. Mijn maag was zo leeg dat hij niet eens meer rommelde. Ik keek naar het snoepgoed, de kom met snoepgoed keek naar mij. Ik keek naar de fles sinas op de grond, de fles sinas keek naar de met ijskoud water gevulde wastafel waarin drie blikjes bier lagen. Ik was zo leeg dat ik me niet meer te binnen kon brengen wanneer ik voor het laatst had gemerkt dat ik ingewanden had. Ik was hol vanbinnen – een blote kerstkalkoen die met een obsceen open gat lag te wachten op haar vulling. Hoe de behoefte te noemen die honger en dorst omvat én transcendeert?

Koud had ik het, maar niet fysiek. Ik had het koud tot in het diepst van al mijn onaffe, warrige gedachten. Wat ik waarnam (een koffievlek op mijn broek, een paar stofdraden aan de radiator, het lipje van een blikje tussen de peuken in de asbak) verpulverde al in mijn blik. Ik moest een shot. Dat zou me weer tot bestaan brengen. Mijn ribben zouden weer een lever, darmen, longen, klieren en een hart huisvesten, in mijn uitgelepelde schedel zou weer een brein passen, mijn zintuigen zouden weer warm en kleverig worden, zodat indrukken weer aan mijn irissen en tegen mijn trommelvlies bleven plakken als vliegen tegen een motorhelm van iemand die op een zomerdag tweehonderd kilometer per uur... en terwijl ik-numero-twee, de machine, het weer deed, zou ik-numero-één weer kunnen beginnen waar hij was gebleven. Met voelen.

Een shot. Plotseling trof ik mezelf voor de spiegel aan. Op Rudolf leek ik niet. Mijn gedroomde gezicht was mager en onnatuurlijk bruin. Kleur van ongebeitst beukenhout. Ik had dun zwart haar dat tot op mijn schouders viel, in vette pieken. Mijn ogen stonden in een kring van beurse, groengele huid, alsof ik een paar dagen tevoren rake klappen bij een bokswedstrijd had opgelopen. Mooie tanden had ik wel. Wit als bordkrijt. Mijn lippen waren grapefruitroze. Dat ik tatoeages op beide bottige bovenarmen had, was ik vergeten. Een dik zwart kruis, een dunner kruis, een vlam, een vogel, een witte lelie. Kitsch.

Hier en daar wonden. Opgedroogd bloed. Speldenprikjes aan de binnenkant van mijn ellebogen.

'Dag God,' zei ik tegen mijn spiegelbeeld. Mijn spiegelbeeld zei niets terug.

'Dag God. Ik ben ook God.'

'Dat weet iedereen.'

'Ja.'

'Ik bedoel, ik ben niet de zoon van God, ik bén God.'

'Zeker. Wij zijn God. Maar incompleet.'

'Begin daar nou niet over.'

'Wij zijn God en we lijden. Wij hongeren naar begrip.'

'Ja, ik honger.'

'Wij zijn de onbegrepenen. Niemand weet hoe het is om zo onbegrepen te zijn. En hoor je, hoor je...'

'Hoe ze steeds harder roepen dat ze het begrijpen. Dat ze het kennen. Ze begrijpen het! Ons! Omdat ze zichzelf op gezette tijden ook...'

'Onbegrepen menen te voelen. Maar niet als wij.'

'Nee. Want als zij zich onbegrepen voelen, begrijpen wij hen nog steeds. Maar onze onbegrepenheid begrijpen wij zelf niet eens meer. Wij zijn erg moeilijk.'

'De moeilijksten.'

'Goden.'

'God, ik heb het toch weer nodig. Het allerhardste begrip. Red Rum. Dat is mooie heroïne en als je de woorden van rechts naar links leest...'

Het gezicht in de spiegel werd dunner. Ik wist dat de handen de wasbak vastgrepen en schrokken van het koude water. Alsof de goden zich moesten voorstellen wat water was, omdat het nog niet was uitgevonden, laat staan geschapen. Het zou nog eeuwen duren voordat de god die ik was genoeg verbeeldingskracht had verzameld om een druppel te fantaseren, en lichtjaren voordat hij drie, vier, twaalf, honderd druppels had bedacht die samen een plas konden vormen, een stroompje, iets om te drinken, iets om iets in af te spoelen, iets om te bevaren.

Er werd op de deur geklopt.

De deur ging open.

Ik wist niet wat een mens was, ik stormde op het ding dat binnenkwam af, sloeg het tegen de grond, doorzocht zakken, en de stof van de kleding viel als los zand tussen mijn vingers door, ik hoorde 'Geld, geld,' een bedrag, ik trok dollars uit de boorden van mijn sokken en wist niet waar het te stoppen, in een hand? een mond? tussen broekrand en buik? Maar het papier vond zijn eigen weg in de berg vlees op de grond en eindelijk had ik mijn Red Rum, die wit was en even onvloeibaar, onvast als ik. Poeder, poeder.

Lepeltje, vocht, naald, God. God injecteerde God met God.

Hoe het begrip mij door de aderen vloeide. Ik voelde en voelde. Mijn moeder droeg me op de arm en leerde me woorden in een taal die ik niet kende, ze kuste mijn keel, de stembanden daarbinnen, de wollen wantjes die ik om mijn oren had gedaan, haar kralen maakten muziek, haar jurk ruiste als de wind in sparrenbomen, we zongen. Vriendelijk en zacht, vanilleliedjes. Ik keek in het kaarslicht tot Anne bij mij was.

Ze was even klein als ik en speelde met mijn haar. Haar vingers smolten als was rond mijn schedel, ik droeg een keppel van liefde en eindelijk staarde het spionnetje in mijn kruin niet meer naar boven, maar het viel in mijn hoofd en brak daar in kleuren uiteen – zo helder, helderder dan de kleurenbundels die bij de juiste lichtval uit een prisma stromen, nog helderder, nog dieper, nog rijker. 'Prachtig,' zei Barbara, die ook in mijn hoofd was, en ze liep door het regenboogvertrek; haar borsten droeg ze op een verguld dienblad, haar billen weken bij elke pas, er druppelde een aardse geur uit haar aars, mirre wellicht, en een kudde kleine, koperen puppy's besnuffelde haar geslacht dat niet van huid en haar was, maar leek op een voorgoed bevroren fontein. Een struik van spuitend diamant. 'Meisjes,' zei ik, 'meisjes.' Ik was zo vol en slap en kneedbaar als mijn ballen. Overal. Een hart in rust.

En ik lag in een bed van huid, en mijn lichaam viel zo plastic en onsterfelijk om mij heen, en C. ging bovenop mij liggen alsof ik een luchtbed was, we dreven rond in een doodstil zwembad en begrepen alle mensen die van andere mensen houden – vooral degenen die daarbij erkenden dat hun motieven allang niet meer deugden, dat ze bij iemand bleven om er hun eigen leugentjes mee te ontlopen, die verslaafd waren geraakt aan het kleineren, pesten, chanteren, saboteren van degene met wie ze 2,1 keer per week seks zeiden te hebben, die het huis niet wilden verliezen, de tuin en de kinderen niet, die wilden blijven passen in het verhaal dat ze familie en vrienden op de mouw hadden gespeld, die niet wisten hoe te leven zonder iemand over wie je kon klagen en opscheppen, zonder iemand die in zijn hoedanigheid van huis- en bedgenoot de voorwaarde vormde tot heroïsche bedrog- en afscheidsfantasieën en heroïsche gedachten over de eigen onbegrepenheid. Dat zeiden we niet.

C. en ik keken films in het water. We werden treuriger en zwaarder van al die sprookjes waarin prinsen en prinsessen, kikkers en prinsessen, prinsen en zwanen wegzonken tot op de bodem van het geluk, want het echte geluk lag nog daaronder, in pijn die niets esthetisch meer had, die vormeloos was en amoreel, pijn die ten diepste necrofiel van aard was en steeds nieuwe lijken zocht in de natte greppel van geborgenheid. C. en ik. We braken als verf op een icoon. We gaven onze tastbaarheid op. We begroeven ons in ijle berglucht, bliezen comateuze bellen in een comateuze wolk van bellen en op het moment dat ik dacht: bellen kunnen niet comateus zijn, er zijn levende, opstijgende bellen en uiteengespatte bellen, daartussen is niets, precies op dat moment werden we even onze onverdraaglijke rouw.

'Rouw is het ogenblik waarop God beseft dat God nooit bestaan heeft,' zei C. en we bestonden niet meer. En de mensen die in ons en om ons bestonden, bestonden niet meer. 'Je moet op, Dave.'

'Ik heet geen Dave.'

'Wat doet dat er nou toe. Je moet op. Ze gillen je naam al uren.'

'Dan gillen ze de verkeerde naam.'

'Neem een snoepje uit die bak en kom nou.'

'Ik heet niet zo.'

'Pap, heb je nou alweer gebruikt?'

'Ik gebruik niks.'

Bouwe greep me in mijn nek en duwde me naar een douchecel. Hij draaide de koude kraan open. Maar in plaats dat hij mij onder de stralenbundel zette, ging hij zelf onder de douche staan.

'Er is één ding dat ze zijn vergeten,' zei hij, meer tegen de vreemde man die achter me stond dan tegen mij, 'dat ze zijn vergeten in hem aan te brengen. Dat is gevoel voor schuld.'

'Niet waar. En ik heet geen Dave. Ik ben David niet. Ik ben geen artiest en ik gebruik niks. Nooit. Ik heb nog nooit iets van die rommel aangeraakt.'

'Dat zijn bijzaken, pap.'

'Ik hoef niet op.'

'Natuurlijk. Je hoeft niet op. Ga jij maar lekker niet op. We sturen ze wel weg. Volgens mij vind je dat helemaal niet erg.'

'Nee, dat vind ik niet erg. Ik heet zo niet.'

Ik depte mijn zoon met wc-papier droog en op iedere gebruikte prop verschenen woorden. Als ik ze probeerde te lezen, zag ik alleen maar het woord jij. Jij. You. Jij. Dave of David doofde zijn sigaret en ging met de vreemde man mee naar het podium. Ik hoorde hoe, in de verte, misschien wel boven mij, drums zich in het wollige, zwart-romantische intro voegden. Gejuich. Dat was Dave, die jongen die nu de microfoon greep om de zaal te begroeten. Dat was jij en you. Ik niet. Toen ik Bouwe dat wilde uitleggen was hij weg. Ik vond het erg dat hij dacht dat zijn vader een junk was en helemaal niet erg. Met de gebruikte spuit joeg ik extra zuurstof door mijn polsslag-ader. Daarna nam ik de trein naar mijn kantoor. Ik had een pasje voor de prikklok, ik had een eigen desk, ik had een plant op die desk gezet, ooit, en foto's van een echt gezin, ik had collega's die mij iets toewensten. Ik had zelfs een degelijke lunchtrommel bij me en een onbevlekte Chiquita-banaan.

'Je vriendin,' had Richard me al tijdens de eerste sessie gevraagd, 'hoe vindt je vriendin het? Dat ze met je depressie moet leven? Hebben jullie het er vaak over?'

'We kunnen erover praten. Ze begrijpt in theorie wel hoe ik me voel. Dat ik mezelf, mijn leven zinloos vind. Dat ik me daar vervolgens weer voor schaam. Dat ik altijd bang ben dat ik toneelspeel. Ook bij haar. Ik geniet erg van haar aanwezigheid, ik kan niet anders zeggen. Ze werkt zo... ontspannend op mij. Als ik hoor hoe ze haar fiets in het rek zet, de sleutel in het slot van de benedendeur steekt, als ik haar naar boven hoor komen, huppelt mijn hart mee met haar voetstappen – dan ben ik even, op een heel kinderlijke manier gelukkig. Ze schenkt wat in, we praten wat, we eten... Dan gaan we afwassen en televisiekijken, of zij belt met een vriendin en ik schrijf, ja, alles warm en rustig, alsof ze een wollen deken over ons heen legt. Maar toch heb ik ook op zulke avonden, zulke doordeweekse, gezellige, Hollandse avonden die benauwdheid. Dat wantrouwen. Dat we het allebei niet menen. Dat vooral ikzelf niets meen. We vrijen wel, maar ik denk zelfs tijdens het vrijen: zou ik het niet met iedere willekeurige hoer op precies dezelfde manier doen? Alles, iedereen is inwisselbaar. En dat is Barbara, omdat ze gezond is, natuurlijk hartgrondig met me oneens.'

'Klaagt ze wel eens?'

'Soms.'

'Waarover?'

'Mijn omgang met toekomst en verleden.'

'Zo.'

'Ik bedoel, we krijgen een uitnodiging. Een bevriend stel vraagt ons of we een keer komen eten. Dat is sympathiek en gemeend, maar het ontregelt me. Ik denk dan: waarom willen ze ons spreken? Dan moet Barbara me eerst omstandig uitleggen dat er niets achter steekt. Eigenlijk vind ik dat ook onbegrijpelijk. Waarom nodig je in godsnaam mensen uit als er niks achter steekt? Maar goed. Daarna ga ik piekeren over de vraag hoe ik me moet gedragen. Wat kan ik bij die mensen zeggen, wat niet? Uiteindelijk gaan we ernaartoe. Dat wel.'

'En dan?'

'Dan wordt het een leuke avond. Dus dan zegt Barbara: "Zie je wel dat je je voor niks zorgen hebt lopen maken." Maar het gaat door. Zo'n avond. In mijn hoofd. Nog dagen hoor ik alle gesprekken die er zijn gevoerd, woordelijk. Wat ik allemaal anders had moeten doen. Wat ik niet, of anders had moeten zeggen. Ik hoor het allemaal. In alle varianten. In gedachten bel ik mensen terug, schrijf ze brieven. Om ze mijn verontschuldigingen aan te bieden of ze alsnog een veeg uit de pan te geven, dat maakt niet uit. Maar nooit, nooit benadert zo'n avond het ideaal dat ik kennelijk met me meedraag. Als een neuroot herschrijf ik de handelingen, de teksten. Tot het een waarachtige avond wordt. Waarop ik mij waarachtig heb kunnen gedragen. En ik weet niet eens wat dat is: waarachtig. Kijk, dat is voor Barbara heel vermoeiend. Zij krijgt die onrust niet weg.'

'Wat doet ze dan?'

'We maken er grappen over.'

'Je kunt wel lachen om jezelf?'

'Ja.'

'Ja, dat laat je ook wel merken.'

'Maar het vergroot het probleem ook. Al die relativerende humor. Want ik zie hoe belachelijk dat getob is, voorafgaand aan een avondje en daarna, en ik weet ook dat alle avondjes, alle reisjes, alle feesten en dingen op elkaar lijken, dat me niets nieuws staat te wachten, ik weet het, ik weet het goed. Ik zie een van getob verlamde man en ik ben die man niet, ik lach hem recht in het gezicht uit. Kon ik nou juist maar eens samenvallen met die belachelijke tobber, dan was dat voor Barbara misschien een stap achteruit, maar voor mij een stap voorwaarts.'

'Je wilt hem serieus nemen, in hem komen, om hem dan van binnenuit te deprogrammeren.'

'Zoiets.'

'En Barbara met haar grappen verhindert dat.'

'Nee. Ik wil zelf ook lachen.'

'Wat wil je nou?'

'Alles sparen. Barbara tonen dat ik heus wel zie dat ik niet normaal meedoe aan het gewone sociale leven, dat aan één moment van simpel plezier twee enorme loden gewichten hangen; één van wantrouwen en bezorgdheid vooraf, één van woede en zelfhaat achteraf, wat ik al zei. Ik wil mijn humor overeind houden. Maar daarmee houd ik ook mijn angstuurwerk overeind. Terwijl ik over het vreselijke, oorverdovende tikken praat, met een ironisch opgetrokken wenkbrauw, tikt het nog luider. De klok mag niet ontploffen. Maar de klok moet ontploffen, want dan ben ik voor altijd bevrijd. Ik snap het beter dan wie ook, ik weet hoe ik... Maar de kool, de geit, de hele rataplan moet gespaard blijven. Niet nog meer gezichtsverlies.'

'Merk je dat je in steeds abstractere termen bent gaan praten? Je hebt het over een klok, een soort bom, ironie, gezichtsverlies, de kool en de geit...'

'Ja?'

'Is Barbara de kool?'

'Of de geit.'

'En je eh... "aandoening" is dan dat andere. Als Barbara de kool is, is de aandoening de geit en vice versa.'

'Precies. Om het een beetje gemoedelijk te houden voor ons allebei duik ik niet onder in mijn depressie, identificeer ik me er niet volkomen mee. Ik praat erover alsof er een derde in ons huis woont die zich de hele dag vreselijk loopt aan te stellen. Iemand die we op zolder hebben opgesloten en voor wie ik gedurende de tijd dat ik alleen in huis ben moet zorgen. Een nare, oude vrouw, die krijst dat ze tien jaar geleden een keer een kopje thee heeft gekregen dat lauw was en dat ze sinds die dag niemand meer vertrouwt. Die mensen heb je. En daar drijven we dan de spot mee. Maar als Barbara weer weg is, zegt die depressie met die narrige, zure, krentwegerige oude vrouwenstem dat ze alles heeft gehoord, dat ik niet oprecht ben, zie je wel, en dan slaat ze nog harder terug. Ik schipper heen en weer tussen vriendin en aandoening en ik vaar zo snel dat ik mijzelf niet eens meer zie. Een vlek tussen kade en kade. Ik heb dus eigenlijk een hyperdepressie.'

'Hoe bedoel je?'

'Ik ben depressief omdat ik niet aan mijn depressie toegeef. Ik zweef tussen gemoedelijkheid en mijn depressie in, tussen spot en mijn wens om oprecht te zijn, ook in de treurnis...'

'En dat begrijpt Barbara ook?'

'Nee.'

'Dus daar praten jullie niet over.'

'Dat zou te complex worden. Zoals ik haar dat van die hoer ook niet zeg.'

'Van die hoer?'

'Dat het niet uitmaakt, met wie ik vrij. Dat ik daar bang voor ben: dat het niet uitmaakt.'

'En als je het een keer probeert? En merkt, aan den lijve, dat het wel degelijk uitmaakt?'

'En als ik aan den lijve, op het moment zelf en daarna merk dat het inderdaad níét uitmaakt?'

'Maar het maakt uit.'

'Voor jou misschien.'

'We hebben het over jou.'

'Ik ben bang dat ik alle levens die er bestaan kan leiden. Dat ik geen verschil merk tussen een dag lang fietsframes lassen, een dag lang vakkenvullen, een dag lang naar patiënten luisteren of een dag lang schrijven. Het is allemaal werk. Vrouwen zijn allemaal vrouwen. Huizen zijn huizen. Ik ben overal ingerold. Als vanzelf. Ik heb nooit hoeven kiezen. Ook mijn vriendin noemt onze relatie soms eufemistisch "een uit de hand gelopen logeerpartij". Een logeerpartij in míjn huis, dat is waar, maar ik kreeg dat huisje gewoon toegewezen omdat ik op een lijst stond. Ik heb nooit wanhopig hoeven zoeken. Mezelf nooit de vraag hoeven stellen: wat wil ik en wat kan ik? Mijn werk, mijn huis, mijn vriendin, het kwam op me toe, als een doel naar de bal, ik hoefde niet meer dan hem een klein zetje te geven – alles zonder inspanning. Dus houd je een surplus aan denkkracht over, bedoeld voor het maken van keuzes. En ik denk dat

dat surplus de vorm aanneemt van angst. De energie moet ergens heen.'

'Angst.'

'Angst zonder angel. Het is rustige, slepende, bijna comfortabele angst. Het zijn geen aanvallen, zoals Barbara dat heeft met haar migraine.'

'Hoe gaat dat dan?'

'Ik sta op een tramhalte. Goed? Of in de rij bij de pinautomaat.'

'Je wordt weer wat concreter, heel fijn.'

'Opeens denk ik: er kan nu een auto langsrijden. Hij remt af, iemand op de achterbank opent het raampje, steekt er de loop van een pistool door naar buiten en pafpaf... Legt mij om. Ik zak in elkaar, dood, terwijl de auto optrekt. Kijk, een snuggere man of vrouw noteert misschien wel het nummerbord van die wagen, het kan best zijn dat die daders worden opgespoord – dat interesseert me niet. Dat ze tegenover de rechter verklaren dat ze mij voor een ander hebben aangezien, dat zou het minder erg want minder willekeurig maken, en ze zouden hoe dan ook gestraft worden – voor Barbara en mijn zoon nog zoiets als gerechtigheid, maar dat interesseert mij niet. Reden of geen reden, straf of geen straf: ik kan zomaar worden neergeknald. Iedereen kan zomaar worden neergeknald. Ik vind het eigenlijk raar dat het relatief zo weinig gebeurt. Dat anderen er ook zo weinig rekening mee houden. Van die mensen die pas nadat ze iets vreselijks hebben meegemaakt gaan nadenken. Eerst de hartaanval, dan gaan ze bedenken dat ze meer tijd aan hun gezin... Of die zeggen: "Je staat er toch eigenlijk nooit bij stil dat jou zoiets kan overkomen?" Ja, ik sta overal bij stil. Overal. Bij. Stil. En ik sta er zelfs de hele dag bij stil dat ik mijn vriendin daar niets of bijna niets van mag laten merken, omdat...'

'Je neemt haar in bescherming.'

'Nee, nee, maar ze gaat terugpraten. Lieve, domme dingen terugzeggen, bedoeld om me terug te brengen in een normale, opgeruimde, realistische stemming die, maar dat schijnt niemand te zien, helemaal niet realistisch is. Diepte bestaat bij gratie van de oppervlakte, maar oppervlakte bestaat niet bij gratie van de diepte – dat is de kern van mijn probleem. Zij is mij nooit te licht, ik begrijp haar lichtheid. Maar ik ben haar te zwaar. Ik kan dus wél haar lichtheid veinzen, maar zwaarte kan een mens niet veinzen. Ook Barbara niet. Nog een voorbeeld.'

'Het laatste dan.'

'Als je op bezoek bent bij arbeiders, bij mensen als mijn ouders. Dan kun je met een beetje goede wil met die mensen meepraten, toch? Over televisieprogramma's, sport, politiek, hobby's... Je laat moeilijke woorden weg, bootst hun accent na, je zegt "hij hep" in plaats van "hij heeft", dat gaat vanzelf. Maar omgekeerd kunnen die mensen dat niet. Die krijgen het ABN niet opgepakt, laat staan... Ik zei net dat alles wat ik doe inwisselbaar is, dat waar ik woon en met wie ik omga... Maar ik ben oninwisselbaar, helaas, met al die mensen die niet in hun eigen en andermans inwisselbaarheid geloven en dat is raar, want als er iemand is die zichzelf juist als inwisselbaar beschouwt, dan ben ik het wel. Weet je waarom Barbara geen last heeft van mijn aandoening?'

'Nee. En dat was inderdaad mijn vraag.'

'Omdat zij mij als oninwisselbaar ziet terwijl ik ontzettend inwisselbaar ben. Omdat ik haar als inwisselbaar zie, haar dus niet opeens, niet alle begrip van de wereld van haar verwacht, terwijl ze zelf denkt, precies door die genereuze, verwachtingsloze, perfecte wijze waarop ik haar mijn liefde betuig, oninwisselbaar te zijn.'

'Ik schrijf dat even op. Het is een boeiende stelling, een boeiend referaat ook, maar volgende keer gaan we gewoon weer terug naar je ouders. Die vader van jou blijft wat onderbelicht.'

Als ik toch het lef had gehad Richard eens een gedicht van C. voor te lezen. Zonder de auteur te noemen. Gewoon: ik las laatst iets, iets prachtigs en het trof me – nu goed, ik weet niet of het prachtig is, maar het trof me. Het trof me omdat ik mezelf terugzag, levendiger, jonger dan ooit, in ieder beeld. Ik trof mijn innerlijke muziek: mousserende wijn, stilgezet, alsof iemand er gelatine in had opgelost. Gecomprimeerd, massief maar helder verdriet: het mijne. Las ik en het trof me. Wat zou Richard dan hebben gezegd? Ik houd niet zo van poëzie? Poëzie is multi-interpretabel, wat jij hiervan vindt is subjectief en blablabla... Ja, natuurlijk. Maar al dat praten bij hem – ik werd er nog ellendiger van dan ik al was en hij was zo makkelijk te imponeren; op het laatst begreep ik uit zijn reacties op mijn verhalen dat hij zelf een hoerenloper was, een drankprobleem had, de dood van zijn vader nog lang niet had verwerkt.

Er is niets veranderd. Vijf en een half jaar geleden: in de zorgsector werden stakingen aangekondigd. Het was begin oktober en de zus van Barbara had drie dagen oppas nodig voor de tweeling. Ludieke demonstraties naar het Binnenhof, met volbeschreven luiers op het hoofd en rammelaars in de hand, hadden niet geholpen; alle leidsters van het kinderdagverblijf zouden voor onbeperkte tijd hun werk neerleggen. Jaap en Hanneke maakten een culturele rondreis door Turkije en het andere grootouderpaar had griep. Had Barbara niet nog een paar vrije dagen die ze kon opnemen?

Normaal zou ik Barbara hebben tegengehouden. Laat ze hun problemen zelf oplossen, ze hebben geld genoeg. Nooit hoor je wat van ze, behalve als het advocatenkantoor overuren draait en ze spijt hebben van het nageslacht.

Deze keer liet ik mijn vriendin zonder protest afreizen naar Middelburg. Ik was verliefd op C., op afstand, en het werd tijd voor een eerste afspraak.

Konden we wel een volle dag in elkaars nabijheid doorbrengen, vroeg ik me af, benauwd.

Ik haalde haar op van het station. We dronken koffie in de eersteklas restauratie. Spraken we? Ik geloof dat we naar elkaar keken, steeds opnieuw de eerste blik. Eén keer knipperen, of aandacht voor het kopje voor ons, voor de langslopende ober of het groepje reizigers dat binnenkwam en we leken weer vergeten hoe de ander eruitzag. Steeds opnieuw vond ik haar mooi en mooier dan op het vorige gezicht.

'We hadden het over schuld, daar in de Bijenkorf.'

'Is dat zo?' vroeg C. Ze vroeg: 'Blijven we hier?'

'Wat wil jij?'

'Iets doen. Ergens heen. Naar buiten.' Ze lachte. 'Daar een bus pakken,' ze had naar de donkerbruine Nicolaaskerk gewezen die als een graftombe uitrees boven kiezelkleine huisjes en luidruchtige drommen dagjesmensen, '...en dan gewoon ergens uitstappen. Monnickendam, Volendam, Marken. Zoiets. Een beetje toeristisch, maar niet te. Toen ik klein was ben ik er voor het laatst geweest, met mijn ouders. We hebben nog zo'n portretje van ons drieën, in Volendammer klederdracht. Ik was als kind erg dik en ik droeg een bril.'

'Dus we gaan die foto nog eens opnieuw doen?'

'Ja, en jij in zo'n zwarte pofbroek, een berenmuts op je hoofd en zuigend aan een pijpje... Rudolf?'

'Ja?'

'Ik ben zo bang. Het lijkt wel een psychose, deze verliefdheid. Ik waai alle kanten op. Ik waai eruit.'

'Waaruit?'

'Uit mijn hoofd. Zoals paardebloempluis.' Ze greep mijn handen en vroeg of ik het kende. 'Alles wordt ijl. Misschien is het zuurstofgebrek. Ik los op in beelden. Als ik niet loop, als ik niet praat, wordt het erger. Dan drijf ik steeds verder weg.' Dus zouden we gaan lopen en vooral veel gaan praten. Maar eerst kochten we strippenkaarten voor de bus naar Volendam. Pas op de halte kusten we elkaar.

'De eerste keer dat ik flauwviel was rond mijn veertiende jaar. Ik menstrueerde nog niet zo lang, en schrok elke maand opnieuw van de hevige kramp in mijn benen, buik en rug. Aspirine en paracetamol hielpen niet. Ik voelde me precies zo'n sprookjeswolf waarvan de opengesneden buik, nadat grootmoeder of de zes geitjes er levend en wel uit waren bevrijd, werd opgevuld met keien en vervolgens dichtgenaaid; opstaan van mijn bed lukte nauwelijks. De stenen rolden over elkaar heen en drukten daarbij aders dicht, verbrijzelden botten... honderd inwendige vuisten sloegen op elkaar in en door mijn huid heen zag ik de knokkels. Net als de wolf kreeg ik ongelooflijke dorst. Ik dronk potten lauwe kruidenthee en grote glazen water, maar de stenen spoelde ik er niet mee weg, de vuisten ontspanden zich niet. Dus vulde ik de badkuip. In het dampende water dreef de pijn weg, samen met het bloed. Maar misschien dreef er nog veel meer weg, want toen ik na lange tijd opstond (het water was een paar graden afgekoeld, maar nog steeds warmer dan lichaamstemperatuur), was ik weliswaar verlost van de weeën, maar ook van mijn skelet en spieren. Ik zweefde vrij rond in een lege zak blank, maar van hitte blozend vlees. Ik zweefde uit de open poriën naar buiten. Zag toe hoe ik viel, terug het water in, opkrabbelde, me vastgreep aan de rand van de kuip, de kracht vond om uit het bad te klimmen en weer viel, hard, met mijn achterhoofd tegen de verhoogde drempel van de douchevloer. Mijn hart bonkte wild. En terwijl ik dat constateerde, angstig, vloog ik overal bovenuit en kwam in een donkere wereld die wijs was, en oud. Die was gevuld met gedachten die niet aan personen toebehoorden; met heel objectieve, ware, kalme gedachten dus en ik zag hoe die gedachten rond elkaar wentelden en nieuwe gedachten baarden, en zodra een nieuwe gedachte zich als een druppel olie uit een eerdere gedachte losmaakte, loste de eerdere gedachte op, als de gelatinecapsule rond een vloeibaar medicijn. Zo was die wereld. Ik kon bij al die gedachten naar binnen kijken, ik kon al die gedachten tegelijkertijd meemaken, meedenken, en opeens begreep ik dat het een misvatting was te geloven dat mensen, omdat ze een brein hebben, ook zelf denken. In het hoofd ontstaan de gedachten niet, het hoofd vangt gedachten – oude gedachten, die in die wereld waarin ik zo kort verbleef allang waren uitgewerkt of uitgedoofd. Reeds eeuwen dode sterren waarvan het licht ons vandaag pas bereikt.

Hoe kalm die wereld ook was, en hoe helder en perfect de gedachten daarin ook waren, ik hield het er niet uit. Wat wie weet wel een goddelijke wereld was, ervoer ik als een hel, zeker vanaf de seconde waarin het tot me was doorgedrongen dat al die pretenties van mensen, van vanzelfsprekend denkende mensen, geen stand hielden. Datgene waar we het meest trots op zijn, ons vermogen gedachten te produceren, bestond niet. Weer kromp ik ineen van pijn. Niet fysiek. Ik kromp omdat ik zag dat het meisje dat nog steeds op de natte tegelvloer lag, het hoofd op de granieten douchedrempel alsof het een kussen was, zelf nooit één gedachte had gevormd en erger nog, ook niet op eigen kracht "ik" had kunnen denken – om dit "ik" dan later met gedachten over dat "ik" uit te breiden en stevig te maken. Ik schreeuwde. Ik schreeuwde niet. Ook "ik" was een notie opgevangen uit een andere wereld en alle gedachten over dit "ik" waren al ergens anders uitgedacht en in niets opgelost juist op het moment dat ze een volgende gedachte hadden afgescheiden. Zelfs dat ik moest schreeuwen en wat ik moest schreeuwen was al ooit vastgelegd, maar lang voordat ik daadwerkelijk schreeuwde bestond het plan niet meer. Ik ving, van nu af aan wetend dat het op vangen aankwam, uit alle macht de klanken die ik door het brein, door de zenuwen, door de longen en het verhemelte van de blote pop op de vloer moest jagen, zonder dat iets in die wereld me bevestigde dat ik het juiste woord riep en ik riep: "Alphabeth! Alphabeth!" – met die ouderwetse ph, in plaats van een f, en met een h op het einde. Omdat ik dat woord ook voor me zag. Toen kwam mijn moeder en ze droogde me af, trok me mijn pyjama aan en bracht me naar het ouderlijk bed. De lakens waren koel en stijf en roken naar gedeodoriseerde, hygiënische oudere mensen. In de felgroene muntlimonade dreven ijsblokjes, uit de wekkerradio klonk een vriendelijk gesprek tussen redactrices van damesbladen die naar de Huishoudbeurs waren geweest.'

C. sprak alsof ze schreef. Alsof ze me een dagboekfragment of een brief voorlas. Lappen kant-en-klare tekst, uit het hoofd geleerd voor mij. Onderweg naar Volendam was de lucht betrokken. Boven de boerderijen die door hun driehoekige daken in de grond geperst leken te worden, boven die hel oplichtende, kubistische sinaasappels, dreven bruine wolken bijeen. Bomen stonden nog maar schamel in hun blad. Een bord waarop een lachende koe was afgebeeld verwees naar een Ambachtelijke Kaasmakerij vierhonderd meter verderop. We hadden de achterbank van de toch al niet volle bus voor onszelf. C. legde haar hand op mijn knie. Ik streelde haar oorschelp terwijl ze sprak. Lief, traanvormig lelletje. Een hindoestaans godinnetje.

De tweede keer dat ze flauwviel, vertelde ze, was tijdens maatschappijleer. In het kader van het ethiekproject moesten ze naar een videofilm kijken over abortus. De documentaire was eerder al uitgezonden door de Evangelische Omroep, dus ik kon wel begrijpen dat het er niet zachtzinnig aan toeging. 'Precies op het ogenblik waarop de arts een soort stofzuigertje bij zijn cliënte naar binnen bracht dat, ik meen dat hij dat tevoren had uitgelegd, het vruchtje eerst een flink aantal maal rond diens as zou draaien (zoals je het steeltje uit een appel draait), om dan pas... precies op dat moment donderde ik van mijn stoel en niet omdat ik geen medische ingrepen kon zien of, nog simpeler, honger had.'

Morele verontwaardiging? Nee. In tegenstelling tot de eerste keer was de pijn nu juist alleen maar lichamelijk. Met de cliënte in de stijgbeugels had ze zich bewust geïdentificeerd – wie kon zeggen dat ze niet vroeg of laat zelf...? Maar tijdens de val bleek ze, zoals ze zelf zei, de vrucht te zijn.

'Ik werd alle ooit geaborteerde mensen-in-wording. Vuile breinaalden prikten me door. Bijtend zeepsop vrat me op. Ik viel stuk in een vrouw die zich expres op de stenen liet vallen, ik spoelde weg op een vlot van gestold bloed, ik doorstond in een fractie alle martelingen van alle ongewenste celklompjes en leed evenveel of mccr dan de gekruisigde. Nog steeds begrijp ik dat vrouwen soms voor een abortus kiezen. En toch kan ik niet vergeten hoe afschuwelijk ik mezelf voelde uren nadat ik was bijgekomen. Ik hield mijn tranen

281

in, maar inwendig huilde alles, heftig. Ik wist voor het eerst hoe eenzaam ik was. Gewenst was ik, en gezond geboren. Maar waarom ik wel? En ten koste van wie? Waren er mensen die ik had moeten ontmoeten, maar nu niet kon ontmoeten omdat ze nooit mens waren geworden en zo ja, waarom miste ik die mensen vooralsnog niet? Waren die mensen andere mensen geworden, bij tweedekeus ouders, in een tweedekeus lichaam, zodat ik ze niet herkende als degenen die ik had moeten ontmoeten, en hoe kon ik ze alsnog opsporen? Dat zijn toch rare vragen.'

We stapten uit bij een plein dat het dorpsplein van Vlijmen in wezenloosheid overtrof. Veel jaren zestig en zeventig nieuwbouw. Een verlaten winkelstraat, een filiaal van Blokker, een DA-drogisterij. Het kan goed zijn dat ik me Volendam verkeerd herinner; ik had alleen aandacht voor C. Voor haar betoverend frisse geur, waarin een vleug ziekenhuischloroform ronddreef.

Verdoofd. Ik voelde me verdoofd. Haar schedeltje tegen mijn neus, de glinsterende blonde shampooharen die ze in een staartje had gebonden – en ik meende sterretjes te zien, alsof ook ik zou flauwvallen. 'Het museum gaat pas weer na enen open,' zei een bejaarde vrouw die ons in een gemotoriseerde rolstoel passeerde. We zagen geen museum.

We kusten, we kusten. Boven onze hoofden wapperden vlaggen, drakenvliegers klapperden, om ons heen ritselende vellen papier alsof er bladzijden uit een getijdenboek waaiden – het applaus van een najaarshemel, rondtollende bundels hardgeel licht. Wankel liepen we verder.

De derde en laatste keer dat C. flauwviel was op haar achttiende. Na het hardlopen. Terwijl ze haar joggingbroek uittrok ging ze, baf!, tegen de vlakte. Haar moeder holde de trap op nadat ze de klap had gehoord. Nadat ze C. had horen schreeuwen. 'Treblinka! Treblinka!' Ik keek bij de lage huisjes naar binnen. Pronkkamers. Zalmkleurige wanden, kanten vitrage met ruches. Geboende tafels, hoogpolig tapijt. Dwars door de woonkamer heen een vrij zicht op de aangeharkte achtertuin waarin gietijzeren tuinmeubels stonden, bijeengehouden door een lap dik, maar doorzichtig plastic. Tegen regen die niet was voorspeld.

Mensen zag ik nauwelijks. Iedereen was aan het werk.

C. was aan het werk. Ze had geen oog voor de straten waar we doorheen liepen. Ik moest haar verhaal zo gauw mogelijk kennen, dan hadden we dat gehad.

'Fragmenten. Een mooi blond meisje, mooier dan ik ben of ben geweest, staat onderaan een monumentale eikenhouten trap. In een marmeren hal. Rode kleden op de vloer. Ze spreekt met een grijze, corpulente heer. Hij heeft een hangsnor en een zakhorloge. Het meisje bedelt om een jas van echt astrakan en terwijl ik haar zie bedelen, zie ik naast dat filmpje de etalage van de bontwinkel waarin ze de jas heeft ontdekt. De sierlijke verfletters op het raam, al kan ik ze niet lezen, de straat waarin de winkel zich bevindt, de mensen in die straat, hun kleding, hun schoeisel. Ik weet dat deze stad Warzawa heet en dat de w klinkt als een v, en innerlijk spreek ik de woorden: Warschau is het Parijs van het Oosten, heel plechtig en ook een beetje trots, want Warschau is de stad van het meisje en ik ben het meisje geweest. Met mijn vader converseer ik in het Frans en ik weet waarom we dat doen. We doen dat omdat we van adel zijn. En precies omdat we van adel zijn, zo zie ik de vader aan het meisje uitleggen, mag jij geen bontjas, want adel pronkt niet.

Fragmenten. Ik heb geen moeder. Mijn broer studeert en woont niet meer bij ons, maar als hij met mijn vader en mij mee-eet, voel ik me heel gelukkig. Mijn vader is professor en kent veel belangrijke mensen. Er zijn vaak diners bij ons thuis en dan mag ik opblijven. Ik zit aan tafel in een witte, wat ouwelijke blouse, het boordje is gesloten met een grote broche, ik draag een lange, wijde rok en weet, voel, merk, dat ik de lege plaats van de moeder die ik nooit heb gekend moet opvullen; ik geniet en verveel me op hetzelfde moment.

Het meisje is, nee, ik ben erg oppervlakkig. Ik heb daar geen mening over, ik vind dat niet jammer, ik constateer het alleen maar. Mijn broer heeft een erg knappe vriend met wie wij wel eens de stad uit gaan. Mijn broer en zijn vriend laten me zien waar ze wel eens jagen – ik wil ook leren jagen, maar dat mag niet. Voor de paarden ben ik een beetje huiverig. Het landleven idealiseer ik. Ik houd van Poolse muziek en volksdans, ik droom ervan zelf eens in zo'n opgedirkte jurk te mogen dansen, maar van mijn vader moet ik leren, lcrcn, lcren en ik kan goed leren, slim ben ik zeker en snel en gevat en toch: oppervlakkig. Van de staande spiegel op mijn kamer houd ik evenveel als van de vriend van mijn broer, met dit verschil dat ik niet zeker weet of die vriend ook van mij houdt – van de spiegel weet ik dat wel. Aan de spiegel vertel ik hoe lief en geestig en mooi de vriend van mijn broer de laatste keer was, toen we gedrieën in een herberg verbleven, ergens in een dalgehucht bij, ik gok nu maar wat, Katowice. We hadden het avond zien worden, zittend op een houten bank in de tuin. Vogels zongen, de kerkklok sloeg negen uur. Mijn broer bood mij een glas wijn aan, uit een fles die hij van thuis had meegenomen. Het was zware wijn. Al na een paar slokken vergat ik dat ik het koud had. Ik vouwde mijn handen om het glas alsof het een beker hete thee was (herbata, dat woord...) en nam in me op: de geur die opsteeg uit de hoopjes uitgetrokken onkruid die naast de border lagen, de ster die plotseling, als een vlo, was opgesprongen tegen de lila lucht, het gefluister van de andere gasten. Al die sussende s-jes en z-jes, dat serene, maar gepassioneerde iedzjediezsjewadzedatzsjetrotzsjewiejehsjewôdahtaktaktak dat ik nog steeds zo 'mis – ik nam de muziek van de taal in me op en daarmee een opalen toekomst waarin ik getrouwd was met de jongeman die naast me zat, en gehuld in sluiers zat ik naast hem, ja, ik was al bijna zijn bruid toen hij plotseling het woord tot mij richtte: "Jij bent moe."

Ik was niet moe, maar ik begreep wel dat ik naar mijn hotelkamer moest en ik omhelsde mijn broer en liet mijn hand kussen door zijn vriend en hoewel de handkus in Polen zo gewoon is dat ze niets meer betekent, herinner ik me nu hoe ik mij destijds die kus herinnerde. De vriendelijke, stoute ogen van de kusser, de kuiltjes in zijn wangen... Het was kalverliefde, zoiets wist ik toen al. "Lief spiegeltje, wat ik nu toch heb meegemaakt..." Ach, één zo'n zoentje kon het meisje al uittillen boven de hogelijk beschaafde, intellectuele saaiheid waarin "haar milieu" haar marineerde alsof ze een dood konijn was. Het meisje? Mij.

Dan. De bezetting. Mijn vader helpt joodse collega's. Hoe weet ik niet. Ik hoor hem tegen mijn broer zeggen dat het motief om te helpen er niet toe doet, dat het met een achterhaald geloof niets van doen heeft en evenmin met sympathie voor "die mensen": adel verplicht. Geestelijke adelijkheid verplicht dubbel. Mijn broer twijfelt. Zeker weet ik het niet, maar ik geloof dat hij mijn vader cynisch vindt. "Jij hebt toch niks meer te verliezen. Zo kan ik ook risico's nemen."

Dan valt er een gat. Mijn broer en zijn vriend verdwijnen zomaar uit de film, alsof de regisseur deze personages is vergeten – als toeschouwer mis ik ze, zonder emotie maar met verbazing: "Hé, er zaten toch ook nog twee jonge mannen in het script?", en als toeschouwer zie ik dat het meisje ze niet mist. Ze helpt haar vader met het rondbrengen van vervalste documenten, ze post uren voor een deur en fluistert iemand die naar buiten komt wat in het oor, ze lacht en doet alsof ze over een onbenullig tentamen spreekt, een afspraakje maakt, zoiets. Het meisje is tamelijk fanatiek in het volbrengen van haar geheimzinnige taken. Ze hield altijd al erg van actie en nu mag het ineens. Handelend optreden, risico's nemen. De vader blijkt erg tevreden met zijn dochter en de dochter is nu erg tevreden met haar vader.

Een stukje film dat er maar zo'n beetje bij bungelt. In een bos, een park?, wordt de vader doodgeschoten. Hij is opgepakt en in een jeep weggevoerd. Als enige? Kijkt het meisje toe? Hoort ze later van iemand hoe het waarschijnlijk is gegaan? Is wat ik zie haar voorstelling van het gebeurde, of haar herinnering? Heeft zij destijds van niks geweten en zie ik dit alsnog?'

We beklommen een trap die naar de dijk voerde. Op het water dreven mosterdgele schuimkoppen. Er fietsten schooljongens voorbij, brugklassers, met dikke, vetleren boekentassen onder hun snelbinders. In de haven waren een paar mannen aan het werk. Ze verfden plezierboten bij en groetten ons. Niemand kon zien dat ik mijn vriendin bedroog en die bedroog ik ook niet.

Ik streelde de jas, de rug in de jas van C.

Op mijn vingertoppen glinsterde zweet, zilverig. Alsof de wol van de jas sporen naliet, rijpkristallen, sterrenslijpsel.

'Waarom praat ik nou zoveel?'

'Omdat je anders wegwaait. Als paardebloempluis. Dat is het toch?'

'Nee. Nee. Je houdt me zo goed vast, zo precies goed en lief en mooi dat ik daar niet meer bang voor ben. Maar ik kan pas met je... echt met jou zijn als ik je eerst heb verteld hoe dat zit met mijn schuld. Met wat ik denk dat mijn schuld is. Want daar wilde jij het over hebben. Of denk je, denk je stiekem: nou, ze vindt zichzelf wel erg interessant?'

We liepen langs de boulevard met cafés en souvenirwinkels. Een groepje Japanners luisterde naar een zwaarbebrilde, oude vrouw met een kanten kapje op het hoofd, die uitleg gaf bij rollen handbedrukte katoen. Uit een snackbar kwam een Engels gezin, ze veegden hun vette lippen af aan papieren servetjes. Ik herinner me nog dat de jongen klaagde dat friet niet lekker was zonder azijn. Dat ze het in het buitenland toch niet begrepen hadden. De chauvinist. We vonden de fotowinkel waar C. zich, toen ze vijf of zes was, in een carnavalspakje had laten steken. We stonden stil voor de etalage en bekeken de foto's van vreemden in vreemde kleren. Natuurlijk, het lag voor de hand om grappen te maken over de verklede mensen. Maar ik bewonderde C. vooral om haar inzichten.

'Zie je die daar?'

'Wie?'

'Die man met die hondenogen?'

'Ja.'

'Die is angstig. Jaloers.'

'Verdomd ja. Op een familielid. Zijn broer of zo.'

'Dat dacht ik nou ook. Is 'ie even weg uit Amerika...'

'New Hampshire gok ik.'

'Met toch een ontzettend leuke vrouw, zo te zien...'

'En nog denkt hij aan de auto die zijn broer gaat kopen...'

'En hij weet zeker dat zijn ouders gauw hun bedrijf aan hem afstaan en hij piekert ook over zijn vrouw, omdat...'

'Omdat hij denkt dat zij eigenlijk alleen maar aan zijn broer denkt.'

'Wat niet zo is.'

'Nee, zij heeft juist een hekel aan die broer.'

'Precies. Daarom doet ze altijd extra aardig tegen die broer, want ze vindt dat die broer niks van haar ongegronde antipathie mag merken en dat legt híj, hij op de foto dus, dan weer uit als...'

'Geflirt.'

'En die kin, Rudolf, die kin die juist geen kin is, die zegt dat hij het leven maar zo'n beetje over zich heen laat komen. Echt zo iemand die uren op de wc zit met een motortijdschrift. En alleen in het donker vrijt. Niet omdat het zo hoort, maar omdat hij nooit op het idee gekomen is...'

We zagen alles. Geen slepende burenruzie of naderend faillissement bleef voor ons verborgen. Miskramen, versleten knieschijven, ouderdomsdiabetes – ziektes die de gefotografeerden onder de leden hadden en aandoeningen die de toekomst nog in fleurig pakpapier bewaarde; we zagen alles. Juist in die belachelijke apenpakjes toonden de gefotografeerden hun ware smoel en over die waarheid waren C. en ik het voortdurend eens. Het was niet de verliefdheid waardoor zij mij en ik haar naar de mond praatte. We waren er allebei niet op uit om bij elkaar in de smaak te vallen, nee, we toonden ons van onze geestigste kant om samen tot de hoogste vorm van objectiviteit te komen die een mens alleen, en in zijn diepste ernst, meestal niet eens bij benadering treft. De verrassing. De bevrijding. Lachen, langdurig kussen, blozen.

Ik vroeg C. of ze alsjeblieft wilde doorgaan met haar verhaal.

Ze knikte. 'Vind je het echt niet stom of zo?'

Waarschijnlijk heb ik toen geantwoord dat ik pas zou kunnen oordelen als het klaar was. En nee, ze hield me niet op. Integendeel. Haar stem was mooi. Heldere klanken, vóór op de tong. Dartele hoogte, sopraantje.

Alles wat ze zei deed me denken aan de zwarte sprookjes van Hans Christian Andersen. Ik besloot dat ik thuis het verhaal 'De rode schoentjes' nog eens zou herlezen en als het inderdaad paste bij C., bij C.'s aard, bij haar formuleringen, zou ik haar er een kopie van sturen. Mochten we nog inniger worden, dan kreeg ze het hele boek.

'Kort daarna wordt het meisje zelf opgepakt. Ze krijgt of heeft een rode driehoek op haar jas, de punt naar beneden. Soldaten proppen haar in een wagon die al helemaal vol zit met joodse mensen. Het stinkt erg. Allemaal joden bij elkaar, dat is toch echt heel vies, denkt het meisje en omdat ik haar ben, ben ik het er helemaal mee eens en omdat ik haar niet ben, haat ik haar om die gedachte. Onderweg heeft iemand een baby door een gat in de vloer op de rails gegooid. Met het meisje zie ik de baby liggen, ik zie het door een spleet in de vloer van onze wagon. Een baby nog helemaal levend en trappelend, maar stil. Een flits, dan zijn we er voorbij. We besluiten gezamenlijk nergens meer iets van te vinden. "Sobibor," zegt de verteller die ik volgens mij ook ben.

Sobibor is in de fragmenten een kamp met houten barakken die op kippenrennen lijken. Tegen de wanden stapelbedden, maar een bed voor zichzelf krijgt niemand. Behalve ik. De leiding is blij met mij. Dat zag ik meteen. Ik heb natuurlijk ook een mooie gebloemde jurk aan, die netjes is gebleven onder mijn jas – vlak voordat ik werd opgepakt heb ik mijn haar nog laten watergolven. De mannen vinden mij een filmster.

Dat zeggen ze niet. Ze zeggen dat ik bruikbaar ben, want soepel en fit en sportief. Moeders met kinderen zijn niet bruikbaar. Moeders en kinderen gaan ergens heen en dat scheelt, want moeders en kinderen worden in elkaars nabijheid van die ordinaire schreeuwlelijken, dat vond ik in Warschau al.

Blijven er nog genoeg vrouwen over met wie ik moet werken en slapen. Sommigen lijken me niet onaardig. Behoedzaam probeer ik contact te maken met vrouwen van mijn leeftijd. Ik luister waar ze het onderling over hebben en meng me met gespeelde argeloosheid in het gesprek, ik glimlach, maak een grap, probeer met een opgetrokken wenkbrauw of een handgebaar duidelijk te maken wat ik van de even duivelse als domme Oekraïense bewakers vind. Maar de jodinnen mogen me niet. Alsof ze het hebben afgesproken reageren ze niet op mijn blikken. Ze kakelen veel, maar mij verstaan ze zogenaamd niet.

Het is een denkfout, meent de ik die ik nu godzijdank niet meer ben. Zij zitten hier vanwege het simpele feit dat ze joods bloed hebben, ik niet. Ik zit hier verdomme omdat ik uit vrije wil (nou goed, een beetje uit achting voor mijn vader en een beetje om het avontuur) joden heb geholpen. Begrijpen ze dat dan niet? Begrijpen ze niet dat zij vroeg of laat toch wel... Terwijl ik... Ik bedoel, ík had mijn hachje kunnen redden en heb dat niet gedaan ter wille van hun soort mensen, en wat hebben zij gedaan? Niets. Niets kwaads, maar evenmin iets goeds. Dankbaarheid, ho maar.

De karweitjes die ik moet doen, doe ik nadrukkelijk onopvallend. Ik zie mezelf, nee, het meisje, oké, mezelf/het meisje, het mezelf-meisje, het mij-meisje groezelige savooienkolen in stukken snijden. Een grote vrouw naast me gooit de stukken in een ketel die op het vuur staat. Met een bot mes zaag ik donker brood in hompen. Ik veeg schillen bijeen, loop met een kruiwagen vol afval naar buiten, eigenlijk bijzonder vrolijk, het is zacht voorjaarsweer, de berken in de verte worden met de dag groener – vergelijkingen met padvinderij en kinderboerderij dringen zich op. Voer ik ook dieren? Geiten? Eenden? Ganzen? Kippen? Van wie zijn die dan? sobibor is een concentratiekamp.

Een concentratiekamp, god, dat weet ik ook wel. Echt, ik zie heus wel wat er gebeurt, maar het gebeurt niet met mij. Dat is een groot verschil. De commandanten en officieren vinden mij leuk. Zo leuk dat ik al snel een avond op bezoek mag komen in de villa buiten het kamp; een houten chalet op hoge poten, gehuld in een wolk van naald- of beukenbomen, dat kan ik niet uitmaken. Ik krijg wijn die op champagne lijkt. Er is muziek. Iemand draait een plaat, de anderen moeten raden wie deze symfonie gecomponeerd heeft. Het spelletje vormt een aanleiding om het over smaak te hebben. Een durfal waagt zich achter de piano en speelt een lied van Schubert dat ik ook goed ken en ik zing mee: "Am Brunnen vor den Tore, da steht ein Li-hindenbaum…" Dit zijn de mannen die ik bevelen zie en hoor uitvaardigen. Hun Duits klinkt hier plotseling warm en levendig en vooral de Oostenrijkers zijn ook zo… lief. Ja. Lief. Ze roemen mijn belezenheid, en al wat meer op mijn gemak vraag ik of de officier achter de piano ook eens *Der Erlkönig* wil spelen. Zingend vergeet ik de laarzen waarmee, gewoon voor de lol, uit balorigheid, af en toe een jood een greppel in wordt getrapt, tralala, in het voorbijgaan, trala… tsjak! tegen het achterwerk. Van een afstand heb ik sterke kerels zien janken als honden. Hun gehuil druiste tegen mijn gevoel voor schoonheid in. Ik krijg nog meer drank. De mannen dragen elkaar gedichten voor. Op bekende sonnetten worden varianten gemaakt, soms schunnige, maar lang niet altijd. Er zijn ook poëten die met een paar subtiele verdraaiingen maken dat Schiller plotseling het Derde Rijk en de Führer bewierookt. En dan Goethe: Himmler hoch jauchzend, die Juden betrübt – glücklich allein ist der Deutscher der herrscht.

Of de jodinnen in mijn barak iets vermoeden van mijn avondlijke uitstapjes? Vast. Maar waarom zou ik me schamen? Ik heb hardnekkig geprobeerd contact met hen te krijgen, nu is het te laat. Ik hoor bij de mannen. Heb plezier in het spel. 's Morgens, 's middags word ik bejegend als iedereen. Een kapo inspecteert de bedden, de wasruimte, de grasloze, zwarte paden naar de barakken en wordt furieus als niet alles er steriel bij ligt, als hij modderafdrukken aantreft, een rondzwervende sok, een flintertje krantenpapier. We worden van ons werk geroepen. Moeten in een halve kring rond het spoortje drek, het gevonden voorwerp gaan staan. Rug recht. Open blik. "Je hebt toch niks te verbergen?!" De man geniet van ons zwijgen. Hij kijkt ieder van ons aan, gemaskerd met kracht. Er kan van alles gebeuren. Dan vindt zijn blik een mooi of minder mooi meisje, en naar haar glimlacht hij breed. Een zweem van een knipoog. Tederheid. Zoals altijd wanneer mensen ongewild getuige zijn van een flirtpartij, ontstaat er beroering. Nog steeds verroert niemand zich, maar in het sikkelmaantje trilt het van afgunst. Van afkeer. Zeker wanneer het meisje in kwestie met blozen reageert op de intimiderende gelaatsuitdrukkingen. Per ongeluk teruglacht. Knippert met haar wimpers om een traan van ontroering terug te dringen. Het is zo begrijpelijk dat alles aan haar zachter wordt, ook al weet ze dat de kapo willekeurig te werk gaat en geen gram liefde of begeerte voor haar voelt; even is ze door een man gezien, door zijn aandacht aangeraakt, ze bestaat weer als individu – kan zij er dan wat aan doen dat ze daar warm van wordt? Ik bewonder de kapo om deze meesterzet. De jodinnen die bij dit soort gelegenheden één zusterschap vormen, één van trots opgeblazen, donkere boezem waarin het stiekeme gekijf en gejeremieer tot rust zijn gekomen... Die onneembare betonnen vrouwentorso verpulvert van woede. Verraadster! Stuifsneeuw, zandsteen, melkpoeder, aardappelmeel – in een vlaag van jaloezie vergeten de vrouwen de vijand te haten. Ze haten het uitverkoren meisje, zoals vrouwen dat overal ter wereld doen op het ogenblik dat ze zichzelf de vraag moeten stellen: wat heeft zij wel dat ik niet heb?

De man weet hoe hij verzet van binnenuit moet verzwakken en juist als iedereen dat dóórheeft en zich moeizaam herneemt, grijpt hij het meisje dat hij even tevoren nog heeft uitgedaagd bij haar nekvel. Alsof het een katje is.

"Voor jou hebben we nog een aardig klusje, dame. Het een beetje voor je vriendinnetjes verpesten, hè? Dat is niet erg collegiaal. En je hebt hier toch helemaal geen kousenbanden nodig? Waarom gooi je die dan expres op de vloer? Moet er iemand over struikelen? Wie dan? Wie dan? Heb je een hekel aan dat wijf daar, prima, dat mag je helemaal zelf weten, maar los je problemen een beetje netjes op. Redelijk. Rein. Weet je wat? We zorgen dat de anderen eens een dagje geen last van je hebben..." En hup, daar duwt hij het meisje voor zich uit, terwijl hij ons toeschreeuwt dat we moeten blijven staan zoals we stonden. De kapo verdwijnt uit ons blikveld, verdwijnt in de richting van het hek met prikkeldraad. Pal daarnaast ligt een weg waarover je nooit iemand ziet lopen. Het is een ingegraven weg, een geul, rivierdiep, mensenhoog, waarover we ze horen schuifelen. De afgekeurde nieuwkomers. Een driedubbele kudde koeien zonder bel. Zanderig, landelijk geluid. Van wat waarschijnlijk angstig geweeklaag is, horen wij hier, bij een bepaalde draaiing van de wind, alleen gedempt gesnuif en gekuch. Soms een paar doffe schoten. Ze gaan een gebouw in, die mensen. Een uur of wat later klinkt er een zangerig gekerm, een plastische brij van akkoorden die zich laat vervormen door de zinderende, tintelende, boterbloemgele lucht. En vreemd, maar juist in die paar minuten schreeuwen de ganzen het hardst – omdat iemand ze voert? Ja, er is altijd wel iets dat de moord overstemt, een van de bevelhebbers trakteert ons op een scheldkanonnade of laat ons in een zeldzame gulle bui dansen en een liedje zingen. Sterven duurt hier nooit langer dan een tophit. Mijn neus is inmiddels ook al tegen wil en dank gewend geraakt aan die weeë damp die nog weer later op ons toestroomt. Geur van een broeiende composthoop, van verbrande veren, van langzaam opdrogende, verregende wol, van tijdens een onweer bedorven barszcz... Die appelrinse, uiige vleeslucht als je het deksel van de pan... En dan dat rotte, verzwavelde bietenbloed... Goed, het meisje, de jonge vrouw die als een poesje is overgeheveld naar de andere kant van het kamp, komt niet weerom en "het wijf" dat ze zogenaamd niet kon uitstaan, dat moest struikelen over een kousenband, wordt, als we allemaal weer aan het werk zijn in wat eufemistisch "de tuin" wordt genoemd, alsnog gepakt.

"Zeg, vrouwtje?"

"Ja?"

"Weet jij nou precies wat er speelde? Tussen jou en... Kom, hoe heet ze ook alweer? Je kunt het me rustig vertellen nu. Ik bedoel, ik ben zo benieuwd naar jouw versie van het verhaal... wat wied je trouwens langzaam! Zeker omdat je het zo precies wilt doen. Ach, ach, het hoeft toch helemaal niet zo precies! Wat is dat nou waard, Poolse grond? Jawel, zeg je, maar het wordt heel gauw Duitse grond, de kindertjes van de Führer willen hier misschien wel hun huisjes bouwen en dan moet die bodem toch lekker sauber zijn, heel goed. Heel goed. Maar rust nu eens uit en geef eens antwoord, geef eens een antwoord, al verzin je voor mijn part wat, ik vind het zo gezellig als je mij eens je praatjes schenkt, je breedsprakige jodensprookjes. Ik had ooit een joods kindermeisje en die kon zo heerlijk vertellen dat ik er helemaal in wegzonk, in die woordjes van haar, en mijn lijfje ontspande zich en, niet verklappen hoor, ik geloof zowaar dat ik een beetje verliefd werd op dat heksje, dat mooie, ravenzwarte heksje, op die beweeglijke klauwtjes, en nu ik dat zo aan jou op-biecht, dat gebeurt niet vaak, dat ik biecht, nu zie ik ineens hoe jij op haar lijkt. Zonde, zonde, je zou zo'n perfecte moeder zijn geweest.

Maar genoeg. Ik houd je van je werk. Geef gewoon even antwoord. Waarom, denk jij, moest je over een kousenband vallen? Had dat kruimeltje van dat briefje dat ik laatst in de wasteil aantrof ermee te maken? Stonden jullie elkaar in Lublin ook al zo naar het leven?"

De vrouw, murw van de net iets te luid gefluisterde monoloog, schudt haar hoofd. "Ik heb maar een paar maanden in Lublin..."

Het dondert niet wat ze zegt. Het dondert dat er publiek is. We mogen genieten van de mishandeling. De kapo roept een paar bewakers bijeen die de vrouw mogen slaan, kietelen, trappen. Ze knijpen haar in de dunne huid, graaien naar de borsten. Een zweep mag het karwei afmaken. Toppunt van geestigheid is een commandant die dreigt met executie, daar alles voor in gereedheid laat brengen, ons optrommelt om te komen kijken en dan, net voor de geweren zijn aangelegd, de hele zaak afblaast, "omdat hij het zo zielig vindt." De neus wordt gesnoten in een smetteloze zakdoek.

Geveinsd medelijden is een vast onderdeel in het blijspel. "Oekraïeners zijn de echte Untermenschen!" schreeuwt de kapo. "Ik zeg: 'Een béétje straf' en kijk, dat hoef je ze geen twee keer te zeggen. Vrouwelijke waardigheid? Nooit van gehoord! Mannen, mannen, zo kan 'ie wel weer! Jullie geven haar niet eens de kans om uit te praten. Ocharme, ik zie een bloot been! Dat is toch beschamend voor een vrouw, dat ze haar naaktheid...Walgelijk!'"

We lunchten in Hotel Spaander. Er waren weinig gasten. Voor vishaters had de kaart niet veel te bieden, en C. had nauwelijks trek. Ik bestelde witte wijn zonder C. te vragen of ze daar wel zin in had. Ze dronk en klaagde niet over de vele sigaretten die ik rookte, terwijl ik haar in de Bijenkorf wel had horen mopperen over de shagjes die haar vriendje opstak. Tussen de oubollige olieverfdoeken met afbeeldingen van rimpelige vissers en zeilboten bij storm, gevangen in een kooi van veel te olijk zuurstok-streepjesbehang, vervolgde C. haar theatermonoloog. Fluisterend.

'Nu komt er iets wat ik nooit eerder heb verteld. Ik zie het meisje dat ik ben in al dit soort situaties lachen. Niet zenuwachtig glimlachen. Niet wankel tasten naar een gelaatsuitdrukking die haar in staat stelt haar medelijden diep binnenin zichzelf te houden. Ik zie haar volop, onbedaarlijk lachen. Ik hoor haar voluptueus schateren, ze moet haar heupen vasthouden, de tranen walsen in haar ogen – steken van het schuddebuiken in haar milt en middenrif, het houdt maar niet op. Er zijn geen blijken van verstandhouding tussen haar en de Duitser. Die waren er eerder op de dag ook al niet. Er is alleen heel vaag, op de achtergrond, die gedachte aan de avond die is geweest en de avond die gaat komen.

Het houten chalet tussen de bomen omvat alle vreugde van de wereld. Een paradijs op stelten. Alleen daar zijn de nazi's en het mijmeisje wie we echt zijn; voor het dagelijks leven veel te enthousiaste mensen. Nee, uit het dagelijks leven verstoten, want overenthousiaste mensen. Daar zijn we zonnige, onstuimige, slimme, lieve en verliefde mensen, krachtige, lenige, blonde, gezonde, enthousiaste mensen – daar zijn wij ons beste zelf en ik weet dat ik altijd heb gedroomd van zo'n mini-rijkje vol van gelijkgestemden. Zelfs op de treurige, hardvochtige Sobiborbodem droom ik ervan, maar o wat een genade, ditmaal in de wetenschap dat mijn geluk om de hoek ligt, mijn geluk met deze kapo hier en die andere vrienden en ik lach en ik lach en ik lach. En kijk, het hakenkruis op zijn pet begint te draaien! Als een windmolentje, maar dan wel de verkeerde kant op: alsof het daarmee duidelijk wil maken dat ik deze dag terug moet rollen, de molensteen terug moet rollen, tot meel weer graan wordt. Stuiterende gouden korrels vliegen terug in hun zakken, de zakken rijden terug naar de boer, de boer slaat ze met zijn dorsvlegel terug in de aren, de aren worden terug de grond in gemaaid, staan weer rechtop, eerst nog okergeel, dan kleuren ze traag terug tot frisgroen paastarwe, kijk, en ze krimpen ook en worden het zaad in de aarde – het grappige swastikaatje blaast het sadisme uit mijn geheugen; zo'n dun laagje wit stof, het is zo weg en over de dood heen keren we terug naar de jeugdige avond van gisteren: wat zoekt gij de levenden bij de lijken?

Inderdaad, Rudolf. Mijn gelach heeft mij gered. Toen.'

C. kon mij aankijken tijdens het spreken. Ze nam nipjes van de wijn, drukte soms middenin een zin een kus op mijn wang, haalde haar neus een paar keer op – schaamte bespeurde ik niet, verlangen evenmin. In de koeler, die na de lunch in het restaurantgedeelte op een standaard naast ons cafétafeltje was gezet ('Hier kunt u rustig doordrinken, in de eetzaal moet worden gedekt voor een bruiloft'), barstten de ijsklontjes. C. sprak rap. Ik was haar biechtvader, ik voelde het kartonnen priesterboordje snijden in de huid van mijn hals. Dat ik me tot op de dag van vandaag ieder woord herinner: geen verdienste. Ik luisterde zo gespannen omdat ik me afvroeg wanneer ze mij, nee, óns in haar absurde geschiedenis zou introduceren. Achteraf denk ik: we waren al aanwezig in de eerste zin van haar verhaal. Niet de inhoud van wat ze te berde bracht verbond ons, het was de stijl. De keuze van de woorden, de beeldspraak – dat ook. Maar ik hield en houd vooral van C. omdat haar vragen de mijne zijn. Het zijn de vragen, begreep ik later, van Dostojevski en van Camus – veel te laat, later dan deze eerste ontmoeting, las ik zijn boek *De Val* en vroeg me af of C. opzettelijk voor Volendam als locatie had gekozen. Wist ze van het tochtje naar Marken? Doet dat ertoe? Ergernis, dat doet ertoe. We ergerden ons aan Volendam zoals Camus' verteller zich aan Marken ergerde, we ergerden ons zeker ook aan elkaar, en vooral; we ergerden ons openlijk aan onszelf. Zwemmerseczeem tussen de tenen, wijkend, brandend tandvlees; het kan lekkere jeuk zijn, aangename pijn. Krablust, flosdwang – de behoefte om de huid de sensaties nog dieper in te wrijven, tot het bloedt. Met ergernis begint de grootste liefde, het zou zo op een wandtegeltje kunnen.

Maar ik bloedde nog niet.

'Vraag niet hoe het is om jezelf terug te zien zoals ik mezelf heb teruggezien. Vertrouw de mensen niet die zeggen dat ze, als er dan toch "iets na de dood" moet zijn, hopen dat het reïncarnatie is. Die daaraan toevoegen dat wedergeboorte van alle eschatologieën het meest "rechtvaardig", en dus ook het mooist is – want al dit soort types denkt heimelijk in een eerder leven een Groot Mens te zijn geweest, en nog heimelijker verwachten ze in een volgend leven terug te keren als genie of wereldleider; ze liggen lui achterover in hun exotische geloof alsof het een hangmat is, en overpeinzen het leed hen in een vorig leven aangedaan met veel genoegen. Kuur-uren in een pakking van vermeend slachtofferschap worden afgewisseld met gebubbel in een bron tot de rand gevuld met geneeskrachtige wraak: na dit miezerige leventje zullen ze opnieuw vlees worden en in die nieuwe gedaante Afrika van aids en honger bevrijden, een geneesmiddel tegen kanker uitvinden, de Nobelprijs voor Literatuur winnen en hun nu-malige vrienden straffen voor hun nu-malige gebrek aan bescheidenheid...

Het vreemde is, ze menen daar ook nog eens niets voor te hoeven dóén. Kennelijk zit er daarboven toch een godheid die over de levens beschikt. Hoe mensen steeds maar weer het toeval zo gunstig mogelijk voor zichzelf uitleggen... En niet zelden voegt een regressietherapeut daar een nog weerzinwekkender exegese aan toe. Op mijn massagecursus zat zo'n zweefvliegtuigje dat meende tijdens het werk "beelden uit eerdere levens" van haar cliënten door te krijgen. Dus van de hobby gauw het werk gemaakt! Nu leidt ze mensen professioneel terug naar, ik noem maar wat, hun bestaan als Sioux-opperhoofd of eerste vertrouwensman van Nero en wat je dan hoort! Er komt een vrouw bij de therapeute die moeite heeft een monogame relatie vol te houden en daar serieus onder gebukt gaat, want ze wil heel graag trouw zijn, alleen zijn haar willige dijen haar steeds net iets vlugger af en ja, dan loopt haar vaste vriend bij haar weg en is het huilen geblazen. Na een aantal sessies blijkt dat de vrouw een geisha is geweest, en vanzelfsprekend een hele goede. Een hooggeplaatste geisha. ("Zo boeiend," zegt het zweefvliegtuigje nog, "dat je met dit beroep ook zoveel moet lezen! Je krijgt een paar summiere aanwijzingen over kleding, interieur, gedragscodes en dan moet je er talloze boeken bij opslaan. Ik wist natuurlijk wel wat geisha's waren, maar in niets leken de onder hypnose gestamelde herinneringen van mijn cliënte op onze clichévoorstellingen van het Japanse ceremoniële relax-gebeuren.") Enfin, de hooggeplaatste geisha heeft het destijds altijd betreurd dat ze haar plezier in haar werk niet mocht tonen. Daarom zit ze nu met een surplus aan "ongeuit plezier". De behoefte om met mannen haar genot te delen, haar vreugde over de intimiteit, is groter dan één man kan dragen, bovendien zit er in haar overspel ook nog een element van revanche op de Japanse klootzakken die, ik citeer mijn vroegere collega, "letterlijk over haar heen zijn gewalst". En wat raadt zweefvliegtuigje de ex-geisha aan? "Maak van de nood een deugd en begin een escortservice. Je zou een perfecte hoer zijn, en zo vang je er nog een leuke som voor ook." Terwijl die vrouw binnenkwam met de vraag hoe ze trouw kon blijven! Ze wilde niets liever dan haar liefde op één man richten, en niet omdat ze vond dat dat zo hoort, maar omdat haar dat zoveel meer vervulling schonk dan die dwangneurotische neukpartijtjes met collega's en cafégasten. Wat zou ze mij hebben geadviseerd, mevrouw de therapeute? Zou ik een keiharde comédienne hebben moeten worden, simpelweg omdat ik in het kamp al zo schaamteloos lekker kon lachen om "het menselijk tekort"? Ga toch weg!'

Ze zuchtte. Ik ook. Ik had de rekening betaald en hielp haar in haar jas. Het was een uur of drie, we besloten nog een stukje te wandelen over de dijk. We moesten bijtijds terug het dorp in, naar de bushalte. Ik had een tafel gereserveerd in een nieuw, gunstig besproken restaurant in Amsterdam; we werden er om zeven uur verwacht.

'En wat zeg je als er nou bijvoorbeeld kennissen van je zitten?'

'Weet ik niet.'

'Maar je weet wel dat er veel mensen komen die je kent. Je had de tip van...'

'Ewald.'

'Ja. Dus. Als die Ewald er nou toevallig wéér zit?'

Wilde ik dat onze verhouding in het oog liep? Nee, want we hadden nog geen verhouding. C. zou die avond logeren bij een nichtje in de Pijp, dan kon ze het laat maken, van de nachttrein was ze 'niet zo'n fan' – maar laat of niet, we zouden niet met elkaar naar bed gaan. Dat wisten we allebei. En een ongeconsumeerde verhouding is geen verhouding. Dat weet iedereen.

'Sobibor, daar waren we gebleven. Sobibor en het buitenissige, uitzinnige lachen. Ik formuleerde het niet goed, daarnet. Het chalet werd niet uitsluitend gevuld met vriendelijke, sprankelende mannen. Er waren ook kerels bij aan wie ik een hekel had. Plakkerig Hitler-haar, ranzige humor, een gebrek aan manieren. Soms werden ze handtastelijk; bij mij, maar vooral bij de meiden die uit omliggende dorpen waren weggekaapt om vette hapjes te bereiden voor de uitgehongerde leiders. Zo weinig moeite als het me kostte om de verfijnde, verleidelijke woord- en toonamateurs los te zien van hun wandaden in het kamp, zo walgelijk vond ik de even talentloze als ambitieuze honden die hun libido opboerden alsof het roggebrood was. Terwijl er thuis een gezin op hen wachtte, lieten zij zich gaan. De worstvingers kropen onder een rok, in een sok – ostentatief likte een tong denkbeeldige roomboter van een pink. Kwijl vermengd met bier. Deutschland, Deutschland über Alles!

En de pik stond rechtop in de broek, een potsierlijke kerstboom uit het Zwarte Woud, omspeeld door een romantische, eikengroene gloed; het nazi-uniform de grove versie van engelenhaar. Hop, daar trok er weer één zo'n griet op schoot en veegde zijn opbollende gulp langs het Poolse kontje heen en weer tot het vlees, als door naalden geprikt, opveerde. Een ballonnetje van billen waaide in het gezicht van de mof en de mof stak er zijn roze neus in en vergat de stekelige woudreus, de opzichtige feestneus in zijn onderbroek – godzijdank voor het meisje. Godzijdank voor de arische soldatenvrouw op afstand. Het was zo gênant.

Nee, het was heus niet zo hemels als ik tevoren beweerde, daar in de "hut" van de leiding. Om het eufemistisch te zeggen: niet iedereen hield van Beethoven en Hölderlin. Maar ik was verliefd geworden. Onbezingbaar verliefd. Zo verliefd als mijn toenmalige vader op mijn overleden moeder, en de vrienden van mijn vader op maarschalk Jósef Piłsudski waren geweest, nadat zich onder diens leiding in de zomer van 1920 "het wonder aan de Wisla" had voltrokken. Ik aanbad mijn man!

Hij was zo teer gebouwd. Lang en mager. Ranke, haast vrouwelijke pianovingers. Geprononceerde jukbeenderen. Weinig baardgroei. Over zijn huid lag altijd een olieachtige glans. Meubelwas. Hij had dunne, bruine lippen en een gebit dat, hoe moet ik het omschrijven, een beetje naar binnen was gericht, waardoor een volle lach van hem me een speciaal genoegen schonk; pas dan zag ik de maanwitte tanden oplichten en alleen mij viel die eer te beurt. Ja, zijn tanden, zijn geheime tanden konden me erg opwinden en ik polijstte ze graag en traag met mijn tong. Zijn ogen waren precies zo groen als het uniform. Het waren echte s s-ogen: in ieder oog blonk en siste die even ragfijne als stalen klank, in toom gehouden vernielzucht, smeltzucht...

Es-Es: zijn blik smeedde mij om. Ik kon niet langer het knuffeltje blijven dat ik was geweest, de vroegoude tafel-Barbie van mijn vader, het opwindbare muisje van mijn broer, het beertje van zijn vriend. (Die, verdomd dat ik daar niet al eerder was opgekomen, verdacht veel op prins Constantijn leek. God ja, prins Constantijn! Ik vond het altijd al zo raar dat ik, niet bepaald koningsgezind, zoveel sympathie voor die jongste van Beatrix voelde! En jaagt die jongen niet ook? Zou toch leuk zijn als hij ook graag naar Polen gaat... Constantijn. Is ook wel een Poolse naam. Konstantin. Maar daar krijg je zo'n jongen niet mee terug, ik kan hem moeilijk schrijven: "Hallo, ik ben C. uit Haarlem en in een vorig leven was ik erg dol op je, maar wees niet bang, ik bedoel hier niks mee, het enige wat ik wil weten is: was jij destijds nou wel of niet op mij verliefd en denk jij nog wel eens aan die handkus van voordat de oorlog uitbrak?")

Es-Es: zijn blik smeedde me om. Ik stond strak in mijn huid, en strakgespannen rond mijn eigen geilheid. Mijn buik een trommel met een helder, van vastberadenheid en discipline doortrokken geluid. Steeds als mijn hart bonkte, hoorde ik het daarbeneden echoën. Zijn laarzen. Zijn hakken. Ik wilde bij hem horen. Vond alles aan hem subliem. Ik begreep dat zijn wreedheid ver boven morele categorieën uitsteeg, zelfs boven esthetische; hij stileerde om de stilering en welbeschouwd stond dat wat je nu smakeloze, nee vuile, smerige marteling moet noemen, niet ver af van monnikenwerk. Ik bedoel, wanneer je je een voorstelling maakt van zo'n middeleeuwse monnik die in volmaakte concentratie letters neerschrijft, dan kun je daar respect voor opbrengen, de kalligrafie zelfs roemen, maar met kunst heeft het werk niets te maken. Dacht je dat zo'n kopiïst zich bekommerde om de inhoud van de tekst? "Ik maak de G van God extra mooi?" Dat hij worstelde met zijn talent? Hij verloor zich in de techniek, én hij bewaakte de techniek. Hij ging op in zijn arbeid, en hij zweefde erboven, als een adelaar. Om te controleren of aan zijn veer precies de juiste hoeveelheid inkt kleefde en of die inkt in precies de goede verhouding rondzweefde in de krul die hij had getekend, of de krul gelijkmatig opdroogde en de bladspiegel de krul mooi inkaderde; een leven in zwart-wit, in het vinden van de perfecte balans tussen letter en papier. De monnik moest zijn in het werk, zíjn in de heideggeriaanse zin van het woord, maar aan het resultaat moest juist niet te merken zijn dat het door mensenhanden was verricht, laat staan door een individu met smaakoordelen, inhoudelijke oordelen en een mening aangaande zijn religieuze of artistieke roeping. Het kopiëren was een paradoxale bezigheid, want een mystieke bezigheid en mystiek is altijd paradoxaal. De man op wie ik verliefd was, nee, van wie ik hield, was mystiek in zijn fascisme. Hij gaf zichzelf vorm in het vormgeven van zijn wreedheden, én hij gaf zichzelf op: pal boven hem hing een arend, materieel, dicht en zwart en uitermate ernstig, die erop toezag dat hij zijn technieken sleep tot ze dodelijk waren als soms het geschreven woord. Hij, de vleesgeworden technische perfectie, vermoordde niemand. Hij bewerkstelligde zelfmoord. Wie door hem gesard was kreeg het woordje ik niet meer uit zijn of haar mond.

Ook ik kon nog amper ik zeggen. Niet omdat mijn s s 'er mij had vernederd. Het was de verliefdheid die me volgoot met woede, en de verliefdheid die me verplichtte niets van die woede te tonen – op mijn manier bedreef ik ook een mystieke kunde. Steeds wanneer ik mijn ss'er zag, was er dat verlangen naar onmatigheid. Op een vluchtige aanraking, een stiekeme kus kon ik niet leven. En er was zoveel te bespreken... Ik wilde hem mijn hele leven vertellen, tussen het vrijen door, ieder detail, een uren durende biecht waarin geparfumeerde meisjesbelevenissen verweven werden met schwärmerische meisjesdromen, en ik wilde weten wie hij was geweest voordat hij het nazisme had omarmd. Beste leerling van een jezuïetencollege? Misdienaar? Met een roeping? Nam hij mijn hand in de zijne, dan deden al mijn vingers pijn. Ik droomde van ringen – om elke vinger een gouden ring, want ik wilde niet één, maar tienmaal met hem trouwen, in tien verschillende jurken, met tien verschillende boeketten in mijn handen, in tien kerken tienmaal, twintigmaal "Ja", en tienmaal tienduizend huwelijksnachten, maar terwijl ik dacht aan tien, elf, twaalf, dertien rode, zomerhete, brandende bruidsbedden, voelde ik mijn vingernagels groeien. Ik wilde hem openkrabben, mijn man. Eerst het uniform van hem af scheuren, dan zijn huid. Ik wilde hem zien kronkelen, beven, vechten tegen de tranen. Ik wilde dat begerenswaardige glansje over zijn gezicht, borst en ledematen wegkrassen, ausradieren – al wat gepolijst aan hem was weer ruw maken, belittekenen. Ik wilde hem weerloos zien, oeverloos, liggend in een spiegelend, kwikzilveren harnas van wondvocht, ik wilde dat hij net zo sterk als ik verlangde naar een mateloze tijd buiten dit strakke Sobiborritme, ik wilde dat hij mij wilde – mij, en mij met dezelfde toewijding tegemoet trad als nu hier zijn Hogere Taak. Stileer je passie, niet je wreedheid, dacht ik en zag hem voor me als een uitgeteerde patiënt die schreeuwde dat hij mij nodig had, omdat alleen ik wist hoe de zalf te smeren, de verbanden aan te leggen. Als hij eenmaal bekende dat hij mij, alleen maar mij om zich heen wilde, zou ik teder voor hem worden. Hem bijenwas op de schrijnende lippen smeren, hem lepeltjes klaverhoning voeren, zijn dekens vullen met mijn donshaar, zijn ogen uitspoelen met lindebloesemwater, zijn lichaam wassen met room, ja, hij zou genezen waar ik bij stond en opstaan. Lichter, licht doorlatend.'

Het kan niet anders, of ik heb C. regelmatig onderbroken. Met grimassen, met vragen. Kende ze het toneelstuk *Nightporter*, of de verfilming ervan? Nee. Wel het liedje 'Nachtportier', van Frank Boeijen. God, leuk, nu begreep ze eindelijk waar dat over ging. Het was koud op de dijk. We liepen hand in hand en hadden geen oog voor het IJsselmeer, dat erbij had gelegen zoals het er ook op Barbara's verjaardag bij lag; insaai en kleurloos. Dus draaiden we bij de laatste vissersvilla om en besloten, eenmaal in het dorp, toch naar het museum te gaan. Vooral het kabinetje, met wanden waarop knullige mozaïken van typisch Hollandse symbolen waren gemaakt (een dijk met molentjes? de leeuw van Oranje?) van louter en alleen postzegels, stal ons hart. Hier kon C. haar verhaal weer hervatten – de foto's en levensbeschrijvingen van overboord geslagen vissers in de grotere zalen hadden haar even van haar stuk gebracht.

'Eigenlijk, bedenk ik nu, was het gewoon jaloezie. Ik kon het niet uitstaan dat mijn held met zo'n groot gemak lust en plezier kon offeren op het altaar van het Derde Rijk, met zo'n groot gemak afstand kon doen van zijn kleine, verliefde, menselijke wensdromen – en ik stelde mezelf inderdaad die niet rasgebonden, maar door en door vrouwelijke vraag: wat heeft het fascisme wel dat ik niet heb? Konden we niet van plaats wisselen, de ideologie en ik? Kon mijn ss'er zijn werk niet opgeven voor mij? Maar ik zou op mijn beurt wreed zijn als ik dat van hem eiste. De woede moest ik naar binnen richten. Het was mijn roeping de ontembare drift hardvochtig te temmen en ik had er een dag-en-nachttaak aan.
    Nu denk ik: die hele verliefdheid was een vlucht. Er bestaat geen grotere inspanning dan kampen tegen een verliefdheid die om welke reden dan ook geen toekomst heeft, want verliefdheid is altijd toekomstgericht. Een verliefde die wordt aangekeken kijkt verliefd terug, maar bestaat niet in die blik; hij of zij is één en al aandacht bij een moment verderop in de tijd, een moment waarop het oogcontact langer zal duren, intenser zal zijn, en bij iedere kus is de verliefde bezorgd bezig met de vraag: zullen wij morgen, over een maand, over zeven jaar, nog beter kussen of zal wat we nu voelen afnemen? Vervolgens voelt de verliefde zich schuldig om die vraag, die hem weglokt van dit zalige ogenblik van bijna-éénwording en kruipt terug in het slakkenhuis van zijn innigheid, waar hij stilletjes lijdt aan het ogenschijnlijk gebrek aan angst en bezorgdheid bij zijn geliefde. De geliefde kust me nu wel, maar helemaal eerlijk is het niet: hij geniet zonder enige bekommernis om later. Hij houdt dus minder van mij dan ik van hem. Ik mag hem dat niet verwijten, want als ik echt van hem houd, moet ik ook alles aanvaarden.

En tenslotte is er een tweede angst voor de toekomst: als ik er nu al niet in slaag om net als mijn geliefde te genieten, maar tijdens het kussen pieker over wat er allemaal mis zou kunnen gaan of al mis is, ben ik straks de schuld van het falen van de verbintenis – omdat ik me niet helemaal heb overgegeven aan dit moment. Een verliefde komt tot niets, precies omdat hij zo hard werkt, in zichzelf aan zichzelf, en dat doet hij om de toekomst veilig te stellen, alvast schoon te vegen, zuiver te houden – opdat de liefde er heilig naar binnen kan schrijden, onbezoedeld door egoïstische belangen. Tien keer zwaarder wordt die klus voor degene die zichzelf steeds moet corrigeren. Die steeds moet zeggen: "Een huis dat er nooit zal zijn kun je ook niet poetsen," en die tóch in dat huis wil en moet geloven, omdat verliefdheid daar nu eenmaal toe verplicht.

Of ik al die dingen destijds dacht? Ik weet het niet. Maar het moet zoiets geweest zijn. Net als het lachen dat me zo slap maakte, me zo verzwakte dat ik geen energie overhield om een verhouding te zoeken tot de walgelijke dingen die ik voor mijn ogen zag gebeuren, weerhield mijn verliefde, nerveuze denkactiviteit me van verontwaardiging en medeleven. Ik heb gruwelijke dingen gezien, maar het enige waarvan ik gruwde was mijn onbeantwoorde verlangen. Ik geloof zelfs dat ik mij destijds moedig vond, kun je nagaan, móédig, omdat ik niet aan mijn verliefde woede of woedende verliefdheid bezweek.'

Verdomme. Nu ik me deze passage weer te binnen breng weet ik het: C. bezat een vooruitziende blik. In dat lullige postzegelkamertje was ik die rotmof van haar gaan haten, niet eens om zijn misdaden, maar omdat ze over hem sprak alsof hij mijn concurrent zou blijven. Van zo'n schattige jongen als die Evert had ik niets te duchten, dat wist ik al in de Bijenkorf en het was bewaarheid geworden, maar met dit geklets maakte ze me jaloers. Al was die vent tijdens de Neurenbergse processen flink gestraft en nu een zielig, kaal geval in Oberammergau of Sankt-Johann, al was 'ie morsdood, ik vreesde hem. En dat kon C.'s bedoeling zijn. Dacht ik toen.

Inmiddels weet ik dat ze over het verloop van onze liefde sprak.

'Wat ik me nog meer "herinner". Op een dag werd mijn ss'er overgeplaatst naar een ander (nieuw?) kamp: Treblinka. Hij wist het zo te regelen dat ik meekon. Dat wil zeggen, een klein groepje

Sobiborgevangenen werd plotseling om onduidelijke redenen naar Treblinka gebracht (en ik meen dat ze daar niet lang hebben geleefd, maar nogmaals, zeker weten doe ik niks). Toen ik daar aankwam was de verrassing groot. Ik had werkelijk niet verwacht dat we elkaar zo snel alweer zouden terugzien en, wat nog gelukkiger stemde, hier hadden we meer privacy. Niemand kende ons, niemand keek ons op de vingers. Goed, er was geen chalet. Er waren geen feestavondjes. Maar mijn ss'er kon mij bij zich roepen in zijn kantoor en de deur op slot doen.

Vragen daarover kreeg hij niet, omdat hij hier hoger in rangorde was. Misschien maakte dat ons onbedoeld overmoedig. Het moet voor iedereen duidelijk zijn geweest dat we een verhouding hadden. Ik werd ervoor gestraft door mijn vrouwelijke medegevangenen; ik bracht de nacht wakend door, zwemmend in een open zenuw die stijf stond van wraakzucht.

Er sneed een scheermesdunne bliksemschicht door me heen, een draad witheet tl-licht – al die hongerige ogen vuurden de meest vreselijke verwensingen op me af. Vuurden naar elkaar, dwars door mij heen. Mij iets aandoen bracht risico's met zich mee, dat wisten de vrouwen en ik wist dat ik daarom niets hoefde te vrezen, maar daar in Treblinka ontdekte ik dat zelfs gedachten een mens kunnen folteren. Onafgebroken bereidde ik me voor op het onverwachte. Dat lukte hooguit een paar etmaal. Toen was ik moe. Op. De aanval was uitgebleven en ik zonk weer weg in mijn verliefdheid, die nu iedere agressie had verloren. Iedere vitaliteit. De impuls tot martiale zelfdiscipline was gedoofd. En vreemd: voor het eerst durfde ik "wij" te denken. Niet langer stond mijn ss'er boven mij of tegenover mij, niet langer bewonderde ik hem om zijn kunst en techniek, ik bootste hem niet meer na – en niet langer werd ik geplaagd door die onzichtbare, maar razendsnelle nagelgroei. Door die nageldroom waarin ik alle plicht van hem afstroopte, traag en scherp. Was het herfst geworden? Was dit kamp kaler, het gras grijzer, de lucht zwaarder, waardoor wij geen verweer meer hadden? In elk geval zie ik, denkend aan Treblinka, een man voor me die nog steeds zonder enige gewetenswroeging scheidt, selecteert, schampert, scheldt, slaat en scandeert, maar nu ook zonder trots. De missie is in Sobibor achtergelaten. Ik denk niet meer: ik hou van jou, en niet meer drammerig erachteraan: en jij van mij? Ik denk: wij houden van elkaar en ik denk dat heel stil. Heel sober, soberder dan sober, en boor ontroering aan.

Het is een koele avond. Het wordt al vroeg donker, maar nu nog is de hemel roze, violet. Oktober, net als nu? Ik ben in of buiten de barak. In of buiten de ruimte met erbarmelijk sanitair. "De anderen" zijn ver weg. Slapen al, of werken nog, of zijn met een rotsmoes bijeengeroepen. Appèl. Mijn s s'er komt naar me toe. Hij loopt zacht. Het gras is nat. Ik kijk niet naar hem, maar tuur in de verte. Lege velden, strogeel, het waait een beetje. Daarboven een handvol vogels. Zwaluwen, spreeuwen, raven, ik weet het niet. Ze vliegen laag. Ik heb veel last van heimwee de laatste tijd. Naar Warschau. Naar mijn jeugd.

Ik wil citroenlimonade drinken op een terras, met vriendinnen rondrennen in het Łazienkipark, uitpuffen op een bankje tegenover het paleis op het water, naar de zwanen kijken.

Ik wil winkelen in de Nowy Świat. Winkelen in de regen. Ja, ik wil het mooie leren portemonneetje dat ik met mijn Heilig Vormsel heb gekregen terug, en de złoty's die ik in een met bloemen beschilderd lakdoosje bewaarde, en ik wil gewoon weer eens wat kopen. Een sjaal of een boek. Een potje crème. Al vond ik het vreselijk, ik wil weer studeren. Aan de mahoniehouten eettafel, onder de lamp met de groene kap en de gouden kralenslingertjes. Me vervelen op z'n Warschaus. Roken met mijn broer, roddelen over de vrienden van mijn vader. Over hun vrouwen. Hun verwende, stompzinnige kinderen. Samen vergeten dat mijn broer en ik door hen even verwend, en even stompzinnig worden gevonden.

Heimwee – en ik vergeet soms dat Warschau Warschau niet meer is. Er valt niets te winkelen. Lopen er nu nog verliefde stelletjes door de Saksische tuinen dan zijn het ofwel landverraders, ofwel treurige eendagsminnaars die zich graag nog wat warmen aan de vlam die brandt op het graf van de Onbekende Soldaat. Maar misschien heeft Hitler die vlam wel laten doven. 2 november 1925. We waren naar het graf van mijn moeder geweest en naar de kerk. Daarna moesten we naar de begrafenis van die naamloze, tijdens de verdediging van Lvov gesneuvelde Pool en ik weet nog dat ik het onzin vond. Mijn vader was zo zwijgzaam, zo gebroken. Ik riep dat hij thuis moest blijven, dat belachelijke protocol, neem een kop warme chocola, vader, geen hond mist ons daar... We gingen toch. Vaderlandsliefde. Voor niets. Ik heb heimwee naar een Polen dat er niet meer is. Een vrij, welvarend Polen – en we zijn maar zo kort vrij geweest. Heimwee. Ik vergeet de esdoorns en platanen die wellicht niet meer rechtop staan, de etalages die wellicht geplunderd zijn, de paleizen van Tylman van Gameren die heel waarschijnlijk zijn ingepikt, ik vergeet de sprookjesachtig schemerige steegjes rond het oude marktplein, die extra sprookjesachtig werden nadat mijn vader mij in een platenboek had laten zien hoezeer ze leken op steegjes in Venetië, ik vergeet het door gaslantaarns beschenen plein zelf, dat, zeker als er sneeuw ligt, zo vredig opgerold lijkt te slapen tussen de hoge patriciërshuizen van Canaletto – om in het voorjaar open te barsten als een narcis, de koperen trompet naar de hemel gericht, waardoor de stemmen van alle flanerende mensen, de paardenhoeven, de klanken van een accordeon omhoog geleid worden, hoog boven de daken uit een feestelijk, rijk Pools lied... Ze zweven over de Barbacane en het laatste restje stadsmuur, dalen door de boomkruinen in het park eronder, en als condens slaan de tonen neer, vermengen zich met het donkergroene, donkerblauwe, loodzwarte Wislawater en stromen de stad uit, het land in. Een zachte lokroep, kabbelende verleiding: boeren, burgers, buitenlui, drink uw bier in uw hoofdstad, vier dat Warschau Warschau is, kom... kom... Koning Zygmunt op zijn metershoge zuil verwelkomt u!

Zou dat beeld er nog wel staan? Als kind was ik er bang voor. Ik werd duizelig als ik probeerde de vorst brutaal in het grijze gezicht te kijken, en ik vreesde het reusachtige, van zijn voeten tot ver boven zijn hoofd uit rijzende kruisbeeld; hij hield het zo overdreven losjes in zijn hand dat het leek alsof hij ermee wilde gooien en natuurlijk zou ik zijn doelwit zijn, dus liep ik met een grote boog om Zygmunt heen, maar niet zonder hem, of mijn angst, te tarten. Even een sprongetje in zijn richting, gauw weer terug. De stad. Mijn stad. Ik vergeet dat het misschien allemaal al vertrapt is, dat het anders wel vertrapt gaat worden. Alsof Warschau een stad van karton is, een coulissenansicht in een kijkdoos; door het gaatje gegluurd, waardeloos geworden – tussen twee vuisten drukt de Duitser ons rare stadje dood. Ik heb heimwee en ik vergeet dat Warschau Warschau niet meer is, dan hoef ik tenminste niet ook nog eens te vergeten hoeveel mij bekende inwoners... De ss'er noemt mijn naam. Ik kijk hem aan. Hij heeft een emaillen schaaltje in zijn handen... een gewoon wit kampkommetje met een blauw randje...'

Toen ik voor een artikel in *LaagLand* naar Auschwitz was geweest zei ik nog tegen C.: 'Door die stapel wit met blauwe kommetjes daar ben ik je verhaal gaan geloven.' Wat ze gek vond, want wie zegt nou dat ze in al die kampen dezelfde kommetjes gebruikten? Of: dat ze het niet uit een fotoboek had?

'...gevuld met gekookte, koude aardappels. Ik had al dagen nauwelijks gegeten; in Treblinka geen sekt, geen snacks. Dat was, zei ik al, allemaal voorbij.

Aardappels. Ik wilde vragen waarom ik ze kreeg. Maar ik at ze. Ik at ze gewoon op en mijn geliefde keek toe, ik hapte het kruim van mijn pink.

Iets speet hem. Hij stond dichtbij me. We raakten elkaar niet aan. Ik wist dat hij mij een kus wilde geven. Zich schaamde. Een kus zou symbolisch zijn geweest. Ellendige christelijke symboliek. Ik overhandigde hem het lege schaaltje. Hij liep terug naar zijn kantoor.

Nou ja. De volgende morgen ben ik vergast. Ik mocht mijn kleren aanhouden. Droeg de voor dit weer inmiddels veel te dunne, gebloemde zomerjurk die ik had bewaard voor "bijzondere gelegenheden", of misschien bewaarde mijn ss'er die wel voor mij. Vaag begreep ik waarom ik weg moest. Het had iets met de positie van mijn geliefde te maken (was ik zwanger?), met onrust in het kamp, maar goed, ik ben dus vergast. In een eenpersoonscelletje. Een betonnen kamertje, zo groot als een toilet, er viel een beetje licht door een raam ter grootte van een kier. Ik hoor een heel zacht suizen. Ik sta rechtop, leun niet tegen een muur. Het gevoel alsof ik een enorme ballon opblaas; uitademen lukt, inademen niet meer. Er glijdt meer lucht uit mij dan er weer in kan, ik word wanhopig. Begin te trillen. Ik wil krijsen, krijs, hap naar lucht en er is niets meer. Geen gram zuurstof. Het is alsof de ruimte om me heen krimpt. Ik probeer de muren op hun plaats terug te duwen, maar ze schuiven dichter om me heen. Er is geen lucht. Tijd om me eenzaam te voelen heb ik niet, er is zelfs geen minuut over waarin ik me kan realiseren dat ik aan het stikken ben. Ik word krankzinnig. Wil terugvechten, maar weet niet waartegen. Zo'n angst. Zo'n angst. En ik val uit mijn eigen lichaam en zie mij en vraag me af of er iemand is die mij ziet en in een flits dringt tot me door: dit sterven is ongezien. Blijft voor de eeuwigheid onopgemerkt. Terecht. Mijn geliefde is liefdeloos, ik mis hem zo, ik wil zo graag dat hij me vasthoudt, mij niet opgeeft, maar ik ben net zo liefdeloos als hij, ik zie het, en kan om die reden niet klagen. "Geliefde, er is geen liefde," als parafrase op Socrates' uitspraak: "Vrienden, er zijn geen vrienden." Goed, ik zal hebben gehallucineerd. Zyklon-B: de drug die cynisch maakt. Toch betwijfel ik of het gas me oog in oog liet staan met de liefdeloosheid, of dat het simpelweg de doodsnood was die de essentie van mijn leven uit het avonturenboek scheurde, deze "groot en op goud schilderde" en "hooghield", zoals Rilke in een van zijn gedichten schrijft. Treblinka, Treblinka. Er is geen liefde. Het gas put mijn longen uit, grijpt mijn tong, mijn stem, eet mijn hartslag op, jaagt mijn geest door de steeds enger wordende ruimte, als een film wordt mijn leven teruggespoeld en steeds is daar één thema dat terugkeert, dat terugkeert: ik ben getuige geweest, duizendmaal, van dood en rouw, en heb mijn schouders opgehaald. Als dat te pathetisch klinkt: ik heb niemand gemist. Niemand. En nooit willen begrijpen dat iemand een ander kon missen.'

De bus kwam. Te laat. We hadden het dramatische hoogtepunt gehad, nu volgde de toelichting. Daarna zou ze van mij zijn, en dat was ze ook. Is ze ook. Ik heb die nacht, nadat ik haar voor de deur van haar nichtje had afgeleverd, alles opgeschreven. Dát is een verhouding consumeren. Opschrijven, zonder oordeel, wat je gehoord hebt. Wat je is toevertrouwd. Terwijl ik typte werd ze mijn vrouw. Alsof ik haar opviste, aan land bracht. Schuim werd alle letters van het alfabet.

'Het begon met die joggingbroek die ik uittrok. Ik was achttien. Niet veel later moesten we tijdens het vak kunstzinnige vorming op het vwo een schilderij maken met als thema "geven en nemen". De meeste van mijn klasgenoten schilderden of tekenden handen die iets doorgaven – een estafettestokje, een fakkel. Ik schilderde uiteenwijkende golven en, tegen een gele hemel, een rode driehoek met de punt omlaag. Alsof de driehoek in zcc viel. Alsof de zee week voor de rode driehoek. "Weet je wat je doet?" vroeg de leraar. "Nee," zei ik. "Ik wil van geven en nemen gewoon iets abstracts maken." Het schilderij kwam in de hal te hangen, zo goed werd het gevonden. Mijn gouache, achter glas – ik liep er in mijn eindexamenjaar dagelijks fier langs. Ik heb je verteld dat de beelden uit wat ik dan toch maar "mijn eerdere leven" wil noemen, zich niet aan een chronologische volgorde hielden. Een witkanten bloesje, een antieke zilveren broche konden een fantasie opwekken die zo exact, zo uitgewerkt was, dat ik me afvroeg in welke film, welk boek... Ik herinner me een uitzending van *Zomergasten*. Ik logeerde bij mijn ouders, en stond in de keuken af te wassen en te zingen; ik hoorde dus niet wat er op televisie werd gezegd. Toen ik de kamer binnen kwam om de schone wijnglazen in het buffet te zetten, zag ik op televisie bommen uit de lucht vallen. "O, God! Mama!" riep ik. "Warschau! Warschau!" en mijn moeder vroeg kalm: "Hoe weet je dat?" Ik wist het omdat ik het zag. Harry Mulisch moest verdomme de bombardementen op Warschau laten zien. "Wat knap," zei mijn vader, "dat je dat zo uit de lucht ziet, het had ook Dresden kunnen zijn, of Rotterdam." Maar ik vond het niet knap, het was verschrikkelijk.

Brokstukken. Ik woon samen met mijn eerste serieuze vriend.

Hij studeert net als ik filosofie, maar dat beschouwt hij als een hobby – informatica studeert hij voor de toekomst. Hij is ambitieus. Geeft zich op voor een Europese whizkid-quiz en wint met zijn team alle nationale voorrondes. In Wenen behalen ze de eerste plaats. Michiel komt thuis met treintickets voor een reis voor twee personen naar Moskou (zijn vrienden hebben alle andere bestemmingen onder zijn neus weggekaapt en gaan naar Barcelona, Lissabon, Nice of Rome) en een drie-literfles Moët & Chandon. Het is de bedoeling dat het team de fles bij ons thuis ledigt. Op een avond eind januari kan iedereen. Onze plakkerige woonkeuken zit vol. Op tafel staat zalmmousse in de vorm van een vis, aan huis gebracht door de moeder van Michiel. Ik heb er waxinelichtjes omheen gezet en schaaltjes met brood, Franse kaas, olijven en ganzenlever. Toch nog stijlvol. De kurk knalt een potje oregano uit het kruidenrek. Iemand legt het celloconcert van Dvořák in de cd-speler. Europa's beste ICT'ers denken een paar uur niet aan bits en bites. Iemand leest voor uit *Rayuela, een hinkelspel*. Een ander haalt een videoband uit zijn tas. *Monty Python, live at the Hollywood Bowl* – voor als we straks allemaal bezopen zijn. Ik ben niet zo'n drinker, maar met de jongens om me heen voel ik me stevig. Toe maar, nog maar een glas, gelukkig nieuwjaar! Vrolijk til ik de fles met het formaat van een forse tuinkabouter van de keukenvloer en schenk bij, schenk bij. Schenk na een uur of wat alleen mezelf nog maar bij: de jongens zijn op bier overgegaan en ik heb het niet door. Dan ineens hoor ik een jongen die Jean Paul heet zeggen: "Christus! Ze wordt niet goed!" Ik ben "ze". Ik hoor dat ik spierwit ben. Dat ik misschien wel moet kotsen. "Ja," zegt Michiel, "daar knap je van op. Loop maar mee naar de badkamer, hou me maar vast. Overgeven is echt het allerbeste. Daarna voel je je stukken beter." Ik ben helemaal niet misselijk, wil ik zeggen. Ik ben alleen maar heel bang. Klein. En ik schaam me zo. Kotsen. Dat is geen woord voor een meisje. Het is niet elegant. Kotsen. Ik ben opgestaan. Goed van mij. Ik kan nog opstaan. Ik hoor ook heel goed dat Michiel ineens weer zijn Friese accent terug heeft. Niks aan de hand. We lopen langs het hok waarin onze matras ligt. Ik wil even naar bed. Ja, ja, niet overgeven, even naar bed. Ik stap naar binnen en laat me bovenop de dekens vallen. Michiel knielt naast me. "Dit is echt het stomste wat je kunt doen," zegt hij. "Straks begin je hier te kotsen, in je slaap, en dan is alles vies en dat niet alleen, je kunt ook stikken in je eigen braaksel."

Flauwekul, denk ik, probeer ik uit alle macht te denken, dat gebeurt alleen maar als je me in de steek laat. Je moet bij me blijven, denk ik, je moet me een beetje knijpen, mijn lichaam zit zo losjes om me heen. Ik denk van alles, heel precies, ik zie iedere letter die ik nodig heb om een woord te denken voor mijn geestesoog, ik denk: wat een schitterende uitdrukking, geestesoog, en dan denk ik weer: nee, nee, ik moet niet denken aan schitterende uitdrukkingen, ik moet gewoon heel zorgvuldig denken aan wat ik tegen Michiel wil zeggen. Nu. Straks. Dat mijn lichaam zo losjes zit. Lllllichaam, llll-losjes... met de lllll van alllll-pha-beth.... En dat woord vind ik plotseling demonisch klinken.

"Ik ga een emmer halen," zegt Michiel. De emmer is smerig, denk ik. Omdat we een smerige vloer hebben. Eén veeg met de dweil, één keer uitwringen, en het sop is dik en grauw als erwtensoep. Op de bodem van de emmer korsten klei, haren, etensresten. Ik ben ontzettend bang voor vuil, voor letters, voor mijn hart ook. Het springt in en uit mijn borst – trampoline, circusact, de artiest vliegt omhoog, scheurt door het tentdak heen, ik vlieg, ik vlieg, maar het is een dalen waar maar geen einde aan komt. "Gaat het?" vraagt een andere jongen. Hij staat tegen de deurpost geleund. Ik weet zeker dat hij naar Michiel lacht. Ik weet zeker dat Michiel teruglacht. Gegeneerd. Sorry voor mijn vriendin. En het hart dat voor mijn oog daalt en danst, het hart dat niet meer denkt, niet meer kán denken, gaat open en dan zie ik Michiel in zijn uniform.

Het hakenkruis. Het schaaltje aardappels.

Het klinkt belachelijk, ik weet het, maar ik zeg: "Ooohhh... jij bent het. Jij bent het." De vriend onderbreekt me.

"Ja. Haha. Dat is Michiel. En ik zal het je nog sterker vertellen..."

"Wie ben ik?" vraagt Michiel.

"De kampcommandant. In Treblinka. Met dat lullige schaaltje aardappels van je. Godgod, had je niet iets beters kunnen verzinnen! Koude aardappels. En waarom?! Je bent iets met me van plan, hè? Ik heb dat heus wel door." Ik praat maar en praat. Ik kan er niet mee stoppen. Ik ben zo blij dat ik hem terugzie, dat ik nog besta, weer joods ben (dat denk ik althans kort daarna, pas later blijkt mijn eerdere leven een stuk minder tragisch, wat zeg ik, ik ben ronduit "fout" geweest, een narcist, een escapist, een uitlacher, een lafbek – al die dingen die ik jarenlang in anderen heb veroordeeld; nog maar een halve eeuw ervoor was ik geen haar beter), ik ben blij dat ik weer verliefd ben als toen, maar nu ook de durf heb om hem recht in het gezicht te slingeren wat ik van hem vind.

"Michiel! Wat spook je in je vrije tijd met haar uit? Mep je haar wel eens? Martel je haar?" vraagt de vriend.

Als Michiel nu maar niet gaat opbiechten dat we wel eens een sm-spelletje hebben gedaan, denk ik, en ik blijf praten. Het is zo werkelijk wat ik zie. Ik breng het niet in verband met het flauwvallen drie jaar daarvoor, niet met die sterfscène in een privé-gaskamer, die ik destijds al onmiddellijk als fantasie had afgedaan omdat de beelden niet overeenstemden met de historische feiten. Dan ineens sta ik op. Ik voel me niet slap meer, ook niet misselijk. Ik zeg sorry Michiel, ik zeg ik stelde me aan, ik zeg het omdat het zo hoort, ik zeg ik zie dat je boos bent, vergeet het maar, vergeet alles wat ik heb gezegd, ik wil water en een boterham, niet meer boos zijn, ik hou van je, heel veel, laat Charles maar kletsen, maar zeikgrappen maken, "ik leg het je later wel uit."

Natuurlijk legde ik hem later niets uit. Af en toe vroeg ik me af of onze verhouding zo slecht was dat ik dit soort kampkitsch nodig had om hem en mezelf duidelijk te maken dat ik zijn heerszucht niet verdroeg. Het onderbewustzijn leent uit collectieve mythes om de diepste pijn, het zwaarste gemis uit te kunnen drukken, las ik ergens en ach, voor onze generatie was de holocaust toch ook een mythe geworden, Primo Levi's boeken (drie bladzijden van gelezen) en Claude Lanzmanns documentaire *Shoah* (zeven minuten van gezien) ten spijt. Maar bestond er voor het onderbewustzijn dan toch niet ook ethiek? Ik schaamde me omdat ik in mijn dronkenschap aan de haal was gegaan met de grootste wandaad in de geschiedenis, ik had joodse overlevenden en nabestaanden van een onuitsprekelijke herinnering beroofd, mij het wanstaltige toegeeigend en misbruikt voor een relatieprobleempje. Je begrijpt dat ik de beelden zo gauw mogelijk probeerde te vergeten. Nog liever vergeleek ik Michiel in een ruzie met Pilatus of Judas, daarmee vaag suggererend dat ik het Lam Gods zonder zonden was, dan met een kapo. Het kon niet. Het was abject. Niet alleen Michiel beledigde ik ermee, maar ook de slachtoffers van de kampen zelf.

Begin maart vertrokken we naar Moskou. Een treinreis. Eerst tot Berlijn, van Berlijn naar Warschau, van Warschau naar Moskou. In Warschau pauzeerden we. Zo'n zeven uur.'

Eens in de paar maanden haal ik de monoloog weer terug, blaas de woorden nieuw leven in, mond-op-mond, alsof ik zo onze eerste dag samen kan reanimeren. C. is veranderd, de verandering was al bezig in de tijd van onze verhouding, ze praat waarschijnlijk nooit meer over Treblinka en wie weet denkt ze er ook nooit meer aan, jeugdzonde van een overspannen denkstertje, maar ik heb behoefte aan het verhaal, de beelden, als een kind dat maar niet genoeg kan krijgen van een speeldoos: open, dicht, open, dicht. Samen met haar ronddraaien op marsmuziek. Zo vaak op het punt gestaan om weer eens een dagje Volendam... Was het de eerste jaren de angst voor een teleurstelling die me ervan weerhield om de bus te pakken – juist toen ik op het punt stond die angst te trotseren kwam er die vuurwerkbrand, die Nieuwjaarsbrand in café Het Hemeltje.

Teruggaan naar Volendam betekende vanaf dat moment een confrontatie met monsters. Met gruwelijk verminkte gezichten, met lappen zachte tienerhuid, doorsneden en aan elkaar gepatchworked met stukjes ruw, eeltig onderbeenleder. Ik zou oog in oog staan met vlezige stiknaden dwars over de neus, de kin, de hals, met uitpuilende spuuglippen en okeren, rafelige oogleden waaraan geen wimper meer wilde groeien. Ik gruwde al als ik alleen maar dacht aan wat ik daar, in dat dorp te zien zou krijgen. Het gebrek aan moed dat C. zo goed kende.

'Het station van Warschau is een lelijk betonnen gebouw. Kleurloos en immens. Ongure types achtervolgen je tot aan de bagagekluisjes. In een wachtkamer bekogelen twee groepen zigeuners elkaar met servies. Zwarte, ongewassen kinderen snuiten kermend hun neus in hun moeders bloemetjesrok en hup, daar vliegt weer een bord naar een bebaarde kerel in de hoek – over de bankjes, over de hoofden van gapende wachtenden. Gekrijs over en weer. Michiel en ik lopen met ons ontbijt (natte Berlinerbollen, één Deutschmark per stuk, we hadden nog niet durven wisselen) naar buiten. In de richting van het Holiday Inn-hotel. We vegen onze vingers af aan onze broek en gaan naar binnen. Kijken wat een kamer kost. Kunnen we misschien op de terugweg... Europese prijzen al. Omgerekend tweehonderd gulden en nog wat voor een double room – breakfast included. Dat is twee weken studiefinanciering. Ja, dit wordt een leuke reis! Terug de sneeuw in. Het Paleis van Cultuur aan de overkant is bewonderenswaardig lelijk. Een vierkante, chocolademelk-bruine kolos zonder charme. Het gebouw is alleen maar hoog. In de naald op het dak knippert een lichtje dat vliegtuigen moet waarschuwen. "Dit gebouw is een cadeautje van Stalin", leest Michiel in de gids. Ik zeg: "Spaziba." Russisch voor "dankjewel". In de kioskjes op de markt bekijken we goedkope cassettebandjes. Veel Depeche Mode. Al sinds mijn dertiende ben ik dol op die even jankerige als cynische Britse synthesizerliedjes, maar heimelijk. Hier lijkt iedereen dezelfde slechte smaak te hebben. Ruw zijden overhemden voor minder dan een tientje. We wisselen bij een jongere uitvoering van Wałęsa, worden genaaid waar we bij staan, kopen twee hemden en het tapeje *Songs of Faith and Devotion* voor mij. Dan vinden we een weg naar de oude binnenstad.

En ik herken alles. De meisjes die me toelachen vanachter opgestoken kragen hebben allemaal mijn gezicht. Geelwit Pools pigment, de kleur van veelgebruikt servies. Dezelfde diepliggende, kleine ogen. Of ronde, bolle, grijze ogen, maar gevuld met een blik die ik uit de spiegel ken. Een flirt met Overdadige Mystieke Gedachten. Dezelfde jukbeenderen. Smalle lippen die veel hebben gezoend, en waarop veel gebeten is – van elegante, niet ongeestige kinderwoede. We grijnzen luidruchtig naar elkaar. De straten zijn van ons. De grijze en de pas bepleisterde ambassadegebouwen hunkeren achter hun hekken naar ons, er spoelt kroonluchterlicht over hun kozijnen naar beneden; kringen dood gras en harde bruine grond staan in de vloer van sneeuw als reuzenvoetstappen. Rond kale bomen rode aanplakbiljetten. In de schouwburg speelt de theaterbewerking van Gombrowicz' roman *Ferdydurke*. Hoe weet ik niet meer, maar Michiel en ik belanden na lang zoeken in de hoofdstraat. Antiekwinkels met juwelen en horloges, klokken, meubilair en schilderijen, het gebruikelijke werk, maar in een winkel achter de winkel worden souvenirs uit de nazitijd verhandeld, stempels met hakenkruizen, medailles met de naam en beeltenis van Hitler, of Göring of Himmler, petten en helmen, mouwbandjes... "Misschien kunnen we wat meenemen voor mevrouw Rost van Tonningen? Hebben we eindelijk geld," zegt Michiel en hij leest me voor hoeveel złoty een Wehrmacht-insigne kost. In de vitrinekasten rechts de prullaria van communistische signatuur. Vers Pools leed, verse Poolse schadenfreude. Een bronzen buste van Lenin, een mapje bijgekleurde jaren-vijftig ansichtkaarten met foto's van Stalin op staatsbezoek. Van een meisje met lichtblauwe linten in het haar neemt hij een boeket veel te rode margrieten aan. Hebben de toeristen interesse? Dat wel, maar we kopen niets.

De kou ruikt lekker. Naar de vette uitlaatgassen van de stadsbussen. Naar mannen in leren jacks, hun brillantine en de pakketjes smoezelig papiergeld die ze met hun ongehandschoende, leverkleurige handen uit hun broekzak trekken, boers en mismoedig, alsof het een spel kaarten betreft waarmee ze nog nooit de echte goudstukken hebben gewonnen – en dat, terwijl het spel hen verslaafd heeft, aan tochtige flatkeukens met stinkende kleden op de formica tafels, waar de werklozen bij elkaar kruipen om smokkelwaar te verdelen en goedkope tabak te roken... Ja, ze moeten steeds weer spelen, cynisch en voorbereid op het verlies dat hier tenminste wél rechtvaardig is verdeeld... Ik ken al die koppen en voel me thuis.

In een bar met Anton Pieck-ruitjes stamp ik de sneeuw van mijn schoenen en bestel wodka. De zoveelste versie van mij biedt me een sigaret aan en ik rook die dag voor de eerste en de laatste keer, ik trek haar vuurtje door de filter en word niet eens misselijk. We eten gekookte pierogi gevuld met bosbessen, in een klonterige, koude kwarksaus, bestrooid met poedersuiker. Aan de toog zitten drie dikke mannen die hun gesprek regelmatig onderbreken om iets in de richting van de keuken te roepen. "Agniezka, Agniezka!" Rappe, boosaardige woorden rollen als knikkers over hun tong, hun e klinkt als het yeah! in degelijke rockmuziek – je kunt het uitroepteken horen: An-yeah!!!-zka. Ik wil ook Agniezka heten.

Agniezka komt uit de keuken. Ze draagt een witte schortjurk die om haar brede heupen en boezem spant, haar panty kleurt haar kuiten koffiebruin. De voeten steken in met borg gevulde, beige suède slofjes. Ze sleept een walm van gebakken ui en zuurkool achter zich aan. Met haar schelle hoge stem schreeuwt Agniezka van alles terug, in een nog hogere versnelling dan die van haar klanten. Plukken zwart, vet haar vallen uit de knot bovenop haar hoofd. Een seconde later blijkt Agniezka helemaal niet kwaad. Haar witte wangen glimmen als ze lacht, haar varkensoogjes draaien rond in de kassen, alsof ze een polka hoort – ze wiebelt van de ene beslofte voet op de andere, de natte, roze handen in de zij. En kletst en snatert maar.

Een van de mannen laat het meisje achter de bar een wodka voor haar inschenken en duwt het glaasje tegen haar gespannen, gebarsten lippen. "Proszę!"

"Dat betekent 'alsjeblieft'," zeg ik trots tegen Michiel.

Een tafeltje verderop zit een familie. Opa, vader, moeder, twee jongens en een meisje, alledrie van onze leeftijd. Ze eten soep met brood en drinken grote vazen bier. Onder tafel pakt het meisje de hand van de jongen naast haar en duwt er een briefje in. Hij vouwt het voorzichtig open, terwijl hij nadrukkelijk aan een discussie tussen de ouderen deelneemt, en leest tersluiks de woordjes op zijn schoot. Zijn vriendin leest mee, en krijgt tranen van ontroering in haar ogen; ze ziet haar liefdesbriefje voor het eerst en bewondert de virtuoze en toch compacte stijl, de ironie die ze met zoveel moeite rond haar begeerte heeft gedrapeerd om het allemaal niet te bombastisch te maken, de grap waarover lang is gewikt en gewogen en die haar nu achteloos toeschittert, net als mijn lach. Ze lacht terug. "Heb jij ook wel eens met dit bijltje gehakt?"

"Ja, ik heb ook wel eens met dit bijltje gehakt."

"En?"

"Ach, wat zal ik zeggen..."

"Je kunt het proberen, toch? Het proberen is altijd de moeite waard."

Als ze nu maar niet naar me toe komt om me iets in het oor te fluisteren, denk ik, want al zijn we vriendinnen voor het leven, ik heb nog geen halve zin Pools onder de knie, maar verdomd, ze komt naar me toe en vraagt of ik nog een wodka wil en ik hoor mezelf nu ook "Proszę" zeggen en ze loopt naar ons zusje en bestelt voor Michiel en mij en het gezelschap aan haar tafeltje wodka en opeens zeggen we allemaal "Na zdrowie" tegen elkaar, de serveerster en de oudjes aan de toog doen mee, er gaan weer sigaretten rond en Michiel en ik moeten zeggen dat we uit Nederland komen, niet Engels, niet Duits, maar ik ben al veel te vrolijk om nog langer uit Nederland te komen, mijn naam en mijn adres en zelfs Michiel lijken me verzinsels van een dilettant. In mij stroomt een Poolse geest en een eeuwig heimwee naar dit moment, dat een tweederangs recensent "meeslepend in zijn poëticale kracht" zou noemen, maar dat voor mij gewoner is dan wat ik tot voor kort onder gewoon verstond.

Tijdens mijn tweede bezoek aan Polen, zonder Michiel, dat is dan al uit, maar met een vriendin, koop ik in Gdańsk een wit T-shirt met ons rode wapen, waarin een witte, gekroonde adelaar staat. En nog steeds voel ik me de Phoenix – als ik in het stuk rommelig geweven textiel (made in Taiwan) slaap, liggen de kleinste feitjes uit reisgidsen over Polen om me heen zoals geen man ooit om me heen heeft gelegen. De kust van Pommeren, het rode kasteel van Malbork, de bergtoppen en de houten huizen van Zakopane, de door paarden voortgetrokken boerenkarren, de kapelletjes aan de randen van de woudwegen, ze mengen zich met de liederen van Moniuszko, die triest en krachtig zijn en zomers en bloemrijk en ik adem mijn geboortegrond in en word nationalistischer en nationalistischer, katholieker en katholieker, zo katholiek als het Poolse helmgras en de Poolse wisent en de Poolse lynx, zo katholiek als de uitbundige, naïeve kerststallen van papier-maché, hobbyklei en gekleurd zilverfolie, en in mij gaan lichtjes branden en klokken luiden en boven het land dat ik ben verrijst de Messias, die zich de as van Majdanek, Chełmno en Bełżec uit de veren schudt, maar ook: mijn vuile, Hollandse, calculerende, gezellige onverschilligheid. Nee. Ik raak door mijn eigen geklets op drift. Niks Openbaringstaferelen. Ik ben verliefd op een land en dat land ben ik zelf, nee dat kan ik zelf worden, Polen is een belofte in de spiegel. Morgen in Jeruzalem? Morgen in Warzawa zul je bedoelen.'

Morgen in Polen. Er zijn dagen waarop ik haar nog steeds geloof, mijn visje, kikvorsje, dikkopje – of wat die Polen ook aan koosnaampjes hebben verzonnen. Er zijn dagen waarop ik haar geloven wil. Ergens anders zijn wij vreemdelingen, beginners.

Ongeworteld en ontvankelijk. In de lente van een ander leven.

Er hangt inderdaad voorjaar in de lucht. Ik ruik een scherpe gras-geur, vermengd met die van warm baksteen. Geluiden van vogels wier bestaan ik was vergeten. In de keuken danst een hommel. Boven de schaal met aardbeien die Barbara vanmorgen, voordat ze naar de krant ging, op het aanrecht heeft gezet. Spaanse aardbeien. Ik heb er drie genomen, en ze smaakten me niet. Niets smaakt. Alles doet pijn. Mijn verstandskies kan niet meer opspelen, maar mijn voeten dragen sindsdien ijzeren sokken. Loden gewichten op alle tenen. Enkels, kuiten van beton. Tintelende handen – alsof ze onder stroom staan. Het sterkst van alles voel ik mijn ruggengraat. Een smalle blokkentoren die bij iedere beweging schever komt te staan. Soms meen ik te voelen dat er een tussenwervelschijf uit de broze constructie schiet, waardoor de schijven erboven met een klap op het overgebleven staketsel neerkomen en er kluwens van bloedva-ten en zenuwen worden dichtgedrukt. Dolksteken in mijn zij, van binnen naar buiten. In mijn nek ontbreken nu al alle beenderen. Ik zeul een pudding rond die met de minuut zwaarder wordt. Breinpaté, lobbige hoofdkaas. Juist als denken me niet meer lukt, de beelden die het gemaal begeleiden wegspoelen, oplossen in wa-terige, sepiabruine kringen, valt me Een Inzicht toe. Omgekeerde epilepsie. Even leeft er een kracht in me op, een inwendige gladiool springt in bloei, met vuurbloemen aan een kaarsrecht, gouden lem-met, mijn hart pulseert weer en ik merk hoe liters brandschoon bloed de cellen lessen... Ik ben er weer, en ik ben niet ziek... Het is zoveel eenvoudiger verklaarbaar dan ik aannam. Zoeken hoeft niet meer. Het simpelste heb ik over het hoofd gezien... Dan, plotseling, weet ik heel scherp dat ik iets fout doe. Iets kleins. Misschien moet ik me uitvoeriger uitrekken voordat ik uit bed stap. Drie minuten korter douchen. Eerst een glas water drinken, daarna pas koffie. Je zult zien, vanaf dan is er niets meer met me aan de hand. Ik heb het niet aan mezelf te danken. Ik ben geen cynicus. O nee, ik ben geen cynicus. Eigenlijk is mijn jeugd helemaal zo rot nog niet geweest. Ik kom uit een warm gezin. Ik kom. Uit een. Warrrrm gezinnn. Van mijn werk houd ik. Wie kan dat tegenwoordig nog zeggen? Nou? Er staat geen baas in mijn nek te hijgen. Collega's bemoeien zich niet met mijn ideeën, helpen mijn vage plannen nooit al in de kiem om zeep. Liefdes: ja, ik heb liefdes gekend. Meervoud. Moet ik dat mezelf verwijten? Had ik van elke relatie 'iets moeten leren' wat de volgende ten goede zou komen? Modern gezwets is het. Alsof liefdesgeschiedenissen lineair verlopen. Geleerd heb ik niets, maar hoe rijk ben ik niet? Zoveel verschillende onderbroekjes in de wasmand gehad. Zoveel verschillende stiltes beluisterd, in het donker – de herinnering aan fris, angstloos zweet, aan bros krullend hoofdhaar, aan zuchten met de geur van verse, lauwe, romigzoete melk, aan mijn eigen, rondborstige angsten bezaaid met de duizenden sproetjes van het meisje dat naast me lag, haar hoofd als een steen in mijn oksel... Ieder ander zou dankbaar zijn met een leven als het mijne, waarin zware sentimenten fonkelen als git; ik heb dingen meegemaakt. Ik heb dingen meegemaakt. Dingen, denk ik. Het zegt me hoegenaamd geen donder. Van niemand heb ik gehouden. Want als ik in het donker wakker lag, een hoofd in mijn armen, een lichaam als een oude jas aan mijn zij, was mijn aandacht alweer bij iets mooiers. Bij een verpletterend geheim dat nog moest komen. Bij een onoplosbare liefde, een vijfsterren cryptogram, bij iemand met een moeilijkheidsgraad die seks en gesprekken, en gesprekken en seks, eindelijk pijnlijk voor me kon maken – bij iemand op wie ik razend zou kunnen worden omdat ik me totaal had ingezet en toch geen antwoord raadde. Het is laf om te denken dat liefde te eenvoudig voor mij is, maar het is de waarheid. Geen zelfmoord doet daar iets aan af. Waarom ben ik niet gewoon voorjaarsmoe, maar wereldmoe? Dat alles doorgaat zonder intens te worden... Depeche Mode, dat liedje: 'One caress'. 'O girl, lead me into your darkness, when this world is trying its hardest to leave me unimpressed, just one caress...' Ik heb al hun cd's een paar dagen geleden toch maar gekocht. Realiteitszin: ik krijg en wil C. allang niet meer terug en juist het beluisteren van haar muziek verzoent me met de feiten.

Haar holocaustverleden heeft C. verzonnen voor mij, of ze heeft mij bij haar verzinsels uitgezocht – in elk geval voorvoelde ze dat ik, net als de zanger, behoefte had aan mythisch meisjesduister. Toen. Op dit moment behoef ik niets. De gedachte aan een arm om me heen put me al uit. In zo'n houding moet je toch iets aardigs zeggen, glimlachen, reageren. Terugstrelen.

Wás april maar een wrede maand, had Hitlers geboortedatum de maand nog maar wreder gemaakt – maar de hommel zoemt, en de aardbeien blaken en buiten ruikt het naar gras. Zelfs op de plekken waar geen gras is.

Ik lees de krant op het balkon en luister naar het vrolijke Amsterdamse gebabbel van twee wat oudere benedenbuurvrouwen. Vanaf begin oktober vorig jaar heb ik hun conversaties, die over minstens vijf heggen gaan, diagonaal door de binnentuin, niet meer gehoord. De hoge, altijd verbaasd klinkende stem van alleenstaande Joke (geblondeerd, leren broek, strak shirt met rozenprint) heeft het over een etagère voor haar eenjarige potplanten. De alt van Ria (kort, roodgeverfd haar, legging, wijde overhemden) zingt terug dat die dingen bij Blokker drie euro goedkoper zijn dan bij Intratuin. Haar dochter in Purmerend heeft er meteen maar vier aangeschaft, maar die hebben dan ook een joekel van een tuin.

Daan, haar man, komt erbij staan. Met de kleine cockerspaniël. Over de nieuwe Toyota gaat het nu. Over de autoreclames op televisie. 'Zo'n sprekend navigatiesysteem, is dat nou handig?' wil Joke weten. De man van Ria vindt zo'n geval flauwekul. 'Maar het ligt er natuurlijk wel aan waar je je wagen voor gebruikt. Als je vertegenwoordiger bent of zo...' De man van Ria is een voor halve dagen afgekeurde buschauffeur, of een voor de andere halve dagen goedgekeurde. Hij is de normaalste man in onze straat. Iemand die burenruzies sust, en de alcoholist op de begane grond aan de overkant durft te vragen of de muziek wat zachter kan. Toen de contactdoos in de keuken op een dag geen sjoege meer gaf, heb ik eens een verlengsnoer van hem mogen lenen. Joke kijkt in de tuin van haar Afrikaanse buren. Niet thuis.

'Weten jullie nog? Vorig jaar?'

'Wa-at?'

'Nou, dat het hier volstond met weedplanten? En nou weer zo'n bankstel... Ze zijn mesjogge, hoor. En je kunt ze er niet op aanspreken. Als jullie de politie bellen omdat Dolf op zijn stoepie weer kroegje speelt, en de boel weer uit de hand loopt met dat junkenmeissie van hem, dat er ruiten sneuvelen enzo... Dan wordt daar weer effetjes wat aan gedaan. Maar ik heb de hele winter... Die kooklucht komt gewoon door de muren. En dat getrommel en gejengel... Of ze meppen elkaar, of ze hebben een meningsverschil... Zo hard praten ze, tjeemig! En wat moet je zeggen? Ik weet dat ze

Engels spreken, maar zodra je aanbelt en zegt: "Silence please"... Er wonen steeds weer andere mensen, maar allemaal pikzwart, dus herkennen ho maar. En ik heb niks tegen buitenlanders, dat is het niet.'

'Wai ook niet. Als je er maar mee ken praten.'

'Ja. Nou ja, met haar van hierboven kan ik ook niet praten. En zij is gewoon Hollands. Dus ik zeur.'

'Nog altijd dat gedoe over die duiven?'

'Jaha! Het lijkt wel een soap hè? Het gáááát maar door. Schuif ik om zeven uur de gordijnen open, zie ik zo de broodkruimels naar beneden vallen. Toch weer voeren!'

Wat de benedenburen niet zien, is dat de keukendeur van de bovenbuurvrouw openstaat. Het gepermanente hoofd kijkt om de hoek. Vroeger mocht Tiny meekletsen over het koningshuis, de verzorging van huisdieren en de restauratieplannen van de Woningbouwvereniging. Je kon altijd goed horen hoe ze zich inspande om op haar vlotte leeftijdsgenoten te lijken. RTL-kijken, *De Telegraaf* lezen, het was huiswerk voor haar. Tijdens overhoringen haalde ze de voldoende maar net. Na tien minuten meedoen ging Tiny weer naar binnen, zogenaamd omdat de aardappels aanbrandden of omdat de was uit de machine moest. Ik wed dat ze ook toen al achter haar deur luisterde naar de voortgang van het gesprek, naar het verhulde commentaar op haar persoon. Treurig mens. Om negen uur 's avonds klopt ze, gekleed in een roze nachtjapon, haar geborduurde placemat uit. Treurig, geïsoleerd, maagdelijk leven. Haar eigen cockerspaniël heet Cindy en speciaal voor de hond is de plankenvloer van haar balkon in de zomer bedekt met een plak groen tapijt – the poor man's kunstgras. Overdreven, vindt Joke. De hond van Ria en Daantje wordt tegenwoordig pas uitgelaten als Tiny en Cindy al slapen.

Opeens kijkt Joke naar boven. In mijn richting.

'Zozo, een beroemdheid, hè? Waarom hebbie dat al die tijd verborrege gehouwe? Hebben jullie hem gezien? Op de tv? Nee?! Jaha, De Wolf is een schrijver! Geinig, hoor! Komen wij nou ook in een boek, met die onzinpraatjes van ons?!! Nee toch? Nee, jij schrijft moeilijke dingen.'

Ria grinnikt. Daan gaat naast zijn gietijzeren zonnewijzer staan om mij beter te kunnen zien en knipoogt.

'Vrouwen, hè? Straks motten ze nog een handtekening.'

'Ja, enig!' gilt Joke. 'En jouw vrouw is een soort Leedie Dai tegen-woordig. Ik bedoel niet dat ze ook zo'n bleek koppie hep, maar als je kijkt naar wat ze allemaal voor die mensen doet hier in de buurt. Dan denk ik: wat lief. Hiernaast is ze ook al een paar keer geweest. En haar lukt het wel. Komen ze nou uit Kenia, die mensen? Mijn zus is daar wel eens geweest. Op zo'n safari. Alsof je in een natuurfilm loopt, zei ze. Die zebra's komen echt heel dichtbij.'

'Heb je ook in de Beekse Bergen. Kan je gewoon met je eigen auto...' Ria geeft haar man een por in zijn zij.

'Maar die apen hadden wel de hele voorruit ondergescheten. Hoe lang we dat niet moesten horen...'

Ik vouw mijn krant dicht.

'Nigeria,' zeg ik. 'Wat Amerika is voor West-Europa, is Nigeria voor de rest van Afrika. Ze vinden zichzelf slimmer, moderner, mooier, groter dan de rest. Arrogantie die op niets is gebaseerd.'

'Ja, dat is toch weer leuk om te weten. Vaak denk je: ze zijn alle-maal hetzelfde, maar dat is dus niet zo. Als je je erin verdiept. Is het vrijwilligerswerk?'

'Zoiets.'

'Ze is er zeker wel voor opgeleid.'

Ik knik. Het dossier over de Nigerianen beslaat al zeventien pa-gina's. Van Barbara mocht ik het lezen. Hun levensmiddelen kopen de mensen niet in een winkel, maar bij een vriendin op de Nieuw-markt, die de spullen weer heeft van een neef in de Bijlmer. Kopen is een groot woord: ze ruilen weed en zelfgebrande jengel-cd's voor cassavemeel en gedroogde vissen. Waarover zouden ze belasting moeten betalen? Er is geen geld. De keer daarop trof Barbara wel geld. Dollars en euro's. Briefjes van vijftig, die werden bewaard in een wollen muts die aan een spijker in de wc-deur hing. 'Wij zijn een kapsalon,' had een vreemde jongen gezegd. Zelfs binnen droeg hij een zonnebril. 'Twee dagen in de week komt Mirjam hier vlech-ten en als het moet knippen, scheren. Geneeskrachtige massage, dat ook. Soms seks. Maar als vriendendienst. Ze vindt het zelf ook fun. Bij ons zijn vrouwen dol op seks.'

De muts met geld moest Barbara beschouwen als een giftenpot.

Waarom alleen maar briefjes van vijftig? De jongen had haar een apparaatje laten zien, een soort tondeuse, waarin een ultraviolette lamp brandde. Hij had een bankbiljet uit de muts gepakt en er met het lichtje langs gestreken. 'You see, not false.' Alsof de truc alleen voor briefjes van vijftig opging. Ik vond het knap dat mijn vriendin bij dit soort onzin haar lachen kon houden. De jongen was doorgegaan.

Als Barbara van seks hield moest ze zeker vaker komen. Had ze nog nooit een Nigeriaan gehad? Ze wist niet wat ze miste. 'Machocultuur' stond er in het dossier. 'Aids bestaat niet, of het bestaat wel, maar dan wordt het door muggen verspreid. Dat van die seks is een leugen, westerse jaloezie op onze viriliteit – en bovendien zijn er wel remedies tegen. Wisselbaden, de consumptie van zeldzame noten. Ongewenste zwangerschappen worden op geheimzinnige wijze afgebroken – ik begreep van M. dat ze een paar keer doodziek is geweest van het een of andere drankje en toen inderdaad de vrucht verloor. Toch beweert ook zij dat ze seks altijd prettig vindt, en nooit bang is voor geslachtsziektes. Haar besnijdenis heeft veel pijn gedaan, maar ze vindt het nog altijd een eer om zonder "dat kietelding" te leven; vrouwen mét laten zich meer afleiden door de jeuk. Daarom zijn westerse vrouwen zo bangig, zo nerveus, zo moe. Doordat ze een clitoris hebben. "That's why African women work so hard. We can stand pain and we love men, just because there's no sick little organ anymore." Op de vraag waarom M. haar eigen dochter niet heeft laten besnijden, was het antwoord dat zij vanbinnen al te wit is om aan de sisterhood deel te nemen. "The consumption of powdered milk in her infant years already made her weak." De voorouders weren haar. Ze leest boeken. Iemand moet met de traditie breken, vindt M. "Maar gelukkig was ik dat niet." Dat ze haar dochter, die in Birmingham als huishoudster werkt, nooit meer ziet, vindt ze niet erg.'

Lang, heel langgeleden had een dergelijk verhaal me opgewonden. Ik weet zeker dat ik had gefantaseerd over seks met de inktzwarte Mirjam, door mannen gehersenspoeld of door haar zogenaamde stammen-sisterhood; een genootschap dat natuurlijk helemaal niet al millennia geleden door natuurgodinnen gesticht was om de heilige wijsheidsleer zuiver te houden. Het was georganiseerd verzet tegen de kolonisator, en de kolonisator had er goed garen bij gesponnen. Versterk het stammenbewustzijn en zet de groepen dan tegen elkaar op – maar natuurlijk wist Mirjam niet beter of ze behoorde tot de overwinnaars, en haar magische levenskracht school in het litteken tussen haar dijen. Met zo'n leugen wilde ik destijds vast en zeker naar bed. Om het gedraai te ontmantelen. Om iets goed te maken. Om haar te troosten met mijn westerse kussen, mijn witte pik, of misschien wel om haar te vernederen. Als jij het echt zo lekker vindt, dan kun je het krijgen ook.

Ik groet mijn buren en ga naar binnen. Nog een jaar of wat en we wonen in Zuid. Gezellig tussen de Bekende Nederlanders. Val ik niet meer op.

Hier in de wijk val ik ook niet op. De juwelier neemt mijn horloge aan en tikt tegen de glasplaat. Alleen de grote wijzer doet het niet meer. Mogelijke oorzaken worden opgesomd. En alle mogelijke oplossingen. Moet ik iets terugzeggen?

Mijn horloge verdwijnt in een envelop. Naam? Adres? Mogen wij ook uw telefoonnummer? En uw mobiele nummer? Bij de opticien laat ik mijn beste leesbril achter. Bij de schoenmaker een gloednieuw paar nette broques, om er rubberzolen onder te laten zetten. Leer is inderdaad mooier, maar het slijt zo gauw.

Mijn zomercolberts gaan naar de stomerij. Ik vraag of ze ook een gaatje bij de elleboog willen stoppen. Nu vast betalen, of donderdag? Nu. Van de vier verschillende afhaalbewijsjes maak ik een stapeltje, het gaat in een apart vakje in mijn portefeuille. Lentekwartet.

Met een tas vol boodschappen sta ik tenslotte bij de fietsenmaker. Barbara wil nieuwe lampjes. Met zo'n handig clipje. Een vriendin van haar kreeg onlangs een boete van vijfentwintig euro. De fietsenmaker is nog bezig. Aan een vrouw in een versleten, donkergroen leren jack legt hij uit hoe hij het kinderzitje op haar bagagedrager gemonteerd heeft. Ze rekent af. Een kettingslot wil ze ook. Ze rekent opnieuw af. Draait zich naar me om. 'Sorry dat ik u zo lang heb laten... Hé! Hallo!'

Het geluk heeft een gloednieuwe tweedehands omafiets met een gloednieuw kinderzitje achterop en haar gloednieuwe kettingslot rammelt in haar handen. Ik weet niet of ik hier wel tegen kan. Voor me staat de vrouw in de grijze jas, zonder grijze jas ditmaal. En het is zo eenvoudig nu om Zagajewski te laten vallen. Terwijl zij haar fiets onhandig langs de rijen nog te repareren fietsen naar de uitgang manoeuvreert, langs de toonbank en het manshoge triplex display met bellen, regencapes en gummi snelbinders, zet ik mijn tas tegen een kast en loop met snelle passen naar de deur. Om die open te houden.

'Wacht even.' Ik pak het voorwiel vast en til het over de drempel.

'Volgens mij haakt er iets aan de achterkant, er blijft iets haken aan de deurklink. Een gordel van het zitje misschien.'

De vrouw kijkt om en snel trek ik de bundel uit mijn binnenzak. Ik mompel iets over een schuine plank, een glijplank, hoe heet zoiets, dat is hier toch veel makkelijker dan zo'n hoge drempel... En gooi het boek op de grond. Er haakte niets. 'O, nou, dan leek dat maar zo. Het gaf niet zo mee.'

Fiets en vrouw staan buiten, ik groet ze, ga weer naar binnen. Voor Barbara ook zo'n kettingslot. Zwarte werkhanden nemen mijn spullen aan. De drie sleuteltjes die bij het nieuwe slot horen veegt de fietsenmaker aan zijn stofjas af. 'Nou hep ze toch nog een probleem,' zegt hij. Hij wijst naar het raam en vraagt of ik extra batterijtjes bij de lampjes wil. Ik knik. Doe maar. Aan de andere kant van de etalage wuift de vrouw met het boek in haar hand. De fietsenmaker haalt zijn schouders op. 'Kijk nou toch. Met zwaaien alleen kom je er niet, wijffie.'

Ik vraag of ik het bedrag mag pinnen. Als ik heb betaald schuift de fietsenmaker de plastic tas met cadeautjes voor Barbara naar me toe. Hij kijkt naar buiten, ik kijk ook weer. En doe alsof ik nu pas begrijp wat er aan de hand is. 'Ze heeft geen probleem, ze heeft daar een boek. Het is waarschijnlijk uit mijn jas gevallen.'

'Ja, dat kan ook. En vergeet u uw andere tas niet, anders staan er straks twee te zwaaien.'

We lopen naar het nieuwe filiaal van de Coffee Company. Daar gaat ze me vertellen waarom dit geen toeval kan zijn, heeft ze beloofd. Ze heet Deanne. 'Dus geen Diane, of Diana. Bijna iedereen maakt die fout.'

Anne, Barbara, C. Nu hoofdletter D. Dat klopt alvast.

De lucht is betrokken, maar in het rossige haar van de vrouw naast me glinstert het zonlicht uitbundig. Hoe heb ik kunnen denken dat ze blond was?

'Zagajewski, Zagajewski...' zegt ze. Onze mouwen raken elkaar. Ik wilde dat ik kon blozen. Zal ik zeggen dat ik lampjes voor mijn vriendin heb gekocht? Verandert de situatie als ze weet dat ook ik gebonden ben? Misschien ga ik blozen als ik zie dat zij bloost. De leren jas ruikt gloednieuw. Hij is fabrieksmatig vaal gemaakt. De bekleding van het kinderzitje is blauw, er staan lachende dwergjes op. Hoe lang heeft ze geaarzeld tussen deze, een rode met beertjes en een groene met olifantjes? Uit haar mimiek en haar gang kan ik nog niet opmaken of ze impulsief is of juist afwachtend. Pal voor de winkelpui zet ze haar fiets op slot. Ik wacht. Een paar passen op de plaats, om toch maar iets te doen te hebben.

'Kijk uit, daar ligt iets.' Gelukkig, ze zegt niet 'poep'.

De drol is geel en nog vochtig. Waarom moet ik hem zien? Als ik werkelijk verliefd was geweest had ik hem ook gezien, maar hij zou mijn duizeling niet hebben stilgezet. In het vernauwde, cocaïnewitte, razendverliefde, razendsnelle, woordverliefde, liefdesverliefde droombewustzijn worden faecaliën niet herkend, niemand ontlast zich er, niets stinkt: maar de neus die ik nu op heb, mijn gewone neus, ruikt de drol naast mijn schoen en ik schaam me alsof het mijn eigen hond is geweest die hier alles alvast voor ons verpest heeft, een uurtje geleden – mijn reu, met zijn brandende Bonzo-aars.

Deanne gaat naar binnen. Ik volg.

Ze wijst op twee leren leesstoelen in de hoek van de zaak. Ga daar maar zitten. Niet zo in het zicht, denk ik erachteraan. De bar aan het raam is taboe. Pas een paar weken zit de zaak hier, in wat altijd een herenmodezaak, en na een jaar leegstand nog even een politieke-aksie-en-chill-out-room voor neo-krakers en autonomen op inline-skates is geweest, maar ik vermoed dat Deanne en haar vriendinnen hier al minstens tien keer caffè latte hebben gedronken. De andere hippe jonge moeders mogen haar niet met een vreemde kerel zien.

Ik kijk uit op de plek waar het ongeluk... Zij kwam toen uit de Hema. Er komen ook nu Deannes uit de Hema. Opvallend veel zwangeren. Of vrouwen met een goedgevulde tricot draagdoek voor hun buik.

'Ik heb maar gewone koffie genomen. Suiker, melk?'

'Dank je.'

Ze zet twee dampende glazen op het tafeltje. Zo. Zagajewski dus. Zagajewski heeft ze, niet lachen, leren kennen toen hij nog in Parijs woonde. Deanne was daar au pair. Een uitzonderlijk makkelijke job, haar gastgezin gaf haar veel vrije tijd. Te veel vrije tijd. Uit pure verveling nam ze er nog een baantje bij. Serveerster in een lunchcafé. Iedere ochtend rond half elf zat daar een man... Nee, niet Zagajewski. Een andere Pool. Ze raakten aan de praat. (Zoals wij nu, zoals wij al zo vaak, wil ik zeggen. Maar dat is niet waar, zo vaak was het alleen in mijn gedachten, ik heb deze ontmoeting al zo vaak zo exact gerepeteerd dat ik nergens meer van opkijk, ook niet van de manier waarop ze in de hete koffie blaast. Helaas stelt het zonder Springsteen op de achtergrond allemaal veel minder voor, maar wat niet is kan nog komen.)

Over van alles en nog wat raakten ze aan de praat. Over politiek, over het verschil tussen muzische culturen als de Poolse en de Duitse, en beeldende culturen als de Hollandse.

'"Jullie hebben Rembrandt, Vermeer, Van Gogh, Appel, De Kooning, maar een echte grote componist? Een groot dichter? En hebben wij een fatsoenlijke beeldhouwer of schilder? Als je toch kunstgeschiedenis gaat studeren moet je dat eens nagaan," zei hij. "Hoe dat kan. Hoe dat zijn weerslag heeft op het volk. Als Miłosz tien jaar geleden niet de Nobelprijs voor Literatuur had gewonnen, was het met ons land misschien net zo gelopen als met..."'

'Je bent dus kunstgeschiedenis gaan studeren.'

'Nee, cultuur en beleid. Daar kun je meer mee. In Groningen. In '91 begonnen, in '96 was ik klaar.'

Ze steekt een sigaret op. Ik doe hetzelfde. 'Dus Miłosz vind je ook goed?'

'Nooit wat van gelezen. Nee, ik vond dat grappig. Dat zo'n man zoveel ontleende aan een Nobelprijs die in 1980 was uitgereikt aan een landgenoot, iemand die bovendien ook niet in Polen woonde. Toch? Zat die man niet in de v s? Moet je je voorstellen dat een Nederlander de Nobelprijs voor Literatuur wint; ik denk dat de meeste mensen dat hier na een maand alweer vergeten zijn en zeker na tien jaar. Laat staan dat we er in economisch en politiek opzicht zelfvertrouwen aan ontlenen.'

'Daarom zal geen Nederlander hem ooit winnen. Wij hebben al genoeg zelfvertrouwen en dat weten ze daar in Zweden heel goed.' Deanne moet niet lachen. Ze wil haar verhaal even afmaken, en dan naar huis. 'Wat deed hij zelf?' vraag ik. 'Jouw stamgast, wat deed...'

'Je bedoelt, wat was zijn beroep? Ja, dat heb ik me later ook wel eens afgevraagd. Ik weet het niet. Ontzettend stom, maar ik weet het niet. Een vriend van me denkt dat het de filmer Kieślowski was. Die was daar toen vanwege *Trois couleurs*... Het was wel een oude man, dat wel. Maar een filmer moet toch op de set zijn, nee, het is te romantisch om te denken dat het Kieślowski was. Ik noemde hem Jan en hij mij Dé-jan. Zoals je café hebt en decafé. Dat was de grap.'

Ik lach beleefd. Ik wel. Hoe zat het nou met Zagajewski? Simpel. Jan had hem uitgenodigd een dag nadat hij Miłosz in zijn betoog had geïntroduceerd. 'Zo van: kijk, ik ken ook een dichter. Zo van: hier heb ik het levende bewijs dat iedere Pool wel een dichter in zijn vriendenkring heeft. Hij wilde indruk maken op mij, en misschien ook wel op Adam. Dat 'ie het stoer vond ergens te komen waar hij op vertrouwelijke voet stond met het personeel.' Bij het uitspreken van de naam 'Adam' legt Deanne haar wijsvinger op de auteursnaam op het omslag. 'Jan. Normaal gesproken dronk hij alleen koffie en thee bij ons, Jan.' Deanne had de twee vrienden salades moeten brengen, en een visschotel, en wijn en water en bier en later nog bonbons en cognac en helemaal aan het einde van de middag, toen haar werktijd erop zat, was de timide Zagajewski meegelopen naar de school waar ze de kinderen moest halen.

Ik laat me vertellen dat hij hele rare wenkbrauwen had. Net schuursponsjes, zo breed en dik.

Later kwam hij nog een keer of drie, vier bij haar in de zaak en gaf haar een paar van zijn gedichten die hij in het Frans had vertaald, en een bundel in Duitse vertaling. 'Niet deze natuurlijk.' Ze wijst weer op mijn bundel.

Dat puntige wijsvingertje, dat had C. ook.

Als ik haar aankijk zie ik in haar ogen een bewolkte hemel. Boven Parijs, boven Groningen, boven de Kinkerstraat. Een doodgewone grijze lucht waaruit nog net geen regen valt, en waarin de zon blikkert als het spiegeltje in een poederdoos. In Deannes geheugen is geen plaats voor verschillen. Eiffel- of Martinitoren, allebei mooi. De Pont Neuf of de oerdegelijke Kinker-ophaalbrug; na een paar dagen ben je eraan gewend en worden het decorstukken, die zich in het gunstigste geval aanpassen aan de kleur van je lipstick of je nieuwe oorbellen, meer niet. Als Deanne zich maar mooi kan voelen. Zelfbewust.

Overal heeft ze 'een leuke tijd' gehad en dat heeft ze aan zichzelf te danken. Met die gedachte is ze opgevoed, zie ik. Net als Barbara.

De mensen en dingen om je heen zijn niet per se leuk of niet leuk, je moet er zelf wat van maken. Jij. Jij. Jij.

Dertien jaar geleden dronk ze koffie met Jan en Adam, nu drinkt ze koffie met iemand van wie ze wel of niet weet wie hij is, en het is allemaal even vanzelfsprekend. Het gebeurt tenslotte op haar eigen initiatief.

'Waar hadden jullie het over, Zagajewski en jij?'

'Over Parijzenaars en de Fransen van buiten de stad. Dat soort dingetjes. Ook weer over Vermeer. Wat ze daar toch met Vermeer hebben. Die Polen denken echt dat iedere Nederlander van Vermeer houdt, dat onze huizen bij wijze van spreken volhangen met reproducties, dat wij altijd de gordijnen zo wagenwijd open hebben omdat we ook dat licht in de kamer willen, dat Vermeerlicht... *Gezicht op Delft*, het *Melkmeisje*, sorry, maar het zegt me niks. De tijd gaat door. Marlène Dumas is goed. Ja, die is goed. En ik ben afgestudeerd op de marktstrategie van het werk van Rob Birza. Fotografie, daar ben ik ook helemaal voor. Wat ze vorig jaar naar Venetië stuurden, dat was top.'

'Volgens mij hebben ze zelf niet in de gaten dat hun fascinatie niet het licht betreft. Ook Szymborska niet. Het zijn twee andere zaken.'

'O. Welke?'

'Het blauw en de brieven. Dat stille blauw en dat stille lezen van die brieven.'

Deanne knikt. Ouwe gek, denkt ze. Ze trekt haar conclusie. Vermeer is iets voor mannen van een jaar of vijftig.

Het is misschien wel aardig als ik haar nog een kop koffie aanbied. One for the road. En om weer quitte te staan.

'Ze hebben ook sappen. Van te veel cafeïne ga ik shaken. Doe maar die met appel en vlierbessen.'

Aan het buffet zie ik dat er ook muffins zijn, en dure belegde broodjes. Ik kan nog iets extra's voor haar meenemen, iets waar ze niet op rekent, een ciabatta gerookte kipfilet met avocado. Omdat ik haar wil zien eten. Misschien eet ze mooi. Misschien dat er dan eindelijk iets gebeurt waardoor ik haar wil kussen en strelen. Ik bestel twee flesjes ecologisch vlierbessensap. Liever bekertjes dan rietjes.

Rietjes! Saaie dertigers die wanhopig hun best doen op kleuters te lijken. De jongen die me bedient draagt een veel te ruime Kuifjeplusfour en een T-shirt waarop een Pokémonfiguurtje is afgebeeld. Hij is zo geknipt dat het lijkt alsof hij nodig naar de kapper moet. Te lange pony, die hij schuin over zijn voorhoofd heeft geplakt, slome bakkebaarden, een plak zinloos haar in de nek... en toch maar grijnzen. Lekker retro.

Alsof er ooit een generatie is geweest die er zo belachelijk bij liep.

De bonte dassen die mijn oma breide, en die ik altijd expres op school liet hangen, net zo lang tot de conciërge zijn laatste vuilnisronde langs de kapstokken maakte ('Dus ook niet meer op te halen bij gevonden voorwerpen, begrepen?!'), die dassen zouden nu goud waard zijn.

Ze is dorstig. Hoe ze de koperen dop van het flesje draait. Huppetee. In gedachten zie ik haar in de weer met potjes Olvarit en plastic anti-lekbekers. Kom maar, doet mama wel even. Met dezelfde accuratesse rondt ze nu haar verhaal af.

'Ik heb altijd gedacht: zo'n verlegen mannetje, het zal wel een amateurtje zijn. Die af en toe in gesprek raakt met een buitenlander die hem aandoenlijk vindt, en intelligent en allesbehalve opdringerig en die om die redenen wel een beetje zijn best voor hem wil doen.'

Deanne kijkt me nu stralend aan. Ze was Zagajewski allang vergeten, de onbenul, en nu ineens blijkt dat hij wel degelijk gelezen wordt. Ook door mensen die hem nooit hebben ontmoet. En als ze mij niet was tegengekomen, als ik dat boekje niet had laten vallen, als ik dat niet toevallig op zak had, uitgerekend in een fietsenwinkel, ja, dan had ze nooit geweten dat Zagajewski echt... Dat het iets waard was. Wat een grappige vergissing heeft ze gemaakt. Blijft staan dat ze de gedichten onbegrijpelijk vindt.

'Het zijn gewoon mini-verhaaltjes. Ik zeg niet dat ík het kan, dat zeker niet, maar het is niet dat je denkt... pfoe, wat knap. Als het dan toch per se moet lees ik liever Lucebert of zo. Of Campert. Rutger Kopland is ook best aardig. Moest je voor je lijst lezen, op het vwo. En Rawie. Dat van die tafel die hij voor niks heeft gedekt, dat is mooi. Iedereen kent dat gevoel wel, maar hij schrijft het zo treffend op. Rawie liep trouwens alle kroegen van Groningen af. Hij heeft wel eens dag tegen me gezegd.' Ze steekt weer een sigaret op en raadt me aan eens een enthousiasmerend artikel over Zagajewski te schrijven. In *LaagLand* of zo, '...want jij bent toch die De Wolf, hè?'

Ik zeg niet dat ik Zagajewski graag voor mezelf wil houden, maar het is wel zo. Ik wilde hem delen met de vrouw op wie ik hoopte verliefd te zijn, of te worden, en ik deel hem ook met haar, maar op de verkeerde manier. Er moet nu iets gebeuren. Ik wil op mijn horloge kijken, maar kijk naar een kale pols. Deanne ziet het.

'In reparatie,' zeg ik.

'En dat was je weer vergeten. Heb ik ook zo vaak. Achter je hangt een klok en het is tien voor drie. Als je het niet erg vindt ga ik zo.'

'Wat doe je? Voor werk?'

'Ik ga nu niet naar mijn werk. Ik heb een middagje vrij.'

'Maar wat doe je?'

'De boekingen van de Melkweg. Artiesten boeken, inplannen. Ze ontvangen. Ik regel daar van alles. Veel 's avonds. Mijn vriend doet daar drankinkoop, de boekhouding en de praktische klussen. Allebei hetzelfde plekje, en toch iets anders, hij in de ochtenduren en vroeg in de middag, ik dus… Voor een kind ook goed. Dat hij zijn vader ook veel ziet. En wij begrijpen elkaar. Ja, en als je dan hoort hoeveel mensen er uit elkaar gaan, ook op de crèche, mensen met zulke jonge kinderen, dan denk ik, dat komt dus door twee dingen: die vader onttrekt zich aan de verantwoordelijkheden, en die ouders hebben vaak niks wat hen bindt. De een heeft er geen idee van wat de ander doet.' Ze is opgestaan. 'Ja, dan krijg je al dat onbegrip. Terwijl wij het van elkaar snappen als er stress is.' Ze slist. Ze slist heel erg. Nu we klaar zijn, sta ik me die constatering pas toe. Ffflagajeffllki. Goed dat er geen s-klank in haar eigen voornaam zit. Stel dat ze Suzanne had geheten. Of C.

Ik sta ook op. Ze zegt dat ze het leuk vindt me ontmoet te hebben. Ik kijk naar haar hoge, legergroene gympen en wil zeggen dat ik de laarzen gemist heb, en de lange witgrijze winterjas. En muziek, en dat eigenwijze, geestig-tedere Poolse dat bij haar alleen de wijsvinger heeft aangedaan. O ja, ik miste ook de getergde blik die ze na het ongeluk had, en het on-rossige blonde haar en de tompoucen die ik haar bedacht had, en als ik haar heb uitgezwaaid, na gewezen te hebben in de richting van mijn straat ('Daar woon ik dus.' Vergeefse mimese van haar 'dus'), besef ik dat er niets meer van mij over is dan een fetisjist.

Een staaltje stof van die mantel, een afgebroken blokhak, Springsteens woedende bede om een wonder eronder; zo, en niet anders kan ik nog verliefd zijn. Ik ben net zo'n hol vat als het popidool in mijn repeterende droom.

Als ik thuiskom staat er een boodschap van de redactrice van Felderhof op het antwoordapparaat. Ze wil me hartelijk bedanken. Voor het feit dat ik mijn medewerking aan het nieuwe theekoepelprogramma heb toegezegd. Het gaat alleen niet door en waarschijnlijk weet ik al waarom: Meijer is overleden. Gisterennacht. Een hartstilstand.

Ik geef Meijer groot gelijk. Gewoon ertussenuit piepen, een paar weken voordat je levenswerk weer wordt opgerakeld. Op de uitnodiging voor mijn boekpresentatie had hij ook al niets laten horen.

Het tweede bericht is van Iemkje. Of ik nog weet wie ze is, ze is namelijk een oud-studiegenootje van Anne. Heel onbeleefd dat ze zo lang niet meer gebeld of geschreven heeft, maar hopelijk heb ik er begrip voor. 'Nog onbeleefder, Rudolf, is dat ik je om hulp wil vragen. Bel me alsjeblieft gauw terug.'

Dat doe ik. Het duurt een tijdje voordat er wordt opgenomen. Zou Sara willen dat ik bij de uitvaart ben? Woont ze nog in Tel Aviv? Ze is waarschijnlijk al grijs. Een elegante, fijngebouwde joodse dame. Ik stel me haar voor in een lange, soepelvallende zwarte jurk. In een antraciet, met wit koord afgebiesd Chanel-mantelpak. Hoe ze de condoléances in ontvangst zal nemen; met theatrale gereserveerdheid. Een minzaam lachje naar mij, haar eerste vriendje. De jongen die dankzij wijlen haar vader nooit arts is geworden. Zij wel. Dermatologe. Nu directeur van een kliniek voor cosmetische chirurgie. Gaat ze de uitvaart gewoon uitvaart noemen, of lewaja? Ja Anne, denk ik, we gaan weer keurig gelijk op. Jij je oud-studiegenote, ik de mijne. Het verschil is dat jij op niemand meer hoeft te reageren.

'Met Iemkje.' Haar stem is dunner geworden. Een nerveus trillertje, alsof ze net heeft gehuild en misschien is dat ook zo. Ze zit immers in de problemen. Ik noem mijn naam.

'God, wat lief dat je zo snel al terugbelt. Ben je niet kwaad dat ik nooit meer iets van me heb laten horen?'

'Nee.'

'Ik wilde je wel troosten, maar ik was bang dat ik zelf nog veel harder zou moeten janken. Volgens mij ben ik wel drie jaar van de kaart geweest. Ze was zo goed. Zo geweldig goed. Wat ze maakte. Alleen die fobie... Daar heb ik haar niet goed bij geholpen. Ik weet bijna zeker dat ik jaloers was op haar succes en dacht: gelukkig is bij jou ook niet alles helemaal perfect. Of ik dacht, zoek het maar lekker uit met je angsten, je doet het gewoon om mij te laten zien dat ook jij... Aanstellerij om geen zondagskind te lijken. Ze schaamde zich voor haar aangeboren trots, of haar zelfvertrouwen of zoiets. God, je kunt er uren over praten, maar weet je, ik heb dus heel lang gedacht dat haar dood mijn schuld was. Dat een soort onbewust wishful thinking van mijn kant... Maar al die kinderlijke zelfverwijten, dat rare magische denken, dat is ook egocentrisme. Ik ben er zelfs voor bij een psych geweest. Had jij dat nou ook, dat je het op jezelf betrok? Ze was nog zo jong, het klopte niet. Daar moet jij toch ook last van hebben gehad, of nog steeds last van...'

'Niet echt. Ik moest meteen voor Bouwe zorgen. Ik had wat omhanden. Maar je belde voor iets anders.'

'Ja. Het is wel een heel verhaal.'

Ik ga ervoor zitten. Praat maar. Barbara komt pas over anderhalf uur thuis. Tot die tijd wil ik niet hoeven denken aan de teleurstellende ontmoeting met Deanne, of aan mijn onvermogen nog langer overspelige fantasieën in scène te zetten. Winst: ik hoef me ook niet meer schuldig te voelen. Ik kan me nu volledig wijden aan de moeilijkheden van anderen, net als mijn vriendin.

Iemkje werkt in de provincie Groningen. Al jaren. Ze kon daar ooit voor weinig geld een oud pandje huren, aan de rand van een dorp – iets garage-achtigs, een soort loods. Daar maakt ze haar roestsculpturen. De eerste tijd woonde ze nog bij haar vriend in Arnhem, en reisde ze op en neer naar het atelier, maar toen de relatie uitging besloot ze de opslagvliering bovenin de loods tot woonruimte te verbouwen. Officieel verboden, maar de gemeente gedoogde het. Ze had er toch al zo vaak gelogeerd en wat is het verschil tussen ergens regelmatig logeren en ergens wonen? Iemkje was een sympathieke dorpsgenote, die op vrijwillige basis teken- en schilderlessen gaf op school en in het buurthuis, met haar auto wel eens boodschappen bij bejaarden rondbracht en ludieke acties had gevoerd om de restauratiekosten voor het zeventiende-eeuwse kerkje rond te krijgen. 'Ze zeggen het hier niet met zoveel woorden, maar ze mogen me. De zoon van een van de wethouders heeft nog eens een douchecabine voor me geïnstalleerd. Dat doe je niet als je iemand weg wilt hebben.'

Maar nu is er dus het plan voor de allochtonenstad. En de politiek is vol lof over de medewerking van al diegenen die percelen moeten afstaan ter wille van de bouw. Dat de uitkooppremies formidabel zijn wordt verzwegen. Iemkje begrijpt dat ook wel. Het probleem is alleen, zij moet ook weg. Een premie krijgt ze niet, zelfs geen vervangende woon- of werkruimte, want nu ineens wordt er een punt gemaakt van haar illegaliteit. De nieuwe burgemeester is niet gevoelig voor argumenten. Het pand wordt over drie weken ontruimd als zij het niet al eerder heeft gedaan. Voor opslag van de beelden moet Iemkje zelf maar zorgen, anders gaat het hele zwikkie in containers en daarvan worden de kosten evengoed op haar verhaald. 'Er staat voor miljoenen in mijn atelier, Rudolf. Als die kunstwerken beschadigd raken tijdens het transport, kan ik ze niet meer verkopen.'

Ik kijk naar buiten. Het stormt. Het regent hard. Het jonge blad aan de bomen vecht om niet van de takken te waaien. Een schuimende, stralendgroene wolk. Bloesemnevel. Als Bar straks haar fiets in het rek schuift, ruikt de straat heerlijk schoon. Ze zal blij zijn met haar cadeautjes, en met de was die ik heb gedraaid. Met de geboende wc, de gedweilde vloer, de stofvrije kastplanken. Voor iemand met een depressie doe ik belachelijk veel. Om acht uur vanmorgen begonnen, om half één was ik al klaar. Mijn manie: de gelukkige huisman uithangen. Iemkje ratelt maar door.

Boomstammen van verroest ijzer herinner ik me. En ooievaars en kraanvogels van roest. Op manshoge, haarspelddunne poten – afgekeken bij Giacometti. Als die kunstwerken miljoenen waard zijn, waarom verkoop je ze dan niet, wil ik vragen. Anne verkocht ook altijd alles. Tegen goede prijzen. En waarom lukte dat? Omdat mensen haar kunst wilden. Dat is nu jouw probleem, Iemkje. Zelfs al zou je er je best voor doen, je raakt die mediocre rotonde-opsmuk aan de straatstenen niet kwijt. Nu niet, en binnen een jaar, twee jaar evenmin. Je leeft in een illusie.

Dat zeg ik niet. Ik denk aan het bedrag op Annes rekening. De erfenis. Bouwe heeft via Paula zijn deel gekregen, mijn eigen deel heb ik overgemaakt aan het Rode Kruis. Die hulporganisatie leek me neutraal genoeg om mezelf ook later niet te veel met de bestemming van het geld te hoeven bezighouden. Laat uw linkerhand niet weten wat uw rechterhand doet, dat is toch een mooie christelijke waarde.

'En nu, Iemkje?'

'Eind mei moet de bouwval tegen de vlakte. De bouwval! En dan sta ik met mijn beelden op straat.'

'Wat wil je dat ik doe?'

'Er is nog een zitting van de gemeenteraad.'

'Ja?'

'Ik wil zoveel mogelijk mensen op de publieke tribune. Om ze te overweldigen. En jij bent ook nog eens bekend tegenwoordig. Misschien denken ze wel dat je erover gaat schrijven.'

Ik kan geen nee zeggen. Ik zeg geen nee. Ik vraag bedenktijd. Nu hoor ik haar huilen aan de andere kant van de lijn. Het gereutel van een neus vol waterig slijm.

'Het is zo lief van je. Hoe je het zegt. Zo lief.'

'Maar ik heb nog niets toegezegd. Dat weet je, hè? Ik moet eerst kijken of ik überhaupt wel kan.'

'Ja. Ja. Dat je naar me luisterde vind ik al zo aardig.'

'Iemkje?'

'Nou?'

'Probeer je hoofd koel te houden. Blijf nuchter nadenken. Waarschijnlijk zijn die mensen niet te overweldigen of te intimideren met jouw achterban in de zaal. Die hebben hun wetjes en hun cijfers. En om kunst geven ze al helemaal geen moer. Dus een mooie speech, door die jurist en galeriehouder die jij in gedachten hebt, over de inspirerende locatie enzovoorts – het verzwakt je betoog juist. Je moet ook niet schermen met de namen en functies van je kopers. Met bedrijven die zo'n plastiek van jou in hun patio hebben neergezet. Dat zegt zo'n gemeenteraad niks.'

'Maar de Gasunie, en het hoofdkantoor van Natuurmonumenten...'

'Al was het Shell.'

'Shell wilde inderdaad ook. Ik heb de offerte nog liggen. Uiteindelijk hebben ze gekozen voor iets organisch in marmer. Ja, dat is leuk om te vertellen. Weet je van wie? Van die jongen bij wie Anne haar... In Weesp. Die antroposoof. Theo heet hij. Hij was ook op jullie huw... Sorry.'

'Je mag het rustig zeggen: op ons huwelijk.'

'Ja, wat een mooi feest was dat. Dat gedicht dat jij voorlas.'

Weer gesnik. Het lijkt me beter voor Iemkje als ze even rust neemt.

'We gaan het er nog wel eens over hebben, denk ik. Maar niet nu. Dat is beter voor je. Je hebt nu al genoeg aan je hoofd. Ga lekker liggen, met een boek, of met de televisie aan, glas wijn erbij.'

'Ik drink niet meer.'

'Nou, dan koop je een doos bonbons. Of ga vanavond met een vriendin uiteten of naar de sauna, dat soort dingen doet Barbara ook altijd als het...'

'Dat is je nieuwe vriendin?'

'Niet nieuw, wel mijn vriendin.'

'Wat goed om te horen. Wat goed! Rudolf, dat gun ik je echt.'

Ik zeg dankjewel. Ze hoort nog van me. O, wat lief, vindt Iemkje. En ze vraagt of ik 'mijn' Barbara de groeten wil doen, '...ook al kennen we elkaar nog niet. Zeg maar dat ze boft met jou als vriend!'

Dat doe ik, lieg ik, en ik hang vrolijk op. Onversneden humaan ben ik geweest, en vrouwvriendelijk tot in mijn tenen. Een doos bonbons of de sauna... En hoe ze zich na één zo'n *Viva*-tip gewonnen gaf – dat zouden meer mannen moeten doen.

Barbara is blij met haar lampjes. Het slot was niet nodig geweest. Ze heeft precies zo'n zelfde slot een week geleden gekocht. Maar het geeft niet, Achmed heeft er wel wat aan, en anders een van haar Turken. Wijn wil ze niet. Ze weet niet hoe het kan, maar ze blijft misselijk. De geur van het schoonmaakmiddel dat ik voor het zeil heb gebruikt slaat op haar maag. We eten allebei weinig. Barbara vertelt iets over een Russisch gezin dat boven de Nigerianen woont. Ze gaat samen met de moeder een school zoeken voor het kind van bijna vijf, en een crècheplaats regelen voor het kind dat op komst is. Wat denk ik? Moet ze de vrouw niet ook eens meenemen naar een verloskundige? Die mensen weten wel dat je niet mag drinken tijdens de zwangerschap, maar drinken is voor hen 'wodka-drinken'; bier en wijn tellen niet. En die man paft de hele dag. Barbara zal wel een vriendin met kinderen inschakelen om een goede vroedvrouw te vinden. Verder is het een leuk stel. Die muziek. Synthesizer-gehamer. Zelfs de popmuziek is in mineur. Alles wat ze draaien doet denken aan dat groepje van vroeger; Depeche Mode. 'Nou, ja, dat is van na jouw tijd.'

Ik geef toe, ik heb de cd's goed verstopt. Ze liggen bij C.'s gedicht en mijn jeugdfoto's in de la.

Wist ik dat hier in de buurt een Russische mini-supermarkt zat? Die potten met zoetzuur, heerlijk. Paprika's, kool en bloemkool, uitjes, wortels, komkommers, augurken... Daar moeten we ook eens heen. Troyka heet die zaak. Hebben ze ook tapejes met die muziek, en gedroogde worstjes, en pelmeni... Pelmeni? 'Een soort ravioli, en je moet het eten met zure room en dille.'

Pierogi z mięsem. De Poolse variant. Ik dacht dat Barbara onafgebroken misselijk was, maar in haar vrije, etnische uren valt het kennelijk mee. 'Ik ken ook al een paar woorden. Brood is "Chleb", en vis is "Riba", en kaas is zoiets als "Dvořák" en zure room is "Smetana", dus die componisten heten eigenlijk...'

Veel Russische matrozen doen Troyka aan. En ja, ook leden van de maffia. Als Bar tijd genoeg had zou ze zich daar ook wel in willen begeven, in dat corrupte milieu. Maar ze heeft het Russische dossiertje al bijna klaar en die vuilakken willen toch niet in Appèlbergen wonen, dan vallen ze te veel op, dus waarom daar dan studie van maken? Ze legt me uit hoe een samovar werkt. Thee met jam in plaats van suiker. Lekker. Ze heeft aan Huib gevraagd of ze ook buiten dit woonblok mocht aanpappen. Omdat het haar intrigeert dat het doodstille Chinese restaurant in de J.P. Heijestraat toch maar niet over de kop gaat. Ik lach.

'Moet je nagaan, ik ben vanaf 1 februari bezig en nu al heb ik vier dossiers bijna klaar. Nog twee en we hebben dat huis. En dan heb ik ook nog wat korte verslagen gemaakt, gewoon omdat ik toch bezig ben.' Ze zucht.

Ik zet koffie voor mezelf. Maak thee met frambozenjam voor Barbara. We hebben geen weekenden meer. Geen rustige avonden. Als ik seks belangrijk had gevonden had ik nu kunnen zeggen dat we al drie weken niet meer met elkaar... Ik ben niet gek, ik begrijp ook wel dat het aan mij ligt. Weten de 'huishoudens' die door haar bezocht worden al iets over Appèlbergen?

Goed dat ik dat vraag. De benedenburen weten het. Sterker nog, Barbara heeft ze de brochures laten zien en ze hebben zich meteen ingeschreven. Wat ze nog niet weten is dat ze er als een van de eerste families mogen wonen. Dat heeft Bar van Huib gehoord.

'Nee, ik heb ze ook nog steeds niet verteld dat ik werk voor... Dat zou de goede verhoudingen alleen maar vertroebelen. Maar ik vind het zelf wel bijzonder. Dat mijn informatie meehelpt het daar zo thuiserig mogelijk voor ze te maken.'

Thuis. Thuiser. Zo thuiserig mogelijk. Thuist.

'En jij?'

Ik vertel dat Meijer dood is en dat het interview in de theekoepel aan de Vecht om die reden niet doorgaat. Ik geef het gesprek met Iemkje weer en terwijl ik praat weet ik de oplossing. Bouwe moet erheen. Naar dat avondje in dat knullige gemeentehuis, maar ook naar de dorpsgenoten en raadsleden zelf. Iemkje is waarschijnlijk maar een geval te midden van vele. Hij moet achterhalen hoe lang het allochtonenplan al bij de verschillende colleges van B&W bekend was, hoe het zit met die uitkooppremies en waarom iedereen daar zo makkelijk mee instemt. In de dorpen rondom Schiphol gaat het er een stuk hardvochtiger aan toe. Ik vertel Barbara dat Boris nog steeds op een artikel van hem rekent. Zo'n eerste onderzoekje zal niet perfect opgeschreven zijn, maar ik kan het redigeren. Opeens ben ik ervan overtuigd dat Bouwe in dat Society Shop-pak bij iedereen binnenkomt. Nette jongen. Even vriendelijk als stug, neutraal gezicht. Onschuldig genoeg om bij uit de school te klappen. 'Wat is zeventien nou helemaal?' Zijn pantser heeft hij bij Dieudonnée afgelegd.

'Ik schrijf het op, mijn idee, ik zet de tekst op een floppy. Als jij het Bouwe maandag even mailt... Zo ben ik zelf ook begonnen met schrijven.'

'Hij is trouwens al twee weken achttien. Je bent zijn verjaardag vergeten.'

'Jij ook.'

'Ik heb het over een cadeau voor zijn nieuwe kamer gehad.'

'Wij geven niet om verjaardagen.'

Barbara haalt haar schouders op, geërgerd. 'Iejoor zegt weer eens wat.'

'Iejoor?'

'Ja, die ouwe blauwe ezel uit *Winnie de Pooh*. Nou, het spijt me dan dat ik voor jou zo'n groot feest heb georganiseerd. Ik dacht dat je het leuk vond.' Ze staat op.

Ze draagt een zwarte broek die nauw om haar heupen sluit. De pijpen, met een messcherpe vouw erin, vallen ruim, waardoor haar billen platter lijken. Paarse puntschoenen met hakken, van leer met krokodillenprint. Een strakke lila blouse met zwarte streepjes. De bovenste drie knoopjes staan open. Ik zie haar gebruinde borst, de weelderige kantrand van haar oudroze beha. Haar haar valt mooi. Het lijkt voller, donkerder.

Ze heeft haar ogen opgemaakt met het paars van haar schoenen en het lila van haar blouse. Ze gebruikt de laatste tijd mascara die niet klontert en ook na een lange werkdag blijft zitten. Filmsterrenwimpers heeft ze. Haar huid is zo zacht.

'Wat kijk je?'

'Je ziet er goed uit. Je ziet er altijd goed uit, maar vandaag...'

'Ik heb steeds minder tijd, en nu ineens gaat kleren kopen veel efficiënter. Heel gek. Ik fiets door de stad, ik kijk vluchtig naar de etalages en onthoud wat ik zie en dan, op de krant, denk ik: daaren-daar ga ik straks even schoenen passen, en dan pak ik bij die winkel op de hoek gauw zo'n broek mee... In drie kwartier kun je klaar zijn als het moet. En die andere vrouwen maar zeuren. Dat het zo druk is overal. Wat ik niet meer draag geef ik trouwens aan Olga. Heeft ze ook weer wat voor na de zwangerschap. Ze loopt nu in van die ouderwetse tenten.'

Dit zijn onze gesprekken. Waarom sta ik niet ook van tafel op? Waarom leg ik mijn handen niet om haar heupen? Waarom geef ik haar geen tongzoenen, knoop ik dat bloesje niet nog verder open, bijt ik niet in de stof van haar ondergoed, rijd ik niet tegen haar op, pak ik haar niet van achteren, hier, op de geboende vloer, waarom trekt zij niet alvast haar schoenen uit?

Dat deed ze tenminste tot voor kort nog – iedere avond. Maar ze laat alles aan tot het bedtijd is en als ze me aanraakt voel ik me inderdaad een oud, versleten knuffeldier. Een Iejoor die ze uit medelijden op zijn rug krabt. Uit wroeging, omdat ze hem zo verwaarloosd heeft.

Zou ze me bij haar vriendinnen ook Iejoor noemen? Ze leek verbaasd toen ik niet meteen begreep wat ze ermee bedoelde. Ik kan mijn gedachten niet ten uitvoer brengen. Ik heb geen erectie, dat ten eerste. Ten tweede, het zou potsierlijk zijn me nu plotseling als een woesteling te gaan gedragen. In mijn rol als minnaar ben ik steeds vooral zacht geweest, behalve bij Anne.

'Ik ga het meteen doen.'

'Wat?'

'Mijn klerenkast uitmesten. Er is ook een heleboel uit die zomerkoffer dat ik niet meer leuk vind.'

Ik hoor hoe ze in de keuken een vuilniszak van de rol afscheurt. Het knarsen van de slaapkamerdeur. Het gemorrel aan de sleutel van de garderobekast. Déjà-vu. Ik heb die kast maar één keer leeggehaald en dat was met Paula. Dezelfde grijze vuilniszakken op hetzelfde tweepersoonsbed.

Toen ik gisteren de teksten van Depeche Mode las, bleek dat ook ik regels verkeerd verstond.

Dave Gahan zingt met blikken stem: 'The mercy in You' – ik versta: '(When) the birds sing in June'. Maar nu dit lied, dat ik wel zes keer heb gedraaid. De tekst in het boekje gaat zo: 'In your room/ Where time stands still/ Or moves at your will/ Will you let the morning come soon (hier hoorde ik "mourning")/ Or will you leave me lying here/ In your favourite darkness/ Your favourite half-light/ Your favourite consciousness/ Your favourite slave... In your room/ Where souls disappear...', dat gaat zo nog even door, en steeds is dit het couplet: 'I'm hanging on your words/ Living on your breath/ Feeling with your skin/ Will I always be here...'

Het heeft te maken met Gahans beperkte zangkunst, en met de melodie en het ritme, waardoor er soms rare accenten worden gelegd. In plaats van 'Will I always be here' heb ik altijd verstaan: 'Like a wastebin'. De man als vuilnisvat van de geliefde. Gaat het lied eigenlijk over een liefdesrelatie, of over de ban van harddrugs?

Tijdens het schrijven aan mijn toneelstukken heb ik vaak gedacht: misschien ben ik op mijn beurt ook weer een personage. Ergens op de wereld loopt iemand rond die reikhalst naar een leeg individu dat hij kan volproppen met zijn indrukken, zijn emoties, zijn angsten. Op een dag (zo beginnen zoveel verhalen), op een dag ziet hij mij, zoals ik Deanne zag, en hij achtervolgt me. Bedenkt dat ik in mijn naaste kring met zelfmoord ben geconfronteerd, en een zoon heb voor wie ik niet kan zorgen, en graag goed wil doen maar daarbij steeds weer terugdeins – omdat ik niet geïnvolveerd wil raken, en dat weer omdat ik de teleurstelling in mezelf niet aankan...

Ik was een tijdlang de dominee, het winkelmeisje, dat hoofdstuk is alweer afgesloten, maar ik blijf de prullenbak van die naamloze schrijver of schrijfster, die wie weet wel in Boston woont of in Oslo. Die mij één keer heeft zien lopen, jaren terug, op het Spui of het Leidseplein, en toen hij/zij me in de ogen keek wist dat ik zijn favoriete spiegel was, of haar favoriete slaaf.

Maar als ik een personage ben, zijn alle mensen die me omringen ook personages. En dat kan niet. Ik hoor Barbara levensecht fluiten en de Marokkanen onder ons levendig hoesten en praten. Alleen Deanne is namaak. Wat ik mezelf over haar heb wijsgemaakt: knip- en plakwerk op lagereschoolniveau. Ik heb me emoties te binnen gebracht en verleidingskunstjes, alles op de hartslag van Springsteens *The Rising*, en ze zodanig gemonteerd dat ik een aardige videoclip overhield die door middel van mistwolken en druk op en neer wandelende, grijze figuranten, van lichtstralen door een wolkendek en twee onder stroom gezette lichamen, ieders favoriete passie suggereerde. Zagajewski is van mij gebleven.

Depeche Mode is van mij geworden.

Of nee, de muziek voelt zich hier iets thuisiger.

Voordat ik denk dat ik alles doorzie, moet ik Bouwe bellen. Als ik Barbara hem mijn idee laat mailen, belt hij dinsdag of woensdag toch weer met vragen terug.

Ik breng de vuile kopjes naar de keuken. Op het balkon rook ik een sigaret. Een jonge Nigeriaan poetst zijn tanden in de tuin en gooit een halve beker water over zijn tandenborstel leeg, met de rest spoelt hij zijn mond. Zo deden we dat ook op schoolkamp, maar dan was er geen wasbak in de buurt. De Rus boven hem klopt een dekentje uit. De synthetische vezels glanzen in het oranje licht dat uit het kamertje ernaast komt. De drie Turken naast ons hebben vrouwen op visite. Hun balkondeur staat open. Ik hoor iemand zeggen: 'Wat een heerlijke kip kun je braden, Zeki.' Ze krijgt bijval van een ander die meteen maar voorstelt dat Zeki een kookboek gaat schrijven. Zeki zelf opteert voor een culinaire rubriek op televisie. Ik tel de huizen. Tien gezinnen ken ik. Door wat Barbara over ze schrijft en vertelt. Drie balkons verder woont een Pakistaanse verpleegster, alleen. Ze heeft niet eens geld om het bovenlicht in haar slaapkamer te laten repareren, want alles wat ze verdient sluist ze onmiddellijk door naar het vaderland. Barbara gaat zondag met haar mee naar de Hindoestaanse tempel in de Bijlmer. Eronder wonen een Surinaamse moeder en twee moddervette pubermeisjes die de halve tijd spijbelen van het vmbo. Veel kan hun moeder daar niet aan doen. Ze werkt van 's morgens zes tot 's avonds half acht in een door haar en haar nichtjes opgezet, illegaal kinderdagverblijf ergens in Noord. 'Kan de Russische baby straks niet gewoon met die tante Charly meereizen?' had ik Barbara net nog gevraagd. Ze had me bevreemd aangekeken.

Russen en zwarten, dat verdraagt elkaar niet. Sinds drie weken geeft Barbara de dochters huiswerkbegeleiding, twee uur op woensdagavond en twee uur op vrijdagmiddag, in ruil voor roti, broodjes pom of bakabana. Het jonge Kroatische stel heeft een eigen netwerk opgebouwd. Klein-Zagreb volleybalt op zaterdag in het Vondelpark, en picknickt op zondag bij goed weer in het Amsterdamse Bos. Heel normale mensen, die behoorlijk Nederlands spreken, bevredigende banen hebben en bijvoorbeeld actief zijn in de ouderraad van de school van hun kinderen, of in de programmacommissie van het Filmmuseum of Debatingcentrum De Poorten. Met die mensen was Barbara in twee avonden klaar. Dan

338

is er nog het met onze onderburen verwante gezin waarvan ik de dochters heb mogen ontmoeten.

En een Algerijns gezin naast ons, in het hoekpand zonder balkons. Moeilijke mensen. De werkloze, dikbesnorde vader loert als sinds jaar en dag met een vieze blik naar Barbara en ruim voordat Bar aan deze opdracht begon, hadden we al de indruk dat de man zijn vrouw zo nu en dan danig mishandelt. Luguber gekrijs en gehuil, meestal midden op de dag, een enkele keer tijdens het acht-uurjournaal.

De politie heb ik nooit gewaarschuwd. Uit respect. Ik ben nog steeds dankbaar dat niemand ooit heeft geklaagd over de hysterische, gewelddadige ruzies tussen Anne en mij. Achteraf begrijp ik dat het goed is dat we geen huiselijk geweld hebben gemeld: via de opvallend bleke, roodharige zoon, die een enkele keer met Achmed op de stoep zit te praten, weet Barbara nu dat de vrouw schizofreen is en van islamitische geesten soms de opdracht krijgt haar man en zoons te castreren. 'Mijn moeder denkt dat alle mannen verkrachters zijn,' had de jongen gefluisterd. 'Als we een keer niet bidden, zijn we volgens haar verloren.'

Hulp krijgt het gezin niet. Ze schamen zich. Niemand mag hun huis in. Maar de roodharige mag wel bij anderen naar binnen, en de tweeling speelt wel eens aan de overkant van de straat, bij het half-Antilliaanse Barlaeus-meisje met de blanke, alleenstaande moeder. Over een maand weet Barbara dankzij de kinderen genoeg over de familie. Ze denkt erover haar huiswerkklasje uit te breiden. Als de intelligente, diva-achtige Samira nu eerst eens meegaat naar de Surinaamse meisjes, en ze helpt bij Engels... En de volgende keer komt de roodharige mee, en de keer daarop de tweeling... Met de keurige jongeman die de Afghaan met oorlogstrauma aan de overkant begeleidt (sinds de zonderling op een avond een stoel door zijn raam naar buiten gooide), heeft Barbara het probleem ook al een keer besproken. Over dit soort gevallen bleek hij niet te gaan. Diagnostisering, medicatie, verzorging van, en hulp bij integratie van oorlogsgetraumatiseerden – dat was zijn vakgebied, dat was niet zomaar psychiatrie en al helemaal geen psychiatrie binnen een specifiek religieuze context. Daar is ook een bureau voor, had hij gezegd en hij was bij het pand van zijn cliënt naar binnen gegaan, een potje met klimop in zijn handen. De plant hangt nu als een snoer van herfstbladeren om het strookje vitrage dat eenderde van het ongewassen raam in beslag neemt. Ook de imam van de liberale Turkse gemeenschap wist geen raad. Hem kent Barbara weer dankzij Zeki-van-de-overheerlijke-kip en... en... Wie ben ik nog vergeten?

Ik ben niet de vuilnisbak van een mij onbekende schrijver. Ik ben de vuilnisbak voor anekdotes die het dossier niet halen. Ik, die altijd zoveel waarde heb gehecht aan mijn eigen anonimiteit, maar vooral aan die van anderen, ken nu meer dan de helft van de mensen met wie ik het uitzicht op de ontluikende binnentuin deel. Zelfs in het donker zie ik de roze bloesemtrossen aan de Japanse kers deinen op de vochtige avondwind. Lente.

Mijn huisarts mijmerde er in januari al over. Lekker fietstochtjes maken, haring eten aan het strand – het advies lijkt uit een andere tijd te komen. Jaren geleden ging ik met 'vage klachten' naar de dokter en om mij heen wervelde het leven daarna zo snel rond dat ik me nu met moeite te binnen kan brengen wat er vaag aan de klachten was. Doodziek ben ik. Zeeziek.

De balkonrand de reling van een zeilschip in het oog van een orkaan. Overgeven wil ik, maar het lukt me niet meer.

Springen wil ik, maar ik weet zeker dat ik niet doodval; ik ben meer het type van de onherstelbare dwarslaesie.

Schreeuwen wil ik. En huilen. En lege flessen naar beneden gooien, en ze horen stukkletteren op het stenen terrasje van het lesbische motor-met-zijspan-stel op de begane grond. Ik vind ze te aardig. Ik wil helemaal niets. Als een slak kruip ik mijn voornemen van zo-even achterna. Ik doof de halfopgerookte sigaret en ga naar binnen om Bouwe te bellen.

*

Solomon Silberstein, voorman van het Architectuur Instituut en coördinator van de bouw van de nieuwe stad, is in opspraak geraakt. Boris moet het me uitleggen. Nog geen twee weken geleden is er een thema-uitzending rond Appèlbergen geweest. Waarom heb ik die niet gezien? Omdat Barbara's ouders bij ons aten. Dat was het. Ze 'deden een dagje Amsterdam', er was een tentoonstelling in de Nieuwe Kerk die ze graag wilden bekijken, en 's morgens om half tien belden ze op met de vraag of ze na afloop... Barbara haalde het uitgebreide mezze-buffet bij de Libanees aan het begin van de Kinkerstraat. Twintig bakjes met salades en sesam- en auberginesmeer-seltjes, met witte bonen en gemarineerde champignons; de liefde voor andere culturen gaat door de maag en eindigt daar meestal ook. Wat mij betreft had het zo mogen blijven. Ik wil best in een broodje falafel happen, of een pittige peterseliedressing proeven, maar liever geen exegese van de begrippen intifada en jihad aan tafel. Dat ze met dat laatste woord vooral doelen op de innerlijke strijd die de gelovige moet voeren, dat weet ik nou wel. Zeg maar tegen Aïsha dat ik erg voor een jihad-plicht ben. Om te beginnen voor autochtonen.

Ik heb ook niets over die uitzending gelezen.

Nee, ik ben naar een uitvaart geweest, en ik heb een huiswerk-klasje geleid omdat Barbara verhinderd was, en ik moest een horloge ophalen en schoenen en jasjes. Ik heb een halve dag in een Hilversumse studio gezeten. Ik heb op mijn nieuwe laptop een modem geïnstalleerd, zodat ik met mijn zoon kan mailen en we mailen de hele dag. Hij is zo belachelijk veel veranderd, ik vind hem opeens de moeite van mijn leven waard, wat een godvergeten mooie, evenwichtige jongen is hij geworden. Maar dat gaat jou niets aan, Boris. (Al heb je het op mijn feest goed gezien.) Spelfouten, ja. Maar hij heeft meer talent dan ik ooit heb gehad. Omdat hij net als zijn moeder tot de bodem heeft durven gaan. En, nog moediger, hij is weer bovengekomen. Luctor et emergo.

Natuurlijk heb ik de koppen gezien. Natuurlijk weet ik dat er iets met Silberstein is. Ik heb de artikelen overgeslagen omdat ik het te makkelijk vind om over zo'n kwestie waar iedereen alweer een mening over heeft, uit pure armoede ook een mening te formule-ren. Na 11 september gebeurde dat. Na de moord op Fortuyn. 'Waar blijven de intellectuelen?' En hatsee, de intellectuelen staan te trap-pelen. Columpje hier, forumpje daar. Je ziet achter hun papperige, immer fronsende koppen een spookgestalte staan: De Idee Intellec-tueel. Ze hebben dat gedrocht zelf geschapen, als Frankenstein zijn monster, en de lemen golem leven ingeblazen met fantasietjes uit het collectieve onbewuste van de academische klasse – fantasietjes over wat een intellectueel moet zijn. Het is die spookgestalte die hen opdrijft en hen niets laat neerschrijven dan brave 'observaties', doorspekt met citaten uit het oeuvre van J.D. Salinger, Martin Amis, J.M. Coetzee of Philip Roth en, om de low culture te paaien, met reminiscenties aan het werk van cineasten als de gebroeders

Coen of Tarantino, of de maker van die k.tfilm *American Beauty*, waarin een plastic zak zo poëtisch... Makkers, houd óp over die zak! Een normaal mens heeft geen opwaaiende plastic zak nodig om te beseffen dat het dagelijks leven zoveel ontroerende wonderen verborgen houdt. Het is het Dapperstraatgeleuter van J.C. Bloem en je krijgt er geen gemoedelijke Gazastrook voor terug. Of, om het dichter bij huis te houden; je krijgt er je favoriete vrouw niet mee terug. Ik ben zo woedend op mijn soortgenoten, al jaren, ik ben zo woedend op hun masochisme. Ze onderwerpen zich uit vrije wil aan wat 'men' verwacht van een intellectueel. Men verwacht niets. Dat zeg ik niet. Ik ben dom of wereldvreemd (mijn charme) en laat me uitleggen wat er met Silberstein aan de hand is. Boris heeft hoorbaar zin in een lang telefoongesprek.

Goed. In de bewuste uitzending kreeg Silberstein uit het publiek de vraag of Appèlbergen er niet toch te keurig, te modern, te westers, ja, te Vinex-achtig zou gaan uitzien. Dit na weer een aantal maquettefilmpjes en interviews met de architecten.

Nee, had Silberstein gezegd, die keukenkoepels van wit vliegtuigglas zijn maar een aanpassing aan de Hollandse weersomstandigheden. Voorzover mogelijk doet niets de bewoners herinneren aan Nederland. Het merendeel van het bouwmateriaal komt uit het land van herkomst of wordt hier tot in de details nagemaakt, zodat men zich zomin mogelijk in Nederland waant. Toen volgde de tweede vraag, bedoeld om hem in de fuik te lokken: waarom mogen de bewoners niet merken dat ze in Nederland wonen?

Silberstein hoopte dat een professor of politicus in het panel de vraag namens hem zou beantwoorden, maar iedereen zweeg. Toen heeft hij alleen maar gemompeld: 'Dat was de doelstelling.'

De volgende dag schreef de auteur van het boek *Niet zwart, niet wit* (over de lafheid van de Nederlandse bevolking in de Tweede Wereldoorlog) een vileine brief naar het NRC *Handelsblad*. De strekking: juist een man als Silberstein moet weten waar separatie en gettovorming toe leiden – dus hij is ofwel gebruikt om de nieuwe stad te promoten, omdat geen mens een JOOD verdenkt van fascistische praktijken, maar dat zou erg naïef van hem zijn, óf hij is net zo hardleers als de joden in Israël die zich, zonder van hun indroevige verleden geleerd te hebben, achter de agressieve politiek van Ariel Sharon scharen. In *Elsevier* reageerde een joodse columnist op de verdachtmakingen van zijn gezworen vijand. Helaas met de verkeerde, anti-islamitische argumenten, en toen waren volgens Boris de poppen aan het dansen.

(Mijn moeder weer: 'Ik stond laatst voor een poppenkraam, o, o, o. Ik zag daar zoveel poppen staan, zo, zo, zo. De poppenspeelman? koopman? ging op reis, de poppen raakten van de wijs, ze deden allemaal zo, ze deden allemaal zo, ze… deden allemaal zo.' En dan moesten we haar nadoen. Dat mijn moeder zoveel zong heb ik Richard, mijn psychiater, nooit verteld. Anne zong dat liedje trouwens ook voor Bouwe. De laatste tijd zingen ze het vaak, samen, zacht in mijn oor. Als een toegift. Post mortem.)

Iedereen vindt wat van Silberstein. Over Appèlbergen geen kwaad woord, maar de directeur van het Architectuur Instituut had veel kritischer moeten zijn. Hij is toch meer dan de helft van zijn familie verloren in Auschwitz? Liberaal-joodse en links-christelijke commentatoren menen Silberstein te moeten verdedigen en schuiven hem de visie in de schoenen dat Appèlbergen op het Nieuwe Jeruzalem moet lijken – op een multicultureel urban paradise, een stad van shalom, zoals voorgesteld in de boeken van Mozes. Silberstein wordt in één adem genoemd met Theodor Herzl en David Ben Goerion, en zijn goede werk wordt in verband gebracht met het eeuwige leed in zijn borst. Leed waarover de discrete, integere Silberstein overigens nooit gesproken heeft, in geen enkel interview; maar dat laatste is voor zijn verdedigers een extra bewijs van treurigheid. Silberstein is een gebroken man en daarom moet hij wel zwijgen.

Uit het pro-Palestijnse kamp komt steeds dezelfde echo terug: de joden hebben van de holocaust niets geleerd, niets geleerd, niets. Een paar dagen terug sleepte een criticaster er een artikel uit het *Joods Journaal* bij, over de architect Daniel Libeskind, die, toen hij in Berlijn woonde om daar aan de bouw van het Joods Museum te werken, zijn kinderen ten strengste verbood om met enige Duitser van boven de zestig te praten. Zijn vrouw sprak in Duitsland uitsluitend Engels, en hijzelf Jiddisch; zie daar, ze willen geen vrede, die joden. Lekker handeldrijven met hun trieste geschiedenis, dat willen ze. Dat kunnen ze. Daar hebben ze, haha, een neus voor. Maar interesse voor de Duitse Vergangenheitsbewältigung – ho maar. De schrijver haalde Fassbinder erbij, en hij rakelde de zelfontvoering van Jules Croiset weer eens op.

In het laatste nummer van *LaagLand* schrijft de auteur van *Niet wit, niet zwart* dat deze boude steunbetuigingen aan zijn adres

nooit zijn intentie zijn geweest. De vrouw van de *Elsevier*-colum-
nist en dochter van een kampgevangene beweert in hetzelfde nummer dat dat wel zijn bedoeling is geweest, want ze kent hem toch
zeker persoonlijk en vergis je niet; zijn vader is NSB'er geweest, dat
probeert hij toch nog steeds recht te praten, want zijn papa was zo'n
aimabele man. 'Ja, maar míjn papa...'

Ik heb het allemaal gelezen. Natuurlijk heb ik het gelezen. Maar
ik heb graag dat Boris me bijpraat.

'Ik zat te denken... Meijer is dood. Hebben Silberstein en Meijer
elkaar gekend?' vraagt hij.

'Niet dat ik weet.'

'O. Jammer.'

'Je dacht?'

'Aan een artikel over het gedachtegoed van Meijer en over de
positie van Silberstein nu. Wil je hem interviewen? Heb je lang niet
meer gedaan. Iemand inter...'

Al vanaf zijn benoeming heb ik Silberstein een aardige man
gevonden. Bedaard, onopvallend, en gezegend met een degelijke
smaak. Niet zo'n hipkikker die van de ene gril op de andere springt.
Ik herinner me dat hij een keer een lezing hield over zinloos geweld.
Hij betoogde dat de vormgeving van publieke ruimtes, zoals metro-
stations, luchthavens en parkeergarages mensen onverschillig voor
elkaar maakt. De 'futuristische' belijning van de bankjes, de zakelijke verlichting, de betonnen zuilen mogen dan vaart verbeelden, of
'het kosmopolitische levensgevoel' – een té hygiënische uitstraling
van de gebouwen, hun onmenselijke duurzaamheid en bunkerach-
tige veiligheid maken juist dat de bezoeker zich een vreemde voelt
en de vreemde, gejaagde anderen als een bedreiging ervaart.

Niks Levinas met zijn theorie over 'het gelaat van de Ander':
Silberstein liet dia's zien van stationstoiletten, garderoberuimtes in
congresgebouwen, van steriele glazen liften en met een raketmotief
betegelde gangwanden. Nergens een mens te bekennen. En opeens
kreeg de toeschouwer het idee dat hij in zijn eigen ziel keek. Een
holle, galmende ruimte, reukloos, vuilafstotend, klam af te nemen
met een natte doek.

Een ruimte waarin de woorden haat en geweld simpelweg niets
meer betekenen, en het opzijduwen van een wegversperring (of dit
nu een hond, een tas of een passant is) simpelweg een geboorte-
recht is. Er was niets moralistisch aan zijn verhaal.

Het werd door de plaatjes verteld. Bij mijn weten bracht niemand Silbersteins pleidooi voor wat meer rafels, wat meer vuil, voor materialen en handgemaakte ornamenten waar de geschiedenis zich aan zou kunnen hechten, in verband met diens joods-zijn. Ik vroeg me destijds af of hij het werk van Anne kende. Of Anne en hij elkaar wel eens ontmoet hadden. Hun opvattingen raakten elkaar en ik was ervan overtuigd dat Silberstein haar meteen erelid van zijn team zou hebben gemaakt. Misschien, dacht ik daarna, waren ze zelfs wel verliefd geworden.

'Ja,' zeg ik tegen Boris. 'Ik wil Silberstein graag spreken. Maar ik heb mijn zoon ook voor je op pad gestuurd.' Ik vat het relaas van Iemkje samen. Zeg dat er meer, veel meer mensen moeten zijn als zij, die zomaar uit hun huis worden gezet, zonder enige vorm van protest van gemeenteraden of buurtbewoners. Hoeveel geld pompt de overheid in het uitkopen van...

'Investigative journalism. Door een jongetje van... Wat is het? Negentien?'

'Achttien. Hij zit in het eindexamenjaar van de havo. Het gaat goed nu. Hij is een paar keer blijven zitten.'

'Moeten we niet doen.'

'En die speech, die wilde je wel.'

'Dat was een persoonlijk verhaal. Paste mooi in het nieuwe concept. Heb ik je helemaal uitgelegd, Ruud. Ik heb niet gezegd, laat die jongen sowieso maar wat voor ons in elkaar flansen. Is 'ie al bezig?'

'Ja. Ik kan je zijn verslag van de gemeenteraadsvergadering even mailen. Zo'n grijs bakstenen buurthuis annex gymzaal, met een barretje en overal aan de muur aquarelletjes van de plaatselijke hobbyclub. En dan had die Iemkje een vriend laten opdraven, Theo, een antroposoof, die een bijna religieus verhaal hield over de kunstenaar en zijn plek aan de rand van de wereld... Terwijl de barman gewoon stond te roken achter de tap en de raadsleden met opgestroopte hemdsmouwen artikelen uit de statuten voorlazen, in het Gronings, en zich tijdens de zitting een biertje lieten brengen...'

'Klinkt aardig. Als een sfeerreportage uit de provincie.'

'Het is goed. Hij heeft met vier, vijf van die mannen gesproken. Ze zover gekregen dat ze bedragen noemden. En nog erger: het plan voor Appèlbergen ligt al drieëneenhalf jaar op tafel. In die dorpen wist iedereen ervan. Het is nog een plan van links. Die hebben het bevroren na 11 september, toen er weer wat openlijker xenofoob

werd gedaan en toen kreeg je... Maar er is al die tijd aan doorgewerkt. Ze hebben het bewaard voor een economische recessie.
Zoiets vermoed ik. Veel kritiek op de bezuinigingen, maar kijk eens
wat de nieuwe regering voor haar burgers doet: ze neemt verantwoordelijkheid voor etnische problemen.'

'We mogen niet meer zo zuur overkomen. Zo muggenzifterig.'

'Van wie niet?'

'Opiniepeilingen. Een enquête onder de lezers. Je mag Appèlbergen niet met wantrouwen tegemoet treden. Van niemand niet.
Het is zo'n veel beter plan dan dat van die gedwongen spreiding. En
reken maar dat de autochtone bevolking veel meer belangstelling
voor andere culturen zal krijgen als die buitenlanders zich op hun
eigen terrein kunnen profileren. Zie het als een opstapje naar de
ware integratie. Dat is wat "men" ervan denkt.'

'Ik weet nog meer.' Waarom zeg ik dit? Omdat ik Bouwe een kans
gun. Zijn stukken, eigenlijk meer brieven aan mij, zijn zo helder.
Kinderlijk helder. Hij noteert wat hij ziet, maar omdat hij niet met
de blik van een leerling kijkt, vergeef je hem zijn simplistische en
soms archaïsche taalgebruik. Bouwe kijkt dwars door mensen heen.
Als iemand die niets te verliezen heeft en dat heeft hij ook niet. Ik
moet denken aan zijn tekening voor Barbara. De ter helle afgedaal-
de Christus. Volgens het credo verbleef Hij daar drie dagen. Maar
hoe lang duren drie dagen voor iemand die God is? Drie millennia?
En dan zijn Charlotte-onderzoek. Geen mens komt op het idee om
bij het bestuderen van haar werk zijn eigen Auschwitz-voorken-
nis af te trekken – zelfs oma Salomons fatale sprong uit het raam
zou ingegeven zijn door de dreiging van oprukkende nazi's. Alleen
Bouwe kijkt naar het handschrift, de kleurintensiteit van de verf en
zegt broodnuchter: 'Vier maanden zwanger.'

Toen Anne vier maanden zwanger was van hem, van Bouwe,
nam ze *Inspector Morse* op video op en keek bijna dagelijks een
aflevering. De dialogen kon ze dromen. De plot verraste haar keer
op keer. Tien keer 'The last bus to Woodstock' en nog bleken haar
tekens te zijn ontgaan. Geen wonder dat Bouwe... Ik speel met de
ballpoint die naast het toestel ligt. Wat was de voornaam van Morse? Hij heeft het een keer onthuld, waarschijnlijk bij een vrouw. Het
was een rare voornaam. Dat kwam omdat zijn moeder een quaker
was, die geven rare namen. En zijn vader hield van antieke schepen.
Zoiets was het.

'Goed. Je weet meer. Doe niet zo geheimzinnig. En schiet een beetje op als je wilt, ik heb haast.'

Ik introduceer Huib zonder erbij te vermelden dat hij mijn zwager is, de man aan wiens gedrag Boris zich op mijn feest zo geërgerd heeft. 'Een kennis' noem ik hem. Dan vertel ik wat Bar voor hem doet, en welke beloning ertegenover staat.

'Een huis. Dat is buitenproportioneel. Zoveel werk is het toch niet?' Endeavour. Endeavour Morse. Dat ik dat onthouden heb.

'Barbara is een dag minder op de krant. Ze heeft een perfecte vervangster...'

'Rudolf, het boeit me niet.'

'Snap ik. Het gaat me er alleen om dat het wel veel werk is. Veertig uur in de week, schat ik. Maal elf...'

'Ja. Maar. Een huis! En hoeveel van die types als Barbara zijn er actief?'

'Moet ik vragen.'

'Godskolere! Stasi-praktijken! Effe lekker je buren aanbrengen. Wat zijn die wijven toch stom!' Ik hoor hem een sigaret opsteken. 'En jij bent ook een sukkelhannes eersteklas! Dat je haar zoiets niet uit haar mooie koppie lult! Weet je, Ruud? We kunnen het nu niet gebruiken. We kunnen het nooit gebruiken. Ik geloof je meteen als je zegt dat het gewoon bedoeld is om iets meer inside information over die gasten te krijgen. Maar een afbetaald koophuis, dat spoort niet.'

'Wel als ze die pandjes kwijt moeten. Dat ze ze hebben gekocht toen ze dachten, hier vestigen we nog een onderdeel van ons bureau, als de uitbreiding rond is. En er is geen uitbreiding, en ze raken die ruimtes aan de straatstenen niet meer kwijt nu de prijzen dalen...'

'Ik wil het niet weten. Het is een weird verhaal, maar jij gaat gewoon naar Silberstein en je zet je begripvolle gezicht op en dan ga je lekker roeren in dat joodse gevoel. En hou het subtiel. Dat lukt je wel. Het is hier zo druk dat ik er helaas geen etentje tegenaan kan gooien, maar dat heb je dan nog tegoed. Oké?'

Ik noteer het nummer van Silberstein, groet Boris en hang op.

*

Op tafel ligt een envelop. Hij zat in een andere envelop, samen met een briefje van Bouwe. 'Verrassing van Iemkje' lees ik. Voor de zoveelste keer. Dat horkerige handschrift. Groene gel-inkt. Toen

Bouwe bij Iemkje op bezoek was, is er alleen gesproken over 'de toestand'. Het kwam niet in Iemkje op om iets te zeggen over Bouwes gelijkenis met Anne. Misschien lijken ze ook niet op elkaar.

'Wat denk je, moet ik een rechtszaak tegen ze aanspannen?' had Iemkje Bouwe gevraagd. 'Heb ik geen verstand van,' had Bouwe naar waarheid geantwoord. Hij was bij haar in de auto gestapt en samen waren ze naar het buurthuis gereden. Daar had Bouwe ijverig zitten schrijven. Tweemaal drie kwartier.

Iemkje had geen moment naar hem gekeken. Theo wel. Hij was na afloop van de zitting naar Bouwe toegegaan met de mededeling dat hij een ex van Anne was. 'Weet je wie hier aan het werk is?'

Bouwe schreef me dat hij dat een rare vraag had gevonden. 'Ahriman,' had Theo gezegd. En hij had mijn zoon ingewijd in de eerste steineriaanse beginselen. Er is niet één duivel, er zijn twee boze krachten. Lucifer en Ahriman. Lucifer verleidt mensen om zichzelf uit de wereld weg te denken, hij verleidt ze met droombeelden, en met beloftes van spiritueel en kunstzinnig meesterschap – zodat er geen God meer nodig is. Ahriman trekt mensen juist dieper de materie in. In de geperverteerde natuurwetenschappen die alles willen verklaren en het leven naar hun hand kunnen zetten, daarin is Ahriman werkzaam. Waar in termen van geld over levende wezens, over het landschap, over kunst wordt gedacht, daar is Ahriman ook. Theo had er meteen aan toegevoegd dat iemand die zijn evenwicht kon bewaren tussen Lucifer en Ahriman, die hun krachten juist kon aanwenden in plaats van erin op te gaan, niets van de twee hoeft te vrezen. Zo boos waren ze nu ook weer niet. 'Je moet hun werkzaamheid zien. Gewoon, in je eigen leven. Erkennen dat er door allebei aan je getrokken wordt. Geef je ze die macht niet, maar sta je hen hun invloed bewust toe, in de mate waarin jij die nodig hebt, waarbij jij geestelijk vrij kunt blijven... dan ben je al een heel eind. Sterker nog, dan ben je een echt mens. Zoals Christus ons heeft voorgeleefd.'

Bouwe had gedaan alsof hij het begreep. Het is wel een leuk theorietje, schreef hij, maar die Theo zelf vond hij een enorme loser. In het buurthuis was Ahriman niet aan het werk, er zaten doodgewone boeren en een paar wat belangrijkere figuren, die dat lieten merken door hun jasje aan te houden en overdreven netjes te praten. Niks kwade bedoelingen. Ook geen simpele geldzucht. Iedereen vond Iemkje aardig en dat ze veel van haar werkplaats hield vond ook niemand gek. Maar er kwamen nu eenmaal een aantal veranderingen aan. Je daartegen verzetten zou zinloos zijn: Appèlbergen was op papier al helemaal rond. Bouwe had wat adressen en telefoonnummers van raadsleden genoteerd. Weer thuis bij Iemkje had Theo, die zogenaamd voor wat nazorg was meegegaan, maar zich vooral bleek te willen beklagen over het gebrek aan bijval voor zijn betoog, gevraagd wat Bouwe met die gegevens moest. Op zo'n autoritair toontje. Iemkje had Theo uitgelegd dat Bouwe een groot artikel zou schrijven over alle misstanden rond het project. 'Daar zat hij, in zijn paarsfluwelen artiestenpak. Van Gogh-hoed op het hoofd. Mijnheer de organische beeldhouwer. Ik moest eens even behoorlijk door hem worden opgevoed. Het kwam erop neer dat je met journalistiek niets bereikt. "Steiner heeft gezegd dat mensen die uitsluitend werken met hun analytische vermogens..."' mailde Bouwe. Pas toen Theo even naar de wc ging, kon Iemkje Bouwe wat geven. De dikke envelop die nu bij mij op tafel ligt. Ik weet dat hij foto's bevat, gemaakt door Iemkje. Van onze bruiloft? Van een reisje dat ze maakten in hun tweede of derde academiejaar? Bouwe heeft ze niet bekeken. Iemkje verbood het hem.

Toen hij terugkwam had Theo de envelop in Bouwes handen onmiddellijk opgemerkt en Iemkje gevraagd of er geld in zat. 'Als je hem betaalt voor zijn diensten, mag je mij ook wel wat geven. Ik heb twee dagen gewerkt aan mijn betoog. Al die toestanden houden me ontzettend af van mijn echte werk.' Kort, heel kort was het over Anne gegaan. Volgens Theo was het jammer geweest dat ze nooit open had gestaan voor hogere werelden. Bij Iemkje had het ook een tijdje geduurd, maar je zag aan haar beelden dat ze het te pakken begon te krijgen. Die vogels waren geen vogels, maar engelen. En Anne deed maar wat. Vorm zonder geestelijke inhoud, hè? Daar moet je een oog voor ontwikkelen. 'In het Aquariustijdperk...'

Hij had Bouwe een lift gegeven. Precies tot het plaatsnaambord van Appelscha. Het dorp in rijden was hem te veel, hij was kapot en hij moest nog een eind. Zak, dacht ik toen ik dat las. Maar Bouwe had het niet erg gevonden. Een avondwandeling tussen de landerijen, langs het water, onder de sterren, prachtig.

'Ik liep gezellig tussen mijn twee boze vrienden in en je gelooft het niet, maar Christus was mijn derde boze vriend. Dat was in Vlijmen al mijn vriend en dat kwam door dat beeld bij de kerk. (Ik bedoel dit niet soft of EO-erig!!!) Hij ging voor ons uit met gebalde vuisten en zo liepen we daar gevieren, door middernachtelijk Appelscha, als een heuse gang en we riepen zonder geluid te maken: "Lafbekken, lafbekken!" Die Theo zou ons niet hebben herkend. Niet zó. En je mag dit gebruiken voor een toneelstuk als je wilt, maar ik denk dat je mij weer eens te puberaal vindt. Ik moet gauw aan mijn wiskunde (uitstelgedrag...), want hier zijn ze al twee hoofdstukken verder in het boek. En ik doe die envelop morgen op de post. Groeten aan Barbara, Bouwe.'

Barbara is met haar nieuwe collega, voorheen stagiaire, naar de film. Ze heeft de smaak te pakken: ze kan tegenwoordig ieders vriendin worden, ze weet nu hoe het moet.

Er is niets op televisie. Ik sta voor de stapels cd's en weet niet wat ik moet opzetten.

Ik denk aan C. Ze is bij me. Ze zit op de bank en ik kan haar bijna horen denken. Ze denkt na over de manier waarop ik me beweeg. Ze denkt na over mijn handen. Ik herinner me onze stiltes. Ze kon mijn handen in de hare nemen en naar ze kijken. Langdurig. Hoe haar vinger de aders volgden en mijn nagelriemen terugduwden. En ik keek naar haar ogen. Alles was licht – haar kamer, haar haar, haar huid, maar haar kijken was donker en warm. Ze legde met haar blik een rimpelloos, zwart meer neer, waarover een koele wind blies. We stonden tussen kale knotwilgen. We luisterden naar het ademhalen van de vissen. We deden niets, maar ik stond aan de oever van het meer en zij stond aan de oever van het meer en de avond viel en de lucht smaakte naar november, bittervochtig en ernstig, met een zweem van ijs, en het gras onder onze voeten werd brosser.

'Ik wil iets zeggen.'

'Wat?'

'Ik vraag me af.'

'Ik ook.'

Kun je zeker weten dat je alleen maar leeft om alleen maar deze twee handen vast te houden? Dat vroegen we ons af. Deze handen... De rest is bijzaak. Ik heb het moment lang niet kunnen oproepen, hooguit vervormd, in een toneelstuk, maar dan was het nooit ons moment; de personages eigenden het zich toe en slobberden het meer leeg, of gaven de vogels in de bomen namen. Nu is het er weer, onverwachts, onaangekondigd, de sensatie van handen in handen, en het is alsof iemand mijn kartonnen borstkas wegschuift, als een coulisse, en mijn adem zakt niet meer in mijn buik, lost niet meer op in mijn bloed, maar stroomt de kamer binnen – alsof longen en hart tezamen een lamp zijn, een bundel warmblauw voetlicht.

De dood. Ik rol een loper uit voor de dood. Een loper van licht en lauwe adem. Er is een ervaring die kan bewerkstelligen dat ook de meest standvastige atheïst of agnost in een leven hierna moet geloven. Deze ervaring: wij zaten daar, handen om handen, en aan een oever stonden we, er was dus water, en er was geen begeerte, en geen geklets, en geen angst of jaloezie, zelfs geen extase en we wisten dat we hetzelfde zagen en roken. En dat we niet nu, maar ooit, altijd ditzelfde zouden zien en horen en ruiken. Juist als we er niet meer waren. We wisten dat het handen-ogenblik op een ander tijdstip een vervolg zou krijgen.

Een noodzakelijk vervolg, dat we niet wilden en niet niet-wilden, en we wisten dat het vervolg veel langer zou duren dan dit ogenblik, niet eens uren, maar mensenlevens langer. Nee. Ik vergis me. Voor wie zo'n liefde niet kent, is dit geen bewijs. En wie het gekend heeft, weet het al. Er is één ding zeker. Dat ik na mijn dood, en natuurlijk na C.'s dood, verenigd zal worden met haar.

Niet met Anne, niet met Barbara.

Het is geen wensdroom. Geen poging om wat onaf is alsnog rond te krijgen. Het is zoals het is. De dood deed ons aan en wij zullen het meer aandoen, en elkaars handen, en de knokige wilgen, en onze blik zal over het ijskoude water drijven. We zullen open zijn en om en in elkaar, samen. Als we niet meer ademen. Als we gesloten zijn. Als alles is afgesloten.

Ik sta op en doe de gordijnen dicht. Ik klap mijn laptop open en kijk of ik weer een bericht uit Appelscha heb gekregen. Helaas. Bouwe bereidt zich voor op zijn schoolonderzoeken. Eigenlijk wil ik het opschrijven, het non-event van C. en mij, maar er moet een toneelstuk omheen en ik heb nog geen ideeën voor een stuk. Silberstein wil niet geïnterviewd worden.

'Dat heeft niets met u te maken,' zei hij. 'Allesbehalve dat. Wij hebben elkaar wel eens ontmoet, meen ik. Op een thema-avond over... over "vervreemding". Ik was zeer onder de indruk van uw bijdrage. Dat weet ik nog wel. Het is alleen typisch dat ik niet meer weet wat u gezegd hebt. Dat spijt me. Ja, dat spijt me. Ik moet uw boeken kopen.'

Ik zei dat dat niet hoefde. Silberstein legde uit waarom hij geen interviews gaf. Woensdag zendt de vpro een debat uit waarin hij het hele probleem uit de wereld helpt. 'Voorzover er een probleem is, mijnheer De Wolf.'

Ik kan nu ook surfen op het net. Wil ik iets weten? De site over Appèlbergen geeft antwoord op de vraag: 'Blijft attractiepark Sprookjeshof in Zuidlaren bestaan?' Ja, maar het wordt uitgebreid met sprookjes uit andere culturen. ('Behalve de bekende sprookjes-figuren als Assepoester en Doornroosje, waren er ook al Peter Pan en Robin Hood te zien. Voorts zijn er een klimberg en een helikop-terbaan!' meldt de tekst. Gratis reclame met dank aan de overheid.) Dat weten we dan weer. Aan de zuidzijde van de nieuwe stad komt ook een creatief doe-museum voor 'de kids'. Zo wordt Appèlbergen een dagje uit voor het hele gezin. Ik steek een sigaret op en geef de zoekmachine de opdracht Depeche Mode op te sporen. De grootste fullcoloursites worden beheerd door Poolse fans. Ik lees woorden als teatry en festivalki. Krakau wordt medio september door de band aangedaan. In het zentrumski van Tallinn, Estonia, is een dm-bar, waar de hele dag Depeche Mode wordt gedraaid en de cocktails vernoemd zijn naar de titels van hun beste nummers. Dat laatste leer ik van de Britse club-manager.

Is C. ooit lid van de fanclub geweest? Of van een Poolse fanjewiczs klubbi, als dat tenminste zo heet?

Het is toch raar: iemand noemt zich Polofiel en, andere schuchter uitgesproken bekentenis, is een liefhebber van een niet zeer geniaal muziekgroepje – vervolgens blijkt dat juist de Polen massaal de muzikale smaak of wansmaak delen. Misschien is C. per ongeluk afgestemd op de verkeerde etherfrequentie. Zoals er mensen zijn die beweren dat ze zijn geboren in een verkeerd lichaam, zo zijn er mensen die geboren zijn met een 'verkeerde' geest. Die, in compu-termen, zijn ingelogd op het collectieve onbewuste van een totaal ander volk dan dat waarin de eigen genen hun oorsprong hebben.

Jezus, denk ik, dat kan wel in een toneelstuk. Om de gedachte meteen weer te verwerpen.

Ik kom tot niets. De computer zoemt. Zoek Springsteen. Zoek Arvo Pärt. Zoek Tarkovski. Zoek Rudolf de Wolf. Mijn uitgever heeft een korte biografie van me opgenomen. Een zwart-wit pas-foto van drie jaar geleden. Ik had destijds een paar puistjes rond mijn mond, een soort allergie voor een ingrediënt dat in mijn toenmalige aftershave-lotion zat. Voelde ik me destijds beter of slechter dan nu?

Een surfer zal ik nooit worden. Ik sluit af en trek de envelop naar me toe. Vooruit dan maar. Met de nieuwe briefopener ga ik door het gelige papier. Ik trek het pakket foto's uit de envelop. Daarbovenop ligt een volbeschreven blocnotevelletje. Spierwit. Een briefje van Iemkje.

Lieve Rudolf,

Voordat je de foto's gaat bekijken is het misschien handig dat je er wat meer over weet. Ze zijn gemaakt (door mij) in de zomer na ons eerste jaar aan de academie. Anne en ik wilden toen nog 'iets schokkends' doen en zoals je weet durfde zij veel meer dan ik. Nu is het heel normaal, maar toen was porno nog echt iets bijzonders in de kunst. En ook al was het feminisme alweer wat op zijn (of haar) retour, er was nog steeds iets onuitgesprokens over of je als vrouw nou tegen moest zijn of niet. Wij vonden van niet. Dus hebben we dit een keertje gemaakt, op Annes kamer, met een heel slechte camera. Na Annes overlijden wilde ik je ze niet meteen geven. Ik wist niet of jullie het erover hadden gehad, maar los daarvan: het leek me ook een beetje pijnlijk. Zelf heb ik ze ook nooit meer bekeken. Maar nu ik toch aan het opruimen ben… Ik heb de envelop waarin ik ze bewaarde expres dichtgeplakt, want ik wil jouw zoon niet kwetsen (jou ook niet!). Het zijn dus een beetje ranzige foto's en als je ze niet wilt bekijken is dat jouw zaak. Daarom ook dit briefje. Dat ik je er niet mee overval. Je hebt al genoeg last van me gehad. Veel dank voor je hulp en die van je zoon, en als ik een nieuw plekje heb ben je van harte welkom!

Tot ziens, Iemkje.

In de boekenkast, pal voor de dichtbundels, staat een doos met daarin een onaangebroken fles chardonnay-grappa. Ik heb hem cadeau gekregen. 'Ter afsluiting van Barbara's heerlijke maaltijden,' hoor ik de gever nog zeggen. Aan koken komt ze allang niet meer toe. Dat betreur ik niet. Ik hoef niet meer te spelen dat ik heb genoten van de krullen verse pecorino op de lauwwarme paddestoelensalade met tijm en granaatappeldressing, van de met pruimensalsa gevulde kwartels, de verse lintmacaroni en de met een SM-achtig, kokend, sissend wapen gekarameliseerde crème brûlée. Maar mijn voormalige culinaire wonder houdt ook niet meer van drank. Hoe vaak ik al niet met de doos in mijn handen heb gestaan...

Die grappa heb ik gekregen. Hij is van mij. Ik open de doos en trek het flesje eruit. Een apothekersfles. Met een elegant kurkdopje erop. Uit de keuken haal ik een borrelglaasje en schenk mezelf in. Ik blader het bijgeleverde foldertje door en lees in verschillende talen iets over Italiaanse familietradities en eikenhouten vaten, en over een culturele prijs die de firma Nonino jaarlijks uitlooft, en over de uitreiker van die prijs, de heer Claudio Abbado, internationaal vermaard dirigent. Foto's van de knappe grappadochters en de Bekende Promotor. Van de juwelen- en parfumbeurs waar de grappafirma ook een stand heeft. Mijn favoriete dirigent, Daniel Barenboim, leent zich godzijdank niet voor digestiefreclames. Die is onlangs nog persona non grata in Tel Aviv verklaard, omdat hij Wagner in Israël heeft laten klinken.

Ik neem een slok. De foto's liggen op mijn schoot.

Met de onbedrukte zijde naar me toe.

Ik pak er één en draai hem om.

Op een blauwe sprei ligt een tenger, wit meisjeslichaam. Van haar gezicht is alleen de kin zichtbaar. De borstjes vallen enigszins naar buiten. Tepels als reptielenogen. Hoe noem je het tegenovergestelde van scheelzien? Het meisje heeft het koud. Rond haar kniegewrichten rode plekken. De handen die net boven haar navel rusten zijn ongezond roze. Ik herken het schaamhaar. Stugge, asblonde plukken.

Op de volgende foto zit Anne op de grond.

Op de plek waar haar ezel stond. In een hoek zie ik een blikje gecondenseerde melk – dat hebben de meisjes uit het beeld willen schuiven, maar Iemkje heeft de camera niet helemaal goed gericht, waardoor het alsnog... Anne houdt iets bij haar kruis. Een kaars? Een kwast? Haar mond hangt open. Ik zie een vlokje spuug op haar onderlip. Geloken ogen. Ze is werkelijk opgewonden. Die blossen. Haar borsten hangen een beetje, maar de tepels kijken nu recht de camera in en worden omvlochten door dunne blauwe adertjes. Het is alsof ik de borsten kan voelen. Over crème brûlée gesproken, ze hadden de textuur van roompudding of beter nog, van bavarois. Een vliesdun vel waarin het zachtste van het zachtste werd bewaard, goddelijke hangop, boterzoet en luchtig, smeltend in de hand en op de tong. En hoe ze stijf werden onder mijn aanrakingen.

354

Alsof ze bevroren. Alsof ze schrokken. Alsof mijn handen net zo brandden als dat rokende, ijzeren schijfje aan een stok, waarmee Barbara de suikerlaag aanvalt...

Op de derde foto keert ze haar billen naar me toe. Met een hand opent ze de spleet en toont me haar anus. De bruinpaarse, gerimpelde huid. De zwarte ster.

Ik voel dat ik een erectie krijg. Ik kijk nu naar haar... 'kut' wil ik niet denken. Barbara heeft een kutje omdat ze de hare zelf zo is gaan noemen, in de tijd dat ze ook haar eerste winden bij me durfde te laten en haar ongesteldheid niet meer voor me verborg. 'Ik heb jeuk aan mijn kutje.'

Vast en zeker van haar moderne moeder geleerd. Hanneke de urologe.

Maar dit is Anne. Dode Anne. Met de rode, eeuwig bekippevelde schaamlippen. Het flitslicht bijt als een witte neet in haar clitoris. Een druppel olieachtig, grijs sap ligt in de opening. Op de volgende foto gaat de kaars bij haar naar binnen.

En er volgen kitschfoto's met kaarsvet op haar borsten en rond haar venusheuvel, ik zie hoe de stearine stolt in het schaamhaar, net voordat het bij teerder weefsel is aangekomen, en ik zie een foto waarop ze schreeuwt terwijl ze zichzelf met de scheefgehouden, brandende, druipende kaars bemorst. Het is allemaal verduiveld slecht gedaan. Ik zie een hoekje van een stapel tijdschriften, en een verdwaalde sok, en in de spiegel tegenover de spiegel boven de wastafel zie ik het plankje met daarop Annes waterglas en tandenborstel, en over haar rug striemt de schaduw van het mobile dat onder haar plafondlamp hing en dat ze zelf had gefiguurzaagd op de middelbare school. Mijn pik past bijna niet meer in mijn broekspijp. Het bloed klopt tegen de harde jeansstof.

Ik draai rondjes op mijn plek op de bank, halfslachtig. Ik wil dat de lust verdwijnt. Ik wil dat ik gauw klaarkom. Ik wil me aftrekken, en ik wil niets. Ik wil ontroerd zijn. Om het lieve amateurisme dat uit de kiekjes spreekt. Maar juist het amateurisme, de ongeacteerde geilheid van het geile meisje dat ik zo goed heb gekend, windt me op. Ik maak de knoop van mijn broek los. De rits. Ik graaf mijn stijve pik uit de boxer die Barbara voor me heeft uitgezocht. Traliewerk van witte ruitjes op zwart katoen. En als ik het ding omvat en de voorhuid terugduw, haat ik mijn handen. Ze moeten schoon blijven.

Het geluid van een natte spons die zich aan het aanrecht vast-zuigt tijdens het boenen. Het slissen van huid over huid en het dof-slikkende smeer daartussen. De eerste glimp voorvocht. Necrofiel, denk ik, necrofiel. Wat deed ik vroeger om een ongevraagde erectie te stuiten? Aan apenachterwerken denken. Aan zwervers die in opengescheurde vuilniszakken graaien. Ik denk aan het mortua-rium en aan het opgezwollen lijk.

Die Anne, die lelijke laatste Anne moet ik me te binnen brengen. Maar ook die wil ik niet zien, en zeker niet om het afgrijselijke beeld over deze plaatjes heen te schuiven, want ook dat zou misbruik zijn. Hoorde ik Barbara maar thuiskomen. Een fiets in het rek, de bene-dendeur van het slot. De onderburen kijken een film, waarschijnlijk met dank aan de schotel die ze aan het balkon hebben gemonteerd. Ik hoor schoten en mannen die elkaar opgewonden commando's geven, paardenhoeven, de oosterse versie van een Ennio Morri-cone-soundtrack.

Terug naar de foto van alleen haar geslacht.

God, ik ga komen. Ik ga komen. Ik blijf naar het vonkje flitslicht kijken dat plakt in het karmijnrode, gretige rozijntje. Mijn ballen worden dik.

En krimpen.

En ineens zie ik dat volgekalkte blaadje van Iemkje op tafel liggen en ik weet dat dit allemaal haar plan is geweest, zij wilde Anne zo zien, zij wilde zien wat al die mannen rondom Anne hadden gezien. Iemkje wilde deel hebben aan die vanzelfsprekende meermannig-heid van Anne. Met haar volkorengrauwe gratenlijf en haar zielloze roestvogels. En nu, nu wil ze me het nog eens inwrijven; jij hebt die kant van haar niet gekend. Van jou moest ze monogaam worden en dat was voor haar tegennatuurlijk. Bij jou heeft ze zich nooit zo laten gaan. Jij wilde toch alleen maar recht-op-en-neer?

Er is geen pik meer. Hij is er nooit geweest. Ik houd een opgerold flensje in mijn handen, een klamme, lauwe, leverbruine dode muis en ik stop hem terug waar hij hoort en ga naar de wc. Pissen kan ik ermee. Scherpzoete grappa-urine.

*

'Hoeveel mensen doen er eigenlijk mee aan het project van Huib en jou?'

'Het project is niet van Huib en mij.'

'Nee, van Huib.' Ik kijk geïnteresseerd naar Barbara.

'Van Huibs bureau.'

'Van Huibs bureau dan. Hoeveel hoogopgeleiden in achterstandswijken doen het werk dat jij doet?'

'Weet ik niet. Een stuk of dertig?'

'En daar hebben ze dertig koopwoningen in Zuid voor? En doen de andere grote steden ook mee? Rotterdam, Utrecht, krijgen de deelnemers daar...'

'Ook een afbetaald koophuis? Ja, dat zal wel, hè?'

'Je hebt de anderen nooit ontmoet. Dat zou toch juist goed kunnen zijn, een landelijke bijeenkomst, om ervaringen uit te wisselen en elkaar adviezen te geven.'

'Heb ik ook wel eens voorgesteld.'

'Bij Huib.'

'Bij Huib.'

'Wat zei hij?'

'Dat mensen soms nog voordat ze er zelf erg in hebben elkaars informatie gaan overschrijven. Dat ze hiaten in hun dossiers bewust of onbewust zullen opvullen met kennis die iemand anders al verzameld heeft. Ze willen dat we zo onbevangen mogelijk blijven. Waarom wil je dat nu pas weten? Je hebt er nooit eerder naar gevraagd.'

'Zomaar. Er kloppen dingen niet.'

'Dat zit in je karakter.'

'Wat?'

'Nou, als iets goed gaat moet jij het weer met je wantrouwen verpesten. Tijdens het mediagolfje heb je je niks afgevraagd over mijn bijbaantje. Toen had je het te druk met je eigen roem. Je hebt met een bleu gezicht mijn verhalen aangehoord en lief geknikt, precies zoals je naar die rot-Iemkje hebt geluisterd. Begripvol. "Ik zal kijken wat ik voor je kan doen." Vervolgens laat je je zoon het vuile werk opknappen. Die mag niet eens even wennen aan zijn nieuwe leven daar in Appelscha. Hij zit in zijn eindexamenjaar, Ruud! En hij is pas verhuisd! En nog geen drie maanden geleden sprak je over hem alsof hij... alsof hij een contactgestoorde, gevaarlijke gek in wording is. Terwijl ik van Paula hoorde dat hij haar helemaal niet gebeten heeft. Niet echt. Hij heeft even woedend naar haar pols gehapt toen ze hem in haar wanhoop een tik wilde geven. Zij vond het achteraf wel terecht. Omdat zij zélf altijd heeft geroepen dat slaan een zwaktebod is. Goed. Nou. Dat heb ik je niet eens willen vertellen, dat het drama wel meeviel; ik was allang blij dat jij zo aardig met Bouwe hebt kunnen praten. Over Anne enzo. Maar nu hemel je hem opeens op alsof hij weet ik wat is. En je stuurt hem naar een tweederangs kunstenares toe die nooit, maar dan ook nooit iets voor jou heeft gedaan na Annes dood. Dat is niet omdat je Iemkje zo aardig vindt. Je hebt de pest in over Appèlbergen. Je doet het omdat je het niet kunt uitstaan dat ik met iets zinnigs bezig ben. Waar ik plezier in heb. En jij hebt godverdomme nooit meer ergens plezier in. Nooit meer. Op de radio de vlotte vent uithangen, de erudiete selfmade hero, maar thuis krijgen de presentator en de redactie ervan langs. Dit ging niet goed, dat liep niet lekker, de presentator zat duidelijk met dat-en-dat privé-probleem en daardoor was het gesprek niet objectief... Gatverdamme. Zelfs al heb je gelijk, zelfs al zie je het goed dat hij... Begin dan een paranormaal adviesbureau. Met die mensenkennis en die intuïtie van je. Gezellig, samen met je ook al zo begaafde, verwende, totaal niet op de praktijk toegesneden rotzooi.' Barbara hapt naar adem. 'En dan die overdreven bezorgdheid om wat hij in die map, of die doos, of hoe je het ook noemt, zou aantreffen. Dat weet je toch? Je hebt die tekeningen en schrijfseltjes er toch zeker zelf in gedaan? Zijn moeder is op zijn derde plotseling gestorven. Ja. Vervelend. Afschuwelijk. Maar praat hem in godsnaam niet een gemis aan dat hij niet zo voelt! Je doet net of jij er iets aan kunt doen dat ze dood is. Alles wat je de laatste tijd over haar zegt wemelt van de zelfverwijten. Trombose is echt niet te voorkomen, hoor. En het is ook niet erfelijk. Dus die angst dat Bouwe... Dat je door het geven van die map van alles bij hem "losmaakt"... Daar is een naam voor, wist je dat? Voor dat ge-overdrijf van jou. Voor die aandoening die jij hebt. Jij hebt geen chronische depressie, schat. Jij hebt een narcistische persoonlijkheidsstoornis. Wat jij wilt is niet dat je zoon zijn moeder begrijpt, maar dat hij eindelijk eens medelijden met jou heeft. Daarom heb je hem veel te vroeg dat ding gegeven. Om te voorkomen dat hij zijn puberwoede op jou zou richten. Om te voorkomen dat hij jou zou gaan vragen: waarom heb jij mijn opvoeding zo makkelijk uit handen gegeven? Hij was al aan het zuigen bij Paula en Diederik...'

Ze herneemt zich. Omdat de buren haar kunnen horen? Ik heb Barbara nog nooit zo kwaad gezien. Haar gezicht is wit. Haar lippen zijn blauw. Ze leunt tegen de wasmachine, de armen over elkaar geslagen. 'Heb je het er met iemand over gehad? Ruud?'

'Waarover?'

'Over Huibs project.'

'Ja.'

'Ik bedoel niet met Bouwe of Ewald en Tanja of Lisa van *Bühne*...'

'Lisa spreek ik niet meer, die is met zwangerschapsverlof.'

'Kijk, dat bedoel ik nou. Als ze een goede vriendin is, dan bel je haar toch ook eens thuis op. Om te vragen hoe het is?'

'We hebben het alleen over toneel. Verder interesseert ze me niet. Ja, we zijn een paar keer naar het café geweest, dat weet jij ook wel. En we kwamen elkaar wel eens tegen op premières...'

'En dan nemen jullie de regisseurs door. En de acteurs.'

'Ja. Meer is het niet. Ik heb jou.'

'Maar ik bedoel dus: heb je het er met een serieuze journalist over gehad?'

'Lisa is ook een...'

'Jaha. Je begrijpt me best.'

'Met Boris.'

'Gatverdamme. Wanneer?'

'Die avond dat je vanuit de krant meteen doorging naar de film.'

'Gatverdamme. Uitgerekend *LaagLand*.'

'Ze gaan er niks over schrijven.'

'En dat geloof jij? Dat dan weer wel?'

Ik heb niets tegen ruzie. Sterker nog, ik heb de afgelopen jaren zo vaak naar ruzie verlangd. Maar niet naar deze, waarin alle conclusies al getrokken zijn. Lijdzaam luister ik naar de opsomming van mijn tekortkomingen. De diagnose klopt. Ik kan er geen speld tussen krijgen. Ik deug niet. Bij Boris laat ik me ontvallen dat ik 'meer weet'. Bij Barbara weiger ik te zeggen dat Anne zichzelf... Zichzelf met mijn medeweten. Zichzelf met mijn 'goedkeuring'. Dat Anne zichzelf, toen ik er even niet was, expres niet was, dat Anne zichzelf van de angsten waaruit ze bestond, van de angsten, en dus van zichzelf heeft verlost. Als ik het nu opeens zou onthullen zou Barbara me twee dingen kunnen verwijten. Eerst zal ze vragen: waarom zeg je dat nu pas? En dan: je zegt het nu pas omdat je het al die tijd als troef achter de hand hebt gehouden. 'Daar kijk je van op, maar ik ben veel zieliger dan jij ooit hebt kunnen vermoeden.'

Ik staar naar Barbara's nieuwe, glimmendzwarte tangoschoenen. Naar de koperen armband om haar pols.

Achter het vettige keukenraam en het raam in de balkondeur kleurt de lucht grijsblauw, als het waswater van een nieuwe spijkerbroek. Het lijkt avond.

Het is zaterdagochtend, half elf. We moeten nog ontbijten. Ik snijd de sinaasappels die op het aanrecht liggen doormidden en duw een helft op de punt van de citruspers. Ik schroef en ik knijp. Twee sinaasappels pers ik uit. Uit het kastje boven mij pak ik een glas waar ik het sap in giet. Barbara staat nog steeds bij de wasmachine. Ze neemt het glas aan.

Boven de oranje daken aan de overkant van de binnentuin staat het staartje van een regenboog. De kleuren zijn goed te onderscheiden. Zelfs het purper straalt.

'Ik heb wat bedacht,' zegt Barbara.

'O.'

'Ja. Ik wil wel naar Venetië, maar niet met jou. Ook al heb ik die reis van jou en papa en mama gekregen. Je hoeft hem niet te annuleren. Maar ik wil met leuk gezelschap. En het is mijn cadeau, dus ik mag ermee doen wat ik wil.' Ik denk aan de grappa. Na het doorbladeren en verbergen van de foto's heb ik nog twee glaasjes genomen. Mijn fles toch zeker. Al had ik hem in één keer leeggedronken.

'Wat wil je dat ik nu zeg? Dat ik het erg vind?'

'Dat zeg je niet.'

'Ik vind het erg.'

'Je liegt.'

'Dan lieg ik. Ook best.'

'Zak! Je weet niet eens wat er in je omgaat. Je weet het niet. Nooit. Je speelt dat je het erg vindt, en je speelt dat je het niet erg vindt.'

'Dus je begint het te begrijpen. Daarom gaat het niet goed met mij, trut. Omdat ik het niet weet. Dat is pas erg.'

'O, o, wat zijn we zielig en Bouwe begrijpt het wel, die heeft het ook of hij heeft er de neiging toe en...'

'Dan niet. Ik kan het uitleggen, maar je hebt er nooit eerder naar gevraagd. Wel handig toch, een vriend die fijn meespeelt?'

'Met wat?'

'Laat maar. Met wie ga je?'

'Mariska misschien. Eva. Wil je zelf geen jus?' Het woord alleen al. Onmiddellijk zie ik een vormeloze klont boerenkoolstamppot voor me, mijn vader die er met zijn vork een holte in schroeft, een kruimelige slokdarm waar mijn moeder vervolgens een plas glazig donkerbruin vocht in lepelt. Aangebrande nageltjes ui. Korrels smakeloos gehakt van de vorige dag. Er drijft van alles in rond. Nee, ik heb geen dorst.

'En trouwens, ik was niet naar de film. Ik was bij Mariska.'

'Dus niet eens met dat nieuwe meisje?'

'Ik moest snel wat verzinnen.'

'Waarom?'

'Ja, jezus.' Barbara duwt me opzij om het nieuwe pakje sigaretten te pakken dat ik, als gewoonlijk, bovenop de weckfles met koffie heb gelegd. Ze krabt met haar nagel het openingsriempje in het cellofaan los, gooit de prop knisperend plastic in de vuilnisemmer, opent het doosje, duwt het aluminium papiertje terug en pakt een sigaret. Voor mij. 'Hier.' Ze geeft me vuur met een lange huishoud- lucifer die voor de waakvlam van de geiser bedoeld is. Dan neemt ze zelf een sigaret. Ik heb haar lang niet meer zien roken. In de venster- bank, naast het kruidenrekje, staat een schone asbak.

Ze pakt hem en loopt de kamer in.

Ik loop haar achterna.

De regenboog is allang weer opgelost in de lucht, die nu geel is en een winderige, warme dag belooft.

Ze gaat zitten. In mijn stoel. Ik zit tegenwoordig steeds vaker op de lage bank. We roken.

'Het spijt me van daarnet. Maar ik meen het wel.'

'Wat?'

'Dat ik ertegen opzie. Ik wil niet met jou.'

'Ik zie er ook tegen op.'

'Om met mij daarnaartoe te gaan?'

'Nee. Ik wil niet reizen. Ik ben geen leuke reisgenoot.'

'Waarom heb je mij dat dan gegeven, zo'n vakantie?'

Omdat je ouders dat voor ons bedacht hadden, wil ik zeggen. Omdat je vader zo'n charismatische, vrolijke man is voor wie ik alles wel zou willen doen. Omdat ik hem geloofde toen hij zei dat Venetië wonderen deed voor welke relatie dan ook en omdat hij er meteen aan toevoegde dat wij waarschijnlijk geen wonderen nodig hadden, we zagen er altijd zo gelukkig uit. Losjes, toch innig – we pasten daar perfect.

'Ik hoopte dat het leuk zou zijn.' We kijken elkaar aan. Glimlachen. Met de punt van haar nagel krabt Barbara een schilfertje vruchtvlees tussen haar tanden uit. Ze likt het van haar vinger. Ze slikt het door.

'Nou weet ik tenminste ook een keer hoe het is om ergens tegen op te zien. Maar over die avond bij Mariska...'

'Ja. Die avond.'

'Ik heb een abortus laten doen.'

'Eergisteren.'

'Eergisteren.' Ze kijkt nu zelf naar haar schoenen. 'Eén keer! Eén keer heb ik de pil vergeten, maar ik dacht, sorry, maar ik dacht...'

'Ja, nee, ik snap het.'

'We doen het hooguit...'

Mijn dode echtgenote was een nymfomane, die ik zo nodig moest bekeren tot trouw en moederschap. Die vervolgens (Ja, Iemkje, je bent heel duidelijk geweest...) compleet krankzinnig is geworden omdat ze de beperkingen niet aankon. Zie de negentiende eeuw, zie de literatuur uit die tijd, zie Freud, zie hysterie. Het is allemaal zo simpel, Theo had het kunnen voorspellen, kunnen 'schouwen'. Fenomenologie des Geistes of des baarmoeders.

Mijn huidige vriendin die uit liefde voor mij beweerde dat ze nooit moederlijke gevoelens had, wilde onbewust toch graag zwanger worden, vergat haar anticonceptie, werd zwanger en bracht meteen daarna een offer: voor mij. Omdat ze weet dat ik geen kinderen meer wil. Het is kort door de bocht, dit schema, maar god, wat is de auteur van mijn leven toch een knappe dialecticus. Ik ben het vuilnisvat van tegenpolen! Hoe kom je erop! Door te bestaan verpest ik de verlangens van anderen. Ik ben bron en grafkist van hun ellende. Ik ben hun kiem van hoop, en hun composthoop. Ik, die het behoud van losse eindjes tot mijn programma heb gemaakt, moet lijdzaam toezien hoe de schrijver mij voor dat programma straft. Geen systemen willen bouwen, dat is ook een systeem. Keurig, keurig worden de naden aan elkaar gehecht. Het is bijna fictie, zo mooi.

'Waarom heb je niks gezegd? Het is toch ook mijn...'

'Kind?'

'Nee. Of ja: dat ook. Maar ik bedoel, ik hou van je. Ik had je willen – helpen is een groot woord, maar ik had je willen... Ik had willen luisteren. Je bent naar een vriendin gegaan. Niet naar mij.'

'Ik weet het niet. Ik voelde me rot.'

'En nu?'

Ze schiet in de lach. 'Wat klinkt dat therapeutisch. Zei Richard zulke dingen ook? "En nu?" Je hebt me nooit verteld hoe dat nou is, bij een echte psychiater... Nou gewoon. Nu niks. Ik mag weer zuipen van mezelf. Ik heb er zin in. Weet je? Ik voelde meteen dat ik zwanger was. Een uur erna al. En ook al wil ik geen kinderen, dat is dan toch een reflex, dat je opeens alle drank laat staan. Ik was ook zo misselijk, hè?'

'Deed het pijn?'

'Zoiets als een kies laten trekken, denk ik. Een kies, en dan een verdieping lager. Maar het had al een hartje. Kiezen hebben dat niet.'

'Nee.'

'Eigenlijk heb ik Mariska al gevraagd of ze meegaat. En ze kan. Als ze de eerste week van de paasvakantie doorwerkt, nu dus, kan ze de tweede vrij nemen. De negenentwintigste april had je geboekt. Dat is al over tien dagen.'

'Dan moet je dat maar doen.'

'Je snapt het wel?'

Ik sta op, kus haar kruin en ga weer zitten. Barbara kijkt me aan en zegt dat ze de weekend-, nee, de paasboodschappen gaat doen. Omdat ik haar de laatste tijd al veel te veel klussen uit handen neem. Ze legt het pakket kranten op mijn schoot. Lees maar. Rust maar uit. Zal ze weer eens lasagne maken? Het maakt me niet uit, maar ik zeg heerlijk. En koop er een dure fles bij. En trek na het eten weer eens je schoenen uit.

*

Ze wilde niet dat ik haar naar Schiphol bracht. De taxi reed om kwart over zes voor. Het schemerde. Ik gaf Barbara's koffer en sporttas aan de chauffeur, die ze behoedzaam in de achterbak legde. Ik vroeg aan Barbara of ze Mariska nu eerst zou oppikken. Barbara haalde haar paspoort uit haar schoudertas, stopte de envelop met vliegtickets en hotelvouchers tussen de bladzijden, deed alles weer terug in de tas. Ze rilde. Haar haar was nog nat. Ze zei niets.

'Dus ik moet nog langs iemand anders?' vroeg de jongen aan mij.

'Ik denk het wel. Ze woont in de buurt van het Hoofddorpplein. Dat is bijna op de route. Het is maar even om. Bij het Surinameplein links. Dan weer rechts. Zij...' Ik wees naar mijn nerveuze vriendin, 'zij weet het wel. Warmondstraat. Warmondstraat 50 tweehoog.'

Barbara had de kring oranje lantarenlicht verlaten. Lippenstift, zonnebril – ze had het allemaal bij zich.

'Nee,' had ze gezegd. En nog een keer, harder, om boven het geluid van de stationair draaiende motor uit te komen.

'Nee?' vroeg de jongen.

'Hij hoeft haar niet op te halen, Ruud. Ze gaat zelf.'

'Ook met een taxi?'

'Dat wist ze nog niet. Misschien brengt Joris haar. Is meteen een leuk uitstapje voor de kinderen.'

'Je kunt haar even bellen. Met je mobieltje. Als die kinderen niet wakker willen worden, of Joris heeft er toch geen zin in... Dan kun je haar alsnog...'

'Bel haar als u in de wagen zit, mevrouw. Dit kost allemaal tijd.'

Barbara schudde haar hoofd. Laat nou maar. Ze liep naar me toe en pakte me bij de revers van het jasje dat ik in de haast had aangetrokken. Ze kuste me. Rechterwang, linkerwang, mond. Geen echte kus. We zeiden de geijkte dingen. Pas goed op jezelf, geniet, vijf dagen zijn zo voorbij. De chauffeur zat al achter het stuur. Hij drukte op een knop in het dashbord. 'Lalala... Hits and all-time's favourites...', de gezongen reclame voor Sky Radio, gevolgd door de eerste maten van het oude Springsteennummer 'I'm on fire'. Barbara stapte in en gooide het portier dicht. Ik stak mijn hand op. Toen de taxi de straat uit reed was de lucht al bijna helder.

Ik liep naar boven. De gordijnen waren nog dicht. Door de lichte stof liepen donkere kruisen. De verdubbelde silhouetten van het houtwerk tussen het vensterglas. Op tafel stond een bord met daarop een onaangeroerde boterham en een snee Zuidlaarder vruchtenbrood. Aangetroffen op de schappen van de Hema. Alleen haar koffie had Barbara opgedronken. Het was stil in huis. En het zou stil blijven. De buren waren een week geleden naar het Rifgebied afgereisd, veel eerder dan anders. Ze hadden bericht gekregen van Appèlbergen. Geweldig. Ze behoorden tot een van de eerste families die er mochten wonen. Waarom juist zij waren uitverkoren wisten ze ook niet, maar ze hadden waarschijnlijk sneller dan andere Marokkanen gereageerd. En dat kwam weer doordat Barbara ze zo goed had geïnformeerd.

'Vorrr wienter nog!' had Aïsha geroepen. 'En dan mijn man daar ook werruk hebben, dat hij zzzikker kan doen met zzzaijn roeg. Isse iets op tráktor. Jij weet tráktor?'

Achmed was niet meegegaan naar zijn geboortedorp. Maar hij was ook niet vaak beneden.

Ik rook aan mijn kleren. Ik stonk. Drank, rook, knoflook. Morsige mannengeur. Ik kon douchen, maar ook terug naar bed gaan. Met de krant die de bezorger me persoonlijk had overhandigd, een minuut nadat we buiten waren. Als alles liep zoals het hoorde, stonden Barbara en Mariska nu bij de incheckbalie. Met de nieuwe papieren, die Barbara gisteren pas bij het reisbureau had kunnen ophalen. Medereiziger 'Mr' R. de Wolf is een 'Mrs' geworden en heet nu M. van Gameren. Volgens Barbara hadden ze niet moeilijk gedaan. Ik had de verandering met eigen ogen willen zien, maar de plastic hoes om de envelop was dichtgesealed. 'Juist als je de boel keer op keer gaat controleren raak je iets kwijt, dat zul je zien,' had Barbara gezegd. Meer tegen zichzelf dan tegen mij, want ze had het platte pakje vaak in haar handen genomen, als om te voelen of het in de tussentijd niet lichter was geworden.

Ik maakte een dubbele espresso. Nam een hap van de boterham. Komijnekaas. Door ons nog altijd Khomeinykaas genoemd, zonder dat we om de woordspeling lachten. Wanneer de benedenbuurvrouw die zaadjes door haar lamsstoofpotten flikkerde, stonken overloop en slaapkamer erger dan anders. Ja, hoe die lucht toch in onze slaapkamer terechtkwam... Maar in november zou alles anders worden. Zelfs als er bejaarden onder ons zouden komen te wonen, die klaagden over onze muziek en onze voetstappen, was dat niet erg. Ook wij zouden hier niet lang meer blijven.

Een sigaret.

Nog voor ze vertrok was het Bar gelukt om de buurvrouw van hiernaast in dagbehandeling te krijgen. En na de paasdienst in de Russisch-orthodoxe kerk, toen Barbara met Olga en Dimitri mee was gegaan naar een feestje bij vrienden thuis, had ze gezien dat Olga alle drank weigerde. Goed, hè? Over haar abortus had ze verder niets meer gezegd. Neem nog wat lasagne. De dienst was indrukwekkend geweest, maar hij duurde natuurlijk veel te lang. Zeker als je moest staan. Dat die mensen dat volhielden! Had de zang haar ontroerd? Niet echt. Ze kende die muziek toch al van mij? Maar die kaarsjes en die iconen, ja, dat was wel gezellig. Mooi. Bladgoud, dennenwierook en warmrood velours, het leek meer op Kerstmis, zoals ze het vierden. En er werden op zeker moment heel veel klokken geluid. Precies nadat priesters en koor hadden geroepen dat Kriestoes was opgestaan. Met die basstemmen – het had bijna boos geklonken. Of nee, stellig. Twijfelen mocht niet. Ze had een nieuwe toren van pastavellen waartussen afwisselend rode vleessaus en dikke, witte bechamelsaus op mijn bord geschept. Nog wat sla? Die dressing is goed gelukt, hè? Uit dat boek van Nigella Lawson. Limoen zit erin. Je proeft meteen het verschil met citroen. Dit is zoveel zachter. Groener.

De knappe Britse televisiekokkin had haar tweelingzus kunnen zijn. Barbara kon verlekkerd naar haar werkzaamheden staren. Naar de van olie glimmende lippen die een lepel soep kusten. Naar de marmeren Rodin-neus met de ovalen, donzige gaten, die de damp boven een pan stoofperen in calvados opsnoof. Ze staarde verlekkerd naar de verlekkerde uitdrukkingen op het gezicht van de zo huiselijke vamp die door het beweeglijke, close-up camera-werk leek weggelopen uit een film van Lars von Trier. Of Nigella nu worstjes braadde of mayonaise klopte, ze werd nooit truttig. De BBC-cultversie van de *Mona Lisa*. Onbereikbaar lekker. Eigenlijk genoot Barbara vooral van haar eigen spiegelbeeld. Dit was de perfecte manier om haar ijdelheid te bevredigen. Ze had de ovenschaal leeggeschraapt en over Stalin gesproken. Dat hij de Russen zo in de tang had kunnen houden, dat kwam doordat ze al gevormd waren door die religie, had ze daar in het kerkje bedacht. Vond ik dat ook? Wat ik antwoordde weet ik niet meer.

Ze was weg nu. Mijn vriendin was op reis.

Mariska was ook al zo'n Nigella-fan. In Venetië zouden ze eten en over eten praten alsof hun leven ervan afhing, dat wist ik zeker. Bij de Rialtobrug was elke dag markt en daar waren ze gek op. Al die vissen, kreeften en grote garnalen, dat moest prachtig zijn. De reis-genotenwisseling was een prima oplossing van Barbara. Niemand die na afloop teleurgesteld...

Ik had de telefoon gepakt en toetste het nummer van haar mo-biel. Barbara nam op met een vrolijk: 'Hallo, Rodolfo!'

'Ik dacht, ik bel nog even.'

'Ja. Ja leuk.' Ik hoorde geroezemoes. Het gekletter van bestek op goedkoop porselein.

'We zitten bij die grote croissanterie. Nog even en we moeten naar de gate. Boarden, you know?'

'Is het met Mariska goed gekomen?'

'Ja hoor.'

'Heeft Joris...?'

'Ja, nee, die bleef thuis, maar ze heeft de trein genomen. Wat doe je bezorgd. Ze was er op tijd en nu zitten we te ontbijten. Echt lief dat je belt.'

Ze legde me uit dat ik haar niet meer moest bellen als ze in Italië zat, dat werd te duur. Ook niet naar het hotel. 'Ik bel je halverwege wel even.'

'Je voelt je goed? Niet te moe?'

'Dat heb je gisteren al gevraagd. Nee. Lekker moe. Ik ben aan vakantie toe. In het vriesvak staat nog een doos met die kip korma van vorige week. Was ik nog vergeten te zeggen. Precies goed voor één persoon. Alleen een beetje rijst erbij en je bent klaar.'

'Veel plezier. Nogmaals dus.'

'Dankjewel. Jij ook.'

Ik zei nog een keer gedag. Barbara lachte, daarna had ze me weggeklikt.

De ochtend was anders dan andere ochtenden. Ik was op een onbekende manier alleen. Ze was niet naar haar werk, ze kwam niet thuis, zelfs niet 's avonds laat, mijn huisgenote.

Terug naar bed ben ik niet gegaan. Om acht uur zat ik gedoucht, geschoren en in schone kleren achter mijn laptop. Ik probeerde te denken.

Zou ik Bouwe en Dieudonnée uitnodigen? Voor vanavond? Ik zou ze mee uiteten kunnen nemen. Ze konden slapen in onze kamer, dan nam ik Bouwes logeerbed... Morgen was het Koninginnedag. De Vrijmarkt. Zoiets kende Dieudonnée vast nog niet. En dan nog een nachtje erbij? Ook prima, jongens. De gulle vader. Opeens schoot door me heen dat ik drie kinderen had kunnen hebben. Degene die was meegesuïcideerd zou nu dertien of veertien zijn geweest. En eind november gok ik, had er dus nog een baby bij kunnen komen. Van een andere moeder. Die, op het moment dat ik aan haar abortus dacht, ergens boven Zwitserland in de lucht hing.

Er waren wel meer mannen die op hun vijftigste vader werden. Zeker in 'onze kringen'. Op televisie had ik een schrijver horen zeggen dat zijn depressie was geëindigd op de dag dat hij zijn dochter in de armen geduwd kreeg. Die man was toen al tweeënvijftig.

Zijn vriendin kon fulltime blijven werken, hij zat toch thuis. En hij schreef als de kleine sliep en 's avonds na tienen, als het stil was – dat had hij trouwens altijd al gedaan. Met een kind kwam je veel buiten, je kreeg genoeg lichaamsbeweging... Hij had de voordelen opgesomd. Het had net zo goed over een hond kunnen gaan, had ik destijds gedacht. Maar nu zag ik mezelf lopen achter een buggy, in het park, met dit weer, en ik kon me opeens voorstellen dat ook ik er gelukkig van zou zijn geworden. Eindelijk.

Ik mailde mijn uitnodiging naar Bouwe en Bouwe mailde direct terug. Ze hielden niet van menigten, dat was één. Twee: Dieudonnée was grieperig. Drie: ze waren gisteren bij Appèlbergen gaan kijken en hadden een bouwvakker aangesproken die voor een keet zat te lunchen. Hij had hen verteld dat al meer dan de helft van de fundamenten was gelegd, dankzij een nieuw systeem dat onlangs door een Japans bedrijf, in samenwerking met twee Amerikaanse universiteiten en topmannen van Silicon Valley, was ontwikkeld. Het was eigenlijk speciaal bedoeld voor wolkenkrabbers met eeuwigheidspretenties, maar Nederland had de primeur. 'Dat betekent dus dat ze blijven, die gasten. En ze kunnen er ook al razendsnel in, want over een paar dagen komen de bussen uit Bulgarije en Roemenië met driehonderd extra metselaars voor het ambachtelijke werk. Komt door de media. Dat ze er zoveel vaart achter zetten. Het moet binnen een halfjaar gebruiksklaar zijn, hiero, anders zijn ze bij CNN allang weer vergeten hoe briljant het plan is. Voor gewone Nederlanders die iets nieuws willen kopen in zo'n opgespoten project ergens buiten de stad, daarvoor rennen ze niet zo hard,' had de bouwvakker gezegd. Het was duidelijk dat Bouwe zijn tanden in het onderwerp had gezet, ook al had ik hem nog niet durven schrijven dat Boris geen behoefte aan zijn stukken had. Informatie die me relevant leek zette ik op flop. Mijn dossier 'Bouwe'. Onze ongevraagde schaduwboekhouding. Vroeg of laat wisten we genoeg om samen het andere verhaal over de stad te schrijven. Tegenover serieuze journalisten had de bouwvakker hoogstwaarschijnlijk een opgewekter geluid laten horen. Hij was per slot maanden zonder werk geweest, en hier verdiende hij ook nog eens prima. Als reistijd een bezwaar was, mochten de bouwvakkers gratis logeren in een Van der Valk Motel in de buurt. 'Er is ook een Europees subsidiefonds, hoorde ik van zijn collega. Daarvan worden al die dure nieuwigheidjes betaald. Omdat Nederland in dit opzicht een pioniersland is, krijgen we miljoenen euro's.' Met die woorden eindigde Bouwe zijn mail aan mij. Over mijn logeervoorstel niets meer.

Rond het middaguur maakte ik een wandeling. Op tegels en asfalt waren lijnen gezet. Hokken van stoepkrijt, van witte of oranje verf, van gekleurd plakband. Daarbinnen steeds dat ene woord, ook weer uitgevoerd in kruimelige kalk of rechte, met de tanden afgescheurde stukken tape: BEZET.

Deanne was in het park langs me gefietst en ze had een hand opgestoken. Tussen sommige bomen hingen slingers.

Ik dacht aan Sara. De eerste keer dat wij samen Koninginnedag vierden. Het was koud geweest. Sara droeg een kabeltrui en onder haar Indiase strokenrok een wollen maillot. Ze was koortsig en verkouden, net als nu het vriendinnetje van mijn zoon. Fijn vond ik dat. Ik mocht voor haar zorgen. Ik sloeg een arm om haar schouder, en duwde haar door de massa. Blijven bewegen. Veel drinken. Flesjes Spa blauw had je toen nog niet. Ik kocht thee en sapjes voor haar, overal waar ik maar iemand in de weer zag met een kan en kartonnen bekertjes. Dit was de Tocht Der Ontberingen. Ik was de ridder.

Ik moest mijn bruid langs de rand van de afgrond leiden, en haar weghouden bij fatale koopjes, en ik moest haar beschermen tegen kindersnot, tegen antisemieten met en zonder PLO-sjaal, tegen hasjdamp, feministen en geile kerels met lang haar. Of we naar haar kamer of de mijne zouden gaan, wist ik nog niet. Als ze maar zo gauw mogelijk binnen was, op een vertrouwd bed lag, kon huilen van de spierpijn en het ondraaglijke branden van de knikkerharde lymfeklieren in haar ranke hals.

'Dat is de vermomming waarin jouw libido zich aandient?' had Richard me een keer gevraagd. 'Een vrouw is ziek, of moe, of verdrietig... En jij wilt wat doen? Zorgen? Kom op. Laten we elkaar geen mietje noemen. Geloof je zelf dat je belangeloos reageert op iemands kwetsbaarheid? Op de kwetsbaarheid van een vrouw? Of denk je dan heimelijk: nu kan ik mijn slag slaan?'

Ik had mijn moeder, nee, allebei mijn ouders tenminste één keer in mijn leven kwetsbaar willen zien, dat was zijn theorie. Dan had ik me aan hen verwant kunnen voelen. Of zij hadden mij beter begrepen. Maar omdat dat moment nooit was gekomen, leefde ik de fantasie uit op vrouwen. Ik wilde ze hulpeloos zien, want ik wilde mijn moeder hulpeloos zien. 'Dat je geen sadist bent geworden!'

Zelfs aan haar darmkanker had mama niet geleden, althans niet volgens mijn maatstaven.

'En daar komt nog eens bij dat toen Anne eindelijk ziek werd... Dat trombose uitgerekend een ziekte is waarbij je niet kunt helpen. Toch? Ze was meteen dood. Weer een gemiste kans.'

Natuurlijk had ik met Sara naar bed gewild. Maar niet op die Koninginnedag. Ik zit zoveel hoofser in elkaar dan mijn psychiater kon vatten. Met brutale meiden, ja, met brutale meiden kwam het meteen tot seks. Met vrouwen die iets onverstoorbaars over zich hadden, iets onwrikbaars – die de dikke, porkachtige cellulitisdijen hadden van mijn zus. Struise 'maat 42'-types. Aarde-ogige Barbara's. Stieren. Steenbokken. Soms een aan bier verslaafde Kreeft. Die vrouwen hoefde ik ook niet ziek mee te maken. Ik wilde alleen diegenen zwak zien die dat al bij hun geboorte waren. Om ze behalve voor hun huidige malheur, eindelijk ook voor die andere malheur te kunnen troosten, die ik vermoedde, herkende, maar niet kon benoemen. Tenzij met koude washandjes. Met appelmoes en vanillevla. Met schoudermassages en Bach.

Ik liep en liep. De P.C. Hooftstraat op en neer, toen door de Van Baerlestraat. Langs Lilywhite, en ik keek onwillekeurig naar binnen, in de hoop mijn broer te zien.

Als ze hun cursus hadden voltooid mochten de nichtjes van Achmed op gesprek komen bij de manager van het filiaal Buikslotermeer van Thijs' parfumerie. Niet eerder, aan stageplaatsen deden ze niet. En in de zaken op A-locaties zoals deze, pal tegenover het Museumplein, waren hoofddoekjes niet gewenst. Vermogende Oud-Zuidklanten moest je niet onnodig afschrikken, had mijn broer gezegd. 'Jullie kennisjes mogen blij zijn dat ik mijn best voor ze doe. Alleen omdat jij... Dat is heel bijzonder. Broederdienst. Haha.'

Als ze inderdaad gauw naar Appèlbergen vertrokken, konden ze misschien wel terecht bij Lilywhite Groningen. Of bij een Oosters cosmeticaboetiekje op het eigen terrein.

De statige straten achter het Concertgebouw. Bijna uitgebloeide narcissen en geurige hyacinten in piepkleine geveltuintjes. Manshoge stokrozen, dik in het grauwgroene blad, droegen hun kogelronde knoppen al trots. Voorbarige trots. Als spelers die het veld betreden, met de voetbal geklemd onder de oksels.

Veel hardhouten, Engelse parkbanken die met kettingsloten aan een regenpijp waren vastgeklonken. Tegen sommige muren stonden blinkende, gloednieuwe kindermountainbikes. In de parkeervakken veel grijze en donkerblauwe Volvo stationcars, een paar met firmalogo's beplakte Smarts, hier en daar een Jaguar of smetteloze Citroën DS. Een dikke witte kater lag midden op de stoep te slapen in een warme lichtvlek. Hij verdween onder een auto toen hij mijn voetstappen hoorde, maar ik was nog niet van zijn zonnepodium verdwenen of hij lag er weer – even roerloos als de cello op de Philip Starck-sofa in het buurhuis. De bespeelster ervan zat aan de eettafel in de achterkamer, een rode telefoon tegen haar oor.

Hier ergens moest de wasserette zijn waarin Anne stond te zwoegen, waarin ik haar ten huwelijk vroeg. Ik liep naar het hoekpand aan het einde van de rij herenhuizen en stak over. Een briesje in mijn rug. De kruinen van de oude esdoorns ruisten.

De zaak was weg. Op de winkelruit stond in krulletters: 'Tapas del Sol'. De witte badkamertegels op de muren waren vervangen door bont mozaïekwerk. Waar de wasmachines stonden was een lange vitrinebar gekomen, erboven hingen flessen drank met de schenktuiten naar beneden. Op een door zijden zonnebloemen omlijst schoolbord las ik wat een glas Navarro kostte en dat de 'specialidades del dia' pittige gehaktballetjes waren, in Andalusische tomatensaus. Vier euro vijftig per portie van zes.

Gietijzeren tafels en stoeltjes, kriskras door de ruimte. Ik stak een sigaret op, keek weer naar binnen. Achter een kralengordijn bewoog een gestalte. Een kleine vrouw met een zwarte vlecht schoof het gordijn opzij en ging het restaurant binnen. In haar handen een aluminium bakblik – wat erop lag kon ik niet zien. Ze zette hem neer op de toonbank, naast de glazen pot met olijven in olie. Of ze me opmerkte? Nee. Ze stak iets in haar mond. Veegde haar handen af aan haar schort.

Misschien, dacht ik, heb ik me vergist. Is de wasserette er nog wel, maar op een andere hoek van een andere straat, hier vlakbij.

Ik stelde me Barbara voor. Ze had nu al de tocht met de luxe watertaxi gemaakt die bij de prijs van het hotel was inbegrepen. Transfer per boot v.v. luchthaven – accommodatie. Ze had de sleutel van de kamer in ontvangst genomen. Een jongetje in een te ruim livrei had hun bagage naar de derde verdieping gedragen. Of er was een lift, dat kon ook. Ze probeerden de bedden, Barbara en Mariska. Ze streelden de roze, gebloemde spreien, deden de minibar open en dicht. Er was een bad. En op de marmeren wastafel stond een mandje met miniatuurflesjes gevuld met shampoo, conditioner, badschuim en bodymilk. Een naaisetje lag erbij, en een pakje met een douchemuts – er waren zeker ook schoenendoekjes. Rulle, spierwitte handdoeken. Een badjas met op de borst, in goudborduursel, de naam van het hotel. Barbara trok hem over haar kleren aan en pulkte de plastic douchemuts uit het doosje. Ze zette hem op haar hoofd en ging de kamer weer binnen. Mariska lag op haar bed, met de 'rijk geïllustreerde' Capitool-reisgids in haar handen. Die had ik een week geleden voor ze gekocht. 'Zullen we dan nu maar een leuk lunchding zoeken?' vroeg Barbara met vlakke stem. Haar vriendin keek op van het hoofdstuk over de Dogen en schoot in de lach.

'Gaan jullie ook naar San-Michele?' had ik Barbara aan de vooravond van het vertrek gevraagd. 'Het dodeneiland?'

Nee dus. Anne was daar wel geweest. Alleen. Toen ze een dagdeel vrijaf had van alle kunstenaarsfeestjes. Barbara had opgesomd wat ze per se in die vijf dagen wilden zien. Het Lido leek haar mooi en, al kostte het kapitalen, ze moest en zou een glas witte wijn drinken op het terras van Hotel Des Bains. Liefst na wat gezwommen te hebben in, moet je kijken, die prachtige, doffe, donkerblauwe zee.

Mariska wilde, heel kitscherig vonden ze allebei, een gondeltochtje maken. En palazzi in. En buitenwijken waar geen toeristen kwamen en waar het wasgoed zo pittoresk tussen de huizen hing te drogen. Ze zaten nu vast aan een onvervalste cappuccino, in de 'lommerrijke' patio van hun hotel. Van ons hotel.

Ik was bij de Cornelis Schuytstraat aangekomen. Aan mijn linkerhand, in de verte, zag ik de winkel waar ik in januari vitaminepillen had gekocht. De pot was allang leeg, maar geholpen had de kuur niet.

Bij de traiteur ging ik naar binnen. Geen zin in het kipgerecht dat thuis in de vriezer lag. Al had ik geen trek, ik wilde verdomme wel zelf kunnen uitkiezen wat ik ging eten. Ik liet een bakje vullen met de goedkoopste eenpansmaaltijd. Wijn kocht ik erbij, een Zuid-Afrikaanse merlot, en een schaaltje 'woudvruchten met citruskwark'. Die mijnheer gaat zichzelf vanavond trakteren, kon ik de blonde slagersdochter horen denken.

Het was steeds warmer geworden. Ik liep door het park terug naar de buurt waar ik hoorde. Kocht sigaretten bij norse Sjaak, en een paar gloeilampen bij Elektro Wals. Toen ik voor de tweede keer die dag het huis binnen kwam, was ik aan mijn nouvelle solitude gewend. Alsof het een compositie was die ik tijdens de wandeling zo vaak had beluisterd dat ik haar gedachteloos kon meeneuriën.

De derde avond stond er politie op de stoep. Het was half zeven. Ik had een doos met daarin een restje bami rames van de vorige dag voor de televisie leeggelepeld. Allebei mijn laptops zoemden. Op die in de deurloze rommelkamer schreef ik aan een monoloog voor de pas afgestudeerde Edith Hendrix, die losjes was gebaseerd op het korte gesprek dat ik een dag na Meijers uitvaart met Sara had gehad. Over hoe het was om een liberale joodse in Israël te zijn ging het stuk, maar het ging ook over de schoonheid van het vak dermatologie, over cosmetische chirurgie vooral, en over moederschap en... Het ging zoals altijd nergens over, en het ging over liefde die je ooit hebt gevoeld maar waarvan je je niets, maar dan ook niets meer kunt herinneren.

‘Wij zitten hier samen de mythe van de eerste serieuze verkering te ontmantelen!’ had Sara gezegd. ‘Voor mij betekende het niks, voor jou ook niet – dat is toch eigenlijk heel grappig. Ik ken mensen die er een moord voor doen om hun eerste vriendje terug te zien, die dat onhandige zoenen enzo helemaal hebben geïdealiseerd, soms tot aan hun sterfbed... Maar dan denk ik, wat een rubbish, dan heb je daarna dus nooit meer iets moois meegemaakt!’

Ze was op haar vader gaan lijken. Zoals ze het koekje in haar thee doopte. Naar het plafond keek. Aan mij vroeg ze weinig, maar dat vond ik niet erg. We konden ons allebei voorstellen hoe een huwelijk tussen ons eruit had gezien. Ik zou me hebben bekeerd tot het joodse geloof, dat was zeker.

We zeiden tegelijk dat ‘het erin zat’. Bij mij. Als ik iets deed, dan meteen goed. Voor de eerste drie tentamens die we samen hadden geleerd, haalde ik achten-en-nog-wat.

‘Je zou me met spreuken uit de Talmoed om de oren hebben geslagen, Ruud. Vreselijk!’ Ze at alweer jaren koosjer. Dat wel. De kinderen waren varkensvleesloos opgevoed en wisten niet beter of een huis had twee keukens. Pa en ma Meijer hadden het tweede-generatie-aanstellerij gevonden, net als het geleuter over ‘wortels’ en over de goj die nooit tot het hart van de zaak zou kunnen doordringen. Sara pakte me bij de arm. Ze zei dat ze wist dat ik de gok wel had willen wagen.

'Het onmogelijke. De onweerstaanbare aantrekkingskracht van het onmogelijke... Het was bijna aandoenlijk, wat jij met je leven wilde. Zoveel! Ach, arme schat.'

Haar ex-man, de vader van haar kinderen, was correspondent in New York, uiteraard voor een Israëlische krant. Haar huidige echtgenoot was oncoloog en violist bovendien. Ze hadden het ver geschopt, juist omdat ze niet zulke dromers waren geweest als ik. Ik wilde alles op eigen houtje uitzoeken, volgens Sara. Ze noemde me een idealist zonder traditie of -isme waardoor ik me geruggensteund kon weten en daarom...

'...is alles mislukt?'

'Nee! Nee! Daarom heb je zo lang op erkenning moeten wachten. Mijn moeder is eigenlijk wel opgelucht dat ze die bittere man nu kwijt is. Hij hing de laatste jaren als een blok aan haar been. Wees maar blij dat jij hem nooit meer hebt teruggezien. Het zou een teleurstelling zijn geweest.'

Op de laptop op de eetkamertafel schreef ik het Silbersteindebat uit. Zoals ik het me herinnerde. De videoband had ik ook, maar ik wilde weten hoe ik het gesprek had onthouden. Dan kon ik later altijd nog controleren of ik het juist had weergegeven. Op de een of andere manier hadden de twee teksten op de twee laptops met elkaar te maken en alleen schrijven was de manier om hun verwantschap bloot te leggen.

De agenten waren de trap op gerend. Gewoonte. Ze vroegen of ze stoorden. Nee. Gaat u zitten. Moest ik ze koffie aanbieden?

Ik vroeg het, en voegde eraan toe dat ik toch net zelf...

De Marokkaanse agent spitste zijn oren.

Zijn blonde collega zei dat een glas water in orde was. Of cola. Of niks.

'Is er iets met mijn vriendin? Ze zit in Italië, momenteel.' Momenteel – dat klonk zakelijk.

De agenten keken elkaar aan.

'Het eh... gaat om de familie M. van 4 tweehoog. Uw onderburen dus. Zijn ze thuis?'

'Nee.'

'Dat klopt dus. Dan kunnen we vrijuit spreken.'

Spreken. Niet 'praten'. Ik liep naar de keuken en kwam terug met drie glazen water. Die koffie dronk ik straks wel. Ik zette de laptop

374

op tafel uit en klapte hem dicht. De Marokkaanse agent was op een stoel aan de eettafel gaan zitten. De andere zat op de bank, wijdbeens. Mijn leesstoel bleef van mij.

'Kent u ze goed?'

'Redelijk.'

'Wat is redelijk?'

'Mijn vriendin is met ze bevriend. Dat wil zeggen dat ze met mevrouw M. meegaat als die bijvoorbeeld naar de dokter moet.' Ik somde de activiteiten van Barbara op.

'Aordig,' zei de Marokkaan met een Amsterdamse tongval die afkomst uit De Pijp verried.

'Hill aordig,' vond ook de ander. 'Maar verder? Wel eens iets gemerkt? Of gehoord van uw eh... vriendin?'

'Vriendin ja. Nee.'

'U hep twee laptops. Hiero een gloednieuw modelletje, en daarzzzo zzzagen we net...'

'Een veel ouder geval, gok ik zo. Wat wij willen weten is: hoe komt u daaraan?'

De bon en het garantiebewijs van de nieuwe laptop lagen bovenin de keukenla. Terwijl ik het bewijs pakte, legde ik uit wat mijn beroep was en dat ik in het hokje met de boekenkasten en het eeuwige wasgoed aan mijn opdrachten werkte, en hier aan tafel wat prutste aan teksten 'voor mezelf'. 'Jaha,' grapte ik, 'een dag niet geschreven is een dag niet geleefd en parkeerbonnen leken me zo saai...'

Soms kroop mijn moeders geest in mij. Haar zogenaamde ontwapenende, volkse lolligheid, die in werkelijkheid een diep ontzag voor autoriteiten camoufleerde, hoorde ik nu terug in mijn eigen woorden. En een rotgrap over het 'vuile verraaierswerk' van de wouten was verplicht onder socialisten. Daar kon je in ons rode milieu mee geuren. Zelfs op haar sterfbed had ze nog uitgehaald naar rechtse verkiezingsprogramma's waarin gepleit werd voor 'meer blauw op straat': 'Laten ze godverdomme eerst eens die huisjesmelkers en die graaiende topmanagers aanpakken, en die gore hoogleraren met hun dertigduizend bijbaantjes. Ik wed dat zelfs ik daar nog beter van kan worden. Als ik weet dat de politie het Koningshuis, en Bernhard voorop, eens keihard te grazen neemt, dan houden die kankercellen zich wel koest. Áls ik al kanker heb, want het kan ook gewoon propaganda zijn. Ze maken je dingen wijs waar je bij staat. "Metastasevorming"... Zeg dan uitzaaiingen, verdomme!!! Zo! Nee, ze horen dit niet, want ze zitten toch weer in een zinloze vergadering. En nou wegwezen, ik wil slapen! Put me niet zo uit!!'

De blonde agent liet de bon door zijn handen gaan. Alles was goed. 'Bent u zelf ook wel eens een verdieping lager geweest?'

'Ja.'

'Viel u iets op?'

Barbara kon niet binnenkomen. Ik vertelde dat ik een stapel identieke laptops had gezien. De handel in mountainbikes verzweeg ik. Daarover had ik gehoord, ik had dat niet met eigen ogen...

'Juist. Dat komt overeen met wat wij hier hebben. Hoeveel laptops?'

'Vijftien? Twintig?'

'Tussen de vijftien en twintig. Schrijf effe op.'

'Vijfentwintig kan ook.'

'Dertig?'

'Ik weet het echt niet.'

'U verlinkt niemand. Wij weten het al. Achmed en zijn neef verhandelen gestolen computers op internet. Helertjes.'

'Zo.'

'Nu denkt u: dat had ik dus eerder moeten melden, want nu ben ik zelf ook niet te vertrouwen. Ik wist iets en heb niet meteen de politie ingeschakeld...'

'Maor dat kennen wij maorrr al te goed,' zei de notulerende Marokkaan. 'Pozzzitieve discriminatie heet dat. Er zijn mensen die zijn bestolen door allochtonen, op klaarlichte dag, en die, als wij vragen om een beschrijving van de dader, van alles vertellen, behalve dat het een buitenlander wazzz, weet je? Omdat zzze niet fout ofzzzo willen zain.'

Ik knikte. De angst om fout te zijn. Mijn leven werd erdoor beheerst. De Marokkaanse agent ging bij dit soort zaken altijd mee om scrupuleuze types als ik over de streep te trekken. Zzzpreek maar, ik ben toch ook een van hen?

'Kijk,' zei de Nederlander, 'dat helen is nog niet zo erg. Maar die jongen die het netwerk leidt is gevaarlijker. Hij komt in die moskee van die imam die van opruiing wordt verdacht en hij is lid van de Arabisch Europese Liga, maar die willen hem niet zo graag want hij steunt...'

'Waarom mag ik dat weten?'

'Wij weten allang hoe nauw uw gezinseenheid betrokken is bij uw onderburen. En ook langs welke weg die betrokkenheid is ontstaan. Prima. Wat uw vriendin doet, is een bonafide zaak.'

'Zzzaij vervult een bonafide taak.'

'Yes. Dat bedoel ik. Maar wij willen meer weten.'

'Is het erg als ik een sigaret opsteek?'

'Het is uw huis.' De blonde liet zijn blik door de kamer dwalen. Keurig geordende rommel. Een stapel kranten, stapels cd's – met nog te lezen boeken had ik een wankel fort romdom mijn schapenleren stoel gebouwd, een onvoltooide iglo van taal... Je moest er maar zin in hebben.

'Jullie?'

'Wai mogen niet roken onder diensttijd.'

Ik vertelde dat ik nooit iets van terroristische sympathieën had gemerkt. Mijn vriendin evenmin. En ze gingen toch binnenkort naar Appèlbergen? Achmed ging mee, dat wist ik zeker. 'Als nou blijkt dat hij... Komt hij er dan niet in?'

Ik beaamde dat ik wat wist over de broer in Pakistan, maar voegde er onmiddellijk aan toe dat Achmed bloemist wilde worden.

'Die nieuwe stad is juist goed. Dat zzze daarheen gaan, denk ik,' zei de Marokkaan.

'Veel fanatisme...'

'...en fundamentalisme...'

'...is alleen een reactie óp.'

'Exact. Als ze daar zitten vervalt de noodzaak. Met Achmed is niet zoveel mis. Integendeel. Maar hij moet zijn opdrachtgever in de tang houden, in plaats van omgekeerd. Hij kan S. makkelijk chanteren. Dat hebben we hem al zo vaak verteld, maar de politie vertrouwt hij niet. Hij heeft al een strafblad. Het gaat ons dus om die leider. Die heeft dingen op zijn kerfstok waarover wij...'

'Nietzzz mogen zzzeggen, weet je. Maar zijn stromannen kunnen hem wel verlinken. Belastende informatie. We hebben Achmed nodig. Om het kwaad in te dammen. Om ernstiger dingen te voorkomen.' De Marokkaan had zijn map dichtgedaan. Zijn Bic verdween in zijn binnenzak. 'U heeft niet met ons gezzzproken.'

'Nee.'

'U weet nu hoe het zit.'

'Nee.'

'Jawel, dat leggen wij net uit.'

'U laat Achmed bij u zijn dingetjes opbiechten...'

'Of bij uw vrouw...'

'Niet bij zijn vriendin. Die schrikt.'

'O ja, dat is beter, mannen onder elkaar.' De blonde sloeg denkbeeldig vuil van zijn broek en liep naar de voordeur. 'En u laat hem inzien dat hij niet bang voor S. hoeft te zijn, maar dat S. juist bang moet zijn voor Achmed M. Wij zijn ook maar gewone agenten, de recherchedienst zit erop en die weet alles. Zelfs S. kan zo in die nieuwe stad gaan wonen, daar is hij zelfs veel makkelijker te observeren; u hoeft dus niet bang te zijn dat u mensen de toegang tot Appèlbergen ontzegt of erger nog, de bajes in jaagt. Wie weet kunnen we S., zelfs S., in de toekomst nog gebruiken om extremistische organisaties op te rollen.'

'Ik kan niks garanderen.'

'U kunt onzzz altijd bellen. Lukt het niet, ook fain.'

Ik drukte op de knop waarmee alle lampen in het trappenhuis tegelijk aangingen en gaf de agenten een hand. Niet ferm, ook niet slapjes. Ze moesten er niets uit op kunnen maken, gesteld dat ook lichaamstaal lezen een onderdeel van hun training was geweest.

Toen Barbara een uur later belde heb ik gezegd dat ik haar miste, maar wel al een half toneelstuk af had. En dat ik de ramen eindelijk eens had gelapt. Dat laatste was niet waar, dat zou ik de volgende dag pas gaan doen.

Barbara vertelde dat ze iedere ochtend tot bij tienen uitsliep. De Brug der Zuchten was niet zo spectaculair als ze hadden gedacht, en Harry's Bar was een saaie kroeg waar je een hoop kwijt was aan een Bellini, zo'n cocktail van perziknectar en prosecco, die bovendien elders veel beter was. Verder was het geweldig en ze zat iedere avond in bad.

Op de achtergrond hoorde ik Mariska ordinair op nootjes knauwen. Ik dacht onwillekeurig aan Boris en mij. Straks gingen ze RaiUno kijken, terwijl je die omroep ook bij ons kon ontvangen, en lachen om die domme, gedegenereerde dwerg-Romeinen met hun schreeuwerige spelshows en opgedirkte blondines. Voor dergelijke kalmerende activiteiten moest je ver van huis zijn, in een brandschone, onpersoonlijke kamer en in het soort gezelschap dat voorspelbaar vertier bracht – alles om later te kunnen geloven dat je nooit meer zo zou gieren van het lachen.

Niet lang na het telefoontje ging ik naar bed. Het was bij tienen.

Tegen mijn gewoonte in nam ik asbak en rookwaar mee. Ik trok mijn jasje uit, knoopte mijn overhemd los. Mijn T-shirt, broek en sokken hield ik aan. Al eerder had ik Dostojevski op het nachtkastje gelegd. Mijn bril zat in de binnenzak van mijn colbert. Lezen in bed – in geen jaren meer gedaan. Het rolgordijn was alledrie de dagen nog niet omhoog geweest, het schuifraam evenmin. Onze kamer rook bedompt, en onprettig vond ik dat niet. Moe werd ik van de glasheldere, zoete geuren die Barbara aankleefden, van de citrus-tonen in haar deodorant en de groene thee in haar parfum, van de vanille in haar bodymilk en de rozen en kokos in, weet ik veel, haar shampoo. O, de wereld die dag in dag uit als een meisjeskamer openging, lente of geen lente: ik verdroeg het niet meer.

Raskolnikov had ik behoorlijk verwaarloosd. Zijn nerveuze loopjes, zijn nerveuze gedachten beefden van ingehouden verwijten jegens mij. Ik was schuldig tegenover de schuldige. Tien, elf bladzijden probeerde ik, maar het boek verbood me de toegang. Het dekbed, dat ik over mijn voeten had gelegd, sloeg ik weer terug en ik liep naar de keuken. In de ijskast: vier blikjes bier, een geopende fles witte wijn van Barbara, mijn wodka. Alles wilde ik opdrinken. De hele voorraad. Zelfs de marsala 'for Chefs', die uitsluitend voor de bereiding van Italiaanse vleesgerechten was bestemd.

Ik nam een biertje. Trok het lipje van het blikje en zette mijn mond aan de opening. Het bier stroomde in mijn keel, zonder dat mijn tong er iets van proefde. Mijn slokdarm accepteerde de vloed. Adem had ik niet nodig, slikreflexen bestonden niet. Zonder pauze dronk ik het blikje leeg, en nog één, en omdat mijn maag nu open-stond voor meer en beter nam ik de fles Tokay, waar de kurk al uit viel toen ik hem uit het flessenrek trok, tussen mijn lippen.

Rins en bitter was de wijn geworden, de smaak van lood en grapefruit, maar ik had dorst. Ik dacht, ik moet nu verder gaan. Ver-der dan ooit. Ik moet mijn eigen rotzooi proeven. Hoog hield ik de fles nu en ik goot de wijn in mijn mond, zoals Arabieren muntthee in glaasjes schenken. Een spelletje. En mijn hand probeerde goed te mikken en mijn geopende spreeuwensnavel volgde de kronkelende glasrups van onverse drank. Ik slikte en proestte.

Er viel wijn op mijn spijkerbroek. Op mijn knie, op mijn gulp. Zo raakte de fles wel leeg. Een boer. En nog één. Het was ondenkbaar dat de agenten nog een keer zouden aanbellen. Er bleef een slok achter in de fles. Ik stond op en zette hem in de gootsteen, onder de kraan. Het geluid van stromend water.

De fles werd vanzelf vol en liep toen over. Zachte, borrelende scheuten water gleden langs het groene glas, langs het etiket, kwamen samen onder de bodem, tilden de fles even op en dan stroomde het water door de zwarte ogen van de afvoer weg.

Steeds minder wijn zou het water bevatten. Tot de fles van ziel tot hals schoon was. Nul atomen gegist druivensap.

'Anne,' zei ik, 'Anne.'

Ik pakte een waterglas en gaf mezelf een slok grappa toe, maar meer dan een nipje was het niet. De marsala smaakte zilt. Naar bouillon. Nog een bodempje, nee, een half glas wodka dan.

Er hoorde een sigaret bij, dus liep ik weer naar de slaapkamer, ging op het bed liggen, gooide *Schuld en boete* op Barbara's kussen, zette er de asbak naast en rookte en dronk en rookte. Ik keek naar Barbara's plek in bed. Annes plek.

Hoeveel vrouwen hadden daar niet gelegen? Niet direct na Annes zelfmoord, maar wel minder dan een jaar later, toen ik zeker wist dat Bouwe in Vlijmen zou blijven. Vijftien. Twintig. Drieëntwintig. Alsof ik opnieuw moest schatten hoeveel laptops er op elkaar gestapeld waren. Een man van one-night stands ben ik nooit geweest. Ik stond het mijn affaires toe om een weekend te blijven, of nog twee dagen langer – wat ze in de toeristenbranche een 'midweek' noemen. Iedereen wilde een weduwnaar. Ze kookten voor mij, de vrouwen. Hun eigen lievelingshapjes. Ze draaiden hun lievelingsmuziek voor mij, en droegen hun lievelingskleding. Het ging er nooit om wat ik wilde, nee, ze misbruikten mijn gastvrijheid voor het etaleren van hun 'unieke specialiteiten'; hun verblijf alhier was één overvolle, somber stemmende huwelijksadvertentie die mij mijn eerste vrouw moest laten vergeten.

Altijd Chris Isaak, nooit Depeche Mode.

Altijd die ellenlange streelpartijen, nooit een ejaculatio preacox – terwijl ik weet dat ook vrouwen te vroeg kunnen komen, want Anne kwam altijd te vroeg. Twee minuten rijden op mijn dij en baf! ze lag te zweten en te hijgen als een oud paard, maar die blik in haar ogen... Alsof ze de Dalai Lama was. 'Ik vind dat toch zoiets interessants,' kon ze zeggen. 'Een orgasme. Het is iedere keer weer een verrassing. Soms breekt het door je gezichtshuid naar buiten, alsof je van geluk alleen maar kunt lachen en huilen tegelijk, ja, dat ook je ogen, je oogleden klaarkomen... En soms gaat de lift zo hoog niet, maar als een vuurpijl naar je borst, en dan spat de heleboel daar zo gewelddadig uit elkaar...'

Fantaseerde ze over andere mannen? Een enkele keer. Mannen die ook Rudolf heetten en meer deden dan ik met haar kon doen.

'Kun je jezelf niet laten klonen? Ik wil jou overal. In mijn mond en in mijn...' Zoals anderen meteen naar de wc renden nadat er gevreeën was, een sigaret opstaken of in de keuken op zoek gingen naar een stuk chocolade, zo had Anne altijd de behoefte haar indrukken meteen onder woorden te brengen – om afstand te scheppen. Gespeelde objectiviteit. Welke interessante verrassing had ze nu weer uit de neurofysiologische grabbelton opgediept? 'Eens even kijken...' Kind en wetenschapper verenigd in een hulpeloos naakt vrouwenlichaam.

Dan pas de stilte.

Ik was alles kwijt. Hoe voelden haar schouders aan? Hoe lagen haar haren op het kussen? Ze durfde als zichzelf te ruiken, dat weet ik wel. Misschien rook ze naar rauwe tartaar. Zoutig. Mals. Naar worcestersaus, baked beans, dark ale. Een Britse publucht. Ze was in Brighton verwekt.

Ik kon na de daad naar het plafond kijken, of naar de wekkerradio, en haar ogen blijven zien. Of ze naar mij keken wist ik niet. Anne wilde zelf graag aangekeken worden. Dat was het. Langdurig. Ze hield ervan als ik naar haar staarde, terwijl ze zelf naar iets of iemand anders keek, de krant las, Bouwe voedde.

Ik begon de drank te voelen. Mijn benen werden zwaar.

Misschien ben ik nog steeds getrouwd, dacht ik. Nog altijd hoorde ik die rare eis, die opschoot, groeide en verwelkte in een bleek niets: 'Wees een voyeur voor mij, Rudolf. Blijf me aankijken, volgen, ontdek nog meer.'

En nooit verscheen ze aan mij. Ik had maar aan te nemen dat ze nog ergens was en zelfs dat kon ik niet. In alles wil ik geloven, in het hiernamaals, in wedergeboorte, desnoods in een voorgeborchte, een vagevuur, een hel, in een weerzien met C., later – maar mijn eerste en laatste vrouw was as en ze mocht verdomme al heel blij zijn dat ik me dat bij elke sigaret te binnen bracht.

'Weet je waar ik zo eenzaam van word, lief?'

'Nee.'

'Wel waar. Van de gedachte dat we elkaar nooit meer "voor het eerst" kunnen aanraken en uitkleden. Nooit meer die angst. Die angst dat je misschien iets doet waar je later spijt van kunt krijgen. Ik mis die angst zo.'

Niet iedere gokverslaafde brengt zijn aandoening naar het casino. In Annes dromen werden mannen die ze de vorige dag op straat had gezien, of op televisie, hopeloos verliefd op haar. Een enkele crèchevader, de glazenwasser, de monteur van de gaskachel (voor wie ze in werkelijkheid was teruggedeinsd omdat hij zo hard praatte en zulke enorme, zwarte handen had) en de kopers van haar kunst... In haar maangrijze, suizende nachtbestaan waren ook de ruwste mannen geen potentiële aanranders, maar van pure ontroering rondtollende roulettetafels. Haar ogen vielen als genummerde kogels door hun systeem, brachten de centrifuge op hol, ze slingerden al hun intiemste wensen naar de buitenkant, huid en kleding werden drijfnat en ja, dan mocht je de buitenkans toch niet laten lopen? Gesteld dat een van hen een 'eerste keer' uitkeerde die alle voorgaande eerste keren overtrof?

'Dus je gaat met ze naar bed?'

'Nee, nooit. Ik nader ze. Kom dichter- en dichterbij. Zij worden gek, ik word gek. Die zenuwen. Alsof we een examen bij elkaar moeten afleggen. Het instortingsgevaar van de verliefdheid. Maar als ze me willen kussen, duw ik ze al van me af. Ik ben toch met jou?'

'Maar dat weten je dromen niet.'

'Het gaat om het moment ervoor. Voor de kus. Voor de seks. Die achtbaan van mogelijkheden. Het pantser breekt. Mijn buik ligt open. Ik kan met mijn buik zien en horen en de miniemste aardschokken registreren, ik ruik de geur van iedere afzonderlijke zandkorrel – tot in de binnenkant van mijn ellebogen en knieën ben ik paraat. Die onbekende man en ik staan tegenover elkaar. Hij trilt en dat trillen is besmettelijk. Ik word er heel scherp van. Ik zie iedere wimperhaar van zo'n man. Iedere lijn in zijn hand. Ik weet dat je dit niet wilt weten, maar ik moet het uitleggen. Ik neem alles waar, wat je ook hebt als je echt in een levensbedreigende situatie verkeert. Dat je opeens vluchtwegen ziet, en... Een vernauwd, supergeconcentreerd bewustzijn... Een brein als een gebalde vuist. Ik kan bijna in die man komen. In zijn hoofd. In zijn gemoed. Maar bijna is niet voldoende.'

'Jij bent de voyeur.'

'Ja. Ik wil steeds weer op dat punt terechtkomen waarop... waarop hij en ik verlies van zelfbeheersing riskeren. Hij trekt me naar zich toe. Ik leg mijn hoofd tegen zijn borst, kort, om de felle hartslag te horen en de adrenaline op te snuiven, ik herken de begeerte, ik zie wat er kan gebeuren, in details, ik weet ook dat de werkelijkheid nog heftiger kan zijn dan de fantasie, maar net zo goed kan tegenvallen, ik weet dus alles al en ik weet niets, en even lijkt het erop alsof ik voor de belangrijkste keuze in mijn leven sta… Het is vergelijkbaar met een horrorfilm. Of met kijken naar een programma waarin een operatie… Je ziet het mes, je slaat je handen voor je ogen, wilt geen bloed zien, geen lillende organen, geen gebroken huid… En toch spreid je steeds weer je vingers om een glimp van de gruwel op te vangen… Het is de angst om iets mee te maken dat je geheugen blijvend zal vergiftigen, maar ook de angst om iets subliems te missen. Het is de bevende schoonheid van het leven tussen twee angsten. Op het scherp van de snede… En ik heb het nodig om me voor even sterk te voelen. Machtig. Onkwetsbaar. Je hebt drie seconden bedenktijd en je hebt tweeëntwintig gezegd. Je wilt inzetten. Je ziet de toekomst voor je. Goud vuur, snelle auto's, een lichtende schorpioenendans in de nacht, in de krochten van ijskoude woestijnmuren, iedere porie een zintuig op zich… Tweeëntwintig. Je zet in op tweeëntwintig. En je wilt je fiche neerleggen… Juist dan die muil van de twijfel. De voortekenen kloppen niet. Je hebt overal aanwijzingen gezien, maar je onderbewustzijn misleidt je. Opeens weet je het zo zeker. God hielp je niet, je hielp jezelf niet, dus vertrouw de visioenen van rijkdom en gezag en geluk niet – dat zeg je allemaal tegen jezelf, in die drie seconden, en je breekt de bek van de tijd open, ziet een nieuwere wereld, nog heller, nog… En je legt drieëntwintig neer. De prijs valt op geen van de twee nummers. Zestig wint. Maar dat doet er niet toe. Alles draait om dat ogenblik. Tussen mij en een man. Tussen mij en jou. Maar bij ons zijn de eerste keren op.'

'We kunnen nog de eerste keer oud worden.'

'Dat is een geleidelijk proces.'

'Misschien moet je een keer vreemdgaan.'

'Dan doe ik jou pijn.'

'Heel erg. Ik ben nu al bang. Maar ik wil niet dat je je inhoudt.'

'Ik wil geen eerste keer meer met iemand anders. Want áls, als de eerste keer prachtig is, en diep, en zwaar, en meer dan alleen iets hormonaals… Dan ga ik me hechten. Dan hoor ik nog maanden na die eerste keer bij iemand. Ook als die iemand dat zelf niet wil. Dan zijn al mijn gedachten bij hem. Waar zit hij, wat doet hij, waar denkt hij aan... Dat bedoelde ik net met een vergiftigd geheugen. Dat je onthouden hebt hoe hij kijkt, en weet hoe hij zich voelt als het zo licht en droog is als vandaag...'

'En?'

'Jij bent de enige van wie ik dat wil weten. Jij doet ertoe.'

Dat ze dat wel tegen mij zei, en ik niet tegen haar. Omdat ik dacht dat ze het ook zo wel merkte. Zij, insect dat overal in kon kruipen, kon in mij komen, volledig, en met haar onbeschermde, platte, zachte, seismografische buik iedere liefdesschok registreren... En als het haar niet beviel had ze toch haar zinken gifnaald in de aanslag? Ik duwde de vrouwenlichamen weg die bovenop haar lagen. De stapel waaronder ik haar begraven had. Rot op Barbara. Weg met de asbak en het boek. Ik zette mijn glas op de grond en pakte het kussen dat naast me lag. De eerste keer dat ik Annes kussen terugveroverde op alle beslaapsters ervan.

Ik voelde. Ik voelde.

Ik zag mij bij de fietsenmaker en de Coffee Company. Actie van een andere man. Had het dan één keer gezegd. Ik legde het kussen op mijn buik. Kneep in het dons. Het was warm. De sloop streelde ik. Het werd het katoen van Annes positienachthemd. Ik streelde en meende een navel te voelen. Die van mijn vrouw. Ik streelde het kussen, de buik, de buik. Zo hadden we Bouwe beschermd toen hij nog een foetus was. Met mijn hand had ik zijn voetje naar Annes ribben gelokt. Ik boetseerde nu een hieltje van veren in het kussen, maar het klontje herkende me niet, trapte niet.

De handenscène met C.: het steeds herhaalde ogenblik voorafgaand aan de eerste keer, en de eerste keer vond niet plaats. Ja, Anne, ik heb mijn huiswerk goed gedaan. Ik weet nu hoe het is om op handen en voeten naar de afgrond te kruipen, sorry, foute metafoor, ik weet nu dat het parachutespringers of bungeejumpers niet gaat om de sprong zelf, ook al beweren ze van wel – het is inderdaad het moment voor de sprong.

Het is je koffer pakken met het doel voorgoed op reis te gaan, en die koffer dan in een hoek van de kast opbergen.

Het is op het punt staan om je tot een radicale christelijke sekte te bekeren (veel gewaagder dan het jodendom, want daar komt toch nog het nodige denkwerk bij kijken, ja, het joodse geloof is vooral ethisch, niet hysterisch intiem, niet sentimenteel...) en in dat punt blijven; omdat je meent Hem daarin het meest nabij te zijn. Geheiligd zij de smoes.

Het is jezelf wijsmaken dat je de Messias bent en beseffen dat je in die hoedanigheid van stenen brood kunt maken, een stad in drie dagen tijd kunt vernietigen en weer opbouwen – en dan toch niet meegaan met die fantasie, omdat je je publiek zo nodig met nederigheid voor je wilt winnen. Maar wat laat je achter? Katholieken die zondag na zondag, eeuwenlang, van brood een lichaam en van een lichaam God proberen te maken; de verwachtingsvolle gespannenheid van de tovenaarsleerling. De hoop, en vrees, dat het wonder dan toch een keer...

Het is Zeno's hunkering naar de eerste laatste sigaret.

Het is mijn grote verlangen: ooit nog eens heroïne te nemen.

's Nachts ben ik de junk die ik wil zijn en juist helemaal niet wil zijn. Ik vrees de roes die ik al mijn leven lang mis.

'When this world is trying its hardest to leave me unimpressed.'

Het bier, de wijn, de wodka, ze doen niets met mij.

Anne en ik logeerden in een kasteeltje, ergens in de buurt van Nijmegen. Bouwe was bij Annes ouders. Waarom logeerden we in een kasteeltje? We vierden onze tweede of derde trouwdag. Ons stond een hemelbed ter beschikking. De groene gordijnen waren bijna te zwaar om te kunnen worden dichtgeschoven. En als ze dicht waren, schrokken we van de ruimte die ons bemeten was. Het bed leek zo klein, de planken hemel zo laag, het donker plakte ons aan elkaar vast en het was alsof de prop sprei, die als een feestrozet aan het voeteneind lag, onze zuurstof opzoog als zonnedauw een vlieg. Anne was bang. Ik probeerde haar gerust te stellen. Wen er even aan, voordat we de gordijnen weer opendoen. Straks wordt het misschien wel wat je je ervan had voorgesteld.

'Hou nou op. Ik vind het eng. Ik krijg het zo warm, hier. Ik heb steeds zo'n kinderachtig gevoel dat er iemand in de kamer staat. We zien niks! Je hoort hier niks!' Ik hield mijn armen stevig om haar heen, ik kuste haar sleutelbeentjes en hals, zogenaamd omdat ik weer zin in haar had, in nog een tweede keer na onze eerste keer aldaar – maar in werkelijkheid wilde ik haar verhinderen om daglicht en lucht tot de zwaarfluwelen tent toe te laten. Alle kieren moesten dicht blijven. Ze moest blijven kronkelen en spartelen. De onthoofde aal. Weg gedachten, weg woorden; een oerbeest van ver voordat Logos orde en differentie aanbracht schoof tussen mijn handen op en neer tot de natte, magnetische huid verpoederde als oud smegma. Glibber maar. Schok maar. Ik heb je handen en voeten onklaar gemaakt, en je duizenden zintuigen en er komt geen wereld meer in, snap je dat?

Sadisme ja. Hoe ellendiger mijn vrouw zich voelde, hoe prettiger ik het krappe, vierkante eiland begon te vinden. De perfecte verstopplaats, die ik als kind vergeefs had gezocht. Fantasieën over een huilende moeder, die rodekool en bloedworst laat verkolen omdat haar lieveling zoek is. Broers die gewapend met knijpkat en stokken de omgeving afkammen. Een zus die mijn naam schreeuwt... En ik zit gewoon in de gloednieuwe tijdschriftenbak die mijn vader en mijn opa van twee halfverrotte dekenkisten hebben gemaakt. Niemand die nog op dat idee gekomen is, maar jezus, wat missen ze me. Zoveel dat ik het er uren uithoud, zonder pijn in mijn knieën en zonder dorst. Ik wilde Anne mijn jeugdherinnering (de zoveelste herinnering aan iets wat ik alleen bedacht, maar nooit gedaan had) vertellen. Maar van gepraat zou ze rustiger worden.

'Ik kan nu niet. Ik kan nu niet – met je. Ik stik zowat.'

Altijd gedacht dat ze overal DAT met mij kon. Griep, hechtingen na de inscheuring bij de bevalling, het bericht van omi's overlijden, ze neukte overal doorheen, zoals luiaards het bestonden zelfs door drie ouderwets rinkelende wekkers heen te slapen.

Anne huilde niet.

Ze pakte de aansteker die uit de borstzak van mijn overhemd was gevallen en gaf niemand in het bijzonder een vuurtje. Naar mij keek ze niet, ze keek in de vlam.

Minutenlang. Ze liet de vlam kleiner worden en blauwer, en weer groeien, maar een steekvlam werd het niet. Ze werd kalmer. Zei dat ze opeens aan een film moest denken die ze in haar kindertijd had gezien. Een voorfilmpje in de bioscoop, of een aflevering van Floris. Een ridder moest een slapende vijand ombrengen en stak het gordijn rond diens hemelbed op verschillende plekken aan. Natuurlijk vatte het doek overal onmiddellijk vlam. Iemand in Annes buurt had gezegd dat dit toch veel te eng was, voor kinderen. Of misschien was Paula gaan huilen. Anne had alleen maar gedacht: dit is het dus. Hier gaat het grote-mensenleven over. Op een dag word je wakker en dan staan er rond je bed schermen van grillige vlammen en dan is alles over. Dus na de schrik draai je je nog eens om en je slaapt lekker door. Dan ben je eindelijk klaar.

'Ik kende dat als kleuter al niet: klaar zijn. Na je knutselwerkje kwam er wel weer een ander werkje. Zelfs me vervelen was een klus die nooit af kwam. Zat ik net middenin een gedachte, een zelfverzonnen verhaal, moest ik weer eten of naar de paarden. Het kwam niet bij me op dat de meeste mensen aan ziektes doodgingen, aan hun hart. Na die film dacht ik: dood, dat is als op een nacht iemand je bed in de fik steekt. En ik hoopte dat het mij heel gauw zou gebeuren. Kijk, als je eindelijk klaar bent, dán. Dan kan het pas beginnen.'

'Wat?'

'Ja, dat weet ik niet.'

Ik had de bedgordijnen geopend. We belden naar de Keizersgracht en mevrouw Schaepman kirde dat Bouwe het heerlijk had en dol was op de opwindmuis die nog van Anne was geweest.

We dronken een glas wijn. De kamer was voor even leuk.

Aan de muren onschuldige jachttafereeltjes en handgrote, geëmailleerde wapenschilden. We hielden meer van de brede houten trappen die ernaartoe leidden. Van de grote gotische glas-in-loodramen die doorwaadbare harten en vissen schilderden op het stoffige tapijt op de overloop.

Het landgoed was mooi. Achter gladde stammen in de verte bewogen herten gemaakt van wind en lavendelkleurige mist. We zouden erheen lopen en doorlopen tot de schemer inviel. Dan weer terug naar de deinende rots, de hotelabdij vol van vensters waaruit het licht dan naar buiten stroomde, met de kleur van versgetapt bier. Omi zong dat lied van Bach en Luther graag: 'Ein fester Burg...' In die tijd wandelden we nog graag samen. Soms klaagde Anne halverwege over mijn gebrek aan agressie. Zomaar ineens, op een zandverstuiving. In een met grijze bladeren gestoffeerd dal tussen hoge beuken. Het hoorde erbij. 'Als je echt zin in me had, zou je het toch ook hier met me willen doen? Buiten? De grond is niet eens nat of zo en is er geen kip. Met anderen heb je het zelfs wel eens... Dat heb je me een keer verteld. Maar bij mij kun je het uitstellen tot we weer comfortabel liggen. Zo voorspelbaar.'

'Dit ook. Dit geklaag is ook voorspelbaar. En als ik nu ineens aan jouw wens gehoor zou geven, ben jij de eerste die dát weer voorspelbaar vindt.' Een kus. Dierlijk snuivende neuzen. Voort maar weer. Mouw aan mouw. Handschoen in handschoen. Pas op, hier is een greppel. We trapten glibberige afgebroken takken voor elkaars voeten weg. Ik schoof lage struiken voor haar open. Doornen haakten in haar broekspijp. Niet erg. De sensatie van nat spinrag. Zakdoek nodig? We verdwaalden.

Het schemeruur had ons overgeslagen. Het was donker. Precies op dit moment zouden anderen aan hun ruzie beginnen. In deze omstandigheden was alle braaf opgespaarde haat geoorloofd. 'We hebben de tafel gereserveerd voor half acht, en moet je kijken. Tijd om ons een beetje op te knappen hebben we niet eens, het is nu al kwart over zeven.'

'Omdat jij dat zo lullig vindt, om die gemarkeerde paaltjes te volgen. Zo Hollands. Nee, dit is avontuurlijk!'

Als we ons vaak hadden vergeleken met andere stellen, hadden we onszelf en elkaar in deze situatie zeker geroemd voor het uitblijven van verwijten, weer een decoratie op onze stug doorbonkende liefdesborst, maar gelukkig hoorden we het toneelstuk niet. Niet eens in de verte.

We bleven rustig stilstaan. Onze ogen kregen hun uilenzicht terug. Ik kon Annes maag horen rommelen, maar ik wist zeker dat ze niet aan eten dacht. Het was een bijna pastoraal, huppelend geluid. Ze zei iets liefs over Bouwe. Ik beaamde. We keken –

Het was die laatste, te grote slok wodka. Ik zag wat ik me met de beste wil van de wereld niet meer te binnen had kunnen brengen, al die jaren niet. We stonden bij een meer, het was november, er was dat brosse gras onder onze voeten; de ervaring die ik veel later heb toegeschreven aan C. en mij.

Door mijn werk ben ik er meer en meer van overtuigd geraakt dat mensen juist op hun intiemste ogenblikken niet hetzelfde kunnen denken, ook al geloven ze van wel. Telepathie bestaat, maar precies daar waar het niemand van pas komt. Behalve. Er was dat meer, dat ven, de kale knotwilgen, het was... En Anne en ik dachten allebei: het is klaar. We zijn af. Iets beters komt er nooit meer.

Na een 'gevoelige' film wil Barbara altijd meteen de televisie uitzetten. Ik moet door naar een andere zender. Voor een nieuwsbulletin, een halve videoclip, een onzinnige reclameboodschap. Om ongewenste ontroering ongedaan te maken. Dus: compleet alleen in ons bed, lichtelijk aangeschoten, het kussen nog in mijn armen, zapte ik terug naar Annes gezwets over haar dromen. 'Je moet het uithouden in dat moment. Niet toegeven. Dat zeggen die dromen me.

Alleen zo leer je jezelf kennen. Geef je je over, is het verdwenen... Je moet tussen de angsten blijven, het is een subtiele kunst om tussen die angsten te blijven.'

Ik mis haar niet. Nooit. Die grote woorden. De eerste keer dat ze voor angst capituleerde was ook de laatste keer geweest. Ze zette in op dood en bleef erbij.

'Je vader heeft me zo goed geholpen...' had ze Bouwe geschreven.

Ik heb haar zo goed geholpen. Zo goed. Ook als arts heb ik nooit geblunderd, want ik werd geen arts.

Zonder mijn tanden te poetsen viel ik in slaap. Op het dekbed. Mijn broek met wijnvlek had ik nog aan. Ik had nog een keer gecontroleerd of mijn sigaretten goed uit waren. Me voorgenomen om Huib de volgende dag toch maar iets meer over het politiebezoek te vertellen.

Middenin de nacht, het was exact drie uur, werd ik wakker. Koortsig. Ik liep naar de wc, deed de bril omhoog en probeerde te braken. Pogingen om mijn maaginhoud naar boven te krijgen, verzandden in een korrelige hoestbui. Ik duwde mijn vinger en later het handvat van mijn tandenborstel tegen mijn huig. Schuimend slijm was wat ik opgaf. In de donkere woonkamer ruisten de geluidsboxen; de stereo stond nog stand-by.

De wanhoop van Rudolf, de late puber. Tramritjes wilde ik maken, van eindpunt tot eindpunt, net als vroeger, maar de trams waren stil. Ik wilde naar buiten, de route afleggen die Anne had afgelegd, naar het water... Maar ik zag wilde honden voor me, en een zwerver op een bank aan de kade, die zich van top tot teen in een paardendeken had gewikkeld en gewekt door mijn voetstappen tot leven kwam... Donker spook dat vanonder zijn deken naar me schreeuwde, de vuilste verwensingen, zelfs flessen naar me gooide, en ik zag Achmed te voorschijn springen, en zijn opdrachtgever, ze hadden alles afgeluisterd en zouden hun verlinker wel eens even kwijtmaken...

Sorry, sorry. Ik durfde wel naar buiten, maar ik was te moe om me aan te kleden. Schrijven moest ik. Niet omdat ik een gedachte had, maar bij wijze van strafwerk. Er is weinig zo kalmerend, zo helend, als het exact weergeven van een onbeduidend gesprek.

Een ovalen, beukenhouten tafel. Erop stonden een kan water waarin ijsblokjes smolten, en een kan jus d'orange. Vijf met spraakwater gevulde wijnglazen zouden de twee uur durende uitzending lang onaangeroerd blijven.

De presentator verschikte wat aan zijn papieren en lachte naar een oudere vrouw in het publiek. Een opgewekte openingstune op de vleugel. Applaus uit de zaal.

Na een kort woord over de Silbersteinkwestie werd Solomon zelf aan tafel uitgenodigd. Naast hem kwam de Staatssecretaris van Integratiebeleid te zitten. Hij droeg een stropdas met een motief van groene appels – dezelfde die in het wapen van Appèlbergen stonden.

Aan de andere kant van de presentator schoven de pro-Israëlische *Elsevier*-columnist en de voorzitter van het studiecentrum Joodse Geschiedenis aan. De woorden commotie en onbegrip vielen weer, terwijl de kijker thuis werd getrakteerd op een ongevaarlijke compilatie van beelden van de jodenvervolging. Op een piepklein, zwijgend Polygoonjournaaltje.

Een caféterras ergens in een park. Glazen limonade, spelende kinderen, mannen die het zichtbaar te warm hadden in hun wollen kostuum. Jonge bolwangige vrouwen in bloemetjesjurken keken naar een klein hondje dat onder een van de wankele tafeltjes naar een bal zocht. Een pinksterdag begin jaren veertig. Rozenstruiken. Een bloeiende kastanje. Ergens bij het lage hek rondom het terras het bordje: 'Voor joden verboden'. Binnenrijm. Dan. Houten karren beladen met koffers, op een stoep ergens in de Rivierenbuurt. Meisjes met strikken in hun haar, jongens met lange kousen onder hun korte broeken en een platte pet op het hoofd, mannen in regenjassen, met hoeden, dikke moeders in bontmantels: ze keken uitdrukkingsloos de camera in en van de camera naar een vrachtwagen die, wist de kijker, de eerste paar kilometer op de route naar vernietiging zou afleggen. Drommen mensen voor de Hollandsche Schouwburg. Davidsterren op hun revers. Vervolgens een shot van doorgangskamp Westerbork, en tenslotte de bekende trein, de houten veewagons, de armen en hoofden die uit glasloze gaten staken; een duizendpoot op zijn rug. Het muziekje eronder was van Coldplay, meende ik.

Volgens Bouwe stond hun laatste album al maandenlang op nummer 1, dus de roerende gitaarakkoorden lagen bij de massa nog vers in het geheugen. Van Chopins *Marche funèbre*, ook veelvuldig bij dit soort filmpjes gebruikt, was de zeggingskracht kennelijk al uitgewerkt.

'Het verleden,' zei de presentator.

De columnist en de man van het studiecentrum keken elkaar begripvol aan.

'Voor bijzonder veel mensen...'

'Joodse mensen...'

'Joodse mensen. Voor bijzonder veel joodse mensen is dit natuurlijk helemaal geen verleden tijd. Helaas.'

Dat kon niet vaak genoeg benadrukt worden volgens de beide heren. De staatssecretaris, aan de andere kant, verschoof zijn microfoon om zijn handen op tafel te kunnen leggen. Alsof hij met die handen het leed wilde aanraken. Hij knikte ook als er niets te knikken viel. Afgekeken bij hulpverleners. Silberstein keek naar zijn schoot. Nu pas viel me op dat hij een keppeltje droeg.

'Wat er nu gebeurt...' zei de columnist. Hij zei: 'De luxe uitvoering van een getto.' Hij zei: 'Warschau.' Hij zei: 'In New York kan het wel. Gewoon naast elkaar samenleven, ik begrijp niet...'

Zijn medestander vulde aan: 'En dit, dit wekt juist antisemitisme in de hand. Dat uitgerekend een jood... We zagen het al aan de reacties in de media. Diezelfde misselijkmakende vergelijking die ook altijd in de kwestie met de Palestijnen wordt gebruikt. Namelijk dat joden iets geleerd zouden moeten hebben van de shoah, maar dat ze in werkelijkheid net zo erg zijn als Hitlers welwillende beulen. Geleerd! Heeft ons volk dít doorstaan, zouden ze, of we, er ook nog iets van geleerd moeten hebben! De argumentatie alleen al!'

De columnist sprak over zijn schoonvader, terwijl de camera zijn vrouw, die in het publiek zat, uitgebreid in beeld bracht. Ze merkte het. Trok haar leren rokje recht en sloeg haar ene been over het andere.

Silberstein verraadt zijn achtergrond – dat was het verwijt. Die stad, het was koren op de molen de jonge Marokkanen die toch al antisemitisch zijn. Dat werd veel te vaak gebagatelliseerd.

Met een glazige blik keek Silberstein de zaal in. Hij raakte zijn glas aan, dronk niet. Onwillekeurig dacht ik aan Eichmann in zijn glazen beklaagdencabine. Aan de hoofdtelefoon die te groot voor zijn magere ravenkop was. De beschuldigingen, de ooggetuigen-verslagen – hij hoorde de gruwelen aan met een kalmte die haast medelijden opriep en met diezelfde kalmte praatte hij zijn daden recht. Op de automatische piloot. Ik dacht aan de doodgewone, vermoeide, droge ogen achter de gewone bril. Aan mezelf. Aan mijn depressie die erger werd, maar toch maar niet van mij werd, omdat ik doorging met werken, gewoon doorliep, bewoog, waarnam, en doorpraatte. Aan wat Heidegger in *Sein und Zeit* over het begrip Gelassenheit had geschreven dacht ik.

Nu was het woord aan Silberstein. Hij reageerde niet.

De presentator leunde naar hem over. De mannen die hun zegje hadden gedaan, blikten triomfantelijk de zaal in.

De staatssecretaris schraapte plaatsvervangend zijn keel.

Toen werd Silberstein wakker. Hij rechtte zijn rug alsof hij een mystiek visioen van zich afschudde. Hij las zijn tekst van een bovenzinnelijke autocue. Er was licht in zijn ogen. Sacraal zelfvertrouwen. Ik hunkerde naar zijn zachte stem.

'Er is de laatste tijd veel over mij gezegd en geschreven...' Weer raakte hij zijn glas aan, weer dronk hij niet. '...door voor- en tegenstanders van het project. Door mensen die, laat ik het maar eerlijk zeggen, met een joodse achtergrond dwepen en geloven dat wij tot de meest ethische en diepzinnigste groepering behoren die de mensheid ooit heeft voortgebracht... Veelal afkomstig uit progressief-christelijke hoek. En door mensen die, zo zou ik de bal willen terugkaatsen, nog steeds niet veel van de oorlog hebben geleerd en denken dat ik, om tal van politieke redenen, op grond van mijn joods zijn ben aangesteld als hoofdontwerper en coördinator van de nieuwe stad. Bij mijn weten ligt de keuze voor mijn persoon in het verlengde van de functie die ik bekleed als directeur van het Nederlands Architectuur Instituut. Zonder me ervoor op de borst te willen kloppen: ik heb een zekere staat van dienst, ik ben capabel, en ik mag hopen dat het de manier is waarop ik me van andere architecten onderscheid, in visie én in uitvoering, die doorslaggevend is geweest bij de beslissing.' Hij zuchtte. Sloeg zijn ogen neer, keek toen recht in het gezicht van zijn opponenten. 'Mij lijkt het uitermate onplezierig om in mijn werk beoordeeld te worden als jood. Zou u lezers willen hebben die alles wat u schrijft voor zoete koek slikken alleen omdat u... Nee. Alleen al niet omdat er dan onmiddellijk een andere partij opstaat en die mantel der liefde met een woedend gebaar afrukt om te kunnen zeggen: "Zie je wel?" Dit terzijde. Ik wil niet beweren dat identiteit er niet toe doet. Ik ben een middelbare Nederlandse man, afkomstig uit wat de Britten noemen een middleclass milieu, ik heb joodse wortels en ja, mijn ouders hebben de nodige familie verloren in de gaskamers. De ervaringen uit mijn jeugd zullen zeker doorwerken in mijn perceptie van de wereld nu. Maar mijn manzijn, en mijn leeftijd en Vietnam – er is zoveel dat bepalend kan zijn voor de wijze... De term Multiple Identities is mij zeer dierbaar. Precies om die reden gun ik de verschillende etnische groeperingen in ons land een eigen domein, waarin ze opnieuw zichzelf kunnen zijn zonder steeds bekeken en gereduceerd te worden tot "die Turk" of "deze Marokkaan". Tot abstracties.'

'Kunt u tot uw punt komen?'

Silberstein legde zijn hand op de schouder van de presentator en trok hem weer terug, alsof ook de presentator een glas water was. 'Ik heb besloten. Ik heb besloten dat de enige mogelijkheid om de discussie te sussen is... Dat er ook een joodse wijk in Appèlbergen komt. Met een synagoge, een sjoel, een badhuis. Kortom, een wijk waar joods onderwijs wordt gegeven en winkels en eetgelegenheden waren verkopen die onder rabbinaal toezicht... Voor wie wil. Voor wie wil. Dat zeg ik er uitdrukkelijk bij. En ikzelf zal daar ook gaan wonen. Met mijn gezin.'

'Uitsluitend om de discussie te sussen?' vroeg de studiecentrum-man.

'Onze vermaarde Selbsthass!' riep zijn vriend. 'Wij zijn Nederlanders, mijnheer Silberstein. Voor honderd procent geassimileerd, al vind ik dat afschuwelijk om te moeten zeggen. Mijn sympathie ligt bij Israël, maar daar hoef ik ab-so-luut niet zelf te wonen. Dus ook niet in een klein-Israël, zoals u het zich voorstelt. Komt er ook een klaagmuurtje? En een katholieke wijk, en een gereformeerde wijk... U wilt terug naar de verzuiling!'

'Er gaan inderdaad allerlei zaken door elkaar lopen,' de ander probeerde zijn woede te dempen. 'U wilt joodse mensen lokken die de joodse religie belijden. Maar joods zijn is niet alleen een godsdienstige aangelegenheid. U weet net zo goed als ik dat er genoeg seculiere joden zijn. Liberale naast orthodoxe en zionistische, en Russische, Duitse, Amerikaanse naast Nederlandse joden. Over Multiple Identities gesproken... Het vraagt nog uren debat om te definiëren voor welk soort jood uw wijkje is bestemd. Persoonlijk ken ik weinig joden die in een gesloten joodse gemeenschap als die in Antwerpen zouden willen wonen. Moeten de vrouwen verplicht een sjeitl dragen?'

'Dat is een pruik,' lichtte de presentator toe.

Nu pas kwam de staatssecretaris in actie. Hij trok de microfoon weer wat naar zich toe, hoestte en zei: 'Zoals de heer Silberstein al aangaf is er geen commissie die over de criteria beslist. Dergelijke commissies zijn ook niet actief bij de beoordeling van andere etnische groeperingen. Het idee is dat we een aantal behoeften faciliteren en dat wie wil, daarvan gebruik kan en mag maken. Het selecteert zich vanzelf wel uit en eerlijk gezegd lijkt me dat een uitermate interessant proces. Kijk, mocht Appèlbergen niet aan specifieke verwachtingen tegemoetkomen, dan staat het teleurgestelde inwoners te allen tijde vrij om terug te keren naar de oorspronkelijke woonplaats.'

'In Marokko zeker,' zei de columnist en grinnikte.

'Excuus. Naar de oorspronkelijke Néderlandse woonplaats.'

'Kletzmer en gefillte fisch, Yom kippoer, sabbat en geen mens op straat na vrijdagavond zonsondergang... Folklore! Terug naar een gemoedelijk wij-gevoel dat nooit bestaan heeft. Sorry, maar ik moet steeds maar denken aan het midwinterblazen in Overijssel. Zogenaamd een oeroude traditie die in ere wordt... Terwijl er niks te herstellen valt! Het midwinterblazen is verzonnen, ik meen ergens in de jaren vijftig. Ja, frappant. Tijdens de wederopbouw, waar we zo succesvol mee waren. Rotterdam! Rotterdam! En geen hond die zich in die jaren over de uit het kamp teruggekeerde joden ontfermde...' Hij slikte. 'Wat ik wilde zeggen: u bent megalomaan, mijnheer Silberstein. Uw eigen wederopbouwtje, hè?'

De spreker overtuigde me. In zijn naïviteit ging Silberstein veel te ver. Godzijdank zag hij dat in.

'Ik begrijp dat ik de schijn wek dat ik het jodendom, nee, het joods zijn wil simplificeren. Laat ik iets bekennen. Voordat ik dit plan überhaupt kon opperen, hebben we vanzelfsprekend moeten meten of er wel een breed draagvlak voor bestaat. Ik bedoel, er is bijvoorbeeld een andere groepering die pertinent geen belangstelling toonde voor een wijk in Appèlbergen: de Indische gemeenschap. Een doodenkele Indische moslim daargelaten voelen de meeste Javanen, Sumatranen en Balinezen zich prima op hun plaats in de steden waar ze wonen, Den Haag voorop. Een twijfelgeval zijn de Molukkers. Die kijken het liever nog even aan. Ook goed. Welnu, peilingen onder joodse mensen laten zien dat er wel degelijk belangstelling... Ik zal het u sterker vertellen: juist onder uw achterban. Er zijn mensen zoals ikzelf, die het willen proberen. Wat in Israël niet lukt, kan hier misschien lukken.'

'Vreedzame co-existentie.'

'Inderdaad. Vreedzame co-existentie. Christelijke kerken, moskeeën, tempels, het komt er allemaal – maar zonder de aanwezigheid van een synagoge is er nog geen...'

De staatssecretaris had het tempo waarin hij met zijn hoofd knikte opgevoerd. De columnist begon opnieuw over het onderschatte antisemitisme onder jonge Marokkanen. 'We zijn kwetsbaar daar. Een concentratie joden... Kijk naar de schouwburg in wat is het, Amstelveen, nee, Buitenveldert, nee Amstelveen. Als daar een bijeenkomst met een joods tintje... Als er een debat over Israël plaatsheeft of weet ik veel wat!' Zijn stem schoot de hoogte in, '...dan moet daar bewaking bij. Lijfwachten. Tegen neonazi's, ja. Maar ook tegen die nieuwe garde. Dat blijft niet bij voetballeuzen als "Hamas, hamas, alle joden aan het gas..." Wij krijgen dreigbrieven, mijnheer Silberstein. Wat Yves Gyrath onlangs schreef in het *Joods Journaal* en wat al eerder viel te lezen in het NIW...'

'*Nieuw Israelietisch Weekblad*,' vertaalde de presentator.

'Ja. Dat liegt er niet om. En ga me nu niet vertellen dat u van Een Ander Joods Geluid bent. Nee sorry. Maar waar het mij om gaat: ze zullen het opvatten als een provocatie.'

Ook in het publiek werd nu driftig geknikt.

De columnist raakte op dreef. Hij sprak de vrees uit dat de joodse wijk aan alle kanten zou verraden dat de gemiddelde joodse bewoner hoogopgeleid was en, direct daaraan gerelateerd, een hoger inkomen genoot. Mooie auto's, verzorgde interieurs, kortom... Maar zouden de Marokkanen dat begrijpen? Dat er hard voor gestudeerd en gewerkt was? Dat er nooit een taalachterstand behoefde worden ingehaald? Welnee. Die mensen dachten zwart-wit en zouden nog meer wrok gaan koesteren tegen de joden die zo door de staat werden voorgetrokken. Het was vragen om moeilijkheden.

'Ik geef toe dat het een waagstuk is. Daarom is de joodse wijk ver uit de buurt van de Marokkaanse wijk gepland. In Fochtloërveen om precies te zijn. Ik begrijp heel goed dat er "politieke ademruimte" moet zijn.'

'Zeker,' zei de staatssecretaris. 'Zo noemen we dat.'

'Dat er politieke ademruimte geschapen moet worden. Maar. Over dat antisemitisme denken u en ik anders.'

'Op middelbare scholen, tijdens geschiedenisles, ontkennen ze de holocaust. Of ze bedreigen de leraar die Anne Frank behandelt!' De voorzitter van het studiecentrum keek wanhopig.

'Laat ik dan anders beginnen.' Dit was het moment dat Silberstein zich had gedroomd. Joseph in Dothan. Als sterren voor de zon zouden zijn broeders buigen, als korenschoven.

'Er is een zekere mate van troebelheid in de discussie. Enerzijds willen wij, mensen van joodse komaf, en nu heb ik het niet eens over de moederlijn of de vaderlijn, als gewone Nederlanders behandeld worden. Die in het openbare leven worden beoordeeld op hun verdiensten, op hun omgangsvormen, hun persoonlijkheid – als iedereen. Ik ben architect en geen joodse architect. Ja? Goed, ik ben óók joods. Zoals ik óók vader ben en echtgenoot en lid van een roeivereniging en van een leesclub. Ja? Maar wat me opvalt is dat we, zodra we als gewone burgers behandeld worden en er is iets te doen over de oorlog, of de toestanden op de westelijke Jordaanoever, of wat dan ook, dat we dan meteen clementie vragen omdat we joods zijn. Dan ineens moet iedereen met een boog om onze gevoeligheden heen lopen. Of, ander voorbeeld, we stemmen er in een interview in toe dat het gesprek niet over ons werk gaat, maar over ons persoonlijke verleden. Het spijt me dat ik dit moet zeggen, maar ik heb daar geen respect voor. Waarom niet? Omdat ik weet hoe het werkt. Zodra kijkers of lezers weten met welke persoonlijke trauma's ik rondloop, zullen ze mijn werk ook anders, wellicht gunstiger bekijken. Begrijpelijk. Maar dat wil ik niet. Ik wil een pleidooi voor menselijke vormgeving kunnen houden zonder dat ik de vraag krijg of ik de barakken, de gaskamers, de crematoria...'

'Kunt u tot uw conclusie komen?'

'Ja.' Silberstein legde nu ook zijn handen op tafel. Hij bekeek ze liefdevol. Alsof ze zojuist nog door zijn vrouw waren gemasseerd. 'Die jeugdige Marokkanen zien misschien, ik zeg uitdrukkelijk "misschien", maar twee dingen. Dat joodse mensen door het gros van de Nederlanders niet alleen met de uiterste omzichtigheid worden bejegend, maar dat er ook een enorme positieve belangstelling bestaat voor hun tragische verleden. Dat ten eerste. Ten tweede: ze zien eveneens dat diezelfde Nederlanders voor het verleden, of voor tenminste de achtergrond van de jonge Marokkanen niet zoveel belangstelling aan de dag leggen. Met hun gevoeligheden wordt, vanuit hun optiek, geen enkele rekening gehouden. Aan het woord komen alleen die Marokkanen die het geloof hebben afgezworen en zich met onze vrijheidsidealen hebben verbonden. Persoonlijk kan ik me voorstellen dat jonge Marokkanen er moe van worden dat er alleen maar óver hen gepraat wordt en niet mét hen. Dat Nederlanders over de Tweede Wereldoorlog roepen: "Dat nooit meer!", terwijl ze even makkelijk praten over "de Marokkanen" als voor en tijdens de oorlog over joden is gedaan. Ik besef dat ik weer simplificeer. Zojuist viel het begrip sjeitl. Pruik. In orthodox-joodse kringen moeten vrouwen buiten de deur hun hoofd bedekken en daar is wat op gevonden: de pruik. Eleganter en "echter" dan de hoofddoek. Nu betreft het weliswaar een kleine minderheid die een sjeitl draagt, maar waar het me om gaat is dit: er komt geen Nederlander op het idee om de sjeitl ter discussie te stellen, terwijl het hoofddoekje... Kort samengevat; voor een jonge Marokkaan die niets weet van de holocaust, of niet voldoende, maar wel weet heeft van het Palestijns-Israëlische conflict en van de steun van Amerika, is het onbegrijpelijk dat de ene etnische, religieuze minderheid met fluwelen handschoenen, nee, met grote welwillendheid wordt bejegend en de andere "zich maar heeft aan te passen". Dát is wat ze zien. Joden zijn respectabele mensen, interessante mensen, mensen aan wie Nederland als natie iets heeft goed te maken, en Marokkanen, nee, islamieten tellen niet mee...'

Het was vijf over vijf in de morgen. Licht was het nog lang niet, maar de twee, drie piepende lijsters in de boom voor het raam hadden bijval gekregen. Vinken en merels joegen hun klachten opwaarts. Vergeefs. Het lawaai bleef tussen de huizen hangen en klotste op en neer, als sop dat werd vervoerd in een te volle, zinken emmer. Uiteenspattende keeltrillers, jubel die oploste in zilvergrijze, iriserende klankvlekken – een dof, olieachtig gelispel alsof de beesten zich hadden verslikt. Maar dan kwam de echo weer terug. Fluitend als Schotse wind, hooglands, blaffend en jankend als een in de flank geschopte hond; daartussendoor sissende, lekkende potten klavergroen Bengaals vuur, in hoogpolig tapijt krioelende, trillende, smeltende, wegstervende champagnevlokken... Ja, het was Nieuwjaar, en een jongenskoor zong Arvo Pärt, ergens, in de riolen, zelfs met Springsteen waren de vogels bekend, ik hoorde 'Down to the river', maar ze zongen het onmiskenbaar in het Pools, want s-en en z-en, dzj-s en chz-s waren niet van de lucht. Varkensblazen, foekenpotten. Pannendeksels, een huilende doedelzak. Twee violen en een trommel en een fluit... In een furieus mineur gaven de vogels hun echo antwoord en ik wist dat wanneer ik het gordijn zou openschuiven om het schizoïde, hallucinerende orkest te zien – ik wist dat ik dan Orpheus zou zien. Een van alle zin beroofde synthesizerrobot met een grimmige blik in de ogen. Toets '3' en zielloze bazuinen schallen.

'Document bewaren?' vroeg de computer.

Ik was moe en wilde stoppen met schrijven. De J van Ja. Wijzigingen doorvoeren? De J van Ja. De naam van document C:\ Silberst veranderde ik in Jericho. Ik sloot af en klapte de laptop dicht. Om het verband te vinden tussen Sara's monoloog, kort na haar vaders uitvaart, en het Solomon Silberstein-debat was mijn verbeten getyp niet langer meer nodig.

Sleutelwoorden: ethiek verpakt is esthetiek.

Volgens mijn eerste vriendinnetje beschouwden veel mensen cosmetische chirurgie als een luxe, onnutte zijtak van de medische wetenschap. 'Zeker intellectuelen...', ze had naar mij gekeken, 'plaatsen zo hun vraagtekens bij het voor veel geld verbouwen van een gezicht, een boezem. Houd je bezig met harttransplantatie, zeggen ze. Of kankeronderzoek, of een remedie tegen aids. Zou ik ook zeggen, tenminste, als het één ten koste ging van het ander. Zover zijn we nog lang niet. Het is en/en. Natuurlijk is kanker erger dan een knobbelneus, of zadeltassen, of een kin als een bedelnap. Maar het verdriet dat iemand om zijn uiterlijk heeft afdoen als aanstellerij, en mijn vak on-geneeskundig noemen en inferieur! Dat is kortzichtig! Ik noem dat de linkse leugen. Je wél beijveren voor spreiding van inkomen en kennis, en tegen mensen die lelijk zijn zeggen: "Zo ben je nu eenmaal geboren, dat moet je maar accepteren"?! Dat is onrechtvaardig. Het milieu waaruit je afkomstig bent, hoeft geen belemmering te zijn om door te leren. Heel goed. Maar dan zeg ik: een onappetijtelijk uiterlijk...' Ze had gelachen. Nee, haar eigen rimpels mochten blijven. Zij schaamde zich niet. Niet meer. Sara had verteld dat ze nooit met mij naar bed was gegaan omdat ze bang was geweest dat haar naakte lichaam zou tegenvallen. Ik adoreerde haar zo ernstig, daar was niet tegenop te boksen. Tegen mijn ideaalbeeld van haar. Ze prikte in haar appeltaart met warme custard. 'Ik had zulke rare borstjes.'

'Puntige.'

'Ja, in een bh.'

'Je hebt ze wel...'

'Maar ik durfde er geen ongecontroleerde bewegingen... Psss, ze zwabberden zo. Bij jou wilde ik perfect zijn. Daarom ging ik ook vreemd. Om losser te worden. Voor jou. Dat ik bij jou ook een keer... Nou ja. Jij was zo'n afschuwelijk mooie jongen. En je hebt nog steeds geen gram ouwemannenvet... Maar ik bedoel dit niet als een onsmakelijk voorstel, dat je dat niet denkt. Waar het mij om gaat: ik weet een beetje wat schaamte is en hoe het je kan hinderen...'

Ze vond het niet eerlijk. Dat het toeval sommige mensen mooi had gemaakt, en andere onooglijk. En het was flauwekul te beweren dat uiterlijk er niet toe deed, weer zo'n leugen, dat het om het innerlijk zou gaan, zeg nou zelf, voor het bestaan van een innerlijk zijn toch sowieso geen bewijzen en zeg nou zelf, het innerlijk, het doorsnee-karakter van een goodlooking person is toch nog altijd intrigerender dan het talent van een vetzak met puisten en, en... Als de mens die met de geboorte gegeven ongelijkheid alsnog ongedaan kon maken, dan was dat toch een zegen? Zelfvertrouwen begint bij een tevreden Ander in de spiegel. 'Dat mag oppervlakkig klinken, maar zo is het wel.'

Precies zo vond Silberstein het onrechtvaardig dat joden de holocaust hadden. Het woord schoonheid gebruikte hij niet, maar hij bekeek de warme interesse voor alles wat joods was wel met argusogen: omdat andere bevolkingsgroepen zich niet op zo'n dramatische geschiedenis konden beroepen, waren ze al bij geboorte achtergesteld bij 'zijn' volk en dat verschil, dat oneerlijke verschil moest cosmetisch worden weggepoetst. Door joden zelf.

Ik stond van tafel op om op de bank een sigaret te roken. De kamer stond toch al blauw.

Sara had zich als negentienjarige geschaamd voor haar spitse borstjes, voor de sluw door haar bloesje loerende vossensnuitjes... Silberstein schaamde zich voor al die mensen die in katzwijm vielen voor het jodendom en dezelfde passie niet konden opbrengen voor bijvoorbeeld Marokkanen, alleen omdat die nog niet massaal waren vergast. Hij was met een halo van aanlokkelijke tragiek om zijn hoofd geboren, in een plas bittere, hoger honing, en alleen daardoor

had hij een voorsprong op de kinderen van nijvere gastarbeiders...
Maar als beide soorten bijen hun raten zouden bouwen in dezelfde
korf, en hun geuren bloemen zouden aantrekken in plaats van bloemen de bijen... Het was een indrukwekkend moment geweest.

Silberstein had het publiek, maar ook zijn disgenoten gehypnoti-
seerd. Hij leek op de Jezusfiguur van Da Vinci's *Laatste Avondmaal*.
Met zijn rechterhand plukte hij de holocaust tussen de onbezoe-
delde waterglazen weg, alsof het woord, en al wat het bevatte en niet
kon bevatten, een ding was; en hij drukte het object aan zijn hart, en
op zijn witsatijnen gelegenheidskeppel stond nu een spotlicht gericht, en het licht stroomde in het onzichtbare ding in zijn handen,
en tranen vulden zijn ogen toen hij het ding, dat onder zijn blik
tot leven was gekomen, dat was gaan ademen en daardoor iets weg
had van een sereen slapende baby... Toen hij dat wezen, die entiteit
doormidden brak, uitdeelde, offerde.

Het gebaar was geen ontkenning van de geschiedenis. De andere
joodse gasten konden de architect geen verrader noemen. Integendeel. Het leed bleef het leed. Er moest aandacht zijn voor leed. Maar
dan had iedereen recht op aandacht! Hoe belachelijk eenvoudig
Silbersteins redenatie en mystieke, stille handeling me ook leek
(gedoemd om geperverteerd te worden, of stuk te slaan tegen de
bikkelharde muren van de politieke, o zo morele nuance), ik was
toch jaloers op zijn droom.

Een vrouw die al jaren worstelt met haar vetzucht en vreetbuien
is niet tragischer of minder tragisch dan een tweede-generatie
jodin, dat was wat hij eigenlijk zei. Een door zijn ooms en vader
en grootvader misbruikte Urker jongen lijdt in gelijke mate aan
zijn nachtmerries als... Antisemitisme was erg, maar anti-overge-
wichtisme en anti-psychotisme en al die anti's die mensen op straat
en in hun eigen kringetje nodig hadden om zich meer dan 'die anderen' geliefd te weten en beveiligd tegen hun eigen compassie: het was
allemaal vreselijk en hard, alleen kon je tegen de overige anti's niet
zo ferm optreden. Wat had die kwezelige Vasalis ook alweer gedicht?
'Zoveel soorten van verdriet, ik noem ze niet...' Koleretrut! Noem
ze wel! Ik word omringd door zoveel soorten van verdriet en ik wil
ze dolgraag noemen. Maar ik kan het niet. Niemand kan het. Woedend op al die nobele, maar onzinnige pogingen om de schoonheid
weer een fris gezicht terug te geven, een nooit verbrand gezicht, op
al die pogingen om alle soorten verdriet even mooi te maken, ging

ik naar bed. Ik, de polygame impotente. Ik, de impotente polygame. Ik, die van alle retoriek water maakte en dat water naar de Kostverlorenvaart droeg opdat het riviertje overstroomde en het lijk weer bovenkwam, ongeschonden, ik was en bleef de Chinese visser van Lucebert, die de transformaties aanzag en daartussen rustte. Golven werden hoge wolken, wolken werden hoge golven... Ik werd dezelfde. De oude. Saturnus, Saturnus. Over een uur al werd het dag.

*

De secretaresse van Huib vroeg of ze iets moest doorgeven. Dankuwel. Ik zei dat ik zou proberen hem op een andere manier te bereiken. 'U heeft zijn faxnummer en e-mailadres?'

Ja, loog ik. Ik begreep niet dat ik me na de slapeloze nacht zo helder voelde. Onherkenbaar energiek. Het was half tien en ik was al buiten geweest om brood en koffie te kopen. De ramen waren gelapt. Bij Huib thuis werd niet opgenomen. Patricia had de boodschap van het antwoordapparaat ingesproken, in geforceerd Algemeen Bekakt Nederlands, en gaf aan het einde ervan nog gauw even haar 06-nummer. Ik schreef het op een hoek van de krant en belde het meteen daarna.

'Ja hai, met Patries.'

'Met je broertje. Rudolf.'

'Nou! Wat een toeval! Ik liep net aan je te denken. Sorry dat ik zo hijg. Ik sta de boodschappen in te laden. In de wagen. Kijk, het klinkt onaardig, maar ik bedoel, zo vaak denk ik nou ook weer niet aan je. Jij ook niet aan mij, of wel?' Vlak achter haar passeerde een scooter. Ik hoorde haar glazen potten verschuiven.

'Normaal. Zoals je aan familie denkt. Soms.'

'Soms ja. Maar ik had ineens zo'n gek idee. De kinderen zijn op zeilkamp in Friesland. En vandaag wordt die week afgesloten met een ouderdag, en daarna kun je ze weer meenemen. Naar huis. Ik dacht: god, mijn neefje woont tegenwoordig in Appelscha, misschien is het leuk...' Ze stelde voor dat ze me zou ophalen. We konden samen naar Bouwe rijden, dan liet ze mij daar achter, ze ging even op die boten kijken en als dat klaar was reed ze met de kinderen weer terug naar Appelscha, dan konden we daar met zijn allen wat eten, en dan zette ze mij weer in Amsterdam af. 'Sjees ik zo door naar Bloemendaal. Maar ik dacht, het is om twee redenen leuk. Ik

heb het contact met Bouwe altijd wat laten versloffen, omdat Vlijmen zover weg was, maar ook omdat... Hij is toch een beetje anders
en ik ben ook wel eens jaloers geweest dat mama zo gek met hem
was, terwijl ze mijn kinderen... Nou ja, dat is over nu. Maar ik dacht
ook: jij hebt geen auto en dan is zo'n rit naar Appelscha helemáál
een mijl op zeven. Ik dring me natuurlijk op. Jij denkt nu zeker ook:
nooit hoor ik wat van mijn zussie, bel ik één keer, moet ik meteen
met haar op stap. Niks moet, Ruudje. Als je nee zegt is er niks aan
de hand. Daar was je altijd al slecht in, in nee-zeggen, maar bij mij
moet je dat voortaan wel doen. Ik heb ook vaak zat nee gezegd, en
dat is alleen maar gezond.'

Ik zei dat ik het een goed idee vond. Ik moest het alleen nog aan
Bouwe vragen.

'Waar belde je eigenlijk voor?' vroeg mijn zus. Ik hoorde haar de
achterklep dichtgooien en naar de voorkant van haar auto lopen.
'Zeker voor Huib. Hij is op een conferentie en bij dat soort dingetjes
wil 'ie nooit gestoord worden. Ook 's avonds bel ik hem niet. Ik wil
hem niet het idee geven dat ik hem overal controleer. Weet jij veel
wat die kerels uitvreten, maar daar hebben ze echt geen moederlijk
gezeik bij nodig. Dan gáán ze eens een keer naar zo'n besloten club
of zo. Nou en? Jongens blijven jongens, ja toch? Wat moest Huib
weten? Iets van dat project?'

'Ja, er is in de tussentijd wat gebeurd.'

'Nou ja. Maandag zit hij weer op z'n plek.'

We hingen op. Ik belde Bouwe. Hij was klaar met leren en Dieudonnée was met haar au-pairgezin een paar dagen naar Brussel,
waar de vader iets voor zijn werk moest doen, dus kwam zo'n bezoekje wel goed uit.

Nog geen uur later stond mijn zus op de stoep. Boven komen
wilde ze niet. Ze wees op haar rode sportautootje, dat schuin geparkeerd stond. Ik spoelde mijn brandende sigaret door de wc en sloot
af. Pas in de auto kusten we elkaar. Patricia was helemaal op een
zeildag gekleed. Ze droeg een crèmekleurige boothalstrui met blauwe strepen, en daaroverheen een bodywarmer in het tomaatrood
van haar nep-Porsche. Een dure, door haar beenvet gladgestreken
jeans, en spierwitte Nikes. Haar altijd perfect geknipte, korte jon-
genshaar met laagjeslok was voor de verandering donkerbruin.
Mijn zus was al jaren grijs en al jaren liet ze haar uitgroei bijwerken
met stroblonde verf – de eigen kleur. Geen fratsen. Haar motto.

Maar deze frats had ze niet kunnen weerstaan en verdomd, ze leek ineens meer op pa dan op ma. Ook omdat ze zich nauwelijks had opgemaakt. Toen we de snelweg opreden, vroeg ze me haar zonnebril uit het dashboardkastje te pakken. We hadden al over het project gesproken. Patricia vond het mooi dat de wederzijdse aanhang het zo goed met elkaar kon vinden. Ze was niet het type dat erachteraan zei: 'Wat ons helaas niet lukt, kunnen zij wel...' of iets anders waarin frustratie doorklonk, maar aan de toon waarop ze Huib en Barbara prees, begreep ik dat ze al heel blij was met dit herstelde contact. Door wat Huib thuis over mijn vriendin vertelde, begreep ze mij nu ook veel beter.

'Heb je het huis al gezien?'

'Het huis?'

'In Zuid. Jullie huis. God man, dat is mooi geworden, hoor. Helemaal mooi. Die ingebouwde keuken... Ik heb zo'n kookeiland, dat past daar niet, maar het is wel een ruime plek die je daar hebt. Zespitsfornuis, combi-oven, afwasmachine, magnetron; zit er allemaal in. Intense chroomkleur. Van dat hele mooie geperste zwarte steen, met die vlokken erin. Echt design, maar dan weer niet zo Bouvrie-achtig, want dat hep iedereen.' Mijn zus die niet van koken hield, stond alles ter beschikking om dagelijks vitaminerijke zessterren-maaltijden te bereiden. Voor mijn moeder rechtvaardigde Patries' keuken haar trots op haar dochter: een wokpit en een diepvrieskist waren genoeg om haar opvoeding als meer dan geslaagd te beschouwen. Een kind dat zoveel geld spendeerde aan de verbouwing van een keuken, had gezien waar het in het leven werkelijk om ging.

Nog maar een paar dagen geleden had ik in wat mijn nieuwe buurt zou worden rondgewandeld en het was niet in me opgekomen om zelfs maar te zoeken naar huizen met het bordje 'Verkocht' voor het raam.

'Weet jij hoe ze aan die panden komen?'

'Mmm-mmm. Die waren van McKinsey. Voor expats. Maar omdat ze zich effe willen concentreren op de core-business, nemen die nu een poosje geen buitenlanders meer aan. In een economische recessie wordt dat een te dure grap. Nou kijk, en in het verleden heeft Huibs bureau samengewerkt met McKinsey. Dus. Twee partijen die mekaar absoluut, voor duizend procent vertrouwen.' Ze gaf me een pakje kauwgum. 'Ik wil niet zeggen voor een habbekrats, maar het ging wel van huppekee. Blij dat ze die lege huizen kwijt waren, want leegstand tikt ook maar door en kraken is weer helemaal hip. Moet je daar de kraakwacht in zetten, en dat weer controleren... Stoot je die beslommeringen af, scheelt dat weer tijd en geld en... Nee, dat is allemaal perfect doorberekend en ook fiscaal heel handig voor Huib.'

Ik knikte. Mijn zus kon anderen perfect nabauwen, zonder te weten wat ze zei. Ze was weer teruggezakt in plat Noord-Hollands. Ik vroeg of ze van zeilen hield. Voor een keer vond ze het wel geinig. Het was meer 'Huib z'n ding'.

'Maar hij is toch vooral een jager?'

'Haha! Roept 'ie dat nog steeds? Voor zevenen krijg je hem echt zijn nest niet uit, hoor. Ook in het weekend ontbijten we nooit met z'n allen, dan maft hij rustig tot half twaalf door. Doordeweeks is het acht uur, half negen. Met die boot moet ik het ook nog maar zien. Hij wil er eentje kopen. Een klein jacht. Heppie het ook meteen over Saint-Tropez enzo.' Ze grinnikte. 'Zo'n vaarbewijs haalt hij wel. Dat is het punt niet, dat snap ik ook wel. Maar al dat onderhoud. Na twee jaar ken je het wel. Zit je aan zo'n ding vast. En die kids willen dan ook niet meer mee... Nee. Moeten we niet doen. Bar heeft haar verjaardag op een boot gevierd, hè?'

'Een schoener.' We hadden geen familie van mij uitgenodigd. Alleen Paula en Diederik, maar daar deelde ik geen bloed, wel een zoon mee. Die niet op de uitnodiging was ingegaan.

'Laat Huib nou ook zoiets willen. Voor zijn vijftigste. Dat is volgend jaar begin mei. Twee mei. Wel iets heftiger, dat wel. Een weekend met zijn beste maten, en dan naar Engeland of Denemarken. En terug, mag ik hopen. Haha. Echt iets voor hem om juist een dag na zijn verjaardag te verzuipen. Je wilt weten of ik het erg vind, dat wij niet waren gevraagd. Voor het feestje van Barbara. Je kunt jou altijd hóren piekeren. Nee, ik begreep het wel. D'r passen d'r misschien veertig op zo'n ding en dan moet je keuzes maken en het was háár feessie.' Ik hoorde haar kauwen. Net als de taxichauffeur die Barbara naar Schiphol had gebracht, zette Patricia Sky Radio aan. Na de bekende jingle volgde weer 'I'm on fire'. Een jaar of zes geleden, toen Barbara had besloten alle plafonds te witten, hoorde ik ook veel Sky Radio. Ze draaiden toen zeker tien keer per dag een liedje dat over een 'Lemontree' ging, en opgewekt van melodie en stem was – terwijl de tekst wranger was dan een hap van de vrucht aan de bejubelde boom.

Patricia merkte dat ik naar de muziek luisterde.

'Het blijft goed, hè?'

'Wat?'

'The Boss. Hij blijft goed. Ik weet niet of jij het nog volgt, jij houdt natuurlijk meer van klassiek, maar die laatste cd... Zal ik die zo opzetten?'

'Ik heb hem thuis.'

'God. Leuk. Dat zal wel iets genetisch zijn, dan. Dat jij ook van Springsteen houdt. Ik ga over een maandje naar de Kuip.'

'Met Huib.'

'Met Huib naar de Kuip! Nee! Met vriendinnen. Van school, van de school van de kinderen, en met ééntje die ook wat bij Unicef doet. Ja, ik doe nu veel voor Unicef. Je moet toch wat. Opzetten?'

'Zeg jij maar.'

Ze pakte de cd uit een koffertje dat bij de versnellingspook stond, schoof hem in een gleuf onder het radiopaneel en toen hoorden we wat ik de afgelopen tijd thuis ook al zo vaak had gehoord. Mijn zus bewoog haar hoofd op en neer. Ook zij vond 'Countin' on a miracle' het beste nummer en ze liet het stuur even los en speelde twee maten luchtgitaar. Plotseling zag ik hoe zwaar het voor haar geweest was om alleen maar broers te hebben. Ze had alsnog besloten dat het 'if you can't beat them, join them' was, maar in dat mannelijke, onchique bouwvakkerslijf ging een heethartige, bij Jan en Alleman betrokken oermoeder schuil, die, anders dan onze eigen moeder, echt lief was – op het onbaatzuchtige af. Patricia dacht veel vaker aan mij dan ik aan haar.

Ze wist dat ik op haar neerkeek, en was altijd bereid geweest dat te billijken. Mijn zus had nu al drie keer gezegd dat ze het geweldig vond dat ik zomaar op haar voorstel was ingegaan, terwijl ik het waarschijnlijk razenddruk had. En ook al waren de glazen van haar bril erg donker, ik zag dat ze trots keek naar de bezette stoel naast haar; alsof ik de Opgestane was die met zomaar een Emmaüsganger wilde meeliften. Hier had ze al veel vaker over gefantaseerd. En steeds had ze tegen zichzelf gezegd: maak je geen gekke dingen wijs, zoiets gebeurt niet.

Ik stond bij haar in het krijt. Ze wist het, en roerde niet in mijn schaamte. Ik keek naar buiten. Mijn ogen vielen dicht, en gingen weer open. Ik keek naar het LCD-schermpje waarop de tijd en de datum waren af te lezen. Morgenavond al kwam Barbara thuis, op drie mei. Twee mei was er ook iets...

Voor ons reed een Poolse vrachtwagen uit Radom. Ik zag de plaats als stip op de landkaart, en voelde me bevoorrecht, want hoeveel Nederlanders wisten waar Radom lag en hoe de plaats eruitzag, althans, vanuit de trein van Warschau naar Krakau? 'Ongeïnspireerde industriestad,' fluisterde ik. Stel je voor: het geluid van metaal op metaal zoals in Depeche Modes Levinasserige hitje 'People are people' ('So why should it be, you and I should get along so awfully...'), en grauwe rook en fossiele fabriekssilo's... Een prachtige titel voor een toneelstuk, *De skyline van Radom*; vooral als er in het stuk met geen woord over de plaats wordt gerept. Associaties met radio, en Sodom, en Raden ('het antwoord' of: commissies), en Radium, en Dom in de betekenis van niet-slim of van bisschoppelijke kerk. Vijf mooie letters. R, A, D, O, M. Als ik Zagajewski was, had ik alleen al om de klank iets met die stad gedaan.

Toen wist ik het. Huib was vandaag jarig. Ik zei het. Ik vroeg met gespeelde verontwaardiging: 'Waarom heb je dat niet gezegd?'

Patricia haalde haar schouders op.

'Wij geven niet zoveel om verjaardagen. Ik denk dat we zondag wel iets met z'n vieren doen. Een strandwandeling en daarna uiteten. Zoiets. Je vraagt je nu af: zou het wel goed tussen die twee gaan. Ja dus. Ja, het gaat goed. In jouw ogen leven we waarschijnlijk langs elkaar heen, zoals dat zo keurig heet, en dat is ook zo. Maar ík moet er weer niet aan denken dat je zoals jullie iedere avond bij elkaar bent, zonder geroezemoes van kinderen en dat soort dingen, en dan ook nog eens in zo'n klein huisje. Trouwens...'

'Ja?'

'Het zal voor jou ook wel effe wennen zijn dat ze nu zo vaak op pad is. Weet jij veel wat ze uitspookt.'

'Ik lees die dossiers wel eens.'

Een bitter lachje. Mama weet wel beter. Appelscha stond nu op de borden vermeld. Nog drieëntwintig kilometer, nog negentien. Er viel een klodder groene vogelpoep op de voorruit. Patricia zette de sproeier aan en daarna de ruitenwissers. Uit de druipende, grauwe lelie groeiden streepdunne meeldraden die alle kanten op wezen. Het was alsof er zuilen van mist en stof aan de horizon opschoten en pal boven het hoogste punt van de boog die de wisser beschreef, ontstond een nucleaire paddestoel, giftig en lobbig – de weiden aan weerszijde van de weg lichtten nog even op, zwarte vogels sprongen als muzieknoten in de vuile, kromme balk die de wisser over het midden van het raam had getrokken, ik kon de elektriciteit in de hoogspanningskabel horen knetteren en ik wist opeens, dit landschap gaat nog eens aan zelfgenoegzaamheid ten onder. Het kwam door mijn vermoeidheid, maar ik zag in een flits het verband tussen Orpheus en de vrouw van Lot, die door Jahweh voor haar omkijken werd gestraft met een onomkeerbare gedaantewisseling. Zoutpilaar.

Dat moest in mijn monoloog. 'The Ultimate Makeover'.

'Ik ben in therapie.' Mijn zus had de auto zonder dat ik er erg in had van de snelweg gemanoeuvreerd. We stonden nu op een wezenloze plek die monter werd aangeduid als 'picknickplaats'. Voor wie het woord niet kende ook nog een pictogram. Van een simpele tafel (drie lijnen) met bankjes (twee T's) waarop twee mensjes zaten, genoeglijk, want de bolletjes die hun hoofden moesten voorstellen leunden bijna tegen elkaar.

Een paar meter van onze parkeerplek verwijderd stond een Mercedes met een caravan. Het gezin zat aan de houten tafel in de verte. De moeder ging met een klein meisje de bosjes in, in haar hand een banaan en een half rolletje grijs wc-papier. 'Weet je nog?' zei Patricia. Ik had geknikt.

Gewoon maar in de auto eten leek haar het beste. Ze had een broodje kaas voor me, en een broodje paté. Een kartonnetje appelsap, en voor als ik nog trek had een mueslireep.

'Bouwe rekent er natuurlijk niet op dat je wat moet eten.'

We aten.

'Het heeft niks met mijn huwelijk te maken. Die therapie. Jij denkt... Maar weet je, ik heb allang door dat hij vaak iemand anders heeft. Dat hij rotzooit. Dat ruik ik, dat zie ik aan hoe hij loopt... ik controleer het niet eens meer. Overhemden met lipstickvlekken enzo. Dat vind ik zo goedkoop, zo B-film, hè? En hij weet toch hoe hij de sporen moet uitwissen.' Ze had een rietje in haar pakje sap geprikt en zoog. Mijn kleine zusje. 'Mijn koninginnetje' had mijn vader haar altijd genoemd, terwijl hij fel tegen de monarchie was. Iedereen bij ons trouwens. Toch was mijn vader heimelijk dol op Beatrix – omdat ze op zijn potige dochter leek. Als ze lachte of, zoals nu, aan een rietje zoog, had Patries dezelfde diepe kuiltjes in haar wangen als de majesteit in haar Drakesteyn-jaren. 'Nou en, denk ik dan, jij doet het zus, ik doe het zo. Oké, ik ben dan dus wél trouw, omdat ik zo ben opgevoed, omdat onze vader en moeder toch een fijne sfeer met mekaar hadden, maar als Huib het nou anders wil? Maakt mij dat minder of beter? Nee. Want hij verlaat me er ook nooit om. Uiteindelijk is er toch iets wat alleen wij samen hebben, en dat heeft hij met geen enkel ander persoon. Iets van lachûhhh, stoerigheid, meligheid – weet ik veel. Doet hij die trutten van vriendinnen van me na, en ik die jaarclublullo's en die zakken gebakken lucht bij hem op de zaak... Gewoon lekker keten. Maar ik ben zo vaak woedend op ma.'

'Jij?'

'Ja, en daar voel ik me dan weer schuldig over. Want iedereen in mijn omgeving zegt: "Wat hadden jullie een leuke band met elkaar, dat was echt twee handen op één buik! Zonde, dat je d'r niet meer hep." En dat denk ik zelf ook, maar ik denk heel vaak: was ma maar eerder gegaan dan pa. Was ze maar doodgegaan toen de kinderen nog moesten komen. Ik heb zoveel gedaan alleen om haar een plezier te doen. Ik heb nooit rustig kunnen nadenken over wat ik nou wilde. Jij hebt dat probleem niet, jij was gewoon een jongen tussen de jongens. Een rare, die zijn eigen spoor trok, maar één rare op vier normale, succesvolle kerels, dat... Daar lag ze echt niet van wakker. Ze was toch al trots op de oudste twee. Die hadden gescoord. Maar ik durf niet zo kwaad te zijn op ma, want stel dat ze nog erregus is. Dus weet je, ik zit helemaal klem. Je voelt iets en dat mag je niet voelen, want dan wordt ze kwaad op mij en dan gaat ze spoken of zo, weet ik veel, en wat je overhoudt is... Ik kan het niet uitleggen. Een hol iets. Een lege maag, maar dan anders. Dus plemp ik de tijd maar zo'n beetje vol met die Unicefbazaars en een kerstmarkt voor weeskinderen van aids-slachtoffers in Zuid-Afrika, en ik heb pas nog een wijndiploma, of hoe heet het, certificaat gehaald, handig voor als Huib partners mee naar huis neemt, als ik weer een dineetje in mekaar moet flansen enzo... Maar hier is het hol.' Ze wees op haar borst. 'En een jaar of wat geleden dacht ik nog, als ík nou eens een leuke vent tegenkwam... Niet lachen, maar ik probeerde gewoon verliefd te worden. Wij hebben in het dorp zo'n meubel- en interieurzakie en daar staat echt een toffe gozer. Ha! Ging ik daar steeds met een smoes heen, zo van: ik wil de heleboel wat strakker thuis, doe mij effe een goede vaas, of een lamp die... En dan raakten we aan de praat, heel gezellig, en toen heb ik het hoge woord er maar eens uitgegooid, van ik vind jou wel bijzonder, maar dan anders. Jij kent me ook wel, dus niet zo direct, en toen zijn we een keer gaan lunchen en zomaar op een middag naar Amsterdam geweest, het hoosde dat het goot, dus naar City, naar James Bond, echt, heel flauw... Maar wat ik wil zeggen is: het klikte wel, maar het loste niets op. Als ik al aan 'meer' dacht, aan een affaire of zo, dan ging dat gat in mijn maag al branden. Dat je denkt, ja, maar hierom ben ik niet getrouwd. Wat mijn man doet moet hij weten, maar ik kan het niet, ik voel niks, ik doe alleen maar alsóf ik weer vlinders voel... Bart, die jongen, was wel echt dol op mij, die heb ik echt teleurgesteld, maar ja. Ik vind, je mot wel eerlijk blijven. Ook al was ik dan begonnen. En toen dacht ik, ik dacht, ik moet er met iemand over praten. Zo dus. Jij kan het op papier kwijt, ik niet.'

Toen we bij Bouwes huis aankwamen, stond hij al in de deurope-ning. Zijn armen wijdgespreid. We waren van harte welkom en als Patricia nog even koffie en een stuk taart wilde voordat ze doorreed naar Heeg... Ze schudde haar hoofd. 'Ik zou daar om half twee zijn en dat is het al, bovendien groei ik dicht.' Ze kneep in haar buik. Een vetplooi, een stevige rol als een kussen op een sofa. 'Maar we zien elkaar straks.'

We zwaaiden haar uit. Ik voelde me even niet hol. Ik was blij dat ik thuis was bij mijn e-mailvriend en hij was blij met mij. Voordat Bouwe erover had kunnen denken gaf hij me een kus. Die per onge-luk op mijn voorhoofd terechtkwam – net als de kussen en kruisjes van zijn moeder.

*

Ze is weer thuis. Ze ligt nog in bed. Meteen nadat ik was opgestaan, graaiden haar gebruinde handen naar mijn kussen. Ze trok het tegen haar gebruinde gezicht aan, en neuriede vergenoegd in de warme stof. De vakantie, hoe kort ook, heeft haar goed gedaan.

Ik pak een schone handdoek uit de kast op Bouwes logeerkamer en ga douchen. Tot echte seks is het gisteravond niet gekomen, maar koel was de begroeting zeker niet. Nog met haar jas aan had Barbara een fles Bardolino uit haar tas gehaald, geopend en inge-schonken. 'Je moet even wennen aan dat bittertje, maar als je mond dat stroeve gevoel accepteert komen die vollere, bloemige, fruitige

409

tonen naar boven en dan wordt hij alsnog heel rond. En warm.'

Ik dacht aan het certificaat van mijn zus. We proostten. Hoe lang hadden we dat al niet gedaan? Ik nam een slok van de wijn, Barbara ook en toen was ze met haar koffer naar de slaapkamer gegaan om even wat dingen uit te hangen en iets anders aan te trekken. Ze douchte hooguit een paar minuten, ik zette de televisie aan en weer uit, ze kwam terug met natte haren, ze droeg een oude spijkerbroek en een wit T-shirt, ze ging in kleermakershouding op de grond zitten en nipte weer van haar souvenir. Toen keek ze samenzweerderig naar haar glas, als een vijftienjarige die in iedere druppel stiekem te nuttigen drank een geest vermoedt die tevoorschijn kon komen uit een kronkelende, opwaarts groeiende dampkolom om, wanneer hij zich eenmaal een mond gevormd had, te beloven dat hij al haar wensen zou vervullen. Ik was vergeten dat Barbara nog zo'n kind was.

Ze had al wat gegeten. Jij? Ik knikte. Vertel nou iets.

'Jij eerst, jij bent al die dagen alleen geweest.'

Ik zei dat ik gisteren met mijn zus naar Bouwe was gegaan, dat we gewandeld hadden, mijn zoon en ik, dat we het over muziek hadden gehad en over planten, over het Silberstein-debat en over het parallelle leven.

'Het wat?'

'Het parallelle leven. Je bent hier, en je doet dit of dat werk, je omringt je met bepaalde mensen... Maar er is nog een leven. Een schaduwleven. Dat je bijvoorbeeld op een feestje zit, en een leuk gesprek hebt, maar tegelijkertijd ben je een eskimo die op zijn hondenslede onder het poollicht door glijdt, of je bent een amandelboom die... Laat maar. Ik vertelde hem dat ik me steeds vaker een heroïnejunk voel, een bepaalde duistere popzanger op het moment vlak voordat hij "on stage" moet... En ik weet hoe die honger naar een shot voelt, terwijl ik zelfs nog nooit zo'n pilletje heb geslikt. Het ging niet om mij, het ging erom dat Bouwe het fenomeen kende, compleet met repeterende dromen enzo. Ach, het was gewoon leuk. En daarna ook. Met Patries en Kim en Matthijs. Je zou niet zeggen dat hij van Huib is, die jongen. We zijn naar de plaatselijke Chinees geweest. Bouwe deed totaal niet vijandig. Nee, het was echt een goed idee.'

Nog steeds die glazige blik. Die blakende glimlach. Waarschijnlijk durfde ik zo vrijuit over de vorige dag te praten omdat ik wist dat ze me toch niet hoorde. Barbara zei niet: 'Welja, ga hem ook nog harddrugs aanpraten' of: 'Toch gek dat je nu ineens zo enthousiast bent over die verachtelijke zus.'

Ze streelde me. Gaf vrolijke kalverkusjes, zeepbeldun, en puppylikjes, en met haar roze, gladde lippen nam ze hapjes van mijn pasgeschoren nekvlees en toen ze op mijn stoel was gaan zitten om haar ouders te bellen, kriebelde ze met haar dunne vingers in de lucht, net zo lang tot ik het commando begreep. Ze toetste het nummer in. Ik ging bij haar staan, bukte me, liet Barbara door mijn haar woelen – mijn oor was dichtbij haar sprekende mond en dichtbij de hoorn waardoor haar vaders stem nu klonk, opgetogen omdat zijn dochter weer veilig was thuisgekomen.

'Wat heb je me lang laten liggen. Het is al bij twaalven.'

Ik geef haar een kop koffie. We verdelen de katernen van de krant. Over de opmaak geen woord. Het valt me op dat Barbara niet leest. Ze doet alsof.

'Vind je het echt een mooi jurkje?'

'Ja, heel mooi.'

'Ik moet steeds maar aan dat jurkje denken. Vijfhonderd euro. Dat ik dat zomaar heb gekocht, daar. Omdat Mariska zei, doe het nou. En nou ben ik thuis, gisteren heb ik het je nog trots geshowd, en nu denk ik: wat moet ik ermee? Meer dan duizend gulden. Voor een lichtblauw gevalletje dat ik natuurlijk nooit aantrek.' Ze giechelt. 'Nog wat van beneden gehoord?'

'Nee.'

'Van de andere... allochtoontjes?'

'Ook niet.'

Nu wil ik haar aanraken. Maar ik heb mijn hand nog niet op haar schouder gelegd of ze siddert al, duwt hem weg.

Ze vraagt of zij straks de boodschappen zal doen. Goed, maar wel iets makkelijks vanavond, ik wil naar de Dam.

'Kippensoep, heb ik zin in,' zegt ze. 'Ik volg het liever op televisie,' zegt ze. Al jaren begrijpt Barbara niet dat ik, die toch een hekel heb aan massa's, naar de Dodenherdenking ga. Thuis hoor je de speeches beter, zie je de kransleggingen beter, en daarbij: thuis is de stilte stiller. Ben ik een gewoontedier? Ja. Ook. Vooral.

En toch geloof ik dat gewoonte niet mijn enige motivatie is, als dat al een motivatie kan zijn – ik geloof dat ik naar dat drukke plein fiets juist omdát ik menigten haat, omdat ik al die porrende ledematen eng vind, net als het contact met wildvreemde billen en buiken, omdat ik gerochel in mijn nekhaar en banaal huisvrouwengefluister ter hoogte van mijn schouders verafschuw, omdat ik de knus brommende mannen minacht die elkaar wijzen op de camera's van de NOB-ploeg, om het vervolgens over de nieuwste technische snufjes te hebben. Ik wil me in die ellende begeven, precies omdat ik het ellende noem. Het is een soort masochisme, zeker. Ik doe mij iets aan. Twee minuten stil ben ik iedere dag, en drie en vier, en honderd. Dat is geen kunst. Maar een uurtje tegen je eigen angst en afkeer ingaan... Meedringen in het gedrang... Je voeten vertrouwd maken met de wals van het collectieve wachten... Ach, mag ik.

Barbara bewondert de gelapte ramen. Ze veegt wat stof van een stapeltje videobanden. Ze verschikt de bloesemtakken die ik voor haar heb gekocht en die in een mandvaas op de grond staan. Over de vakantie geen woord, maar misschien komt dat nog.

'Broodjes moeten we ook hebben. Voor bij de soep. Zijn er nog andere dingen? Die ik moet halen? Wc-papier? Ik zag dat het afwasmiddel bijna op is. En dat schuursponsje op het aanrecht stinkt. Ik vergeet steeds dat het zondag is, ik ga wel met de tram. In het centrum zijn de winkels open.' Zoals ik vijf dagen geleden moest wennen aan de eenzaamheid, zo moet ik nu wennen aan het samenzijn. Het klinkt belachelijk, maar ik had het me anders voorgesteld.

We doen allebei raar. Nerveus. Waarom moet ze opeens het antwoordapparaat afluisteren? Ik heb haar gezegd wie er gebeld hebben. Het mobiele nummer van Samira-van-de-overkant op een memovelletje geschreven.

Ze staat voor het raam. Haar ochtendjas hangt loodzwaar om haar schouders. Aan haar rug lees ik af dat ze mismoedig naar buiten staart. Gelaten. Zoals poezen dat kunnen. Ergens in hun stilhangende staart gloeit een klein brandhaardje hoop, het zwiept traag heen en weer, een onzichtbare metronoom. Dan barst in Barbara's onzichtbare staart een pijnlijk, smeulend puistje bijgeloof open; dat, door te kijken, de straat verandert, dat de blik in staat is van een donkere Oud-Weststeeg een boulevard te maken. Is het niet vandaag, dan toch morgen.

Volgende week 'pakken' zij en Mariska het hardlopen weer 'op'. 'We krijgen het allebei wat rustiger.' Ze opent de lade van de cd-speler. 'Nou ja! Wat doet dit hier?'

Violator. De laatste Depeche Mode-cd die ik heb gekocht. Vergeten te verstoppen. Maar waarom zou ik ook.

412

'Hadden we het er laatst niet over? Dat is bagger.' Ze toetert met gekrulde lippen het riedeltje na dat in 'Just can't get enough' de waardeloze, weke vlagen zang bij elkaar houdt.

'Er staat een nummer op over een blauwe jurk.'

'Alsof jij wist dat ik daarmee thuis zou komen.'

'Ik schrijf er goed bij. Oké. Het is rommel. Dat weet ik ook wel. Ik wil onderzoeken wat het is, bij mij, dat ik... Dat ik het nodig heb. Ik heb al bijna alles van ze. Mijn eigen impulsaankoop. Ik zag laatst een oude clip van ze op MTV, zo'n Corbijnding, en wat ik ontdekt heb: hij leent inderdaad van Tarkovski. Weet je nog in *Stalker*? Dat einde? Dan zit die dochter daar alleen aan die houten tafel... dat kleine meisje... En ze staart naar een paar glazen, en dan gaan ze dansen, die glazen, en één glas breekt geloof ik, ik weet het nooit precies, ook al heb ik die film zes, zeven keer gezien... En dan hoor je een trein voorbij denderen en, heel zacht, het "Alle Menschen werden Brüder" van Beethoven. En in die Depeche Mode-clip figureert een jongetje, dat naar een glas staart... Het is een stemming. Tarkovski, Corbijn, Depeche Mode, ik, Zagajewski, Bouwe, Arvo Pärt misschien ook nog... Doe hem even terug en dan nummer 5.'

Ze doet het. Geërgerd. Ze blijft bij de installatie staan. Om hem meteen na mijn favoriete nummer uit te kunnen zetten. Laat ook maar, wil ik zeggen, maar het is al te laat. Ze luistert. Met een scheef hoofd. Stompzinnig, braaf gepingel. Zoetsappige boys choir-voices. Geleuter over de nacht, en bevrijding, en engelen, en een 'guiding star'; 'dark' rijmt op 'stark', ha fijn, er volgt een stilte, en dan klinkt pas het woord 'reality'. 'Stark reality'. Verbroken door rijmdwang. Maar dat de jongens en ik niet tegen de stark reality kunnen is een feit en dat ik net als zij naar de nacht uitzie, naar afgeslotenheid die weidsheid is, naar donker waarin de hemelbewoners mij met half-geloken ogen kunnen zoeken... In wat flauwe belgeluiden verlept en vergaat het liedje. Barbara heupwiegt op de eerste maten van 'Enjoy the silence' en zet de muziek dan uit.

'Tja. God. Wat zal ik zeggen?'

'Ik zal het niet draaien waar je bij bent.'

'Perfect, dan zeur ik niet meer.'

4 mei staat dit jaar in het teken van Appèlbergen. Hoe kan het ook anders. De burgemeester weet dat er vandaag internationale pers bij de herdenking is, en houdt een deel van zijn voordracht in het

Engels. De scholiere die een zelfgeschreven gedicht mag voorlezen, herhaalt haar vers eveneens in het Engels. Het klinkt meteen beter.

Het zal wel suggestie zijn, maar ik heb het idee dat de mensen die me omringen voor het eerst niet vervuld zijn van vage schuldgevoelens, van medelijden en een prettig, want zwaardrukkend plichtsbesef. De anders zo betonnen, calvinistische lucht is ijl van ingehouden geestdrift. Soms meandert die opalen, licht bruisende, frisse stroom door het heuvellandschap dat gevormd wordt door groepjes goedgecoiffeerde hoofden en het is nog net niet zo dat degenen die door het vloeibare toekomstvisioen worden aangeraakt spontaan de wave doen; alleen hun mondhoeken krullen even. Pioniersglimlachjes die rijzen en dalen – een golfslagbad van blije monden en stralende, ontroerde ogen.

'Wie wont toe sjoo zhe wurreld, ent espesjallie Joerop, hau sittizens ken forfil en ektif rool in zhe diffekult but olso ferrie interesting, ieven bjoetiefoel prozzes of intekreetsjun. Tollerens ulloon is not hienuf.'

Ik moet denken aan het in plastic verpakte foldertje dat onlangs bij de post zat. Stadsdeel Oud-West is op zoek naar uw favoriete recept en naar dat van uw buren. 'Ruikt het bij u op de trap ook zo lekker? Grootmoeders snert met rookworst of stoofvlees in de tajine, ze hebben hun eigen charme, hun eigen geur, hun eigen sfeer. Wat voor de één het toppunt van huiselijkheid is, is voor de ander geheimzinnig en exotisch... Maar haal de warmte van uw buren eens in huis. Lok de heerlijke geuren naar uw eigen fornuis... Hoe? Dat hebben wij voor u bedacht! Schrijf de bereidingswijze van uw succesdis op, of help uw buurvrouw ermee en stuur deze kaart terug. Van de beste gerechten wordt een kookboek gemaakt dat de bewoners rond sinterklaas (of rond het suikerfeest) op de mat zullen vinden. Zo komen in onze prachtige buurt mensen nog nader tot elkaar!'

Leuk bedacht. En natuurlijk zouden de Nederlandse bewoners, de oudere benedenburen Joke en Ria niet uitgezonderd, zich wagen aan de lamsstoof met pruimen en kaneel. Het waren geen trutten, zoals Tiny met het hondje. Maar Turkse en Marokkaanse vrouwen zag ik echt geen erwtensoep koken; spek en rookworst zijn toch varkensvlees? En daarbij, wat moest je met een multi-culti kookboek als de buitenlanders toch de wijk uit gingen?

'Gewoon,' had Barbara gezegd. 'Ten eerste is zo'n geschenkje op

414

de valreep... Nou ja, sympathiek. Het voorkomt, lijkt mij, dat mensen denken: zo, die zijn opgerot. Het houdt ze betrokken, ook als de helft van de buitenlanders straks in Appèlbergen zit. Ten tweede gaat er van zo'n geschenkje een stimulans uit. Ik denk dat veel mensen het zullen zien als een beloning voor hun goede omgang met hun buitenlandse wijkgenoten. Zelfs als er geen of een slechte omgang was, leggen mensen de betekenis van zo'n cadeau positief voor zichzelf uit. "Ik heb het toch wel goed gedaan." Zoiets. En dan blijven ze makkelijker bij de les. Zo deed mijn vader dat vroeger ook bij ons. Kreeg je iets lekkers of een klein speelgoedje als je een tijd lang iedere dag je kamer had opgeruimd. Ook als je dat helemaal niet zo precies had gedaan. Heel slim. Want hij wist, alleen maar commentaar, dat werkt niet. Dan ga je juist muiten. Kijk. En. Na zo'n verrassing voelde je je extra verplicht. Helemaal gek is zo'n Stadsdeel niet.'

Ze stelde voor dat ze het kantoor zou bellen om haar diensten aan te bieden. Als over een paar maanden de selectie van de ingezonden recepten plaatsvond, wilde zij ze wel nakijken op de mogelijkheid tot een smakelijke halal-variatie.

De Koningin en prins Willem-Alexander zijn aan de beurt. Ze beklimmen in gelijke tred de treden van het monument, nemen de grote, witte bloemenkrans over uit de handen van een paar verkenners, lopen nog een paar stappen met het lijkzware object tussen hen in en plaatsen het dan keurig op het daarvoor bestemde statief. Moeder en zoon houden even halt. De zoon salueert. Ik moet onwillekeurig aan de crematie van mijn vader denken. Bij alle onderdelen van het programma wilde ma Gert-Jan naast zich. Niet Thijs, niet Patries, niet Sander – en mij keurde ze al helemaal geen blik waardig.

Waarom Gert-Jan? Hij wist het zelf heel goed. Met een diepe, emotionele band had de keuze voor hem niets te maken, met zijn liefde voor of gelijkenis met pa evenmin. Hij had na zijn rechtenstudie een paar jaar bij de Dela gewerkt als sous-districtshoofd Kennemerland, dus, redeneerde mijn moeder, hij wist hoe het hoorde. Gepoetste schoenen, vouw in de pantalon, een formele hoofdknik bij de rondgang langs de kist, ter hoogte van mijn vaders voeten, en bij de condoléance-receptie kon hij snotterende kennissen en collega's vakkundig attenderen op de schaal met broodjes. 'Ja, wij missen hem allemaal heel erg en hij had het vaak over u. Neemt u even een happie. Het valt ook niet mee, zo'n dag.' Pars pro toto. Hij was de ambassadeur van de andere De Wolfjes en her en der hoorde ik fluisteren dat Johanna toch maar bofte met zulk kroost. Fijne, rustige, beschaafde ceremoniemeester, die Gert-Jan. En die anderen ook; alsof ze het hebben ingestudeerd. Wat in zijn geval ook zo was.

Mijn moeder had bruikbare kinderen.

Thijs, de handige zakenjongen, wist precies bij wie hij moest aankloppen om een feest of kleine verbouwing in het ouderlijk huis betaalbaar te houden. Geen toeters en bellen a.u.b., maar wel degelijk spul en dan: 'Op een kooppie, met een gezin van vijf groeit de pecunia me nie op mun rug.' Sparen en beleggen, ook daarvan had hij zoveel verstand dat hij de linkse weduwe tot een kapitalistisch waagstuk wist over te halen; vol trots verkondigde ze de straat dat de Philips-aandelen waren gestegen juist nadat zij met mijn vaders spaargeld tot het fonds was toegetreden.

Gert-Jan sloot haar verzekeringen af, schreef zakelijk gestelde dreigbrieven naar zorginstellingen en artsen die volgens mijn moeder geen knip voor de neus waard waren, draaide een logische huurverhoging terug en moest zelfs tijdens zijn vakantie, vanuit Portugal, met de Belastingdienst bellen omdat haar tussentijdse aanslag niet klopte.

Handige Sander, die het tuincentrum van zijn Haagse schoonvader had overgenomen, kon 's avonds en in weekenden opdraven voor het vervangen van een kopspiegellamp in de plafonnière van de ouderlijke slaapkamer, of het dichtkitten van een tochtige plint. Bij Patricia at ze een paar keer in de week, ze paste soms een uurtje op de kinderen, maar nooit 's avonds, want ze vond zo'n vrijstaande kast van een villa doodeng, het was vragen om boeven, en wat moest ze dan? Zo'n duur vaassie op die rotkoppen kapotslaan? Tegen de tijd dat ze een zwaar voorwerp bij de klauwen had, hadden de griezels haar allang omgelegd, want reken maar dat er hier veel meer wapens in omloop zijn dan de kranten vermelden. 'Mar kaik, azze dat wél opskraivûh, dan hebben ze geen poot meer om op te staan in d'r kritiek op Amerika. Ssssau is dat.'

Alleen ik was onnut. Maar ik had een zoon geleverd die als enige niet door zijn moeder bij de oma van vaders kant werd weggehouden. 'Van de andere jongens,' jammerde ze, 'van de andere kleinkinderen hoor je nooit wat.'

Trompetten. De Koninklijke Nederlandse Marinierskapel speelt een stemmige einddeun. De trommelslager bootst de menselijke hartslag na. Tadom. Tadom. Hoogwaardigheidsbekleders marcheren weg, in de richting van het Paleis, daarachter volgen bejaarde overlevenden van Auschwitz-Birkenau, jappenkampslachtoffers, verzetshelden, een enkele Canadese soldaat b.d. Er komt beweging in de menigte. Geroezemoes. 'Waar hebben jullie de auto geparkeerd?', 'Drinken we nog ergens koffie of doen we dat thuis?', 'Toch nog voor niks mijn paraplu meegenomen.'

Het is warm. Hoog aan de hemel drijven wolken bijeen, met de kleur van vergeeld papier. Er is regen voorspeld. Al een paar minuten geleden hoorde ik de donder aanrollen, maar het onweer is overgewaaid. Een kleine zon hangt als een kruisspin in een vuilwit web. De vangst: glinsterend duivendons en naamloze insecten ter grootte van een zandkorrel. Pal naast de zon meen ik een ster te ontwaren. Een rood stofje, alsof iemand met een dunne naald in de huid van de avond heeft geprikt. Het stofje wordt een druppel bloed, ik bots tegen een man met een geruit hoedje op, van schrik trapt hij me op de teen, we excuseren ons, en als ik weer omhoogkijk is het wondje dicht en ook de zon is nu bedekt met grijze veren.

Voor mijn voeten sloffen, gearmd, twee middelbare vrouwen in lelijke confectiespijkerjassen. Ik moet de kant van de Keizersgracht op, daar staat mijn fiets, tegen een brug, maar opeens denk ik: het is een uitgelezen avond om naar de hoeren te gaan. Een kwestie van omdraaien, terug naar het monument, en achter Krasnapolsky – daar begint het. Kinderachtig, maar zo heb ik het altijd gezien: er is 'mijn' Amsterdam (in het compartiment voor Ruimtelijke Ordening in mijn hersenstelsel een weldoorbloede plattegrond die boekhandels en antiquariaten, cafés, restaurantjes en culturele instellingen met elkaar verbindt, ook in mijn dromen) en achter Kras begint 'hun' Amsterdam, het Amsterdam van de niet bange medeman die de aanblik van gladde, lange negerinnenbenen kan verdragen, niet opkijkt van een tong die langs glosslippen en een door blacklight sneeuwwit gepolijst glossgebit likt, die het gewapper met een gitzwarte, dikke dildo 'wel lollig' vindt en er, als de nood echt hoog wordt, niets op tegen heeft om het kanten corselet dat de koude blote borsten ondersteunt zelf los te haken, de lillende billen uit hun pantertanga te bevrijden. IK KAN DAT NIET.

Als ik toevallig langs de hoeren moet, word ik onmiddellijk geil. Ook als er niemand achter het raam zit: rood en paars licht is genoeg om mij te laten krimpen tot ik niets meer dan een kloppend kruis ben. Mijn hoofd een aardappel waar een pureestamper op wordt gezet en ik word ingedrukt, fijngedrukt, mijn gedachten, alles wat ik ben, daalt en verkruimelt, verkruimelt en daalt, tot ik een made ben in mijn eigen vergruisde grafkist, een krioelende vlok primitief leven te midden van rottend vlees en de natte, zwarte bladmoes die van een herfst drie jaar eerder resteert. Waarom is lust zo bedreigend?

Waarom zijn die vrouwen zo bedreigend?

Ben ik bang voor mijn imago? Mijn zelfbeeld? Ik heb suïcide niet tegengehouden, dus een moreel voorbeeld kan ik voor niemand zijn, laat staan voor mezelf.

Als ik eerlijk ben, vrees ik vooral de teleurstelling. De heupwiegende sekspoezen voor de ramen, die acteren dat ze levenslang zijn opgesloten in de kooi van hun eigen drift en het met masturbatie alleen niet redden, die veinzen dat ze morgen of overmorgen zullen bezwijken in hun eigen nattigheid en lijden aan de gestaag doorzwellende clitoris, een dorstige tumor met nu al het formaat van een flinke kool... Ze zijn niet ziek van begeerte. We kunnen niet samen ziek zijn. Ze geven geen donder om de daad. Ze zeggen misschien hitsige woordjes, maar in plat Amsterdams. Ze denken niet aan Baudelaire, maar aan andijviestamppot. Of aan de namaak Louis Vuitton-tas die ze op de Albert Cuyp hebben gezien. Ze ruiken naar Sportlife-kauwgum en Nivea en het allerbelangrijkste mogen ze niet met je doen: kussen. Uren onafgebroken, magisch kussen.

C., denk ik, C.!

Ik loop door. Langs muziekhandel Fame. Een sigarenwinkel, een lingeriewinkel, een pizzeria, een shoarmatentje. De dames voor me ben ik kwijt.

Er vallen nu wat regendruppels. Zonder ritme. Ik steek over. In de Paleisstraat word ik aangehouden door een lange man in een voor het jaargetijde veel te dikke, donkerblauwe jas. Zijn gezicht bestaat uit olijfkleurige vlekken. In de vervilte baard hebben zich onbedoeld dreadlocks gevormd. Hij vraagt om een paar centen. Niet eens om een euro. 'Een paar centen, m'neer, voor een patatje.' Ik schud mijn hoofd.

418

De zwerver wil het niet zien. Een paar centen. Patat. Toe. Hij loopt nu een paar passen mee. Achter hem staat het blozende alcoholische meisje dat daklozenkranten verkoopt bij de ingang van de Albert Heijn in de Kinkerstraat. Haar geef ik geregeld wat. Ze is altijd opgewekt. En lief. Voor bejaarden, honden en kinderen, zelfs voor mensen die, net als ik nu, beweren geen kleingeld op zak te hebben. Ze sust soms een ruzie tussen haar verslaafde vrienden, en de door jachtige klanten omvergelopen fietsen zet ze overeind tegen de winkelpui. Haar wil ik meteen een euro geven. Ook als ze er drank of shit voor koopt, in plaats van iets te eten. Maar in deze viezerik heb ik geen zin. Nare, asymmetrische grijns heeft hij ook.

Zijn schouder raakt de mijne nu. Het meisje pakt zijn hand en trekt de bedelaar bij me vandaan. Laat maar, Gerard.

'Gewoon een paar centen! Voor godverdegodver een patatje!!!' Er schieten druppels uit zijn grote haviksneus.

'Ssst,' zegt het meisje. 'Sssttt!' Zoals ze ook de in lappen gehulde Kinker-Springsteen kalmeert wanneer die in vlammend Iers alle van zijn talenten profiterende nietsnutten uitscheldt, de rondhangende drinkebroeders, die azen op de munten in zijn geopende gitaarkoffer: 'Please, stop it, Benny. Let them drink their beer and play another mooi liedje.'

Gerard kan geen mooie liedjes spelen. Hij wordt als een spijker door mijn magnetische lichaam aangetrokken en nu het meisje zijn arm iets laat vieren, knalt hij weer tegen me op, plakt aan me vast. Ik zet een stap opzij. Hij stinkt. Een sigaret kan ik hem aanbieden. Ik haal het pakje uit mijn jaszak en houd het omhoog. Roken?

'Nee! Centen! Voor een... Ach, fok off!' Woedend keert hij me de rug toe en duwt zijn vriendinnetje opzij. 'Dat zijn geeneens sigaretten, dat is niks! Lichte rommel! Barclay! Godverrr! Fok off!'

Ze lopen weg, de gracht op. 'Hypocriet!' schreeuwt de zwerver.

'Vuile hypocriet!' roept het meisje nu ook. Haar lichte stem met het Drentse accent. Ik steek nu zelf een sigaret op. Ze slenteren door. Botsen tegen elkaar op, zoeken afstand, schaatsen weer naar elkaar toe en ik hoor ze in de regen een duet over mijn hypocrisie zingen. Een schor bronchitisgeluid lost op in hoge, blonde, zachtwangige couperosetonen. De scheldwoorden krijgen haar blosjes. Fokoff, fokoff, fokoff – het klinkt al bijna Russisch.

Omdat ik zojuist naar de Dodenherdenking ben geweest, maar niet maal om de ellende voor mijn neus, ben ik daarom hypocriet?

Of omdat Gerard weet dat ik haar wél geregeld geld geef, ook zonder er een krantje voor terug te vragen? Ik veeg denkbeeldige bacteriën van mijn jas. Krab een paar denkbeeldige luizen uit mijn haar.

Stil is het niet op straat. Toeristen en studenten, een oude vrouw die een hond uitlaat en een paar innig verstrengelde stellen passeren me. Auto's. Fietsers. Maar voetstappen en stemmen klinken zachter. Motoren ronken, en toch: minder uitbundig dan op andere avonden in het jaar. Alsof alles nog even de adem inhoudt. Ik heb mijn fiets allang gezien, maar ik besluit nog een rondje te lopen voordat ik hem van het slot haal. Het regent om me heen, ikzelf lijk maar niet nat te worden. Alsof ik wandel in een druppelvormige, vliesdunne douchecabine. Een camouflage-aura – het hemelwater herkent me gewoonweg niet. Ik kijk in de etalage van een edelsmid. Zou de oude Schaepman deze juwelen mooi gevonden hebben? Hij is geruisloos gestorven, gewoon thuis. Nog steeds weet niemand of hij heel snel na het verlies van zijn dochter is gaan dementeren, of dat hij zijn vergeetachtigheid acteerde om geen verantwoordelijkheid voor zijn aanvallen van razende gekte te hoeven dragen. Ooit leegde hij plastic tassen vol goud en zilver in de voederbakken van de manegepaarden. Een medewerkster die verderop een merrie stond te roskammen hoorde hem sissen: 'Vreten, vreten!'

Een halfuur later was hij weer kalm. Hij dronk een blikje chocomel in de kantine, terwijl een jongen 'van de zaak' de vermiste sieraden uit het hooi viste. Iedereen deed of er niets was gebeurd. Aan het einde van de middag stond Schaepman weer in zijn winkel en gaf zijn personeel college over de fijnzinnige details van de nieuwe collectie. Mijn schoonmoeder noemde hij soms Anne en als ze zo heette kocht hij speelgoed voor haar. Barbies en lelijke roze, plastic pony's met glanzende manen in alle blcke kleuren van de regenboog. Doe er iets mee! Je hebt zoveel goede ideeën, meiske!

De dwaze bui ebde vanzelf wel weg. Schaepman is maar even opgenomen geweest. In de periode waarin zijn naam van de pui verdween, en een vierkanten neonbak fier vermeldde dat de nieuwe eigenaar, een horlogespecialist, ook zaken in Parijs, Genève, Londen en New York bestierde.

Paula en Bouwe hebben het niet vaak over mijn schoonvader. Ze menen dat hij uitsluitend zijn werk was, en meer niet. Ik mis hem hoogst zelden, maar altijd intenser dan mijn eigen vader, van wie je zeker kunt zeggen dat hij zijn werk was. Die schrokte, snurkte en sneuvelde zelfs als een bouwvakker – fantasieloos en luidruchtig.

In de etalage van De Witte Tanden Winkel draait al sinds jaar en dag een reuzenrad van meccano rond. In de stoeltjes zitten tot menselijke gestaltes verbogen tandenborstels, met lijfjes en kopjes in allerlei vormen en kleuren. Ze gaan zo op in hun eeuwige wenteling dat ze mij niet opmerken. Ik wil zo'n borsteltje zijn.

Ik loop door. Kijk bij een galerie naar binnen, bij een modezaak met tweedehands ontwerperskleding. Het is druk in het nieuwe fusionrestaurant. Terug naar de brug met mijn fiets. Juist als ik wil oversteken, komt er een bekende de hoek om. Joris. Al jaren de man van Mariska.

Is het hem wel? Kort nadat Bar bij me was ingetrokken zijn we een keer bij hen gaan eten. Mariska had nog geen buik, maar ze was al wel in verwachting. Kennelijk moest ik dat heugelijke feit mee-vieren. Hoe wist ik niet. Joris was een dodelijk saaie man, die een paar uur in de week filosofie gaf op het Montessori-college – voor het geld bracht hij ook nog pakketpost rond. Over beide banen kon hij geen zinnig woord uitbrengen. Ja, goed, werken met kinderen o, o, o, wat was dat elke keer weer boeiend, maar tot een illustratieve anekdote kwam het zelfs na een half kratje bier niet en toen ik hem iets wilde vragen over Roland Barthes en later over Baudrillard (de antwoorden wist ik al, ik wilde graag een conversatie op gang hou-den), keek hij me wezenloos aan, de sukkel. Sindsdien had hij steeds een reden om niet met Mariska mee naar feestjes te gaan. Hij paste liever op. Maar we zijn allebei net een paar dagen vrijgezel geweest, dat schept een band. Ja, het is hem. Kalend. Dikker. Zonder een groet gaat het niet.

'Hé dag,' zeg ik.

'Hoi.'

'Was je ook op de Dam?'

'Even. Met mijn mentorklas.'

'Zegt het ze wat?'

'Als je het een beetje voorbereidt.'

'Hoe doe je dat?'

'Ieder jaar anders.' Joris zucht. 'Deze keer heb ik ze de nieuwe film van Roman Polanski laten zien. We hebben nog even wat gedron-ken. Daar.' Hij wijst in de richting van het bruine café waar Mariska en Barbara ook vaak met elkaar afspreken. 'Maar dan moet je ook weer wegwezen. Een docent erbij is gezellig, maar niet te lang. Dus ik ga naar huis. Jij?'

'Ook. Ze hebben het leuk gehad, Mariska en Barbara. Toch? Al die verhalen.' Ik lieg. Ik heb nog steeds geen verhaal gehoord. Maar als het goed is, heeft Mariska vandaag haar foto's in de computer gezet en zijn ze klaar om te worden verzonden. Als het goed is – want volgens Barbara kon haar vriendin niet goed overweg met de digitale camera.

'Kan wel. Wanneer?'

'De afgelopen week. In Venetië.'

'Venetië? Is dat iets nieuws of zo?'

'Wat?'

'Een nieuwe eettent of zo? Nee. Maris is helemaal niet uit geweest. Ze zei nog, als jij vanavond met je groep weggaat, ga ik Barbara weer eens bellen. Om iets af te spreken.'

'Nee.'

'Jawel. Ze hebben nog maar weinig contact. Dat ligt ook aan Maris. Ze krijgt het steeds drukker op de uitgeverij en dat is natuurlijk ook wel leuk voor d'r. We gaan misschien een tweede huisje kopen in Brabant. Zat jouw zoon daar niet? Als je wat hoort...'

Het is onhandigheid. Dat hij plotseling zoveel praat. Nooit treffen we elkaar en nu... we wisselen in staccato wat gemeenplaatsen uit en zonder dat het Joris' bedoeling is onthult hij dat mijn vriendin me bedriegt. Ik zeg dat Bouwe naar Appelscha is verhuisd, maar dat ik Paula, de zus van mijn eerste vrouw, wel wil inschakelen.

'In de buurt van Den Bosch, dat is mooi. Ik kom daar vandaan. Maar er woont geen familie meer. Rosmalen, ken je dat?'

Ik haal mijn schouders op. Beloof dat ik zal bellen als ik wat hoor. 'Doe de groeten aan Mariska en de kinderen.'

'Sorry,' zegt Joris. Ik hoor mezelf ook sorry zeggen. Alsof ik hem iets vreselijks heb aangedaan.

De regen is verdampt. Er is geen zon te bekennen, maar aan het worteltintige licht in de bomen en in de gracht lees ik af dat de verre planeet nu ergens ondergaat. Van mij mag het donker worden. En herfst. Ik misgun de bomen hun vetlederen bladeren, die als protserige medailles ronddraaien aan de belachelijk lange stelen.

Dat er wind opsteekt. Dat het gebeurd is. Laat iemand een Boeing kapen en daarmee dwars door alleen maar mijn schamele verdieping heen vliegen, sneller dan het geluid. Het verlangen naar een ramp. Dat de wereld zich weer ergens over kan opwinden: raadsels, amateurvideobeelden, hypotheses, deskundigen, onderzoek, AIVD.

Mariska was niet mee. Zij was het niet, die op nootjes kauwde. Op woede heb ik geen recht. Al in het tweede jaar... En ook toen het verbroken werd, bleef ik met C. gaan – alleen zo kon ik de smerige saamhorigheid, de gloedvolle genoeglijkheid uithouden.

Barbara niet met Mariska in Venetië... Ik herinner me, ik heb het bij Richard een keer over haar trouw gehad. God, zo gaat dat dus: je spreekt uit dat je aan één ding niet twijfelt... En die uitspraak vaart op een wit, robuust slagschip door de geestelijke ether en in het hoofd van de besprokene gaat het onding voor anker, de piraten klimmen aan wal en planten de vlag van het vooroordeel in de grond van het onbekende continent... Geen wonder toch, geen wonder toch dat de inboorlingen tegen de bezetter in opstand komen? We zullen je eens laten zien...! Terecht.

Mijn fiets is zo dichtbij, maar ik weet niet of ik al wil fietsen. Kijk, het wordt donker, de zon zakt snel, maar ik hoef ook niet op het zadel... Ik hoef niet te trappen, te rijden, ik kan lopen, met de fiets aan de hand. Dat ik me dit verdomme al te binnen moet brengen: dat ik... Ze was ook niet zwanger. Ze was wel zwanger. Maar niet van mij. De geaborteerde wilde mij niet als vader. Wilde een ander. Kreeg die ander niet. Kreeg het leven niet. Leeft nu vergeefs, voor mijn voeten, ga weg, rot op, hondenziel, domme kwijlmongool, wees blij dat je bent afgerukt en weggezogen en val me niet lastig. Ik wilde jou wel! Ondankbaar kreng! Als je toch uit míjn zaad... Ik haal de fiets van het slot. Steek over, daal af, val het straatje in waar ik al eerder gewandeld heb. Als een driftig kind dat zijn zin niet krijgt, als een driftig kind wil ik stampvoeten, maar mijn tred is lichter dan ooit. Ik kan mijn fiets niet bijbenen. Van helium ben ik. Dun is de damp van mijn gedachten die geen gedachten zijn, ik drijf rond en kolk stroomopwaarts in mijn dunne schedel, uit mijn dunne doodshoofd, ik ontsnap geruisloos, als dunne lucht uit een dun, spelddun gat in een ballon. Lopen en leeglopen gaan gelijk op. Er is niets. De avond is wit. Donkerwit.

Met geen mogelijkheid kan ik mezelf zielig voelen. Niet omdat ik niet zielig ben, IK BEN ZIELIG, maar er is geen gevoel. Er is nooit gevoel geweest. Zelfs de emoties die ik met niet-aflatende ijver nabootste in de hoop me ze daarmee te kunnen toe-eigenen, bestaan niet.

Deze stilte.

De fiets heeft hamerwielen en klopt de keien dieper in het zand. Vanuit mijn linkerooghoek zie ik de tandenborstels doordraaien, zweven, en maar door, en maar door. Te traag. Lijzig is de term. Ja, de schoepen rijzen en dalen in een tempo dat tegen de menselijke bloedstroom in druist, als gematerialiseerde stemmen in een koortsdroom, als stroopslome boodschappen die gewis van levensbelang zijn; maar al na het derde woord ben je het eerste woord vergeten – het laat zich ook niet meer achterhalen. Die pijn. Denkpijn. Je was er bijna. Je hoorde het uiterste. Het hoogst denkbare. Het hoogste en diepste denken was haalbaar, al wat je met je geboorte voorgoed vergat kwam terug, was er, als een lichtvat in een op drift geraakt aderenstelsel, als een klont helder, lelieblank zonlicht opende het de venen, zocht het opengesperde hart... En het verdween weer. Waarheid lost op in waarheid. Eb in eb.

Zo is het. Het is. Er staat geschreven. Dit.

Licht uit licht, God uit God. Johannes bedoelde: gebakken lucht uit gebakken lucht. Het is goed dat er gebakken lucht is. Sterker nog, er kan niet genoeg gebakken lucht zijn. Ik injecteer me er dagelijks mee. En nu, nu ben ik eindelijk vervuld van niets – zoals Abel pas werkelijk moreel volmaakt werd nadat Kaïn het mes in zijn rug had geplant. Soms heb je een duwtje nodig om te kunnen worden waar je altijd naar gestreefd hebt. De martelaar is deugdzaam, niet als mens, maar als dood mens, als slachtoffer van zijn deugdzaamheid. Ik was vrij, niet vrij genoeg, en nu: kijk, hoe licht en ongebonden... Alleen nog maar gebakken lucht die terugvloeit naar de oorsprong.

O, eeuwige ongrijpbare raddraaier, Uw Logos veroorzaakt denkpijn. Of misschien zijn wij het restproduct van Uw almachtige denkpijn. Wij. Ik. Van Uw splijtende radioactiviteit het onverteerbare kernafval. En wij maar geloven dat we gevoelens hebben. En gevoelens zijn nou net die dingen die u vergeten bent te scheppen. Omdat u niet van viezigheid houdt. En nu ben ik verlost van zelfs het laatste restje vuil, en ik ben weer bij U en 'ik' is geen 'ik' meer, wij zijn samen de lucht. Een hooggerezen brood zonder brood.

En de tandenborstels wentelen door. En Barbara geniet van elke minuut die ik langer wegblijf en rekt haar telefoongesprek met ritselende 'Ik hou van jou's. En ik denk: ze heeft er recht op, ze heeft er recht op, want ze weet niet, of wel, dat er altijd anderen tussen ons in hebben geslapen. Dankzij, of ondanks mij.

Thuis is waar je met iemand woont die aan iemand anders denkt. Het nieuwe, drukbevolkte restaurant oogt nu wat je noemt 'romantisch', of tenminste sfeervoller dan zo-even; in dit schemerdonker komt het kaarslicht pas tot zijn recht. Het slijpt de hoeken van het steenkoude Deense design. Deed het er maar wat toe. Ik ben eindelijk aangekomen op de plek waar ik altijd geweest ben en ik zie mij in bed liggen, minder dan een etmaal geleden. Barbara is er even uit geweest voor een slok water. Ze trekt de weegschaal onder het nachtkastje vandaan, op de tast, gaat erop staan, ik hoor het geluid van verschuivende metalen schijven in een kast van geplastificeerd chroom. Eerst haar linkervoet, dan haar rechtervoet. Ze houdt haar adem in en wacht. Rode lichtbalkjes vormen tezamen een digitaal getal dat ik niet kan lezen. Ze zegt: 'Mooi, nog steeds negenenvijftig half. Geen zestig.'

Dezelfde geluiden als ze weer van het ding afstapt. Ik sla het dekbed terug en ze komt naast me liggen. Zestig kilo vriendin, nee, nog net niet. Prachtig bij haar lengte. Ik dek haar toe.

De dranklustige overbuurman draait Bing Crosby en Dean Martin. Wij mogen ons verheugen in zijn muziekkeuze. Zijn junkievriendinnetje is rustig. 'Oejoei,' roept ze, 'Dolfie, Dolfie, wat ben je toch lief en ook nog... ook nog een lekker ding!' Als ze een keer geen scène maakt mag iedereen weten hoe gelukkig ze is – raam en voordeur staan al de hele avond wijd open en hebben ook al als buffet voor feestlustige passanten gediend. Halve literblikken Edah-huismerk-pilsener.

De nieuwe kat heet Pipo, hoor ik. De vorige heette Mickey.

Ze roepen hem. Mijn vriendin slaapt alweer.

Ik raak haar haar aan. Haar neusgaten hebben een geur. Steeds als ze uitademt en de lucht langs mijn gezicht strijkt, ruik ik wasverzachter en ouderwetse winegums. Er ligt een oor bloot. Het lijkt licht te geven, zwak, als een maansikkeltje aan een bewolkte hemel. Dj Dolf sluit de sessie af met een paar nummers van Vera Lynn. Een echte lp nog, op een echte pick-up – ik verbeeld me nu en dan een krasje te horen, een tik.

'There are blue birds over... The white cliffs of Dover...' Heel soms werd ik ook wel Dolf genoemd. Ook al ken ik de tekst niet helemaal, ik zing in gedachten mee. Dromend, moe en niet moe. En naast me ligt Barbara weer en ze is zo warm en zo jong en ik vind de vergelijking met wijlen Prinses Diana ineens niet zo gek. Alles wat aan de celebrity zo zilverig was, op het transparante af, is bij Barbara donker en goud. Het haar, de huid, de ogen – maar ze glimlacht in haar slaap zo schuldeloos en innig, en haar handen liggen als stille lotusbladeren op het dek en er vallen mollige, wollige reclamebabies in, lappen geborduurde zijde dansen van hun rol, zo in de blootliggende palmen, ze vangt er tranen mee en parels, kleurpotloden en sappige groene druiven en ze ontvangt niets, omdat ze besloten heeft, ooit, dat geven beter is. Ze is terug. Ze is zo gebeeldhouwd, zo zelfgenoegzaam terug. Zelfs in het donker kan ik zien dat ze veel in de zon heeft gezeten. In de Adriatische, Romaanse zon. En Vera zingt. Niet voor de geallieerde legers, niet voor mijn naamgenoot. Ze zingt uit het dodenrijk voor dit dodenrijk. Voor mij. Of Barbara.

'Till we'll meet again' en 'From the time you say goodbye' worden geregeld bij uitvaarten gedraaid, dat is al jaren zo.

Maar dit lied: het moet dit lied zijn.

Dat dacht ik, gisteren. Ik schrik. Minder dan een etmaal geleden dacht ik nog. En nu doe ik mijn best te blijven denken, maar mijn vriendin gaat vreemd. Ze bedriegt me. Nee. Joris wist het gewoon even niet meer. Dat zijn vrouw zojuist was thuisgekomen... Hij heeft een biertje te veel gedronken, bij zo'n kleurarm saphoofd komt een slokje meer al hard aan, of nee, er zit in die mentorgroep een dik mormel, met hennahaar en heel veel oorringen en puisten, die hem wel leuk vindt en hij weet niet wat hij ermee aan moet, of hij heeft al dagen diarree en dacht, toen hij mij zag, hoe kom ik weg? Ik loop weer. Sneller. Nu is het mijn fiets die aansporing behoeft. Vaart, vaart, blijf niet achter. Ik sleur hem over de volgende brug. Ik wil huilen, jammerlijk. Met uithalen, als een wilde bizon of zebra die door een roofdier verscheurd wordt in zo'n Serengeti-documentaire van Hugo van Lawick... Maar als ik beneden ben, bij zeepwinkel la Savonnière, slik ik de tranen weer in. Fysiologische reflex, ga er niet op in.

Loop kalm, je weet nog niet eens hoe je in je eigen huis moet binnenkomen. Ik ben zo bang dat ik ga janken als ik Barbara zie. Dat klopt niet. Mag niet. Ik heb ook niet gehuild toen ik hoorde dat

Anne dood was. Niet toen C. het uitmaakte. Ik gun juist Barbara niet...

Wie is het? Huib. Alles klopt. Ze ziet hem vaak, hij was in de tweede week van de paasvakantie zogenaamd naar een conferentie in het buitenland. Welk buitenland? En ze zegt 'perfect' bij wijze van stopwoord, net als hij. Mijn zwager. Maar het kan mijn zwager niet zijn. Ze houdt niet van corpsballen, ze vond hem na zijn bezoekje aan ons dom en veel te dik, net een dier, en die lofzang op het jagen deugde niet en ook later sprak ze alleen met enthousiasme over het project, dat kwam als geroepen, maar de coördinator ervan... Ze reageerde ook niet gepikeerd, wat een woord, gepikeerd, toen ik hem gisteravond weer eens noemde. Wat zei ik ook weer? Dat zijn zoon Matthijs niets van hem weg had, geloof ik, en dat was bedoeld als compliment aan de zoon. Als het Huib is, was ze daar meteen tegen ingegaan. 'Wat een rotopmerking, stel dat iemand zoiets over Bouwe zegt.'

De Elandsgracht. Ik ben bij de drankenzaak die reptielen op brandewijn in de etalage heeft staan, Britsbleke leguanen, salamanders en adders in flessen gore, algengroene alcohol. Aan het raam hangen kopieën van krantenartikelen waarin bericht wordt over hun illegale praktijken. Pure trots op hun curiosa. Als Bouwe in de stad is, wil hij de verdronken beestjes altijd even bewonderen.

Bar heeft nooit met Huib geluncht! Ze was met die ander. De chef Binnenland, die haar mailde dat hij voor zijn vrouw ook een bonboncursus zocht. We hebben elkaar ooit een hand gegeven op de kerstreceptie. Klein, gedrongen mannetje zonder nek, studentikoos uiterlijk, blond borstelhaar, ringbaardje. Toen hij zichzelf een paar maanden na zijn aanstelling in het gestencilde personeelsblad moest introduceren, antwoordde hij op de vraag: 'Is er iets wat iedereen moet weten?': 'Ja, dat ik heel goed elektrische gitaar speel, en nog eens heb meegejamd met de Wild Romance van Herman Brood.'

Woeste uitspraak! Barbara heeft hem al een paar keer een schatje genoemd. Ik steek de Marnixstraat over. Het is nu echt donker. Dat ik zo langzaam kon lopen wist ik niet. Het is bijna verdacht, zo weinig haast als ik heb. Het detectivewerk bevalt me. Ik groet het lamplicht dat door de ramen en gordijnen van het hoofdbureau van politie naar buiten schijnt collegiaal. Chief Inspector Morse is my name, Thames-Valley. 'Nice to meet you.'

De chef kan een beest in bed zijn. Iemand die zich graag laat blinddoeken en knevelen om na doorstane vernederingen terug te slaan met een immense, nietzschiaanse Wil tot Macht. Stilettohakken in mijn buik? Hier jij, een dikke naald in je bekje!

Gruwel. Ik schrijf aan een meesterlijke scène, maar ik vergeet dat de chef Binnenland een bestaand persoon is, een schichtige hypotheekgnoom, een nagelbijtend borsthaarbeestje... Nee, een schatje, allebei, iemand die er best een vreemde hobby op na kan houden, maar dan wil ik het niet weten, want hij moet verdomme van mijn lief afblijven! Mannen. Barbara heeft veel meer vriendinnen dan vrienden. De mannen op de afdeling vindt ze te soft, alternatief, van het type vet haar en houthakkershemd – ze zitten met zijn allen in een handbalteam en werken vier dagen in de week om één dag fulltime te kunnen 'vaderen'. De Rus Dimitri dan. Nee. Die kent ze nog maar net. Van Ewald heb ik al een tijd niets meer vernomen. Dat betekent dat hij het goed heeft met Tanja – meestal. Dan gaan ze alle feestjes af.

Het moet Boris zijn. De nootjeseter. De gerookte amandelenvermaler. En daarom wilde hij niet van me horen over Barbara's burenonderzoek. Hij moest nog met haar op vakantie.

Bij de verlichte pinautomaten in de muur van het postkantoor staan een paar studenten. Ze zijn op weg naar het centrum dat ik net heb verlaten. Jongens met harde, maar vriendelijke stemmen, meisjes met paardenstaarten en met onder hun korte rokjes wollen maillots, want, hebben ze gedacht, dan oogt het allemaal wat minder ordinair. Loshangend haar en netkousen zijn voor vmbogrieten.

Twee leernichten, petten op, ringen in hun oor, gepommadeerde snorren, wachten tot ze aan de beurt zijn. Ze zetten een stap opzij als er een groepje Marokkanen langs wil, maar van een bedreigende situatie is geen sprake. Boris. Op mijn feest heeft hij Bar voortdurend in de gaten gehouden. Hij kon me, ondanks zijn kater, precies vertellen met wie ze had gepraat en dat ik die zwager van me niet moest vertrouwen... De afleidingsmanoeuvre. Het is begonnen toen Barbara achter mijn rug om mijn oude artikelen ging verzamelen. 'Heb jij nog ideeën, Boris?' 'Zeker weten, en ik heb alles hier liggen, laten we een avond afspreken. Ik nodig nooit iemand bij me thuis uit, maar jij...' Dat is al jaren zijn truc. De dames voelen zich vereerd en letten inderdaad niet op de rommel, en malen er niet om dat hij alleen chips, kaas, brood en maltwhisky in huis heeft. Aan eten komen ze toch niet toe. Hij heeft het me van a tot z uit de doeken gedaan. En nu doet hij, hoe lang al, mijn vriendin uit de doeken en ik verdenk hem niet, dat spreekt. Juist omdat hij zo open is over zijn praktijken.

Vals.

Het kan nog valser. Ze hebben elkaar een keer getroffen, raakten aan de praat, werden verliefd, of doken met elkaar de koffer in en die neukpartij bleek voor herhaling vatbaar en toen werden ze ook nog verliefd, als klap op de vuurpijl, en toen hebben ze uit schuldgevoel, hoor je, uit schuldgevoel gedacht, we moeten die tobberige Ruud eens in het zonnetje zetten, nou dan maken we een boek en dat komt op zijn vijftigste verjaardag uit. En terwijl Boris mijn vriendin een paar keer per week een beurt geeft, verslaafd is aan haar bepaald niet veeleisende, speelse fake-seks, hangt hij bij mij krampachtig de womanizer uit die hij in een eerder leven, dus voor deze liaison met Barbara, is geweest.

Bij de Febo staan een paar jongens achter de flipperkast. Verderop, bij McDonald's, zitten in het schelle licht twee zwervers, een groepje dikke Antilliaanse vrouwen, ook weer een plukje opgeschoten Marokkaanse jongens. De rode tafeltjes tussen de verschillende gezelschappen zijn leeg. Er staan geen klanten aan de balie. Het personeel heeft de wit met rood gestreepte papieren mutsjes al afgezet. Een Turkse jongen draagt een emmer sop naar de toiletruimte beneden. Zijn broer of neef achter de frituur schreeuwt dat ze er nu niemand meer inlaten, anders krijg je ook nog de kotsers.

'Maar dat mag niet van Ali!' Achter de glimmende plastic clown die op een bankje bij de entree zit, staat een Turks meisje in hetzelfde donkerblauwe shirt dat haar collega's dragen. Ze heeft een doek in haar hand en poetst waarschijnlijk de vuilnisbak – ik kan het niet zien. 'We gaan pas om elf uur dicht, zak! We mogen ophouden met bakken, ja. Maar niet al de deur op slot doen! Hoe leg ik dat uit?! Hè? Ik mag het weer aan Ali uitleggen zeker!' Niemand zegt iets.

Op de ronddraaiende kartonnen borden die aan een dunne draad aan het plafond bevestigd zijn, lees ik dat je nu bij een Happy Meal een vilten Winnie the Pooh-figuurtje cadeau krijgt. Spaar ze allemaal! Ik kan naar binnen lopen en vragen of ik ook zonder Happy Meal, maar uiteraard tegen betaling... Of ze voor mij een Iejoortje hebben. 'Het zoontje van een vriendin, ja, god, nee, ons logeetje, kan niet slapen zonder zijn knuffel, dus ik dacht...' Ik laat het stuur van mijn fiets los. Ik parkeer de fiets tegen mijn been, en steek weer een sigaret op. In de hoek bij de ballenbak zit een Turks gezin. Ze voeren het meisje in de buggy slappe frietjes. Ze hapt in haar halfslaap. Een al wat ouder jongetje kijkt naar buiten, naar mij, terwijl hij aan het rietje in zijn milkshake zuigt. Hij blijft braaf zitten op de kruk en kan daardoor amper bij de reusachtige beker. Ik vind hem aardig. Ik steek mijn hand op. Dit is mijn Kinkerstraat.

Een bolle man met een lange staart die precies door het gat in zijn baseballpet past, laat twee bullterriërs uit. Een klingelende lijn 17 trekt een lichtspoor over de weg. Bij de halte Jan Pieter Heije stapt een middelbare Chinees uit die in de richting van onze straat loopt. Ik loop hem achterna. Ik word achternagelopen. Door een onbeduidende jonge vrouw op gezonde schoenen. Verpleegster of promovenda op genderverhoudingen bij de Taliban. Zojuist koorrepetitie gehad. Zo iemand. Gaat niet vaak met de tram, maar haar fiets is in reparatie. Is duidelijk onzeker en vertrouwt mij. 'Als ik maar in zijn buurt blijf...' Ze weet dat ik weet dat ze me nodig heeft. Ik doe net alsof ik ook de Hasebroekstraat in moet, en wacht op gepaste afstand van haar voordeur tot ze veilig binnen is. Een bedankje in de vorm van een hoofdknik. We glimlachen allebei ongemeend. Goede daad. Maar nu moet ik toch echt zelf naar huis. Ik steek over, een taxi die de hoek om slaat toetert, en bij de lantaren waaronder Barbara nog maar zo kortgeleden de inhoud van haar tas inspecteerde, weet ik plotseling wie het is.

Achmed. Ze was met Achmed in Venetië. Degene die ik een aantal malen 's nachts heb horen thuiskomen was waarschijnlijk zijn achterneef, die woont wel vaker tijdelijk in, waarom weet ik niet. Ja, er kwam een ander thuis. Want Achmed draait voordat hij gaat slapen vaak een nummer dat het midden houdt tussen raï en rap, of hij belt op luide toon nog een paar vrienden.

Het mooie oosterse jongetje. Achmed. Die naar kickboksen gaat om zijn agressie kwijt te raken. Die niet drinkt, maar wel blowt. Die van plan is bloemist te worden.

Het kost me geen moeite hem naakt te denken. Ranke, maar gespierde torso, door het vele trainen een zweem van borstjes. Weliswaar keihard. In het badhuis gladgeschuurde huid, tepels zo groot als zijn ogen, snel reagerend op warmte en kou, op een loopse blik... Een prachtig houtachtig, besneden lid, een bastloze berken- tak waaraan de immer blootliggende eikel glanst als een lychee, of nee, als een tulp in de knop.

Weinig schaamhaar. Zacht, nachtzwart schaamhaar. Een zacht, trechtervormig buikje staat strak tussen de uitstekende heupbeen- deren (lendenen, lendenen) als zeildoek in een weefraam. Een vin- ger die van navel naar schaambot reist voelt de storm achter de huid opsteken. Ik zie Barbara, ik zie Achmed.

Hoe in haar vochtige mondholte de tulp versneld tot bloei ge- bracht wordt, verduisterde brocikas, liefdesmagnetron, en het stuifmeel smelt, en kookt over, bruisende warme melk loopt van beker over in beker, Achmed en Barbara lopen over, hun rode tul- pentongen groeien aan elkaar, ze waden door hun speekselbeek, ze varen op hun kano van ribben en liezen, van borsten en billen, van fijnmazige, glazige jonge huid voor de schuimende zondvloed uit – aan boord hun beesten, de flamingo's en de steedse meeuwen, de kamelen en jonge keesjes, hun kale apen en een enkele ongevaarlijke slang... Ik hoor al die in kussen gesmoorde Artisgeluiden nu, en het is woestijnwarm en woestijnkoud en Barbara vliegt in brand omdat de nog immer zwellende zomerboom van Achmed, nu, na de derde keer, binnenin haar aanvoelt als een cactus, de naalden krassen een voodookreet in haar schrale kutvlees, tot ze loeit als een oergnoe, een moefflon, een eindelijk warme, wakkere kuddesteenbok, want verdomd, astrologie: ook Capricornus kan samen zijn, zich over- geven aan een samenzijn, mijn vierkante, robuuste, nuchtere, vacu- umgezogen januari-ijskast gromt en loeit alsof het tot diep onder de grond van Lascaux te horen moet zijn, ze loeit zich verder en verder terug in de tijd tot Achmed Adam weer is, en zij zijn vrouw weer is, tot Bijbel en Koran voor even ongescheiden zijn en er uit hun twee bijna identieke scheppingsverhalen een rijker, luidruchtiger, zinne- lijker Eden opschiet.

Waarin de wolven nog niet zijn bedacht.

Ik zoek de sleutel aan de bos.

Bel aan om haar niet aan het schrikken te maken, open de bene- dendeur. Eerst pikken ze onze banen af, onze huizen – nu ook nog onze vrouwen. Volgens mij zei mijn moeder dat een keer, nadat ze een documentaire had gezien over Poolse mijnwerkers in Limburg; feitelijk de eerste Nederlandse gastarbeiders, ruim voordat de Spanjaarden, Grieken en Turken kwamen. Maar omdat ze in Limburg bleven, werd er niet over ze gesproken als oprukkend kwaad. Rooms bij rooms – het ging goed, ook toen de mijnen werden gesloten en de Gebski's en Gawronski's slagerijen en kruidenierszaken openden en huwden met rondborstige, moederlijke vlaaienbaksters, die hen inwijdden in de geheimen van de zachte g.

Mijn moeder had een hekel aan Polen, sinds onze streek gedurende de zomermaanden bevolkt werd door illegale aardbeienplukkers. Ze vond ze enger dan de gastarbeiders van de Hoogovens, die in Beverwijk en natuurlijk IJmuiden woonden, 'want aan die mensen kon je tenminste zien dat ze anders waren.'

Ik heb al één trap beklommen, langzaam. De namaak-zigeuner die deze verdieping huurt, zit weer in zijn stacaravan. Zijn post, die aan de directie van een duistere BV is gericht, leg ik in een net stapeltje op zijn mat, de reclamefolder voor pashouders van de Macro bovenop.

Rustig worden, denk ik. Schrijven, in je kop. Een artikel schrijven, in je kop. Helpt altijd. Nog tweeëndertig treden.

Hoe denken de Polen over de Nederlandse bedrijven die zich na de hervormingen in hun land hebben gevestigd met het brutale idee de economie aldaar flink op te schroeven? 'Vastgoedgroep Van Zadelhoff oefent in Warschau grote aantrekkingskracht uit op buitenlandse investeerders, bedrijfsleven floreert' – ik las er laatst nog een juichende reportage over in de bijlage van de NRC. Ik denk aan de kleine boerderijen en dorpsabbatoirs waar op ambachtelijke wijze, en zonder al te veel gesleep met het slachtvee... Dat moet allemaal grootschalig worden, industrieel, voldoen aan de hygiënenormen in Brussel... We blijven kolonisten. Nog voor hun toetreding tot de EU moet Polen negen 'rode kaarten' wegwerken. Voetbalterminologie! Dat begrijpt iedereen in onze beschaving! De ware ondergang van het Avondland is gaande en in Appèlbergen mag Achmeds moeder weer koken op een simpele houtoven en krijgen de schapen weer authentiek het mes in de strot geduwd, wat een van mijn jeugdige 'collega's' al verleid heeft tot het schrijven van een toneelstuk over de vele bloedstollend mooie aspecten van bloed. Wij Nederlanders zouden al van het lichaamssap vervreemd zijn, met dank aan de voorverpakte supermarktbiefstuk en de alles absorberende tampon... Dus laat hij volle emmers aanrukken! Halfontklede acteurs besmeuren elkaar met het kleverige, rode, bruine, zwarte goedje, onder het prevelen van tafelgebeden en citaten uit het werk van Bataille... Lekker direct! Weg met het postmoderne gedraai om de hete brij, bloed is de waarheid! De waarheid is bloed! In interviews zegt hij nog net niet dat we veel van onze moslimmakkers kunnen leren, hij weet of 'voelt aan' dat er in hetzelfde nummer van *LaagLand* ook een scherpe analyse inclusief veroordeling van de islamitische bloedwraak staat, dus hij kijkt wel uit. Maar – 'Ach, met de dingen die door de vorige generatie zijn gemaakt kun je veel te veel kanten uit...' Dat zegt hij wél, hij spuugt op het werk van Ewald, ik kom er nog redelijk vanaf, ik ben wat hij noemt 'een taalman' – maar het moet lijfelijk! Lijfelijk! Direct! Klabang! De onderbuik in!

'Ach, met mooie zinnen, dialogen...' Ach met... Achmed. Achmed is overal. Maar omdat ik al jaren geen onderbuik meer heb, of onderbuikloos ben geboren, nota bene uit iemand die louter onderbuik was... Ik ben plaatselijk verlamd. Een hoofd heb ik, en een hart. Maar daaronder: emotiepolio.

Ik ben boven. Thuis.

Doe mijn jas uit en hang hem aan de kapstok op de overloop. Binnen zit mijn vriendin en ze gaat met het blije kleutertje van hieronder. Daarom heeft ze die laptop-heling en wat ze allemaal nog meer weet, keurig weggehouden uit het dossier. Omdat ze van hem houdt. Ik wil zo graag verslagen de kamer in komen. Zo hoort dat, als je weet wat ik weet.

Ik ga naar binnen.

'Wat ben je laat,' zegt Barbara. 'Biertje? Wijntje? Ik heb een dvd-speler gekocht, vanochtend, je stond onder de douche toen ik hem naar binnen droeg, het was een aanbieding en weet je wat? Ik heb hem ook al geïnstalleerd. Moet je kijken.'

Ze drukt op een knopje van de nieuwe, zilveren afstandsbediening. Op het televisiescherm verschijnt een menu. Ik loop naar de keuken en pak een glas. De fles is al open. Ik schenk Barbara bij, dan neem ik zelf een bel Los Molinos. Als ik zit drukt ze op 'play'. Ik hoor vertrouwde geluiden. Een groepje in leer gehulde melkmuilen slaat met grote houten hamers een autoruit aan diggelen, op de maat van de muziek. 'Let me see you stripped down to the bones...' Het is ook tien keer niets. 'Let me hear you make decisions without your television...' En dat zingen ze op televisie. Mijn cynisme.

'Dus ik dacht, ik kan zo'n geval wel kopen, maar dan koop ik er ook een paar leuke dingetjes bij. *Springsteen live* hadden ze niet meer. En van de Stones alleen zo'n brave concertregistratie van *Bridges to Babylon*. Ik heb voor ons samen *The Godfather* gekocht, alle delen. En dit dus, dan heb je alles bij elkaar voor je Corbijnstudie, met zoiets was je toch bezig... En voor mij heb ik dan...'

Ze houdt een doosje omhoog. 'The complete *Sex and the City*' staat erop. Ze wijst op de tweede clip die inmiddels is gestart. 'A question of lust', een favoriet van C. En zegt: 'Net als dat van jou: ook lekker dom, dat mag wel een keer.' Ze zegt: 'Kwam je nog iemand tegen of zo?' en hoeft het antwoord niet te horen. We drinken en roken en kijken. Een nieuw apparaat in huis, voor ons beiden, dat moet haar verlatingsverlangen bezweren. En heel celebraal, heel teder en dun zingt de zo-even nog naakt stagedivende Martin Gore dat alles een kwestie van lust is, '...a question of trust, a question of not letting what we built up crumble to dust, it is all of these things and more that keep us together.'

Rust. Trust min T. De bank, de stoel, de bewegende beelden, het non-gesprek, de onverwachte presentjes. Ik adem. Rust. Ik adem. Het is een kwestie van rust. Hier. Thuis. De lampen. De boeken. De gelapte ramen die op den duur ongelapt zullen lijken, zodat ik weer aan de slag moet. De computers, open- of dichtgeklapt, die altijd letters van me vragen. Rust. Werk. Rust. Een vrouw, niet mijn vrouw. Rust. In toch wel een soort vrede. Rust. Van Russisch naar Rus naar rustig. Ruisende rust. Van Pruisisch-blauw naar thuisig blauw, naar beeldscherm blauw, naar jurkblauw-blauw. Staat je mooi. En mij. De gordijnen dicht. Rust. Blauwloos blauw. Zoals we altijd thee met elkaar drinken, maar zonder thee. Het rustige, vrije, alle kanten op waaierende, ruisende denken. Het indigo denken. Het zwarte, kalme denken. Het zwarte onderwaterdenken. Rust. Ik kan zo goed denken bij Barbara. In Barbara's aanwezigheid. Beter dan zonder haar. Ze vraagt het nooit. Ze vraagt er niet naar. Maar praat genoeg om mij van mijn angsten af te houden. Vleesgeworden rust. Vreemdgaande, hondstrouwe rust. We ademen. Niet muziek, niet drank, niet nicotine – niet de Red Rum waar ik in mijn dromen een moord voor doe, laat staan het schrijven; Barbara is al zeven jaar mijn verdovende middel. En zeven jaren zullen volgen, even mager, of even vet van rust. Ik vraag of ik ook eens iets met de afstandsbediening mag proberen en nadat ze me het apparaatje heeft overhandigd, druk ik op 'stop'.

Wat doe je nou? Wil je niet kijken? Ruud? Nee?

Ze vergeeft me mijn stilte en pakt onze gouden draad weer op. Rust. Ze lacht. Haar schuldeloze papa schittert door haar heen. Verder is er niemand in dit pand. Goede doe-het-zelf-prinses. Ferme, frigide fee. Schone, schone slaapster. Er groeit een rozenhaag om de paar vierkante meter die we bewonen, statische struiken, het hart van het doolhof zijn wij. Van hieruit daalt rust neer op de Kinkerstraat, op de stad, Europa, de wereld... Kranten en weekbladen sluiten zich, meningen blijven ongeschreven... Ik overdrijf. Ze merkt het, haalt adem en zegt: 'Het gaat zo goed met het huiswerkklasje! Samira is even aan de deur geweest, de lieverd. Moet je hun paasrapporten zien.' Ze legt de papieren op mijn schoot. Zevens, zelfs achten...

Dit is wat ik wil. Ik zeg: 'Knap hoor.' En nog eens.

Kan geen kant meer op.

Lieve Rudolf,

Twee maanden geleden hoorde ik jouw stem. Op de radio. Je werd ge-
interviewd door een nogal kordate mevrouw met een Twents accent. Ik
begreep dat er een doos vol boeken van je uit is; gelukkig nuanceerde je
de titel Verzameld werk. Het verbaasde me dat ik niet verbaasd was
na zo lange tijd weer naar je te kunnen luisteren. Je stond middenin
onze kleine woonkamer, rechtop, maar niet in de kleren waarin ik je
ken. Niet de donkere spijkerbroek, niet het lichtblauwe, muisgrauwe
of roze overhemd, niet het marineblauwe of zwarte jasje. Nee, je droeg
een lange, tot op de grond toe dichtgeknoopte paarse jurk van stugge
wol en daaroverheen een loodgrijze fluwelen mantel. Rond je hals een
gesteven, witte kraag, opgebouwd uit meerdere lagen – alsof je hoofd in
een anjer lag. Toch leek je niet op de patriciërs die Frans Hals portret-
teerde, eerder wat op de oude Hegel. Los (ik zal niet zeggen vormeloos)
wangvlees. Bolle, vermoeide ogen die leken weg te zakken achter de onderste oogleden, als blauwe zonnen die afdalen in het ruwe, geteisterde
landschap van het gezicht. Die er de binnenkant van willen zien, de
bloedkant; de endodermis waar geen daglicht doorheen komt. Daarboven wenkbrauwen die nog steeds nieuwsgierig, nog steeds krampachtig de huid van het voorhoofd opduwden. In het midden, boven
het neusbeen, twee parallelle verticale groeven. Een kleine, robuuste
kin ondersteunde de dunne, samengeknepen lippen. Je haar was witter geworden, eerder nog een zweem van haar, en er blies witte ijswind
doorheen. Je droeg ook een geur met je mee. Vooral op die momenten
waarop jij niet aan het woord was, maar die knauwerige mevrouw, die
quasi-hippe, onlieve, assertieve schoolfrik, kon ik het ruiken: oud, door
zilvervisjes aangevreten papier, ozon voorafgaand aan een onweer,
mandarijnen, dennennaalden, de prikkelend ziltzoete, tot introversie
dwingende damp die opstijgt uit een pak vers gevallen sneeuw.
    Zoals je daar stond leek je me erg verloren.
    Ik had je iets willen aanbieden. Koffie of hete anijsmelk, een glaasje
bruine rum. In een natuurvoedingswinkel heb ik chocola gevonden die

zeventig procent cacao bevat en dus heerlijk bitter is, ik had er zelf een blokje van in mijn mond, maar met je witgehandschoende handen duwde je me terug in die activiteiten waartoe ik door het hebben van een gezin veroordeeld ben. Wat deed ik? Ik naaide knopen aan een vestje van mijn zoon.

Of jij je verloren voelde, weet ik natuurlijk helemaal niet. Ik voelde me verloren, al is voelen in dit geval geen goed woord. Ik wist me verloren. Dat was niet onprettig. Ik wist me verloren in een bijzonder aangenaam, hartverwarmend leven; zonder dans, zonder poëzie, maar met een man op wie ik toch maar steeds weer verliefd bleek, en steeds heviger. Jouw radiovisite en mijn reactie daarop (of liever: het uitblijven van een reactie daarop) verbaasde me niet, wat me wél verbaasde was dat dit kan: verliefder en verliefder worden op iemand die zich bij wijze van spreken niet eens meer aanbood als Gefundenes Fressen, maar allang een afgekloven bot had moeten zijn. En goed, als hij een afgekloven bot was, dan was ik de ondankbare hond die er steeds weer aan snuffelde en het blij in de bek nam om het blij in de mand te leggen en er blij tegenaan te kruipen: mijn bot. Op dezelfde en totaal andere manier ben ik het bot van mijn zoontje. Hij gooit me van zich af en spoort me weer op, hij verstopt me en zoekt me met geveinsde, eenduidige kinderwanhoop, hij streelt me met zijn melktanden en bijt me met zijn mollige klauwtjes en o, wonder, soms breekt hij me in twee stukken en ik blijk merg te bevatten, merg dat hem goed smaakt en kijk, zeg ik tegen niemand in het bijzonder, kijk, hij likt mijn dromen van de vloer.

Ik denk nog vaak terug aan het jaar waarin wij onze verhouding hadden. Hoeveel uur zijn we samen geweest? Wat volgt is geen verwijt, maar op uurbasis zijn we niet innig geweest. Al zouden we het hebben gewild, onze levens konden niet met elkaar verstrengeld raken. We gingen niet samen naar feestjes. Je belde niet om te zeggen dat je door iemand was opgehouden en dus wat later kwam eten, ik kon je niet terugbellen met de banale mededeling: 'Geeft niet, lief. Broccoli en kip blijven nog wel even goed, ik reserveer gewoon een tafel in ons lievelingsrestaurant.' Jij kon je niet ergeren aan mijn vrienden of mijn ouders, behalve als ik je iets over ze vertelde wat je niet aanstond – eigenlijk legde ik jou mijn oordelen in de mond. Soms reageerde je wrevelig op een onvriendelijke of domme opmerking van iemand met wie ik me tot dan toe tamelijk argeloos had vermaakt en bracht je me aan het twijfelen; beïnvloeden kon *je me niet. Daarvoor zat er te veel tijd tussen een gebeurtenis en mijn verslag van die gebeurtenis, te veel tijd tussen een advies van jou en het moment waarop ik jouw goede raad in de praktijk kon brengen. Dat zal omgekeerd hetzelfde zijn geweest. Ik zeg niets nieuws als ik beweer dat ik die tussentijd haatte en nog altijd vind ik die haat terecht, maar inmiddels weet ik ook dat ik precies in die tussentijd meer zelfkennis heb opgedaan dan wanneer ik mezelf als mezelf had onderzocht. Het is een cliché te beweren dat alles wat iemand meemaakt, waarneemt, voelt en ontdekt talloze filters passeert voordat erover kan worden nagedacht en helemaal voordat erover gesproken kan worden. Lang heb ik aangenomen dat niemand zijn filters kan kennen, tenzij bij benadering. Een beetje nuchtere kennis van je ouders en hun denkwijze, van de cultuur en de tijd waarin je bent grootgebracht is misschien al voldoende om iets losser te groeien van al die klakkeloos geadopteerde interpretaties, maar relatieve losheid is nog geen autonomie. Arme Kant! Er is geen instantie in het bewustzijn die boven het bewustzijn kan gaan staan om daar het eigenlijke van het oneigenlijke te scheiden. Die, als het al het eigenlijke heeft verzameld, nog even de vette vingerafdrukken aanstrijkt met een vlekkenstift, zodat elke authentieke gedachte daarna roomblank en 'als nieuw' uit de waarheidswasmachine komt, nee, een instantie in het bewustzijn met dit soort helderheidspretenties is zelf evengoed bevuild, daarvan is iedereen inmiddels al wel doordrongen: het bekende Vlek op vlek-verhaal bestond in de filosofie al eerder dan in de zeepindustrie. Maar toch.*

Dankzij de vermaledijde tussentijd ken ik de filters wel. Je weet dat ik je een jaar lang in alles betrok. Je liep met mij op, je stond naast me te dansen, ik keek met vier ogen, luisterde met vier oren – alsof ik mezelf had verdubbeld. Maar de ander naast me was niet identiek aan mij. Mijn 'dubbelganger' (jij dus) was zo anders dan ikzelf, dat ik het idee had dat ik mezelf continu aan hem moest verantwoorden. Alles moest inzichtelijk worden. Waarom zette ik eerst een rol beschuit op de kassaband en daarna pas een pak koffie? Waarom werd ik elke ochtend exact om zes uur elf wakker en waarom draaide ik me dan niet gewoon nog eens op de andere zij, maar ging ik eruit om een sinaasappel te eten? Waarom vroeg ik me iedere keer tijdens die sinaasappel weer af wat 'zes uur elf' betekende? Op die vragen vond ik natuurlijk geen antwoord. Het was al heel wat dat er vragen rezen. Het meest onbenullige ritueel trad naar voren in al zijn triomfantelijke onbenulligheid en voor het eerst viel het me op dat ik me niet verborg in die ritueeltjes en schemaatjes en praatjes voor de vaak, maar dat zij juist mijn essentie vormden. De buitenkant *is* de binnenkant.

Dit was allemaal heel narcistisch geweest als er niet ook het omgekeerde was. Terwijl ik als jou naar mijn eigen gepruts keek, en het gepruts poëzie werd, een uitzonderlijk esthetische ervaring – zat ik ook als een vogel op jouw schouder. Als een tamme, wat halfslachtig-treurige merel. Ik bespiedde je. Zag je door de Berenstraat lopen en stilstaan voor een etalage, zag welke schoenen je aanhad en welke sokken, zag hoe je je neus snoot in een papieren zakdoekje, een brood kocht, iemand groette, op het Spui in een tram naar het Leidseplein stapte niet met een doel, maar omdat het plotseling was gaan regenen. Fantasie, niets dan fantasie. Op donderdag corrigeerde je mijn dagdroom met de opmerking dat je de dinsdag ervoor niet eens buiten was geweest.

Had ik heimelijk paranormale gaven bij mezelf vermoed, dan zou die correctie me hebben gekrenkt. Wie weet zou ik hebben doorgezeurd: 'Ja maar, had je dan wel die donkerblauwe sokken met die grijze wybertjes aan? Of heb je dinsdag iets geschreven over een man die...?'

Bovenzinnelijke kennis ambieerde ik niet, evenmin gaf ik je met mijn verbeeldingskracht een leven dat mij passender bij je leek (dan had ik je wel een paar keer in de week laten hardlopen over de Amsteldijk en je een paar mooie vriendinnen extra gegeven), ik vond het al spectaculair om behalve mijzelf ook een ander te zijn, een middelbare mijnheer die met overgave weinig tot niets spectaculairs ondernam. Zo stond ik dus tweevoudig stil. Namens een gefingeerde Rudolf bij mijn eigen gedragingen en gedachten, en namens mezelf bij de gedragingen en gedachten die ik zou kunnen hebben gehad als ik Rudolf de Wolf was geweest. Nee, ik stond niet tweevoudig stil: ik sprong heen en weer tussen twee vormen van stilstaan en was dus optimaal in beweging – nu pas begrijp ik dat die beweging de ziel is. In al die uren tussentijd die jij me hebt gegeven werd ik voor mezelf steeds minder vanzelfsprekend, alles aan mij scheen vreemd en raar, terwijl ik mijzelf in de hoedanigheid van Rudolf de Wolf feilloos doorzag en bovendien; denkend, voelend en handelend als Rudolf de Wolf kwam ik veel beter tot mijn recht.

Toen ik mijn man leerde kennen (en natuurlijk nog niet wist dat hij mijn man zou worden), en zeker toen ik ernstig verliefd op hem werd, beschouwde ik dat aanvankelijk als verraad aan jou. Wij waren een verbond aangegaan dat ik weliswaar zelf heb verbroken omdat ik niet langer tegen de leugentjes kon, het stiekeme, tegen de valse hoop en de verboden fantasieën, maar zeg ik het komisch, dan was ik nog steeds een non in jouw orde, en zeg ik het kosmisch dan was jij wat het celibaat voor een non of priester is. Ik bedoel, de onthouding is nooit ingesteld omdat de kerk seks slecht vond (ook al vond ze dat wel, tenminste alle seks die niet de voortplanting diende); het celibaat is ingesteld om de geroepenen vrij te houden voor de zorg voor willekeurig welke medemens. Wie geen huwelijk en geen gezin hoeft te onderhouden kan er zijn voor wie hem maar nodig heeft. Zoiets.

Juist omdat ik jou bij me droeg, en na onze breuk, na mijn 'offer' het idee had dat ik het ergste wat me kon overkomen al achter de rug had, kon ik gelukkig zijn en wijd – maar net zo goed 'droef en los' als in het gedicht van Poesjkin dat ik je destijds in de Bijenkorf heb gegeven. Ik bleef twee totaal verschillende mensen; ik was niet enkelvoud 'ik', maar ik-en-Rudolf. Waarschijnlijk omdat hij het niet begreep, had mijn man er alle begrip voor. Te veel moest ik het niet over je hebben, en zeker niet te enthousiast, maar hij wist dat ik je vooral beschouwde als mijn beste vriend, van wie ik zoveel heb geleerd, met wie ik zoveel kon bespreken, en hij wist ook dat je verder geen bedreiging vormde voor ons huwelijk. Ik was en ben hem heel dankbaar voor die tolerante houding.

Wat is tolerantie? Steeds vaker denk ik: het is een mooi woord voor de absolute on-nieuwsgierigheid. Desinteresse is het ook weer niet, onverschilligheid evenmin – de hint wordt wel gehoord, opgenomen, verwerkt, maar wat erop volgt is een zogenaamd nobele terughoudendheid met een vaderlijke ondertoon. 'Ik weet dat jij een dagboekje bijhoudt, kind, daar was ik allang achter, maar ik ben zo netjes er niet in te bladeren als je weg bent – trouwens, ik kan toch wel raden wat erin staat.' Dodelijk. En nee, mijn man kende dit soort gevoelens voor een vorige liefde niet, en hij had ook nooit enige bijgedachte wanneer hij een vrouw ontmoette, zijn verbeelding of lichaam ging niet met hem aan de haal... Ik was degene met een afwijking en die mocht ik hebben, als ik er verder maar niet te veel over vertelde en dat deed ik dus ook niet.

Goed, je was op de radio en je stond in de kamer – maar misschien stond ik zelf in de kamer. Ikzelf in een beter lichaam, ik, in betere kleding, met betere ogen, betere oren, een betere neus en een betere mond in een beter gezicht, en als mijn betere ik keek ik naar de vrouw met het sukkelige John Lennon-leesbrilletje op en zag hoe ze een draad in de naald stak. Opeens dacht ik, blozend van schaamte, terug aan ons dagje Volen-

dam. Dat ik zomaar dat hele verhaal over je uitkieperde, belachelijk. Zelfdestructief ook – ik hoopte misschien wel dat je een hekel aan me zou krijgen. Afkeer. Of dat ik jou zou gaan haten, omdat je je van alles op de mouw liet spelden. Het was en is een onnutte geschiedenis, die niet alleen wemelde van de hiaten, maar waarschijnlijk ook van regelrechte fouten. Een andere mening over de oorlog heb ik er niet door gekregen. Maar het simpele gegeven dat er twee, of misschien meer levens in dit leven dat ik nu het mijne noem mee-leefden, relativeerde op een on-boeddhistische, on-onaangedane wijze iedere stap die ik zette, elke keuze die ik maakte. Ja, ik was met veel plezier de vrouw van mijn man en de moeder van mijn zoon, maar ik was dochter van twee vaders. Ik woonde in Amsterdam, maar ik keek iedere dag in de krant wat voor weer het in Warschau was. Als ik 'Ja' zei, zei ik onhoorbaar ook nog eens 'Tak'. In het Journaal *werd onlangs verteld dat de Baltische staten nu zeker tot Europa zouden toetreden, Polen hing er nog om, maar behalve dat ik vond dat Polen onafhankelijk moest blijven, vond ik ook, nationalist van het verkeerde land, dat Litouwen opnieuw 'van ons' moet worden. Vilnius, zandkunstwerk, wolkenstad, slagroomdroom van Romaanse en gotische kerktorens, stijgende en dalende dichters-Efteling, schuim in de berken, purper schuim dat de pleister uit de muren bijt... Het hoorde bij Groot-Polen. Zoals Krakau de rode roos van Polen is, het zondikke, wijnwarme hart waarin Jadwiga met de lange vlechten, hoog op de Wawel, maar ver onder de bronzen klok, slaapt als de schone slaapster en van daar de Polen hun lyrische zomermeisjesidyllen doet toestromen als priklimonade.... Zo zou Vilnius weer onze blanke lelie kunnen zijn, aangenaam verlept, grijsomrand, oneetbaar, maar een kelk waarin onze heiligste verlangens stromen, troebel druivensap, eerste persing... Sterfbloem, rouwbloem, die onze laatste woorden bewaart en onze ingegoten zwaarte... Ik dacht aan de poorten van de zonsopkomst en de boerderij in Nissa, aan de kust, waar Thomas Mann... Ik dacht aan Mickiewicz... Begint Polens nationale gedicht,* Pan Tadeusz, *niet met de regel 'Litouwen, mijn vaderland...'?*

Ik was tot voor kort altijd in Polen, ook als ik aan het werk was of mijn zoon rondreed door het Amsterdamse Bos, ook als ik bij Albert Heijn een pak met acht rollen wc-papier uit het schap trok of met mijn man grappen stond te maken, de theedoek in de ene hand en in de andere hand een bel cognac... Ik genoot van iedere mus alsof het een Poolse mus was, sleur en grauwheid verdroeg ik door ze te verpoolsen, ik vulde op eindseptembermiddagen koolbladeren met rijst, champignons, spekblokjes, ui en gehakt, goot bouillon en tomatensaus over de gołabki, de 'duifjes', en hing met mijn kop voor de ovendeur om geen geur te missen. Ik vroeg me altijd af hoe het met de wolven in Natuurpark Białowiéza ging, en of er in Opole al op terrasjes gezeten kon worden, ja, ik was zo frequent in Polen dat ik er niet meer naartoe hoefde, ik draaide mijn Poolse liederen en las al wat Gerard Rasch voor mij vertaald had alsof mijn leven ervan afhing. Als Jonathan straks naar school ging, zou ik Pools leren – de studiemap en de twintig cassettebandjes voor expats lagen al klaar.

Verdubbelingen, vertripelingen, omwegen, nooduitgangen.

Psychologie van de koude grond: ik durf de realiteit niet aan, en vlucht in leugenachtige schimmen. Kan zijn.

Maar dan ben ik wel trouw aan die schimmen. Niet ik houd ze vast, ze houden mij bijeen en voorkomen dat ik oplos in dagelijkse zorgen, in kleine bekommernissen, in enge oordelen.

Iemand maakt zich van alles wijs. Ik ben iemand. Ik heb mezelf van alles wijsgemaakt. Natuurlijk heb ik geen eerder leven gehad. In Sobibor waren geen toilet- en wasruimtes, maar smerige latrines. Dertig mensen naast elkaar op een plank met ronde gaten erin. Aan de geur uit de schoorstenen kon je niet wennen. Met kapo's had je nauwelijks contact.

De verbeelding is in staat om zelfs het uit de as opgetrokken centrum van Warschau vertrouwd te laten lijken.

De verbeelding is tot alles in staat.

Er zijn maar twee feiten. Als kleuter was ik bang voor twee dingen. Voor etalagepoppen en voor pruiken. De eerste keer dat ik de pruik zag die mijn moeder op haar kraambed had gedragen (ze had geen fut gehad om haar haren te wassen, vertelde ze er lachend bij), gilde ik de hele wereld bij elkaar. Met 'lekker griezelen' had dat niets te maken. Ik schaamde me voor de walging.

Mijn moeder vroeg me wat er met me was. Ze had de piepschuimen kop-met-pruik alweer in de kast teruggezet. Woorden wilde ik. Om haar een antwoord te kunnen geven. Maar de woorden die ik kende pasten niet om de pruik. Ze konden het gevaar niet inkapselen. Waar ik ook keek, ik zag het glimmende, kastanjebruine haar, coupe boblijn, en hoe het als een dik, door de wind opgebold gordijn om het papieren doodshoofd deinde. Spreken lukte me niet. Het haar sprak. Sissende toverformules, bezweringen. Cécile mag niet bestaan. Cécile mag niet Cécile zijn. Zzzzze had dit niet mogen zzzzien. Slangenbries, haarschachtgelispel, het snijden van ijskoude, striemende regen in schrale huid. Pijn van zand in een schaafwond. Misschien dacht ik aan Medusa, ook al had ik daar als kleuter nog nooit van gehoord. Ik rende door het hele huis, de trap af, de trap weer op, ik verstopte me achter mijn bed en drukte het kussen tegen mijn hoofd, net zo lang tot mijn kop zelf van piepschuim was, massief maar toch licht, en mijn eigen adem, die zich in het dons gedrongen had, mijn wangen weer verwarmde.

Er was niets gebeurd, dacht ik. Ook 's nachts was ik niet bang. Ik kon aan zoveel leuke, gekke en spannende dingen tegelijk denken, dat het me altijd goed lukte om aan andere dingen niet te denken. Ik plakte er gewoon een sprookje overheen waarin ik een niet-mollig prinsesje was, zonder lui oog, zonder zielig, bepleisterd oog – een Barbie in een roze glitterjurk, die door haar prins Engel genoemd werd.

Engel, Liefste, Ster.

Een kapper ergens op de route tussen huis en kleuterschool breidde zijn nering uit. Het was eind jaren zeventig en dankzij Mary Quant waren pruiken in de mode. Dat wist ik toen nog niet. Ik was ervan overtuigd dat de kapper lucht had gekregen van mijn angstaanval en uitsluitend om mij voor mijn gegil te straffen tien uitdrukkingsloze, porseleinen koppen met namaakhaar achter zijn raam had gezet.

Iedere dag weer was de wandeling een hel.

'Denk aan iets leuks,' zei mijn moeder, maar in de nabijheid van de pruiken hield de kunst op. Ze zei: vanavond eten we poffertjes, want Juul komt. Ze zei: het is mooi weer, jullie gaan vandaag lekker in de opblaasbadjes. De juf vroeg gisteren toch of ik aan je bikini wilde denken? Ze zei: raap die kastanjes maar op, daar kun je met luciferhoutjes mooie poppetjes van maken. Of ze zei: morgen is het zaterdag, en dan komt Hamelen weer op de televisie. Wil je nog steeds trouwen met Rob de Nijs? Ze zei vaak: zullen we 'Malle Babbe' zingen? En dat deden we dan, want het was mijn lievelingslied. 'Lekker dier van plezier, Malle Babbe kom hier, bij het blond schuimend bier...'

Alleen dat lied hielp. Even. Het was zo uitbundig, en feestelijk boos, en ergens in de verte ook een beetje droevig, want Malle Babbe vond alle aandacht voor haar rond en mond en kont toch niet genoeg. Rob de Nijs begreep dat wel.

Ik vond dat hij zoete ogen had.

Maar van gezang en zoete ogen trokken de pruiken zich niets aan. Iedere vezel kunsthaar staarde naar mij, boosaardig.

Ik greep met mijn handen naar mijn hoofd omdat ik zelf haarpijn kreeg. Heel dichtbij mijn oren hoorde ik de huid scheuren. Iemand trok plukken uit mijn staartjes en er kwamen lappen bloederig vel mee. Nagels groeven de achtergebleven haarwortels uit mijn schedel. Dit was de wraak der pruiken, wraak omdat ze niet bij een echt hoofd mochten horen. Ze waren afgescheiden van alles wat haar tot haar maakt. Ze konden geen aders voelen kloppen, de elektrische golven in de hersenen niet horen aanruisen en afnemen, ze zagen het licht dat door de kruin naar binnen drong niet, en het licht dat erdoor naar buiten wilde niet. Ze vielen niet in een aangeboren scheiding, een genetisch bepaalde inplant langs het hoofd, ze hadden geen weet van schilfers en talgvlokken.

Chemisch beschouwd is haar altijd dood. Maar gespleten, dode punten zijn toch weer doder dan pas geknipt, gezond haar, en pruiken-haar is het allerdoodst. Hoe 'echter' pruikenhaar oogt en aanvoelt, des te gevaarlijker het is.

Het herinnerde me (en herinnert me nog) aan een dag die ik niet meegemaakt kan hebben. Porseleinen kappers met lege gezichten waadden verdwaasd door een kniehoge wolk van menselijke vacht. De eigenaren van het haar waren in mijn angstdroom spoorloos verdwenen. Ik gilde ze terug, maar ze hadden nooit bestaan.

'Het is nephaar,' zei mijn moeder.

'Daarom valt het zo mooi. Daarom glanst het zo natuurlijk. Alsof het pas gewassen is. Nep vraagt trouwens veel minder onderhoud en het is nog goedkoper ook. Als je wilt mag je die van mij wel een keertje op je hoofd. Dan merk je dat het niet eng is, alleen een beetje warm. Eigenlijk is het gewoon een soort muts, moet je maar denken.'

'Morgen,' zei ik. 'Morgen probeer ik het een keer.' Maar omdat niemand de volgende dag aan me vroeg of ik het al morgen vond, omdat morgen ongemerkt vandaag, en toen gisteren, en toen langgeleden werd, hoefde ik die dappere daad niet te begaan. Ongepast door mijn eigen schedel is het rotding ooit in een vuilniszak gegooid.

Tussenvoegsel: ja, ik heb ook gegild toen mijn moeder tijdens een dagje Trier opeens uit een kapsalon kwam (mijn vader en ik hadden de Porta Negra bezocht en zaten te wachten in de auto) en zichzelf een zogeheten 'rattenkop' had laten aanmeten.

Ik vond daarbij ook dat moeders geen broeken mochten dragen.

Modepoppen, etalagepoppen. Die kon ik niet vermijden, omdat ik winkelen leuk vond. Ik, het meisje dat er niet meisjesachtig uitzag... Het biggetje met de bril, dat door de eigenaar van het Saarlandse bungalowpark liefkozend 'Kleine Blondie' was genoemd, maar dat was het dan ook wel; ik hoopte toch dat we eens een jurk zouden vinden die mij zachtmoedig kon maken, en verlegen en schattig. Zodat ik Khalid, mijn zesjarige held in de tweede kleuterklas, niet meer met veel verbaal geweld en het optillen van mijn rok en het omlaag stropen van mijn onderbroek in de seringenbosjes tot wederliefde hoefde te dwingen. (Ja, dat is ook wat. Ik was al jong vaak verliefd, maar bij nader inzien altijd op buitenlanders... Khalid was Marokkaans, ik keek hem bij dat liedje van die tante in Marokko ook altijd veelbetekenend aan, veelbetekenend op zijn vijfjarigs, en later was ik 'op' Robin Lopulalan, Molukker, wiens mooie moeder ook overblijfjuf was. Ze liet altijd een scherpe nagellak- en zeepsmaak achter in de witte huid van de sinaasappels die ze voor je pelde, maar dat vergaf ik haar omdat Robin zulke vrolijke mondhoeken had. Een gegeven schoonmoeder kijk je niet in de bek. Toen ik acht was had ik verkering met een welp bij ons op de scouting. Hij was al tien en een bonte avond lang had ik in de kampstal zijn arm vastgehouden, terwijl mijn mede-kabouters de Dolly Dots playbackten. De hit 'Tell it all about boys...' Brian. Indisch en gezegend met grote, groengrijze ogen. De foto die van ons gemaakt is heb ik verscheurd, twee jaar later, toen vriendinnen me erom hadden uitgelachen, maar ik weet nog precies hoe hij eruitzag. Zijn stevige, bruine lippen. Zijn rechte, ouwelijke neus. Op straat zou ik hem herkennen uit duizenden. Brian leek op jou. Op de foto's van jou waarop je nog niet grijs bent. Als treurige puber was ik verliefd op de mindere god van de tienerpopgroep Wham!, Andrew Ridgeley – Egyptenaar. Alsof ik me pertinent niet met een Nederlander wilde voortplanten, denk ik nu. Darwinistische selectie. Als het maar donker is en ik me er niet verwant mee voel...)

Een druilerige herfstvakantiemiddag op de kledingafdeling van v&d. Ik had mijn robuuste, robijnrode winterjas al binnen. Dankjewel, mam. Nu was mijn moeder aan de beurt. Verveeld sjokte ik achter haar aan. Mijn tasje sleepte over de grond. Ik probeerde de hand van een modepop aan te raken op het moment dat mijn moeder met een trui naar de paskamers liep, en toen ze zei: 'Doe het maar, dan merk je dat het gewoon plastic is,' huiverde ik. Ik wilde het niet, ik wilde het zo graag wel. Om te tonen dat ik al heel groot was, en moedig.

Ik durfde de pop niet aan te kijken. Het was een vrouw. Dat maakte het nog erger. Waarom weet ik niet. Ik zag een lok stug zwart haar, die over haar schouder viel in een perfect ronde krul. De pop was niet bloot, maar droeg een gewatteerd ski-jack. Het maakte niets uit, ik bleef haar naakt zien. De losse onderdelen. De romp, de benen, nek – de donkere zaaglijnen. Ik strekte mijn vinger uit naar de ongezond beige hand, zoals God in de Sixtijnse kapel zijn vinger uitstrekt naar die bloedmooie, spierdoorvlochten, in hemelse gymzalen afgetrainde Adam. Ik raakte de al even beige nagel. Hij was hard en koud. Ik legde mijn vingertop op de nagel. Op de U-vormige inkeping die de nagel moest voorstellen. Op de afwezige nagel, op het lege nagelbed.

De schok. Het leven ging niet van mij over in de pop, de dood ging van de pop over in mij. Alsof ik een belofte schond. Adam die de appel toch van Eva aanneemt. Sneeuwwitje die, de waarschuwingen van de zeven dwergen negerend, toch in de giftige appel van haar stiefmoeder bijt. Ik schudde de pop de stenen hand en hield op te bestaan. Ik streelde, aangemoedigd door mijn moeder, het kunsthaar van de pruik en verloor iets. 'Zie je wel, het is niet eng.'

Dát beamen, Rudolf, dat de bron van je doodsangst niet wezenlijk eng is, dat is verraad.
Het is maar plastic.
Het is maar nylon.

Mijn moeder die mij, zoals je weet, laat heeft gekregen (ze was veertig), werd door haar vader altijd 'de jodin' genoemd. 'Negen kinderen en ik heb één jodin.'
Ze was donker, ze sprak veel en minstens zoveel met haar handen, en ja, voordat de oorlog uitbrak bestempelde men zo'n kwalificatie echt niet als antisemitisch.
'Leuk was anders,' zei mijn moeder, 'ik wilde geen jodin genoemd worden, hij had toch al zo de pik op mij...' En dat vond ik ook weer antisemitisch. Zelf werd ik brillenjood genoemd of kankerhoer, of dik vet zwijn. Maar bij het eerste scheldwoord schaamde ik me niet voor mezelf, maar namens de schelder die niet wist... Er werd gespuwd in een verminkt gezicht. Ik voelde kramp in een maag die niet van mij was.
Die er nog had kunnen zijn.
Zo leerde ik het: mijn opa was een dramaticus, bij wijlen een bruut, maar geen antisemiet, integendeel. Hij had uit protest tegen de maatregelen van de bezetter een tijd lang geen trams genomen, dat soort

dingen. Ja, zo leerde ik het, en mijn moeder vervolgde: 'Maar wie zaten er wel in die bijna lege Amsterdamse trams? Joden. Wat kon mijn vader daar boos over zijn.'

Wij zijn solidair met jullie: als jullie in afgescheiden coupés moeten, hoeven wij ook niet meer met de tram – maar wees dan ook solidair met 'onze' solidariteit.

Voor wat hoort wat.

Over van alles en nog wat voelde mijn moeder zich schuldig. Dat kwam door haar vader, die dat roomse schuldgevoel er bij haar had in geramd, letterlijk. Alleen in dat 'voor wat hoort wat' begreep ze wijlen de potentaat volkomen.

Kijk. Dan kun je om de haverklap joodse vriendjes hebben en o, o, wat vond mama ze leuk, maar een vluchtig wrokgedachtetje als dit is niet meer goed te maken.

Zo had ik de geschiedenis niet willen leren.

Zo simpel. Zo menselijk. Zo kinderachtig.

Ik was bijna twaalf toen ik met mijn ouders Madame Tussaud in Londen bezocht. Over mijn poppenvrees was ik al heen. Na de zoveelste zaal met beroemde rock- en filmsterren en historische figuren, wilden we naar beneden, naar het Hammer house of horrors. Op de overloop botsten we bijkans tegen een glazen kast op. Sneeuwwitje? Adolf Hitler. Ik schrok me lam. Even maar. Maar toen ik 's avonds alleen in de hotelkamer lag, mijn ouders lazen en speelden Scrabble in de lounge, kwam Hitler bij me op bezoek.

En dat bleef hij doen, ook toen we weer terug in Nederland waren en de zomervakantie was afgelopen. Aanvankelijk bestonden onze ontmoetingen uit pogingen van zijn kant om mijn vrees weg te nemen. Het klinkt raar, maar ik raakte inderdaad algauw aan Hitler gewend. Hij vertelde me dat hij zo treurig was, omdat hij de hemel niet in kon. Ik zei hem dat ik heel goed begreep dat hij er niet in mocht. 'Voel je je niet schuldig?' vroeg ik. Heel kinderlijk. Ik legde hem uit wat hij had misdaan, natuurlijk voorzover ik de geschiedenis destijds kende. Het getal zes miljoen zei hem niets.

'Maar dat is veel, hoor, véél!' Geen gehoor.

Ja, hij ratelde door over de goede bedoelingen achter zijn plan, en gaf hooguit toe dat hij de werkelijkheid uit het oog was verloren toen bleek dat de uitvoering van een leien dakje ging. Dat hij zo opging in de grote lijnen, in zijn visioen... Dat hij de schade op dat moment niet *kon overzien. Dan stuurde ik hem woedend weg. De volgende ochtend op school was ik bekaf. En toch. Minstens eenmaal in de twee weken kwam hij terug, en dan moest ik hem omstandig uitleggen dat achter elk getal een individu schuilging en ja, langzaam, langzaam begon het mijn stalker te dagen. Nog herinner ik me die nacht waarop hij me klunzig vertelde dat hij met zijn fantasie tot één zo'n slachtoffer was doorgedrongen en diens uiterlijke en innerlijke leven gevolgd had tot het eindpunt. Daarna had hij geprobeerd dat leven te vermenigvuldigen met het getal, maar zonder eendere mensen van die ene mens te maken – het betrof weliswaar miljoenen keren hetzelfde: een leven, maar tegelijkertijd miljoenen keren een ander leven. Andere stemmingen, andere overlevingslust.*

Ook al was ik namens de doden en namens de geschiedenis blij dat hij zover had kunnen komen, ik had ernstig te doen met de gebroken Hitler. Leed ik al overdreven aan mijn eigen zondetjes, de schuld, schaamte en zelfhaat die mijn vreemde nachtkennis overspoelden moesten ondraaglijk zijn. En toch, toch vond ik dat de man niets van mijn medelijden mocht merken. Ik moest hard blijven, wijs en rechtvaardig. Een tweede zelfmoord bestond niet. En ik dacht, en ik adviseerde (niet lachen om de woordkeus! Niet om de inhoud!): 'Als het je echt zo kwelt, ga naar God en bied je excuses aan.'

En Hitler beweerde dat dat niet kon en er volgden uitputtende sessies waarin ik hem ervan moest overtuigen dat God hem weliswaar niet meteen juichend aan de borst zou drukken, hem misschien ook niet meteen zou vergeven, maar vast wel dankbaar zou zijn dat zijn schepsel al bereid was gebleken zijn eigen fouten in te zien. Met de bijbehorende pijn.

Of dat allemaal waar was, wist ik ook niet.

Zeker in de eerste ochtenduren, als ik het achter mijn luxaflex licht zag worden en me weer bezighield met de geijkte meisjesvragen als 'Wat trek ik vandaag aan en hoe zal ik mijn haar doen?', kwam het hele nachtelijke gevecht me niet alleen onzinnig voor, maar ook onbetamelijk. Als de fascistische dictator nog ergens was, en als dat 'ergens' niet de hemel was: waarvandaan kwam hij dan en waarom zocht hij mij? Ook toen al meende ik dat de overuren die ik in bed maakte, slechts dienden om in mij twee onverzoenlijke grootheden met elkaar te verzoenen, zodat ik door kon met de gewonere, misschien zelfs belangrijkere dingen.

God, in mijn ogen toch de totale liefde, en de zwartwitfoto van lij-

kenstapels die ik in een holocaustboek bij een vriendinnetje had gezien en keer op keer had willen bekijken: die twee moesten bij elkaar gaan passen. Alsof het om een kledingcombinatie ging.

De Grote Onvoorstelbare en het helaas ooit gebeurde, ooit afge- beelde – ik wilde het omkeren. God moest voorstelbaar worden, een eeuwige gebeurtenis, een doorlopende daad van begrip, een happy end op repeat, ook Hitler weer terug in de ongeschonden geest van de Schepper, en de lijken moesten onvoorstelbaar worden; ik had ze niet gezien, ze hadden niet bestaan, en omdat Hitler zijn schuld inzag had hij niet geleefd, was alles weer schoon, teruggespoeld, en klaar voor een nieuwe voorstelling waarin ik nu ook kon meespelen.

Zo egocentrisch was het. Dat wist ik op mijn twaalfde al.

Maar Hitler kwam terug. Niet meteen de volgende nacht. Hij kwam als ik nergens op was voorbereid, een verjaarspartijtje achter de rug had of heerlijk in mijn eentje op de plas had geschaatst, hij kwam als we spruitjes hadden gegeten en ijs toe en hij kwam nadat ik stiekem nog wat had liggen lezen, met mijn zaklamp onder de dekens. Ik werd zo moe van die man. Steeds maar dat zelfbeklag, ja, nu denk ik: ook overledenen kunnen een zware depressie hebben, en ik was zijn jeug- dige, vrome therapeutje. Amerikaans aandoende, simpele opgewekt- heid. 'Ga nou naar God, je kunt het. Je kunt het.' (Je zou er zo een new-agebestseller van kunnen maken, een vervolg op Gisteren sprak ik Beethoven *van het altijd zo gewoon gebleven Engelse componisten- medium... Rudolf, ik kom even niet op haar naam, maar je weet wie ik bedoel, een fijn Allessalregkom-boek met als titel* En toen was ik Adolfs coach...*) Enfin, ik bleef er dus op hameren en hij maar steeds: 'Nee... Nee... Hij wil me niet' – het werd zelfs potsierlijk, al die ellende. Maar ruim anderhalf jaar later, ik zat al op de middelbare school, was hij dan zover. Ik bleef onder mijn dekbed liggen, en toch stapte ik naar hem toe, ik zei: 'Ik help je wel,' en gaf hem een hand zoals gymleraren die mijn hoogtevrees kenden mij zo vaak een hand hadden toegesto- ken op het klimrek of de evenwichtsbalk, vertrouw je me, en we liepen samen door de nachtlucht, die steeds meer op avondlucht ging lijken. Een lichte gloed, maar zonder dat we sterren zagen, en opeens zag ik in die lucht een rode lijn, een streepje van een zonsopkomst, een uitsnede van laser – aan de andere kant daarvan stond een man van top tot teen gehuld in lappen. Geen gezicht, geen ogen: wit laken zag ik, een ingeba- kerde gestalte die door de windselen heen straalde, als een gouden zon, en op zijn borst verscheen een bloedrood, reflectorrood kruis.*

'Hier heb je hem,' zei ik en ik droeg Hitler aan hem over. Ze gaven elkaar een hand. Ontroerd nam ik afscheid.

De twee wandelden doodstil verder aan de overkant, ikzelf keerde terug. Naar de slaap, naar het videoclipje 'Last Christmas' van Wham!, naar de in een sneeuwballengevecht verwikkelde Andrew Ridgeley, ik rook het leer van de nieuwe schoenen die onder het bed stonden, en bereidde me nog een beetje voor op de topografie-overhoring van de volgende dag.

Een paar jaar heb ik met niemand over de nachten gesproken.

Tot ik bij een vriendin logeerde en de oorlog ter sprake kwam. Omdat de moeder van de vriendin dominee was, en de vader hoogleraar ethiek, en omdat er aan tafel gesprekken werden gevoerd die ik thuis zo node miste, durfde ik aan het ontbijt opeens te opperen dat ik geloofde dat in elk geval Jezus toch ook Hitler zou vergeven, tenminste, als de laatste berouw had, en ik voegde eraan toe dat ik me daarbij wel iets kon voorstellen... O, de verontwaardiging. Ik werd aangekeken alsof ik verzot was op het fascisme en het antisemitisme liever nog vandaag dan morgen terugzag, o jij dom, gevaarlijk dom katholiekje! Eerder al hadden we een aanvaring gehad omdat ik het overgebleven Avond-maal-brood, dat na de zondagsdienst mee naar huis werd genomen, niet belegd met kaas of hagelslag tot lunch wilde nemen, maar die scrupules hadden ze nog wel aandoenlijk gevonden; wat ik die ochtend zei, met een halve krant en een kop thee in mijn handen, was godslas-terlijk. Je kon je bovendien niets voorstellen bij Hitlers spijt, want dat had hij nooit gehad. Ook niet toen hij zichzelf en zijn kersverse eega Eva Braun door de kop schoot in zijn Berlijnse bunker.

'Ja, maar mensen kunnen na hun dood veranderen,' wilde ik zeggen.

Ik zei het en iedereen aan tafel riep: 'Hoe weet jij dat nou?'

En ik wist het en weet het en later zag ik ook eens de plek waar Hitler nu leefde, een keiharde tuchtschool, dode na dode moet hij ontmoeten, niet alleen zijn slachtoffers, ook zijn aanhangers, hij beziet zichzelf vanuit al hun perspectieven, de kwelling is groot, maar hij is leergierig – terwijl je de plaats waar Goebbels nu is... Nee, te verschrikkelijk. De hel treedt daar op, ontstaat daar, waar mensen niet van zins zijn te veranderen in mensen. Dat kan ik erover zeggen en dan nog neem ik aan dat het allemaal fantasie is.

Iemand moet het bedenken.

Tegenwoordig masseer ik, professioneel. Dat wist je nog niet. Aan het begin van de week word ik gebeld door de directeur van Peace at Work. Ze geeft me een lijst met aanvragen door en dan bepaal ik zelf wanneer en waar ik naartoe ga met mijn ergonomische toverstoel. Als Jonathan naar de crèche is, stap ik in mijn auto en rijd naar het bedrijf, het congres, het warenhuis dat van mijn diensten gebruik wil maken. Ik laad de stoel uit, installeer hem op een rustige plek, zet er desnoods een kamerscherm omheen, leg een stapel handdoeken klaar en open de koffer met flesjes aromatische olie en dan komen ze: de futlozen en overfitten, de imploderende kwaadmageren en onverzettelijke zwaarlijvigen, de koudvoetigen en de klumhandigen, de stijfkoppigen en de losdarmigen, de binnenvetters, potverteerders en de nijvere bijen, de opgebranden en de uitgedoofden, de verdronkenen en de overlopenden en ze knielen op de lage zitting van mijn stoel, en ze rusten met hun ellebogen op de leren, gewatteerde leuning, en buigen hun hoofd en bieden mij hun kruin, slapen, achterhoofd, hals, schouderbladen, wervels en heiligbeen aan. En ik leg al die mensen het zwijgen op en strijk en kneed en klop fris leven in hun spieren. Maar in werkelijkheid doen mijn handen net zo weinig als toen ze nog choreografieën bij Nooteboom en Lucebert schreven, bij Mickiewicz en Miłosz.

Mijn handen zoeken. Ze zoeken ritmisch. Eerst is er alleen de wrijving tussen handpalm en trui. Elektrostatische vonkjes. Dan vind ik het hemd onder de trui, de huid onder het hemd, het bloed onder de huid, de organen in hun omhulling van bloed, de hartenklop in de organen, de eb en vloed in de organen, het zingzeggen van de organen zelf en in het zingzeggen de eeuwige, maar zo vaak onstandvastige, vervormde ruis van de ziel. Een gezonde ziel ruist melodisch. Een verstoorde ziel, een in de kiem verpulverde ziel ruist ook, maar als een radio die niet goed is afgestemd: je hoort van alles, behalve de muziek die je zocht. Die wordt verdrongen door fluittonen, getik, gekras, flarden van buitenlandse gesprekken die je wilt verstaan, maar die net wanneer je een halve zin hebt vertaald afbreken en oplossen in rukwinden en boosaardig kattengeblaas... Nu goed, hoe het kan weet ik niet, maar ik schijn de ziel naar mijn handen te kunnen lokken. Ze grabbelt zich bijeen, een stukje uit de lever, een stukje uit de longen, en allengs verliest ze meer onzuiverheden en hoe moet ik het zeggen, ik doe maar een gok: ze vindt haar juiste getal. Haar... grondstemming. Even, hooguit een minuut, wordt er iets geboren in het allerinwendigste van de man of vrouw die me de achterkant van zijn of haar lichaam heeft willen toevertrouwen.

Ik voel iets oplichten, klinken, en nog voordat het werkelijk straalt en jubelt, zakt het alweer terug in een comateuze staat, merk ik dat het krimpt, log wordt, wegzinkt in het opgewonden geroezemoes van talloze populaire emoties, het gekissebis van altijd met elkaar wedijverend genetisch materiaal. Ik kan er niets aan doen, aan dat terugzakken van de ziel. Ik sta in mijn eentje tegenover een tijd die niets van de ziel moet weten, ook al beweert ze keihard van wel.

Het misverstand is dit: de holisten, de new-agers, al die dwepers met de een of andere Oosterse wijsheidsleer, de helderzienden en de klanten van die helderzienden, de selfmade therapeuten en de selfmade slachtoffers van die therapeuten, een enkele uitzinnig positieve Pinkstergemeente-christen – al die lieden die roepen dat ze tegen de exacte biowetenschappen in nog wel in de ziel geloven, geloven eigenlijk in een van God gegeven prul ohne Eigenschaften.

De ziel is puur en zuiver, ja. Maar daarmee nog niet kleurloos. Niet smakeloos! Ik bedoel, zuivere woede bestaat ook. En zuivere weemoed. En iedereen met een beetje hersens zal inzien dat zuivere woede werkelijk iets heel anders is dan zuivere weemoed. Zuiverheid zonder meer is niets. En toch is dat de taal waarin bovengenoemden over de ziel spreken. De ziel zou zuiver en puur zijn, als vierentwintig karaats goud of een pasgeborene. Als bronwater. Vervolgens zou de ziel 'heel' zijn. Kom op! Het is een hele kunst de ziel heel te houden, dat gaf ik al aan. Het voornaamste kenmerk van de ziel is juist dat ze uiteenvalt. Ze wil oplossen, verzwolgen worden door iets sterkers. Een ideaal, een liefde, rancune voor mijn part, of berouw. En de voornaamste taak van de geest, van het denken, is de ziel vast te houden. In het belang van de ziel moet de ziel door het bewustzijn worden tegengewerkt in haar neigingen. Dat klinkt hard. Dat is ook hard.

Krijgen Japanse zenmonniken een tik met een houtje wanneer ze ook maar even inzakken en is het in alle godsdiensten gebruikelijk om lange periodes achtereen te vasten, niet eens alleen uit solidariteit met hongerige medemensen, maar vooral om ingesleten gewoontes te doorbreken, een scherp zicht op het eigen gedrag te krijgen – wij hier vinden het ongezond om tegengewerkt te worden en masochistisch om onszelf tegen te werken.

Het besluit om onze band te verbreken, druiste tegen alles in. Nooit heb ik ook maar een ogenblikje gedacht: ik krijg er iets mooiers voor terug, of: dit zal mij tot een beter mens maken. Van zelffelicitatie was geen sprake en van morele opluchting, schone handen...? Nee, ik bleef de rouwranden onder mijn nagels zien, ingedroogd bloed, zwarter dan na een puberteitse, in de halfslaap uitgevoerde menstruatie-masturbatie, maar alles was nu dan in elk geval duidelijk. Ik was niet meer verslaafd en hoewel ik zeker in de eerste weken verschrikkelijk ziek was van heimwee naar het thuis dat jij ons had beloofd, en al kippenvel kreeg als ik zelfs maar naar de telefoon keek – ik begreep toen ook al dat de cold turkey niet levenslang zou duren. De afwisselend spierwitte en purperen kop in de spiegel, het koude zweet en de dikke, kurkdroge ogen zeiden me dat het ombrengen van de waarste van alle ware liefdes buiten de categorieën goed/kwaad en goed/fout stond, je zonden werden er niet mee vergeven en een aflaat voor toekomstige zonden kon je er niet mee kopen, maar de daad (en de wroeging daarover, en het verdriet, en het verlangen alles weer terug te draaien) bewerkstelligde wel dat oordelen over anderen van nu af aan niet licht zou gaan.

Door met jou in zee te gaan, en door ons avontuur heel star, heel streng, precies een jaar later te verbreken, had ik alle uithoeken van mijn eigen aard leren kennen. Mijn dweepzieke, mijn behoefte aan donkerte, aan geheimen, mijn hysterie en mijn woede-aanvallen, mijn scepsis en mijn lust (een buik vol krioelende, harige spinnen), mijn ambities en hardvochtigheid, mijn jaloezie en de minachting die ik voor Barbara voelde; ik heb gewandeld over een hoogspanningskabel en bij iedere stap die ik zette schoten mijn voeten opnieuw in brand, en de vlam sloeg in mijn spieren, joeg door mijn botten alsof het droog berkenhout was, mijn hart kookte en tenslotte explodeerde dat vermoeide hoofd – een groot, groen sterrenvuurwerk, een walmende geiser in de sneeuw.

Kun je daarna nog een mening hebben? Over een ander?

Nee. Je kunt niet veel meer, maar er is Wil voor in de plaats gekomen. (Wilskracht is al een te groot woord, en er wordt een persoonsgebonden, positief talent mee uitgedrukt: 'Ik beschik over heel veel wilskracht.' Dat zul je mij niet horen zeggen.)

Ik wil leven met waarheid. Vluchten is niet erg, is zelfs van levensbelang, als ik maar weet dat, en hoe, en waarin ik vlucht. Waarschijnlijk zijn de beelden uit een eerder leven en mijn assistentie bij de vergeving van A. H. niet meer dan barokke, naïeve gedachte-experimenten geweest met de in onze tijd verankerde taboes. Mensen die ik niet ken hebben voor mij en mijn generatiegenoten vastgesteld welke kamers voorgoed op slot moeten blijven, welke grenzen niet gepasseerd mogen worden. *Ze wel overgaan is de moderne variant van heiligschennis. Maar op Hitler inpraten, of jezelf terugzien als opportunistische kampgevangene is, hoe fantastisch ook, waarachtiger dan de kamer met lijken dichthouden 'omdat het allemaal zo erg is'. Van Hitler een metafysisch, heideggeriaans Niets-dat-nietigt maken, gestunt met data (Hitler werd geconcipieerd op de dag dat Nietzsche gek werd), zoals Mulisch dat doet: dat noem ik schennis. Je blijft aan de veilige kant. Je zet de doden rechtop en maakt er standbeelden van, hol eerbetoon, holle verdoemenis, alsof wij het laatste woord hebben, maar de echte lijken rotten weg, alle lijken – en schrijvend aan je mooie theorie ruik je hun bederf niet en blijven je handen schoon. Ik heb je ooit wel verteld dat ik zowel op de lagere als op de middelbare school veel ben gepest. Misschien had ik de pesters moeten haten. Was dat beter voor mijn gemoedsrust geweest. Misschien had ik mijn vriendinnen, die zelden wat ondernamen als ik weer op de stenen lag of in het natte gras, en werd getrapt en geslagen en uitgescholden (veel en luid geknor), misschien had ik die angstige, behaagzieke grieten eens moeten zeggen hoe teleurgesteld ik in hen was... Maar ik was niet teleurgesteld. Omdat ik nu toevallig het doelwit was van het getreiter (handschoenen werden door de hondenpoep gehaald, de inhoud van mijn steevast overdreven dikke boekentas werd over een drukke autoweg uitgekieperd: 'We zullen die uitsloofster eens leren'), was ik nog niet per se een onschuldige, een* GOEDE.

Het is zo makkelijk om van jezelf te denken dat je goed bent.

Toen ik met filosofie stopte en ging dansen, had ik het idee dat ik, door me te bekwamen in een uitvoerende kunst, uiteindelijk meer zou doen voor het geluk van meer mensen dan als boekenverslindende student. Nu ik niet meer dans, maar bijna-lijken masseer, kan ik me wentelen in toegenomen gulheid. Zonder aanzien des persoons raak ik mensen aan, geef ze aandacht: o, zie mij, Mater Dolorosa, troosteres der bedrukten... En dan was ik daarnaast ook wat je noemt een liefhebbende echtgenote, een toegewijde moeder... Ja. Zeker. Natuurlijk. En toch: áls ik al goed doe, dan is het misschien niet uit pure liefde, maar omdat ik diep in mijzelf een niet te dempen schuld vermoed. Ik DOE *niet goed, ik* MAAK *iets goed, of probeer dat. En dat kan alleen als er eerder al door mij een wond geslagen is.*

Wat de protestanten erfzonde noemen, de hele loodzware predestinatieleer, ik begrijp het wel.

Maar het is niet God die mij wellicht ooit verdoemd heeft, van mij een blinde mol gemaakt heeft, zoals Calvijn schrijft – ik ben het zelf die

overal en altijd weet heeft van de dader die ik ook kan zijn, van de mee-
loper, de uitjouwer, de volksmenner en verkrachter die ik misschien
levens eerder geweest ben of morgen word. Door met jou te zijn, werkte
ik mee aan het bedrog van Barbara. Hoe erg dat was weet ik niet, maar
het was zo, en ieder excuus ervoor zou slap zijn. Diep graven, abstract
filosoferen met als doel tot doorwrochte excuses te komen, ik vind het
misschien nog wel erger dan jezelf redeloos overal in te storten.

Jij en ik kennen te veel mensen die door het werk dat ze doen, en de
krant die ze lezen en de keuzes die ze hebben gemaakt en de mensen met
wie ze omgaan en de kunst die ze tot zich nemen en het gezin waarvoor
ze toch tijd vrijmaken, denken aan de goede kant te staan. Het zijn de
mensen die blij knikken als ze 'Nooit meer Auschwitz' horen en dat blije
knikken maakt ze al tot de goeden. Ze schieten wortel in zuivere grond,
en slurpen tezamen zuivere koffie en al weet geen van de leden van dit
uitverkoren godenvolkje hoe het wél moet, moreel leven (bescheidenheid siert de mens), hoe het niet moet weet ieder van hen heel precies.
Het slechte en het gemene, het oppervlakkige, de brute kracht, het domme en het doortrapte – ze kunnen er zó de zuivere vinger op leggen.
   Wat niet goed is wordt niet langer kwaad genoemd, dat riekt te veel
naar metafysica, alsof er nog een Ideeënwereld bestaat waarin Goed
en Kwaad objectieve grootheden zijn, ademende, werkzame entiteiten
– wat of wie niet goed is wordt tegenwoordig 'fout' genoemd. Dat is al
een devaluatie van het begrip goedheid. Het is niet meer een grootse,
bovenmaanse waarde, waarvan de glans heel soms door de wolken
breekt en even de pupillen aandoet die onmiddelijk krimpen van het
onverdraaglijke licht, nee, 'goed' is nu nog uitsluitend een kwalificatie
zoals die wordt gebruikt om proefwerken en examenopdrachten te be-
oordelen. Fout, onvoldoende, matig, voldoende, ruim voldoende, goed.
En uitmuntend, maar dat haalt nooit iemand. (Misschien nog wel op
school of op de universiteit, in de werkelijkheid daarbuiten leidt geen
mens een uitmuntend leven, daar is iedereen het over eens.)
   Deze aanduiding 'fout', die zoveel milder klinkt dan 'kwaad' of
'slecht' en waar ook vaag de suggestie in mee resoneert dat er iets te
herstellen valt, met een andere tint lipstick, een broek die afkleedt, een
nieuw kapsel, ligt in al zijn simpele onschuld ook veel makkelijker in
de hand.
   Je werpt een vluchtige blik op iemand en kunt de steen meteen werpen. Foute kerel, fout pak ook.

Je luistert met een half oor naar een talkshow en je weet dat de dame met het vriendelijke gezicht toch foute praatjes verkondigt. Er zijn foute commercials en foute bankstellen, foute auto's en foute vakantiebestemmingen – er zijn foute schoudertasjes die intrinsiek fout kunnen zijn, maar meestal fout worden doordat ze niet bij galajurk en pumps passen. Er zijn mensen die een dikbelegde boterham verdienen aan het opsporen en verdoemen van foute anderen en soms heeft het er de schijn van dat 'fout' niets meer betekent, het is zelfs camp om van fout te houden... Toch vrees ik dat degenen die zichzelf vandaag de dag tot het kamp van de goeden rekenen, dat alleen maar kunnen omdat ze zo goed kunnen aanwijzen wat fout is. Aan het verzamelen van fouten hebben ze een levenstaak en dat alleen al maakt hen goed. Mager. Jazeker.

Meer dan collectioneurs zijn we niet.

Lekker balanceren, hoog boven het gepeupel, op het slappe koord dat is gespannen tussen kunst en kitsch; daarbij vergeleken is de dwaze evenwichtskunstenaar in Nietzsches Zarathoestra *een held.*

Van Nietzsche is ook de uitspraak: overtuigingen zijn gevangenissen. Ik neem aan dat hij doelde op geloofsovertuigingen, maar soms denk ik dat al dat gestrooi met de term fout ook bedoeld is om anderen vast te zetten. Een sticker op de mond, ezelsoren op het hoofd – en hup, zo kerkeren we meer en meer medemensen. Eerst willen we alles weten over de jeugd en het privé-leven van die aardige linkse politicus, we genieten van zijn klassenfoto's en vinden hem nog sympathieker als blijkt dat hij elke zondag een feestbrunch voor het hele gezin maakt, maar heimelijk wachten we op een verspreking. Waar blijft de fout? En natuurlijk dient die zich aan. Zijn vrouw verklapt dat haar echtgenoot nog nooit een stofzuiger heeft aangeraakt. Zijn schoolkameraadje vertelt dat Jantje met voetbal niet tegen zijn verlies kon, en tegenstanders doodgemoedereerd pootje haakte als de tussenstand daarom vroeg.

Vuilak!

Wat er toen al inzat moet er op een dag uitkomen, dat is de theorie. Wie als kind een gluiperd of driftkop was, zal dat altijd blijven. Wie uit een gezin van vechtjassen komt kan gewelddadige neigingen misschien een paar jaar onderdrukken, maar op een dag scheurt de hulk uit zijn nette kostuum en verkoopt zijn beste vrienden om niets een dreun; en dat weten we zo zeker dankzij Freud en Darwin, dankzij onze psychologische kennis en ons heilige geloof in genetische aanleg.

Dit, Rudolf, is de religie waarin wij leven. Een religie die predikt dat erfelijkheid, ervaringen uit de kindertijd en opvoeding of het gebrek daaraan tezamen bepalen wie iemand is, maar dat niet alleen: in de premisse ligt ook besloten dat iemand 'ten diepste' niet te veranderen is. Laat staan dat hij zichzelf kan veranderen.

Predestinatieleer zonder God, maar ook zonder heilsverwachting. Fout is fout en ja, met therapie kan een mens zichzelf wel beter leren kennen. Hij leert trucjes aan om zwakheden om te buigen tot krachten, om trauma's los te laten, pijn 'een plekje' te geven (vreselijk!) en zich te 'focussen' op de dingen die er voor hem of haar 'echt toe doen', maar dan heet het op zijn Amerikaans 'You can change your life, be yourself!!!' en nooit, nooit: jij kunt jezelf veranderen. Een ander worden. Die laatste, en volgens mij belangrijkste, vrijheid ontzeggen we elkaar.

We zijn doodsbang dat anderen veranderen. Het is prettig als de fouten verdwijnen, maar als daarmee ook de liefde verdwijnt, of eenvoudiger: de voorspelbaarheid die nog ons enige fundament kan zijn, dan zijn we eenzaam. En bovendien beroofd van onze graatmagere, anorectische goedheid, die, schreef ik net, alleen bestaat bij de gratie van de caloriearme fouten van de omgeving. Al die tabellen! Die optelsommen! De goede momenten onthouden we liever niet eens, nee, om de vergelijking even door te trekken: die laxeren we. Nieuwsberichten, infotainment en websurfing – samen het perfecte purgeermiddel. Tot we hol zijn en onze maag oplost in zijn eigen gerommel.

Wij zijn dat lege tasje, dat neutrale gebruiksartikel, dat decoratiestukje dat een saaie jurk kan opfleuren, dat vloekt bij een voortreffelijke outfit, dat aan chic wint tegen een ordinaire achtergrond, dat afwisselend fout en goed gekozen heet, niet omdat het er als tas toe doet, maar als finishing touch bij een geheel.

Gesteld dat alle mannen zouden veranderen tot ze niet alleen leken op, maar ook naadloos samenvielen met de droomman die het leven van hun vrouw zo mooi, maar ook zo frustrerend maakt... Wat dan? Bij zo'n in- en ingoede man zouden die vrouwen opeens fout afsteken, met hun kleinzieligheden en geroddel, en hun trieste mantel-der-liefdegewapper en vanzelfsprekend weten ze dat. Dus zeggen ze: 'Al zou mijn man ooit aanleren om af en toe met een kleine verrassing thuis te komen, dan nog weet ik dat het niet spontaan uit zijn hart komt. In januari heeft hij gewoon een keer of tien in zijn nieuwe agenda gezet: broche kopen, of bosje bloemen, of flesje bodymilk, en dan moet ik steeds spelen dat ik dankbaar ben?! Terwijl er niets wezenlijks veranderd is? Nee, laat dan maar zitten.' Ze schudden met veel zelfmedelijden het wijze hoofd en vervolgen: '...en ik denk ook, hij kan er ook niks aan doen dat hij me niet begrijpt, zijn ouders waren ook al van die botte, onattente mensen voor wie een kerstboom opzetten nog te veel was en nu ja, ik mag al heel blij zijn dat ik zelf niet zo ben.' Terreur. En niet alleen vrouwen bedienen zich ervan.

Ik vraag me af hoe je goed kunt zijn zonder lang te verwijlen bij de fouten van anderen. Zonder je te laten leiden door de sussende woorden en praktische adviezen van degenen die je dierbaar zijn. Er is inderdaad niet zoiets als de idee goedheid, er is geen goedheid-zonder-meer, het gaat altijd om mijn goedheid. Voor geen enkel ander mens op aarde kan ik invullen waar zijn goedheid uit zou moeten bestaan.

En dan, wat zou dan mijn roeping kunnen zijn?

Schreef ik eerder dat ik mensen masseer zonder aanzien des persoons, wat ik eigenlijk wil is op mijn manier goed zijn, en liefdevol, MET aanzien des persoons.

Ik wil niet door pokken, pigmentvlekken en pustranende puisten heen staren, zogenaamd op zoek naar het 'o, zo mooie innerlijk' van de lelijke, foute flapdrol voor me. Over zijn doorgekookte, bittere spruitjestaal, de lauwe natte dotten domheid die hem over de gekloofde lippen rollen, wil ik niet een kwak mierzoete appelmoes van mededogen scheppen die het me mogelijk maakt de hele hap in één keer door te slikken. Het is zelfbedrog. De ander zoals hij of zij werkelijk tegenover je staat, stuur je de laan uit nog voordat je hem hebt willen ontmoeten, en je schuift er een aangenamer exemplaar voor in de plaats aan wie het eenvoudig geven is en die dankbaar opkijkt omdat je hem niet alleen aandacht hebt geschonken, maar hem in één moeite door ook hebt verbeterd: plastische chirurgie van lichaam, ziel en geest.

Leben? oder Theater?

Geben? oder Theater?

Lieve Rudolf, ik weet hoe belachelijk je mijn Depeche Mode-idolatrie altijd hebt gevonden en ik moet je zeggen: ik volg de groep ook allang niet meer, maar achter het nummer 'Walking in my shoes' leeft zoveel meer dan je op het eerste of tweede gehoor kunt opmerken. Het hele album Songs of faith and devotion *gaat over zonde en schuld, en de rechters die wij allemaal over elkaar menen te zijn worden om de haverklap opgeroepen om, voordat ze tot hun vonnis komen, eerst eens* een eindje rond te lopen in de schoenen van degene die ze beschuldigen. Je zou dat een 'thema' kunnen noemen als dat niet zo'n rotterm was, zo'n vervelende wetenschappelijke vuilnisbak waarin je alleen milieu-vriendelijk, afbreekbaar afval mag gooien, dus pas nadat je plastic doppen, lijmhoudende etiketten, aluminium binnenlagen of weet ik wat allemaal hebt verwijderd en zonder er een blik op te werpen in een ander vat hebt gedonderd – thema, wat een ellende en wat erg dat een aantal recensenten jou toch weer een thema in de schoenen heeft ge-schoven, terwijl je dat zo knap vermijdt, altijd, en zoveel mogelijk on-verteerbaarheden bij elkaar veegt... Nou ja, dat is een ander verhaal.

Over schuld bij Depeche Mode ging het en voordat ik doorga even een stukje tekst:

'I would tell you about the things
They put me through
The pain I've been subjected to
But the Lord himself would blush
The countless feasts laid at my feet
Forbidden fruits for me to eat
But I think your pulse would start to rush

Refrein:
Now I'm not looking for absolution
Forgiveness for the things I do
But before you come to any conclusions

Try walking in my shoes
Try walking in my shoes
You'll stumble in my footsteps
Keep the same appointments I kept
If you try walking in my shoes
If you try walking in my shoes

Morality would frown upon
Decency look down upon
The scapegoat fate's made of me
But I promise now, my judge and jurors
My intentions couldn't have been purer
My case is easy to see

459

I'm not looking for a clearer conscience
Peace of mind after what I've been through
And before we talk of any repentance
Try walking in my shoes
Try walking in my shoes.'

Ik heb lang gepuzzeld over het eerste couplet. Wat heeft de tekstschrijver (Gore) of de zanger (Gahan) misdaan? Jaren heb ik gedacht dat het wel over de heroïneverslaving van Gahan zou gaan, dat lag voor de hand, en ook heb ik de misdaad wel eens in verband gebracht met Gores openlijke SM-voorkeur – al dat ruige leer en die bretels van ijzeren schakels om dat iele, onbehaarde jongensrompje...

Hoe het ook zij, er is sprake van pijn geweest, maar er staat dat 'they' dat bij de biechteling veroorzaakt hebben. Niet hijzelf. En hij heeft al helemaal geen anderen pijn gedaan. Waarom wordt hij dan beschuldigd en trekt hij zich de beschuldigingen aan?

Dan is er sprake van orgie-achtige feesten met 'verboden vruchten' die men de biechteling heeft aangeboden. Weer: er staat niet dat hij op de aanbieding is ingegaan.

Wat ik in de tekst beluister en lees, is dat 'er zijn', dat hier in deze wereld bestaan, al een zonde op zichzelf is.

Leven is: getuige zijn. Voor die rol kun je weglopen, maar doe je dat niet, of kun je dat niet, dan word je in het beschouwen van al het afschuwelijks wat 'zij' doen, zelf eerst mede-dader en vervolgens weer slachtoffer van je mede-daderschap.

Je hebt de schotwonden, de bloeiende vleesrozen in het hoofd van een naamloze Afghaan al gezien en in fullcolour bewonderd nog voordat je bewust naar de krant greep. Naakte, opgepompte of geschonden lichamen in vernederende posities, je kunt ze niet vermijden en onbedoeld stapelt de agressie en het verderf dat mensen elkaar aandoen zich in je bewustzijn op, het doordringt je droomleven, het verandert de taal waarin je denkt en spreekt, de manier waarop je je eigen lichaam inzeept, vrijt, het maakt dat je in de tram wegduikt wanneer er een schreeuwlelijk instapt – omdat je al meteen een stiletto in je rug verwacht. Omdat ik zo goed zie wat zij doen, zo gefascineerd ben door wat zij elkaar aandoen, ben ik zelf de grootste misdadiger. Dat brengt me bij dat ogenschijnlijk lollige zinnetje: 'But the Lord himself would blush'.

De Heer staat niet boven al deze zonden, anders zou hij alleen maar verontwaardigd zijn en, zoals dat in het Oude Testament heet, toornig.

460

Maar hij bloost! Wat is blozen anders dan een teken van schaamte, vermengd met opwinding?

Iemand die, geconfronteerd met een moreel verwerpelijke situatie of persoon, niet boos wordt maar gaat blozen, geeft daarmee toe dat hij het beeld herkent. Dat het in hem leeft of heeft geleefd, en dat hij er tegen zijn gestrenge verstand in, toch verlekkerd aan terugdenkt. Schaamte: het brein trekt wit weg, en alle kleur stuift naar de opperhuid.

Misschien bloost de Heer ook wel omdat hij beseft dat zijn lijdensweg en kruisdood niets meer betekenen vergeleken bij de hel waar wij dagelijks kalmpjes doorheen slenteren; zoveel ellendige beelden folteren ons, geen uren, maar jaren, kennis van de pijn van de hele wereld staat ons vrijelijk ter beschikking en we kunnen niets doen dan blijven hangen aan het kruis, de handen gebonden aan onze verplichtingen, de voeten vastgenageld aan die massieve verticale lijn die we ik noemen, in het Engels I met hoofdletter, en die we nodig hebben om niet weg te spoelen. De laatste vlonder, de laatste balk van ons vlot.

Jaren heb ik niet uit de voeten gekund met de uitspraak dat Hij voor onze zonden is gestorven (logisch klopt het ook niet: als Hij mijn zonden in het jaar 33 al heeft weggedragen, wat maakt het dan nog uit dat ik bijna tweeduizend jaar erna een rotzooitje van mijn leven maak?), maar misschien zijn onze zonden wel terug te brengen tot dit; alles zien en niets doen. Eén nacht in je leven wakker blijven in de Hof van Olijven, één Goede Vrijdag lang geconcentreerd zijn op het verhaal, zonder af te dwalen, of gewoon: één keer in je leven een dag niet leven, maar in gedachten totaal IN een ander mens zijn, in een vreemde bij wie je geen belang hebt, een willekeurige voorbijganger die pijn heeft en verdriet – wie dat kan, is misschien verlost.

De God van Depeche Mode is niet de ouderwetse, solidaire God van U2. Hij is niet aan te roepen bij onrecht en onderdrukking, op zijn banier prijkt niet het logo van Amnesty International. Het kan hem geen moer schelen of de schulden van arme derdewereldlanden worden kwijtgescholden ja of nee, en van Martin Luther King en IRA-strijders heeft hij waarschijnlijk nooit gehoord. De solitaire God van Depeche Mode (en die van mij) heeft zich teruggetrokken uit de wereld, waardoor je het met recht een van God verlaten planeet kunt noemen. Hij woont ook niet nog stiekem een beetje in ons hart en dat soort flauwekul, nee, hij is er niet, niet hier tenminste, maar helaas voor Nietzsche:

hij is ook niet dood. Hij is niet bij ons, maar Hij bestaat wel. Coma-
teus.

In het donker. In de nacht. In de zonde. De mislukking. In het be-
sef getuige te zijn, soms zelfs met dubieuze graagte. In de pijn. In het
cynisme. In de verbroken beloftes. In de twijfel aan onze liefde en de
schaamte daarover. In dat eeuwige tekortschieten van ons. Kortom, in
alles wat waar is. Waarachtig is. En lelijk.

Dat aanzien, daarbij verwijlen, heel stil...

Elkaar aanraken, elkaars lelijkheden zacht aanraken, samen wak-
ker liggen zoals daar in veel Depeche Mode-songs naar wordt ver-
langd: waar dat gebeurt komt God niet terug, maar daar worden we
zelf Christus. Denk ik.

Het heeft zo weinig zin nog licht en zegen van boven te verwachten.
Al heel lang vertrouw ik de priesters en dominees niet meer die zeker
weten dat de Messias zal terugkomen en na het scheiden van de bok-
ken en de schapen, een feest van vrede aan onze voeten zal leggen. Ze
baseren zich op een belofte, tweeduizend jaar geleden uitgesproken, dat
is waar, maar een belofte is een belofte; lucht en niets waard dus, en
Christus heeft toch nooit enig contract ondertekend?

Wie zegt me dat hij niet allang op zijn mooie woorden is teruggeko-
men, dat hij niet van gedachten veranderd is? Als er iemand bestaat die
bij machte is zichzelf te veranderen, dan is het Christus wel...

In deze tijd is het misdadig, en bij uitstek antichristelijk om mensen
nog een visioen voor te schotelen, om ziekte en armoede en dood van
een goddelijke betekenis te voorzien, om de grote vragen te beantwoorden. Er staat 'Zalig de armen van geest', tot nu toe altijd een handig
parool geweest om de domme kudde dom te houden, maar ik denk
dat in die uitspraak een opdracht ligt besloten: arm van geest moet je
worden. Zalig degenen die bij het zien van de rotzooi geen antwoord
paraat hebben. Die niet doen alsof ze weten waarom, waartoe... Nog
mooier is samen geen antwoord hebben.

Kijk ik om me heen, dan zie ik mensen als stenen. Koud, grijs, hoekig, hard. Maar het is de wrijving tussen die brokstukken waarmee je
elektriciteit kunt maken. Vuur en licht en warmte. Een kleine zon, een
fris buitje van vonken – als uit het niets.

Er staat: 'Waar er twee of drie in Mijn naam bijeen zijn, daar ben
ik in hun midden.' Wanneer ben je in Zijn naam bijeen? Ik denk dat
je dat vanzelf al bent, als je in de nabijheid van een ander durft op te

merken: ik zie dat je er helemaal voor me bent, en alles geeft wat in je vermogen ligt; waarom blijf ik dan toch zo eenzaam – een variant op de vraag: 'Mijn God, Mijn God, waarom hebt Gij mij verlaten?'

En dan die vraag kunnen incasseren. De vleesgeworden machteloosheid durven zijn, de medelijder in de niet softe zin van het woord, en de uitputting nabij... In onze liefde was alles mogelijk, je gaf me een ruimte in hoofd en hart die bleef, ook al was jij allang weg (voetafdruk waar regenwater in blijft staan) – maar het simpelste hebben we niet aangedurfd. Nu houd ik erover op, ik lijk Teresa van Avila wel, aan haar sombere, ascetische penvriendje Juan, en dat is niet de bedoeling.

Nog maar een week of zeven geleden (dus kort nadat ik je op de radio had gehoord) verkeerde ik in de bijzondere omstandigheid dat ik mijn opvattingen in de praktijk mocht brengen. Ik schreef je al dat ik ben getrouwd met een man die zelf geen afwijkingen heeft. Ik ben gevallen voor zijn traagheid, die ik graag aanzie voor wijsheid. Mijn man heeft een groot gevoel voor humor, hij kan schaterlachen met een wijdopen mond, maar over zijn ogen ligt altijd een floers van oud traanvocht, van rouw en berouw – ook al heeft hij nooit iemand verloren en bij mijn weten geen enkele scheve schaats gereden. Hij is opmerkzaam, een subliem beschouwer, maar zelfs als hij naar mij kijkt, kijkt hij naar binnen, in een prettig koel hol, waar plichtsgetrouwe dwergen in een strak ritme kristallen uit de rotswanden beitelen, uur na uur, zelfs middenin de nacht, en zich nooit een uitspatting gunnen.

Werklust, ja.

Introversie en logica.

Op tafel ook steevast lijstjes van dingen die hij moet doen, kopen, repareren, met namen van mensen die hij moet mailen en bellen. Tien voor vijf – Jonathan ophalen, half zes – oven voorverwarmen. (Er staat nog net niet: maandagavond half twaalf – seks met Cécile, dat weet hij uit zijn hoofd en ik inmiddels ook. Op zondag en dinsdag verwacht ik al niets meer, maar toch nog genoeg om hem niet gevangen te zetten in het oordeel dat uit mijn ervaringen tot nu toe volgde. Zie hierboven.) Je kunt hem denk ik het beste voorstellen als een omgekeerde Anne. Zoals jij over haar sprak; een en al trillen, Parkinson van de ziel... Kijk, dat heeft mijn man in het negatieve; hij is stijf. Maar nobel. Een geest die dankzij het geconcentreerde, monomane denken uit louter spierweefsel is gaan bestaan. Sporters, dansers en masseurs spreken over een 'gladde tonus'.

463

Ik vind mijn man erg mooi en toen wij afgelopen kerstvakantie een paar dagen in het besneeuwde Vilnius waren, en ik aarzelde, blijven, blijven, tot in de koffiecorner op de kleine luchthaven ging het door, ik probeerde zelfs te flirten met de grauwe reus die ons een laatste biertje bracht, toe ontvoer me naar jouw huis... toen keek ik mijn reisgenoot aan en wist weer zeker dat hij het altijd zou winnen van zelfs de mooiste, perkamenten Oostbloksteden, van hun mystieke triestheid en gedempte, maar koperen geluiden, van hun in drank gesmoorde choleriek en buitenaardse, rokerige innerlijkheid. Ja. Net nadat ik hem had leren kennen zei ik eens tegen hem dat ik hem wel wilde laten opzetten, een glazen vitrinekast om hem heen en een halogeenspotje erboven, om hem dag na dag tot in de details te kunnen blijven bewonderen – alleen, hij raakt me zo fijnzinnig aan, zijn handen lijken verdacht veel op die van de man van Rodins beeld De Kus; *onhebberige handen, erg teder, erg licht, het zou zonde zijn de strelingen van zulke handen in de ban te doen.*

Goed, ik ben dus steeds erg verliefd gebleven, en ik was ook verliefd toen ik een paar weken geleden met de massagespullen thuiskwam die ik die dag niet had hoeven gebruiken. Mijn werkgeefster had verzuimd me te melden dat het congres in de Rai was afgelast en eerlijk gezegd vond ik zo'n plotselinge dag vrij wel lekker. Ik verwachtte niemand in huis aan te treffen. Mijn man is docent politieke geschiedenis en schrijft het liefst aan zijn proefschrift op de universiteit, tussen de vergaderingen en werkcolleges door. (Hij doet onderzoek naar de herwaardering van Stalin in diens geboorteland Georgië. Ook leuk.) Terwijl ik mijn tas uitpakte, hoorde ik gerommel in de slaapkamer. Even dacht ik dat we de kat die ochtend hadden ingesloten, maar het waren duidelijk menselijke geluiden. Gezellig, mijn lief met griep.

De tas kon me niet meer schelen, ik liep naar onze kleine kamer en deed de deur open. Op het bed zat mijn man, verslagen. Angstwekkend klein en smal en het eerste wat ik zag waren zijn benige, harige kuiten, verpakt in een zwarte, opengewerkte panty, waarvan het kruis tot net boven zijn knieën kwam. De ribfluwelen rok met elastiek erin, die ik tijdens de zwangerschap had gedragen, lag naast hem op het kussen.

Hij had een lurex stretchhemdje aan; godzijdank pasten mijn bh's hem niet, want ik kon aan hem zien dat hij er dan ook een zou hebben aangetrokken, de cups opgevuld met de straktepelige citroenen die op de ijskast lagen. Om zijn witte, knokige schouders mijn Russische rozensjaal. Mijn barnstenen kruisje schitterde warmoranje in het decol-

leté dat bij hem eerder een kuil was, waarin je de borstbeentjes onder de huid zag glimmen. De onbeholpenheid, de onvaste hand waarmee hij zich had opgeschilderd. Korrels mascara in zijn wimpers, fond de teint die op de plaatsen waar zijn wangen nog nat waren van het scheren was gaan klonteren – reliëfrijke eilandengroepen, zoals afgebeeld in de Bosatlas. Lipgloss fonkelend als de sterrenhemel op kerstavond; die kon onmogelijk van mij zijn.

Ik wist niet of ik hem ontroerend en sexy en prachtig moest vinden, of monsterlijk en teleurstellend simpel.

Blasfemisch feminien.

We zeiden allebei niets. Achter hem een berg van teleurgesteld weggesmeten bloesjes en jasjes, maatje 34. Te klein.

Ik knielde bij zijn langwerpige, duntenige Jezusvoeten en streelde de kalknagels door de panty heen.

Hij bevoelde zijn haar, dat hij achterover had gekamd. Er zat minstens een halve pot wetlookgel in. De diva.

Tanige Dietrich. En hij zong een lied van haar waar we allebei van hielden: 'Sag mir, wo die Blumen sind', natuurlijk weer over oorlog. Ik liet hem zingen. Toen kwam hij bij de regel 'Sag mir, wo die Männer sind...' en ik hoorde een snik, maar hij zong verbeten door hoewel de krop in zijn keel zwol, en toen weer: 'Wann wird man je versteh'n?' En samen vroegen we ons af waar de soldaten waren, en hun graven, en de bloemen – over de meisjes geen woord, we zongen door en mijmerden door over het gebrek aan begrip... Ik ben naar de badkamer gelopen om een pak wattenschijfjes en een fles make-upremover te pakken, heb hem de spullen gebracht, wachtte in de woonkamer tot mijn man weer gewoon als mijn man zou binnenkomen en dat kwam hij, hij droeg zijn spijkerbroek weer en zijn groengeblokte overhemd. Geen spoor meer van kohl onder zijn wimpers. Hij ging naast me zitten en vertelde dat hij dit nog pas een paar keer had gedaan, omdat de student op wie hij... Omdat die het zo leuk vond.

Jonge jongens. Op zomaar een donderdagmiddag bleek ik getrouwd te zijn met een man die op jonge jongens viel en nu de liefde werd beantwoord, droomde hij in één moeite door over een lucratieve duo-travestie-act.

'Durf je dat?' vroeg ik. Wat moest ik anders vragen?

'Nee,' zei hij.

'Was dit er altijd al?'

'Ja,' zei hij.

'Dus je bent nooit op mij...'

'Wel waar,' zei hij. Hij zei: *'Jij bent mijn eerste en beste jonge jongen.'* Ineens was het tien voor vijf en het kinderdagverblijf riep, ik moest koken, we moesten eten, kindje naar bed, Nijntje voorlezen, koffie en Journaal, maar ik had het besluit al genomen. Veel kan ik zijn, veel wil ik zijn, maar geen jongen. Ik kan me voorstellen dat mijn schonkige danslijf en wie weet ook wel mijn manier van spreken verwarring zaaien, bovendien heb ik zelf ook wel eens geroepen: *'Was ik maar een man.'* Maar dit? Ik bedroog mijn man, door niet te zijn waar hij mij zo graag voor hield. Van die gedachte werd ik nog veel misselijker dan van zijn achterbakse homo-gevoos.

Ik houd zoveel, zoveel van hem. Ik blijf verliefd.

Ook nu hij weg is, doet hij zijn best voor Jonathan en ik bewonder hem om daden en goede wil. Meer dan bewonderen kan ik niet. Al zou het alleen uit plichtsbesef zijn dat hij onze zoon op warme dagen meeneemt naar de speeltuin of het strand, dan nog is het goed. Ik weet dat zijn zorg geen gril is.

Wie gelooft wordt op de proef gesteld, Rudolf.

Wil je in waarheid leven? Goed, dan kun je het krijgen ook.

Mijn vriendinnen vinden dat ik kwaad moet zijn, maar hoe kan ik iets zijn wat ik niet voel? Nee! Ik houd me niet in! Ik smoor en onderdruk niets! Het is niet zo dat ik me groothoud tot na het moment waarop ik Jonathan welterusten heb gewenst en dat de aanblik van de lege, lichte kamer waarin ik vervolgens met een kop koffie binnenkom me de keel dichtknijpt.

Ik hoed me voor het herhalen van de hele huwelijkse geschiedenis, om alsnog aanwijzingen te vinden die me eerder... Waarschijnlijk ben ik ook te moe om die hele speurtocht te ondernemen. Het is gapen wat de klok slaat en als ik me wil uitrekken, werken alle pezen tegen.

Ook al knaagt de slaap zelfs aan mijn haarpunten, naar bed gaan durf ik niet en lig ik eenmaal, dan vecht ik om mijn ogen open te houden – zo bang om van mijn man te dromen, en nog banger om wakker te worden in de overtuiging dat hij gewoon weer naast me ligt, een lange, sliertdunne maar harde arm om mijn schouder, de marmeren wetenschapsneus die in kalme regelmaat warmte van kruin naar heup blaast, de eerste woorden, nog schor uitgesproken... Maar *'mijn man'* heeft nooit bestaan.

Ik zal nog niet zover gaan dat ik hem mijn vrouw noem.

Hooguit kan ik zeggen dat ik me ont-liefd voel.

Ik wil zo graag door hem worden aangeraakt en dacht en denk vaak terug aan onze omhelzingen. Ze zijn dood. Want steeds als ik ook maar een fractie van onze intimiteiten voor me zie, zie ik het bizarre gedrocht dat ik aantrof. 'Maar grootmoeder, wat heeft u grote tanden...'

Nu pas, langzaam, begin ik de waarheid van binnenuit te kennen. Mijn man, die heeft gevloekt omdat zijn voeten niet in mijn hoogehakte laarzen pasten, en me later huilend bekende dat door het vergeefse gewurm het leer rond de rits was gescheurd; hij was verdrietiger over die schade, dan over alles wat hij mij aandeed. Zo is het. Ik zei: 'Geeft niet, ik wilde ze toch weggooien – erg lekker liepen ze niet.'

En natuurlijk heb ik de eerste dagen na het vertrek, na het verlies, wel eens vrolijk gedacht, fijn, ik kan nu met Jonathan naar Polen, ik kan de hele zomer met hem rondtrekken en uitrusten in de geboortestreek van Schopenhauer, Günter Grass en Joseph Conrad, in de gouden kustdelta Gdańsk, Gdynia en Sopot, en de winters doorbrengen in het Tatragebergte, geen haan die ernaar kraait – maar met mijn man is ook Polen verdwenen; de mogelijkheden zijn op.

Alsof iemand het keurslijf heeft aangesnoerd in plaats van losgeknoopt. Ik heb het zo benauwd.

Jou missen lukt me niet eens meer. Je past er niet bij.

Dat is nog het ergste van alles. Dat ik niet meer aan je kan denken. De cassette met je boeken heb ik direct na de uitzending gekocht. Ik heb hem laten inpakken in cadeaupapier. Weer die stupide rituelen! Andere boodschappen mocht ik niet doen. Jouw werk mocht niet in aanraking komen met zakken voorgesneden andijvie, een pak Dubbeldrank, twee halve Waldkornbroden en een doosje zilvervliesrijst. (Al was jij het die zo graag 'huiselijk' met me wilde zijn en me een uit een tijdschrift geknipte foto stuurde van een Unox-reclame: op een blauw ANWB-bord waren Nederlandse plaatsnamen en de afstanden in kilometers te lezen. Eronder, in dezelfde witte letters, stond 'Naar huis'. Daarachter ook een getal, ik ben het vergeten, maar je schreef toen dat je bij die reclame steeds zo'n pijn voelde. Omdat je stamppot met me wilde eten, met jus in een kuiltje, en, hoe kan het ook anders, Unox-rookworst.)

Eenmaal thuis nam ik een douche. Ik poetste mijn tanden. Toen opende ik het pakket. Eerst het papier in de prullenbak. In een fles in de ijskast stond nog een bodempje witte wijn.

Uiteindelijk heb ik de boeken uit hun doos getrokken en ben gaan bladeren, als een krankzinnige. In de hoop dat alles weer terug zou ko-

men. *Losse zinnen las ik, zinnen die ik al kende, zinnen die ik nog niet kende en het was alsof er zo'n nare housebeat onder stond. Mijn slapen en polsen klopten op een ritme dat niet bij te houden was. Geen zin van jou had betekenis. Kritiekloos nam ik de letters tot me, gulzig, alsof jij ze stuk voor stuk had bevoeld. Een verzameling postzegels door jou belikt, een asbak vol halfopgerookte sigaretten die jij tussen je lippen had gehad.*

Het zijn niet je ideeën waar ik van houd, het zijn de zinsconstructies. De gedachtestreepjes, de drie puntjes... De woordvolgorde. De plaats van het woordje ik.

Het schijnt dat er aan een universiteit in Spanje een computerprogramma is ontworpen dat om het even welke auteur aan zijn stijl kan herkennen. Ook als die auteur zich onder een pseudoniem van een andere stijl meent te bedienen. Het programma kent geen vreemde talen, met inhoud heeft het niets op. Het zoekt op interpunctie, de plaats van voorzetsels, grammaticale opbouw.

Ik was dat Spaanse programma. Ik herkende jouw komma's uit duizenden. Maar anders dan het programma, huiverde ik van die komma's. Ze openden zich voor mij, ik paste in de ademruimte die ze suggereerden en die me niet vergund werd; omdat ik door moest van jou, door moest, door.

Jij met je 'Naar huis'! Je wilt niet thuiskomen, ik mag niet thuiskomen, we moeten blijven zoeken, open blijven – en dat was ik altijd volledig met je eens. Was. Maar nu ben ik oververzadigd, je ligt me te zwaar op de maag. Wordt het niet eens tijd dat ik jou, mijn tegenwerker, tegenwerk?

Soms geloof ik dat we elkaar toch maar weer eens moeten zien. Behoefte aan een gesprek heb ik niet – ik wil lijfelijke aanwezigheid. Zodat ik weer weet dat ik een ander ben dan jij. Zodat ik me de verschillen weer te binnen kan brengen. Ik wil stil met je liggen, ergens, ik weet niet waar.

Te lang hebben we alles cerebraal gehouden, de eerlijkheid om de eerlijkheid gezocht, en voor mezelf kan ik zeggen dat ik tot nu toe veel baat heb gehad bij de louteringen die jij me bewust of onbewust aandeed. Nu kan ik niet meer. Ik ben kapot. Ik wil de orde uit, het wijde heelal uit, krimpen, in de aarde bijten. Je mag zeggen dat je me gemist hebt, en het is niet erg als je tegen me liegt. Een zwart feestje wil ik. Om met Depeche Mode te spreken: 'To celebrate the fact that I've seen the back of another black day.' Dat.

Omdat ik nu eenmaal geloof dat we kunnen veranderen.

Niet in iets groots of iets beters, of iets stralenders en heftigers. Wel: in de mensen die we waren voordat we werden geboren en zullen zijn voordat we weer –

Liefs, Cécile.

'Weet u dat u zulke mooie ogen hebt? Jadegroen. Dat ik dat nu pas zie. Het komt door die jurk.'

De actrice die het winkelmeisje speelt, het meisje van het galakleding-verhuurbedrijf, is door de regisseur weggeplukt bij een soap. Ik vroeg: 'Hoe kun je dat nou doen?' en hij lachte en zei: 'Wacht maar.'

Nu zie ik wat hij zag. Ze is goed. Ze is geknipt voor de rol. Juist omdat ze op het dilettantistische af over het podium beent. Overdreven rechtop, maar trillerig, alsof ze haar vibrator heeft ingeslikt. Ze spreekt ieder woord met evenveel nadruk uit. De tekst wordt in haar mond vlak, spiegelglad, en het licht valt op haar nerveuze fladderhandjes, de kinderlijke gebaartjes komen steeds één tel later dan de emotie die ze moeten uitdrukken. Ze boetseert niet in de ruimte, ze vormt geen sfeer, is geen personage, ze staat niet waar ze staat; haar gedachten cirkelen boven haar hoofd, als verveelde fruitvliegjes boven gemorste jam, zij is die jam, een glinsterende klodder schoonheid, voor de eeuwigheid geconserveerd suikerfruit; gisteren nog stond ze naakt en wel in *Playboy*, en het laatste waar ze aan denkt is zelfmoord.

Ze reikt de dominee kanten kitschjurken aan, glittertheemutsen, strapless lichaamsetuis, en worstelt om de ritssluitingen op de rug dicht te krijgen. Beschadigt daarbij een nagel – haar ergernis daarover, ja, die is ongeveinsd. Prachtig.

Ze is geen partij voor de klassiek geschoolde acteur die de dominee speelt, en daarom de partij die me voor ogen stond.

Ik kijk naar Bouwe.

Hij kijkt naar het stuk.

Het is de eerste keer dat hij meegaat naar een première.

Driekwart jaar is de regisseur met deze productie bezig geweest. Aanvankelijk wilde hij er een korte televisiefilm van maken, die paste in het nieuwe format van de VPRO, getiteld *Fun for friday*. De redactie vond het thema te zwaar.

'Ik heb ze gezegd, ik zeg, het is zo heel absurdistisch uitgewerkt. Moet je nagaan, zo'n zaak met van die jurken... En je kunt werken met flashbacks, heb ik gezegd. Dat je die vent laat zien als hij naar dat stijve, vrome gezin in Noord gaat... Dat is Van Warmerdam en *Jiskefet* maar dan bijtender. Helaas.' Hij hield me op de hoogte. Schreef subsidiefondsen aan, overwoog een hoorspel in vier afleveringen, ook te downloaden van internet, ging met drie eindexamenkandidaten van de filmacademie en een video-8 camera aan de slag en het kon me allemaal niet schelen. Van half februari tot half april was ik een veelgevraagde gast, een B-coryfee geweest. Bettina belde nog wel eens de verkoopcijfers door, maar meer dan vier exemplaren per week verkochten ze niet; ik had even 'gepiekt' en in mijn genre was tweeduizend boeken al een formidabele oplage. Daarvan waren er nog maar zo'n vierhonderd over! Goed, hè? Een vraag die ik onbevestigd liet.

We lopen naast elkaar. Het is koud. Eindelijk. Een zomer lang heb ik uitgezien naar dit soort weer, waarbij de vrieswind precies het reepje onbedekte pols tussen jasmouw en handschoenboord weet te vinden. Bouwe is in augustus van vijf havo naar vijf vwo gegaan. Maar toen ik hem op de afterparty in gesprek zag met het zes jaar oudere soapsterretje, begreep ik waarom hij en Dieudonnée zich gedragen als lang gehuwden.

Koket geflirt zegt hem niets. Zo slecht als de actrice het winkelmeisje speelde, zo vakkundig speelde ze later de celebrity die ze is. Met een opgetrokken wenkbrauw bekeek Bouwe hoe ze haar zoveelste glas champagne van het dienblad nam, zich toastjes met zalm liet voeren, luchtkussen uitdeelde aan de mannen die haar dubieuze complimenten gaven – in de trant van 'je hebt nu wel bewezen dat je meer in je mars hebt dan een beetje draaien met je kont'.

Dan wendde ze zich weer tot hem ('toch leuker, een leeftijdsgenoot') en kwette door, en draaide met haar kont, en hing met haar borsten bijna in zijn glas als hij haar vuur moest geven. Ik zag dat hij alles wilde onthouden, om het later op te schrijven. Waar hij de tijd vandaan haalt weet ik niet, maar Bouwe brengt tegenwoordig alles in kaart. Alles. Alsof hij vreest dat de wereld morgen ten onder gaat.

De vrouw van de acteur die de dominee speelde, vroeg waarom ik alleen was.

'Ik ben niet alleen,' heb ik gezegd, 'mijn zoon staat daar.'

Ze deelde me ongevraagd mee dat haar man grote moeite had gehad met het uitspreken van die monoloog over die pont, nee, over de hallucinatie op die pont. Zo anachronistisch, met die aartsengel. Wat moet je je bij zo'n wezen voorstellen? 'Hij heeft een dag lang in de bieb van kunstgeschiedenis doorgebracht om de iconografie van Michaël door te nemen!' Het klonk verwijtend. Zat ze weer alleen thuis met de kinderen! Ik was te moe om sorry te zeggen.

'Gaat het altijd zo?' Bouwe trapt een blikje weg.
    'Ja.'
    'Ik bedoel niet zo'n stuk. Zo'n feestje daarna.'
    'Ja. Altijd.'
    'Rottig.'
    'Het hoort erbij. Je kende al wat mensen. Toch? Ik heb je even met Tanja zien praten. En met Ted, de regisseur.'
    'Ja. En iedereen gaat morgen kijken. Ook dat meisje.'
    'Naar de opening?'
    'Maar niemand vindt er wat van, van Appèlbergen.'
    'Nee.'
We lopen langs de Leidsekade, gaan de brug over, naar de Nassaukade. Steken over, wandelen door de donkere Bosboom Toussaintstraat.
    'Heb jij bij dat meisje aan Barbara gedacht? Toen je het schreef, dacht je toen...'
    'Hoe bedoel je?'
    'Zomaar.'
    'Omdat ze... oppervlakkig is? Goedgemutst. Mooi woord.'
    'Dat niet. Maar ze stelt die man zijn beslissing uit. Ze rekt het moment waarop hij... Ze voorkomt dat hij... Dat dus. En niet eens bewust. Eerder argeloos. Ze vindt dat gefrunnik met die jurken leuk. Meer niet. Wat ik me afvroeg is of jij eigenlijk zelf...' Hij schraapt zijn keel. 'Zelf dus... Wil je dood?'
    Dat heeft nog nooit iemand aan me gevraagd. Op de daken van de geparkeerde auto's ligt een dof laagje rijp. Onze voetstappen klinken hol. Kou is er, en er zijn twee mannen met stemmen die matigheid verraden; we spreken niet op alcoholisch volume, maar zacht, om iedereen met een bed aan de straatkant niet uit de slaap te wekken. Wil ik dood. 'Jij?'
    Bouwe kijkt me aan. De trekken van zijn moeder. Hij scheidt een

lauwe, groenige gloed af, alsof zijn huid kleine fosfordeeltjes bevat. De wijzers van de wekker die ik ooit van mijn opa had gekregen. De stipjes boven de cijfers. Ik laadde het ding op in de zon of onder een lamp, zodat ik 's nachts nog lang naar de lichtdruppels kon staren, naar de kring van imploderende, in elkaar uitdovende sterren. Waarbinnen, om half twaalf 's nachts, een I oplichtte, de grote wijzer een streepje, de kleine een punt – de I van een IK die ik nooit ben geworden.

'Ik heb heel lang dood gewild.'

Ik kan het niet helpen, maar ik schiet in de lach.

'Puberverlangen. Sorry dat ik dat zeg. Heel lang!'

'Zou ik ook zeggen. Maar het hield juist op waar het bij anderen misschien begint. Van mijn zevende tot mijn, wat zal het zijn, vijftiende, zestiende?... wilde ik er niet meer zijn.'

'En toen kwam je Franse meisje...'

'Nee. Nee, zo ging het niet.'

We gaan rechtsaf, weer een brug, de Bilderdijkstraat.

'Je vond dat je te weinig liefde kreeg.'

'Ook niet. Ik had het idee... Ik had het idee dat ik een heel gevaarlijk iemand was. Zo keken mensen naar mij, dacht ik. Ik legde een keer het bestek op mijn bord, gewoon, ik was klaar met eten, en toen spatte dat bord uit elkaar. Dat soort dingen. Ik had een keer een schilderij voor een meisje uit mijn klas gemaakt, omdat ze jarig was en ik iets persoonlijks wilde geven, ik was verliefd op haar, zoiets... En ik schilderde een woeste nachthemel, een Van Gogherige vlekkerige afbeelding van het poollicht, veel zwart, en daaronder een zee, water in elk geval, waarin die kleurvlammen werden weerspiegeld, en op dat water dreef een lotus met zo'n Egyptisch Horusoog als hart. Nou, best wel kitsch dus, maar toen was ik heel tevreden. Lijstje d'r omheen, klaar.'

We steken de weg over. Kijken tegelijk bij een beddenwinkel naar binnen. Een mannelijke modepop, kaalhoofdig, strakke kaaklijn, lange kraakwimpers, openvallende ochtendjas waaronder gladde bruine borst, zit op een kersenhouten bed met Auping-matras. In zijn hand hebben ze een punt van het in het paars gestoken dekbed gelegd, voel toch eens wat een mooie materialen, maar de pop kent niet de minste aandrift om te gaan liggen. Hij is net zo wakker als wij nu. Slapeloosheid verbeeld; het tafereel kan zo in een museum.

'En toen?'

''s Avonds laat maakt Paula me wakker. Hebben die ouders van het meisje haar gebeld en gezegd: we worden niet goed van dat schilderij. Het stond bij ze op tafel, bij de andere cadeautjes... En ineens wordt de vader misselijk. Kotsmisselijk. En nog iemand. En hun hart gaat tekeer, en die moeder zegt: "Het is dat oog, dat oog kijkt echt," ja weet ik veel, maar ze waren doodsbang, alle mensen in die kamer, en ze hebben geloof ik een doek over dat ding gegooid, heel simpele Brabanders, moet je nagaan, die oudste zoon kende ik wel, echt zo'n stoere gast met een opgevoerde brommer, maar ze bleven last houden van dat schilderij en die jongen heeft het kapot gegooid, maar dat hielp niet...' Bouwe maakt de anekdote niet af.

'Misschien heb je te veel horrorfilms gezien. *The Omen* of *The Exorcist* of zo.'

'Die gaan toch over behekste mensen? Over mensen die kwaad doen leuk vinden. Die daar wel van genieten. Niets anders kunnen. In wie geen geweten zit. Of een omgekeerd geweten. Zo iemand ben ik niet. En het was ook niet een soort demon of evil spirit of zo die via mij... Wat ík denk...'

'Nou?'

'Ik denk dat sommige mensen te sterk worden geboren.'

'Te heftig. Daar hebben we het al eens eerder over gehad.'

'Ik zeg nu "te sterk". Te heftig – dat gaat over gevoelens. Te sterk gaat over... Nou, gewoon, dat ze een kracht hebben die voor henzelf en de omgeving onhanteerbaar is. Dat ze zonder dat ze dat zelf willen dingen kunnen beïnvloeden, of veranderen. En je schaamt je dood als je dat hebt. Die macht. Juist omdat je boven jezelf kunt hangen, als een havik, een steenarend, daar zag ik laatst iets over op National Geographic... en soms in een flits ziet wat je met die sterkte kunt aanrichten. Ik wilde er tenminste keihard voor wegrennen. In de tuin, in de tuin kon ik weinig kwaad aanrichten. Daarom stond ik daar. Als een vogelverschrikker. Naar beneden kijken, zei ik tegen mezelf. Gewoon naar de grond, naar de planten. Werken, werken. Zweten. Er niet zijn.'

De Kinkerstraat. De feestverlichting, een lange rij davidsterren waarin harten bekleed met namaakdennentakken en gevuld met rode en witte lampjes, hangt er nog. We lopen over de winkelpassage. Aan de overzijde passeert af en toe een fietser. Weinig auto's. Lopen doen alleen wij. Ik vraag waardoor het over is gegaan, zijn doodswens.

'Toen ik het had opgelost,' zegt hij. 'Mama's gedoe. Toen ineens was ik zo boos, zo verdrietig, ik vond het, ja "heerlijk" is een stom woord, maar ik vond het fijn om zo zielig te zijn, om iets dramatisch te hebben. Lekker roeren in mijn eigen geheime ontdekking. Dat leidt af. Snap je? En nog weer later kon ik mijn eigen kracht inzetten om tegen dat zelfmedelijden te vechten – had ik weer wat te doen. Zo dus. En nu is er Appèlbergen. Waar geen donder van klopt. Maar jij. Wil jij dood, daar ging het over.'

Een maand nadat ik erachter was gekomen dat Barbara mij met Achmed bedroog, belde Patricia me met de vraag of ik zin had om ergens wat te gaan drinken. Ze was toevallig in de stad. Het was lunchtijd, een 'hapje eten' kon ook. Als ik het niet te druk had. Ik weet nog dat ik dacht, ze gaat er toch geen gewoonte van maken?

We spraken af op een terrasje in de P.C. Hooftstraat – mijn zus had al toen ze me belde een stoel voor me vrijgehouden. Ze had niet gewinkeld. Ging ze dat nog doen? Nee. Ze was naar Amsterdam gereden om mij te spreken.

Huib ging bij haar weg. Hij had al woonruimte.

Ik zal wel iets gezegd hebben als 'Wat spijt me dat voor je.'

Vond het onprettig om door mijn zus in vertrouwen te worden genomen. Ze had per ongeluk een broodje tonijnsalade voor me besteld. Het leek me ongepast haar eraan te herinneren dat ik geen vis blief. Eten moest ik, juist om niet te veel te horen. Al die intimiteiten. Haar confrontaties met vorige minnaressen. Dan nog liever die vezelige, bittere, huidkleurige drab waarin de kappertjes glinsterden alsof het bedorven slangenoogjes waren. Dikke mayonaisetranen. We dronken witbier. Allang niet meer hip.

'Je vraagt niet met wie,' zei mijn zus. Ze bette haar mond met een papieren servet. Keurde langslopende vrouwen naar wie ik volgens haar te lang had gekeken. Vond ze te mager, te bruin of te blond, benijdde afgetrainde, geëpileerde kuiten en vooral de voeten die in hooggehakte, rode pumps waren gestoken – omdat ze wist dat ze wel het geld voor dergelijke schoenen had, maar niet de tred. De mannelijke blik in de gaten houden en met haar blik becommentariëren, het was haar tweede natuur geworden. Huibs verdienste.

Huib, ik, wij dus, moesten vooral niet denken dat de fotomodellen met de vierkante papieren tassen om de pols zich voor ons zo frivool lieten wegwapperen door een zuchtje wind, als Icarus' zusjes, als donzige schaamvlinders, dat dacht ze, en ze dacht, met die wijven valt geen zinnig gesprek te voeren.

Zo'n opzienbarende ontdekking leek me wel een Nobelprijsje waard. Godverdomme, wat briljant!

'Met mij wel,' leek Patricia's knik te zeggen, ai, de vergissing, en ik dacht terug: met jou ook niet. Uit de ene conclusie volgt niet meteen de andere, schat. Begin juli zou Huib vertrekken.

Met wie? Met wie? Hoe moest ik dat weten? Ze viste het schijfje citroen uit haar glas en knaagde met haar grote voortanden het vruchtvlees uit de schil.

'Vergeet je nieuwe woning maar, Ruudje. We zijn straks allebei alleen.'

Wie al dood is, kan niet nog een keer doodgaan.

Barbara ging zoals ze was gekomen. Haar vader had voor de tweede maal een bestelbus gehuurd, haar moeder reed. Ze ging met precies zoveel spullen weg als waarmee ze bij mij was begonnen; twee dozen kleding, een armzalig stapeltje cd's, videobanden, boeken – de keukenbenodigdheden die ze in de loop der jaren had aangeschaft mocht ik houden, net als het kleed en de kussenhoesjes op de bank, net als de dvd-speler die ze na Venetië als boetedaad had gekocht. Penitentie-huisraad.

'Misschien wil je ergens anders heen. Op de dag van de verhuizing. Dan gooi ik, als we alles hebben ingeladen, de sleutels wel door de brievenbus.' Hoe zorgzaam.

Ze had 'haar' allochtonen allemaal per brief laten weten dat ze op zichzelf ging wonen, zodat ik na haar vertrek geen pijnlijke vragen hoefde te beantwoorden. Over Huib stond niets in het kopietje. Voor wie haar nodig had bleef ze beschikbaar. Eronder haar mobiele nummer en haar nummer bij de krant. Wilden moslims wel met een gescheiden vrouw blijven omgaan?

'Ze kennen de context.'

Met andere woorden, iedereen wist dat ik depressief was – want ook al had ze tegen mij al zo vaak geroepen dat er niets met me aan de hand was, ik werkte toch, ik at en dronk, ik kon toch lachen – het was in dit geval wel handig als het mijn aandoening was die de situatie onhoudbaar had gemaakt.

'Zzziek in zzziel,' ik hoorde het Aïsha vergoelijkend uitleggen aan man en zoon. Hanneke kwam als eerste de trap op. Ze droeg een marineblauwe overall met verfvlekken op mouwen en knieën. Werkkleding. Alsof er van alles te klussen viel. We begroetten elkaar. Ze keek me niet aan. Achter haar zag ik Jaap. Vale blauwe manchesterbroek, te ruime blauwe sportsweater met capuchon. Had ik hem op de eerste twee trappen nog energiek horen huppelen, 'onze' trap beklom hij waardig, gelaten.

Ze stonden nog bij de wc-deur toen Barbara ze een kop thee in de handen drukte. Daarna maakte ze espresso voor haarzelf en voor mij – de laatste keer dat onze kopjes gebroederlijk naast elkaar op het zilveren lekplateautje stonden, en tegelijk volstroomden met donkerbruine, modderige stralen. Gebrom, gerochel in het binnenste van het apparaat. Een kleine eruptie. De twee vuile, ijzeren uiertjes spogen nu stoom en boosaardige fluimen waterig, beige schuim. Barbara draaide de knop terug naar de beginstand. Het rode lampje ging uit, ze liep met onze koffie de kamer in. Haar ouders volgden. 'Hadden jullie suiker gewild?'

'Ik heb zoetjes bij me.' Jaap klopte op zijn broekzak. Haalde een plastic dispenser tevoorschijn, hield hem boven de thee van zijn vrouw en drukte het dekseltje in. Ze kreeg twee pilletjes. Hij bood me het doosje aan. Dank je.

Zichzelf gaf hij één zoetje. Hij keek aandachtig naar het gebruis in zijn kopje. Stilte.

Ik stak een sigaret op. Barbara had nooit gerookt in het bijzijn van haar ouders. Niet op haar vijftiende, niet op haar negentiende, nadat ze het rijbewijs had gehaald dat haar als beloning voor het niet-roken in het vooruitzicht was gesteld. Niet toen ze mij introduceerde, de oudere vriend, de weduwnaar, voor wie meteen een brandschone asbak werd neergezet, elke keer dat ik met haar op bezoek was in de rommelige twee-onder-één-kap. Ze was gestopt zonder dat haar ouders daar trots op konden zijn. Jaap en Hanneke mochten ook niet weten dat ze weer begonnen was.

Hoezo een goede band? Hoezo open, warme, intieme familierelaties? Dit soort leugentjes hadden me aan het denken moeten zetten, maar omdat Barbara mij als enige... Omdat ik als enige alles van haar mocht weten, veel was het toch niet...

Ik had naar haar gekeken. Steels. Terwijl ze naar haar vader keek en van haar vader naar buiten. Een witte dag, koel voor de tijd van het jaar. Hoogzomer, wisselvallig, zestien graden. Vanaf woensdag zou het beter worden, met in het weekeinde daarop een hittegolf, zo was voorspeld, maar waarom zouden we dat geloven? Ook Bar zou zich niet meteen gedragen als fesche Lola. Haar schuld zou ze wegslapen, veertien uur in een etmaal, in de armen van die andere deserteur. Tot mijn moeder niet meer kwaad op haar schoonkinderen was, de hitte geweken. Ik had meer met mijn ex dan met mezelf te doen. Die verlegen bewegingen. Ze schonk onwillig thee bij, wilde aan de slag.

Nee. Ze had nooit expres gelogen. Het was onhandigheid.

Barbara kon denken, doortastend, ze was soms te betrappen op een aforistische wijsheid. Een eenvoudige Stoa-redenatie, een onelinertje van de latere Schopenhauer; milde Boeddhaberusting, Germaans omwaaid door een vleugje Meister Eckhart.

'Laat je niet opfokken, doe wat je goeddunkt, piekeren heeft geen zin, morgen is het weer voorbij en het kan niemand iets schelen wat je echt bedoelt, wie je werkelijk bent, ik maak me ook geen illusies. Het is al heel wat dat je het in je werk en met je vrienden een beetje leuk kunt hebben, en als íémand daarvan doordrongen is, ben jij het wel.'

God, ze kon wel denken, maar uitsluitend in afzondering en trager dan ik. Ik trok haarspeldbochten over de rotsen die ik voor mezelf opwierp, pendelde van linker naar rechter hersenhelft – Barbara klom gestaag naar de top, in een loodrechte, verticale lijn: laat mij het nou maar zelf uitzoeken.

Ik heb alleen wat gereedschap nodig, geen gezelschap.

Als ik denk moet je me niet storen.

En trouwens, ik denk liever niet. Je vergroot de problemen ermee.

Nee, ik denk wel, maar aan haalbare zaken.

'Het lukt me niet om er woorden van te maken, Ruud. Ik zie het wel, heel scherp, dat wel, maar zo scherp als jij erover kunt praten... Mijn tong blijft plakken in mijn bek.'

Ze had geen bek. Ze had een mooie mond, ook die middag. De glimlach van een rouwende. Geen gedachten. Wat er fout was gegaan behoefde geen analyse meer, eventueel heimwee vroeg niet om taal, straks ook niet, want Huib was er altijd rond voor uitgekomen: hij was niet zo'n filosoof. Van spitten kreeg je maar spit, haha!

Steenbok en Stier. Toegegeven, de perfecte combinatie. In- en insaai zou het liefdesleven van Huib en Barbara worden, dodelijk stabiel, maar sfeervol. Regelmatig de waxinelichtjes aan, omdat iemand ooit had besloten dat dat gezellig was, een sudderlapje op het vuur, en na het eten samen in bad, met veel schuim. Daar met twee lepels een bak chocoladeijs leegschrapen, gevoeder over en weer, en dan, dat spreekt, een schaterlachend uitgesproken: 'Kijk ons eens, elke dag een feestje.' Hoe ze de simpele zegeningen zouden tellen.

Ik zag ze zeilen, het kersverse paar. Skiën. Omdat ze altijd geld overhielden (beiden niet zuinig, verkwistend evenmin), konden ze ook nog een scooter met zijspan kopen, en nu en dan een weekend naar Schotland, waar Huib dan whiskystokerijen bezocht en Barbara shortbreads en scones leerde bakken, ze zouden in moderne schilderkunst gaan beleggen en weldra vond Huib het tijd worden voor een sabbatical en eigenlijk was Barbara ook wel aan iets anders toe, ze wilde zich bezinnen... Echt van die mensen die, wanneer ze ontdekten dat ze waren uitgepraat (en waren ze dat niet nu al?), van de ene dag op de andere aan een 'nieuw avontuur' begonnen; even een paar horeca-diplomaatjes halen en hup, een kroeg met sociëteit-allure, met chesterfields, een snookertafel, een gestemde vleugel in de hoek. Een partycateringbedrijf starten kon ook, een hoedenwinkel voor mijn part, een organisatiebureau voor Garden-, Lifestyle-, Italian cooking- en Christmasfairs; Barbara de creatieve denker, dat wil zeggen na-aper, met een neus voor exclusiviteit, voor luxe, Huib die zich eindelijk kon omringen met de juiste, net niet pocherige statussymbolen. Die met drie mobiele telefoons in de hand vanachter zijn Apple de regelneef zou uithangen, terwijl hij regelmatig een hapje of een slokje nam van de mediterrane dieetversnaperingen, de biologische sapcocktails die Barbara hem bereidde om hem weer op gewicht te krijgen.

Mijn zus en ik hadden het niet begrepen. Mijn zus was te simpel geweest, ik te complex. Deze gelieven waren elkaars gulden middenweg, dacht ik die middag, en Hanneke vroeg of er ook nog dozen op zolder stonden.

'Het is allemaal heel vervelend,' had Jaap gemompeld. 'Dat het zo moest gaan. Met je zwager, potdosie. We hebben nog gezegd: "Probeer het opnieuw, dit kan niet, je maakt twee relaties stuk."'

Ik knikte. Ik was nog in staat op te merken dat het wel consequent was. Een stiekeme verhouding was laffer.

'Vind ik ook!' riep Hanneke, die de kamer was binnen gekomen met de koffer met zomerkleding in de hand. 'En ik vind ook dat we contact moeten blijven houden. Tenminste, wanneer jij het aangeeft. Jaap is zo dol op Bouwe.'

Barbara bewaakte het busje. Ze stond met haar billen tegen de achterklep. Ook ik droeg soms een doos naar beneden. Dan stapte ze opzij, opende de deur, nam het pakket van me over. Twee verhuizingen in minder dan een halfjaar tijd. Ik had al geoefend in Vlijmen en in Appelscha. Maar in Barbara's nieuwe slaapkamer zou ik niet op een geïmproviseerd bed de nacht mogen doorbrengen, bij wijze van inwijdingsrite.

Toch deed ik dat.

In de geest.

Na de afschuwelijke, tactloze openbaringslunch met Patries (we konden niet treuren, elkaar niet troosten, alleen al omdat er publiek om ons heen zat en anders marcheerde het wel op hoge ooievaarsspoten langs, anorectische fotomodellen net zo goed als anorectische zwangeren met gestileerde, bontgebloemde Oilily-buiken en een oranje lolly in de mond om de ergste honger te stillen), ja, na dat uur van waarheid ben ik naar de krant gefietst. Vrolijk. Ik wachtte voor het gebouw, en las in een bundel van Sylvia Plath die ik onderweg had gekocht. *Ariel*, de laatste voordat ze met haar hoofd in de oven dook. Wat kon mij het schelen – ik kon nu alles aan. Iedere gelijkenis met Anne, met mijn verdriet om Anne berustte op louter toeval. Hield ik me voor.

Ik wilde Barbara naar buiten zien komen. Ze kwam. Ze was in gesprek met een meisje dat ik niet kende. Ze gaf het meisje een kus, riep: 'Sterkte ermee!' en wuifde haar uit. Ze maakte haar fiets los. Ik liep naar het hek, mijn fiets aan de hand.

Van haar reactie herinner ik me niets.

Ik nam haar mee uiteten.

Ik had geen honger.

Ik had een oranje lolly in mijn mond en hij heette geen Huib en ook niet: wraak, en hij was niet zoet, maar hij smaakte naar het land waar de citroenen bloeien. Uitzonderlijk reëel.

Hij werd niet kleiner door het zuigen. Ik proefde de feiten. Meer kon je niet verzinnen.

Ik nam haar mee naar het restaurant van C. en mij.

En vertelde haar alles. De details zoals C. ze had onthouden. Een glas champagne? Een fles!

Ik wilde alles vertellen. De lijst ongebeurde, waargebeurde gebeurtenissen opbiechten, zonder emotie. Maar Barbara onderbrak me al toen ik zei dat ik de plek kende van toen ik nog... Ze zei: 'Jij? Een ander?!...' En nog voordat haar inktvis-carpaccio werd gebracht vertrouwde ze me toe dat hij Huib heette, dat ik hem heel goed, maar ook totaal niet kende, en op dat moment waren we meer gelijk aan elkaar dan een eeneiige tweeling ooit kan zijn. Zo'n afscheid wens je iedereen toe.

*

Met allebei een bord op schoot zitten we op de bank. De televisie staat al aan, het geluid is nog uit – in *Teletubbies* en het reclameblok hebben we geen interesse. Bij de benedenburen is het stil. Alle Marokkanen in de straat zijn een maand geleden vertrokken. Omdat ik wist dat Barbara ook na haar verhuizing nog veel contact met Aïsha onderhield (soms had ik haar stem gehoord, haar lach, die luider was geworden en waarin opluchting doorklonk), had ik de gordijnen dicht gelaten tot het moment waarop de vrachtwagen met alle roze, turquoise en koperen bazaarrommel van de extended family de straat uit was gereden. Ik wilde niet zien hoe mijn vroegere vriendin haar kennissen uitzwaaide.

Onder mij wonen nu twee Poolse jongens, die voor belachelijk weinig geld in een opslagplaats voor bouwmaterialen werkten. Nog maar kortgeleden besteedden het *Journaal* en *Netwerk* er een itempje aan: Nederlanders waren bang dat wanneer Polen in mei bij de EU kwam, ons land zou volstromen met goedkope arbeidskrachten. Geen nood, rekende de Minister van Sociale Zaken en Werkgelegenheid voor. 'Het gaat om dertigduizend arbeidsplaatsen, om banen die niemand wil, want hier is iedereen toch algauw te hoog gekwalificeerd.' Beelden van Poolse mannen in de bouw (Appèlbergen?), van Poolse meisjes achter een lopende band vol nog ongeëtiketteerde shampooflessen.

Mini-interviews leerden dat de Polen met een inkomen ver onder het minimum tevreden waren. In de industrie in eigen land was honderd euro in de maand heel gewoon. Werkgevers moesten zich houden aan de abominabele Poolse CAO en dat was geen straf. Een man met een cadmiumgele bouwhelm op het hoofd zei dat hij nog nooit zulke gemotiveerde arbeidskrachten had meegemaakt. Altijd op tijd, pas na vijven weg, ze lieten het terrein tiptop achter, en met een griepje werd er gewoon doorgewerkt.

Onvrede onder de Hollandse werknemers.

Vakbondsleden vonden de nieuwe collega's maar bedreigend. De term uitslovers viel nog net niet. Maar o wee, als deze slaven ook een eigen stad zouden krijgen, en zouden integreren... De slijmjurken, de braveriken zouden niet deelnemen aan stakingen, niet demonstreren tegen verlaging van de WAO – gejengel om betere, goedkopere kinderopvang en reiskostenaftrek vonden Polen typisch iets voor verwende burgers, ze keken op ons neer, dat kon je op de vingers van één hand uittellen. Weg moesten ze! Weg!

Ja, een gastvrij land, Nederland. En dat zou vandaag, 6 januari (Driekoningen, voor wie dat nog wist), groots gevierd worden.

'Het begint, pap.' Bouwe zet het geluid aan. Het klassieke deuntje dat altijd voorafgaat aan Eurovisie-uitzendingen. Taatáa tatata ta TAAH HA, Taa tatatatata diebediebedoe, Taatáa tatata ta TAAH HA pampampampam PAM tata. Plechtig moment. Hartelijk welkom bij, Bienvenue à, Herzlich willkommen bei, We are very pleased to invite you at, Ötte mötte skarrevals tuve... Andere onbegrijpelijke zinnen volgen. Dan de naam Appèlbergen! De eerste beelden. Het heeft er verdomme gesneeuwd. Veel meer dan wat daken en bomen valt er niet te zien. Gelukkig zijn de filmpjes waarin een kersverse inwoner de kijker door zijn of haar wijk loodst al eerder geschoten. Gordana uit Kroatië, Dragan uit Servië en Maja uit Bosnië geven elkaar een hand, alvorens ze alledrie afzonderlijk, en uiteraard gevolgd door een camera, door de straten op eigen terrein dwalen.

De verschillen zitten in de details.

Voor Kroaten is 'koeltoer' heel belangrijk. Dus hebben ze op elke straathoek wel iets laten neerzetten: een bibliotheekje, een toneelzaal, een dansschooltje, muzieklokalen – uiteraard ook toegankelijk voor andere Appèlbergers uit 'formal Yugoslavia'. De Bosniërs houden meer van tuinieren. Tussen de woonblokken ronde, aarden cirkels. Bedden voor goudsbloemen, 'Zai zain zeer keneeskraftiek,' voor kolen, sla, spinazie, voor wortels en bieten. 'Hier kommen die bonenstaajken, en ook bessen en framboosjenz...' Maja tuurt door haar wimpers. Ze ziet de bonte, ronde tuinen al bloeien. 'Wai gaan

482

ook weer zelf hauning maken, en limonades, en jams... En op den duur ook tarwe verbauwen voor al die zaaliege Balkangebakje, wij zo trots op zaijn. Kom voeral proeven!'

Dragan toont de sportfaciliteiten. 'Het zentroem voor teknik en aude aambagten.' Hier kan men zich bekwamen in de weefkunst, er is iets met glasblazen of brandschilderen, ik versta het niet goed en zie alleen een haard waarin een groot vuur brandt, smeden kun je er leren, en 'natoerliek' het eeuwenoude houtsnijwerk. Hij wijst op blankhouten zwaarden en schilden aan de muur, versierd met bloemen, en randen fijn gegutst vlechtwerk, op de kerstgroepjes die op een met fluweel beklede tafel staan. 'Maar ok wai leren die jeukt baivobbeld fielms maken, fotokrafieren... vodka stoken, dada.'

De interieurs van Gordana en Maja kunnen de goedkeuring van Ikea wegdragen. De uitbundige Kroatische heeft zelfs één muur fuchsiaroze geverfd en bruine, paarse en limekleurige kussens op de zwarte banken gelegd. Aan de muur een gedateerde Walasse Ting, zo te zien de *Vrouw met papegaai*. Maja is braver, ze heeft de boel gewoon wit gehouden, wit en strak, maar het huis van Dragan, die opvallend rotte tanden heeft en zich zelfs voor deze gelegenheid niet heeft willen scheren, barst uit zijn voegen van de etnische prullaria. Aan het plafond een grote vlag in Hollandse driekleur.

'Zie je dat?' Ik stoot Bouwe aan.

'Ja, dat is blauw-wit-rood, de vlag van Joegoslavië. Alsof daar niks gebeurd is. Met het tribunaal zijn ze nog steeds niet klaar.'

Op naar de wijken voor Antillianen en Surinamers. 'Wist u,' zegt Cynthia, een oude, grijze negerin, 'dat wij allang met zoiets als Appelbergen...' (ze vergeet dat er een accent grave op de e staat), 'dat wij daar allang mee bezig waren, als ouderen zijnde? Jajoe! Wij hebben allang woongroepen voor vijfenvijftigplussers opgezet, want wij kunnen toch niet meer aan ônze kinderen vrágen om die oude mensjes in huis te nemen? En ach, Sranang en Papiamento, dat verstaat mekaar wel, hoor, o ja... O, jawel... Die oudjes als wij zijn gewoon minder kieskeurig en wij gaan dat die jongen ook leren, dat wij als creolen gewoon de krachten moeten bundelen, en ook met de Hindoestanen erbij, ja leuk. Kijk leuk, ze hebben hier Willemstad nagebouwd, die kleine gekleurde grachtenhuisjes, ja, swietswiet, hè?'

Er wordt ingezoomd op een groot buurthuis omringd door houtwallen, populieren, die de aannemer heeft laten staan om Appèlbergen niet te kaal te laten lijken. Het pand is opgetrokken uit witte planken en heeft een reusachtige veranda. Ervoor, in het natte wintergras, dansen dikbillige meisjes in batikjurken, een doek van dezelfde stof in een rare knoop om hun hoofd. Ze rollen met hun handen door de lucht, alsof ze denkbeeldige gloeilampen uit de fitting draaien – alles op de tropische klanken van een verdekt opgestelde steelband.

Volgen nog een rondleiding van de Senegalese Youssouf Diob, van de Marokkaanse Yasmina, de knappe Turk Orhan (die, grappig, *Sneeuw* van zijn voornaamgenoot Pamuk in Nederlandse vertaling in de kast heeft staan), de Georgiër Sergei Tzabadze, die zijn wijk met Russen en Tsjetsjenen, met Azerbeidjanen en weet ik veel wie nog meer moet delen. Klein-Iran is nog in aanbouw, maar wat een beeldschone moskee gaat daar komen, en tenslotte zijn de Chinezen aan de beurt. Straatverlichting was hier niet nodig, aan de muren van de lage huizen hangen rode lampionnen. Achter pagode-achtige poortjes bedekt met glimmend groene dakpannen schitteren fonteintjes van vuurwerk, die onregelmatig opstuiven uit een stenen drakenmuil. De reportage is in de ochtend begonnen en heeft in ijltempo een half etmaal Appèlbergen doorkruist. Nog één keer krijgen we beelden van de diverse wijken bij avond, van drukke kroegjes, van kale koffiehuizen waarin met grote ijver geklaverjast wordt. We zien een les soennitisch volksdansen voor huwbare meisjes, 'zodat ze op hun bruiloft goed beslagen ten ijs komen...' en terwijl een groepje Ghanezen op de lemen vloer van zomaar een woonhut bijeen zit om een pijpje te roken en palmwijn te drinken, zit Dragan in zijn leren jekker aan zijn eetkamertafel, met een scherp mes en een stuk hout in zijn handen. De petroleumlamp brandt. Hij zingt een wild lied, en neemt een slok van zijn drank. Een man met een gitaar en een jongen met een viool komen de kamer binnen. Ze begeleiden Dragan, die verwoed in de knoest bikt. Een tanig oud moedertje met een gebloemde sjaal om haar hoofd zet een schaal met sterappeltjes op de ook al met houtsnijwerk versierde etagère aan de muur. Voor de icoon en naast het in rood glas gevatte gebedslampje. Dan kijkt iedereen blij de camera in. Maja en Gordana zijn opeens ook van de partij. Ze stralen.

'Wat daar bij ons niet goed loekt, kan hier wel. Zamen onz zelf zaijn, in vrede!' Ze pakken houten eierdopjes van tafel. Het blijken borrelglaasjes. 'Proost!' En nog een keer, in hun eigen dialecten.

Ik kan er niets aan doen. Ik huil. Ik voel de druppels over mijn wangen, eerst nog warm, dan ijskoud. Alsof mijn ogen kilometers hebben afgelegd en nu zweten, zweten. Dit is waarom ik leef. Dit grijpt meer aan dan welke liefde ook. Ik zet mijn bord met daarop nog één aangevreten croissant op de grond. Waarom nog eten? Het is volbracht! Volbracht. Alle mensen broeders. Ook ik, bij vlagen een misantroop, weet me verbonden met Dragan en al die Appèlbergen-pioniers die... Het kan dus. Het kan. Gefeliciteerd, Barbara. Mijn complimenten, Silberstein. Ik sta op en ga naar de wc.

Maak gewoontegetrouw mijn gulp open, laat mijn broek zakken.

Ga op de koude klep zitten. Snuit mijn neus met een stuk papier. Vijfduizend bewoners telt de stad nu. Dat is niet veel. Maar als alles verloopt zoals gepland, zullen er duizend per maand bijkomen en er zijn ook al mensen die hebben toegezegd dat ze voor onbeperkte duur genoegen willen nemen met inwoning bij familie, of noodhuisvesting – wat neerkomt op een gezinscompartiment in een barak.

Het Aquariustijdperk. Mijn tijdperk.

Ik heb er altijd om moeten lachen. De musical *Hair*, Lennon, de new-agebeweging; walgelijk, dat optimisme. 'Imagine all the people... You may say I'm a dreamer, but I'm not the only one...' Rottig sopraanriedeltje erachteraan, want reken maar dat Lennon een nicht was, Jezus met een brilletje... Ik heb hem altijd gehaat, de leugenaar, ik wil nog net niet zover gaan dat ik zijn moordenaar begrijp, nee, die begrijp ik niet, die was teleurgesteld in zijn held – dat betekent dat hij eerst in diezelfde macrobiotische Mahareshi geloofd heeft en toen ging hij Salinger lezen (had hij natuurlijk eerder moeten doen, de omgekeerde volgorde, je mag niet naar Yoko en John luisteren voordat je *The Catcher in the Rye*...) en toen kocht hij een pistool en toen waren we van de hoofdhaar-, baardhaar- en hotelbedvrede verlost! Het Aquariustijdperk! Waarom zou dat leuk zijn? Alsof Waterman zoveel beter zou zijn dan Vissen.

Nog steeds geloof ik geen barst van astrologie, maar ik lees er graag over. Orde. Regelmaat. Goed voor spijsvertering, nachtrust en mijn zielehygiëne. Mozes vertegenwoordigde het Ramtijdperk, daarom wordt hij afgebeeld met horens van licht op het voorhoofd, o ja, ik weet het allemaal wel, als de joodse leider met de stenen tafelen van de berg Horeb afdaalt is hij de Ram, zoals Christus Vissen is en al voorafgaand aan zijn laatste avondmaal naar dit tijdperk vooruitwijst door de leerlingen te zeggen: 'Gij zult daar een man zien, die een kruik water draagt' – en daar, in dat huis, zal Hij het brood breken...

De Kelten en de Egyptenaren behoorden tot het Stiertijdperk, de grafcultussen, dat aardse, welja joh, we zetten mooie spulletjes bij dat lijk, 'heeft 'ie nog wat om mee te spelen voor het geval er geen hemel is...' Kinderlijke eenvoud à la Cruijff en Huib, Máxima en Alexander... Stieren. Koeien. Runderen. 'Je bent een rund als je met je hersenen stunt', dat is, meen ik, hun devies. Als ik het ooit nog tot verlicht despoot schop, zal ik aansturen op een nette Taurocide, want wat zal de wereld opknappen zonder die escapisten, die bourgondisch vegeterende, hun gelukjes herkauwende, domogige, diklippige, zogenaamd 'zinnelijke' nietsnutten. Volgt een Virgocide, want Maagden zijn ook mijn vrienden niet, het zijn stiekemerds en schijtluizen, behaagziek ook wel, en de zichzelf immer feliciterende Leeuwen en Leeuwinnen, mijn vader en mijn moeder, maar die zijn al dood... Nu goed, toch weg ermee! Het achterbakse, achteruitlopende, gepantserde weekdier Kreeft, het teken waar Nederland in staat, kssstt! Ja, ik raak op dreef. Ik laat er gewoon vijf over, de wintertekens: Schorpioen, Boogschutter, Steenbok (toch maar wel), Waterman en Vissen, omdat ik anders mijn zoon offer, de ongrijpbare...

Vertel mij wat, esoterie gaat erin als koek, maar ik hoorde nooit een new-ager over de mindere kanten van Waterman, die zich logischerwijs toch ook moeten gaan manifesteren... Vanaf nu...

Van de mindere kanten weet ik het meest. De Waterman heeft geen harde kern. Om tot een kunstmatige kern te komen, heb ik me aan mijn verbittering gehecht, aan mijn depressie, aan mijn afkeer van groepen – in werkelijkheid, bedenk ik nu, terwijl mijn billen plakken aan het kille plastic, maken deze artificiële ingrepen nog geen individu. Het is cerebraal zelfmedelijden, medelijden met een lucide, niet in vlees en zenuwen gewortelde angst; ik ben nog immer degene die ik als jongen al was – de doorwaadbare plek van en voor anderen.

Mijn ouders hebben me niet vertrapt. Er viel niets te vertrappen. Ze zijn door me heen gelopen. In de stroom ben ik de luwte. In de werveling ben ik de vaste grond onder andermans voeten. In de verwarring de rust. In de eeuwige mars, de wedloop van niets naar niets, ben ik het klooster, het doorgangshuis, de stille plek voor meditatie en contemplatie... Ik, de ongeschoeide karmeliet. De barrevoetse prutser die zich schaamt om te bidden, want dat is het, schaamte! Wie ben ik om bij een overbezette Heer aan te kloppen die niet alleen zes miljard levenden in de gaten moet houden maar ook nog miljarden doden? Sorry, sorry bij voorbaat, God.

Ik ben altijd hier, in mijn cel. Ik ben in mijn boeken nu, maar niemand onderzoekt ze. Ik ben in de parallelle, ongeschreven boeken. In mijn dromen, die echter zijn dan ikzelf. Ik ben de slijpsteen voor andermans ruwe verlangens, naar dood of naar actie, actie! Maar mijn eigen bodem kan ik niet zijn.

Een ideaal? Jawel, maar de praktijk valt altijd tegen. Omdat de praktijk van mensen is, en ze zijn net als ik: zo broos, zo roddelziek, zo laf, zo verslaafd aan uiterlijkheden. Ze weten het niet. En dat is hun redding, ja, dat ze het niet weten. Dat ze geloven dat een beter seksleven... of een au pair in huis... of een hard gesprek met hun werkgever... dat het de lucht zal opklaren, de stinklucht... de lichtontvlambare, luchtloze lucht...

O, godverdomme! Ik blijf maar janken. Zo'n pijn heb ik aan de wereld. Wereld, wereld... Zo'n pijn. Fysieke pijn. Ik wil niet dat denigrerende toontje, ook niet in mijn kop, het is maar zelfbescherming, zelfs al is er geen zelf, ik wil zo dichtbij de armen van geest zijn, bij de minsten en domsten der mijnen, bij mijn moeder die uit pure nood maar wat geroepen heeft, hoe onwrikbaar ze ook leek, hoe beangstigend militant... Bij mijn zichzelf-en-elkaar-genoegzame collega's, de predikers voor eigen parochie, die te bang zijn om de massa werkelijk te omhelzen, op te tillen, hun licht in, op de instituties die hun leden altijd een Messias hebben misgund... Ik hum een paar maten van de Internationale. Voor me staat Lenin, de bij het Kremlin opgebaarde Lenin, maar dan rechtop. Zijn geelwitte, wassen handen nog steeds gevouwen ter hoogte van de navel. Ik sta op van de pot en kus zijn grauwe lippen.

Maar wanneer ik dat doe zie ik weer de schokkerige zwartwitbeelden voor me waarin bronzen kerkklokken uit hun torens worden geschoten en in grote vuren worden omgesmolten tot bruikbaar gerei. Hoe crucifixen en iconen worden vernield. En jaren later brandden om zijn gebalsemde lijk de kaarsen, in een chapelle ardente van wereldallure, en ik wed dat ik, indien ik was meegegaan met de huisgenoten uit mijn studietijd, meer stille tranen bij Lenin geplengd had dan een oprechte katholiek bij een kopie van de lijkwade van Turijn.

Het kan goed komen met de wereld.

Misschien niet meer met mij, maar met de anderen komt alles goed.

'Je hebt de toespraak van de minister-president gemist.'

'Sorry.'

'Gaat het, pap?'

'Klein aanvalletje van gekte.' Toen ik het licht in de wc uitdeed zag ik sterretjes. Heb ik steeds vaker als ik opsta en te snel in beweging kom. Duizeligheid, tintelingen, stenen achter mijn oogkassen. Mijn linkeroor zit dicht en soms, bijvoorbeeld nadat ik heb gedoucht of gefietst, hoor ik nog lang een hoge fluittoon. Er is niemand meer om tegen te klagen. Met homeopathische middeltjes en zelfzorgtips wordt mijn structurele ongerustheid niet meer de kop ingedrukt. Ik mag doodsbang zijn. Eigenlijk lucht dat wel op. 'Was 'ie goed?'

Bouwe haalt zijn schouders op.

Nog meer speeches. Appèlbergen krijgt een progressieve moslimburgemeester. Een verzorgde man van in de veertig, zachtmoedige oogopslag, hoog voorhoofd, mooie, smalle handen. Geen Turk, geen Marokkaan, een Egyptenaar. Hij wuift met charisma naar de massa in winterjassen. Zegt zeer verheugd te zijn over dit, en zeer hoopvol over dat – bejaardenopvang en goed onderwijs passeren de revue. De commissaris van de koningin treedt aan en vlijt hem de ambtsketen om de nek. Strak ontwerp, schakels waarin met moeite een appelvorm valt te ontdekken. Dwars tegen alle Hollandse etiquette in omhelzen de hoogwaardigheidsbekleders elkaar. De Nederlander stoterig, gniffelend, onwennig, de Egyptenaar vol overgave – er spreekt bovendien onderdanigheid uit zijn houding. Dan grijpt hij weer naar de microfoon. 'Iek ben zzzir, zzzir dankbaar. In Caïro de spreekwoord is...' Er volgt een lofzang op de gastvrije burger. De naam Allah valt. Applaus. De burgemeester is aangedaan. Zijn hoogopgeleide vader is hier eind jaren zestig gekomen, werd schoonmaker, begon later een kleermakerszaakje in Haren, de kinderen gingen in Groningen studeren, vonden banen... Goedgoed. Farouk zelf, econoom, werd ambtenaar bij de Informatie Beheer Groep... Maar dat zijn vader dit nog mag meemaken! Zijn geluk wordt op dit moment in minstens twintig landen uitgezonden. De burgemeester vindt dat iedere groep in 'zijn' stad voor het eigen welbevinden verantwoordelijk is. Veel allochtonen moeten nog leren zelf initiatief te nemen, omdat ze dat van huis uit niet gewend zijn. En ook zullen ze moeten begrijpen wat democratie inhoudt. Dat een voorstel, hoe goed onderbouwd ook, toch afgewezen kan worden indien een meerderheid... Dan is er heus niet meteen sprake van een conflict, van discriminatie, dan moet er niet meteen gedacht worden aan vergelding... 'Onderhandelen op redelijke basis, niet op emotie, dat is een voorwaarde en ik hoop dat proces zo goed mogelijk vanaf de zijlijn te kunnen begeleiden. Zz-zeker. Maar regel vooral díé zaken zelf, die u op eigen kracht en naar eigen inzicht en overtuiging kunt regelen, maak u niet afhankelijk van de overheid...' Hoe liberaal.

Farouk nodigt Silberstein achter het spreekgestoelte.

De Egyptenaar en de jood, tegen een Oudhollands decor. Zwarte, kale takken, besneeuwd; kanten vitrage waarachter de lucht steeds blauwer wordt, alsof de cameraploeg met filters werkt. Heel in de verte een molen buiten werking – tussen de wieken zijn touwen met vlaggetjes gespannen. Na het ceremoniële gedeelte zijn er voor iedereen oliebollen en appelflappen, de verlichte kraam komt nu in beeld, en jongens en meisjes van de scouting zullen hete chocolademelk uit reusachtige ketels tappen. Die petjes, die insignes, die dassen! Alsof Lord Baden-Powell ieder moment kan terugkeren voor een routine-inspectie. Bouwe rilt. Ik ook. Walmend vet. Het is allemaal zo goed bedacht, nog één keer krijgen de allochtonen een inheemse traktatie, daarna mogen ze voor eeuwig aan de baklava en muntthee, en jawel, zelfs onze calvinistische God houdt zich aan de afspraken en is voor het eerst sinds jaren weer eens gul geweest met poedersuiker.

De burgemeester geeft de architect een hand. Ik denk aan Sadat en Begin en, hoe kan het ook anders, aan Huib en Barbara, die dit tafereel in hun gloednieuwe Amsterdam-Zuidhuis bekijken. Breedbeeld televisie, plasmascherm. Silberstein bedankt de vele honderden vrijwilligers die een razendsnelle realisatie hebben mogelijk gemaakt. Al dat onderzoek! Die nauwkeurige inventarisatie van woonwensen!

'Vrijwilligers!' fluister ik.

Farouk kán niet meer van enthousiasme. Hij geeft Silberstein amicale, maar niettemin fikse klappen op de rug, alsof de laatste zich in een visgraat heeft verslikt.

'Dat wilde ik nog zeggen, mijnheer Silberstein! Wij hebben zoveel hulp gehad, van allerlei mensen en nóg: ik denk aan de Roemenen en de Bulgaren, de Tsjechen en de Polen die... Aan Nederlanders die buurtonderzoek... De artsen die zich hier tijdelijk willen vestigen teneinde goede medische voorzieningen te creëren... En u, mijnheer Silberstein! Zoveel dank uit de bodem van mijne hart!!! Want even dreigde het mis te gaan, dat weet iedereen. De aloude spanning... Maar u maakte daar op zo prachtige wijze een einde aan, door hier te gaan wonen, we zzzullen toch bijna buren zijn, nu ja, dan met enige afstand daartussen, maar wat zijn die kilometertjes? Wij zijn nu toch beiden Appèlbergers? Welkom! Welkom ook aan de joodse gemeenschap!'

Het is duidelijk dat Silberstein de pret niet wil bederven. Hij kijkt schrikachtig om zich heen, de lippen op elkaar. Een dunne glimlach. Zo makkelijk laat het probleem zich nou ook weer niet van tafel vegen.

Plotseling zet Bouwe de televisie uit. Per ongeluk, denk ik. Hij is op de afstandsbediening gaan zitten toen hij de asbak naar zich toe schoof.

'Hier kan ik echt niet tegen.'

'Waartegen? Zet hem aan, nog even dat laatste kwartier, dan is het afgelopen. Ik wil zien hoe het plaatsnaambord wordt onthuld en het lint doorgeknipt. Dat komt nog. Dat staat in de krant.'

'Oké dan.' Hij pakt het apparaat en drukt weer op de rode toets.

Omringd door veiligheidsmensen schrijdt de Koningin naar de ingang van de stad die nog geen stad is, eerder een mallotig bungalowpark. Huizen met witbestoven minaretjes en rieten koepeldaken lijken schots en scheef op de bodem van de grijze kijkdoos te zijn vastgelijmd. Laag winterlicht scheert langs modderige paden en versteent een enkele kip of hond die verloren rondscharrelt door dit doodstille, multiculturele Pompeï. Geen mens.

Het publiek, voor het merendeel nieuwe Appèlbergers, dat nog voor het podium staat waarop de minister-president, de burgemeester en Silberstein hun toespraken hielden, krijgt niets van de rituelen te zien. Hun vorstin heeft zich geen seconde in hun midden vertoond – de koninklijke auto reed het terrein pas op nadat Farouk was uitgejubeld. Achter haar lopen de sprekers nu, ingetogen. 'Helaas,' zegt de Koningin als ze bij het met een laken bedekte ANWB-bord staat, 'kunnen mijn oudste zoon en zijn vrouw hier heden niet aanwezig zijn. Zij zijn met de pasgeborene naar Argentinië, omdat de ouders van Máxima hun kleinkind ook in eigen kring willen bewonderen...' O, wat menselijk. Het doek wordt van het bord getrokken. Een Surinaams scoutingmeisje reikt de majesteit een roodfluwelen kussen aan waarop een schaar ligt. Een kapel die uit het niets is opgedoemd, speelt het Wilhelmus en daarna een medley van de verschillende volksliederen. Knip!

In een pand naast de ingang gaat een deur open. Niks spookstad, ik heb het verkeerd gezien. Tientallen schoolkinderen, elk in hun traditionele klederdracht, stuiven uit het huisje. Eenmaal buiten reiken ze elkaar de hand. Silberstein droeg er daarnet geen, maar zijn zonen of neefjes of wat de jongetjes ook van hem zijn, hebben keppeltjes op het hoofd, waarop in Hebreeuwse letters 'Shalom' te lezen valt. Lef! Er zijn met lovertjes bestrooide Hindoestaanse prinsesjes bij, en Afrikaanse jongens in witte jurken, Rusjes of ex-Sovjetjes in tsarenpakken, een sierdegen aan hun riem en een bontmuts op het hoofd, Marokkaanse bruidjes in roze en witte tule, Turken met rode en zwarte fezjes op hun koppies en brokaten puntslofjes aan hun voeten. Ik zie bont gebloemde sjaals die als hoofddoek of schouderdoek worden gebruikt, lange vlechten waarin rozen zijn gestoken, prachtige zwarte draadjeskapsels vol kraaltjes. Rieten rokjes en schelpenkettingen. Witte bloesjes met pofmouwen, feestelijk geborduurde, fluwelen giletjes, en nu komt er ook nog een sliert kleuters naar buiten, ze dragen manden gevuld met tulpenblaadjes, met tropische vruchten, met gevlochten broodkransen zwart van het maanzaad, sommige houden een lantaarntje vast, kaarslicht flakkert achter gekleurd glas, brandende wierookstokjes schrijven oriëntaalse geuren in de lucht. Citer, banjo, trommel en Turkse fluit brengen de kapel tot zwijgen.

En zie, uit de mand voor de voeten van het jonge fluitistje kronkelt nu een brilslang omhoog, die zonder heupen heupwiegt, en zonder gezicht toch glimlacht, met alle vlekken in zijn verdikte nek. Nu draait hij de kop naar de hoogwaardigheidsbekleders en steekt zijn gespleten tongetje uit – even lijkt het erop alsof hij zichzelf in een knoop wil leggen, maar dan spiraalt hij de mand weer in, traag, als een levende kurkentrekker. De folklorepopjes heffen een lied aan.

'We are the world', geschreven door Michael Jackson, de man die momenteel vastzit, in afwachting van zijn proces, omdat hij weer eens ontucht met kinderen heeft bedreven. Cru. Maar er was niemand te vinden die een beter gelegenheidslied kon schrijven, een lied dat boven de partijen stond; de voice-over vertelt dat de probeersels toch 'te veel het etnische stempel droegen van de schrijvers ervan...' En met deze hit is iedereen vertrouwd, daar gaat het om.

Voortreffelijk hoe iedereen het spel meespeelt. De commissaris der Koningin reikt zijn werkgeefster een zakdoek aan. Waterproof mascara. Als het hemelse lied ten einde is, klapt de premier in zijn gereformeerde handen. 'Schittrend, eh, prrrachtig, eh, prrrachtig jongelui! Wat een prrachtig geschenk aan de wirrult. Máár! Mag ik ook iets trugschenkuh?'

Er zit allang geen papier meer om zijn cadeau. Al een paar weken staan de kranten bol van de onthullingen. Eerst waren er de speculaties, toen was er een ambtenaar die 'lekte'. Ja, er bestond het plan om... Aantallen kon hij niet noemen.

Ik herinner me Bouwes e-mail.

Door zijn onderzoek wist hij dat er nog steeds kleine organisaties bestonden die hun bedenkingen hadden bij Appèlbergen. Milieugroeperingen, boeren, landschapsfanaten en zelfverklaarde beschermers van zeldzame planten hadden de handen ineengeslagen. Ook al waren ze het onderling niet eens over de bestemming die de vele hectares grond wél zouden moeten krijgen, de bouw van een nieuwe stad was hoe dan ook natuurmoord en daartegen moesten ze actie voeren. Zo waren er in de regio meer tegengeluiden, of liever: er was stoïcijns, binnensmonds tegengemor, want spraakwatervallen zijn de noorderlingen niet. Middenstanders van omliggende gemeenten waren bang voor berovingen, de ziekenhuizen in middelgrote steden als Assen en Haren dachten dat ze de druk niet aankonden... Steeds wanneer een persoon of instantie uiting gaf aan reële bezorgdheid, op de lokale televisiezender of in het plaatselijke sufferdje, stonden er tien anderen klaar die scholden. 'Xenofoob' of 'fascist' of 'rechtse zak' – een uitdrukking die in het voorheen communistische, maar nog altijd rode Groningen toch hard aankwam. En in Friesland grepen voorstanders van Appèlbergen, ingehuurd of niet, terug op Ferdinand Domela Nieuwenhuis en Pieter Jelles Troelstra. Zelfs Adama van Scheltema ('En weet wel/ dat hij die vaak faalde in 't grote/ meer zij dan hij die uit angst/ steeds bij het kleine bleef') en Henriëtte Roland Holst werden weer afgestoft en geciteerd; de zachte krachten moesten zeker winnen. Al was het maar omdat Europa dit Kleinduimpje dan eindelijk serieus zou nemen.

Er was één manier waarop je eventuele ordeverstoorders kon weghouden: alle asielzoekers in Nederland een generaal pardon verlenen. Wie daar niet stil van werd, was fout. Fout. Fout. Dus lekte de ambtenaar, dus was iedereen voortijdig bekend met de surprise, dus bleven de opposanten thuis, dus kon die ongare braadworst van een premier hier de show stelen en dat deed hij ook.

Geen moralistische verhalen meer over de tot op de seconde gedisciplineerde levens van minderjarige asielzoekers in kazernes, geen huilende klasgenootjes van kinderen van Iraakse en Chinese vluchtelingen meer, op prime time, in nota bene een satirisch programma bij de Vara, die het zielig, ja 'gemeen' vonden dat de zo totaal geïntegreerde Fatima en Tzi-ting terug moesten naar hun land van herkomst, alleen omdat hun ouders waren uitgeprocedeerd.

Vanaf nu zou het uitzettingsbeleid strenger worden. Er kwam niemand, niemand meer in. Maar de premier verleende op deze heugelijke dag toch maar mooi alle asielzoekers de status van Nederlands burger. Wie gisterenmorgen op Schiphol was aangekomen en in zijn cel zat te broeden op een tragisch oorlogsverhaal (niet uit Rwanda, niet uit Liberia, daar is het op het ogenblik juist even wat kalmer... Uit welk ander Afrikaans land kom ik dan en hoe ben ik mijn papieren ook alweer kwijtgeraakt?), kon die activiteit onmiddellijk staken.

Welcome boy, even if you are from Senegal.

Nadat de minister-president zijn monumentale woorden heeft gesproken, volgen beelden van etende en drinkende Appèlbergers. Op een vierkante vijver voor de reuzenmoskee-in-aanbouw schaatsen Oosterse meisjes en Frau Antjes in Volendammer dracht gezusterlijk arm in arm. Nog een halfjaar en in ditzelfde water zullen tropische waterlelies bloeien, als bij de Taj Mahal, als in de Efteling bij het sprookje dat ooit geschreven werd door de Belgische koningin Fabiola.

De voice-over werkt naar het einde toe. Over vier weken zullen alle moslims in Appèlbergen in dit godshuis het offerfeest kunnen vieren en het is de bedoeling dat het oogverblindende Perzische bouwwerk nog een jaar later het Mekka wordt voor alle islamieten (nu negenhonderdduizend) in Nederland. Mits de bezoekers, nee, pelgrims, nee bezoekers gespreid over de dag komen, kunnen de diverse moslimwijken en deze Iraanse moskee een miljoen wel aan.

'Jaha,' zegt Bouwe. 'Daar is over nagedacht.' Hij loopt naar de gas-kachel, bukt zich en draait de knop hoger. Als hij weer rechtop staat zegt hij: 'Let op het woord offer.'

Voor de tweede keer zet hij de televisie uit.

'Merk jij er nou wat van?' Hij kijkt me aan. Ook hij heeft gehuild. Er zijn adertjes in zijn oogwit gebarsten. Ik zeg er niets van. Ik hoef maar in mijn vingers te knippen en de stugheid, de onverklaarbare vijandigheid maken zich weer van hem meester. Dat niet, nooit meer. Zijn gezelschap is me zoveel waard.

'Waarvan merk ik...?'

'Dat ze weg zijn?'

'Wie?'

'De buitenlanders.'

'Ik denk dat ze het in Rotterdam merken.'

'Ja. Ken jij iemand in Rotterdam die ik daar een keer over kan spreken?'

'Nee. Maar je weet toch dat Boris geen enkel stuk van jou, van ons, wil? Stop er toch mee.'

'Dus jij vindt het normaal dat zo'n klein gebied zo'n capaciteit...'

'Dat zeg ik toch niet?'

'Niemand stelt die vraag. Jij weet dat er ook extremistische moslims tot Appèlbergen worden toegelaten. Zonder voorbehoud. Die Achmed woont er, maar ook die jongen die door jouw agenten 'S.' wordt genoemd. En in de joodse wijk gaan leden van de anti-antisemitische knokploeg wonen. Ik heb al met zoveel bewoners gesproken. Loop ik daar, zogenaamd als geïnteresseerde schooljon-gen, soms lieg ik dat ik een werkstuk maak voor aardrijkskunde, en aan mij vertellen ze alles. Er is nu al angst. Het punt is: niemand wíl bang zijn.'

Je kunt niet alles hebben. Drammerig zal hij blijven. Mars in Scorpio. Wat gaan we doen? Ik breek zijn monoloog af en pak de *Uitkrant*. Lees hem namen van musea voor en titels van exposities. Bioscopen, films. Op pad wil ik, naar buiten. Twee straffe rokers kan deze kamer niet aan.

Als ik onder de douche sta hoor ik Bouwe met zijn vriendin bel-len. Aan zijn toon te horen zet hij met haar de analyse voort. Ik was mijn haar. Ja, we gaan de Anne-route lopen. Dat is pas een leuk idee!

Van haar ouderlijk huis naar de academie, van de academie naar

494

haar studentenkamer, van de studentenkamer naar het café, van het café op zoek naar de wasserette, vanaf die plek terug deze buurt in, naar de verloskundigenpraktijk waar we voor het eerst met de doptone naar Bouwes ijzeren galophartje luisterden (hoefjes van rood, onbezoedeld vlees), van zijn crèche naar het atelier, naar het water waarin ze zijn moeder hebben gevonden. Soms een eindje met de tram, vooruit, als we maar wel de juiste volgorde aanhouden. Haar werkruimte bij Weesp hoeft hij niet te zien, 'want toen kende ze jou nog niet.'

Het ziekenhuis hoeft hij ook niet te zien. Misschien de zaal van de huwelijkspartij, als er tijd over is, of de manege...

Ergens lunchen is hij duidelijk niet gewend; als ik me heb aangekleed zie ik dat hij brood heeft gesmeerd, hij vindt zelfs een zakje om de sneetjes in te doen. Handig voor onderweg.

*

De dag nadat Barbara vertrokken was, herlas ik de brief van C. Ik had hem al een paar weken in huis, maar eerder was ik er niet in geslaagd de concentratie op te brengen die nodig was om ieder woord, dus ook het voorstel aan het einde, de duidelijke toenaderingspoging, te vertrouwen. Haar handschrift kwam me niet bekend voor. Haar praatjes herkende ik wel, en ze waren minder vuig dan de foto's die Iemkje me had gestuurd, en minder zelfvoldaan dan de kosmische inzichten die die droge vijg van een Theo over mijn zoon had uitgestort, maar ze kwamen op het verkeerde moment.

Als we echt die band hadden die zij nog steeds voelde, had ze kunnen weten dat ik altijd, behalve toen, op een levensteken van haar zat te wachten. Maar nu. Mijn vriendin was weg.

Thijs belde. En Gert-Jan. Ze leefden met me mee, zeiden ze, en met ons zusje leefden ze mee, de alimentatie zou prima geregeld worden, dat was de voornaamste zorg niet, dat was geen zorg, maar Patries was mager geworden, ze waren allebei pas nog bij haar op bezoek geweest, broodmager was ze, voor haar doen dan, en ook al was Huib veel eerder naar het Zuidhuis vertrokken dan mijn vriendin, excuseer ex-vriendin, Patries had het gisteren extra moeilijk gehad, en goed, voor mij was het waarschijnlijk ook zwaar kut geweest.

Die kinderen ook, ze gaan kapot.

Mijn broer Sander mailde me dat hij Huib 'altijd al niet had gemogen. En jouw Barbie wel, dat wel, maar ze had wel een beetje datzelfde verwende van Anne en ook van dat eerste grietje, dus als je weer op jacht gaat moet je flink oppassen voor zulke types.' Een 'Hou je taai' als afsluiting.

Ik begreep driewerf wat me te doen stond en belde mijn zus.

Doodmoe was ik, als altijd, en toch anders dan anders moe, geen flinter geluid verdroeg ik, en pal voor mijn voorhoofd hing een helbrandende peer, zeker honderd watt, die het zicht vertroebelde en een felgroen, soms sissend paars nabeeld achterliet, elke keer dat ik de ogen sloot. In mijn neus de geur van te volle stofzuigerzakken. Zand en dotten gespleten haar, as en klam papier. Ik weet in elk geval steeds beter hoe je iemand moet martelen, daar zijn de praktijken uit *1984* nog tam bij; ik nieste mezelf dizzy, ik bleef maar niezen en dan zakte de bui weer even, maar kalkdeeltjes, licht en huismijt plantten zich tussen mijn ogen voort, muren, vloer en ramen werden bloempotrood – alsof ik op de bodem van de Grand Canyon liep, of ergens in de buurt van Timboektoe. De reizen die Barbara had willen maken... Nee.

Als Patricia prijs stelde op mijn gezelschap wilde ik best nu een trein pakken. Dat stelde ik voor. Hatsjoe.

Ze vroeg: 'Mag het ook bij jou? Je laat ons zelden binnen.'

Niet waar, wilde ik zeggen, het is allemaal begonnen met dat etentje dat ook voor jou bestemd was, oké, erg gastvrij ben ik nooit geweest, maar toen dus wel en wie zegde ook alweer af? Maar daarmee zou ik suggereren dat het allemaal haar schuld was. Alsof er... als zij die avond eind januari gewoon met Huib was meegekomen... alsof we het daarmee hadden kunnen voorkomen. De romance. Het avontuur. Het lot.

Ze had haar kinderen bij hun vrienden gedropt. Vonden ze nog leuk ook, even een nachtje logeren. Weg uit dat rothuis.

'Gaan we binnen zitten, Ruudje, of op het balkon?'

'Zeg jij maar.'

'Een glaasje buiten en dan naar binnen. Zo warm is het nog niet, dat komt nog. Moet je zien wat ik uit de kelder heb meegepikt.' Ze haalde een fles uit haar tas. Om het glas een tweede huid van grauw sneeuwfluweel, nee, een vacht van kostbaar doodsbrokaat. Melkwegsluiers. Overrijpe hemelwijn. C. was dol op mede. Dat dronken de goden uit de Edda, honingalcohol, maar raad eens wie nog meer?

496

De POLEN! De POLEN! En toen zij ermee begon, wist ze dat niet eens!

Als mijn zus weer weg was zou ik de brief voor een derde maal lezen.

Met de zijkant van haar hand veegde Patricia het etiket schoon. Aan de keukenhanddoek veegde ze de hand af. Remsporen van zwarte modder. Chateâu onleesbaar, negentienkrullenzestig.

'Laurierdrop, vermolmd hout, rozen en wilde bramen.'

Ze lachte. Haar ogen stonden in een bruin montuur van wallen en schilferig huileczeem.

'Vervolgens: amber en vanille...'

Amber, barnsteen, POLEN!!

Ach, ik nam C. gewoon weer terug. Band of geen band.

'En rijp zomerfruit, hooi, bloed van versgeschoten wild, een vleugje eucalyptus... Klinkt vreemd maar volgens die jonge top-kok bij Vermeer is 'ie heerlijk bij ganzenlever.' Sobibor. Het gegak. POLEN!!!

Patricia zette een grote glazen pot op het aanrecht. Ze ging aan de slag met kurkentrekker en blikopener, zocht glazen, schonk in, sneed met een nat mes door het botergele vet op de lever. 'Ziezo, dikke plakken fooje grasse, zoals ik altijd zeg, en niet met zo'n zoete witte erbij, smullen man, hebbie een bordje en misschien een toastje?'

Mijn zus had Huib meteen de deur uit gegooid, zoals ze dat zelf noemde. De eerste paar nachten had hij in een hotel doorgebracht, daarna was hij in het nieuwe pand getrokken. Dat Barbara zich pas een maand erna bij hem voegde, dat begreep Patricia niet. Waarom was ze niet meteen weggegaan? En hoe had ik het uitgehouden, met zo'n verraadster in huis? Dat ze ons hadden bedrogen was één ding. Maar dat ze ook al keurig hadden uitgedacht dat ze de woning waar Barbara recht op had, rustig van hen samen zouden maken... Dat ik dat gepikt had! 'Ze heeft je al die tijd lekker gemaakt met een dooie mus!'

De wijn was vooral bitter. Niet erg. Ik beet in de zachte lever, liet hem smelten tegen mijn verhemelte. Dat mijn opleving niet lang zou duren wist ik toen al, maar ik wiegde prettig heen en weer op de woorden van mijn zus.

'En dan denk ik, dan denk ik: als je tóch echt straalverliefd bent, zoals Barbara, dan wil je toch ook zo gauw mogelijk opzouten? Om bij die ander, nou ja, de mijne dus, om bij de mijne dus te kunnen zijn? Ze bleef nog een máánd. Waarom?'

Ik wist het niet. Ik weet het nog steeds niet. Ja, ze had wel gezegd 'niet te overhaast', Barbara, en ik herinnerde me kreten als 'rustig uitzoeken' of zelfs 'uitsorteren' – maar van overleg was nooit sprake geweest. Een weerwoord had ik niet gehad. Wat deed het ertoe.

Veel was ze niet thuis geweest. Ze werkte, of was bij buurtbewoners, ze at buiten de deur, misschien met Huib, misschien ook wel met haar vriendinnen om hen persoonlijk, want onder vier ogen in te lichten, en als ze rond middernacht thuiskwam zat ik achter een van de twee computers, met Depeche Mode op repeat. Naar bed ging ik pas als zij al sliep – en dan lag ik wakker en bedacht dat ik na haar vertrek misschien eens aan een heuse roman kon werken. Ik ontwierp schema's, trok strakke Oost-Indische inktlijnen van personage A naar personage B en van B naar C, tot ik keek in een vreemde, asymmetrische ster van onmogelijke, want menselijke relaties. IJzerdraad. Een zwarte, hoekige, vlijmscherpe kluwen van gebeurtenissen die ik met ingetogen groene dennentaal moest bekleden, met waterstemmingen en ijskristallen moest verlichten. Straks. Later. Wanneer ik dat woord dacht, 'licht', gleed ik de vertrouwde junkiedroom binnen en zocht met de punt van de denkbeeldige tekenpen die ik kort daarvoor had gebruikt, naar een zwellende ader in de binnenkant van mijn linkerarm.

Ik spoot mij vol met Oost-Indische doofheid. Als altijd.

'Toen Bouwe wist dat hij in Appelscha een kamer had, is hij ook nog een poosje bij Paula en Diederik gebleven,' gaf ik mijn zus als antwoord.

'Ach man, je snapt het niet. Dat is toch verdomme iets heel anders, een pleegkind dat op kamers gaat! Je bent weer eens veel te lief geweest, te week, een softie... Nou ja, ik ga je niet uitleggen wat er raar aan is, hoor!'

Benedenbuurvrouw Joke, die in haar tuin een dekbedovertrek van het rek haalde, had omhooggekeken. Nieuwsgierig. Toen ze merkte dat ik dat zag, stak ze haar hand naar ons op.

Patricia praatte en praatte. Hoe Huib het altijd weer met de feestdagen had laten afweten, al vanaf dat de kinderen heel klein waren. Met sinterklaas kocht Patries alle cadeautjes, voor onze familie, voor zijn familie, voor hun eigen gezin, voor zijn 'maten' en hun gezinnen, voor zijn collega's op de zaak. Ze knutselde er voor de volwassenen en de wat oudere kinderen levensgrote poppen en auto's en televisietoestellen en flessen van karton omheen, vulde de pakken op met lekke tennisballen of de bekende ontbijtkoekprut, bedacht spelletjes en quizzen, schreef alle gedichten. Gedichten die Huib, de uitgekookte, braaf overpende, zodat het leek alsof Sint en Piet zijn handschrift hadden en zich bovendien van zijn merk postpapier bedienden. En dan maar complimenten incasseren. Dat hij kosten noch moeite had gespaard.

'Ik klaag. Ik heb het altijd leuk gevonden om te doen, dan moet ik achteraf niet zeuren.'

Ze had in de zon getuurd, die als een grote, oranje voetbal op het dak aan de overzijde van de binnentuin lag. Er zat een duif op de balkonrand. Hij keek naar de toastkruimels die tussen de planken waren gevallen. Mijn zus vond de wijn niet lekker. Was er ook thee?

Ze was de keuken in gelopen, had een ketel water opgezet.

Ik zette haar glas op het aanrecht, nam de fles en mijn eigen glas mee naar binnen, ging op de bank zitten. Misschien hoorde ik haar huilen, dat weet ik niet meer.

Ze riep ongevraagd dat ze alles kon vinden. Mijn niesbuien waren geluwd.

'Weet je wat ik helemaal misselijk vind?' Naast haar theemok zette ze een borrelglaasje neer. Ze had in de ijskast mijn wodka gevonden. Twee flessen, nou, dan mocht dit wel. Ik vatte de brutaliteit op als compliment. 'Wat ik echt honderd procent stinkgemeen vind?'

Ik scheurde het papier van een nieuwe slof sigaretten en haalde er een pakje uit. 'Nee, dat weet ik niet.'

Haar ogen vulden zich met tranen. 'Dat jij al zoveel hep meegemaakt. Je bent al weduwnaar!'

'Alsof Barbara daar wat aan kan doen.'

'Nou, godver, ze had daar toch op zijn minst rekening mee kenne houden.'

'Dat heeft ze lang genoeg gedaan.' Ik wist niet of ik iets over de zwangerschap en de abortus moest zeggen. Ik blies rook uit en zocht in de opkringelende witte, mystieke damp een toon die niet dramatisch zou klinken, maar evenmin ironisch. Lichtvleugeligheid, in plaats van lichtvoetigheid. 'Wie weet is het een voordeel. Dat ik het al ken. Afscheid.'

Ze haalde haar neus op. 'Ja, wie weet.'

En heel kalm, heel globaal vertelde ik hoe Anne was gestorven en voegde eraan toe dat ik nu pas spijt had dat ik haar niet had tegengehouden. Dat ik zo tolerant, zo coulant was geweest, omdat ik het allemaal zo goed begrepen had. De wanhoop. Destijds.

Godzijdank viel Patricia me niet jankend om mijn nek. Ze bauwde ook haar therapeut niet na, met zinnen als 'Dus daar moest je eerst mee in het reine zien te komen', al was ik daar al pratende even bevreesd voor geweest. Nee.

Ze goot de wodka in haar volle beker en nam een slok. Een variant op de Jaegertee die ze tijdens wintersportvakanties had leren drinken.

'Maar ik heb ook weer niet heel vaak spijt.'

'Dat zou ook gek zijn. Ik denk wel eens, ik denk: als iemand echt niet meer wil, hè? Moet je zo iemand dan opsluiten en platspuiten en de hele tijd hard in zijn of haar oren tetteren: het leven is leuk! Het leven is leu-euk! Dat vasthouden van dat soort types, zogenaamd om ze tegen zichzelf in bescherrumming te nemen, ja, nou, dat kan ook gewoon egoïsme zijn. Maar ja, dat zeg ík. Als je weer eens zo'n geval op televisie ziet. In het echt is het altijd anders. Mensen willen zichzelf later geen verwijten hoeven maken, dat snap ik ook wel weer. Wat vond Barbara d'r van? Ik zie aan je gezicht, ik zie aan je kop... Je heb het haar nooit verteld.'

'Nee.'

'Je bent ook gestoord ook. Waarom niet? Jullie hadden zoveel tijd met z'n tweeën.'

'Weet ik. Meer dan jullie.'

'Wou ik eerst niet zeggen, maar nu jij er zelf... Ja.'

'Ik dacht eerst: ze zal er wel een oordeel over hebben. Dat Anne mij niet aankon en daarom... Dat ik Anne gewoon heb laten gaan bij wijze van "opgeruimd staat netjes". Of, dacht ik, misschien wordt ze bang van mij. Denkt ze dat ik iemand ben die anderen kan gekmaken, een soort duivel, en dan heeft ze die angst, en dan wórdt ze natuurlijk ook gek. Ja, ik was heel bang dat het, als ik het zou vertellen, dat het dan nog een keer zou gebeuren. Dat de geschiedenis...'

'Zich zou herhalen. Maar zij is nuchter, en jij... Er komt toch een dag waarop je denkt: nu kan ik het niet meer voor me houden. Wat er ook gebeurt, ik zeg het. Toch?'

'Als het voor op mijn tong brandde. Als ik had staan popelen.

Dan wel. Als het me moeite had gekost om het te verzwijgen. Dan wel. Alleen, dat was niet zo. Het was niet zo dat we ergens liepen te wandelen, of, net als wij nu, wat zaten te drinken en dat ik dacht: dit is het goede moment. Nu kan het.' Waarom weet ik niet, maar ik zag massa's neukende mensen voor me. De ene lijkenberg naaide de andere – een pompende, naakte, danse macabre. Het huis van de Vader kent vele kamers, o ja, en in de achterwereld zijn vele lagen, ook grauwe en zwarte, waarin graflucht gelijkstaat aan geslachts- klierenmuskus en beenderen op beenderen vallen – een stalen xylo- foon, de essentie van seks... Niet alles duiden, dacht ik. Ik keek weer naar mijn zus.

'En op een dag kan het nooit meer. Dan ben je al zo met je rol als aansteller vergroeid dat je weet... Als ik het nu zeg gelooft ze me niet meer, denkt ze dat ik het doe om haar laatste reserves medelijden aan te boren.'

Mijn zus was even stil.

Ze bladerde door de Engelstalige biografie van Depeche Mode – het enige boek dat ik in die dagen kon lezen, omdat het niet de bedoeling had literatuur te zijn en mij geen wijze lessen wilde leren, of troosten of wat dan ook. In de pocket: foto's van Dave Gahan als onschuldig, bleek kindjongetje, haartjes omhoog en stijf van de gel, gekleed in Marks & Spencer-trui. Vakkenvuller bij de plaatselijke supermarkt.

Later, in '88, de Amerika-tour met als hoogtepunt het uitver- kochte Rose Bowl-concert in Pasadena: een in het wit geklede, bloedmooie engel, in het bezit van een kontje waar de gemiddelde homo een moord voor zou doen. En toen kreeg de verveelde zanger zonder artistieke ambities, Stier, die slechts inzong wat de intro- verte Martin Gore voor hem bijeen had geschreven en gecompo- neerd, opeens de overtuiging dat hij de Messias was. De jonge vader liet haar en sik staan, spoot zich vol met Lucifers gave... De rest droomde ik elke nacht.

Arrestaties. Arrogantie. Zijn gezin... Zijn bandleden... Zelf- moordpogingen. Scheermessen. Een hotelmatras doorweekt van het bloed. In de videoclip bij 'Barrel of a gun' speelde hij zijn waan- zin na, terwijl hij er nog middenin zat.

Gehuld in een bontjas bezaaid met lampjes, en met vreemde, lichte, kohlomrande ogen die waren vastgelijmd op zijn oogleden, zodat hij ook als hij knipperde bleef kijken, dwaalde hij rond in de steegjes van Casablanca; schichtig en agressief op hetzelfde moment, terwijl zijn vrienden de dolende lijdzaam aanzagen. Christus' leerlingen aan de voet van het kruis. Gahan liet zijn moede, donkere hoofd rusten op de schouders van de blonde en de roodharige en later, ontdekte ik, toen ik ook de dvd met alle clips van Bowie had gekocht, zag ik precies zo'n rare snoeshaan in bont-en-lichtjes-jas terug bij het paranoïde liedje 'I'm afraid of Americans'. Hij wandelde achter een stoet gekken aan en droeg inderdaad het kruishout.

Maar wat me misschien het meest ontroerde aan de biografie was dat Dave Gahan zijn verslaving te boven was gekomen. De zwarte, diepgravende, diep-existentiële theologie van de iele, blonde tekstschrijver was in hem opgestaan, eindelijk begreep hij wat hij altijd zonder inzet gezongen had. De zanger was godzijdank geen overtuigde halleluja-prediker geworden, maar wel iemand aan wie menig aanhanger van Nietzsche een voorbeeld kon nemen. De God die hij zelf had vermoord, was in hemzelf wakker geworden, met de vanzelfsprekendheid een Heer eigen – ook Gahan had zijn wijze zoontje teruggevonden, net als ik, en boog zijn hoofd voor alle, alle Wil tot Leven.

Op zijn solo-album zong Martin Gore 'Jesus' gonna make up my dying bed, so I can die easy', en misschien zat zijn taak er inderdaad wel op. Het zou me niet verbazen als het lot de ene mens aanwijst als bedenker, schrijver en componist van al hetgeen een ander, niet noodzakelijkerwijs een vriend, moet doormaken, beurtelings zingend en schimpend – en beiden hebben elkaar nodig, de observant en het object, en samen vinden ze iets wat bedenker en uitvoerder nooit op eigen kracht zouden vinden. Een waarheid. Het nulpunt. De wederopstanding. 'I don't wanna start any blasphemous rumours, but I think that God got a sick sense of humour, and when I die, I expect to find Him laughin'': Gores antwoord op de armzalige lieden die zelfs in de dood van hun kind een goddelijke bedoeling zagen, en braaf bleven bidden en kaarsen branden, terwijl woede een passender stemming was geweest. Waarmee God waarschijnlijk ook duizendmaal beter uit de voeten kon.

Was ik nu, op mijn vijftigste, een fan geworden?

Nee. Ik was alleen maar blij dat er ergens op de wereld jongens rondliepen (jongens die nu toch ook al een eind in de veertig waren) die niets met elkaar gemeen hadden behalve hun plezier in het fabriceren van nieuwe geluiden. Van koele, onpersoonlijke geluiden die je om die reden fantasieloos, gevoelsarm en industrieel kon noemen, 'the sound of the future', maar waarin je net zo makkelijk de perfecte, zuivere etherwereld kon beluisteren. Pure, verheven oerklank die al ruim voordat het eerste scheppingswoord werd uitgesproken als tintelende poolwind door het heelal blies. Hadden Bach en Beethoven vandaag de dag geleefd, dan zouden ze krimpen van afgunst. Geheiligd zij de technologie die ons de platoonse idee-enwereld in al zijn stalen glans terugschenkt.

En ik zag David Gahan opnieuw, nu met een goudgespoten aluminium kroon op het hoofd. Goed verstopt in een potsierlijke roodfluwelen mantel met hermelijnen kraag moest hij door verlaten landschappen dwalen, over rotspaden, tussen gifgroene, grazige heuvels, en langs de uitgesleten kustlijn van de Algarve – een simpele blauwe strandstoel in de hand. 'Enjoy the silence' heette het nummer, en pas aan het slot van de Corbijnclip vindt de heerser zijn rust, wanneer hij het houten frame uitklapt in een onmetelijke sneeuwvlakte. Omringd door hoge bergen een klein stipje mens, een driehoekje vorst die stil wordt in de vorst: ik was het en ik savoureerde mijn eenzaamheid alsof het de bedorven wijn was die mijn zus had meegebracht. Inderdaad de smaak van laurier.

'Toch...' zei ze, 'toch lijk je meer op ma dan je zelf weet.'

'Hoe bedoel je?'

'Allebei een geheim. Ja, nou hoef je me niet zo stom aan te kijken! Het gaat over die mof.'

Ik herinnerde me de uitspraak van mijn oom, na mijn moeders uitvaart. Ook hij had het gehad over een mof. Er was geen gelegenheid geweest hem erover door te vragen.

'Ze heeft in de oorlog iets gehad met een mof.'

'Nee. Nee. Het zit zo: de Duitsers zaten achter opa aan. Weet ik veel waarom. Hij deed iets voor wat joden in de buurt of zo, of hij regelde onderduik, of hij smokkelde dingen, ik noem nu maar wat, maar hij deed dus wel iets wat ze verdacht vonden. En iedereen was bang dat ze hem, maar ook zijn zonen zouden oppakken, toch bruikbare mannen... Zoiets. En steeds kwam er één bepaalde soldaat aan de deur. Om ze te intimideren. Met een smoes. Hebben jullie nog melk, brood, dat soort vragen. Want ze zaten met een groepie in eh...'

'Die oude bewaarschool bij opa en oma om de hoek.'

'Dus dat weet je.'

'Jaja.'

'Ach nou, het is ook te simpel voor woorden, maar ma is met die soldaat zo'n beetje gaan flirten, alleen om hem af te leiden. Om zijn sympathie te winnen. Om daarmee gedaan te krijgen dat hij zijn opdracht zou vergeten. Supernaïef, maar het werkte wel. Iedereen natuurlijk hartstikke blij dat hij erin trapte. Zij trots. Zou ik ook zijn.'

'Patries, ik snap het wel. Maar wat is nou het geheim?' Ze had gelachen. Uitgelaten en meewarig, alsof ze het meisje dat mijn moeder begin jaren veertig was geweest in de kamer zag staan, een glimmend vetplantje in bloei.

'Ze is natuurlijk meer voor die jongen gaan voelen. Wat begon als "Haha, heb ik hem toch maar mooi om mijn vinger gewonden, ik red de familie gewoon door geknipper met mijn ogen, hij moest eens weten...", dat werd grote liefde. En er is nooit wat gebeurd, hoor. Misschien een dansje of een kusje, maar een verhouding is al een groot woord, ma had toen al haar principes en ze is dus na de bevrijding ook niet kaalgeschoren, haar hoofd is niet in de menie gezet en ze werd niet rondgereden op zo'n kar, dat niet. Niemand wist wat er in haar omging, er was alleen die dankbaarheid van haar familie, omdat ze dus zo goed... Zo handig de hele troep beschermd had. Maar weet je, Ruud?'

'Nee.'

'Ze hep het d'r eige haar hele leven kwalijk genomen. En ik denk, ik denk: daarom preekte ze zoveel. Daarom al die oordelen. Dat stoere. Omdat ze zelf van iemand had gehouden die fout was, omdat ze haar eigen toneelstukkie niet meer in de hand had gehad.'

'Wist papa het?'

'Vaag denk ik. Ze zal het wel kort en bondig hebben verteld, juist om hem niet te kwetsen, maar misschien hep hij het in zijn kop allemaal heel erg opgeblazen. Dat hij daarom zo'n front met ma vormde, haar nooit tegensprak, zich altijd groot hield – omdat hij bang was dat hij haar zomaar weer aan een ander kon kwijtraken. Je weet het niet.'

Ik wist niets. Had dit nooit geweten. Een meer dan banale geschiedenis, die mager afstak bij de kampverzinsels van C. Makkelijk ook, zo'n verklaring voor alle terreur van mijn moeder. Patricia zag wat ik dacht. 'Het is geen goedpraterij, hoor. Ze vertelde het me in het ziekenhuis. We hadden het even over pa, ik weet ook niet hoe we daarop kwamen, en toen zei ma dat ze ervan was geschrokken dat ze na zijn dood niet hem, maar die mof zo miste. Dat druiste tegen alles in. Tegen haar socialisme, tegen haar gezinsliefde, tegen haarzelf. En nu denk je, nu denk je: waarom ineens die openhartigheid?'

Dat had ik nog niet gedacht. Barbara en Huib lagen nu vast al in bed. Natte zoenen in het donker, weltrusten schat, jij ook en hop, weer een erectie, en nu wilde Huib dat zij op hem ging zitten en terwijl hij zijn kleine, vierkante handen om haar borsten legde, veerde zij geknield op en neer, een kleuter op een skippybal, ja een blijmoedig karweitje, dit polijsten van zijn knuppel, dit uitwringen van zijn zeemleren lul, ze was kapot maar liet zich niet kennen, voltooi waaraan je bent begonnen, met zaklopen had ze ook altijd gewonnen en terwijl ze dat dacht en als een kangoeroe naar de finish hupte, brak gelukszweet haar aan alle kanten uit – ik meende dat ik beiden kon horen gillen. In de frisse zomeravondlucht droegen de geluiden niet ver, maar de galm trilde diep onder het asfalt. Door glasvezelkabels schoot hun orgasme, o gatver, ik werd er zo triest van, en Patricia merkte het niet.

'Nou. Ze dacht dat wij het allemaal allang doorhadden. Zo praatte ze er ook over. Zo van: "Ik weet ook wel dat jullie me altijd hebben verweten..." En ik wist echt niet waar ze het over had! Ik zeg: "Ma," zeg ik, "ik zweer het je..." En zij weer: "Nee, nee, maar die Ruud wist het dondersgoed, die zat me altijd uit te dagen, zeker toen hij met die Meijer in zee ging..."'

'Jezus. Wat ziek.'

'En toen kwam je met een half Duits meisje thuis...'

'Allemaal om haar te pesten.'

'Dat dacht zij wel, ja. Om haar te pesten, terug te pakken, om het haar lekker in te wrijven. Denk maar niet dat jij zo goed bent, want wij weten hoe je echt in elkaar steekt, zij dacht dat jij dat dacht en als ze wat van je las, wist ze zeker dat je weer toespelingen had gemaakt...'

'Op die mof.'

'Op die voortdurende liefde voor die mof. En ze had er een levenstaak aan om de hele zooi te onderdrukken. Altijd de zenuwen... Bah. Ja. Weet je dat tenminste ook weer.'

We namen allebei nog een wodka. De hare ging deze keer niet in de thee. Ik vroeg of het concert in de Kuip leuk was geweest. Mijn zus had haar schouders opgehaald. Het had haar geschokt hoeveel Springsteen op haar man was gaan lijken. Vonden haar vriendinnen onzin, hij leek voor geen meter – god, het zal de ellende wel zijn. Dat je iemand die nooit thuis was toch ineens overal terugzag, in bijna elke vent, nee, dat was wel effe wennen. 'En nou niet gaan zeggen: "Dat went nooit."'

Ik heb het niet gezegd. Ik genoot van de stilte en even later van het rammelen van haar autosleutels en, wachtend in de gang naast de wc-deur, van haar klaterende afscheidsplas. Drie klapzoenen kreeg ik, sterkte, broertje, bedankt voor de troost, en nog voordat ze beneden was, de voordeur opende en weer dichtsloeg, wist ik dat ik C. gauw terug moest schrijven.

Het lukte me niet de juiste toon te treffen.

*

We staan bij het water. Van de kade waar Anne op de kant is getrokken, zijn we teruggelopen naar de plek waar ze erin sprong. We hebben niet meer zoveel tijd. Over een halfuur of misschien al eerder staat Dieudonnée op de stoep. Gaan we met zijn drieën uiteten, daarna gaat het stel naar de bioscoop. Ze krijgen Barbara's oude huissleutel mee, zodat ze erin kunnen, ook als ik al slaap. Ik verhuis naar de logeerkamer, zij mogen in mijn veel te ruime tweepersoonsbed. Het lijkt nog maar zo kortgeleden dat ik me op dit partijtje had verheugd. Barbara was met Mariska in Venetië – maar Mariska bleek de chef Binnenland, bleek Boris, bleek Achmed, en toen heette ze Huib.

Van Ewald hoorde ik een paar weken geleden dat er daar in Zuid nu een legaal kind op komst was. Wéér een klap voor mijn zus en haar kinderen. Dus togen mijn broers en hun gezinnen, zelfs ik, met Kerstmis naar Bloemendaal. Voor het eerst sinds jaren zaten alle De Wolfjes weer stralend om de tafel, en iedereen had een gang verzorgd, precies zoals onze moeder het zich altijd had voorgesteld. Ik glimlachte.

Half december had ik kookboeken gekocht, en daar had ik dagelijks in gelezen, ik aarzelde voor de vorm tussen een real British custard trifle, meringue pavlova's gevuld met room en rode woudvruchten, een Siciliaanse citroentaart, omelette Siberienne en Poolse naleśniki's; pannenkoekjes met ijs, noten, en chocolade, honinglikeur. Had toch niets te doen en bood ook aan een goede barszcz te maken – een Pools einde vraagt om een Pools begin en ik was verduiveld getraind geraakt in het maken van de bietensoep, omdat ik zeker wist, met de dag zekerder, dat C. voorgoed terug zou komen.

Thijs was weer terug bij zijn wettige vrouw. Of omgekeerd. In elk geval had hij de verhouding met zijn jonge blom verbroken. Van Paula en Diederik heb ik alleen een nieuwjaarswens ontvangen.

'Kon ik al praten toen ik tweeënhalf was?'

Ik kijk naar het water. Een glad oppervlak. Aan de kaderand groeien schotsen vliesdun ijs, gebroken door het scheepvaartgeweld, te traag voor het oog weer aan elkaar.

'Heel goed. Hoezo?'

Bouwe haalt een envelop uit zijn binnenzak.

'Wat denk je, moet ik dit geloven?'

'Ik weet niet wat erin staat.'

'Dit zat onderin de map. Het gaat over een nachtmerrie die ik op mijn tweede had. Op mijn bijna-derde. Volgens mij is het waar, maar ik wil niet dat het waar is. Lees maar.'

Hij haalt de brief uit de envelop. Ik pak hem aan. Zo leesbaar! Alsof de inkt nog nat is.

Lieve Bouwe,

Je hebt me veel bijzondere dingen verteld. Je hebt me geleerd dat het kerstverhaal geen verzinsel is. Of een knapper verzinsel dan ik dacht. 'Jezus,' zei je, 'is zo bijzonder omdat hij ieder jaar opnieuw wordt geboren en ik heb gezien hoe dat kan. Kijk, hij is in de hemel, en daar wordt hij geboren, en dan valt hij met de regen de grond in, heel diep de grond in, dan is hij dood, en dan komt hij in het water dat er al is, en dan drinkt Maria uit de waterput en dan drinkt ze Jezus op en dan wordt hij weer geboren, maar dan gewoon zoals ik geboren ben: hier beneden. En dan maakt hij met Kerstmis alle mensen vrienden van elkaar, en dan gaat hij weer dood en naar de hemel... en dan wordt hij daar weer een regenwolk en zo gaat dat dus.' Ik heb je gevraagd: 'Maar als ik water drink, waarom krijg ik dan geen kindje Jezus?' En toen zei je: 'Omdat jij en ik niet in de hemel zijn geboren, alleen maar hier. Hij, Jezus, was er al voordat hij er was. Dat is het verschil en daarom zijn wij allemaal ook minder bijzonder.'

Toen zei ik: 'Nou begrijp ik waarom sommige mensen hun kinderen dopen, dat doen ze omdat Jezus in het water is!' Toen zei jij weer: 'Ja, ik weet het niet zeker, of dat echt zo is, maar mij hoef je niet te dopen, ik heb mijzelf in de hemel al gedoopt, met het echte water, voordat ik bij jullie kwam.'

Wat moet ik daarvan denken?

Maar vooral, wat moet ik van het volgende denken: je ligt al een uur in je bedje en opeens horen we geschreeuw. Ik ga naar je toe en vraag wat er is. Je zegt: 'Ik ben heel gemeen. Ik zie daar een man en een vrouw staan en ik haal ze lekker uit elkaar. Ze moeten hun kleren uit. En dat baby'tje gooi ik gewoon weg! Net goed!'

Weer schreeuw je. Ik vraag je waarom die man en die vrouw uit elkaar moeten. Je antwoordt dat je dat leuk vindt. 'Ze moeten gaan douchen van mij!!!' Je kijkt me niet aan. Met een beker water sta ik bij je, maar je wilt niet drinken.

'Douchen,' zeg ik, 'lekker. Douchen is toch lekker?'

'Nee. Want er komt geen water uit die douches... Er komt een prikkelend spulletje uit en als ze daar lang in staan gaan ze dood.' Je lacht. Ook dat nog. Ik denk: oké, dat je bij het kerstverhaal een aantal sprookjesachtige dingen hebt verzonnen, dat is niet zo gek. Misschien heb ik je zelfs wel beïnvloed. Al op je tweede hadden we rare gesprekken over het geloof, alleen maar omdat het Weesgegroet en het Onze Vader je in verwarring hadden gebracht: hoe kon Maria 'de moeder van God' zijn als God 'onze Vader' was – ik was toch ook niet de moeder van Rudolf? Lastig. Maar verder had ik je, hand op mijn hart, nooit voeding gegeven voor moeilijke vragen. Ik wilde dat je ophield over die douches. Je ging door. 'En dan komen ze eruit, een heleboel mensen, in hun blootje maar wel dood, haha, en dan gooi ik ze in een kuil en dan rijd ik daar met mijn tractor heel hard overheen. Zo! En nu vertel ik niks meer. En je mag ook niks meer aan me vragen, mama, niks meer, ik wil nu eindelijk slapen.' Op een toon alsof ik om jou had geschreeuwd, in plaats van omgekeerd. Ik bukte me over je heen om je een kus en een extra kruisje op je voorhoofd te geven, maar je duwde me van je weg.

Als ik er niet meer ben, wil ik dat je dit weet. Dat je deze droom hebt gehad.

Volgens mij zegt het niets over jou. Ik ben altijd van je blijven houden. Maar de droom hoort bij jou, net als die vreemde interpretatie van het Bethlehemverhaal voor peuters dat ik je in de adventstijd avond aan avond heb moeten voorlezen.

Vreemd was je. Zo vreemd, dat ik er niet eens met je vader over durfde te praten. Soms durfde ik de opvoeding van iemand zo vreemd als jij niet aan. En toch: dat is niet de reden dat ik er niet meer ben – ik hoop juist zo dat ik er na mijn dood beter voor je kan zijn. Omdat ik dol op je ben,

Anne. Mama.

Ik lees de brief en herinner me de beruchte avond weer. Ja, Anne heeft me er verslag van uitgebracht, in precies dezelfde woorden als ik net las, maar nooit heb ik meer gedacht aan het voorval. Ook niet toen C. met haar verhalen kwam. Zelfs niet later, toen die rabbijn annex psychotherapeut met zijn boek kwam, over holocaust-slachtoffers die opnieuw waren geïncarneerd. 'Wat vind je er zelf van?' De stomste vraag die ik kan stellen.

'Wat ik al zei. Ik geloof het en wil het niet geloven.' Bouwe trekt de brief uit mijn handen. Hij zegt: 'Dag mama,' en gooit het velletje papier in het water.

Het kalenderblaadje met het getal 15, dat, in de videoclip behorend bij het liedje over gefrustreerde pubermeisjesverlangens, na wat gestaar op horloges die bijna de vijftien uur naderen (het beroemde sterfuur – Goede Vrijdag) van een wolkenkrabber naar beneden dwarrelt.

'She wants to see with your eyes, she wants to smile your smile... She wants a nice surprise, every once in a while.'

Charlotte Salomon die haar eerste tekeningen voor de oude Daberlohn woedend uit het raam kiepert, nadat ze begrepen heeft dat het tussen haar en hem nooit iets kan worden. Haar leermeester, geliefde – en hij heeft nog wel gezegd: 'Der Tod und das Mädchen, das sind wir Beiden.' Al die filmbeelden, papieren, wegwarrelend levenswerk. Little 15. We zijn weer terug bij af.

'Eigenlijk, denk ik soms...' Bouwe vindt het tijd voor een nieuw sjekkie. 'Eigenlijk vind ik haar een rotmens. Die dingen die ze maakte ook; veel te mooi. Weet je waarom ze zichzelf heeft doodgemaakt?'

'Omdat ze onze dood een slag voor wilde zijn.'

'Omdat ze iedereen te vriend wilde houden. Een en al conflict in zichzelf en ze wilde de uitbarsting vóór zijn. Stel dat iemand haar niet meer lief vond. Mama wilde haar imago redden. Van ingetogen paardenfluisteraar. Van schattig, kneedbaar poppetje. Oma en opa

Schaepman, oma De Wolf, iedereen moest het jammer vinden dat die lieve schat, die altijd vrolijke, hondstrouwe, creatieve maar niet hoogmoedige, nee, bescheiden Anne niet meer bestond. Ze was niet bang voor onze sterfelijkheid, maar voor haar eigen woede en ontrouw en wat dan ook.' Hij spuugt in het water. Omdat er een kruimel tabak in zijn mond zit – niet omdat dat symbolisch is. In de verte zie ik Dieudonnée, die kennelijk een blokje om is gaan lopen omdat ze ons niet thuis trof. Haar rode haar is statisch van de kou.

Bouwe merkt haar niet op. 'Ze is lang mijn heldin geweest. Mama. Ook nadat ik het had ontdekt.'

'Maar?'

'Niks maar. Uiteindelijk ben jij...' Hij maakt zijn zin niet af. Ze rennen op elkaar toe, in slowmotion, als in een slechte feelgoodmovie, en ik bekijk de brief die nooit zal worden opgevist. Het natte A4-velletje likt aan een colablikje.

Onder haar raam staan heeft geen zin meer. Ik moet ingaan op C.'s halfjaar oude verzoek, eindelijk. Iedereen komt weer bij elkaar. Als het verhaal maar lang genoeg duurt, en je veel voorvallen en minstens zoveel toeval een kans geeft.

In haar Poolse tijd was C. de minnares van mijn ss-zoon. In dit leven zal ze tot de vader gaan. Hoe bijbels. 'Niemand komt...' enzovoorts. Heeft dat belachelijke leugenboek toch nog gelijk.

Ik heb gereserveerd bij een tentje waar Bar graag kwam. Tibetaans-Nepalees. Over een kwartier verwachten ze ons. Ik kan zien dat Dieu er zin in heeft. De grote stad. Leuk. Uiteindelijk ben ik... Wie? Ik. Nee.

Ja.

Nee.

Uiteindelijk kan ik. Of ik wil of niet.

Arend Voortman tuurt langs me heen naar buiten. Uit de binnen-zak van zijn jas haalt hij een blikje dunne sigaren, bekijkt het, stopt het weer weg. Teleurgesteld. 'Heerlijk hè, rookvrije treinen.'

Ik knik.

'Ik ben nu al zestien weken gestopt,' zegt Ewald. 'Zo'n pantertje vind ik wel lekker ruiken, en een sigaret ook nog steeds. Maar ik mis het niet.'

Voortman lacht. 'Dat maak je jezelf wijs. Het feit alleen al dat je precies weet dat het zestien weken is! Dat betekent dat je er nog iedere dag aan denkt. Ik hoop dat het niet uitloopt, de avond. Ik moet nog door naar Heerlen.'

Ewald legt zijn krant weg. 'Naar Heerlen?'

'Een aio van mij viert haar verjaardag.'

Ik ben vandaag ook jarig. Ewald weet dat, en anders heeft Tanja hem er wel aan herinnerd. Mij feliciteren kan pijnlijk zijn. Zo uit-bundig als ik mijn eenenvijftigste levensjaar in ging, met knalfuif en *Verzameld werk*, zo armzalig zit ik er nu bij. Eenenvijftig ben ik. Het is ook niets. Ja, een postbusnummer van de overheid – maar zelfs dat is waardeloos, want nog van voordat iedereen over internet beschikte.

'Een aio. Zeker, daar moet je wel even je gezicht laten zien. Haar persoonlijk de hand drukken. Heel belangrijk. Hoe ga je dan weer terug naar Amsterdam?'

Voortman zwijgt. Een goed antwoord.

Terwijl hij gaat verzitten, geeft hij me met zijn schoenpunt een tik tegen mijn scheenbeen.

'Schrijf jij nou nog voor *LaagLand*? Stomme vraag misschien, maar ik lees dat blad nog maar sporadisch.'

Een zuur gezicht van Ewald. 'Er is ook niks meer aan.'

Ik zeg dat ze mijn stukken niet meer willen, en hoop dat het niet meelijwekkend klinkt.

'Niet persoonlijk genoeg,' vult Ewald aan.

'Dat is het niet. Samen met mijn zoon leg ik een dossier aan over de dingen die niet kloppen. In Appèlbergen. Vindt Boris zelf wel interessant, zegt hij, alleen... Het is niet de koers die de redactie wil varen.'

'Tja. Dan houdt het op.'

Regen slaat tegen de ramen. Voortmans zwarte spiegelbeeld valt uiteen in honderden druppels. Ik ben altijd bang dat ik nog eens in een trein zal zitten die over iemand heen rijdt. Macramé van bloedstralen tegen het glas. Getuige zijn. Misschien wil ik dat ook wel: getuige zijn. Niemand vraagt wat er mis is met de nieuwe stad.

'Hoe oud zijn jouw kinderen?'

'Hij heeft er maar één. Hoe oud is Bouwe nou, Ruud?'

Hoewel ik in het debat van vanavond geen naam van belang ben, vindt Ewald het toch leuk om Voortman te kunnen laten merken dat hij me goed kent. Grote producties, zoals hij, heb ik nooit gemaakt. Toch weten we allebei dat mijn stukken beter worden bevonden. Niet door het publiek, maar wel door de kritiek. Ook Voortman heeft wel eens een beschouwing aan mijn werk gewijd.

'Bijna negentien.'

'Goede leeftijd,' zegt Voortman. Hij kan het weten. Hij heeft er zeven, waarvan de jongste nu twaalf is en de oudste zesentwintig. 'En die is van... van Anne Schaepmans, was het toch?'

'Zonder s op het eind. Schaepman.'

'Geweldige meid was dat. Maakte heel aardige dingen, hoor. Kon ze ook goed over praten. Veel beter dan haar medestudenten. En toen zo jong al... Wat had ze eigenlijk?'

Ik kan weer trombose zeggen. Ik zeg het niet.

'Ze heeft zichzelf verdronken.'

Ewald kijkt me aan. Voor het eerst deze reis. Hij heeft zijn lippen stijf op elkaar, maar aan zijn wangen zie ik dat hij met zijn tong vreemde rondjes draait – alsof er een draadje rosbief tussen zijn tanden zit. Als hij nu verontwaardigd uitroept: 'Dat heb je me nooit gezegd,' verraadt hij daarmee dat onze vriendschap niet bijster veel voorstelt. Voortman tuurt naar de grond. 'Wat spijt me dat. God, dat heb ik nooit geweten.'

Maar ik weet wel wat jij met haar hebt uitgespookt, denk ik.

Zal ik eens zeggen hoe ze over jou dacht?

Spijt! Alsof jij het haar had kunnen verhinderen. Jij wel.

Er moet een nieuw onderwerp worden aangesneden.

Kwam er maar een conducteur.

LEENBON

Bibliotheek Bomenbuurt
Fahrenheitstraat 707
2561 DE Den Haag
070-3536970
bomenbuurt@bibliotheekdenhaag.nl
www.bibliotheekdenhaag.nl

18-04-2016 - 14:08:37

enersnr.: 70259805360
J. van der Steen
----
1 Brederode, D0sanne van / Het op
  70160842193   retour: 09/05/2016

Aantal exemplaren: 1

                  Uitstaand saldo: ε 0.00

Bedankt voor uw bezoek en tot ziens.

U hebt gebruik gemaakt van balie 1

Ewald haalt een tweede broodje uit de papieren zak die naast hem op de bank ligt.

'Niemand? Ruud? Dan eet ik hem zelf op.'

'Zouden we niet in Den Bosch wat krijgen? Hier staat iets over een buffet.' Voortman bestudeert het programmaboekje. 'Ja. 's Middags hebben ze een aantal presentaties gehad, van werk van jonge kunstenaars, toen koffie en thee, toen een film over dichters in China... Van half zes tot half acht borrel en buffet. Met een beetje geluk heeft de organisatie wat apart gehouden. Hier staat het: om kwart voor acht moeten de sprekers voor het avondprogramma aanwezig zijn, maar we beginnen pas om half negen. Eerst is er muziek. Donna Herfst, harpiste.' Aan de manier waarop hij die naam uitspreekt, merk ik dat hij zich er heel wat bij voorstelt.

In Utrecht komt er een mij onbekende man onze coupé binnen.

Hij groet mijn medereizigers joviaal en reikt me de hand.

'Zo, dat hebben jullie goed uitgelegd. Achterste wagon, eerste klas. Kon niet missen. Jobbejan Lievegoed. Rudolf de Wolf?'

'Inderdaad.' Hij gaat naast me zitten.

'Leuk om je eindelijk weer eens te ontmoeten. Je hebt me jaren geleden geïnterviewd. Samen met een paar anderen. De eindexamenklas van de academie. Begrijp het als je dat vergeten bent. Ik heb ook met niemand meer contact. Dat wil zeggen...'

'Nee,' zeg ik, 'nee, ik ben het niet vergeten. Jij maakte poppen van was. Toch? Met levensechte littekens. Brandwonden herinner ik me.'

Voortman en Ewald lachen. Jobbejan knoopt zijn jas los.

'Ben je daarmee begonnen? Had je mee door moeten gaan! Poppen zijn nu helemaal de trend. Boijmans, de Vleeshal, maar ook Tate Modern...'

God, Jobbejan, ja. Toen ik zijn naam in het programma las, zei die me niets. Ik vraag wat hij nu doet.

'Je hebt je niet echt voorbereid, hè?' Ewald weer.

Gelukkig legt Jobbejan het graag uit. Hij heeft drie galeries en bemiddelt tussen kunstenaars en kopers op een eigen website. Art online. Kun je de databasejes zo aan elkaar linken. De een of andere instelling wil 'iets met sport', door het hele kantoorpand heen: 'Dan zoek ik er even een schilder bij die abstracte voetballers kloddert. Stuur ik een paar fotootjes op, is het wat, nee, nou dan zoek ik verder, net zo lang tot het klikt.'

'Leuk.'

'Ja. Dacht ik ook. En er is vraag naar.'

Onopvallende man. Ouwelijke jas, ouwelijk pak. Vriendelijke stem. 'Wat ik wilde zeggen... Ik ben terug bij mijn eerste liefde. Van de academie. Of zij bij mij. Ja-ha. Iemkje is terug. Ik was al een poos zo half-half op zoek naar haar, omdat er zich iemand had aangemeld die vogels wilde, en... bam! Loop ik gewoon tegen haar op. We waren toevallig allebei weer eens in Amsterdam en zij... Zij was op weg naar jou. Wist jij niks van, maar ze wilde je verrassen. Gewoon een beeldje om te bedanken voor je medeleven. Vertelt ze dat ze net zo'n rottijd achter de rug had, en nu tijdelijk weer bij haar moeder woonde en... Kort en goed, we zijn uiteten gegaan en de rest ging snel.' Jobbejan kijkt Voortman en Ewald stralend aan. Tegen mij zegt hij: 'Dus je krijgt de hartelijke groeten. Ik moest ook nog vragen of je niet boos was over die foto's.'

'Nee.'

'Wat voor foto's?'

'Oelala... Dat zou jij wel willen weten, Arend.' Ewald geeft me een ouwejongenskrentenbroodkniepoog. Alsof hij weet wat er op de foto's staat. We rijden over de brug bij Zaltbommel.

'Bier. Ze zullen daar toch wel bier hebben. Brabant. Ik krijg dorst. Weet je waar ik zo'n hekel aan heb?' Meteen nadat hij de vraag gesteld heeft, kijkt Voortman op zijn horloge. 'Aan mensen die hier Nijhoff gaan citeren.'

Onmiddellijk barsten Jobbejan en Ewald los. De moeder, de vrouw. De aanstichter lacht naar me. Een goed gebit voor een man van zijn leeftijd. Toch was ik liever thuisgebleven.

'De kunstacademie is aan de achterkant van het station. We moeten die kant op, de...' Jobbejan kijkt op een bord. 'De passerelle door. Passerelle! *Pas de deux door de passerelle* – een nieuw ballet van...'

'Rudi van Dantzig op muziek van Debussy.'

'Verdomme man, jij hebt dus ook al niet het programma doorgelezen. De avond is vóór mensen van de academie, en voor donateurs en vrienden en belangstellenden ván de academie, maar het is niet ín de academie. We moeten nog een heel eind lopen. Kent iemand Den Bosch?'

'Waar is het dan?'

'Weet ik veel, in een azijnfabriek.'

'Nee, dat is geen azijnfabriek. Dat cultuurgedoe zat vroeger in een voormalige azijnfabriek, en toen zijn ze drie keer verhuisd of zo, maar ze bleven toch die naam houden. Ik heb zo'n meisje aan de telefoon gehad.'

'Arend Voortman, azijnpisser.'

'Nee, die ligt niet voor de hand. Regent het nog?'

'Niemand heeft een paraplu. Kijk, het onweert ook.'

'Dan zeg ik: taxi!'

'Het onweert!'

'Man, het onweert helemaal niet. Er is gewoon een tl-bak stuk. Daarzo, op het plein. Bois le Duc Plaza of hoe ze dat hebben genoemd... Daar knippert iets blauwigs.'

'Plaza! Goeie! Gaan we straks ook iets over zeggen.'

'Volgens mij is het gewoon droog. Lopen?'

'Fijn plan.'

We gaan met zijn allen de roltrap af. Voortman leest voor: 'Stationsstraat, Visstraat, Hoge Steenweg, Markt, Hinthamerstraat, Bethaniënstraat.'

'Weet iemand wat dat nou waren, bethaniën?'

'Een soort nonnen. Begijntjes denk ik.'

'Of minderbroeders. Ook een mooi woord. Nog mooier: broeders van het gemene leven. Ik wil ook een gemeen leven.'

'Leid je al.'

'Hoe bedoel je?'

Ik loop een paar meter achter het clubje aan. Niemand weet dat ik de stad goed ken. Ben allang niet meer voor werk op pad geweest. Nam niets aan, geen enkele opdracht. En na het logeerpartijtje van Bouwe en later van Bouwe en Dieudonnée was de energie definitief op. De cirkel was rond. Zonder dat ik erin gestuurd had.

De ochtendhandelingen voltrok ik nog wel. Douchen. Aankleden. Scheren. Ontbijten, krant doorbladeren, werken aan een roman waarvan ik al wist dat het niets zou worden. Ik kon geen andere mensen meer verzinnen. De zorgzaamheid, de empathie die ik vroeger nog had, en die ik vaak heb ingezet om niet aan mijn eigen rommel te hoeven denken, was opgebruikt. Was ik er eerder nog van overtuigd geweest dat alle vriendinnen die ik tussen Anne en Barbara kortstondig had, mij wilden vertroetelen – toen ik in de weken voor Kerstmis recepten doorlas, herinnerde ik me dat het omgekeerde waar was: ik had voor hen gekookt, gewassen, gestreken. Ik herinnerde me dat ik zelfs hun sokken had gestopt.

Nu lukte het me niet eens meer de juiste, ik bedoel, de meest veelzeggende sokken bij een personage te bedenken. Maar ik ging door. Ik mocht mezelf niet laten verslonzen. Rond twaalf uur liep ik naar buiten voor een paar boodschappen. Melkzuurgegist bietensap, runderbouillon, gedroogde zwammen, knoflookworst en een hardgekookt ei: mik het bij elkaar en je proeft Polen en C. Sigaretten. Zuurdesembrood met kummel. Eko-kaas.

Om toch nog iets goed te doen.

Maar tegen half vier kon ik niet meer. Ik lag op de bank, een deken over mijn voeten. De televisie aan. Ik zag zoveel programma's door elkaar heen, dat ik op het laatst geen lelijke van een mooie vrouw meer kon onderscheiden. Het even knauwerige als grove Noord-Hollands van Irene Moors en Carlo Boszhard, de mij vertrouwde botte klanken en het holle geschater konden net zo goed uit een Amerikaanse soap afkomstig zijn. Marco Borsato en Trijntje Oosterhuis, Marjon de Hond, Bridget Maasland en Jack Spijkerman – ook op de buis was de toon van mijn moeder de norm, maar ik rustte er vredig bij. Ik verstond niets. Heel soms ontwaakte ik even uit mijn lethargie, voor een BBC-serie die *Escape to the country* heette en waarin voor vermoeide grotestadsbewoners een knusse, betaalbare cottage werd gezocht in hun favoriete regio – meestal in de buurt van familie. Bath, Cambridge, Devon, Exeter. Wilde ik zelf terug naar Castricum? Naar Heemskerk of Wormer of Schoorl? Nee. Hoe mooi het landschap uit mijn jeugd ook was, zelfs de duinen en hoge dennen spraken er de brutale taal die mij, in plaats van me welkom te heten, al meteen uit mijn geboorteland had weggestuurd; ik was gaan schrijven uit wraak. Omdat het mijn geest niet vergund was in geestgrond wortel te schieten. Gatver, wat lag die vergelijking voor de hand. Zo ging het door. Ik bedacht wat, maar in de gekrompen kamer raasden nog slechts platitudes rond – als muggen die mijn trage hand te slim af waren.

Wanneer Bouwe mij zijn verslagen had gestuurd, mailde ik hem terug. Hij mocht niet merken hoe slap ik me voelde. Ik gebruikte net zoveel uitroeptekens en krachttermen als mijn vader. 'Van ón-de-ren!!!'

Snel uitgewerkte pepmiddelen. Muziek kon ik evengoed niet opzetten. Na het *Journaal* van acht uur mocht ik drinken. Maar het duurde soms wel anderhalf uur voordat ik een blikje Heineken leeg had. Een viezig soort warmte at mijn hersencellen op. Ik probeerde de geur van schroeiend stof op de kachel te verjagen met rook. Dan werd de kamer schemerig, ik zette een raam open en de deur naar het balkon – doorwaaien, dacht ik, doorwaaien, maar ook dat geluid, van de luchtstroom, van de glazen die klapperden in hun sponningen, was me nog te agressief. Terwijl ik het huis luchtte, lag ik zelf in bed. Helder. Te helder. Ik herlas de brief van C. en wist dat er iets moest gebeuren.

Het initiatief lag bij mij. Alleen, ik was er nog niet klaar voor. Nog niet. Helder stond ik weer op. Om mijn tanden te poetsen. Ik ging terug. En stond weer op. Koude voeten. Eerst een borrel en dan een pyjamabroek aan. Weer naar bed. Kon ik haar nog bellen? Dat wel, het was nog voor twaalven, maar wat moest ik zeggen? Vort, eruit, pen pakken, steekwoorden noteren. En terug. En eruit. Ramen en deur toch maar weer dicht, stel dat er een duif naar binnen vloog. Een sigaret, opnieuw tandenpoetsen, laptop open- en dichtklappen, hoorn opnemen en weer neerleggen, op zoek naar een schoon dekbedovertrek, heb ik de huur nou wel betaald, waar is het boekje met overschrijvingskaarten, ergens in een plastic Albert Heijn-tas, hoe komt dat ding daar, waar, dat zoek ik morgen wel uit, terug naar bed, weer op en dan dacht ik: Anne was inderdaad een rotmens, Bouwe heeft gelijk. Tenslotte moest ik weer zitten, om erover na te denken, en er waren geen gedachten meer.

Dat ik ja tegen deze avond heb gezegd.

De mannen voor me hebben volle levens.

Mijn voeten moeten nog wennen aan hun kordate tred. Er zijn weinig mensen op straat. In sommige provinciesteden is het op doordeweekse winteravonden altijd 4 mei.

Ik probeer naar binnen te kijken bij de bekende cafés.

Het licht beeft op de natte keien.

Het is alsof ik over een tapijt loop dat in de lucht hangt.

Soms wankel ik. Ze merken het niet. Als het carillon in het stadhuis beiert en ik later de klokken van de Sint-Jan het 'Donna nobis pacem' hoor galmen, denk ik aan Bouwe. Ergerde ik me destijds aan alle onuitgesprokenheden die tussen ons in trilden, als zwakstroom, als geniepige tocht die een nekspier vindt en er kou omheen bouwt, zodat je de volgende dag je hoofd niet meer kunt wenden zonder schreeuwende pijn – op dit moment verlang ik naar onze stiltes. Ewald, Arend en Jobbejan mogen hier niet lopen.

Dit is mijn vluchtstrook.

Hopbittere, roomse droomtegels. Zelfs tussen de neergelaten rolluiken van juweliers, van Blokker, Xenos en boertige modeboetiekjes lacht de zwarte lucht nog. Anders dan bij ons.

Ik ruik een koe. Een vacht. Wilgen, voederbieten, brandnetels en klam maïshaksel. Lauw aspergewater. Processiekaarsen. Karbonadejus en kippenstront. Wol en wierook, dahlia's, margrieten en chrysanten, goedkope chocolade en citroenjenever. Graniet. Zandsteen. Koper. Verregende kerkhoven. Kielen, kikkers, en rood-wit-gele dassen. Oeteldonk.

Een verschil met waar ik vandaan kom, is dat de mensen hier tenminste weten dat ze dom zijn. Carnaval of niet, ze komen er rond voor uit. Wordt er hier een straatinterview gehouden, bijvoorbeeld voor een actualiteitenprogramma, dan geven de passanten ook wel een mening, maar ze zeggen er meteen achteraan: 'Maor zikker wîtteh doe ek 't ok nie, wâr? Ge kunt wel roep'n dègge 't leuk vind en gèrre ingevoerd ziet worren, of dattut hillemaol niks is, allin; begrei-aope wij D'n Haog en begrei-aopt d'n regirring ons?'

Vluchten is niet erg, als je maar weet dat en hoe je vlucht.

De wijze woorden van C.

Hier, de Hinthamerstraat. Tegenover de bibliotheek nog steeds dat dorpse bakkerswinkeltje, met tegelwanden waarop keramisch ingebakken, kleurrijke taferelen van zaaiende en oogstende boeren staan. Pal voor me gaat het gesprek gewoon door. Ewald legt uit wat Tanja doet en dat dat meer is dan je uit haar functie-omschrijving mag afleiden. 'We bouwen niet eens een pensioen op, omdat ik dus... En zij blijft maar freelancer.'

'Terwijl ze er gewoon vier dagen per week zit?'

'Ja.'

'Belachelijk.'

'Er is wel een advocaat voor. Voor toestanden in onze sector. Kan ik zo voor je regelen. Niet vergeten me straks even je nummer...'

Bij de Sint-Jacobskerk naar rechts. Een doodstil, haast antiek woonwijkje. Mooie gerestaureerde huizen. Zou ik hier willen wonen? Ja. Ik kan ergens anders gaan wonen. Met C. Waarom Amsterdam? Een andere stad in Nederland. Kan Jonathan zijn vader blijven zien.

'Hier is het.' Voortman duwt een hek open. We betreden een paadje naast wat vroeger het Noord-Brabants Museum was. Een papier met daarop een grote rode pijl. Omlopen!

Een bijgebouw van de donkerbruine jaren-twintig kolos. Een dikke planken deur zwaait open. 'Kom binnen!' roept een vrouwenstem. 'Ze zijn er, de delegatie uit de hoofdstad!'

'Utrecht,' fluistert Jobbejan tegen mij.

Paula en Inez lopen wat verweesd door het publiek. Ze spelen dat ze blij zijn me te zien en feliciteren me. Ik zeg dat het goed met me gaat.

'We missen Bouwe wel,' zegt Inez.

'Ja,' voegt Paula eraan toe. 'Ik kan niet zeggen dat het nu echt stil is in huis...'

'Mijn broertje wil opeens dj worden.'

'Maar het is toch anders dan vroeger. Aan schilderen ben ik nog steeds niet toegekomen.'

'We zijn al een paar keer bij Bouwe op bezoek geweest. Wat een kutdorp. Dan vind ik Vlijmen toch leuker.'

'Inez! Let op je woorden. Maar jij bent ook nog steeds van harte welkom. Het was zo anders, de feestdagen zonder jou.'

'En Barbara, mam.'

'Ja. En Barbara.'

'Ze is in verwachting.'

'God, jongen.' Paula legt een hand op mijn arm. Ewald komt met een bord bij ons staan. Ze herkennen elkaar van mijn vorige verjaardag. Als hij nu maar niet over Annes zelfmoord begint. Dat hij, tactloos als hij kan zijn, meteen... Gelukkig maakt hij alleen maar een paar flauwe opmerkingen over de weg die we zojuist hebben afgelegd. Inez schiet in de lach. Ik verontschuldig me, niets gegeten, sorry, als ik jullie niet meer zie bel ik nog wel, groet Diederik en Vincent, nee, nerveus ben ik niet, maar ik kan dat niet goed, jullie rustig spreken terwijl er... De vrouw met de leren broek en de lange, hoekig feministische oorbellen die ons heeft opengedaan, tikt op mijn schouder en geeft me een boekje met consumptiebonnen.

Ik scheur er twee uit voor mijn schoonzus en twee voor mijn nichtje, geef ze hen, kus ze, en loop naar het buffet.

Een hark van een student vertelt me dat ik ook wat kan nemen in het keukentje achter de bar.

'Hoofdpijn,' zegt Voortman. 'Van die wintersporthoofdpijn. Dat je een hele dag zonder zonnebril op de piste hebt gestaan. Ahh!' Hij hapt in een sateetje. Drie jaar geleden ging Barbara skieën met haar vader en haar zus. Ik heb het nog nooit gedaan, maar ik weet al jaren dat ik het ook niet durf. De hoogte is het probleem niet – het is de snelheid. Dat je verbeelding meeglijdt met je lichaam, in volle vaart langs het ravijn, en je niet tijdig kunt ingrijpen, kunt denken: ik moet nu een bocht maken, been over been, en eromheen sturen. De angst dat je samen met je dieppreligieuze, of familiale, of erotische, of weet ik veel wat voor inzichten op de dood afkoerst... Nee.

Voortman doopt een snee stokbrood in een kwak salade.

'Laatst was ik op een symposium en daar hadden ze in de pauze masseurs. Met speciale stoelen. Eerst denk je nog: wat een flauwekul, maar het was heerlijk. Zalig. God, wat pakte die vrouw me stevig beet. Zo'n monster als ze was. Tranen in mijn ogen.'

Jobbejan voegt zich bij ons. Hij zegt dat het is gaan sneeuwen.

'Echt waar? Zie je wel. Als ik nou maar in Heerlen kom.'

C. is geen monster. Me haar gezicht voor de geest halen lukt al tijden niet meer, maar lelijk kan geen mens, geen man haar vinden. Als ik op de wc zit, kijk ik omhoog.

Achter het vierkante raampje boven mij zie ik dikke vlokken, die wentelen om hun as. Ik was mijn handen met smeltwater. Ik, weer onder de levenden. Nog drie minuten, dan moeten we op.

'Daarom: ik ben ervoor dat we dingen bij de naam noemen. Kunst is een product. Het is geen cola, maar je moet het wel, net als cola, in de markt zetten. Zodat de potentiële koper alvast weet wat het verschil is tussen Coca-Cola en Pepsi.' Tot zover Jobbejan.

Ewald heeft al uitgelegd waarom hij met Joop van den Ende in zee is gegaan. Als altijd had hij de lachers op zijn hand. Hij sprak over het uitmelken van Mozart door Hollywood en noemde voorbeelden. De film *Amadeus* creëerde Falco's hit 'Amadeus' (geschreven door de Nederlandse broers Bolland & Bolland! Let wel!), daarna kreeg je het succes van *The Young Amadeus*; klassiek geschoolde zangers, onder wie wijlen Vicky Brown, brachten de greatest hits met een beat eronder, dat was eind jaren tachtig, en nog maar kort geleden volgde de mezzosopraan Cecilia Bartoli met een cd met werk van de in de film zwartgemaakte Salieri... Na dat alles was nu toch Beethoven aan de beurt, betoogde hij. Niet dan?

Daar moest je feeling voor hebben. Straks wilde het publiek ook een musical over Wagner. Iemand moest die maken. Of een mooie roadmovie, de gang naar Bayreuth, door zes jonge, allochtone rappers, of installaties geïnspireerd door *Der fliegende Holländer* of *Die Walküre*.

'De flitsende remake is onze kracht. Een nieuw publiek vertrouwd maken met...' Geen woord over Lucifer. Of Vestdijks beschrijving van de Jupitermens.

'En u?' vraagt de docent in schipperstrui die het gesprek leidt. 'U heeft dit.' Hij neemt de cassette met mijn werk in handen. 'Maar als u het nú moet zeggen; hoe ziet u de toekomst voor de kunsten? Of anders: waar bent u momenteel mee bezig?'

'Met niets,' zeg ik. Ik biecht op dat ik me nergens meer druk om maak, het beste wat in mijn vermogen lag al heb gedaan, dat ik leef met een groot gevoel van klaar zijn, klaar in de zin van 'voltooid' en klaar in de zin van 'helder, gelouterd, zuiver, puur'. 'Over Appèlbergen wind ik me soms op.'

Ik som de informatie op die ik van Bouwe heb.

Gesis in de zaal. Een meisje met een hoofddoekje roept: 'Je gunt het ons niet! Er moet weer wat aan de hand zijn, hè?!'

Voortman knijpt zijn ogen dicht. Geruststellend.

'Dan komen we nu bij mijn punt. Mag ik al?'

'Ga uw gang.'

In zijn jongste boek toont Voortman aan dat wij nog steeds negentiende-eeuwers zijn. Met de Verlichtingsdenkers hebben we gemeen dat we geloven dat we van eerder gemaakte fouten in de geschiedenis kunnen, nee, móeten leren. Hij haalt Kant aan en Mill, Voltaire en Hegel. 'Maar we zijn ook romantici. Zwarte romantiek.' Baudelaire, Proust, Freud. Volgens Voortman wantrouwen we de opgewektheid, omdat we weten dat hoe mooier, hoe efficiënter de façade – des te sterker het duistere onderbewustzijn wordt onderdrukt.

'Nou, en dan heb je nog de Frankfurter Schule... En natuurlijk Heidegger en het nazisme. De denkfout die De Wolf maakt, en dat is waarschijnlijk in de hand gewerkt door dat debacle met Silberstein... We hebben Auschwitz veel te veel als ijkpunt genomen. Dat speelt ons nog steeds parten. Dus redeneert mijn voorganger: dit is mooi en efficiënt, dat klopt al niet... Plús: we moeten leren van de geschiedenis...' Hij kucht. Aait zijn meesterwerk. Op het voorplat van zijn boek staan de Disneyfiguren van Jeff Koons.

'Dús: Appèlbergen kan niet deugen. Mag niet deugen.'

Voor iemand met hoofdpijn komt hij akelig goed uit zijn woorden.

Het maakt me niet uit. Ik heb niets terug. Ik was vergeten hoe goed je kunt dromen in aanwezigheid van anderen, aan wie je je in het beste geval ergert, en die er in het slechtste geval niets toe doen. Al heb ik geen zinnig woord terug op de kritiek van Arend Voortman, ik bén er.

Tussen de studenten, docenten en donateurs zitten mijn moeder, mijn zus Patricia, Charlotte Salomon, haar moeder, haar oma en Anne, zitten Paula en Inez en Barbara en C., en ze knikken me alle tien bemoedigend toe. Alsof ze willen zeggen: luister maar niet meer, vlucht maar. Ik volg mijn verbeelding.

Ben in de sneeuw, buiten. Loop terug naar de kathedraal. Er is nog een zijdeur open. Ik ga die deur door. Ewald en Voortman zijn in discussie over de vraag of kunst nu wel of niet elitair moet blijven. Voortman, die in zijn vrije tijd ook poëzie schrijft, vindt al die stand-upfestivals en poetryslams geen artistieke waarde hebben. 'Moet je die bundels eens doorbladeren, die van zo'n avondje resteren...! Zonder drums eronder is het niks!'

In de stenen kamer aan mijn rechterhand staat een beeld van de Moeder Gods. Een smal, houten poppengezichtje hebben zoon en moeder. Wangetjes die glimmen van ouderdomspatina. Toegeknepen, immer dankbare mongolen-ogen. Dankbaar om niets. De moeder draagt een mantel van goudgeborduurd, rood fluweel.

De zoon een witkanten nachtjapon. Twee kroontjes flonkeren in een storm van waxinevlammetjes. In de verte, achter het hoogaltaar, repeteert de Schola Cantorum.

Ik vertel de gezichtjes dat ik bang ben. Bang dat ik nooit meer bang zal zijn. Het is tijd voor vragen uit de zaal.

'Ha! Eindelijk een vraag voor Rudolf de Wolf! Nou, wat vindt u? Is het jammer dat u... Hoe zei je dat ook weer, Evelien? Voor de kat z'n puntjepuntjepuntje werkt? Goeie vraag, Evelien!'

De schipperstrui duwt me een microfoon onder de neus.

Ik begin te begrijpen waarom ik ben uitgenodigd. Te midden van de succesnummers ben ik weliswaar de recent meest gehypete — maar ook degene met wie het helaas het slechtst is afgelopen. Voor de aanstormende talenten ben ik het levende voorbeeld van hoe het NIET moet. Geen student die zich op Jobbejan stort, de man die toch ooit beeldend kunstenaar was, maar net zo makkelijk met zijn vak kon stoppen – alleen omdat kunst verhandelen lucratiever bleek. Nee. Ik ben tragisch.

Driekwart jaar geleden zag en hoorde je me met een beetje goede wil overal, nu ben ik zelfs nog verder in het collectieve geheugen weggezakt dan in de tijd vóór mijn boeken.

Ewald neuriet 'One step up, and two steps back' van Springsteen.

Ik kijk Evelien aan. Geen antwoord. Er komt geen antwoord. Voor me geen mensengestalten, maar een reusachtige lap vilt. Ik voel me kleiner worden en kleiner. Mijn kroon drukt zwaar. O, en zie, alle vrouwen, alle vrouwen die in en uit mijn leven gingen, ze kronkelen ineen. Uit de massa warme was worden handen gevormd en benen, een hart en een lief gelaat: de bijenkoningin staat op, de moeder, en ze trekt me een doorschijnend jurkje aan en terwijl ze me op haar armen tentoonstelt, zoemt ze in mijn oor dat niets vergeefs is. Dat zelfs mijn woede op haar een doel diende. Ook al weet zij, noch ik, in de gauwigheid om welk doel het ging.

'Mijnheer De Wolf moet er even over nadenken. Dat mag. Misschien overrompelde de spreker je. Het was ook nogal recht voor z'n raap. Mag ik het anders formuleren? In uw werk schrijft u herhaaldelijk dat u niet vanuit een vraag vertrekt, maar dat u pas tijdens het werk, of zelfs na de voltooiing ervan, de vraag leert kennen. Niet het antwoord, nee de vraag. Alsof je die ook moet leren kennen. Alsof die niet onmiddellijk is, en in haar urgentie vanzelf waarachtig...'

De studenten bewonderen hun docent. Wat heeft hij zich weer goed geprepareerd. En de trui vervolgt: 'Zou ik mogen vragen met welke vraag... u... momenteel...?'

Het aantal zelfdodingen is in 2003 fors toegenomen, althans, ten opzichte van de dalende cijfers van de jaren ervoor. Het stond twee dagen voor Kerstmis in de krant. De meeste zelfmoorden worden gepleegd in januari, na-feestse piektijd, men heeft zich erg eenzaam gevoeld en de stress giert nog door de aderen... Tijd om het 'goede voornemen' waar te maken. Het stond er echt. Het goede voornemen.

Ook de vroege voorjaarsmaanden, maart en april, zijn suïcidegevoelig. Vertel mij wat. November daarentegen, is de maand van de minste zelfdodingen. Het verbaast me niets. Ten eerste plegen Schorpioenen beduidend vaker zelfmoord dan de andere tekens; en die doen dat echt niet op of rond hun verjaardag. Daarvoor houden ze te veel van aandacht en presentjes, zie Herman Brood en Sylvia Plath en natuurlijk mijn Anne.

Ten tweede: hoewel Scorpio verbonden is met doodskrachten, met de afbraak die door het denken veroorzaakt wordt (iets analyseren is iets stukmaken, dat weten deze scherpe vorsers wel) – geldt ook dat niet alles wat afgestoten wordt dood is: sperma en het maandelijks ovum... Je reinste victorie. Dus als de zon in dit denk-en-seks-teken staat, dit dood-en-kom-klaar-teken, kan er best een voornemen zijn, maar de begeerte wint.

Daar hoef je geen Schorpioen voor te zijn. Hoe anders is het wanneer de zon laag staat, en in Steenbok...

Voor Steenbok, de oude grijsaard die zijn weg naar de bergtop alleen heeft afgelegd, hartstochtelijk stoïcijns, is er even het plezier van het saturnale overzicht, een plezier dat ik zelf zo goed ken, beide gezichten van de januskop grijnzen... Maar dan mag het ook wel afgelopen zijn.

Ach, het is zo logisch als wat, de piek in januari. Mensen zitten nog veel meer aan de sterren en planeten vast dan ze zelf weten en ja, zichzelf ombrengen kunnen ze, maar niet die hemelse navelstreng doorknippen, helaas, ze laten zich nog bestieren door andere krachten dan die in hun eigen borst en precies omdat ze dat niet weten, niet de stilte nemen om hun eigen en andermans astrale gebondenheid te doorschouwen...

Ook ik. Ik hoef geen Waterman te zijn! Ik destineer mezelf wel! Als een hond die op een hete zomermiddag een duik in de plas heeft genomen, klim ik op de kant: fonkelende ogen, tong uit de bek, uitgelaten kwijlend – en ik schud de parelende kosmos uit mijn vacht. Druppels noodlot, slierten roeping, al het vuil van mijn wankelmoedige maar veelzijdige karakter; ik gooi het van me af, trillend van vreugde, haast huppelend, en zoek daarna een schaduwrijke plek onder een oude beuk. Als ik al een Waterman ben, dan is het omdat ik het zelf wil. Een Waterhond, een waakhond, een Water-waak-en-waarschuw-hond, een montere non-believer, een lieve cynicus, een jonge hond en oude lobbes, hondsvrij, hondstrouw aan een hondse Waterbaas... Nee! Ik geloof nog steeds niet in astrologie! Nee! Nee! Ik wil er niet in geloven. En toch zie ik overal lieden die zich zonder het te weten aan de regels houden. De meeste zelfmoorden in januari, de minste in november. November. Allerzielen. De achterwereld... Daar moet ik iets over zeggen. Wat ik gezien heb, op zolder. Toen ik die map zocht.

'Een vraag. Van het moment. Mijnheer De Wolf?'

'Ja. Sorry. De vraag. De vraag is: zijn suïcide en genocide niet twee kanten van dezelfde medaille?'

Stilte. Ik merk nu ook dat Meijer in de zaal zit. Hij staat op en loopt op me toe. Een gouden krans om zijn nog altijd vermoeide hoofd. Hij komt bij me.

'Ik bedoel. Er is zo'n oud talmoedgezegde. Ik geloof dat het uit de talmoed komt. Exact weet ik het niet meer, maar het komt erop neer dat wanneer je goed doet aan één enkel mens, je automatisch goed doet aan de hele wereld. Nou ja, "goed doet"... het kan ook "redden" zijn. Wie één mens redt...'

'En dus?'

'Weet ik niet. Maar ik vraag me af of we ons genoeg inspannen om die ene depressieve, sombere persoon in onze omgeving... We zijn té tolerant. We vertrouwen te zeer op de autonomie van een ander, terwijl er bij een suïcideklant geen auto, geen zelf is. Soms is dat weggespoeld door het denken. Soms is het geërodeerd omdat... Omdat zo iemand verdomme te lief en te zacht en te open is voor deze wereld! Zijn indrukken niet meer aankan. Zijn compassie niet. Als we het over het lijden in de wereld hebben, hebben we het over aids en armoede, over honger en onrecht en oorlog. Níét over de gek in onze eigen kring, die niet meer nuchter kan relativeren. Die in zijn psychoses wie weet wel de monsters ziet die wij werkelijk zijn! Die ene zieligerd redden is de wereld redden.'

Ik haal adem.

'Camus,' zegt Voortman. 'De vraag naar de legaliteit van zelfmoord is de belangrijkste vraag in de filosofie.'

Camus was Schorpioen denk ik, niet serieus nemen. Ik spreek en ik ga door: 'En omgekeerd. We herdenken zes miljoen.'

'Adorno,' zegt Voortman, 'Finkielkraut, Derrida, Chomsky.'

'Veel, teveelkoppige massa's herdenken we. Maar als die talmoedspreuk gelijk heeft mag je het ook omdraaien: als één mens de hele wereld is, is een massa mensen één persoon. De term genocide verdoezelt dat. Volkerenmoord! We moeten al die doden missen als betreft het één dierbaar mens. Met een gezicht. Met gebaren en gewoontes waar we aan gehecht zijn. We moeten rouwen alsof we onze geliefde zijn kwijtgeraakt. Onze vader of moeder. De talrijke doden waren stuk voor stuk net zo oninwisselbaar als onze eigen vrienden... En niet te lang stilstaan bij de moordenaars; dat maakt ze maar interessant. In de éénenvijftig jaar dat ik nu leef heb ik godverdomme meer geleerd over Hitler en Eichmann dan over een enkele vergaste. Over de beulen worden lijvige werken geschreven, we willen die doorgronden, al was het maar om te kunnen denken: ze waren toch niet te stoppen geweest. Nee, de buitenwereld kun je niet stoppen. Die raast en ruist door. We hadden de slachtoffers tegen moeten houden. Niet doodgaan, jij! Ik wil je niet kwijt! Ik heb jou nodig! Zonder jou besta ik nog niet eens half. Dát.' Ik zucht.

'Ik ben niet tegen de dood. Ik belijd geen geloof dat tegen de dood is, of de dood wil verzachten. Er is dood en er is geen troost. Maar mensen die nog niet hoeven, weiger ik te laten gaan. Niet omdat het leven nou zo'n enerverende, verrijkende gebeurtenis zou zijn, maar omdat ik alle anderen die tegelijk met mij zijn geboren, al is het in Korea of op de Malediven, nodig heb. Hoe weet ik niet, maar wij, tijdgenoten, horen bij elkaar. Niemand mag ontsnappen. Een flauwe woordspeling; we zijn tal-rijk, nu nog de tal-moed. Het lef om de boel bijeen te houden. Er is geen God meer die dat voor ons doet. Geen allesomvattende handpalm waarin al die namen passen. Wisten de joden, wist Jezus veel.' De Meijer aan mijn zijde is veranderd in een icoon. Zijn pupillen zijn donker als de nacht. Hij kijkt dwars door me heen. Maar het bladgoud om hem heen groeit, en ook Anne is er nu, goud en kalm, en ze masseert mijn vermoeide schouders en giet mijn ruggengraat, die ze de afgelopen jaren traag heeft leeggeslorpt als een vampier, ach, ze kon niet anders – ze giet de stok vol met haar vaders sieraden, die vloeibaar zijn geworden, en hooiwarm.

Het is onzin, dit betoog, en ik begrijp dat Jobbejan en Ewald er het nodige op hebben aan te merken. Maar ik kan eindelijk slapen. Ik heb het gezegd. Als het debat is afgelopen laat ik me een biertje brengen door de magere Evelien.

De vrouw met de oorbellen meldt dat de spoorwegen inderdaad problemen hebben, maar ze hebben iemand gevonden die ons terugrijdt naar Utrecht en Amsterdam. Als we een beetje willen inschikken. Op de terugweg pest Ewald Arend, die druk met zijn mobiel in de weer is om Heerlen en 'het thuisfront' in te lichten.

Jobbejan, de pasverliefde, slaapt, en hangt soms met zijn kin in mijn haar. Het sneeuwt nog steeds.

Aan de overzijde van de weg een geslipte vrachtwagen. Oranje knipperlichten. Een kleine file. Misschien meende ik niets van wat ik zei. Maar ik weet weer dat ik een stem heb, en hoe die klinkt. De eerste keer na lange tijd dat ik weer eens naar huis ga. Naar huis! Een vreemde auto waadt door een hoge zee van sneeuw. Ik heb een kraag om op te zetten, maar het is niet koud. Achter de vangrails staat het riet. Zo mooi.

*

Ze had een kamer willen boeken in Hotel De Filosoof. Niet om er met mij de nacht door te brengen, maar om onze namiddagreünie te vieren op neutraal terrein. De Schopenhauerkamer – want die had een donkerblauw plafond, bespikkeld met zilveren sterren. Tenminste, dat had ze een keer in een glossy gelezen. Boven het bed hing een portret van de troosteloze mopperkont op leeftijd, en daaronder de spreuk 'Het ergste moet nog komen'. Of zoiets. Leuk.

Meteen na haar ingeving was C. naar het hotel gefietst. Ze stond al aan de balie, na het Spaanse echtpaar was zij aan de beurt, toen de eigenaresse van het hotel de lounge binnenkwam.

'Hé, enig! Een oud-leerling! Cécile, hoe is het met je?!'

Haar docente levensbeschouwing van de middelbare school.

'Woon je niet meer in Amsterdam?'

'Jawel,' had C. gezegd.

'Maar je gaat gewoon lekker in eigen stad logeren. Nieuwe lover of zo? Ook zo'n denkertje?'

Zomaar weglopen durfde ze niet meer. Haar oude juf had haar een kop koffie aangeboden. Die had ze nog kunnen afslaan. Haast. Nee, ze kwam niet voor haarzelf. Ze kreeg gasten. En ze wilde even naar de prijzen informeren, een folder halen, om thuis rustig te bekijken.

Tuurlijk. Terwijl het echtpaar zich liet uitleggen hoe de sleutel werkte en tussen welke uren het ontbijt werd geserveerd, had de eigenaresse C. een folder overhandigd. Ze vertelde hoe mooi de tuin was geworden, en hoeveel kamers er in de loop der jaren bij waren gekomen, kamers die, ja-ha, allemaal een eigen thema hadden. Aan de overkant van de straat had ze net twee panden gekocht, erbij gekocht, zo karakteristiek! Zelf hield ze het meest van de Spinoza-kamer. C. had bewonderend geknikt en gedacht: dan toch maar bij me thuis.

Op de grote tafel staan schaaltjes met de geijkte receptie-kost. Pinda's en blokjes kaas, dikke plakken leverworst en ossenworst, mosterd en zure uitjes. Als ik wil kan ze ook nog bitterballen bakken, en vlammetjes.

Ze snijdt de capsule van een fles Chileense chardonnay los. Ik zie dat ze in de vensterbank al een asbak heeft neergezet.

We zeggen niet veel.

Rondom een rieten mand in de hoek van de kamer veel peuterspeelgoed. Houten puzzels, onderdelen van een emaillen serviesje, treinwagonnetjes, een brandweerauto met echt zwaailicht, en tussen de knuffels een afgekloven Iejoor.

Het komt me voor alsof ik hier gisteren nog was.

Zelfs de geur van dit huis, waar ik toch nooit eerder een voet over de drempel heb gezet, is vertrouwd. Misschien rook die travestiet naar mij. In elk geval moet Jonathan precies zo ruiken als Bouwe toen hij klein was: dat vleugje zure zoetigheid van spuug en volle luiers, van Zwitsal, banaan en lauwe melk, ik herken het meteen. Ik ga bij het raam staan. Niet eens om te roken. Overzie de gracht, het water dat walmt en groen is, een gehelmde fietskoerier die tegen de brug opklimt. In de verte een schoonmaakbusje met roterende borstels tussen de wielen. Daarnaast een man in een fluorescerend jak, die al bijna verteerd, grijs winterblad uit de goot bezemt, zo in de mond van de afval-etende wagen.

Ze moet iets gaan zeggen.

Ik denk aan de *Morse*-aflevering 'Dead on Time', waarin The Inspector eindelijk zijn vroegere verloofde ontmoet; de Grote Liefde op wie al zo vaak gedurende de serie subtiel is gezinspeeld. Dat ze haar man heeft geholpen bij diens zelfmoord, dat ze hem zelf door het hoofd geschoten heeft omdat zijn spierziekte het hem onmogelijk maakte eigenhandig de trekker over te halen, weet Morse dan nog niet. Ze is terug en weduwe bovendien.

Anne heeft de aflevering niet gezien.

Ik zag hem pas een jaar geleden, in een herhaling van de KRO.

En vreemd, maar voorzover ik me al met personages identificeer – ik wist me minder verwant aan Morse dan aan zijn oude vlam. Op een kleurloze middag als deze wandelen ze door bossig terrein en de vrouw vertelt Morse wat ze heeft meegemaakt in de jaren nadat ze haar verhouding met hem verbrak. En Morse zegt dat er voor hem nooit meer iets moois is gekomen, het was plicht en plicht, en wat volgt is de hele kitscherige eenzame-mannenriedel die het damespubliek altijd weer ontroert, die in hen zoveel warmte en zorg aanwakkert, ja, al die toverkrachten die maken dat ze zich stuk voor stuk bijzonder wanen, en nu goed, na die monter bijeenge-mompelde klacht, die bijna klinkt als een beschuldiging, vraagt de ex-verloofde: 'Haat je me dan niet?'

Waarop Morse haar aankijkt, haar peilt als God zelf, mild en va-derlijk, en zegt: 'Hate you?'

Die zin. Die retorische vraag. Ik wil dat Cécile hem uitspreekt. Nu. Dan hebben we het gehad.

Ik jou haten, Rudolf?

Ik?

Jou?

Hoe kom je erbij.

Maar ze kan zoiets alleen zeggen als ik haar eerst vraag of ze... En waarom zou ik dat zo uit het niets, zo plompverloren laten vallen? Zij mij haten? Zij heeft het destijds uitgemaakt. Zij is begonnen met die brief.

Net als de ex-verloofde haat ik mezelf. Dat is het. Hier, bij Cécile, haat ik mezelf. Ik ben hier thuis omdat ze mijn schuld kent. Die ze nooit uit liefde, vriendschap of een gevoel van diepe verwantschap heeft gebagatelliseerd.

Ze komt binnen met twee glazen wijn en zet de cd-speler aan. *The Rising* van Bruce Springsteen. Voorgeprogrammeerd. Eerst moeten we naar 'You're missing' luisteren, dan naar 'Paradise'. De stilste songs van het album.

'I search for you on the other side, where the river runs clean and wide, up to my heart the waters rise, up to my heart the waters rise... I sink 'neath the water cool and clear, drifting down I disappear, I see you on the other side, I search for the peace in your eyes, but they're as empty as paradise, they're as empty as paradise...' Cécile zingt mee.

'I break above the waves, I feel the sun upon my face...' Van zo'n tekst gaan er dertien in een dozijn. We proosten.

We hebben geruild. Ik zie dat ze alles van mijn vroegere held heeft, alles tot aan de dvd met de registratie van het concert waarbij mijn zus is geweest, zij het dat deze film in Barcelona is opgenomen. Ze lacht als ik zeg dat ik alles van Depeche Mode heb.

Ze heeft nog meer gezichten dan vroeger.

Ze is oud. Ik wil oud met haar worden. We praten over haar brief. Even maar. Hij was volledig, no further questions.

'Schrijf je nog gedichten?'

'Nee. Jij? Ze stonden niet in je *Verzameld werk*.'

'Ik kan het ook niet.'

'Nee. Nee. Ik ben niet goed, maar jij bent helemaal een ramp als je gaat dichten.'

Het gaat lukken. We hebben het over het weer. Ik vertel dat ik bietensoep kan koken. Ze vraagt of ik het erg vind om te gaan zitten, tegen de regels van de staande receptie in, maar haar voeten doen pijn. De hooggehakte rijglaarsjes gaan uit. Twee verschillende kousen, in de linker zit trouwens een gat waar de nagel van haar grote teen vrolijk uit opveert.

Let me see you stripped down to the bones – en de brave Engelse jongens slaan met mokerhamers autoruiten in. Keurig in de maat. De bank is smal. Toch raken we elkaar niet aan.

Alsof we er al een half huwelijk op hebben zitten.

'Je bent moe.'

'Jij ook.'

'Ach, we waren altijd al moe.'

'Ja.'

'Wil je een krant lezen?'

'Hier?'

'Waarom niet.'

'Wat denk je van Appèlbergen?'

'Hetzelfde als jij.'

'Wat denk ik?'

'Dat het niet deugt.'

'Wat deugt er volgens jou niet?'

'Al die openbaarheid. En alles is aan elkaar gelinkt. In ieder rottig beslissinkje worden we gekend. Iedereen mag meepraten en meedenken. Internet staat open. Dat ze zeggen dat ze iedereen, elke mening even serieus willen nemen: dat deugt niet. Of nee, dat is verdacht. Spreiding van kennis is spreiding van schuld. Je verdunt de boel en verdunt tot er geen schuld meer over is.'

'Schuld?'

Ze haalt haar schouders op.

'En al die informatie... Hoe noem je dat? Informatiegaring? Het is te open. Zoals je ook mensen hebt die te open zijn. Dat vind ik enge mensen.'

Ze schenkt de glazen bij. Staat op, pakt een schaaltje van tafel, houdt de ossenworst onder mijn neus. Ik bedank. Er kan niets tegen de door ons gefantaseerde borrelhappen op. Zo afschuwelijk als dat woord klinkt, borrelhappen, zo verfijnd waren onze plakken en brokken droomhartigheden en altijd verser dan dit knalrode, vettige vlees.

'Ik wil iets zeggen,' zeg ik.

'O ja, dat had je nog niet gedaan.'

'Iets belangrijks. Denk ik.'

'Tot nu toe vond ik alles wat je zei al wel belangrijk. Over die wolken en de zon, dat was goed. De zon bet de lippen met een pluk grauwe watten. Nou, daar kan ik mee door.'

'Ik denk dat ik het kan.'

Ze staat nog steeds. Waarom ze haar leesbrilletje heeft opgezet weet ik niet. 'Wat kan?'

'Terugkomen. Echt. Bij jou. Geef me de krant maar. Dan zul je het zien. Dat ik hier kan wonen. Dat ik met jou kan wonen.'

'O.'

'Of in Polen, of in een andere stad in Nederland. Wat jij wilt. Met kind erbij. Ik bedoel, met Jonathan, maar als je nog meer kinderen wilt... Als vader ben ik niet meer zo moe. Als vroeger. Niet meer zo moe als vroeger.'

'Weet je?'

'Nee?'

'Ik heb je nog nooit zonder kleren gezien.' Het is niet waar. Tijdens het kussen heeft ze wel eens mijn overhemd losgeknoopt, mijn T-shirt omhooggeschoven. En om me te kunnen... zoenen, ik bedoel dáár, moest ze toch echt mijn gulp openmaken. We lopen naar haar slaapkamer. De homo, de travestiet, nee, haar ex-man is drastisch uitgegumd: er staat een eenpersoonsbed. Het rolgordijn is dicht. Dimlicht.

Ik kleed me uit. Ze gluurt en loert niet. Ze kleedt zichzelf ook uit, de bril houdt ze op. Pas als we allebei alles uit hebben bekijkt ze me, van gepaste afstand. Ze loopt om me heen. Dansschoolauditie.

Wat vindt ze? Van mij?

Ze is achter me gaan staan. Ik voel dat haar blik mijn rug aftast. Aanraken moet ze me, kussen.

Ze gaat liggen. Naast haar mag ik liggen. We passen net. Haar hoofd op mij. We ademen. Ik kijk naar de lamp boven mijn hoofd. Een simpele, witte, matglazen plafonnière. Mijn borst wordt nat. Een traan. Eentje maar. De anderen blijven hangen in haar montuur.

'Als je bij elkaar bent...'

'Ja?'

'Als je dag in dag uit bij elkaar bent... Is dit een vast onderdeel. Je kleedt je 's avonds allebei uit en het betekent niets. Het soort ondergoed dat je draagt: het doet er niet toe. Een buikje, hangende billen; je ziet alles van elkaar, en dat is prettig, je reduceert elkaar niet meer tot object, nee, als de een zijn sokken uittrekt, zet de ander de wekker, als ik mijn bh losmaak, kijk jij of er nog genoeg water in de glazen zit. Het allermooiste van een liefde zijn die dagelijkse minuten voordat je gaat slapen. De flauwe grap, de diepe zucht, het hoestje, de tampon die je nog moet verwisselen, de sluiting van het kettinkje – dat je het zonder hulp niet loskrijgt, het aan- en uitdoen van het lampje, heb ik het gas wel uitgedraaid? De pil genomen? En dan dit liggen. In het donker, en na de laatste keer welterusten. Allebei teruggetrokken in je eigen gedachten.'

Of ze het merkt weet ik niet, maar ik merk het wel. Ik heb na maanden weer eens een stijve. Net nu het niet de bedoeling is. Wat ik wil, komt straks. Rustig beginnen. Morgen nog niet. Over een maand. Een maand kan ik nog wel wachten.

'Maar hoe mooier en mooier de rituelen ook worden, het zonder nadrukkelijke spierkracht uitgevoerde welterustenballet, dat zo zacht deint, zo innig is in klakkeloosheid... tegelijk met de toename van die schoonheid groeit ook de blindheid ervoor. Je ziet zelf niet meer dat dit het is. Waarom je leeft. Bij elkaar leeft. Kijk nou.'

Ze tilt haar hoofd op en kijkt achterom. Ik kijk mee. Twee slordige hoopjes kleren. Ik had wel eens een ander boxershort mogen aantrekken. Verwassen katoen, sleetse, kreukelige pijpjes. Net een rokje.

'Dat zijn wij.'

'Ja.'

De bril gaat nu eindelijk af. Ze hangt over me heen en legt hem op de grond.

'Dit wilde ik.' Ze heeft het gevoeld. Dat ik opgewonden ben.

We vrijen. Snel en routineus. Bijzonder doorgewinterde minnaars. Ik kom, zij komt. En dan liggen we nog vermoeider tegen elkaar, en ben ik gewend aan de moedervlekken rond haar navel en de zilverige, schichtige scheurlijntjes in de huid van haar borsten. Ze knijpt een paar keer werktuigelijk in mijn nek en schouders – niet als een beroepsmasseuse, maar als mijn vrouw. We weten alles weer.

'Niet in slaap vallen, lief.'

'Doe ik niet.'

Ze haat me niet. Ik haar ook niet. Engel. Ster.

Maar als de fles leeg is moet ik naar huis. Al op de trap hoor ik dat ze het antwoordapparaat afluistert. Wie hebben er allemaal gebeld in de tijd dat ze bezoek had? Ik wil het niet weten. Er zou een dag kunnen komen waarop ik alle mensen achter de namen ken, zoals ik ook de kennissen en collega's van Barbara in de loop der jaren heb ontmoet. Ik moet blijven geloven in die dag. En in de nacht die ik nu eindelijk heb meegemaakt. Zodat ik na mijn dood, in onze eeuwigheid, niet voor verrassingen kom te staan.

Epiloog

Voorlopig zit ik in hotel Europesjki. Van mijn benedenburen heb ik een lijst adressen meegekregen, goedkope logeerooms en -tantes in het binnenland. De eerste keer dat ik gebruikmaak van het literaire subsidiefonds. Net als andere auteurs heb ik een project ingediend, dat moet tegenwoordig, vertelde Bettina met een zucht: 'Maar ze gaan, als je boek af is, echt niet kijken of je je wel aan je plannen hebt gehouden. Stuur gewoon twee A4'tjes op, en dan is het afwachten geblazen. Ze gaan je zeker betalen. Eén: omdat je werk louter lovend ontvangen is, twee: omdat je nooit eerder uit de ruif gegeten hebt. Dat siert je. Er zijn er genoeg van jouw leeftijd die al jaren...'

Als werktitel heb ik opgegeven *De koningin van Polen*. Ik beweer in mijn plan dat ik feit en fictie dooreen ga mengen, geschiedenis en toekomst. Om met de historische data te beginnen: Polen heeft een aantal buitenlandse vorsten en vorstinnen gekend. Uit Litou-wen, Hongarije en Italië (koningin Bona), en ik meen dat het land zelfs enige tijd onder Zweeds bewind heeft gestaan. In mijn nog te schrijven boek wil ik een jonge vrouw die nog voor De Ramp uit Nederland is gevlucht, koningin van Polen laten worden. Ze heeft de ongereptheid van het landschap lief, de ambachten en de nog niet machinale landbouw, de poëzie, de muziek, het geloof en de folklore eromheen, en ze wil de Polen laten inzien dat al deze ou-derwetsigheden tezamen niet moeten worden opgegeven om bij de EU te komen, maar integendeel: het fort zijn, dat gekoesterd moet worden, en versterkt – omdat anders alles van waarde uit de Euro-pese cultuur zal verdwijnen, niet in de laatste plaats de humor en de bittere, maar vurige begeestering. In Polen wordt alles bewaard. Niet alleen de Middeleeuwen dansen er nog hun woeste polonaises, beklimmen er nog vroom en blootsknies de trappen naar de cal-varieberg, schrijden nog in bruidstenue in een lichtprocessie, nee, ook de wonden van de holocaust liggen er nog open – en ze moeten openliggen. Van de duizenden paaltjes rondom Auschwitz mogen inderdaad geen replica's gemaakt worden, zoals in de holocaust-musea in Amerika gebeurt, nee, het beton moet met de hand, met

534

troggel en specie bijgewerkt, dag in dag uit, seizoen na seizoen, en opnieuw de metselaarsronde... Zoals in het menselijk lichaam onafgebroken dode cellen worden afgestoten en nieuwe aangemaakt; opdat de bewoner van het lichaam, zelfs nadat hij in een tijdspanne van zeven jaar geheel vervangen is, kan blijven geloven dat het dit lijf en geen ander is dat zich heeft gevuld met herinneringen, met onvervreemdbare gemoedswisselingen. Ik vrees dat de Polen het zelf niet zien. Economische vooruitgang lokt.

Alleen iemand 'vanbuiten' kan hen behoeden voor de verkwanseling van hun grond, van hun bloedrode, dronken, dichterlijke passie en hun ingetogen witte-waterlelie-passie, die daarboven zweeft, intens bescheiden, lijdzaam, innig en nederig. Zie de vlag.

Ik heb de biografieën van Evita in mijn koffer.

Ik ga een nieuwe Evita maken. Heb ik beloofd. Aan het fonds. Geen woord van goed- of afkeuring, geen opbouwende kritiek, geen schrijftips, ik kreeg alleen de formidabele som geld.

In de immense, marmeren lobby staan witte leren bankstellen die hun beste tijd hebben gehad. Op een van die banken, op de route naar de lift, zitten elke avond een paar oude meisjes in galajurken. Veel pailletten. Stras. Felgekleurde, goedkope satijn. Hun gezichten hebben ze donkerbruin geplamuurd; je ziet waar de verf ophoudt en hun witte nekvel begint. Oorlogsstrepen van roze blusher op hun kaken – aan Kim Wilde moet ik denken, aan *Dallas* en *Dynasty*. Rouwranden om hun ogen.

De eerste avond dacht ik dat de dames wachtten op de rest van het gezelschap. Ze moesten naar een bruiloft of naar het afscheidsdiner van hun chef. Naïef.

Hoeren zijn het, en ze wenken me als ik met mijn zak broodjes en koekjes in de hand naar boven ga, na weer een dag doelloos geslenter door Warschau. Subtiel gekriebel met een nagel in de lucht. Het is ze verboden de hotelgasten aan te spreken.

Natuurlijk wil ik wel een wodka met ze drinken. Het is nog niet donker, en de avonden zijn zoel – in mijn kamer heb ik weinig te zoeken. Ik schud 'nje'. Aan hen misschien wel, maar aan mij valt niets te beleven. Zelfs een hoer wil ik mij niet aandoen. Zo bang dat ik ga huilen en ik moet door. Door. De waarheid. De waarheid achter De Ramp. Naar mijn kamer.

Ja, ik kijk televisie en leer dat de tijger die gisteren uit het circuspark is ontsnapt, weer veilig terug in zijn hok is, met dank aan de politie. Of je de hoeddragende zanger Ryszard Rynkowski moet vergelijken met Brel of Lee Towers? Daar ben ik nog niet achter. Ik houd het op een Poolse Rob de Nijs, maar jezus, wat is die man vaak te gast in spelshows en ontroerende *Dit is uw leven*-programma's over Poolse Bekende Nederlanders.

Ravissante vrouwen zie ik ook. Niet mooi, want er is nog weinig aan verbouwd, maar over een onderkin of een hangboezem wordt hier kennelijk niet moeilijk gedaan; het is hun uitbundigheid die telt, hun klaterende lach, hun scherpzinnige grap en de jongens-achtige knipoog – kracht zie ik, een ijzeren samenzwering van onbegrijpelijk emotionele wezens, die geen enkele kerel, zelfs geen kinderen nodig hebben om te weten waarom ze hier zijn. Juist om-dat ik de taal niet versta, zie ik alles. Geen simpele Lebensbejahung, maar Tod und Lebensbejahung.

Misschien is de kamer die ik heb wel net zo groot als mijn etage in Amsterdam. Veertig vierkante meter oppervlakte. Maar ik vrees dat luxe hier alleen 'ruimte' betekent. Het ligbad is een veel te hoge, of te diepe, roestige spoelbak. De kraan drupt. De spreien op de bedden zijn bruin gebloemd, het behang is doorrookt, het tapijt plakt van ouderdom. Verschrikkelijke waterverfgedrochten aan de muur, in lijsten van in plastic nagemaakte, eikenhouten knoesten. Alles kraakt. In het fineerdressoir heb ik wel tien laden tot mijn beschikking, laden waarvan de bodem te dun is om een boek te kunnen dragen. Het brosse speculaas-spaanplaat van goedkope sigarenkistjes. En op de wekkerradio inderdaad Depeche Mode.

Al in de taxi die me tot hier bracht Depeche Mode.

Wat een trouw!

En buiten, in de stad, gaat het Roberta Schumana-festival maar door. 8 mei. De heilige Desiderius. Erasmus. Ik verlang. Van heinde en ver zijn ze gekomen, hele schoolklassen in klederdracht, en ze hebben op een podium hun volksdansjes gedaan, en in geïmpro-viseerde marktkraampjes hun amberen herfstboompjes getoond, en hun beschilderde eieren, hun houten schaakspelen, en hun kantkloswerkjes en nu, hoor ik, is er ergens een popconcert gaande waarbij een Poolse pseudo-Depeche Mode stalen werklust mijn kamer in hamert. Het schemert.

Geen minibar.

Ik schenk een glas Wyborowa in.

En denk aan Robert Schumann, die alleen kon componeren

tijdens zijn depressies, of tijdens zijn manische periodes, dat ben ik vergeten – in elk geval kon hij niets meer toen hij gevoelsegaliserende medicatie kreeg. In Nederland kon IK niets meer.

De koningin van Polen bestaat niet en ze zal niet bestaan.

Het fonds weet nog van niets, en veel kan het ze niet schelen, maar ik moest hiernaartoe om over De Ramp te kunnen denken en schrijven. Geno-suïcide.

Steeds heeft Bouwe me ervoor gewaarschuwd.

Drie jaar lang.

Hij heeft geschreven, geschreven, meer nog nadat hij ervan doordrongen was dat zijn stukken nergens te publiceren zouden zijn. Voor het geld een lullig baantje. Om de huur te kunnen blijven betalen. Zijn brood en zijn kleding, af en toe muziek of een cadeautje voor Dieudonnée, die braaf haar certificaat Nederlands probeerde te halen. Voor de rest: schrijven.

Met journalistiek hadden zijn brieven niets van doen. Interviews konden zomaar veranderen in sprookjes, in impressies van dromen die hij ooit had gehad, in toneel, in akelig zwartgallige aforismen, in goetheaanse, bulderende dichtregels. Zijn vader het vat op afstand. Via de mail leerde ik een wezen kennen dat niet alleen geen gen met mij gemeen kon hebben, maar ook zoveel losser was dan ik, in haat en in liefde, in scepsis en in geloof. Hij kon de naam van Christus gebruiken zoals ik niet eens, nooit, de naam van Cécile heb durven gebruiken; alsof hij Hem kende als zijn eigen met stof, zand en shagdraden gevulde broekzak.

Appèlbergen. Het echec.

Het begon met kleine pesterijtjes tussen de verschillende gemeenschappen. Uitbundige feesten op een dag waarop de nabije wijk in nationale rouw gedompeld was – daar werd keurig in de kranten over bericht, onder het kopje 'Opstartproblemen'. Alsof de stad een computer was. De software die nog niet aansloot op de door ons gebouwde hardware.

Nog weer later braken er relletjes uit. *Nova* en *Netwerk* waren erbij. Rookbommen, traangas. Iets met Bosnische en andere moslims, en grappig, de Serviërs waren ook van de partij. Aan een team van deskundigen werd gevraagd of er geen escalatiegevaar dreigde. Ja. Nee. Wie weet. Maar. En. Dus. 'Wij' (Wie? Wíj) hadden 'de randvoorwaarden' geschapen, nu moesten 'die mensen' er zelf zien uit te komen. Het zou van een schandalig paternalisme getuigen om nu ineens in actie te komen en 'die mensen' alsnog onze normen en waarden op te leggen. Daarmee schonden we toch onze belofte?

De politionele acties werden erbij gehaald. Poncke Princen incluis. De Molukse toestand, en de treinkapingen die dat tot gevolg had. Suriname, de Antillen. 'Deze mensen' moesten ruim de tijd krijgen om 'het zelf uit te zoeken'. Dat was vrijheid, dat was democratie. Dat wij een voorsprong op hen hadden, daaraan mochten we ook in barre tijden niets ontlenen. Niet die Hollandse bedillerigheid. Die arrogantie verpakt in regelzucht. De afzonderlijke wijkraden, het gemeentebestuur... op lokaal niveau mochten eigen wetten worden bedacht en uitgevaardigd, en dat dit hele proces door schade en schande moest gaan, dat hoorde erbij. Hoogopgeleide Appèlbergers traden voor de microfoon en somden keurig de achtergronden achter de conflictjes op. Silberstein beweerde een jaar na dato dat het fantastisch wonen was in Fochtloërveen, dat weidse landschap, die stilte, die geborgenheid, na jaren... en we zagen hem aan de familiedis de menora ontsteken.

Als themapretpark was de stad een succes. In de zomer van 2004 was de moskee in petit-Teheran af en het Allahpaleis trok bezoekers uit binnen- en buitenland. De tulpen bloeiden, dankzij Achmed. Leerde ik van Bouwe. En Franse allochtone vrouwen jubelden voor de camera's dat ze 'très jolie' waren dat ze hier weer hun hoofddoek mochten dragen, dat ze er trots op mochten zijn, dat ze de waardigheid die Chirac hen had afgenomen hier in Appèlberkûh... Het klinkt raar, maar ik gunde Barbara en Huib steeds meer dat kindje van hen, alsof ik iets te gunnen had, maar ik wist dat Barbara zoveel had gedaan voor deze onsjes geluk, ik was erbij geweest en nog steeds kwam ons overbuurmeisje, de gymnasiaste Samira, op bezoek, omdat ik haar zo goed kon helpen bij Latijn.

Bouwe bleef me maar schrijven dat het niet klopte. Ik zou er moe van zijn geworden als hij me niet ook zoveel meedeelde over zijn leven, over hoe hij negentien werd, en twintig, en eenentwintig – in het licht van zijn moeders val.

De moslims. Ja, de moslims.

Ze floreerden. En dat konden andere moslims niet uitstaan. Ze wantrouwden het geluk van hun medegeloofsbroeders en -zusters, de verbroedering die er ook ontstond, zelfs met de joden, ondanks of dankzij de rellen – alle openlijke jubel was een knieval voor Het

Westen. Het hardnekkig Europese Nederland had deze voldane berusting mogelijk gemaakt. Ik kan er lang over schrijven. En kort.

Er waren er een paar. Een handvol. In de stad zelf. Ik weet wie, maar dat zeg ik niet. Niet om het geheimzinnig te maken; het doet er niet toe. Wie.

Maar zelfs mijn ex had kunnen weten wie.

2006. Februari. Mijn vierenvijftigste verjaardag en Bouwe kwam niet, hij was zo bang, hij wilde zo graag daar zijn, om het te voorkomen, hij wist bij wie hij moest zijn om het te voorkomen... Alle moslims waren daar. Het offerfeest.

Allemaal waren ze er. Bouwe had de dreiging gemeld. Iedereen wist dat er geen dreiging was. Er waren geen wapens, wist de politie. Geen munitie, geen zelfgemaakte, of du moment zelf in elkaar te knutselen molotovcocktails. Omdat de spullen daarvoor bij niemand...

Nooit zouden moslims moslims ombrengen. En Bouwe, mijn theoloogje, wist dat dat wel zo kon zijn. Eén zelfverklaarde zelfmoordterrorist kon zijn broeders letterlijk tot medezelfmoordenaars bombarderen. 'Omdat ik van jou hou, en wil dat Allah van je houdt... opnieuw van je houdt... gun ik je deze dood, die zoveel zachter zal zijn dan de levende dood, op Hollandse bodem, in een, wat is het? Een gedoogzone, een kunstmatig territorium, ja, jullie zijn reptielen in een opgespoten terrarium... Iemand tikt tegen het glazen kastje en jullie rollen je tong uit, een tong beschreven met heilige woorden die niets meer betekenen, voor jullie niet en voor hen niet, zegt het jullie dan helemaal niks? De armoede van een kerstnachtmis, de krokodillentranen om een lang begraven geloof... Voorland? Néé! Omdat wij van jullie houden offeren we jullie, maar vooral onszelf...'

Ze speelden een jaarlijkse gasketelcontrole na. Onder het kleurenkopieerapparaat hadden ze perfecte naambordjes nagemaakt, met het logo van een bestaand bedrijf. In plastic gevat, met een veiligheidsspeldje aan de revers bevestigd.

'Goedenmiedag, meefrauw... Janovitzsj....Wai zzzaain...'

En ze draaiden alle kranen open. Vonden de hoofdbuis die vanuit het nabije Slochteren... En achthonderdduizend pelgrims deden Appèlbergen aan. Het offerfeest.

Abraham leidt zijn lieve, onverwachte, langverhoopte zoon naar de top van de berg en vraagt hem hout te sprokkelen.

'Waar is het bokje?'

'Er is nog geen bokje, dat geeft God wel.'

Hij moet hebben staan roepen, Bouwe. Ga weg. Ga weg! Het is niet wat jullie denken!!! Gek uit de provincie. En dat meisje met haar Franse accent. En er brak een brandje uit. En het gas dat in dikke bellen onder de grond, in de buizen bijeen was gekropen, ontplofte, lekte weg, omhoog in een onzichtbare wolk... Vatte onmiddellijk vlam. En de brand sloeg in. Zelfs Fochtloërveen... er was zoveel brandweer op de been, maar nog steeds te weinig.

Natuurlijk konden de omringende gemeenten zoiets niet aan.

Geno-suïcide.

En mijn zoon. Mijn zoon.

Niemand die dit had kunnen voorkomen.

Ik heb me vaak afgevraagd: is er iets ergers denkbaar dan Auschwitz?, en dan kon ik rustig denken: nee. Zoals ik zelfs in de heftigste romance dacht: nee. Ik wil toch niet. Totdat een ander, de ander, Cécile dat voor me dacht – ja, toen dacht ik JA.

Srebrenica? Nee. Rwanda? Nee. De Twin Towers? Nee.

Niets wordt erger. Dan –

Maar dit. Zo geraffineerd. Stijlvol.

Niemand is schuldig. Er zijn geen dossiers. Er was geen Wannseeconferentie met cognac, sigaren en Schubert toe.

Wij hebben alles voor ze gedaan, als enige natie in Europa, en zij hebben het niet in dankbaarheid aanvaard.

Dit is Nederland.

Schone handenland.

Lekker gluren door de vitrage. Zijn ze al weg?

Het waren toch geen normale mensen... Mooie spullen wel.

Ja, die gore Duitsers!

Op onze stranden, die kuilen!

Smeerlappen. Nietzsche wist het al: humorloze ambtenaren, zzzuusteembouwers...

Bevel is bevel. Kut-Matheus, Kut-Völler! Kut-Beckenbauer!

'Wai sain so niet.' Ons harnas.

Mijn moeder.

Mijn vader.

Toedekken. Naar binnen trekken. Lekker veilig. Er kanker van maken.

Kreeftland. Sentimentenland. Genentrotsland. Trosland.

De grootste familie van Nederland mocht in Appèlbergen wonen.

Gezellig. Hier tumoren, woeker maar.

Wij hebben het niet gedaan.

Natie zo krankzinnig, ijskoud en doortrapt, en zo kinderlijk teder en liefdevol als Diana, het gewone prinsesje van het volk. Samen met Dodi in een snelle wagen tegen een paal in een Parijse tunnel aan knallen; tragisch mooi en nog jaren na dato blijft het speculeren over de toedracht, over zelfmoord, complotten, de invloed van de media... Al die intimiteiten, heerlijk, en ze leiden zo prettig af van de rampen die er werkelijk toe doen. Manipulatie. Ja, kreeft leert bij roodgekookte, opengebroken kreeft hoe een sprookje te maken van frustratie en naastenliefde, van leegte, verveling, normaalzucht en flonkerende, gulle overvloed en natuurlijk moet het verhaaltje op het hoogtepunt kapot, in niet te stuiten vaart: 'De schoonheid staat ons nog zo levendig voor de geest, we gunden ze... Echt!' Nu dompelt mijn land zich al weken onder in de collectieve rouw waar ze zo dol op is. Waar ze zo bedreven in is geraakt. Intertoys en Bart Smit houden geen teddybeer meer over. De kas-lelies zijn niet aan te slepen. Zelfs Frans Bauer houdt keurig zijn snavel. Eindelijk zijn we weer onder elkaar. We zijn stil, maar onder elkaar. Zwijgende marsen overal. Hanenpoten in condoleanceregisters. Morgen komt Tony Blair ons troosten. Gisteren was het Schröder, samen met Joska Fischer.

Geweten? O ja, we zijn dol, dol op informatie. Nee, wéten doen we de dingen wel. Vertel ons wat! Wij, de Noordlanders. Alle wereldzeeën bereisd. Nee, niet ik, mijn voorvaderen uit Zaandam. Daar kwam Tsaar Peter toch zijn lesjes halen? Ja, WAI. Hollanders, Noord-Hollanders! Maar we hebben het toch niet gedaan? Wij? Zo open? Iedereen is welkom, ook de Polen.

Kijk, het is maar hoe ze ermee omgaan. Met onze vrijheid. Hè? Toch? Zelfmoordterroristen. Ken je auk nie vorsien.

Iedereen weet een piepklein deeltje.

Iets piepkleins weten is niets weten.

Bouwe, de aansteller, wist alles.

Zelfs met een etentje en een goede film kon ik hem en zijn vriendin niet naar mijn verjaardag lokken. Het gas stond open. Prikkelend spulletje. Er komt geen water uit de douches.

Boven de rookwolk een angstaanjagend witte roofvogel.

De Duitse arend in het negatief en hij vliegt met me mee, als de zon.

Een roman? Ik? Nee. Ik redigeer het werk van mijn zoon op een stompzinnige kamer in een stompzinnig land en voor het eerst weet ik waarom ik in de ochtend opsta. Me uit de natte lakens wurm en steeds opnieuw opsta.

Iedereen zwaai ik uit, ik ben pas twee, en als ik nu zo vaak, nu eindelijk nee zeg, is dat maar een fase. In het binnenste van een pilaar in de Heilig Kruiskerk aan de ulica Krakowskie Przedmieście wordt het hart van Chopin bewaard. In een urn.

Zijn echte hart.

Teruggezonden uit Frankrijk.

Zelfs als je er dichtbij staat, hoor je niets. Je ziet een witmarmeren zuil, het kaalgepikte botbeen van een mammoet, maar daarbinnen... Binnen gebeurt het. Binnen klopt het. Daar nog wel. Juist daar. De muziek, ja.

Welke weet ik nog niet.

Van Dylan Thomas' gedicht 'And death shall have no dominion' gruw ik nog steeds. Die bevelende toon – dankuwel. Maar die ene regel daaruit: 'Though lovers be lost, love shall not'... Zingen kan ik het. Misschien.

Ik ben er omdat ik een zoon heb gehad.
    Dát dacht mijn moeder.
    Een zoon die de geheimen raadde.
    Ook al was het niet zo.
    Alles mis ik.
    Iedereen. Bloed.
    'Iedereen mis ik.' Geen holle woorden.
    Een mens. Twee mensen, mijn zoon en zijn meisje.
    De mens. Voor het eerst met recht.

God, ik besta omdat ik heimwee heb en iemand mis.